AF672890

RöLS
Verlage

„Bücher sind wie Fallschirme. Sie nützen uns nichts, wenn wir sie nicht öffnen."

Gröls Verlag

Redaktionelle Hinweise und Impressum

Das vorliegende Werk wurde zugunsten der Authentizität sehr zurückhaltend bearbeitet. So wurden etwa ursprüngliche Rechtschreibfehler regelmäßig *nicht* behoben, denn kleine Unvollkommenheiten machen das Buch – wie im Übrigen den Menschen – erst authentisch. Mitunter wurden jedoch zum Beispiel Absätze behutsam neu getrennt, um den Lesefluss zu erleichtern.

Um die Texte zu rekonstruieren, werden antiquarische Bücher von Lesegeräten gescannt und dann durch eine Software lesbar gemacht. Der so entstandene Text wird von Menschen gegengelesen und korrigiert – hierbei treten auch Fehler auf. Wenn Sie ebenfalls antiquarische Texte einreichen möchten, finden Sie weitere Informationen auf www.groels.de

Viel Freude bei der Lektüre wünscht Ihnen das Team des Gröls-Verlags.

Adressen

Verleger: Hermann-Josef Gröls,

Im Borngrund 26, 61440 Oberursel

Externer Dienstleister für Distribution & Herstellung:

BoD, In de Tarpen 42, 22848 Norderstedt

Unsere „Edition | Werke der Weltliteratur" hat den Anspruch, eine der größten und vollständigsten Sammlungen klassischer Literatur in deutscher Sprache zu werden. Nach und nach versammeln wir hier nicht nur die „üblichen Verdächtigen" von Goethe bis Schiller, sondern auch Kleinode der vergangenen Jahrhunderte, die – zu Unrecht – drohen, in Vergessenheit zu geraten. Wir kultivieren und kuratieren damit einen der wertvollsten Bereiche der abendländischen Kultur. Kleine Auswahl:

Francis Bacon • Neues Organon • **Balzac** • Glanz und Elend der Kurtisanen • **Joachim H. Campe** • Robinson der Jüngere • **Dante Alighieri** • Die Göttliche Komödie • **Daniel Defoe** • Robinson Crusoe • **Charles Dickens** • Oliver Twist • **Denis Diderot** • Jacques der Fatalist • **Fjodor Dostojewski** • Schuld und Sühne • **Arthur Conan Doyle** • Der Hund von Baskerville • **Marie von Ebner-Eschenbach** • Das Gemeindekind • **Elisabeth von Österreich** • Das Poetische Tagebuch • **Friedrich Engels** • Die Lage der arbeitenden Klasse • **Ludwig Feuerbach** • Das Wesen des Christentums • **Johann G. Fichte** • Reden an die deutsche Nation • **Fitzgerald** • Zärtlich ist die Nacht • **Flaubert** • Madame Bovary • **Gorch Fock** • Seefahrt ist not! • **Theodor Fontane** • Effi Briest • **Robert Musil** • Über die Dummheit • **Edgar Wallace** • Der Frosch mit der Maske • **Jakob Wassermann** • Der Fall Maurizius • **Oscar Wilde** • Das Bildnis des Dorian Grey • **Émile Zola** • Germinal • **Stefan Zweig** • Schachnovelle • **Hugo von Hofmannsthal** • Der Tor und der Tod • **Anton Tschechow** • Ein Heiratsantrag • **Arthur Schnitzler** • Reigen • **Friedrich Schiller** • Kabale und Liebe • **Nicolo Machiavelli** • Der Fürst • **Gotthold E. Lessing** • Nathan der Weise • **Augustinus** • Die Bekenntnisse des heiligen Augustinus • **Marcus Aurelius** • Selbstbetrachtungen • **Charles Baudelaire** • Die Blumen des Bösen • **Harriett Stowe** • Onkel Toms Hütte • **Walter Benjamin** • Deutsche Menschen • **Hugo Bettauer** • Die Stadt ohne Juden • **Lewis Caroll** • *und viele mehr….*

Der Irrwisch oder der Kaper

Ein See-Roman

James Fenimore Cooper

Übertragen von Eduard Mauch

Vorwort

Wie viel an der nachfolgenden Erzählung dem Gebiete wirklicher Thatsachen, wie viel dem der Dichtung angehöre, möge der geneigte Leser uns erlassen, hier zu berichten; wir schweigen absichtlich darüber, und Forscher, denen ihre Muße solche Beschäftigung erlaubt, mögen die Mühe, eine Gränzlinie aufzufinden, selbst auf sich nehmen. Die Wahl des Schauplatzes wird keiner Rechtfertigung bedürfen: wer sich darüber entschuldigen wollte, irgend Jemand entweder in der Phantasie oder in der Wirklichkeit nach einem Meere wie das mittelländische, an Küsten wie die Italiens – geführt zu haben, würde in eine Ziererei verfallen, von der wir wenigstens uns frei wissen. Die Ausführung unseres Gemäldes mag hinter der ursprünglichen Idee zurückgeblieben sein, aber jedes edle Wagniß trägt seine Berechtigung in sich selber, besonders wo ein Mißlingen nur auf den Urheber zurückfallen kann. Wer die Schauplätze je gesehen hat, die wir in so schwachen und unvollkommenen Umrissen gezeichnet haben, wird um der guten Absicht willen Nachsicht mit den Mängeln unseres Gemäldes haben, und wer jenes Glück nicht genossen hat, findet sicher unsere Schilderungen so hoch über aller anderwärts geschauten Wirklichkeit, daß kein Zweifel an unserer Fähigkeit bei ihm auskommen wird. Von Raoul Yvard, von Ghita Caraccioli und dem kleinen Irrwisch haben wir nicht mehr zu sagen, als was sich im Buche selbst findet. Wir sprechen mit Sancho: „die uns erzählt haben von allen Dreien“ – das Schifflein rechnen wir mit zu den lebenden Wesen – „sagten, es sei so gewißlich wahr, daß wir getrost darauf schwören könnten.“ Irren wir uns, so heilen wir dieß Geschick mit dem ehrlichen Pansa, und dazu in einem Falle, der an Wichtigkeit dem seinigen nichts nachgeben wird. Uebrigens hört und weiß die Welt im Allgemeinen wenig von der endlosen Masse Einzelnheiten, die das Leben auf der See bilden. Wenige hervorragende Momente werden etwa von Geschichtschreibern herausgegriffen, wenn sie in Verbindung mit Schlachten, Verträgen, Schiffbrüchen oder Schiffsjagden stehen, alles Uebrige aber bleibt ein leeres Blatt für die große Menge. Man hat nicht mit Unrecht behauptet, daß das Leben jedes einzelnen Menschen, würde es einfach und klar erzählt, eine Fundgrube heilsamer Lehre und wechselvoller Unterhaltung bilden müßte, und eben so wahr ist, daß jeder Tag aus einem Schiffe Stoff zu interessanten Berichten genug darböte, könnten anders die trockenen Berichte des Logbuches in die plastische Sprache lebendiger Auffassungsgabe umgewandelt werden. Schon ein einzelnes Schiff, allein auf der Wasserwüste, kann ein Gegenstand der Reflexion werden, wie es der Poesie Nahrung, dem sittlichen Gefühle Anregung darbietet, und da wir selten müde werden, uns mit diesem Stoffe zu beschäftigen, so kann unser Wunsch nur der sein, daß die Zahl von Lesern, die wir gewissermaßen als unsere literarische Klientschaft betrachten dürfen, unserer Produkte nimmer überdrüssig werden möge. Unsere Hauptsorge betrifft aber dießmal den Kontrast, den wir zwischen kindlichem Glauben und einer leichtsinnigen Freigeisterei bezeichnet haben. Beide Charaktere sollten der Zeit und dem Orte, dem sie angehören, treu sein, und wir waren bemüht, beiden das nöthige Relief zu geben, dabei aber alle Uebertreibung zu vermeiden. Daß eine starke natürliche Sympathie zwischen Menschen vorhanden sein kann, die sich in solchen Dingen so ferne als möglich stehen, beweist die tägliche Erfahrung, und daß es Gemüther gibt, in denen die Macht der Grundsätze auch die einschmeichelndste und trügerischste der menschlichen Leidenschaften überherrscht, hoffen wir nicht allein – nein, wir glauben es zuversichtlich. Dabei wollten wir jene edleren Züge einer siegreichen Ausdauer in derjenigen Hälfte des Menschengeschlechtes erscheinen lassen, wo sie nach unserer Überzeugung am ehesten hienieden gefunden werden. Der siebente unserer Seeromane liegt hiemit vor den Augen des Publikums. Als wir den ersten vollendet hatten, glaubte keiner unserer Freunde an einen glücklichen Erfolg; ihr Mißtrauen gründete sich auf die Einförmigkeit des Stoffs und auf die mancherlei unwillkommenen Zuthaten. Nicht allein, daß sich diese Prophezeihungen, was unsern eigenen schwachen Versuch betrifft, als unwahr erwiesen haben – die Neigung der Lesewelt ist entschieden genug gewesen, um auch von andern Seiten her eine achtunggebietende Anzahl von Nachkommen jenes ersten Stammhauptes freundlich aufzunehmen. Möchten in dem „*Irrwisch*“ verwandte Züge genug sich finden, um auch diesem Sprößling ein Heimathsrecht in der großen gemeinschaftlichen Familie zu sichern.

Erstes Kapitel

Des Himmels Antlitz lächelt aus der Ferne
Und matt die Wasser, alle Farben glühen –
Vom reichsten Purpur bis zum Glanz der Sterne –
In zauberischem Wechsel vor der Sonne Sprühen.
Und wieder ändert sich die Scene: bleich're Schatten
Bedecken das Gebirg, der Tag, schon im Ermatten,
Stirbt, dem Delphine gleich, den jeder neue Schauer
Mit jedem Athem färbt in matt'rem Glanze:
Die letzte, lieblichste – verlischt – grau ist das Ganze.

Childe Harold

Die Wunder der tyrrhenischen See wurden schon seit den Tagen Homers besungen und gepriesen. Daß überhaupt das mittelländische Meer mit seiner schönen Begrenzung durch Alpen und Apenninen, mit den tief ausgezackten, unregelmäßigen Küsten – in Allem, was Klima, Produkte und physische Formation betrifft, das köstlichste Stück der bekannten Erde bildet – ist eine Wahrheit, die wohl jeder Reisende gerne zugeben wird. Blicket hin auf die reichen Gelände, die das Binnengewässer umschließen, sehet die prachtvollen Vorgebirge, welche diesem Miniaturbilde eines Oceans als Strebepfeiler zu dienen scheinen; ihre Abhänge tragen Alles, was ein Gemälde lieblich und reizend macht, die Höhen sind mit Wartthürmen gekrönt, auf den Felsklippen in der Tiefe ragen geweihte Einsiedeleien, der wunderreiche Wasserspiegel selbst ist mit Segeln betüpfelt, die gleichsam eigens zu dem Zwecke, einen malerischen Effekt hervorzubringen, aufgetakelt sind – bildet nicht das Ganze eine besondere Art von Welt für sich, eine Welt, reich an Genüssen für Jeden, der so glücklich ist, ein Gefühl für Reize zu besitzen, welche den Beschauer nicht allein für den Augenblick bezaubern, sondern auch, gleich den Gebilden einer glorreichen Vergangenheit, in dem Gedächtniß des Abwesenden haften bleiben.

Unsere vorliegende Aufgabe wird sich mit diesem Fragmente einer Schöpfung beschäftigen, die selbst in ihren wildesten Partien noch so unendlich schön ist: würde sie nur nicht so häufig durch die Leidenschaften der Menschen ihres edelsten Reizes entkleidet! Es ist Keiner, der nicht einstimmte in das Lob der Natur, die für das mittelländische Meer so viel gethan hat – aber auch Keiner, der läugnen könnte, daß eben dieses Meer bis auf die neueste Zeit der Schauplatz grausamerer Gewaltthaten und tieferen menschlichen Elendes als vielleicht jeder andere Theil unserer Erde gewesen ist.

An seinen nördlichen und südlichen Küsten von verschiedenen Menschenstämmen bewohnt, welche durch ihre Schicksale noch weiter als durch Abstammung, Sitten und Religion von einander geschieden sind, war dieser Theil des Oceans gleichsam das Bollwerk der Christenheit gegen die Muhamedaner, die Schutzwehr eines Alterthums, das jedem Eindringen geschichtlicher Forschung Trotz bietet; sein dunkelblauer Spiegel hat in dem Zeiträume zwischen Agamemnons und Nelsons Tagen weit öfter Scenen der Gewaltthat und des Mordes geschaut und weit mehr Siegesrufe vernommen, als alle übrigen Theile von Neptuns weitem Gebiete zusammengenommen. Natur und Leidenschaft der Menschen haben sich vereint, um seine Fläche dem menschlichen Antlitze ähnlich erscheinen zu lassen, das unter seinem Lächeln und unter dem gottähnlichen Ausdruck seiner Züge ebenfalls den Vulkan verbirgt, der so oft in unserem Herzen glüht und unsere Glückseligkeit verzehrt. Jahrhunderte lang gefährdeten Türken und Mauren die Schifffahrt an diesen lachenden Küsten, und die Uebermacht dieser Barbaren schien endlich nur deßhalb ihr Ziel erreicht zu haben, um den blutigen Kämpfen der Europäer Platz zu machen, welche durch ihre gewaltigeren Streitkräfte die Ungläubigen vom Kampfplatze vertrieben hatten.

Die Umstände, welche die zwischen den Jahren 1790 und 1815 liegende Epoche zu dem ereignißreichsten Zeitraume der neueren Geschichte machten, sind Allen wohlbekannt, obgleich die einzelnen Vorfälle, durch welche diese denkwürdigen fünfundzwanzig Jahre so vielfach bewegt wurden, bereits in die Geschichte übergegangen sind. Alle Elemente jenes Kampfes, der dazumal die Welt erschütterte, scheinen jetzt so vollständig beseitigt zu sein, als ob sie ihr Dasein einem längst entschwundenen Zeitalter verdankten, und die noch Lebenden erinnern sich der Ereignisse ihrer Jugend, wie man etwa der Begebenheiten verflossener Jahrhunderte zu gedenken pflegt. Damals brachte jeder Monat einen neuen Sieg, eine neue Niederlage, und die Berichte von dem Umsturze bestehender Regierungen und der Eroberung weiterer Provinzen erneuerten sich unaufhörlich. Die Welt war in Bewegung und glich einem in Aufruhr begriffenen Volkshaufen. Es war eine Periode, auf welche furchtsame Seelen mit Verwunderung, jugendliche Gemüther mit Zweifeln, und unruhige Köpfe mit Neid zurückschauen.

Die Jahre 1798 und 1799 waren zwei der wichtigsten dieser ewig denkwürdigen Zeit; sie eben sind es in ihrem vollen Charakter der Aufregung und Thatkraft, in welche wir nunmehr den Leser im Geiste versetzen müssen, um ihn mitten in die Scenen einzuführen, deren Schilderung wir uns zur Aufgabe gemacht haben.

Ein schöner Augustabend neigte sich eben seinem Ende entgegen, als ein kleines Fahrzeug, von einem leisen Westwinde getragen, mit zauberhafter Leichtigkeit in den sogenannten Kanal von Piombino einlief. Die auf dem mittelländischen Meere üblichen Schiffe, wie die Schebecke die Felucke, der Polacker, die Bombardiergalliote, und gelegentlich auch der Lugger, sind durch die malerische Schönheit und Zierlichkeit ihrer Takelage zum Sprichwort geworden. Das fragliche Fahrzeug zeigte die Bauart des letzteren der genannten Schiffe – einer Gattung, welche übrigens in den italienischen Gewässern weit weniger, als in der Bai von Biskaya und in dem brittischen Kanale üblich ist, und dieß war ein Umstand, der den Matrosen, welche den Ankömmling von der Küste von Elba aus beobachteten, sogleich als unheilverkündend erscheinen wollte. Ein dreimastiger Lugger mit breit entfalteten Segeln, mit einem niedrigen, schwarzen Rumpfe, der nur eine einzige, kaum bemerkbare rothe Linie, unter den Rusten hinlaufend, sehen ließ, und mit so tiefliegender Kuhl, daß man nichts als den Hut eines oder des andern ungewöhnlich großen Matrosen darüber emporragen sah – mußte als ein verdächtiges Schiff betrachtet werden, und nicht einmal ein Fischer hätte sich auf Schußweite zu ihm hingewagt, so lange sein Charakter noch unbekannt war. Kaperschiffe und Corsaren (wie man sie damals, in vielen Fällen nicht unverdient und in der schlimmsten Bedeutung des Wortes, nannte), waren an jener Küste keineswegs ungewöhnlich, und es mußte zuweilen selbst für Fahrzeuge, welche befreundeten Nationen angehörten, gefährlich erscheinen, ihnen in solchen Augenblicken zu begegnen, wo sie vielleicht eine Beute verfehlt hatten, welche man mit einem Ueberreste von Barbarei selbst jetzt noch für rechtmäßig erklärt.

Der Lugger mochte ungefähr hundert und fünfzig Tonnen fassen, doch ließ ihn sein schwarz bemalter, niedriger Rumpf weit kleiner erscheinen, als er in Wirklichkeit war. Die straffgespannten Segel verriethen übrigens schon seine Eile, denn dem Seevogel ähnlich, der mit ausgebreiteten Schwingen einherschießt, kam er mit Doppelflügeln herangezogen, und die Seeleute am Ufer, die, wie wir schon oben bemerkt, seine Bewegungen beobachteten, schüttelten mißtrauisch mit dem Kopfe, während sie sich in sehr mittelmäßigem Italienisch über die Absicht und Bestimmung des Fremdlings besprachen.

Diese Beobachtung, nebst dem sie begleitenden Gespräche, erfolgte auf dem hohen Felsvorsprunge oberhalb von Porto Ferrajo, dem Hafen der Insel Elba – einem Punkte, der seitdem als Hauptstadt von Napoleons Miniaturreiche so häufig erwähnt wurde. Ja sogar die Wohnung, welche später dem gefallenen Kaiser als Palast diente, stand nur einige hundert Schritte von den Sprechenden entfernt, und war gerade gegen den Eingang des Kanals und die toskanischen Berge, oder besser gesagt, gegen das damals noch bestehende kleine Fürstenthum Piombino gewendet, denn das spätere Einverleibungssystem, wonach die größeren Staaten Europa's die kleineren allmählig verschlangen, hatte damals seine volle Höhe noch nicht erreicht.

Dieses Haus, das in den Vereinigten Staaten höchstens für eine bessere Art von Landhaus gelten könnte, wurde damals, wie auch jetzt wieder, von dem florentinischen Statthalter bewohnt, der den toskanischen Theil der Insel verwaltete. Es steht an dem äußersten Rande eines niederen Felsvorsprunges, der den westlichen Damm der tiefen, weitgedehnten Bai bildet, neben welcher der kleine Hafen sich befindet.

Derselbe liegt hinter einer Krümmung der Felsen, welche sich hier gegen Westen in der Gestalt eines Hakens ausdehnen, sehr geschickt versteckt, und scheint absichtlich vor dem Auge jedes Eindringlings so wohl verborgen, als ob man sich vor ähnlichen Besuchen, wie eben einer von dem verdächtigen Fremden in Aussicht stand, gefürchtet hätte. Wenn er auch an Ausdehnung die neueren Docks, wie sie in jüngster Zeit an Plätzen, wie London und Liverpool, erbaut wurden, kaum erreichte, so war er gleichwohl durch gutplacirte Batterien vor jeder denkbaren Gefahr beschirmt, und was vollends den Schutz vor den Elementen betraf, so wäre wohl ein Schiff auf dem Gesimse des geheimsten Kabinets kaum sicherer als hier vor Anker gelegen.

In diesem heimischen, niedlichen Wasserbecken, das, mit Ausnahme des schmalen Eingangs, vollständig mit Gebäuden umringt war, lagen ein paar Felucken, welche zwischen der Insel und dem nahegelegenen Festlande Handel trieben, und ein einziges österreichisches Fahrzeug, das unter dem Vorwande, Eisen zu holen, aus dem adriatischen Meere herübergekommen war, ebensogut aber auch jeden andern Zweck als den vorgegebenen – nämlich mit den übrigen kaiserlichen Besitzungen in Italien eine Handelsverbindung zu unterhalten – verfolgen konnte.

In dem Augenblicke, den wir jetzt eben schildern, waren übrigens auf allen diesen Fahrzeugen und in ihrer Nähe kaum ein Dutzend lebender Wesen zu bemerken. Die Nachricht, daß sich ein fremder Lugger, wie der oben beschriebene, in der offenen See sehen lasse, hatte die Seeleute beinahe insgesammt an's Ufer gelockt, und auch die meisten der im Hafen Ansässigen waren Jenen die breiten Stufen der krummen Straßen, welche auf die Höhen hinter der Stadt führen, hinangefolgt oder hatten sich auf den Felsvorsprung begeben, der die Aussicht auf die See von Nordosten gegen Westen beherrscht.

Die Annäherung des Luggers hatte unter den Seeleuten dieses harmlosen, wenig besuchten Hafens ungefähr dieselbe Wirkung hervorgebracht, wie sie etwa das Erscheinen des Habichts unter den furchtsamen Bewohnern eines Hühnerhofes zu äußern pflegt. Das Takelwerk des Fremdlings, an sich selbst schon ein höchst verdächtiger Umstand, war schon zwei Stunden früher einigen alten Küstenfahrern aufgefallen, welche ihre müssigen Augenblicke gewöhnlich auf der Höhe zubrachten, wo sie die Zeichen des Wetters prüften und sich ihren traulichen Gesprächen hingaben; sie hatten die Sache ihren Bekannten mitgetheilt, und alsbald waren etliche zwanzig Personen auf der Promenade von Porto Ferrajo versammelt, lauter Leute, die in Allem, was den Seedienst betraf, entweder wirkliche Kenner waren oder sich wenigstens für solche hielten. Als aber vollends der lange, niedere, schwarze Rumpf, der so breite Segel trug, völlig sichtbar wurde, da schienen sich die schlimmen Anzeichen noch zu vermehren; dunkle Gerüchte verbreiteten sich in der Stadt, und Hunderte von Zuschauern strömten auf dem erwähnten Flecke zusammen, der, nach der Redeweise unserer Landsleute aus Manhattan, einer Batterie ziemlich ähnlich sah. Auch wäre dieser Name wirklich nicht so ganz unpassend gewesen, denn in der That war daselbst eine kleine Batterie, und zwar auf eine Art aufgepflanzt, daß eine Kugel recht leicht ihre zwei Drittel Meilen – ungefähr gerade so weit, als der Fremde noch vom Ufer entfernt war – reichen konnte.

Unter den Seemännern Elba's war Tommaso Tonti der älteste; dabei galt er glücklicherweise auch für einen nüchternen und gewöhnlich sehr verständigen Mann, und wurde deßhalb beinahe in Allem, was den Seedienst betraf, als das Orakel der Insel angesehen. Jeder von den Bürgern, mochte er nun Weinhändler, Krämer, Gastwirth oder Eisenarbeiter sein, fragte, sobald er die Höhe erreichte, unverzüglich nach dem alten Tonti oder 'Maso, wie man ihn gewöhnlich nannte, und drängte, so wie er in der Entfernung des grauköpfigen Seemannes ansichtig wurde, an seine Seite, bis sich zuletzt ein Haufen von beinahe zweihundert Männern, Weibern und Kindern mit einem Eifer um die Person des *Lootsen* versammelt hatte, wie sich etwa die Gläubigen in Augenblicken religiöser Auslegung um einen Lieblings-Ausleger des Gesetzes zu schaaren pflegen.

Dabei war bemerkenswerth, mit welcher Artigkeit die kleine Versammlung von höflichen Italienern den betagten Seemann bei dieser Veranlassung behandelte, denn Keiner unterbrach ihn mit Fragen, und Alle vermieden mit der größten Sorgfalt, sich zwischen ihm und der Küste aufzupflanzen, um ihn dadurch nicht an der ferneren Beobachtung des Fremdlings zu hindern. Fünf oder sechs andere Küstenfahrer von seinem Alter standen neben ihm; diese redeten ohne Scheu, wie ihre Erfahrung es mit sich brachte. Tonti aber hatte keinen geringen Theil seines Rufes gerade durch seine Vorsicht in der Aeußerung von Orakelsprüchen erlangt, so daß er meistens noch mehr zu wissen schien, als er in Wirklichkeit von sich gab, und er war deßhalb jederzeit sehr zurückhaltend. Während daher seine seemännischen Genossen allerhand widerstreitende Ansichten über den Charakter des unbekannten Ankömmlings preisgaben, und unter den versammelten Männern und Frauen hundert verschiedene Muthmaßungen von Munde zu Munde gingen, hatte man den Lippen des alten Mannes nicht eine einzige Sylbe entschlüpfen gehört, wodurch er hätte kompromittirt werden können. Er ließ die Andern nach Belieben schwatzen; er selbst fand es, seinen Gewohnheiten und wohl auch der Schwierigkeit der Aufgabe, in solchem Falle eine Entscheidung zu geben – weit angemessener, ein ernstes, unheilverkündendes Schweigen zu beobachten.

Wir haben oben von Frauen gesprochen: denn es war wohl natürlich, daß ein Ereigniß, wie das obenerwähnte, in einer Stadt von drei- bis viertausend Seelen auch eine ziemliche Anzahl von Personen des zarteren Geschlechts auf die Anhöhen locken mußte. Die meisten waren bemüht, so nahe als möglich zu dem betagten Seemanne hinzugelangen, um die erste Nachricht um so früher vernehmen, um so rascher verbreiten zu können; doch schien es fast, als ob unter den jüngeren gleichfalls eine Art weiblichen Orakels sich befände, denn theils von ihrer Neugierde getrieben, theils wohl auch von dem angeborenen Stolze und der Bescheidenheit ihres Geschlechts geleitet, welche ihnen in der Stellung etwas mehr Zurückhaltung zur Pflicht zu machen schienen, als ihre weniger gebildeten Gefährtinnen für nöthig hielten – hatte sich ein Dutzend der hübschesten Mädchen um *Ghita* versammelt, um zu vernehmen, was wohl diese vorläufig zu sagen haben mochte.

Wenn wir übrigens von der verschiedenen Stellung der Bewohner sprechen, so darf dieses Wort nur in äußerst eingeschränkter Bedeutung genommen werden. Porto Ferrajo zählte unter seiner Bevölkerung blos zwei Klassen – Handelsleute und Arbeiter; Ausnahmen hievon gab es höchstens ein Dutzend, bestehend aus einigen niederen Beamten der Regierung, einem Advokaten, einem Arzte und etlichen Geistlichen. Der Statthalter der Insel war zwar ein Mann von bedeutendem Range, beehrte aber den Ort nur selten mit seiner Gegenwart; sein Stellvertreter war nichts weiter als ein gewöhnlicher Beamter und aus der Stadt selbst gebürtig, wo sein früherer Stand zu wohl bekannt war, als daß er es hätte unternehmen dürfen, an dem Orte, wo er geboren worden, den Herrn zu spielen. – So bestanden denn auch Ghita's Gefährtinnen aus den Töchtern der Kaufherren und anderer Leute dieser Klasse, welche der Umstand, daß sie Lesen gelernt hatten, gelegentlich auch in Livorno gewesen waren und von Seiten des Regierungsbevollmächtigten freien Zutritt zu dessen Haushälterin besaßen – dazu verleitete, sich über die ungezwungenere Neugier der weniger gebildeten Mädchen der Stadt doch etwas erhaben zu dünken.

Ghita selbst verdankte übrigens den schon erwähnten Einfluß über ihre Freundinnen nicht sowohl dem zufälligen Vortheile einer Geburt als Krämers- oder Gastwirthstochter, als vielmehr ihren eigenen Vorzügen, denn ihre Herkunft, so wie ihr Familienname war den meisten Mädchen aus ihrer Umgebung gänzlich unbekannt. Sie hatte erst vor sechs Wochen gelandet, und war von einem Manne, der für ihren Vater galt, in Christofori Dovi's Hotel als bleibender Gast zurückgelassen worden. Der Umstand, daß sie Reisen gemacht hatte, gab ihr schon an sich eine gewisse Auszeichnung vor ihren Gefährtinnen; dazu kam noch ein starker Wille und große Entschiedenheit des Charakters, ein äußerst bescheidenes und anständiges Benehmen, verbunden mit einer auffallend zierlichen, mädchenhaften Gestalt und einem Gesichte, das zwar kaum für schön gelten konnte, aber im höchsten Grade einnehmend und anziehend war. Niemand dachte daran, nach ihrem Familiennamen zu fragen, und sie selbst schien es nicht für nöthig zu halten, desselben zu erwähnen. Der Name – Ghita – genügte; er war in der ganzen Stadt bekannt, und obgleich, es in Porto Ferrajo noch zwei oder drei andere Mädchen desselben Namens gab, so war sie doch schon eine Woche später, nachdem sie gelandet hatte, gleichsam durch gemeinsame Uebereinkunft als die Ghita von Allen gekannt und hoch geachtet.

Man wußte, daß Ghita Reisen gemacht hatte, denn sie war in einer Felucke, welche, wie man sagte, aus den neapolitanischen Staaten kam, auf Elba angelangt. Wenn sich dieß wirklich so verhielt, so war sie wahrscheinlich in der ganzen Stadt die einzige Person ihres Geschlechts, welche jemals den Vesuv gesehen und alle die Wunder in jenem Theile Italiens, dessen Ruf einzig nur der Gegend von Rom nachsteht, mit eigenen Augen angestaunt hatte. Wenn also überhaupt ein Mädchen den Charakter des Fremdlings zu errathen im Stande war, so konnte es in ganz Porto Ferrajo Niemand anders als Ghita sein, und dieß war denn auch der Grund, warum sich eine Schaar von wenigstens einem Dutzend Mädchen ihres eigenen Alters und dem Anscheine nach aus derselben Klasse, wie sie – ohne ihr Wissen und, ehrlich gestanden, auch ganz gegen ihren Willen, um ihre Person versammelt hatte.

Von der Zurückhaltung, welche die Neugierigen in 'Maso's Nähe beobachteten, war übrigens bei dieser Mädchengruppe nichts zu bemerken, denn obwohl sie vor ihrer Freundin alle mögliche Achtung hegten und ihre Vermuthungen lieber als die jeder andern Person mit angehört hätten, so fühlten sie dennoch ein so dringendes Verlangen, ihre eigenen Stimmen hören zu lassen, daß keine Minute verstrich, ohne daß ihren beweglichen Lippen allerlei Fragen und Muthmaßungen entschlüpft wären. Dabei kamen denn alle nur erdenklichen Muthmaßungen, mitunter auch die tollesten und abgeschmacktesten Einfälle zum Vorschein. Die Eine meinte, es sei ein Schiff mit Depeschen aus Livorno, das vielleicht sogar „Seine Excellenz“ am Bord haben könnte. Dagegen wurde jedoch geltend gemacht, daß Livorno im Norden und nicht im Westen von Elba liege. Eine Andere stellte die Vermuthung auf, es könnte wohl eine Ladung von Geistlichen führen, welche von Corsika nach Rom zögen: man warf aber ein, die Geistlichkeit stehe eben jetzt in Frankreich nicht so sehr in Gunsten, daß man ihr ein Schiff von so überlegenem Range, wie das des Fremdlings offenbar sein mußte, zur Ueberfahrt eingeräumt hätte. Eine Dritte, mit mehr Einbildungskraft als die beiden Vorhergehenden begabt, äußerte sogar Zweifel darüber, ob es überhaupt nur ein Schiff sei, denn, meinte sie, es sei gar nicht selten, daß ähnliche Luftgebilde auf der See erschienen, welche dann gewöhnlich das Bild einer außerordentlichen Erscheinung annähmen.

„ Si,“ sagte Annina, „das wäre aber ein förmliches Wunder, Maria; und warum sollten wir gerade jetzt ein Wunder erleben, da doch die Fasten und die meisten Festtage bereits vorüber sind? *Ich* glaube, daß es ein wirkliches Schiff ist.“

Die Anderen lachten, und nachdem man sich noch eine gute Weile mit vielem Eifer über die Sache besprochen hatte, kam man endlich mit allgemeiner Zustimmung dahin überein, daß das unbekannte Schiff bona fide als ein wirkliches

Fahrzeug irgend einer Gattung anzusehen sei, obwohl Alle darin einstimmten, daß es weder eine Felucke, noch eine Bombardiergalliote oder Galeere sei.

Diese ganze Zeit über war Ghita stumm und in Gedanken vertieft dagestanden, gerade wie Tommaso bei der andern Gruppe, nur aus ganz verschiedenem Beweggrunde. Trotz des unaufhörlichen Geplauders und der mancherlei spaßhaften Einfälle ihrer Freundinnen hatte sie den Blick kaum einen Augenblick von dem Lugger abgewendet, auf welchen ihr Auge wie durch einen Zauber festgebannt schien. Einem unbeschäftigten Zuschauer, der dieses interessante Mädchen beobachtet hätte, würde wohl der Wechsel in dem Ausdrucke ihres Gesichtes aufgefallen sein, das, voll zarten Gefühls, nur zu oft die vorübergehende Erregung ihres Innern ausdrückte. Wäre vollends dieser Beobachter scharfblickend genug gewesen, um solche Anregungen, vermöge der Lebendigkeit ihres Ausdrucks – von der gewöhnlicheren Empfindungsweise ihrer Gefährtinnen zu unterscheiden, so würde ihm nicht entgangen sein, wie bald ein Schatten der Angst und selbst der Unruhe, und bald wieder das heimliche Lächeln der Freude und des Entzückens in ihren sprechenden Zügen sichtbar wurde. Hohe Röthe wechselte mit tiefer Blässe, und als der Lugger plötzlich seinen Kurs wechselnd bei dem Winde braßte und dann, dem Delphin in seinen muthwilligen Sprüngen ähnlich, wieder davon abfiel – da leuchtete einen Augenblick lang ein Strahl der Freude in ihrem sanften blauen Auge, der das Mädchen wahrhaft bezaubernd machte.

Keine dieser vorübergehenden Erscheinungen war jedoch von der geschwätzigen Gruppe der sie umringenden Mädchen bemerkt worden, so daß sie, ohne eine Frage und noch viel weniger einen Verdacht zu erwecken, sich fast mit voller Freiheit den Eindrücken überlassen konnte, welche jenen öfteren Wechsel veranlaßt hatten.

Die Gruppe der Jungfrauen um Ghita hatte sich zwar, mit weiblichem Zartgefühl, etwas abseits von dem großen Haufen versammelt, war aber dennoch nur wenige Ruthen von 'Maso's Standpunkte entfernt, so daß eine aufmerksame Zuhörerin unter den Ersteren jedes Wort des alten Seemannes – wenn er nämlich überhaupt eines sprach – vernehmen konnte. Dieß geschah jedoch erst, als Tonti von dem Podesta, Vito Viti, der jetzt gleichfalls auf dem Hügel erschien, in eigener Person befragt wurde.

„Was hältst du von dem Burschen, guter 'Maso?“ fragte der Bürgermeister – der Arme war von der Anstrengung des Bergsteigens noch ganz erschöpft und keuchte trotz einem Wallfische, wenn er sich, um Athem zu holen, über's Wasser erhebt – nachdem er den Ankömmling selbst einige Zeit lang schweigend gemustert, mit der Miene eines Mannes, der sich vermöge seines Amtes berechtigt fühlt, Jedermann nach seinem Belieben auszufragen.

„Es ist ein Lugger, Signore,“ war die kurze und offenbar auch die richtige Antwort.

„So, so – ein Lugger also: nun so viel verstehen wir auch noch, Nachbar Tonti – aber was für eine Art von Lugger ist es? Da gibt's z. B. Feluckenlugger, Polackerlugger, Bombardierlugger und alle möglichen Sorten von Luggern: welcher von diesen Arten gehört nun dieser Lugger an?“

„Ei, Signor Podesta, wir Leute im Hafen wissen nichts von diesen Namen. Wir heißen eine Felucke – eine Felucke, eine Bombardiergalliote – eine Bombardiergalliote, einen Polacker – einen Polacker, und einen Lugger nennen wir – einen Lugger. Dieses hier ist, wie gesagt, ein Lugger.“

'Maso sprach dieß mit vollem Selbstbewußtsein, denn er fühlte, daß er hier in seinem eigenen Fahrwasser war, und es kam ihm ganz erwünscht, den Leuten allen zu beweisen, wie er sich auf diese Dinge viel besser als selbst ein Bürgermeister verstehe. Der Podesta dagegen sah, daß er sich in diesem Handel getäuscht hatte, und fühlte sich nicht wenig ärgerlich darüber, denn er setzte seinen Ehrgeiz darein, seine Mitbürger glauben zu machen, daß er von Allem Etwas verstehe, und hatte sich eingebildet, er habe auch hier eben so feine Definitionen gegeben, wie er's bei seinen gerichtlichen Verhandlungen zu thun gewohnt war.

„Nun meinetwegen, Tonti,“ antwortete Signor Viti, mit einer Protektorsmiene und höchst herablassendem Lächeln; „die Sache ist ja nicht der Art, daß sie voraussichtlich bis an den Gerichtshof zu Florenz gelangen müßte, und so mögen denn deine Erklärungen für genügend gelten, und ich will nichts weiter dagegen einwenden. – Ein Lugger ist also – ein Lugger.“

„ Si, Signore: gerade so nennen wir's unten im Hafen. Ein Lugger ist – ein Lugger.“

„Und jenes fremde Fahrzeug dort draußen ist ein Lugger? Behauptest du wirklich so, und bist du nöthigenfalls bereit, es zu beschwören?“

Nun konnte zwar 'Maso die Nothwendigkeit eines Eidschwures bei der ganzen Sache durchaus nicht einsehen, und war von jeher, wenn nicht gerade die Zollbeamten etwas der Art verlangten, in solchen Dingen ziemlich gewissenhaft; er fühlte sich deßhalb bei dieser Zumuthung etwas betroffen, und richtete abermals einen Blick auf den Fremden, ehe er seine Antwort gab.

„ Si, Signore,“ erwiederte er endlich, nachdem er sich noch einmal mit eigenen Augen von der Wahrheit überzeugt hatte, „ich *will* darauf schwören, daß jener Fremdling dort ein Lugger ist.“

„Und kannst du wohl auch noch sagen, ehrlicher Tonti, welcher Nation er angehört? In diesen unruhigen Zeiten ist die *Nation* von eben solcher Wichtigkeit, wie die *Takelage*.“

„Da habt Ihr ganz recht, Signor Podesta, denn wäre er ein Algierer Corsar, ein Maure oder ein Franzmann, so würde er jedenfalls in dem Kanal von Elba einen unwillkommenen Besucher abgeben. Der Bursche dort hat allerhand widersprechende Kennzeichen an sich, nach denen ich ihn bald zu dem einen und bald wieder zu dem andern Volke rechnen möchte: ich bitte Euch deßhalb, Signore, gönnt mir noch ein wenig Zeit, bis er etwas näher herangekommen ist – dann erst will ich meine bestimmte Meinung abgeben.“

Diese Forderung war durchaus vernünftig und fand auch keine Einwendung. Der Podesta wendete sich um und gewahrte Ghita. Sie hatte schon früher seine Nichte besucht, und er hegte eine sehr günstige Meinung von dem Verstande des

Mädchens: so näherte er sich ihr also mit dem Entschlusse, einen Augenblick mit ihr zu plaudern, ohne seiner Würde etwas zu vergeben.

„Der ehrliche 'Maso ist sehr bestürzt, der arme Bursche!“ bemerkte er mit huldvollem Lächeln, als ob er den Lootsen wegen seiner Verlegenheit bemitleide; „er will uns weiß machen, das unbekannte Fahrzeug da draußen sei ein Lugger, und kann doch nicht sagen, welchem Lande es angehört.“

„Es *ist* aber ein Lugger, Signore,“ erwiederte das Mädchen, tief Athem holend, als ob sie sich bei dem Klange ihrer eigenen Stimme erleichtert fühlte.

„Wie! du willst gar in der Schiffskenntniß so erfahren sein, daß du diese Einzelnheiten bis auf eine Meile Entfernung unterscheiden könntest?“

„Ich schätze den Abstand nicht auf eine Meile, Signore – nicht mehr als eine halbe, und überdieß vermindert er sich mit raschem Laufe, trotzdem daß der Wind so schwach ist. Uebrigens läßt sich ein Lugger von einer Felucke eben so leicht wie ein Haus von einer Kirche, oder gar einer unserer ehrwürdigen Geistlichen auf der Straße von einem Marinesoldaten unterscheiden.“

„Ja, ja, das wollte ich ja eben unserem 'Maso sagen, wenn der eigensinnige alte Mensch mich nur angehört hätte. Die Entfernung ist ungefähr gerade so, wie du gesagt hast, und nichts leichter als zu sehen, daß der Fremde ein Lugger ist. Was aber die Nation betrifft? –“

„Das läßt sich nicht so leicht bestimmen, Signore, ehe uns das Schiff seine Flagge gezeigt hat.“

„Beim heiligen Antonio! Du hast recht, Kind, und es ist nicht mehr als ziemlich, daß es uns endlich seine Flagge weise. Niemand hat ein Recht, dem Hafen seiner kaiserlich-königlichen Hoheit so nahe zu kommen, wenn er nicht seine Flagge aufsteckt und dadurch seine Abstammung, so wie seine redliche Absicht kund gibt. – Sind die Kanonen der Batterie, wie gewöhnlich, geladen, meine Freunde?“

Die Frage wurde bejaht, ihr folgte eine eilige Berathung zwischen einigen der angeseheneren Männer des Haufens, und dann schritt der Podesta mit wichtiger Miene auf den Regierungspalast zu. Nach fünf Minuten sah man einige Soldaten in der Batterie mit den nöthigen Vorbereitungen beschäftigt: sie schickten sich an, einen Achtzehnpfünder auf den Fremden zu richten.

Die Mehrzahl der Frauen wandte sich seitwärts und hielt sich die Ohren zu, da die Batterie kaum hundert Schritte von ihrem eigenen Standpunkte entfernt war; nur Ghita ließ nicht die leiseste Spur von Furcht für ihre eigene Person blicken, sondern bewachte, zwar mit bleichem Antlitz, aber mit festem Auge, in großer Spannung jede Bewegung der Artilleristen. Erst in dem Augenblicke, als diese abfeuern wollten, vermochte ihr die Angst einen lauten Schrei zu erpressen.

„Sie werden doch nicht auf den *Lugger* zielen!“ rief sie. „ *Das* ist doch gewiß nicht nöthig, Signor Podesta, um den Fremden zum Aufhissen seiner Flagge zu veranlassen. *So etwas* habe ich im Süden nie gesehen.“

„Ihr kennt unsere toskanischen Bombardiere nicht, meine kleine Signora," erwiederte der Bürgermeister mit mildem Lächeln und triumphirender Geberde. „Es ist ein Glück für Europa, daß das Großherzogthum so klein ist, denn seine Truppen würden sich selbst noch gefährlicher als die Franzosen erweisen!"

Ghita schenkte übrigens dieser Anspielung patriotischen Stolzes keine Aufmerksamkeit: beide Hände aufs Herz gepreßt, stand sie da, einer Statue der Erwartung ähnlich, während die Mannschaft in der Batterie ihr Geschäft verrichtete. In der nächsten Minute wurde die Lunte angelegt und die Kanone losgefeuert.

Während ihre Gefährtinnen alle Heiligen um Hilfe anriefen, und ihrem Schrecken durch Geschrei Luft machten, einige sogar im Entsetzen sich zur Erde niederduckten, stand Ghita, offenbar die zarteste von Allen, fest und aufrecht – und doch sprach sich in ihren Zügen mehr Theilnahme an dem Vorangegangenen aus, als in den Mienen aller Uebrigen zusammengenommen. Das Blitzen und der Donner des Geschützes äußerten offenbar keine Wirkung auf sie, und von den Artilleristen hatte Keiner den Knall der Kanone mit mehr Regungslosigkeit angehört als dieses schwache Mädchen. Sie ahmte sogar die Weise der Soldaten nach und bückte sich, um den Flug der Kugel zu beobachten, obgleich sie die Hände voll Herzensangst zusammenpreßte und zitternd den Ausgang zu erwarten schien.

Bald waren die wenigen Sekunden der Ungewißheit vorüber, und man sah, wie die Kugel eine volle Viertelmeile über dem Lugger hinaus das Wasser berührte, und noch zweimal so weit auf dem glatten Spiegel hintanzte, bis sie endlich durch ihre eigene Schwere in die Tiefe gezogen wurde.

„Die heilige Maria sei gepriesen!" murmelte das Mädchen, ohne es selbst zu wissen, leise vor sich hin, während ein halb freudiges, halb spöttisches Lächeln ihre Mienen erhellte. „Diese toskanischen Artilleristen sind keine gefährlichen Schützen!"

„Das nenne ich einmal mit Geschicklichkeit gefeuert, schöne Ghita!" rief der Bürgermeister und ließ beide Hände sinken, mit denen er sich die Ohren zugehalten hatte; „das war zum Erstaunen gut gezielt! Jetzt nur noch einen zweiten Schuß, wie diesen, aber gerade soweit vorwärts, und einen dritten, genau zwischen die beiden ersten – dann soll der Fremde die Rechte von Toskana respektiren lernen. – Was meinst du nun, ehrlicher 'Maso – wird uns wohl der Fremde erzählen, woher er ist, oder wird er noch länger unserer Macht Trotz bieten?"

„Ist er gescheidt, so wird er seine Flagge aufhissen: und doch sehe ich noch kein Zeichen, welches Anstalten hiezu verriethe."

Und so war es auch wirklich: der Fremde, obwohl im wirksamsten Bereiche der Batterie befindlich, zeigte durchaus keine Lust, die Neugierde der Stadtbewohner zu befriedigen oder ihre Besorgnisse zu zerstreuen. Zwei oder drei seiner Matrosen waren in der Takelage sichtbar, aber auch sie schienen vor dem so eben erhaltenen Gruße ihr Werk keineswegs zu beschleunigen, und von Bestürzung war vollends keine Spur zu bemerken.

Nach einigen Minuten drehte endlich der Lugger sein großes Segel, und lenkte dann mehr nach der Landspitze, so daß es schien, als ob er um das Vorgebirge herumsegeln und in die Bai steuern wollte.

Diese Bewegung veranlaßte die Artilleristen auf der Höhe, in ihrem Beginnen inne zu halten: der Lugger aber hatte sich den Klippen bereits bis auf eine Meile genähert, als er abermals und in aller Muße beidrehte, und seinen Kurs zum zweiten Male und zwar in der Richtung nach dem Eingange des Kanals änderte.

Jetzt folgte ein zweiter Kanonenschuß, der die Lobrede des Bürgermeisters rechtfertigte, und gerade so weit vorwärts vor dem Fremdling hinflog, als der erste hinter demselben das Wasser berührt hatte.

„Da sehen Sie, Signore," rief Ghita, voll Eifer zu dem Podesta sich wendend, „sie schicken sich bereits an, ihre Flagge aufzuhissen, denn sie kennen nunmehr Ihre Wünsche. Jetzt werden doch die Soldaten nicht noch einmal feuern!"

„Das wäre eine offenbare Verletzung des Völkerrechts, meine kleine Signora, und ein Makel an der Bildung der Toskaner. Ach! siehst du wohl, mein Kind, die Kanoniere haben es auch schon bemerkt, und legen bereits ihre Werkzeuge bei Seite. Cospetto! es ist doch Jammerschade, daß sie ihren dritten Schuß nicht noch anbringen konnten, damit du gesehen hättest, wie der Lugger getroffen worden wäre, denn bis jetzt konntest du blos die Vorbereitungen dazu wahrnehmen."

„O, 's ist schon genug, Signor Podesta," antwortete Ghita lächelnd, denn jetzt erst, da sie bemerkte, wie die Kanoniere kein weiteres Unheil beabsichtigten, konnte sie auch wieder lächeln; „wir Alle haben schon von euren Artilleristen auf Elba *gehört*, und das, was ich jetzt eben von ihnen *gesehen* habe, überzeugt mich vollkommen von dem, was sie bei vorkommender Gelegenheit zu leisten im Stande sind. Sehen Sie nur, Signore, der Lugger ist eben daran, unsere Neugierde zufrieden zu stellen."

In der That schien es der Fremdling nunmehr für passend zu halten, sich der allgemeinen Völkersitte zu bequemen. Der Lugger kam, wie wir schon oben erwähnt haben, doppelt geflügelt vor dem Winde daher, d. h. er hatte zwei seiner Segel so über's Kreuz gestellt, daß sie noch über die beiden Borde seines Rumpfes hinausragten – eine Lage, welche bei der Felucke, ganz besonders aber bei dem Lugger unter all' den graziösen Stellungen, welche sie anzunehmen vermögen, die malerischste genannt werden kann. Unähnlich den hohen, spitzköpfigen Segeln, welche der Mangel an Matrosen auf unseren Schiffen eingeführt hat, lassen diese, fast möchte man sagen, klassischen Seeleute – ihre zugespitzten Raaen weit über den Bord hinauslaufen, und ersetzen das, was ihren Segeln an Höhe abgeht, durch die größere Breite ihrer Leinwand. Bei der Felucke besonders scheint die Form der Segel im buchstäblichen Sinne den Flügeln eines großen Seevogels nachgebildet zu sein, denn sie stimmen so vollkommen mit der Gestalt der Letzteren überein, daß diese leichten Fahrzeuge in der ebenerwähnten Segelordnung einer Seemöve oder dem Falken, wenn er sich in den Lüften wiegt oder auf seine Beute herabschießt – am meisten ähnlich sehen.

Zwar entspricht der Lugger mit seiner eigenthümlichen Takelage vielleicht nicht so ganz den Anforderungen an malerische Schönheit, wie die eigentlich lateinischen Fahrzeuge; doch nähert er sich ihnen immer noch so weit, daß er dem Auge jederzeit einen angenehmen Anblick gewährt und besonders in der erwähnten Stellung höchst freundlich aussieht. Einem Seemanne macht er noch überdieß den Eindruck größerer Zweckmäßigkeit, denn seine Art, die Segel zu führen, setzt ihn in den Stand, mit den schwersten Stürmen, den wildesten Wogen den Kampf zu bestehen, während er bei heiteren Lüften und auf glattem Wasserspiegel dem Auge so wohlgefällig erscheint.

Der Lugger, der jetzt am Fuße der Berge von Elba vorüberzog, war ein Dreimaster, hatte aber nur an den beiden vorderen Stengen Segel aufgehißt. Der dritte Mast, in den Hackbord eingesetzt, war nur kurz und führte ein kleines Segel, das man in England ein Bratspillsegel nennt, und das, wenn es scharf angehalt wird, vornehmlich dazu dient, die Büge des Fahrzeugs in den Wind zu bringen und dasselbe luvgierig zu machen, wie dieß in der Kunstsprache genannt wird.

Uebrigens war eben jetzt kaum ein leichtes Athemholen des Windes zu verspüren, und selbst Ghita, welcher das heiße Blut ihrer Heimath in den Wangen glühte, fühlte sich nur von einem leisen Lüftchen angefächelt, das ihr gelegentlich die Locken aus dem Gesichte wehte, welche mit der Seide ihres Geburtslandes an Glanz, wie an Zartheit zu wetteifern schienen, da sie sonst wohl schwerlich von dem sanften Hauche der Seeluft bewegt worden wären.

Dafür hatte der Lugger aber auch seine leichtesten Segel entfaltet – die schwereren blieben für die Zeit des Sturmes aufbewahrt – und die Leinwand blähte sich gleich den Falten eines Luftballons in dem milden Hauche des Abends; von Zeit zu Zeit, wenn eine höhere Woge die Raaen hin- und herschüttelte, klappten die Segel zwar wieder zusammen, im Ganzen aber standen sie doch fest und gehorchten dem Luftzuge fast mehr aus freiem Willen als von einer mechanischen Macht getrieben.

Die Wirkung hiervon auf den Rumpf des Fahrzeugs war beinahe eine zauberhafte zu nennen, denn trotz der fast unmerklichen Gewalt, womit das Schiff bei seiner leichten, ausnehmend zierlichen Bauart vorwärts getrieben wurde, legte es dennoch zwischen drei bis vier Knoten in der Stunde zurück – eine Schnelligkeit, welche der eines rüstigen Fußgängers so ziemlich gleich kommt. Die Mannschaft am Bord konnte die Bewegung ihres Schiffes nur mit Mühe bemerken, denn dieses schien eher dahin zu gleiten, als vorwärts zu segeln, und die Wellen in seinem Kielwasser waren nicht stärker gekräuselt, als wenn man mit dem Finger rasch durch eine ruhige Wasserfläche fährt. Die leiseste Bewegung mit dem Steuer änderte augenblicklich den Kurs des kleinen Schwimmers, der dann seine Wendungen und Biegungen mit der Leichtigkeit und Grazie einer Ente ausführte. Das Bratspillsegel besonders, das aufgegeit war, und, jeden Augenblick zum Gebrauche bereit, in schönen Gewinden von seiner leichten Raa herabhing, trug gerade jetzt vornehmlich zu dem zierlichen Aussehen des ganzen Fahrzeugs bei, das in den Augen eines Seemanns etwas gar Geheimnißvolles, ja sogar Verdächtiges an sich hatte, so daß 'Maso's Mißtrauen nicht ohne Grund erwacht zu sein schien.

Die Vorbereitungen zum Aufhissen der Flagge, welche Ghita's rascher, schnell auffassender Blick sogleich bemerkt hatte und die selbst dem trägeren Auge der Kanoniere nicht entgangen waren, wurden eben an dem äußeren Ende dieser Bratspillraa getroffen. Ein Junge hatte sich auf dem Hackbord gezeigt, und war offenbar damit beschäftigt, die Flaggenfall zu diesem Zwecke loszumachen. Nach einer halben Minute verschwand er wieder, und sogleich sah man eine Flagge stät und langsam an ihrem Stocke emporsteigen.

Im Anfang hing das Flaggentuch in gerader Linie abwärts, so daß man nichts weiter daran erkennen konnte; doch bald breiteten sich seine Falten rasch auseinander, als sei am Bord dieses leichten Fahrzeugs Alles eben so luftig und flink, wie der Hauptkörper selbst, und man sah ein weißes Feld, von einem rothen Kreuze rechtwinkelig durchschnitten, mit demselben Zeichen in dem Innern der beiden obern Quartiere.

„ Inglese!“ rief 'Maso, bei dem Anblick der fremden Flagge seine Muthmaßung endlich preisgebend – „ja, Signore, 's ist ein Engländer. Ich *dachte* mir's gleich im Anfang; doch da der Lugger nicht die sonst übliche Takelage seiner Nation zeigt, so mochte ich's nicht wagen, meine Meinung zu äußern.“

„Ja, ja, ehrlicher Tommaso! es ist ein wahres Glück, in diesen unruhigen Zeiten einen so geschickten Seemann, wie Euch, neben sich zu haben! Ich wüßte wahrlich nicht, wie wir sonst ausfindig gemacht hätten, welchem Volke der Fremde angehört. – Ein Engländer also! Corpo di bacco! Wer hätte geglaubt, daß ein so mächtiges Seevolk, das überdieß noch so weit entfernt wohnt, dieses kleine Fahrzeug eine so große Strecke herschicken würde! 's ist ja schon eine ziemliche Reise von Elba nach Livorno – nicht wahr, Ghita? – und doch, möcht' ich behaupten, ist England noch zwanzigmal weiter entfernt.“

„Ich weiß wenig von England, Signore, aber ich habe gehört, daß es jenseits unserer eigenen See liegen soll. Dieß ist übrigens die Flagge jenes Landes, denn ich habe sie schon oft gesehen. Viele Schiffe jener Nation kommen an die Küsten im tiefern Süden.“

„Ja, das Land hat große Seemänner; dagegen soll es, wie man mir sagt, weder Wein noch Oel erzeugen. Dabei sind die Engländer Bundesgenossen des Kaisers und Todfeinde der Franzosen, welche in Oberitalien so viel Unheil angerichtet haben. Das macht schon etwas aus, Ghita, und jeder Italiener sollte die Flagge ehren. – Ich fürchte aber, der Fremde hat nicht die Absicht, in unsern Hafen einzulaufen.“

„Seinem Kurse nach sollte man es allerdings nicht glauben, Signor Podesta,“ antwortete Ghita mit einem leisen Seufzer, den jedoch außer ihr selbst sonst Niemand wahrnahm. „Vielleicht macht er Jagd auf einen Franzosen, von denen man im vergangenen Jahre so viele, nach Osten steuernd, gesehen haben will.“

„Ja, das war allerdings ein großes Unternehmen!“ erwiederte der Bürgermeister mit imponirender Geberde und weit aufgerissenen Augen. „General Bonaparte, derselbe, der in den beiden verflossenen Jahren im Mailändischen und in den päpstlichen Staaten wie ein Teufel gehaust hat, segelte plötzlich, wie man uns versicherte, mit zwei- bis dreihundert Schiffen von Frankreich ab, ohne daß ein Sterbensmensch gewußt hätte, worauf es gemünzt war! Einige sagten, er wolle das heilige Grab zerstören; Andere, es gelte, den Großtürken zu vernichten, und wieder Andere, man gedenke, die Inseln zu erobern. In der nämlichen Woche lief ein Schiff in unsern Hafen ein, und brachte die Nachricht, der General habe die Insel Malta in Besitz genommen, in welchem Falle wir auch für Elba hätten zittern müssen. Ich hatte von Anfang an meine eigenen Vermuthungen!"

„Das Alles habe ich damals auch gehört, und mein Oheim würde Ihnen vermuthlich besser als ich sagen können, was wir Alle bei jener Nachricht empfanden!"

„Nun, das Alles ist jetzt vorbei – die Franzosen sind in Egypten – dein Oheim aber, Ghita, ist in See gegangen, wie ich höre?"

Mit letzterer Frage wollte der Podesta das Mädchen ausforschen; er hatte sie eigentlich nur so ganz sorglos hinwerfen wollen, ohne aber dabei einen gewissen argwöhnischen Seitenblick verbergen zu können.

„Ich glaube so, Signore," lautete des Mädchens Antwort; "doch weiß ich nur wenig von seinen Geschäften. Uebrigens ist jetzt die Zeit gekommen, wo ich ihn erwarten sollte. Sehen Sie doch nur, Excellenz!" – dieß war ein Titel, der den Bürgermeister unfehlbar erweichte und seine Aufmerksamkeit von andern Gegenständen gänzlich auf seine eigene Person lenkte – „der Lugger scheint in der That Lust zu haben, einen Blick in die Bai zu werfen, wenn nicht gar in dieselbe einzulaufen."

Diese Bemerkung gab dem Gespräche eine andere Wendung. Sie war übrigens keineswegs ungegründet, denn der Lugger, der mittlerweile das Vorgebirge im Westen hinter sich hatte, schien in der That geneigt, Ghita's Vermuthung zu bestätigen. Er hatte sein großes Segel beigedreht, die beiden bis jetzt aufgehißten auf die Backbordseite gebracht, und sich so weit luvwärts gewendet, daß sein Gallion statt der bisherigen Richtung längs des Kanals auf die gegenüberliegende Seite der Bai lossteuerte.

Diese Aenderung in dem Kurse des Luggers brachte unter der versammelten Volksmenge eine allgemeine Bewegung hervor: Alle begannen die Höhe zu verlassen, und eilten die abschüssigen Terrassen der Straße hinab, um so bald als möglich den Hafen zu erreichen. Der Podesta war mit 'Maso unter den Vordersten des Zuges; die Mädchen, mit Ghita in der Mitte, folgten mit gleicher Neugierde, nur mit noch weit rascheren Schritten.

Bald hatte die Menge die Quai's, die Straßen, die Verdecke der Felucken und andere die Aussicht beherrschende Punkte besetzt, und man sah den Unbekannten in der Mitte der breiten und tiefen Bai dahingleiten; er hatte sein Bratspillsegel ausgeholt – die übrigen Segel waren rückwärts gestellt, so daß er dem Winde, so zu sagen, gerade in's Auge sah, wenn man es überhaupt Wind nennen konnte, was wenig mehr als ein Seufzen des klassischen Zephyrs war.

Seine Bewegung geschah natürlich nur langsam, aber immer noch mit gleicher Leichtigkeit und Anmuth. Nachdem er etwas über eine Meile über den Eingang des

Hafens hinaus gesegelt war, wendete er plötzlich, und schaute jetzt geradezu gegen die Stadt. Er war übrigens nunmehr den westlichen Klippen so nahe gekommen, daß diese ihm das bischen Wind, welches in ihrer Richtung wehte, jetzt gänzlich entzogen, und nachdem er seine Segel noch eine halbe Stunde offen gehalten, wurden sie plötzlich an die Raaen gehißt, und der Lugger ging auf der kleinen Rhede vor Anker.

Zweites Kapitel

Ein paar französ'sche Phrasen – das war Alles,
Was er gelernt für seine ferne Reise:
Und so, gehorsam seines Herrn Befehlen,
Versucht der Junge denn die fremde Weise.

Cowper.

Es war mittlerweile beinahe völlig dunkel geworden, und die Menge, welche nunmehr ihre müssige Neugierde befriedigt hatte, begann sich allmählig zu zerstreuen. Signor Viti blieb bis zuletzt, denn in solchen unruhigen Zeiten, das fühlte er wohl, forderte die Pflicht von ihm, auf seiner Hut zu sein; bei all' seiner geräuschvollen Thätigkeit war es aber seiner Wachsamkeit dennoch entgangen und auch seine emsig fortgesetzten Beobachtungen wollten ihm nichts davon entdecken – daß der Fremdling, der mit so vieler Zuversicht in die Bai hereingesteuert war, seinen Ankerplatz auf einem Punkt gewählt hatte, wo nicht eine einzige Kugel von den Batterien ihn erreichen konnte, während er selbst, wenn er anders zu Feindseligkeiten geneigt gewesen wäre, den ganzen kleinen Hafen hätte bestreichen können. Das machte aber – Vito Viti war zwar ein enthusiastischer Verehrer, aber nichts weniger als ausübender Kenner der Schießkunst, und mochte sich nicht gerne mit der Wirkung von Kugeln befassen, den einzigen Fall ausgenommen, wenn dieselbe nicht auf ihn selbst, sondern auf Andere berechnet war.

Von all' den neugierigen, zum Theil wohl auch ängstlichen und Schlimmes witternden Zuschauern, welche sich seit dem Augenblicke, da die Absicht des Luggers, in die Bai hereinzusteuern, bekannt geworden – im Hafen und in dessen Nähe versammelt hatten, blieben Ghita und 'Maso allein am Strande zurück, nachdem das Schiff vor Anker gegangen war. Der Lugger war von den Beamten, welche das Quarantaine-Gesetz – diesen mächtigen, physischen wie moralischen Popanz des mittelländischen Meeres – aufrecht zu erhalten hatten, laut angerufen und die vorgelegten Fragen auf eine Art beantwortet worden, welche für den Augenblick alle weiteren Zweifel beseitigte.

„Woher kommt Ihr?“ lautete die Frage, welche im italienischen Provinzialdialekt gestellt wurde.

„Aus England, mit Berührung von Lissabon und Gibraltar,“ lautete die Antwort, welche glücklicherweise lauter Orte enthielt, welche, was die Pest betraf, von jedem Verdachte frei waren und eben damals sehr günstige Gesundheitstabellen aufzuweisen hatten.

Nur der Name des Fahrzeugs schien von der Art, daß sich alle Kenner der englischen Sprache, deren Porto Ferrajo sich rühmen konnte, vergeblich die Köpfe darüber zerbrachen. Er war zwar von einem der an Bord Befindlichen deutlich genug angegeben worden; aber das Quarantaine-Personal hatte auf seine Frage:

„ Come chiamate il vostro bastimento?“

D. U.immer wieder und zu drei verschiedenen Malen die Antwort erhalten:

„ The Wing and Wing.“

„ Come?“

„ The Wing and Wing.“

Eine lange Pause folgte; die Beamten steckten die Köpfe zusammen, um vorerst die Worte, die sie gehört, mit denen, wie ihre Gefährten sie vernommen, zu vergleichen, und dann einen Einwohner, welcher das Englische zu verstehen vorgab, dessen Kenntniß aber nur so weit reichte, als dieß bei einem Sprachkundigen in einem wenig besuchten Hafen gewöhnlich der Fall ist – um die Bedeutung derselben zu befragen.

„ Ving-y-Ving!“ brummte dieser Dolmetscher, der sich in keiner kleinen Verlegenheit befand, „was zum Teufel ist das für ein sonderbarer Name! Fragt sie doch noch einmal!“

„ Come si chiama la vostra barca, Signori Inglesi?“

D. U.wiederholte Derjenige, der zuerst angerufen hatte.

„ Diable!“ fluchte Einer auf Französisch, „es heißt the Wing and Wing; Ala e Ala„ Ala e Ala!“ wiederholten die Quarantaine-Beamten, sahen einander erstaunt in's Gesicht und lachten, wiewohl noch immer etwas verlegen und zweifelhaft – „ Ving-y-Ving!“

Diese Scene ereignete sich, eben als der Lugger seinen Anker auswarf und die Menge sich zu zerstreuen anfing. Das Ganze verursachte nicht wenig Gelächter, denn bald verbreitete sich in dem Städtchen das Gerücht, es sei so eben ein Fahrzeug aus England angelangt, das in der Sprache jener Inselbewohner – Ving-y-Ving – auf Italienisch – Ala e Ala – heiße – ein Name, der Allen, die ihn hörten, ausnehmend abgeschmackt vorkam.

Zur Bestätigung der Thatsache zeigte der Lugger übrigens an dem Ende seiner großen Raa eine kleine viereckige Flagge, auf welcher, wie man dieß zuweilen in Wappenbüchern findet, zwei große Flügel mit einem Hahnenschnabel in der Mitte gemalt oder eingewirkt waren. Das Ganze hatte viel Aehnlichkeit mit dem Aeußern eines Cherubs, wie die menschliche Einbildungskraft sich diese himmlischen Wesen zu denken gewohnt ist, und schien auch die Beobachter am Strande vollkommen zu befriedigen, welche allzu wohl mit Kunstgebilden vertraut waren, um nicht zuletzt doch noch einen ziemlich deutlichen Begriff von dem, was „ Ala e Ala" zu bedeuten habe – zu erhalten.

Wie schon gesagt, waren 'Maso und Ghita, selbst nachdem die Andern sich zum Abendessen nach Haus verfügt hatten, allein am Ufer zurückgeblieben. Der Lootse – denn so wurde Tonti gewöhnlich genannt, weil er, als ein mit der Küste wohl vertrauter Seemann, auf den verschiedenen Fahrzeugen, worauf er diente, vornehmlich dieses Amt versah – behauptete seinen Posten am Bord einer Felucke, zu welcher er gehörte, und bewachte die Bewegungen des Luggers; das Mädchen aber hatte, wie es ihrem Geschlechte geziemte, ihren Standpunkt auf dem Quai so gewählt, daß sie mit den rohen Matrosen im Hafen nicht in Berührung kommen, und doch Alles bemerken konnte, was mit dem „Doppelflügler" vorging.

Es verstrich übrigens mehr als eine halbe Stunde, ehe irgend ein Zeichen sichtbar wurde, das die Absicht zu landen verrathen hätte; erst als es völlig dunkel war, wurde auf dem Lugger ein Boot ausgesetzt, das man gegen die gewöhnliche Hafentreppe heranrudern sah, wo einige Mauthbeamte zu seinem Empfange bereit standen.

Es ist eben nicht nöthig, uns bei den Förmlichkeiten dieser Offizianten länger aufzuhalten. Die lästigen Menschen hatten Laternen bei sich, und waren, wie gewöhnlich, sehr aufmerksam bei der Untersuchung der Papiere; es schien aber, daß der im Boote befindliche Fremde Alles in Ordnung hatte, denn nach kurzem Aufenthalte wurde ihm die Landung gestattet.

In diesem Augenblicke ging Ghita nahe an der Gruppe vorüber, indem sie Gesicht und Gestalt des Fremden scharf in's Auge faßte; sie selbst war so dicht in einen Mantel gehüllt, daß ein Erkennen ihrer Person sehr schwer, wenn nicht gar unmöglich gewesen wäre. Das Mädchen schien mit dem Resultate ihrer Untersuchung zufrieden, denn unmittelbar darauf war sie verschwunden.

Nicht so 'Maso, denn dieser hatte sich unterdessen von der Felucke herbeigemacht, und gelangte noch zeitig genug zu der Treppe, um mit dem Fremden ein Wort zu sprechen.

„Seine Excellenz, der Podesta," begann der Lootse, „hat mir aufgetragen, Euch zu sagen, Signore, daß er in seinem Hause der Ehre Eures Besuches harre; dasselbe ist ganz in der Nähe, in der Hauptstraße der Stadt, so daß es Euch nur Vergnügen machen kann, dahin zu lustwandeln; ich weiß, daß es ihn sehr verdrießen würde, wenn er nicht so glücklich wäre, Euch bei sich zu sehen."

„Seine Excellenz ist ein Mann, den man nicht verdrießlich machen darf," antwortete der Fremde in sehr gutem Italienisch; „die nächsten fünf Minuten sollen ihm beweisen, wie sehr mir daran gelegen ist, ihm meine Achtung zu beweisen."

Mit diesen Worten wandte er sich an die Mannschaft seines Boots und befahl ihnen, nach dem Lugger zurückzukehren und wohl auf das Signal Acht zu geben, das sie vielleicht an den Strand zurückführen könnte.

Während 'Maso dem Fremden den Weg nach Vito Viti's Wohnung zeigte, konnte er sich nicht enthalten, in der Hoffnung, daß hierdurch einige Zweifel, die ihn beunruhigten, beseitigt werden könnten – verschiedene Fragen an denselben zu richten.

„Seit wann, Signor Capitano,“ fragte er, „habt ihr Engländer euch zu der Segelweise der Lugger bekehrt? Für Euer einen ist dieß doch eine ganz neue Takelage?“

„ Corpo di Bacco!“ gab der Andere lachend zur Antwort, „wenn Ihr mir auf's Haar hin den Tag bestimmen könnt, wo Branntwein und Spitzen zum ersten Mal aus Frankreich nach meinem Vaterlande eingeschmuggelt wurden, dann, mein Freund, will ich Euch Eure Frage beantworten. Mir scheint, Ihr seid auf Euren Seefahrten wohl niemals so weit nördlich gekommen, daß Ihr die Bai von Biscaya oder den brittischen Kanal gesehen hättet, sonst müßtet Ihr wissen, daß ein Guernsey-Bewohner mit dem Takelwerke eines Luggers weit besser als mit dem eines größeren Schiffes vertraut ist.“

„Guernsey ist ein Land, von dem ich noch niemals gehört habe,“ versetzte 'Maso in seiner Einfalt – „hat es etwa Verwandtschaft mit Holland – oder gar mit Lissabon?“

„Mit keinem von beiden. Guernsey ist eine ehemals französische Besitzung, welche die Engländer aber schon vor mehreren hundert Jahren erobert haben. Es ist eine Insel, die dem König Georg gehört, die aber in Sprache und Sitten immer noch halb gallisch ist, wie denn ein größerer Theil ihrer Bewohner noch französisch spricht. Dieß ist der Grund, warum wir die Lugger den Kuttern vorziehen, welch' letztere mehr die englische Takelage führen.“

'Maso schwieg, denn diese Antwort hatte in der That die mancherlei Besorgnisse, welche er hegte, mit einem Male zerstreut. Er hatte an dem fremden Fahrzeuge so Vieles wahrgenommen, was ihm als Französisch aufgefallen war, daß allerhand Zweifel über dessen wahren Charakter in ihm aufgestiegen waren; jetzt aber fühlte er, wenn anders die Angabe des Kapitäns sich bestätigen sollte, jedes Mißtrauen beseitigt, denn was war wohl natürlicher, als daß ein Fahrzeug, das auf einer ursprünglich französischen Insel ausgerüstet worden, auch einige von den Eigenthümlichkeiten des Volkes, welches dasselbe erbaut, an sich tragen mußte?

Der Podesta war zu Haus und erwartete seinen Besuch. 'Maso wurde zuerst zu einer geheimen Unterredung zugelassen, während deren der Fremde in dem Vorzimmer allein blieb. Der Lootse theilte seinem Herrn in dieser kurzen Besprechung alles mit, was er zu sagen hatte – seine Verdachtsgründe, wie auch die anscheinende Lösung des Räthsels. Nachdem dieß vorüber war, verabschiedete er sich und erhielt einen Paolo zur Belohnung.

Vito Viti empfing sodann seinen Gast in dem Vorzimmer; da aber noch keine Lichter aufgestellt waren, so blieb es so dunkel, daß Keiner von Beiden die Gesichtszüge des Andern unterscheiden konnte.

„Signor Capitano,“ bemerkte der Bürgermeister, „der Vice-Statthalter befindet sich in seinem Palaste auf dem Hügel, und wird von mir die Aufmerksamkeit erwarten, daß ich Euch zu ihm bringe, um Euch selbst die Honneurs des Hafens erweisen zu können.“

Der Podesta brachte diese Einladung, welche schon an und für sich durchaus vernünftig und den bestehenden Gebräuchen gemäß war, mit einer Artigkeit vor, gegen welche der Fremde nichts einzuwenden hatte. So verließen sie denn Beide die Wohnung des Bürgermeisters und gingen nach dem Palaste des Statthalters – einem Gebäude, das seitdem als die Wohnung eines Kriegers, der zu seiner Zeit fast ganz Europa unterjochte, berühmt geworden ist.

Vito Viti war ein kurzes, engbrüstiges Männchen, und brauchte eine ziemliche Zeit, um die treppenähnlichen Straßen hinanzusteigen; sein Gefährte dagegen schritt über die Terrassen mit einer Raschheit, einer Leichtigkeit, welche ihn schon an sich selbst als einen jungen Mann erscheinen ließen, wenn dieß auch nicht aus seiner Miene und Haltung überhaupt, so viel man in der Dunkelheit davon erkennen konnte – hervorgegangen wäre.

Andrea Barrofaldi, der Vicestatthalter, gehörte zu einer ganz anderen Gattung von Leuten, als sein Freund, der Bürgermeister. Er besaß freilich nicht viel mehr Lebenserfahrung und Weltkenntniß, als dieser, war dagegen sehr belesen und hatte mehrere brauchbare Werke geschrieben, die zwar in Beziehung auf Geist in keinem großen Rufe standen, dafür aber in ihrer Art recht nützlich waren und eine tüchtige Gelehrsamkeit verriethen – ein Umstand, dem er überhaupt seine jetzige Stelle verdankte.

Es gehört zu den Seltenheiten, wenn ein bloßer Gelehrter auch für das öffentliche Leben tauglich ist, und doch geben sich fast alle Regierungen den Schein, als ob sie die Wissenschaft beschützten: ganz besonders ist dieß bei solchen der Fall, welche sich im Allgemeinen um Literatur so wenig bekümmern, daß es wohl einiger Versicherungen von Achtung für dieselbe bedarf, um ihren Charakter nicht darunter leiden zu lassen. Dieß ist der Grund, warum wir auch in den Vereinigten Staaten, wo die Gesetze sich der *Rechte* und Interessen der gelehrten Stände so wenig annehmen, daß sie dieselben sogar bei der Ausübung ihres Berufes allerhand lästigen Abgaben unterwerfen, von denen sich eine andere christliche Nation kaum etwas träumen läßt – so manche hochtrabenden Ansprüche auf den Ruhm einer solchen Bildung vernehmen, trotzdem, daß *das System der Belohnungen und Strafen* mes amis, das allgemein vorherrscht, vor Allem verlangt, daß Derjenige, der dessen Wohlthaten genießt, zuerst allerhand närrische Proben ablegen soll, um seine Tauglichkeit für ein Amt zu beweisen.

Andrea Barrofaldi hatte keinen ähnlichen politischen Purzelbaum gemacht, und war demgemäß sogar ohne die schönklingende Phrase – „er habe nie darnach verlangt“ – zu seinem Amte gekommen. Er hatte seinen jetzigen Posten erhalten, ohne daß in den toskanischen Journalen eine Sylbe davon erwähnt worden wäre, „wie er gegründete Zweifel in sich hege, ob er denselben auch annehmen dürfte“; man ging dabei so offen und einfach zu Werke, wie dieß immer der Fall sein wird, wenn Ehrlichkeit und Vertrauen die Grundlage des Verfahrens bilden, ohne daß von einer Anmaßung, und noch weniger von Bemerkungen darüber die Rede gewesen wäre.

Er bekleidete sein Amt nun schon seit zehn Jahren, und hatte während dieser Zeit eine ausnehmende Geschicklichkeit in Ausübung der gewöhnlichen Dienstverrichtungen seines Postens erlangt, dessen Pflichten er stets mit Treue und Eifer nachkam. Doch war er dabei seinen geliebten Büchern keineswegs untreu geworden, und eben in dem Augenblick, mit dem wir die folgende Scene eröffnen, hatte Signor Barrofaldi – für den zu verhandelnden Gegenstand ein sehr gelegenes Thema – einen ausgedehnten, tief eindringenden Kursus im Studium der Geographie beendigt.

Der Fremde wurde im Vorzimmer zurückgelassen, während Vito Viti in das innere Gemach eintrat und mit seinem Freunde, dem Vicestatthalter, eine kurze Unterredung pflog. Sobald diese zu Ende war, kehrte Ersterer zurück, um seinen Gefährten dem Stellvertreter eines Großherzogs, wenn nicht gar eines Königs vorzustellen.

Es war an dem heutigen Abende das erste Mal, daß der unbekannte Seemann in eine Beleuchtung trat, welche seine Gestalt deutlich unterscheiden ließ, und sobald die Strahlen einer hellen Lampe ihnen erlaubten, ihre Untersuchung zu beginnen, waren auch die Blicke beider Beamten mit lebhafter Neugierde auf den Fremden gerichtet. In einer Beziehung wenigstens fühlte sich keiner von Beiden getäuscht, denn Gesicht, Gestalt und Aussehen des Seemannes übertrafen sogar noch ihre Erwartungen.

Der Fremde war ein Mann von sechsundzwanzig Jahren und maß gewiß seine vollen sechs Fuße; seine Gestalt war ein wahres Musterbild männlicher Schönheit, und sein muskulöser Gliederbau ließ auf entsprechende Stärke schließen. Er trug die Alltagsuniform eines Seemanns, zeigte aber dabei eine Zierlichkeit und Eleganz, welche einem jeden Anderen, als Andrea Barrofaldi, der solche Dinge mehr aus Erfahrung als aus Büchern gewußt hätte – sogleich aufgefallen wäre, da sie der männlichen Einfachheit der Engländer im Anzug gänzlich fremd war. Auch seine Gesichtszüge hatten mit dem Typus jener Insulaner nicht die mindeste Aehnlichkeit, denn sein Profil zeigte, besonders um Mund und Kinn, eine wahrhaft klassische Schönheit; seine Wangen hatten keine Spur von Roth, und sein Teint war eher dunkelbraun. Das Auge war kohlschwarz, und sein Gesicht bis zur Hälfte von einem Backenbarte bedeckt, dessen Farbe mit der Schwärze eines Rabenfittichs wetteiferte.

Sein Gesicht, als ein Ganzes betrachtet, war ausnehmend schön; übrigens ist das Wort – schön – nicht bezeichnend genug, um den ganzen Charakter einer Gesichtsbildung auszudrücken, bei welcher das Bild irgend einer Antike als Modell gedient zu haben schien; besonders war dieß der Fall, wenn seine Züge von einem eigenthümlichen Lächeln erheitert wurden, welches sein Antlitz zuweilen fast eben so bezaubernd, wie das eines lieblichen Mädchens machte. Uebrigens war in der ganzen Erscheinung des jugendlichen Fremden durchaus nichts Weichliches zu bemerken; denn seine männliche, wenn gleich süßklingende Stimme, die gedrungene Gestalt und der feste Blick bürgten für einen kräftigen, entschlossenen Geist.

Der Vicestatthalter, wie der Bürgermeister, waren beide von den ungewöhnlichen körperlichen Vorzügen, so wie von der feinen Miene des Fremden betroffen, und selbst als die gewöhnlichen Begrüßungen vorüber waren, schauten sie ihm noch eine halbe Minute unverwandt in's Gesicht, ehe die Gesellschaft sich niedersetzte. Auf einen Wink Signor Barrofaldi's nahmen endlich alle Drei die angewiesenen Stühle ein und der Letztere eröffnete das Gespräch.

„Wie mir gemeldet wird, so haben wir die Ehre, Signor Capitano, ein Schiff aus England in unserem kleinen Hafen zu sehen," begann der Vicestatthalter und betrachtete dabei den Andern ernsthaft durch seine Brille, indem er nicht ganz frei sogar von Mißtrauen zu sein schien.

„Dieß ist allerdings die Flagge, unter der ich zu dienen die Ehre habe, Herr Vicestatthalter," versetzte der junge Seemann.

„Ihr seid wahrscheinlich selbst ein Engländer, Signor Capitano – wie soll ich Euren Namen in dieses Buch hier eintragen?"

„Jaques Smeet," antwortete der Andere, indem er den Namen, der eigentlich „Jack Smith" lauten sollte, auf eine Weise betonte, welche dem Ohre eines mit der Eigenthümlichkeit der so höchst unmusikalischen englischen Aussprache Vertrauten sehr verdächtig geklungen haben würde.

„Jaques Smeet!" – wiederholte der Vicestatthalter – „das heißt in unserem Italienisch – Giacomo –"

„Nein – nein – Signore," fiel Kapitän Smeet hastig ein, „nicht Jaqueomo, sondern Jaques – Givoanni ist mein Name, der mit Hilfe von etwas Salzwasser in ›Jaques‹ umgewandelt wurde."

„Aha! jetzt fange ich an, Euch zu verstehen, Signore; ihr Engländer seid dieß in eurer Sprache so gewöhnt; Ihr selbst aber habt das Wort, unsern Ohren zu Gefallen, etwas weicher ausgesprochen. Wir Italiener sind jedoch mit dieser Betonung schon vertraut und ich kenne den Namen recht wohl. – „Giac Smeet" – Capitano Giac Smeet – ich habe meinen englischen Sprachlehrer lange im Verdachte der Unwissenheit gehabt, Signore, denn dieser, ein bloßer Lootse aus Livorno, der früher auf einem englischen Kriegsschiffe diente, sprach Euren ehrbaren Namen wie ›Smees‹ aus."

„Da hat er sehr unrecht gehabt, Signor Vicestatthalter," antwortete der Fremde nach einem leisen Räuspern; „unsere Familie hat von jeher ›Smeet‹ geheißen."

„Und der Name Eures Luggers, Signor Capitano Smeet?" fuhr der Andere fort, während er in Erwartung einer Antwort die Feder zum Schreiben bereit hielt.

„Der Ving and Ving," lautete die Erwiederung, indem das W dießmal ganz anders klang, als es das erste Mal bei der Beantwortung des Anrufs ausgesprochen worden war.

„Der Ving-y-Ving," wiederholte Signor Barrofaldi, und schrieb den Namen mit einer Geläufigkeit, welche bewies, daß er ihn nicht zum ersten Mal vernommen hatte. – „Der Ving-y-Ving; das ist ein poetischer Name, Signor Capitano; darf ich mir wohl erlauben, zu fragen, was er bedeutet?"

„ Ala e ala auf Italienisch, *Mister* Vicestatthalter. Wenn ein Fahrzeug, wie das meine, auf jeder Seite ein Segel aufgehißt hat, so daß es einem Vogel ähnlich sieht, so sagen wir in England, es segle Ving and Ving."

Andrea Barrofaldi schwieg fast eine Minute lang und schien nachzusinnen. Während dieser Pause bedachte er bei sich selbst, wie es doch eigentlich höchst unwahrscheinlich sei, daß ein Anderer als ein *wirklicher* Engländer darauf verfallen könne, seinem Schiff einen so durchaus provinziellen Namen zu geben; es erging ihm dabei wie so manchem andern Neuling in einem besonderen Zweige des Wissens, der sich durch die Schärfe seiner Kritik am häufigsten selbst betrügt.

Flüsternd theilte er hierauf diese Vermuthung seinem Freunde Vito Viti mit, wobei der Wunsch, seine eigene Gewandtheit in solchen Dingen vor dem Nachbar zur Schau zu stellen, eben nicht am wenigsten zu jener Ueberzeugung beitragen mochte. Dem Podesta war übrigens diese feine Unterscheidung seines Vorgesetzten nicht so ganz klar, doch wagte er in seiner untergeordneten Stellung keine Einwendung dagegen.

„Signor Capitano," begann Andrea Barrofaldi von Neuem, „seit wann habt ihr Engländer die Takelage der Lugger bei euch eingeführt? Für ein so mächtiges Seevolk ist dieß, wie man mir sagt, ein höchst ungewöhnliches Fahrzeug."

„Pah! ich sehe schon, wie die Sachen stehen, Signor Vicestatthalter – Ihr vermuthet hinter mir einen Franzmann oder Spanier oder irgend etwas Anderes, als ich Euch angegeben. Was übrigens dieses betrifft, so könnt Ihr Euch vollkommen darüber beruhigen und dürft meinen Worten vollen Glauben schenken. Mein Name ist Kapitän Jaques Smeet; mein Schiff ist der Ving-and-Ving und ich stehe in Diensten des Königs von England."

„So ist Euer Fahrzeug ein königliches Schiff? – oder segelt es etwa in der Eigenschaft eines Kapers?"

„Sehe ich etwa einem Kaper ähnlich, Signore?" fragte Kapitän Smeet mit beleidigter Miene; „ich habe allen Grund, mich durch eine so unwürdige Zumuthung höchst beleidigt zu fühlen!"

„Verzeihung, Signor Capitano Smees – Ihr müßt aber wohl selbst einsehen, daß in so unruhigen Zeiten, wie die, in denen wir jetzt leben, unser Amt auf dieser unbeschützten Insel höchst schwierig ist. Es wurde mir von dem erfahrensten Lootsen unseres Hafens die Behauptung hinterbracht, Euer Schiff habe nicht so ganz das Ansehen eines englischen Fahrzeugs, es zeige vielmehr ziemliche Aehnlichkeit mit einem französischen Kaper; so legt mir demnach eine kluge Vorsicht die Pflicht auf, mich erst von Eurer wahren Herkunft zu überzeugen. Sind wir einmal hierüber im Reinen, so werden alle Bewohner von Elba mit einander wetteifern, Euch zu beweisen, wie sehr wir unsere erlauchten Verbündeten achten und verehren."

„Dieß ist so vernünftig und so ganz in der Art, wie ich es selbst mache, wenn ich einem Fremden auf der See begegne, daß nur ein Spitzbube noch etwas dagegen einwenden würde," rief der Kapitän und machte eine höchst freimüthige, einladende Bewegung mit den Armen. „Verfolgt nur ganz Euren eigenen Kurs, Signor Vicestatthalter, und sucht alle Eure Zweifel zu zerstreuen, ganz wie es Euch beliebt. – Wie wollt Ihr dieß aber anfangen? – wollt Ihr selbst an Bord des Ving-and-Ving kommen und Euch in eigener Person umsehen? – Ihr könntet auch diesen würdigen Beamten dahin senden – oder soll ich Euch mein Patent vorweisen? Hier ist mein letztes – es steht Euch und Seiner kaiserlichen Hoheit, dem Großherzog, vollkommen zu Diensten."

„Ich schmeichle mir, Signor Capitano, mir über England, freilich nur mit Hilfe von Büchern, so viele Kenntnisse gesammelt zu haben, um eine Fälschung im Verlaufe der kürzesten Unterredung zu entdecken, wenn ich Euch überhaupt für fähig halten könnte, in einem so unwürdigen Charakter auftreten zu wollen. Wir Bücherwürmer," fuhr Andrea Barrofaldi fort, und warf dabei einen triumphirenden Blick auf seinen Nachbar, denn er hoffte jetzt, dem Podesta einen glänzenden Beweis von den praktischen Vorzügen der Gelehrsamkeit – einem Thema, das oft zwischen ihnen verhandelt worden war – zu geben, „wir Bücherwürmer pflegen solche Kleinigkeiten auf unsere eigene Weise abzumachen, und wenn Ihr geneigt seid, mit mir in ein kurzes Gespräch über England, seine Sprache, Sitten und Gesetze einzugehen, so wird diese Frage bald genug erledigt sein."

„Ihr könnt über mich verfügen, Signore; nichts würde mir größeres Vergnügen machen, als einige Minuten über diese kleine Insel zu verplaudern. Sie ist zwar nicht groß und nur von untergeordnetem Werthe; doch ist sie einmal mein Vaterland und gilt als solches viel in meinen Augen."

„Das ist natürlich. Und nun, Signor Capitano," fuhr Andrea fort, und warf noch einen Blick auf den Podesta, um sich zu überzeugen, ob dieser auch zuhöre, „wollt Ihr die Güte haben, mir zu erklären, welche Regierung dieses England besitzt – ob eine monarchische, aristokratische oder demokratische?"

„ Peste! – das ist nicht so leicht zu beantworten. Wir haben einen König, aber auch mächtige Lords, und selbst an einer Demokratie fehlt es nicht, die uns zuweilen genug zu schaffen macht. Eure Frage könnte einen Philosophen in Verlegenheit bringen, Signor Vicestatthalter."

„Das mag allerdings wahr sein, Nachbar Vito Viti, denn die Constitution von England ist ein aus vielen Fäden zusammengesetztes Gewebe. Eure Antwort überzeugt mich, Capitano, daß Ihr über Eure Regierungsform nachgedacht habt, und ich ehre einen denkenden Menschen in allen Lagen des Lebens. – Welches ist die Religion Eures Landes?"

„Corpo di Bacco! – Das ist noch schwerer zu beantworten, als alles Uebrige. In England gibt's gerade so viel Religionen, als Köpfe. Das Gesetz gibt zwar allerdings auch hierüber seine Bestimmung, aber da kommen wieder Männer, Weiber und Kinder und meinen's anders. Nichts hat mich mehr beunruhigt, als gerade dieser Umstand mit der Religion."

„O, ihr Seeleute pflegt euch eben nicht mit solchen Gedanken zu beunruhigen, wenn ich denn doch die Wahrheit sagen soll. – Nun gut, wir wollen bei diesem Thema Nachsicht haben – wiewohl Ihr und Eure Leute ohne Zweifel sammt und sonders Luterani seid.“

„Haltet uns, wofür Ihr wollt,“ antwortete der Kapitän mit ironischem Lächeln. „Unsere Väter waren jedenfalls früher einmal gute Katholiken. Aber der Seemannsstand und der Altar sind von jeher die besten Freunde, denn beide lassen einander gänzlich ungeschoren.“

„Das will ich gerne glauben. Auch bei unsern Seeleuten ist's fast derselbe Fall, mein lieber Vito Viti, wenn sie auch noch so viele Kerzen verbrennen und Ave's herbeten.“

„Da muß ich um Entschuldigung bitten, Signor Vicestatthalter,“ fiel Signor Smeet ziemlich ernsthaft ein, „das ist gerade der große Fehler bei euren Seeleuten. Würden sie weniger beten und dafür ihren Dienst besser versehen, so müßten ihre Fahrten auch kürzer und der Gewinn aus denselben sicherer sein.“

„Schändlich!“ rief der Podesta mit wärmerem Eifer, als er sonst zu verrathen pflegte.

„Ei, mein würdiger Vito Viti, es ist in der That nicht anders,“ fiel der Vicestatthalter mit einem gebieterischen Winke der Hand ein, und bewies durch dieses freimüthige Zugeständniß, wie sehr sein Geist durch das Studium an Aufklärung gewonnen hatte – „wir müssen die Wahrheit der Thatsache einräumen. Da ist z. B. gleich die Sage von Herkules und dem Fuhrmann, welche sie bestätigt. Würden unsere Leute zuerst tüchtig arbeiten und dann erst beten, so müßte gewiß mehr dabei herauskommen, als wenn sie zuvor beten und hinterdrein erst arbeiten. – Und nun, Signor Capitano, noch ein Wort über Eure Sprache, welche ich auch so ein klein wenig verstehe und die Ihr, sonder Zweifel, mit der Geläufigkeit eines Eingeborenen sprechet.“

„Natürlich,“ versetzte der Kapitän mit vollkommener Selbstbeherrschung, indem er bei seiner Anrede mit einer Bereitwilligkeit vom Italienischen in's Englische überging, welche hinlänglich bewies, wie stark er sich in diesem Punkte fühlte; „man wird doch noch seine Muttersprache zu reden verstehen.“

Er sagte dieß ohne die mindeste Verlegenheit in seinem Benehmen, und legte einen Accent auf seine Worte, der einen Ausländer recht leicht irreführen konnte. Es gelang ihm auch, dem Vicestatthalter dadurch zu imponiren, denn dieser war sich wohl bewußt, daß er selbst – und gälte es auch sein Leben – eine solche Phrase nicht herausgebracht hätte, ohne über das Wagstück im Innersten zu erzittern: er hielt also für's Beste, das Gespräch italienisch fortzusetzen.

„Eure Sprache, Signore,“ bemerkte Andrea Barrofaldi mit Wärme, „ist gewiß eine sehr edle Mundart, denn die Sprache, in welcher ein Shakespeare und Milton geschrieben, kann wohl keine andere sein: dennoch werdet Ihr mir zu bemerken erlauben, daß bei der Aussprache verschiedenartig geschriebener Wörter eine Einförmigkeit in ihr vorherrscht, welche ich ebenso unvernünftig, als höchst verwirrend für einen Ausländer finde.“

„Ich habe schon früher ähnliche Klagen vernommen," antwortete der Kapitän, der gar nicht ungern sah, wie das Examen, das ihm so ungelegen gekommen war, aller Wahrscheinlichkeit nach zu einer Sprache überging, bei welcher er durchaus keine Besorgnisse mehr hegte – „ja, ja, der Fall ist mir schon öfter vorgekommen, und ich kann zur Vertheidigung unserer Sprache nur wenig vorbringen. Als Beweis jedoch für Eure Behauptung – –"

„Nun seht, Signore, da habe ich zum Beispiel verschiedene Wörter auf dieses Stückchen Papier geschrieben; sie lauten alle fast ganz gleich, und werden doch ganz verschiedenartig buchstabirt. Bix, bax, box, bux, bocks," fuhr Andrea fort, indem er sich jämmerlich mit der Aussprache des „big", „bag", „bog", „bug" und „box" zermarterte, welche, wie es ihm schien, dem Wortlaute nach die genaueste Familienähnlichkeit mit einander hatten und dennoch mit so ganz verschiedenen Buchstaben geschrieben wurden. „Diese Wörter allein würden hinreichen, Signore, einen Ausländer in Verzweiflung zu bringen und ihm Eure Sprache für immer zu entleiden."

„Das ist freilich wahr, und ich selbst sagte dem, der mich die Sprache lehrte – –"

„Wie! lerntet Ihr denn nicht Eure eigene Muttersprache, wie wir alle die Formen der uns angeborenen Mundart erlernen – noch als Kind vom bloßen Zuhören?" fragte der Vicestatthalter und sein früherer Argwohn erwachte auf's Neue.

„Ohne Zweifel, Signore, denn ich spreche von Büchern und wie ich lesen lernte. Als mir die Worte ›big‹, ›bag‹, ›bog‹, ›bug‹, ›box‹" – hier las er die Worte mit fester Stimme und ziemlich guter Aussprache von dem Papiere ab – „zum ersten Mal zu Gesichte kamen, fühlte ich alle die Verlegenheit, von der Ihr vorhin gesprochen."

„Und sprachet Ihr denn jene Worte erst damals aus, als man sie Euch zum ersten Male lesen lehrte?"

Diese Frage war etwas schwierig zu beantworten; doch zum Glück fiel Vito Viti, der einer Unterredung, an welcher er keinen Antheil nehmen konnte, überdrüssig zu werden anfing, dem Vicestatthalter mit einer sehr gelegenen Bemerkung in's Wort.

„Signor Barrofaldi," sprach er, „geht doch lieber zu dem Lugger über. Alle unsere Verdachtsgründe kamen ja doch von Tommaso Tonti, dessen Argwohn zuerst über der Takelage von Signor Smees' Schiffe erwachte. Wenn er sich über den Lugger verantworten kann, was brauchen wir uns dann weiter um dieses birg, burg, und borg zu scheeren?"

Der Vicestatthalter hatte nichts dagegen, wenn er mit Ehren aus diesen Sprachschwierigkeiten herauskommen konnte, und machte, seinem Freunde zulächelnd, eine höflich bejahende Verbeugung. Dann besann er sich einen Augenblick auf einen neuen Plan, wie er zu seinem Ziele gelangen wollte, und fuhr dann in seinem Verhöre weiter fort.

„Mein Nachbar Vito Viti hat recht," bemerkte er, „und so wollen wir denn zu dem Lugger übergehen. Tommaso Tonti ist ein erfahrener Seemann und der älteste

Lootse auf Elba. Er behauptet, ein Lugger sei ein bei den Franzosen sehr gebräuchliches Fahrzeug, das aber, so weit seine Erfahrung reiche, bei den Engländern niemals getroffen werde."

„Darin wenigstens ist Tommaso Tonti kein Seemann. Man findet sogar *viele* Lugger bei den Engländern, wenn sie auch bei den Franzosen noch häufiger getroffen werden. Ich habe dem Signor Viti bereits zu verstehen gegeben, daß es eine Insel, Namens Guernsey gibt, welche früher den Franzosen gehörte, nun aber unter der englischen Herrschaft steht, wodurch also die angeführten Erscheinungen genugsam erklärt sind. Wir sind Bewohner von Guernsey – der Lugger stammt von Guernsey – und so haben wir auch ohne Zweifel den Typus unserer Insel, d. h. wir sind noch halb französisch."

„Das ändert die Sache vollkommen. Was der Signor Capitano über die Insel, ihre Gebräuche und ihren Ursprung gesagt hat, ist Alles wahr, Nachbar Viti, und wenn man sich auf die Namen eben so fest verlassen dürfte, so brauchten wir gar nichts mehr über die Sache zu reden. Sind die Namen Giar Smees und Ving-y-Ving in Guernsey einheimisch?"

„Das eben nicht," erwiederte der Fremde, der sich nur mit Mühe enthalten konnte, dem Vicestatthalter geradezu in's Gesicht zu lachen; „Jaques Smeet ist so durchaus englisch, daß wir vielleicht die größte Familie in ganz England ausmachen. Die Hälfte des Adels jener Insel trägt den Namen ›Smeet‹ und unter diesen befinden sich auch einige ›Jaques‹. Guernsey aber wurde, wie schon bemerkt, von den Britten erobert, und unsere Vorfahren, welche jenem Zuge anwohnten, brachten natürlich auch ihre Namen aus der Heimath herüber. Ving-and-Ving aber ist ein *ächt* englischer Ausdruck."

„Ich weiß nicht, Vito, das Alles klingt ganz vernünftig. Wenn der Capitano nur sein Patent bei sich hätte, so könnten wir Beide ruhig zu Bette gehen und bis zum Morgen fortschlummern."

„So empfangt denn hier Euren Schlaftrunk, Signore," fuhr der Seemann lachend fort und zog verschiedene Papiere aus der Tasche. „Dieß sind die Befehle, die ich von meinem Admiral erhielt; da sie kein Geheimniß enthalten, so dürft Ihr schon einen Blick hineinwerfen. Dieß hier ist mein Patent, Signor Vicestatthalter – dieses die Unterschrift des englischen Marineministers – hier meine eigene ›Jaques Smeet‹, wie Ihr seht, und hier endlich die Ordre, die mich zum Lieutenant und Kommandanten des Ving-and-Ving ernennt."

Befehle und Namen waren wirklich mit klaren, schönen Schriftzügen und in ganz gutem Englisch abgefaßt. Das Einzige, was einem mit der Sprache völlig Vertrauten wahrscheinlich aufgefallen sein würde, war der Umstand, daß die Worte, welche der Seemann wie „Jaques Smeet" aussprach, ganz deutlich als „Jack Smith" geschrieben waren – ein Verstoß gegen die gewöhnliche Sitte, welcher, die Wahrheit zu sagen, seine Entstehung einzig und allein dem Eigensinne des Seemannes verdankte, der dieß trotz aller Einwendungen des Schreibers, der die Urkunden nachgemacht, also befohlen hatte.

Andrea aber verstand noch zu wenig englisch, um diesen Fehler zu bemerken, und ging deßhalb so arglos über das „Jack“ hinweg, wie er dieß bei „Johann“, „Eduard“ oder jedem anderen Namen gethan haben würde. Auch mit dem Ving-and-Ving war Alles in Ordnung, nur bestanden beide Parteien hartnäckig darauf, den Namen einerseits wie „Ving-and-Ving“, andererseits wie „Ving-y-Ving“ auszusprechen.

Diese Beweise zusammengenommen hatten auch zur Folge, daß alle ferneren Schwierigkeiten bald aus dem Wege geräumt waren; die Papiere wurden ihrem Eigenthümer zurückgestellt, von diesem sorgfältig aufbewahrt, und mittlerweile hatten die beiden Italiener 'Maso Tonti's Einwürfe fast ganz vergessen.

„Es war doch wirklich höchst unwahrscheinlich, Vito Viti,“ bemerkte der Vicestatthalter in dem Tone der Selbstrechtfertigung, „daß ein Feind oder Kaper sich in diesen unsern Hafen hätte hereinwagen sollen, denn wir stehen im Rufe der Wachsamkeit, und man weiß, daß wir unsern Dienst ebensogut wie die Behörden zu Livorno, Genua oder Neapel verstehen.“

„Und noch dazu, Signore, daß nichts als tüchtige Schläge und ein Gefängniß dabei zu ernten wären,“ setzte Kapitän Smeet mit seinem gewinnendsten Lächeln hinzu. – Dieses Lächeln besänftigte sogar das Herz des Podesta, und bestach den Vicestatthalter dergestalt, daß er sich sogar verleiten ließ, den Fremden zu seinem eigenen frugalen Abendessen einzuladen.

Die Einladung wurde mit demselben Freimuthe angenommen, mit dem sie gemacht worden war; die Tafel stand in einem Nebenzimmer schon bereit, und wenige Minuten später saßen der Capitano Smees und Vito Viti an des Vicestatthalters Tische beisammen.

Von diesem Augenblicke an war jede Spur von Mißtrauen – wenn solches überhaupt in der Brust der beiden Würdenträger von Porto Ferrajo existirte – so wirksam erstickt, daß höchstens sie selbst noch gelegentlich daran denken konnten. Die frugale italienische Küche und die leichten toskanischen Weine waren ganz dazu gemacht, das Bedürfniß des Körpers zu stillen und nebenbei den Geist anzuregen. Das Gespräch wurde mit dem Fortschreiten der Mahlzeit immer allgemeiner und lebendiger.

Damals war der Thee im ganzen südlichen Europa nur in Apotheken, und selbst dort nur selten, unter den Vorräthen zu finden, und unsere Tafelgenossen entschädigten sich dafür durch reichlichen Genuß des angenehmen Berggewächses von dem benachbarten Festlande, welches sie ebenso wohlthuend aufregte und ihrer Gesundheit wohl schwerlich solchen Schaden zufügte, als jenes Mode-Ingredienz der neueren Zeit. Der Fremde aß und trank übrigens nur sehr mäßig; er gab sich zwar den Schein, als ob er an dem Gespräche, so wie an den Freuden der Tafel recht herzhaft Antheil nehme, schien aber doch den lebhaften Wunsch zu hegen, bald wieder volle Freiheit zur Verfolgung seiner weiteren Absichten zu gewinnen.

Andrea Barrofaldi ließ eine so treffliche Gelegenheit nicht vorübergehen, ohne vor dem Podesta seine Kenntnisse gehörig zu entfalten. Er sprach viel über England, dessen Geschichte, Religion, Regierungsform und Gesetze, über Klima und

Industrie, und berief sich dabei sehr häufig auf den Capitano Smees, der die Wahrheit seiner Behauptungen bestätigen sollte. In den meisten Fällen stimmten beide Theile wunderbar mit einander überein, denn der Fremde blieb seinem wohlersonnenen Plane, zu Allem Ja zu sagen, treu; aber selbst diese beistimmende Taktik führte zu eigenthümlichen Verlegenheiten, denn der Vicestatthalter stellte seine Fragen zuweilen gerade so, daß das Bejahen derselben den Schein der Verneinung gewonnen hätte.

Er wand sich übrigens noch ziemlich glücklich aus diesen Schwierigkeiten heraus, ja es gelang ihm sogar so gut, durch seine Aeußerungen des Staunens: – wie ein Fremder sein eigenes Vaterland so gut – ja in manchen Beziehungen sogar noch besser als er selbst kennen, wie er mit dessen Gebräuchen, Einrichtungen und seiner Geographie so wohl vertraut sein könne – Andrea's Eigenliebe zu schmeicheln, daß dieser, als endlich die Flaschen geleert waren, seinem Nachbar in's Ohr flüsterte, der Fremde zeige so viel Verstand und Kenntnisse, daß es ihn gar nicht Wunder nehmen würde, wenn er sich zuletzt noch als einen geheimen Agenten der brittischen Regierung zu erkennen gäbe, der mit philosophischen Untersuchungen über den Handel und die Schifffahrt Italiens beauftragt sei, und vielleicht Vorschläge für Erleichterung der Geschäftsbeziehungen zwischen beiden Ländern zu machen habe.

„Ihr seid ein Bewunderer des Adels und ein treuer Anhänger der Aristokratie," fuhr Andrea Barrofaldi im Verlaufe des Gespräches fort; „ja, wenn man die Wahrheit erfahren dürfte, so seid Ihr wohl gar selbst der Sprößling eines edlen Hauses, Signore?"

„Ich? – Peste! – Signor Vicestatthalter, ich hasse einen Aristokraten wie den Teufel selber!"

Der Fremde hatte eben einen ungewöhnlich langen Zug aus seinem Glase gethan und sprach mit einer unbedachtsamen Hitze, die er augenblicklich selbst wieder bereute.

„Das ist außergewöhnlich an einem Engländer! – Aha! ich sehe schon, wie's steht – Ihr gehört zu der Opposizione, und haltet für nöthig, dieß kundzugeben. Es ist doch sonderbar, mein guter Vito Viti, daß diese Engländer in zwei politische Kasten zerfallen, die sich in Allem und Jedem befehden. Behauptet die eine Partie, ein Gegenstand sei weiß, gleich schwört die andere, derselbe sei schwarz, und so vice versa. Beide Theile behaupten, ihr Vaterland über Alles zu lieben, dabei aber bekriegt die eine Partie, welche von der Macht ausgeschlossen ist, die andere so lange, bis die Gewalt wieder in ihre eigenen Hände fällt. – Das hat so viele Aehnlichkeit mit der Art, wie Giorgio Grondi gegen mich verfährt, daß ich fast darauf schwören möchte, Signore, er habe zu dieser nämlichen Opposizione gehört. Ich habe noch nie ein Ding gebilligt, das er nicht verdammt, oder eine Sache verdammt, die er nicht gebilligt hätte. Das ist doch gar zu arg, nicht wahr, Signor Capitano?"

„Ich fürchte, der Vicestatthalter kennt uns besser, als wir uns selber; es liegt zu viel Wahrheit in seiner Schilderung unserer politischen Zustände. Jetzt aber, Signore" – hier stand er vom Stuhle auf – „bitte ich um die Erlaubniß, mir eure Stadt besehen und nach meinem Schiffe zurückkehren zu dürfen. Die Nacht ist angebrochen, und auf meinem Schiffe muß die Mannszucht immer wohl gehandhabt werden.“

Andrea Barrofaldi hatte den Vorrath seiner gelehrten Kenntnisse so ziemlich erschöpft und machte deßhalb keine Einwendung. Der Fremde verabschiedete sich unter verbindlichen Danksagungen, und überließ es den beiden Würdeträgern, sich, so lange die Flasche noch reichte, über seinen Charakter und seine Erscheinung mit aller Muße zu besprechen.

Drittes Kapitel

Der Jonathan, das Glückskind hier,
Der weiß es ganz perfekt, Herr;
Schnappt Alles, was zu kriegen schier,
Und handelt auch um Schuh', Herr!

Vierzehntausend siebenhundert dreiundsiebenzigster Vers aus dem berühmten „Yankee-Dudel“.

Der Capitano Smeet war herzlich froh, als er endlich die Wohnung – oder den Palast, wie die einfachen Leute auf Elba das anspruchslose Gebäude nannten – des Statthalters hinter sich hatte, denn Signor Barrofaldi hatte ihm mit seiner hartnäckigen Gelehrsamkeit fast allzuscharf zugesetzt. Der Kapitän war zwar für eine ähnliche Veranlassung, wie die heutige, mit Schiffs-Anekdoten reichlich versehen, kannte auch viele Seehäfen ziemlich genau aus eigener Anschauung; von einer Unterredung aber, die sich bis zu den Institutionen, Gesetzen und Religionsverhältnissen seines vorgeblichen Vaterlandes versteigen würde, hatte er sich niemals etwas träumen lassen. Hätte der würdige Andrea die zahllosen Verwünschungen vernehmen können, die der Fremde beim Herausgehen aus seinem Hause zwischen den Zähnen murmelte – es würde wahrlich seine ganze Empfindlichkeit verletzt, wenn nicht gar seinen Argwohn auf's Neue belebt haben.

Die Nacht war mittlerweile hereingebrochen – eine sternhelle, wollustathmende, schweigende Nacht, wie nur Der sie kennt, der mit dem Mittelmeere und seinen Küsten vertraut ist. Kaum war noch ein leiser Windhauch zu verspüren; dennoch hatten sich einige Müssiggänger von dem kühlen Lüftchen, das ein sanfter Athemzug der See selber zu sein schien, in's Freie verlocken lassen, und man sah sie jetzt auf der ziemlich ausgedehnten Promenade oberhalb der Stadt langsam umherschlendern.

Hierher wandte auch der Seemann seine Schritte, unentschlossen, wie es schien, was er zunächst thun sollte. Kaum war er übrigens auf den freien Platz gelangt, als eine weibliche Gestalt, dicht in einen Mantel eingehüllt, nahe an ihm vorbeistreifte und ihm ängstlich in's Gesicht schaute. Ihre Bewegungen waren zu rasch und unerwartet, als daß er einen Blick von ihr hätte erhaschen können; er sah nur, wie sie ihren Weg längs der Höhe fortsetzte, bis sie den am meisten von Spaziergängern besuchten Raum hinter sich hatte, und folgte ihr nach, bis sie endlich stehen blieb.

„Ghita!“ sprach der junge Mann im Tone des Entzückens, als er dem weiblichen Wesen so nahe gekommen war, daß er ein Antlitz, eine Gestalt erkennen konnte, die sie nicht länger zu verbergen strebte – „das nenne ich in der That ein großes Glück; es erspart mir manche schwere Mühe. Tausend Dank, theuerste Ghita, für diese große Güte. Ich hätte dir, wie mir selbst, mancherlei Unannehmlichkeiten zuziehen können, wenn ich deine Wohnung hätte aufsuchen müssen.“

„Eben aus diesem Grunde, Raoul, habe ich, um dich zu treffen, wohl viel mehr gewagt, als meinem Geschlechte eigentlich ziemen mag. In diesem klatschhaften Städtchen sind gerade jetzt tausend Augen auf deinen Lugger gerichtet, und sie werden sich ganz gewiß auch nach seinem Kapitän kehren, sobald einmal dessen Landung bekannt ist. Ich fürchte, du weißt nicht, wofür man dich und deine Leute in diesem Augenblicke hält?“

„Man wird uns hoffentlich nichts Unehrenhaftes zutrauen, theure Ghita, und wäre es auch nur, um deine Freunde nicht in Schande zu bringen?“

„Viele halten euch für Franzosen, und behaupten laut, die englische Flagge sei nur als Trugmittel von euch aufgezogen worden.“

„Nun, wenn das Alles ist – *den* Schimpf müssen wir ertragen,“ gab Raoul Yvard lachend zur Antwort. „Das sind wir ja auch in der That, bis auf einen einzigen Mann – der ist ein Amerikaner, ein trefflicher Bursche, der uns brittische Patente ausstellt, und uns ein wenig im Englischen aushilft, wenn wir härter als gewöhnlich gedrängt werden: warum sollten wir uns also beleidigt fühlen, wenn uns die guten Leutchen von Porto Ferrajo für das halten, was wir wirklich sind?“

„Nicht von Beleidigung, Raoul, wohl aber von eurer Gefahr ist die Rede. Wenn die Sache zur Kenntniß des Vicestatthalters gelangt, wird er die Batterien auf euch feuern lassen und euch als Feinde in den Grund bohren.“

„Er ganz gewiß nicht, Ghita. Er ist zu sehr für den Kapitän Smeet eingenommen, um so grausam gegen ihn zu verfahren, und dann müßte er noch überdies alle seine Kanonen anders placiren, ehe er dem ›Irrwisch‹ auf seinem jetzigen Ankerplatze ein Leid anthun könnte. Ich lasse meinen kleinen Lugger niemals in dem Bereiche des Feindes. Schau nur dorthin, Ghita, du kannst ihn aus jener Lücke zwischen den Häusern hervorblicken sehen – siehst du den dunkeln Punkt in der Bai da draußen? – Nun, dann wirst du auch erkennen, daß keine Kanone in ganz Porto Ferrajo im Stande ist, ihn zu erschrecken, viel weniger ihm etwas anzuhaben.“

„Ich kenne seinen Standpunkt, Raoul, und begriff recht wohl, warum du auf jener Stelle Anker warfst. Ich kannte dich, oder glaubte dich wenigstens vom ersten Augenblicke an zu kennen, da du uns ganz zu Gesicht kamst. So lange du außen bliebst, fühlte ich keine Angst darüber, daß ich einen so langjährigen Freund vor mir sah – ja ich will sogar noch weiter gehen und dir bekennen, daß ich mich darüber freute, denn mir schien, du zögest so nahe an der Insel vorüber, um Der, welche du daselbst zurückgelassen, zu beweisen, daß du ihrer nicht vergessen hättest – als du aber gar in die Bai hereinkamst, da mußte ich dich wohl für wahnsinnig halten!"

„Ja, wahnsinnig wäre ich noch geworden, theuerste Ghita, wenn ich noch länger hätte leben müssen, ohne dich gesehen zu haben. Wie! vor diesen erbärmlichen Insulanern sollte *ich* mich fürchten! Sie haben keinen einzigen Kreuzer: nichts als einige Felucken, welche kaum des Verbrennens werth sind. Laß sie nur einen Finger gegen uns aufheben, und wir wollen ihren österreichischen Polacker in die Bai hinaus bugsiren und vor ihren eigenen Augen niederbrennen. Der ›Irrwisch‹ zeigt sich jederzeit seines Namens würdig: er ist bald hier, bald dort, und allemal, ehe seine Feinde etwas von ihm ahnen."

„Aber die Feinde haben nun einmal Verdacht gegen ihn, und du kannst nie vorsichtig genug sein. Wohl ein Dutzend Mal war mein Herz auf dem Punkte, mich zu verrathen, als die Batterien heute Abend Feuer auf euch gaben."

„Und haben sie uns etwa ein Leids gethan? – sie kosten dem Großherzog zwei Patronen und eben so viele Kugeln, ohne daß sie den Lugger aus seinem Kurse gebracht hätten. Du bist zu sehr an solche Dinge gewöhnt, Ghita, um dich durch etwas Rauch und Lärmen beunruhigen zu lassen."

„Ich habe zu viele ähnliche Scenen erlebt, Raoul, um nicht zu wissen, daß eine schwere Kugel, von diesen Höhen abgeschossen, deinen kleinen Irrwisch durch und durch gebohrt, und dich auf den Grund des mittelländischen Meeres versenkt hätte!"

„O, wir hätten dann immer noch unsere Boote gehabt," antwortete Raoul Yvard mit einer Gleichgültigkeit, die keineswegs blos angenommen war, denn seine sorglose Tollkühnheit zählte eher zu seinen Fehlern, als zu seinen Tugenden; „zudem muß eine Kugel erst treffen, ehe sie Unheil anrichten will, wie man den Fisch zuvor fangen muß, ehe man ihn kochen kann. – Doch genug davon, Ghita; von Kugeln und versenkten Schiffen bekomme ich jeden Tag vollauf zu hören, und so wollen wir jetzt, da mir dieser gesegnete Augenblick zu Theil geworden, die günstige Gelegenheit nicht über solchen Gesprächen verlieren!"

„Nein, Raoul, ich kann an nichts Anderes denken, und also auch von nichts Anderem reden. Denke dir, es fiele dem Vicestatthalter plötzlich ein, eine Abtheilung Soldaten an Bord des Irrwisches zu senden und ihn besetzen zu lassen – wie würde es dann um dich stehen?"

„Laß ihn nur kommen: ich sende dann ein Boot voll Matrosen in seinen Palast da drüben (die Unterredung wurde in französischer Sprache geführt, in welcher sich Ghita mit Geläufigkeit, obwohl mit italienischem Accente ausdrückte), und lasse ihn mit sammt seinen geliebten Engländern und Oesterreichern gefangen nehmen! Pah! der Gedanke wird nie in seinem constitutionellen Gehirne auftauchen, und es ist also zwecklos, davon zu sprechen. Morgen früh schicke ich ihm meinen Premierminister, meinen Barras, Carnot, Cambacérès – ich meine Ithuel Bolt: der kann sich dann mit ihm über Politik und Religion besprechen."

„Religion,“ wiederholte Ghita in traurigem Tone; „je weniger du von diesem heiligen Gegenstande sprichst, um so lieber wird es mir sein, und um so besser wird sich's endlich auch für dich gestalten. Der Zustand deines Vaterlandes macht deinen Mangel an Religion eher zu einem Gegenstande des Bedauerns als der Vorwürfe; nichtsdestoweniger aber ist dieser Mangel ein schreckliches Unglück!“

„Nun gut,“ versetzte der Seemann, welcher fühlte, daß er eine gefährliche Saite berührt hatte, „wir wollen von andern Dingen reden. Gesetzt auch, wir würden gefangen, welches große Unheil hätten wir wohl zu fürchten? Wir sind ehrliche Kaper, mit gültigen Patenten versehen, und handeln unter dem Schutze der einen und untheilbaren französischen Republik – man kann uns also nur zu Kriegsgefangenen machen. Das ist ein Loos, das mich schon einmal betroffen hat, und das einzige Unglück, das daraus folgte, war – daß ich mich ›Kapitän Smees‹ nennen, und Mittel auffinden mußte, den Vicestatthalter gehörig zu mystificiren.“

Ghita lachte, trotz der Angst, von der sie erfüllt war, denn unter die wirksamsten Mittel, welche der junge Seemann anwandte, um Andere zu seinen Ansichten zu bekehren, gehörte eben das, daß er sie mit seiner leichtherzigen Fröhlichkeit – mochte diese nun zu ihrem Temperamente passen oder nicht – anzustecken verstand. Sie wußte, daß Raoul einmal zwei Jahre lang in England als Gefangener gelebt, und dort, wie er oft selbst erzählte, gerade lange genug verweilt hatte, um sich mit der Sprache, wenn nicht gar mit den Einrichtungen, Sitten und der Religion des Landes so ziemlich bekannt zu machen. Er war endlich mit Hilfe eines Amerikaners, Namens Ithuel Bolt, der Gefangenschaft entronnen; Letzterer, ein gepreßter Matrose aus den Freistaaten, war in alle Pläne seines unternehmenderen Freundes und Leidensgenossen eingegangen, und hatte sich herzlich gerne der Ausführung seiner künftigen Racheunternehmungen angeschlossen.

Staaten, so gut wie einzelne mächtige Individuen, fühlen sich in der Regel zu stark, um sich jemals durch Betrachtungen über die Folgen, welche jede Rechtsverletzung nach sich ziehen muß, in ihrer Politik aufhalten zu lassen: eine Nation zumal ist nur gar zu leicht geneigt, ihre Macht so sehr zu überschätzen, daß sie jede weltliche Zurechtweisung verachtet, während sich die moralische Verantwortlichkeit unter zu viele Individuen vertheilt, um einen einzelnen Bürger darüber sonderlich besorgt zu machen. Nichtsdestoweniger wird sich die Behauptung immer als wahr erweisen, daß Keiner so niedrig steht, um nicht selbst dem Höchsten gefährlich werden zu können – und daß sogar die mächtigsten Gemeinwesen für begangene Rechtsverletzungen nur selten der wohlverdienten Strafe entgehen. In der That möchte es scheinen, als ob in der ganzen Natur der Grundsatz festgehalten würde, jeden Menschen auch in diesem Leben schon die Folgen seiner eigenen bösen Thaten tragen zu lassen, wie wenn Gott von Anfang an der Wahrheit unausbleiblichen Sieg, der Falschheit dagegen nie fehlenden Untergang vorbehalten hätte, denn der Erfolg des Bösen ist doch immer nur ein zeitlicher, ewig aber der Triumph des Rechts.

Um diese tröstlichen Betrachtungen unmittelbar auf den vor uns liegenden Gegenstand anzuwenden, so läßt sich darthun, daß die Matrosenpresse zu ihrer Zeit unter den Seeleuten anderer Nationen, so wie unter denen von Großbritannien selbst ein Gefühl hervorrief, das eben so wirksam, als jede andere Ursache dazu beitrug, das Vorurtheil jenes Volkes in Betreff seiner auf ungeheure Uebermacht sich gründenden Unüberwindlichkeit zur See zu zerstören. Man mußte den Haß, den allgemeinen Unwillen besonders unter Denen, welche sich durch ihre Geburt als Ausländer jenem Mißbrauch entzogen glaubten, mit angesehen haben, um die Folgen, welche das despotische Verfahren jener Macht nach sich ziehen mußte, gehörig würdigen zu können.

Ithuel Bolt, der obenerwähnte Seemann, war gewissermaßen, selbst in seiner beschränkten Sphäre, ein Beweis dafür, wie viel Schaden auch ein unbedeutendes Individuum anrichten kann, wenn alle seine Gedanken ausschließlich auf Rache gerichtet sind. Ghita kannte ihn wohl, und wenn ihr auch sein Charakter, wie seine äußere Erscheinung nur wenig gefiel, so hatten ihr doch seine Erzählungen, wie er die Engländer so oft betrogen und ihnen durch tausend kleine Erfindungen allen erdenklichen Schaden zugefügt, – schon manchmal ein Lächeln abgenöthigt. Sie konnte sich also wohl denken, daß auch bei dem gegenwärtigen Betrug seine Mitwirkung nicht unbedeutend gewesen sein mochte.

„Du nennst deinen Lugger nicht gerade heraus den ›Irrwisch‹, Raoul," bemerkte das Mädchen nach kurzem Schweigen; „das wäre allerdings ein gefährlicher Name, selbst wenn er in Porto Ferrajo ausgesprochen würde. Es ist noch keine Woche her, seit ich einen Matrosen von den Vergehen deines Irrwisches erzählen hörte, welche ihn für alle guten Italiener zu einem Gegenstande des Abscheu's machen. Es ist ein Glück, daß jener Mann jetzt eben fort ist, denn der hätte euch ohne Zweifel erkennen müssen."

„Das wüßte ich doch nicht so gewiß, Ghita. Wir ändern unsere Bemalung öfter, und können im Nothfalle auch mit der Takelage wechseln. Du darfst übrigens überzeugt sein, daß wir unsern ›Irrwisch‹ wohl verborgen zu halten wissen, weßhalb wir auch unter anderem Namen segeln. Der Lugger trägt, seit er neuerdings in englischen Diensten steht, den Namen ›Ving and Ving‹."

„Ich hörte wohl, wie man auf den Anruf vom Ufer aus von deinem Schiffe Antwort gab, damals aber kam mir der Name anders vor."

„Nein, nein – Ving and Ving. Ithuel antwortete für uns, und du darfst dich darauf verlassen, daß er seine Muttersprache zu sprechen versteht. Ving and Ving heißt das Wort, und er spricht es gerade so aus, wie ich eben gethan."

„Ving-y-Ving!" wiederholte Ghita, die mit ihren süßen italienischen Tönen natürlicherweise in denselben Sprachfehler, wie der Vicestatthalter verfallen mußte – „das ist ein sonderbarer Name, er gefällt mir nicht so gut wie ›Irrwisch‹."

„Ich wünschte, theuerste Ghita, ich könnte dich überreden, an dem Namen Yvard Gefallen zu finden," erwiederte der junge Mann in halb tadelndem, halb zärtlichem Tone; „ich würde mich dann um alles Andere nichts mehr bekümmern. Du gibst mir immer Mangel an Ehrfurcht vor Priestern Schuld, und doch würde kein Sohn vor seinem Vater mit halb so viel Bereitwilligkeit oder Frömmigkeit auf die Kniee fallen, um dessen Segen zu empfangen, als ich mit dir vor jedem Mönche Italiens niederknieen würde, um jene kirchliche Weihe über uns aussprechen zu hören, welche ich mir, zugleich mit deiner Hand, schon so oft von dir erbeten, die du mir aber eben so grausam als standhaft verweigert hast."

„Dann, fürchte ich, würde der Name nicht mehr ›Irrwisch‹, sondern ›Irr-Ghita‹ lauten," versetzte das Mädchen lachend, wiewohl ein bitterer Schmerz ihr Herz erfaßte, den sie nur mit großer Anstrengung zu verbergen vermochte. „Nichts mehr davon, Raoul: vielleicht, daß man uns gar behorcht oder beobachtet; für jetzt ist's nöthig, daß wir uns trennen."

Es folgte nun ein hastiges Zwiegespräch, welches für das junge Paar selbst von größerem Interesse war, als es für den Leser sein würde, und das wir überdieß, auch wenn die Neugierde größeren Theil daran nehmen möchte, schon deßhalb verschweigen müssen, um dem Gang der Ereignisse nicht unnöthig vorzugreifen; dann trennte sich Ghita von Raoul, der auf dem Hügel zurückblieb, da Jene mit Festigkeit versicherte, sie kenne die Stadt zu gut, als daß sie irgend Gefahr zu fürchten hätte, wenn sie allein durch die engen und steilen Straßen wandelte.

In der That muß es Andrea Barrofaldi's Justizverwaltung zum Ruhme nachgesagt werden, daß selbst Schwachheit, Armuth und Schutzlosigkeit ungefährdet bei Tag und Nacht auf der Insel umherwandeln konnte, denn es kam nur selten vor, daß unter seinen schlichten Untergebenen ein so gefährlicher Feind des Friedens und der Ruhe erschien, wie eben in diesem Augenblicke einer aufgetreten war.

In Porto Ferrajo selbst herrschte indessen bei weitem nicht die tiefe Ruhe, wie sie ein Fremder aus der athemlosen Stille, welche den Ort gefangen hielt, hätte vermuthen können. Tommaso Tonti war so gut wie der Vicestatthalter ein einflußreicher Mann in seinem Wirkungskreise; kaum hatte er sich, wie oben erzählt wurde, von Vito Viti verabschiedet, als er auch sogleich die kleine Schaar von Lootsen und Schiffsbesitzern aufsuchte, welche auf seine Worte wie auf Orakelsprüche zu lauschen gewohnt waren.

Die Gesellschaft dieser Würdigen hatte sich zu ihren abendlichen Zusammenkünften das Haus einer Wittfrau, Namens Benedetta Galopo, auserwählt; der Weinkranz, der an einem Pfahle über der Thüre hing, bezeichnete den Ort genugsam für jeden Uneingeweihten. War es, daß Benedetta das Sprüchwort: „guter Wein bedarf keines Kranzes", nicht kannte, oder hatte sie nicht so viel Vertrauen zu dem Inhalte der Fässer, daß sie ihm allein ihren Ruf überlassen mochte – kurz der Kranz über der Thüre wurde eben so oft wieder durch einen neuen ersetzt, als die Blätter des alten verwelkt waren. Es war überhaupt unter ihren Gästen zur stehenden Redensart geworden, daß ihr Kranz immer so frisch wie ihr Gesicht sei, und daß letzteres zu den hübschesten auf der ganzen Insel gehöre – ein Umstand, der schon mancher Flasche schlechten Weines einen Käufer verschafft hatte.

Benedetta genoß eines ziemlich guten Rufes, war aber nichtsdestoweniger – wenn man dieß auch öfter fühlte als aussprach – eine unverbesserliche Kokette. 'Maso besonders war aus zweierlei Gründen bei ihr beliebt, weil er nämlich, wenn auch alt und nichts weniger als anziehend von Person, doch unter seinen Genossen einige der hübschesten Matrosen des Hafens mit sich brachte – weil er nicht nur seine volle

Portion trank, sondern sie auch jedesmal pünktlich bezahlte. Aus diesen beiden Gründen sah sich der Lootse bei der galanten Maria degli Venti – wie ihr Haus, obwohl es außer jenem oft erneuerten Weinkranze kein anderes Zeichen aufzuweisen hatte, genannt wurde – fortwährend als willkommener Gast aufgenommen.

In dem nämlichen Augenblicke, da Raoul Yvard und Ghita auf dem Hügel von einander Abschied nahmen, saß 'Maso in Benedetta's oberem Stübchen an seinem gewohnten Platze; durch's Fenster hatte er, so weit es nämlich die Dunkelheit erlaubte, die volle Aussicht auf den Lugger, der ungefähr auf eine Kabellänge Entfernung und nach der Seemannssprache „dwarsab“ ihm gegenüber vor Anker lag. Er hatte bei dieser Gelegenheit absichtlich das obere Zimmer und nur drei Tischkameraden gewählt, weil er seine Rathschläge gerade nur so vielen Begünstigten zu Ohren kommen lassen wollte, als ihm der innere Drang, seiner Erfahrung gehuldigt zu sehen, wünschenswerth machen mochte. Die Gesellschaft war seit einer Viertelstunde beisammen, und in der Flasche, welche auf dem Tische stand, und die, wie wir dem Leser nebenbei bemerken wollen, nicht weniger als eine halbe Gallone Weins enthielt – hatte während dieser Zeit die Flut schon einer ziemlich starken Ebbe Platz gemacht.

„Ich habe dem Podesta Alles gesagt,“ bemerkte 'Maso mit wichtiger Miene, indem er sein Glas nach dem zweiten Schlucke, der dem ersten an Inhalt vollkommen gleich kam, auf den Tisch niederstellte; „ja, Alles habe ich Vito Viti gesagt, und er hat es ohne Zweifel dem Signor Vicestatthalter wieder erzählt, der jetzt von der ganzen Sache ebensoviel wie jeder von uns Vieren weiß. Cospetto! wer sollte glauben, daß in einem Hafen, wie Porto Ferrajo, so Etwas passiren könnte! Hätte es sich wenigstens auf der andern Seite der Insel, in Porto Longone zugetragen – daraus würde man nicht so viel machen, denn *die* dort *drüben* sind nie sonderlich wachsam gewesen; daß es aber gerade hier, in der Hauptstadt von Elba stattfinden sollte, das hätte ich ebensowenig erwartet, als ich es in Livorno für möglich gehalten hätte!“

„Aber, 'Maso,“ fiel Daniele Bruno etwas zweifelhaft ein, „ich habe doch die Flagge der Engländer schon oft gesehen, und die des Luggers ist der ihrer Fregatten und Corvetten so durchaus ähnlich, wie die Wimpeln unserer Felucken einander gleich sehen. Die Flagge wenigstens ist gewiß ächt.“

„Was will aber eine Flagge beweisen, Daniele? Kann denn ein Franzose nicht ebensogut wie der König von England selbst eine englische Flagge aufhissen? Wenn dieser Lugger nicht von französischen Händen gebaut wurde, so bist du ebensowenig von einem italienischen Vater und einer italienischen Mutter zusammengefügt worden. Ich würde mich auch gerade nicht an dem Rumpfe stoßen, denn der könnte von einer Prise herrühren, wie denn die Engländer ihren Feinden auf hoher See deren viele wegnehmen – aber betrachte dir nur einmal das Takel- und Segelwerk dieses Fahrzeugs! – Heilige Maria! Ich könnte euch ja in Marseille sogar den Laden des Segelmachers zeigen, der dieses Focksegel zusammengestoppt hat. Er heißt Pierre Benoît, und ist ein sehr tüchtiger Handwerker, wie wir Alle, welche je seiner Dienste bedurft, bezeugen werden.“

Diese letzte Behauptung machte die Sache allerdings höchst wahrscheinlich, denn wie oft muß der gewöhnliche Verstand den Umständen weichen, die nur allzu häufig selbst eingebildeten Tatsachen Wahrscheinlichkeit verleihen. Tommaso Tonti war zwar, was die Hauptsache – nämlich den Charakter ihres Besuches – betraf, ganz auf der rechten Spur; mit dem Segel hatte er aber dennoch unrecht, denn der Irrwisch war zu Nantes gebaut, ausgerüstet und bemannt worden, und Pierre Benoît hatte weder das Schiff noch sein Focksegel jemals gesehen. Im Ganzen machte dieß übrigens bei der gegenwärtigen Verhandlung keinen Unterschied, denn war der Segelmacher einmal wirklich ein Franzose, so war der Eine offenbar so gut wie der Andere.

„Habt Ihr dieß dem Podesta auch bemerklich gemacht?“ fragte Benedetta, welche, die leere Flasche in der Hand, dem Gespräche zuhörte; „ich sollte meinen, das müßte ihm doch die Augen geöffnet haben.“

„Ich kann nicht sagen, daß ich es that; ich sagte ihm aber so viele andere, noch wichtigere Dinge, daß er auch diesem Umstande, wenn er ihn vernimmt, vollen Glauben schenken muß. Signor Viti versprach, mich nach seiner Unterredung mit dem Vicestatthalter hier aufsuchen zu wollen; wir können ihn jetzt mit jeder Minute erwarten.“

„Der Signor Podesta soll willkommen sein,“ rief Benedetta, indem sie einen Tisch abwischte und das ganze Zimmer etwas besser wie gewöhnlich aufzuräumen suchte; „er mag größere Gasthöfe als den meinigen besuchen – besseren Wein aber als hier wird er kaum sonst wo finden!“

„Arme Benedetta!“ gab 'Maso zur Antwort. – „Glaubt doch ja nicht, daß der Podesta aus einem solchen Grunde hierher kommt: er will blos mich sprechen, denn er schlürft seinen Wein zu oft oben in der Stadt, als daß er wegen eines einzigen Glases so tief herabsteigen möchte. Ja, meine Freunde, in seinem Hause gibt's einen Wein, der, wenn erst einmal das Oel aus dem Halse der Flasche entfernt ist, gerade so glatt wie dieses selbst die Kehle hinabrinnt. Ich könnte eine ganze Flasche davon auf einen Zug austrinken! Das ist eben der Wein, der die Vornehmen so munter und gut gelaunt macht.“

„Der wässerige Mischmasch ist mir wohl bekannt,“ fiel Benedetta weit hitziger ein, als sie sich sonst ihren Gästen zu zeigen pflegte; „Ihr habt recht, wenn Ihr's glatt nennt, denn nicht umsonst läuft ein heller Brunnen neben jeder von den Weinpressen, die dieses Getränke erzeugen. Ich habe sogar schon manche Flaschen davon gesehen, auf denen das Oel nicht einmal stehen bleiben würde.“

Diese Versicherung war ein hübsches Gegenstück zu 'Maso's Behauptung in Betreff des Segels, und ungefähr ebenso richtig wie jene. Benedetta hatte nämlich, was die Unbeständigkeit der Männer betraf, zu viel Erfahrung, um nicht einzusehen, daß, wenn die drei oder vier anwesenden Gäste erführen, die Insel besitze noch irgend ein besseres Getränk, als sie es ihnen vorzusetzen pflegte – ihr Ansehen in aller Augen bedeutend Noth leiden müßte. Als eine Frau, welche allein mit der Welt zu kämpfen hatte, fühlte sie in ihrer angeborenen Schlauheit recht wohl, daß sie eine Verleumdung am besten dadurch zurückweisen könne, wenn sie deren Quelle gleich im Anfange verstopfte, und ihre Antwort war deßhalb ebenso kräftig im Vortrag als bestimmt in ihrem Ausdrucke.

Sie hätte aber eine treffliche Einleitung zu ihrem hitzigen Streite gegeben, und ohne Zweifel wäre es auch zu einem solchen gekommen, hätten sich nicht zu allem Glücke einige Tritte vor dem Zimmer vernehmen lassen, welche 'Maso an den Podesta erinnerten. In der That ging auch bald darauf die Thüre auf, und Vito Viti trat ein, zur Verwunderung sämmtlicher Gäste und zu Benedetta's größtem Schrecken von dem Vicestatthalter in eigener Person begleitet.

Das Räthsel eines so unerwarteten Besuches ist leicht zu lösen. Vito Viti war nach Capitano Smees' Abgange von Neuem auf 'Maso's Vermuthungen zu sprechen gekommen; er erwähnte einiger geringfügigen Umstände, welche ihn während der vorhergehenden Unterredung mit dem fremden Seemanne bedenklich gemacht hatten, und war endlich so glücklich, sich selbst den früher gehegten Verdacht, und eben damit auch dem Vicestatthalter seinen Argwohn wieder einzureden. Keiner von Beiden war übrigens seiner Sache so recht eigentlich gewiß, und als daher der Podesta zufällig seiner Verabredung mit dem Lootsen erwähnte, so beschloß Andrea, ihn zu begleiten, um das fremde Fahrzeug in eigener Person zu visitiren.

Beide Würdenträger waren in ihre Mäntel gehüllt - ein Umstand, der bei der kühlen Nachtluft, die sogar mitten im Sommer an der Küste herrschte, keineswegs ungewöhnlich war, und ihnen zugleich das Mittel zu einer Verkleidung bot, wie ihre besonderen Verhältnisse sie wünschenswerth machten.

„Der Herr Vicestatthalter!“ rief Benedetta beinahe kreischend, indem sie zuerst einen Stuhl und dann die Tafel abstäubte, und ersteren gleichsam mechanisch dem Tische näher rückte, wie wenn alle ihre Gäste nur eines einzigen Beweggrundes halber ihre Schwelle überschreiten könnten. - „Eure Eccellenza sind höchlich willkommen - es ist dieß eine Ehre, die ich mir wohl öfter erbitten könnte. Wir sind zwar nur gemeine Leute hier unten in der Stadt, dabei aber, wie ich hoffe, doch eben so gute Christen, wie wenn wir oben auf dem Hügel lebten.“

„Ohne Zweifel, würdige Bettina -“

„Mein Name ist Benedetta, Eurer Eccellenza aufzuwarten - Benedettina, wenn's dem Herrn Vicestatthalter so besser gefällt; aber nicht Bettina. Wir halten viel auf unsere Namen hier unten am Wasser, Eccellenza.“

„So laßt's denn gut sein, würdige Benedetta, ich zweifle auch gar nicht, daß ihr treffliche Christen sein mögt. - Eine Flasche von Eurem Wein, wenn's Euch gefällig ist.“

Die Wirthin machte in der Dankbarkeit ihres Herzens einen tiefen Knix, und der triumphirende Blick, den sie den übrigen Gästen zuwarf, mochte als entscheidende Beschwichtigung des Streites gelten, der bei der Ankunft der beiden Würdenträger im Entstehen gewesen war. Er machte der Streitfrage wegen des Weins mit einem Male ein Ende, und brachte die Krittler für immer zum Schweigen. Wenn sogar der Vicestatthalter von ihrem Weine trinken konnte, wie dürfte da noch ein Matrose darüber zu schimpfen wagen?

„Mit tausend Freuden, Eccellenza," fuhr Benedetta fort, indem sie die Flasche auf den Tisch stellte, nachdem sie zuvor mit eigener fester Hand Pflaster und Oel abgenommen hatte. Sie hatte sich von jeher für besondere Veranlassungen ein halbes Dutzend Flaschen reinen, duftenden Toskanerweines gehalten, was sie wohl thun konnte, da die halbe Gallone doch nur etwa einen Paolo kostete. – „Millionen Mal willkommen, Eccellenza. Dieß ist eine Ehre, welche der Santa Maria degli Venti alle hundert Jahre nur einmal zu Theil wird, und auch der Signor Podesta haben bis auf den heutigen Tag nur ein einziges Mal Muße gefunden meine arme Thüre durch dero Gegenwart zu beschatten."

„Wir Junggesellen" – der Podesta gehörte nämlich so gut wie der Vicestatthalter diesem Orden an – „wir Junggesellen dürfen es nicht wagen, uns öfter in Gesellschaft so munterer Wittwen, wie Ihr, sehen zu lassen, deren Schönheit durch die Jahre eher zu- als abgenommen hat."

Dieß hatte eine kokettirende Antwort zur Folge. Andrea Barrofaldi hatte sich unterdessen überzeugt, daß sich der Wein ohne Schaden für seine Gesundheit trinken ließ, und begann nun, die vier Matrosen, die in ehrerbietigem Schweigen an dem andern Tische saßen, genau zu mustern. Sein Zweck war vorerst, zu erfahren, in wie weit er sich durch seine Anwesenheit an einem solchen Orte, wo sein Besuch doch wohl nur einem einzigen Beweggrunde zugeschrieben werden konnte – kompromittirt haben mochte. 'Maso kannte er als den ältesten Lootsen des Platzes; auch Daniele Bruno war ihm halb und halb bekannt; die beiden andern Seeleute aber waren ihm gänzlich fremd.

„Fragt erst einmal, ob hier lauter Freunde und würdige Unterthanen des Großherzogs beisammen sind," bemerkte Andrea Barrofaldi leise gegen Vito Viti.

„Hörst du, 'Maso?" fragte der Podesta. „Kannst du für alle deine Kameraden garantiren?"

„Für jeden, Signore: dieser hier ist Daniele Bruno; sein Vater fiel in der Schlacht gegen die Algierer Corsaren, seine Mutter war die Tochter eines Seemanns, der auf Elba ebensogut bekannt war, wie –"

„Wir bedürfen keiner weiteren Details, Tommaso Tonti," fiel der Vicestatthalter ein; „es genügt, wenn du all' deine Gefährten als ehrliche Leute und treue Diener ihres Souverains rühmen kannst. – Ihr kennt wohl ohne Zweifel die Absicht, welche den Signor Vito und mich selbst diese Nacht hieher geführt hat?"

Die Matrosen schauten einander an, wie ungebildete Leute es gewöhnlich machen, sobald sie eine Frage zu beantworten haben, welche mehrere zugleich angeht, wobei sie dann in der Regel ihrer Unschlüssigkeit durch einen Aufruf an die Sinne zu Hilfe zu kommen suchen. Endlich übernahm Daniele Bruno das Amt des Sprechers.

„Signore – Eure Eccellenz – wir glauben, wir wissen's," gab der Mann zur Antwort. „Unser Kamerad 'Maso hier gab uns zu verstehen, wie er vermuthe, daß der Engländer, der in der Bai vor Anker liegt, gar kein Engländer, sondern entweder ein Seeräuber oder ein Franzose sei. Die gebenedeite Maria möge uns behüten; aber in diesen unruhigen Zeiten wäre es so ziemlich einerlei, welches von beiden er auch sein möchte."

„Nun, das will ich gerade nicht behaupten, mein Freund: denn als der Eine wäre er ein Auswurf der menschlichen Gesellschaft, während er in der zweiten Eigenschaft wenigstens noch die Schutzrechte der Diener civilisirter Nationen genöße," erwiederte der gewissenhafte und streng rechtliche Beamte. „Es gab allerdings eine Zeit, wo seine kaiserliche Majestät, der Kaiser und Höchstdessen glorreicher Bruder, unser Souverain, der Großherzog – die republikanische Regierung in Frankreich nicht als gesetzmäßiges Regiment anerkannten: das Kriegsglück hat aber diese Zweifel gehoben und ein Friedensschluß das Gegentheil bestätigt. Seit der letzten Allianz ist es unsere Schuldigkeit, alle Franzosen als unsere Feinde zu betrachten; doch folgt daraus noch keineswegs, daß wir sie darum für Seeräuber ansehen sollen."

„Aber ihre Kaper nehmen alle unsere Fahrzeuge weg, Signore, und behandeln deren Bemannung nicht anders, als ob sie Hunde wären; dann, sagt man mir, sollen sie auch keine Christen – ja nicht einmal Lutheraner oder Ketzer sein!"

„Daß die Religion jetzt eben nicht in Blüthe bei ihnen steht, ist wahr," versetzte Andrea, der sich über solche Gegenstände so gerne besprach, daß er selbst zu dem Bettler, dem er ein Almosen reichte, hingestanden wäre, um mit ihm über Religion oder deren Gebräuche zu disputiren, wenn er anders von Letzterem dazu aufgemuntert worden wäre – „doch steht es in Frankreich in diesem wichtigen Punkte jetzt nicht mehr so schlimm als früher, und wir dürfen hoffen, daß es mit der Zeit noch besser kommen wird."

„Aber, Signor Vicestatthalter," warf 'Maso ein, „das Volk hat ja doch den heiligen Vater und seine Staaten auf eine Art behandelt, wie man mit keinem Ungläubigen oder Türken umgehen würde!"

„Ja, ja, so ist's, Signore," bemerkte Benedetta; „eine arme Frau kann ja nicht einmal mehr in die Messe gehen, ohne durch den Gedanken an das Unrecht, das dem Haupte der Kirche zugefügt worden ist, in ihrer Andacht gestört zu werden. Wäre dieß Alles von den Lutheranern ausgegangen, so hätte man es noch eher ertragen können; aber sie sagen doch, die Franzosen seien früher lauter gute Katholiken gewesen!"

„Das waren die Lutherani auch, schöne Benedetta, mitsammt dem deutschen Mönche, ihrem Hauptketzer und Anführer."

Diese Belehrung erregte Erstaunen, und selbst der Podesta warf einen fragenden Blick nach seinem Vorgesetzten, als ob er seine Verwunderung darüber ausdrücken wollte, daß ein Protestant jemals etwas Anderes als Protestant – oder vielmehr ein Lutheraner noch sonst etwas als ein Lutheraner – sollte gewesen sein können; denn das Wort „Protestant" war zu bezeichnend, um überhaupt bei Leuten, welche jeden triftigen Grund zu einer Protestation von je abläugnen, in Gunst stehen zu können. Daß Luther jemals ein römisch-katholischer Christ gewesen sein sollte, erschien selbst in Vito Viti's Augen als baares Wunder.

„Signore, Ihr werdet doch diese ehrlichen Leute in einer so ernsten Sache nicht irre leiten wollen!“ rief der Podesta.

„Ich spreche blos die Wahrheit, und nächster Tage sollt Ihr die ganze Geschichte von mir hören, Nachbar Viti. Die Sache ist wohl werth, daß ihr Jeder eine freie Stunde widme, und überdieß ist sie für einen Christen höchst nützlich und erbaulich. – Wen habt Ihr denn aber da unten, Benedetta? Ich höre Tritte auf der Treppe, und wünsche nicht, gesehen zu werden.“

Die Wittwe ging augenblicklich ihren neuen Gästen entgegen, um sie in eines der gewöhnlichen Zimmer im Erdgeschoß zu weisen: diese kamen jedoch ihrer Bewegung zuvor, denn im nächsten Augenblick ging die Thüre auf und ein Mann zeigte sich auf der Schwelle. Es war jetzt zu spät, um ein Eindringen desselben zu verhindern, und das Erstaunen über die Erscheinung des neuen Ankömmlings hielt alle Anwesenden eine Minute lang in tiefem Schweigen gefesselt.

Der Mann, der, seinem Gehöre folgend, auf diese Art Benedetta's Allerheiligstes betreten hatte, war Niemand anders als Ithuel Bolt, der amerikanische Matrose, dessen wir im Eingange dieses Kapitels bereits gedacht haben. Er war von einem Genueser begleitet, der ihm in der gedoppelten Eigenschaft eines Dolmetschers und wackern Zechgenossen folgte.

Damit übrigens der Leser den Mann, von dem sich's hier handelt, besser kennen lernen möge, wird es wohl nöthig sein, eine kleine Abschweifung zu machen, und ihm eine kurze Skizze der Geschichte, so wie der Persönlichkeit und der Eigenthümlichkeiten des erstgenannten Individuums zu entwerfen.

Ithuel Bolt war in demjenigen Theile der Vereinigten Staaten geboren, den man gewöhnlich nur den Granitstaat nennt. Wenn er auch nicht geradezu und durchaus aus der fraglichen Steingattung geformt schien, so war doch ein solcher Mangel an den gewöhnlichen Symptomen von Gefühl an ihm zu bemerken, daß viele seiner Bekannten, besonders seine französischen Freunde, sich zu der Behauptung verleiten ließen, er trage ein gut Theil mehr Marmor in seiner Brust, als dem Menschen für gewöhnlich von diesem Materiale zum Antheil beschieden sei.

Die Umrisse seiner Gestalt verriethen einen kräftigen Körperbau, nur fehlte es derselben gänzlich an allem ausfüllenden Stoffe. Bei ihm war das Knochensystem vorherrschend; dann kamen zunächst seine Sehnen in Betracht, und auch was Muskeln betraf, war der Mann nicht leer ausgegangen, nur waren diese Letzteren auf eine Weise vertheilt, daß er, von welcher Seite man ihn auch sehen mochte, nichts als Ecken und Winkel darbot. Selbst Daumen und Finger waren bei ihm mehr viereckig als rund, und besonders sein bloßer Nacken, der nur leicht mit einem schwarzseidenen Halstuche umschlungen war, hatte, mit Hintansetzung aller Grazie und Symmetrie, so ziemlich die Gestalt eines Fünfecks. Seine Figur maß vollauf sechs Fuß und einen Zoll, wenn er sich zu seiner ganzen Höhe aufrichtete, was von Zeit zu Zeit geschah, wie es schien, um sich von der gebückten Haltung seiner Schultern, die bei ihm zur hartnäckigen Gewohnheit geworden war, in etwas zu erholen: in letztgenannter Stellung dagegen, die bei ihm die üblichste war, erschien er um ein bis zwei Zolle kürzer, als sein eigentliches Maaß betrug. Sein Haar war schwarz, die Hautfarbe dunkelbraun: es schienen sich nämlich bei ihm in Folge eines fortwährenden Lebens im Freien mehrere Färbungen von Braun auf einander geschichtet zu habe, obwohl sein Teint ursprünglich recht hübsch gewesen sein mußte. Seine Gesichtszüge waren regelmäßig, die Stirne breit und voll, der Mund sogar wahrhaft hübsch. Dieses sonderbare Gesicht wurde durch zwei scharfblickende, rastlose, glänzende Augen belebt, welche nicht sowohl Flecken in der Sonne als vielmehr zwei Sonnen auf einem Fleck ähnlich sahen.

Ithuel hatte all' die gewöhnlichen Wechselfälle in dem Leben eines Amerikaners durchgemacht: höchstens daß die Laufbahnen, welche man in der Regel auf die Klasse der Gentlemen beschränkt glaubt, ihm bis jetzt noch fremd geblieben. Er war Pächtersjunge, Druckereiteufel, Schulmeister, Kutscher und Hausirer gewesen – Alles, ehe er jemals die See gesehen hatte. Unter dem Namen von „Hausarbeiter“ hatte er alle erdenklichen Verrichtungen der häuslichen Oekonomie durchgemacht, hatte selbst beim Waschen und Auskehren Dienste geleistet, und einen ganzen Winter lang seine Abende mit Besenbinden ausgefüllt.

So hatte Ithuel sein dreißigstes Jahr erreicht, ehe er im Traume daran gedacht hätte, auf die See gehen zu wollen. Ein Zufall gab endlich dieser Lebensweise in seinen Augen den Vorzug, und er ließ sich auf seiner ersten Reise auf einem Küstenfahrer als Maat anwerben. Zum Glück konnte der Schiffskapitän bei Ithuels ruhigem, zuversichtlichem Wesen niemals entdecken, daß dieser ein völliger Neuling in seiner Kunst war, denn kaum hatten sie den Hafen, aus dem sie absegelten, hinter sich, als Ersterer von der großen Leesegelspiere über Bord geschleudert wurde und ertrank.

Die meisten Menschen wären wohl unter solchen Umständen wieder umgekehrt: Ithuel aber war nicht gewöhnt, seine Hand an den Pflug zu legen und rückwärts zu schauen – überdieß war ihm eine Laufbahn so leicht wie die andere. Was er auch unternehmen mochte – es mußte auf eine oder die andere Art ausgeführt werden; freilich wäre es oft weit besser gewesen, wenn er in der und jener Sache jeden Versuch unterlassen hätte.

Zu allem Glück war es gerade Sommer, der Wind gut und die Mannschaft der Art, daß sie nur weniger Anweisung bedurfte, und da sich's ganz von selbst verstand, daß der Schooner immer in gewohnter Richtung fortsteuerte, bis man endlich in dem bestimmten Hafen ankam – so langte er auch glücklich daselbst an, und die Schiffsmannschaft schwur, der neue Maat sei der lustigste und *gescheidteste* Steuermann, mit dem sie noch jemals gefahren seien.

Sie durften dieß auch mit allem Rechte behaupten, denn Ithuel war vorsichtig genug, nie früher einen Befehl zu ertheilen, als bis er einen oder den andern unter den Matrosen darauf anspielen hörte; dann verfehlte er aber auch nie, ihn Wort für Wort gerade so zu fassen, als ob er von ihm selbst ausgegangen wäre. Was vollends den Ruf des „gescheidtesten“ Offiziers betrifft, den er auf so leichte Art erworben hatte, so darf man ja nicht vergessen, daß dieser Ausdruck in einem Sinne gebraucht wurde, der in dem Theile der Welt, aus welchem Ithuel abstammte, am meisten üblich ist. In diesem Sinne war er nämlich in demselben Maaße „gescheidt", als er „unwissend" war.

Sein guter Erfolg bei dieser Gelegenheit gewann ihm Freunde, und er wurde unmittelbar darauf abermals als wirklicher Kommandant des Schiffes abgesendet, auf dem er seine erste Anstellung erhalten hatte. Jetzt warf er die ganze Verantwortlichkeit auf den Steuermann, zeigte sich aber dabei so rasch im Auffassen und Erlernen, daß er nach Verfluß von sechs Monaten ein weit besserer Seemann war, als die meisten Europäer in drei Jahren geworden wären.

Doch „der Krug geht so lange zum Brunnen, bis er zerbricht", und so geschah es auch Ithuel; in Folge seiner gänzlichen Unwissenheit in Allem, was höhere Schifffahrtskunde betraf, mußte er endlich Schiffbruch leiden. Dieß veranlaßte ihn, in einer untergeordneteren Stellung eine neue Reise zu unternehmen, bis er endlich im Verlaufe der Zeit von dem Kommandanten einer englischen Fregatte gepreßt wurde, der so viele Leute durch das gelbe Fieber verloren hatte, daß er alle Matrosen, wo er nur deren habhaft werden konnte, aufgriff, und selbst Ithuel in einem solchen Nothfalle nicht verschmähte.

Viertes Kapitel

Das Schiff ist hier geankert;
Ein Veroneser, Michael Cassio,
Lieutenant des kriegerischen Mohr's Othello –
Stieg d'raus an's Land.

Othello.

Der Blick, den Ithuel um sich warf, war kurz, aber vielumfassend. Er sah, daß Zwei von der Gesellschaft im Zimmer weit vornehmer als die vier Uebrigen sein mußten, die er für gewöhnliche südländische Matrosen erkannte. Die Stellung, welche Benedetta in dem Haushalte einnahm, konnte nicht leicht mißverstanden werden, denn ihre Miene schon verkündete sie als Herrin des Hauses, ob sie sich nun in den obern oder in den untern Gemächern zeigen mochte.

„ Vino," rief Ithuel und schwenkte die Hand, um sein Italienisch dadurch verständlicher zu machen: es war dieß nämlich, neben einigen anderen – das einzige Wort, das er, ohne seinen Dolmetscher um Beistand anzurufen, in dieser Sprache vorzubringen vermochte; „ vino – vino – vino, Signora."

„ Si, si, si, Signore," gab Benedetta lachend zur Antwort; dabei waren ihre ausdrucksvollen Blicke so scharf auf die Person ihres neuen Gastes geheftet, daß es noch sehr zweifelhaft schien, ob sie nicht schon durch seine äußere Erscheinung höchlich ergötzt sei; „Eure Eccellenza sollen sogleich bedient werden; ob aber für einen ganzen oder halben Paolo die Flasche, das hängt von Eurem eigenen Ermessen ab. Wir halten Wein von beiderlei Sorten; mit dem ersten“ – hier warf sie einen Seitenblick nach Andrea Barrofaldi's Tafel – „pflegen wir meist Herren von Rang und Auszeichnung zu bedienen.“

„Was spricht das Weib?“ brummte Ithuel zu seinem Dolmetscher, dem Genueser, der mehrere Jahre lang in der brittischen Marine gedient, und dadurch das Englische mit ziemlicher Leichtigkeit sprechen gelernt hatte; „Ihr wißt, was wir brauchen; sagt ihr also, sie soll es uns einhändigen, und ich will ihr ihren St. Paul ohne weitere Worte herausgabeln. Was doch ihr Leute für eine verzweifelte Vorliebe für Heilige habt, Philip-o!“ so sprach nämlich Ithuel das Wort Filippo, den Namen seines Begleiters – „was doch ihr Leute für eine verzweifelte Vorliebe für Heilige habt, Philip-o, daß ihr sogar eure Geldsorten darnach benennen müßt.“

„Nicht auch so in Amerika, *Signor Bolto*?“ fragte der Genueser, nachdem er Benedetta die Wünsche seines Begleiters auf italienisch erklärt hatte – „ist's nicht auch bei Euch zu Lande Brauch, die Heiligen zu ehren?“

„Die Heiligen zu ehren!“ wiederholte Ithuel mit einem kuriosen Seitenblicke, während er zugleich an einem dritten Tische Platz nahm, und Gläser und Alles andere, was im Bereiche seiner Hand lag, auf eine Weise bei Seite schob, wie es seiner Ordnungsliebe am besten zusagte; dann lehnte er sich in dem Stuhle zurück, bis sich die beiden Enden seiner Ellbogen in das Polster hinter ihm eingruben, während die Füße, auf denen das Gestell ruhte, unter seinem Gewichte zu krachen anfingen – „die Heiligen zu ehren! wir wären weit mehr aufgelegt, die Bursche zu entehren! Was braucht Einer auch einen Heiligen zu ehren? Ein Heiliger ist ja nur ein Mensch – ein Mann wie Ihr und ich – und Ihr macht ein solches Aufheben von der Sache. Heilige gibt's genug in meinem Lande, wenn man nämlich den Erzählungen der Leute über sich selbst Glauben schenken wollte.“

„Nicht ganz so, Signor Bolto, Ihr und ich keine großen Heiligen! Italiener die Heiligen ehren, weil sie heilig und gut.“

Mittlerweile hatte Ithuel seine Füße auf das untere Gestell des Stuhles placirt, und seine Kniee dabei so weit ausgespreizt, als ihm die ungewöhnliche Länge seiner Beine nur immer erlaubte; die Arme ruhten ausgestreckt auf den Lehnen zweier Stühle, die er neben sich herangezogen hatte, so daß er vollkommen die Stellung eines sogenannten ausgespannten Adlers einnahm.

Andrea Barrofaldi betrachtete dieß Alles mit steigender Verwunderung. Er hatte zwar in einem Weinhause, wie das von Benedetta war, nicht sonderlich viel feine Lebensart erwartet: eine so vollkommene Nonchalance des Betragens aber hatte er noch bei keinem Menschen von der Klasse des Fremden, oder eigentlich noch bei gar keiner Klasse getroffen. Die italienischen Matrosen vor ihm beobachteten auf ihren Stühlen eine einfache, ehrerbietige Haltung, als ob Jeder von ihnen so wenig wie möglich aufdringlich zu erscheinen wünschte. Doch begnügte er sich, Alles mit ernstem, aufmerksamem Schweigen zu betrachten, ohne sich einen Laut der Verwunderung entschlüpfen zu lassen. Vielleicht, daß er in all' diesen Umständen

Spuren von Nationaleigenthümlichkeiten, wenn nicht gar völkergeschichtliche Ueberbleibsel entdecken mochte.

„Ehren die Heiligen, weil sie heilig und gut!" wiederholte Ithuel mit sehr schlecht verhehlter Verachtung – „ei, das ist ja gerade der Grund, warum wir sie *nicht* verehren. Da könnte Jeder herkommen und Euch zumuthen, Ihr solltet ihn anbeten und Götzendienerei mit ihm treiben – die schrecklichste aller Sünden, welche jeder ächte Christ fliehen muß trotz der Hölle. Lieber wollt' ich noch diese Weinflasche, wenn's sein müßte, als den besten Heiligen aus Eurer Pfaffen Büchern – anbeten."

Filippo war kein Kasuistiker, sondern ein einfacher Gläubiger, und als daher Ithuel seiner alten Gewohnheit, aus bloßen Flaschen und Krügen zu trinken, zufolge, in demselben Augenblicke das Ende der Bouteille an den Mund setzte, gab der Genueser keine Antwort, sondern hielt die Augen in ängstlicher Spannung auf die Flasche geheftet, die nach der Länge der Zeit, während der sie der Andere an den Mund hielt, in großer Gefahr zu schweben schien und gänzlich leer zu werden drohte – für einen Mann von so großer Vorliebe für den Wein, wie Filippo, gewiß kein geringfügiger Umstand.

„ *Das* nennt Ihr Wein?" rief Ithuel, indem er inne hielt, um Athem zu schöpfen; „da ist doch nicht so viel Granit in einer ganzen Gallone, als bei uns in einer einzigen Pinte von unserm Cyder. Ich könnte ein ganzes Faß austrinken, und hinterher erst noch auf einem Brette marschiren, das gerade so schmal wie Eure Religion wäre, Philip-o!"

Diese Worte waren nichtsdestoweniger von einem Blicke der Zufriedenheit begleitet, der hinlänglich bewies, wie sehr der innere Mensch durch das, was er genossen, erquickt worden war: der hübsche Mund schien auf höchst ausdrucksvolle Weise andeuten zu wollen, wie er eigentlich recht wohl wisse, daß er der Kanal gewesen, mittelst dessen eine so höchst angenehme Communication mit dem Magen stattgefunden habe. Die Wahrheit zu sagen, hatte auch Benedetta eine Flasche von ihrer bessern Sorte heraufgebracht – dasselbe Gewächs, von welchem schon dem Vicestatthalter eine Probe verabreicht worden war – in der That ein so feines und mild eingehendes Getränk, daß Ithuel noch keineswegs gewahr wurde, welch' feurigen Gast er in seinem Innern aufgenommen hatte.

Diese ganze Zeit über war der Vicestatthalter damit beschäftigt, sich über Charakter und Abstammung des Fremden nähere Auskunft zu verschaffen. Daß er Bolt für einen Engländer halten mußte, war wohl natürlich genug, und diese Thatsache trug nicht wenig dazu bei, ihn in der Ansicht, welche er sich über die wahre Flagge des Luggers gebildet hatte, auf's Neue irre zu machen. Wie die meisten Italiener jener Zeit, betrachtete er die nördlichen Horden, und Alles, was mit ihnen verwandt war, als eine Art von Barbaren, und Ithuels Miene und Benehmen waren eben nicht geeignet, ihn von dieser Meinung abzubringen, denn dieses sonderbare Exemplar von einem Menschen zeigte sich, wenn auch nicht so lärmend roh und gemein, wie die niedrigeren Klassen seiner eigenen Landsleute, mit denen er gelegentlich in Berührung gekommen – gleichwohl in manchen wesentlichen

Punkten offenbar so ungebildet, daß, wenn er überhaupt Ansprüche an ein feines Benehmen gemacht hätte, diese jedenfalls gegründeten Widerspruch erfahren mußten.

„Ihr seid ein Genueser?“ redete der Vicestatthalter den Filippo mit einer Miene an, welche bewies, daß er ein Recht zu dieser Frage hatte.

„Ja, Signore, Eurer Eccellenza aufzuwarten, obwohl ich in gegenwärtigem Augenblicke in fremden Diensten stehe.“

„In wessen Diensten, Freund? Ich bekleide ein Amt hier in Elba, und frage nicht mehr, als meine Pflicht verlangt.“

„Das muß ich wohl glauben, Eccellenza,“ erwiederte Filippo aufstehend mit einer ehrerbietigen Verbeugung, welche keine Spur jenes linkischen Wesens an sich hatte, dem die Nordländer so leicht anheimfallen; „ich muß es wohl glauben, denn es spricht sich schon in Eurer ganzen Erscheinung aus. – Ich stehe jetzt in Diensten des Königs von England.“

Dieß sprach Filippo mit fester Stimme, obwohl er seine Augen vor dem zweifelhaften, durchbohrenden Blicke des Statthalters zu Boden schlagen mußte. Die Antwort des Letzteren war gemessen und ihrem Zwecke entsprechend.

„Ihr seid glücklich,“ sprach er, „einen so ehrenvollen Dienst erhalten zu haben, besonders da Euer eigentliches Vaterland den Franzosen abermals in die Hände gefallen ist. Jedes italienische Herz muß sich nach einer Regierung sehnen, die ihre Entstehung und ihren Fortbestand diesseits der Alpen findet.“

„Wir sind heutzutage noch eine Republik, Signore, was wir, wie Ihr wißt, von jeher gewesen.“

„Nun ja, wie man's nimmt. – Euer Gefährte da spricht kein Italienisch – ist er ein Engländer?“

„Nein, Signore, ein Amerikaner: so eine Art von einem Engländer, im Ganzen aber doch kein rechter. Er liebt auch England nicht sonderlich, so viel ich aus seinen Gesprächen abnehmen konnte.“

„ Un Americano!“ wiederholte Andrea Barrofaldi; „ Americano!“ rief Vito Viti; „ Americano!“ murmelten die Matrosen, einer nach dem andern, und Aller Augen richteten sich mit lebhafter Neugierde nach dem Gegenstand des Gesprächs, der dieß Alles mit geziemender Standhaftigkeit und Würde über sich ergehen ließ.

Der Leser darf sich nicht wundern, daß ein Amerikaner damals in einem Lande wie Italien mit Neugierde betrachtet wurde, denn noch zwei Jahre später geschah es zu Konstantinopel, daß, als ein amerikanisches Kriegsschiff plötzlich in dem dortigen Hafen vor Anker ging und seine Nationalfahne aufhißte, die Beamten der hohen Pforte gar nichts davon wußten, daß ein solches Land überhaupt nur existire. Zwar wurde der Hafen von Livorno schon um das Jahr 1799 häufig von amerikanischen Schiffen besucht; doch selbst hier waren die Leute, sogar mit solchen Beweisen vor ihren Augen, noch immer gewohnt, die Schiffsmannschaft für eine Art von Engländer zu halten, welche statt der Neger zu Hause den Seedienst versähen.

Mit einem Worte – zwei und ein halbes Jahrhundert nationaler Existenz, und mehr als ein halbes Jahrhundert nationaler Unabhängigkeit haben noch nicht genügt, um alle Bewohner der alten Welt darüber zu belehren, daß die große Republik der Neuzeit mit Menschen von europäischem Ursprung und weißer Hautfarbe bevölkert ist. Selbst von Denen, welchen diese Thatsache bekannt ist, mögen vielleicht die Meisten ihre Belehrung nicht aus ordentlichen Studien und einer sichern Kenntniß der Geschichte, sondern eher aus leichteren Werken, wie etwa unser eigenes hier – geschöpft haben.

„ Si," wiederholte Ithuel mit Nachdruck, sobald er auf seine Nationalität anspielen hörte und Aller Augen auf sich gerichtet sah – „ Si Americano – ich brauche mich meines Vaterlandes nicht zu schämen, und wenn Ihr einigermaßen mit solchen Dingen bekannt seid, so laßt Euch sagen, daß ich von New-Hampshire stamme, was wir sonst auch den Granitstaat zu nennen pflegen. Sagt ihnen das, Philip-o, und laßt mich wissen, was sie darauf antworten."

Filippo übersetzte diese Rede, so gut er konnte; ebenso auch die Antwort, wie denn bei dem Gespräche, das nunmehr folgte, die Vermittlung des Dolmetschers unumgänglich nöthig war, wenn die beiden Theile einander verstehen wollten. Der Leser muß sich also jedesmal hinzudenken, wie Filippo das Verständniß einleitete, während wir die verschiedenen Reden gerade so aufführen werden, wie wenn die Sprechenden das, was der vis-à-vis sagte, vollkommen verstanden hätten.

„ Uno stato di granito!" wiederholte der Vicestatthalter, mit einem Blick auf den Podesta, worin einiger Zweifel zu lesen war – „es muß eine mühsame Existenz sein, welche diese armen Leute zu tragen haben, wenn sie sich auf einem solchen Boden um ihr tägliches Brod abmühen müssen. Fragt ihn doch einmal, guter Filippo, ob sie in jenem Theile der Welt auch Wein pflanzen?"

„Wein!" rief Ithuel; – „sagt dem Signore, daß wir bei uns dieses Getränk da gar keinen Wein nennen würden. In unsere Kehlen geht nichts ein, was nicht kratzt trotz einer Feile und brennt gleich einem Lavastrome des Vesuvs. Ich wollte nur, wir hätten eine Flasche Rum aus Neuengland hier, um ihm den Unterschied deutlich zu machen. Ich verachte den Mann, der Alles nur deßhalb für's Beste hält, weil es sein eigen ist, aber Geschmack bleibt nun einmal Geschmack, das läßt sich nicht läugnen."

„Vielleicht kann uns der amerikanische Signore auch über die Religion seines Vaterlandes Aufschluß geben – oder sind die Amerikaner etwa noch Heiden? Ich erinnere mich nicht, Vito, jemals etwas über die Religion dieses Welttheiles gelesen zu haben."

„Wie – schon wieder Religion! – nun, eine solche Frage würde unter unserem Volke in New-Hampshire keinen geringen Auflauf veranlassen. Merkt auf, Signore – eure Ceremonien, eure Heiligenbilder, die Priesterröcke, das Glockengeklingel und das ewige Knieen und Scharren, gelten bei uns keineswegs für Religion – ebensowenig, als wir dieses milde Getränk – Wein nennen würden."

Ithuel stand mehr unter dem Einflusse dieses „milden Getränkes", als er selbst wußte, sonst würde er seine Mißbilligung nicht so laut ausgesprochen haben, da die Erfahrung ihn bereits belehrt hatte, wie nothwendig es sei, in den meisten katholischen Ländern sich über solche Gegenstände nur höchst vorsichtig auszusprechen. Von alle Dem konnte Signor Barrofaldi freilich nichts wissen, und er ertheilte deßhalb seine Antwort mit dem strengen Ernste eines guten Katholiken, ohne jedoch die Mäßigung eines gebildeten Mannes aus dem Auge zu verlieren.

„Was der Amerikaner unsere Ceremonien und Heiligenbilder und unser Glockengeklingel nennt, sind lauter Dinge, die er wahrscheinlich gar nicht versteht; denn ein Land, das so wenig civilisirt ist, wie das seinige, kann die Mysterien einer uralten, tiefsinnigen Religion nicht wohl begreifen."

„Civilisirt! ich glaube, die Haare würden euch in diesem Theile der Welt zu Berge stehen, wenn ihr einen solchen Grad von Civilisation aufweisen müßtet, wie ihn bei uns die kleinsten Kinder besitzen, doch das *Schwatzen* hilft ja doch zu nichts, und so laßt uns lieber *trinken*!"

Andrea bemerkte in der That, daß bei dem *Schwatzen* nicht viel herauskam, besonders da Filippo sogar den Amerikaner zuletzt nicht recht verstanden zu haben schien; er war deßhalb selbst geneigt, den Gedanken an eine Dissertation über „Religion, Gesetze und Sitten" aufzugeben, und lieber gleich zu dem Gegenstande überzugehen, der ihn eigentlich hierher geführt hatte.

„Dieser Amerikaner ist also, wie es scheint, ein Diener des Königs von England," fuhr er mit gleichgültiger Miene fort; „ich erinnere mich, gehört zu haben, daß zwischen seinem Lande und dem der Engländer ein Krieg bestand, in welchem die Franzosen den Amerikanern in ihrem Streben nach Nationalunabhängigkeit Beistand leisteten. Worin diese Unabhängigkeit besteht, weiß ich nicht: wahrscheinlich ist das Volk in der neuen Welt noch immer genöthigt, Matrosen herbeizuschaffen, die dann in der Marine ihrer früheren Herren Dienste leisten müssen."

Ithuels Muskeln begannen zu zucken und ein Ausdruck tiefer Bitterkeit verfinsterte sein Gesicht. Dann lächelte er halb spöttisch und machte seinen Gefühlen in Worten Luft.

„Vielleicht mögt Ihr recht haben, Signore; vielleicht ist dieß die eigentliche Wahrheit an der Sache. Die Engländer pressen unsere Leute nicht anders, als ob sie das beste Recht von der Welt dazu hätten. Im Ganzen *mögen* wir wirklich auch jenen Herren dienen, und Alles, was wir zu Haus über Unabhängigkeit sprechen und denken, ist gerade nur so viel, als wenn das Pulver auf der Zündpfanne aufbrennt. Trotzdem gibt's aber doch auch Leute unter uns, die, wenn sich Gelegenheit dazu bietet, so oder anders Rache zu nehmen, bereit sind, und wenn ich dem gnädigen John Bull nicht einen schlimmen Streich spiele, so oft mir das Glück die Möglichkeit dazu in den Weg wirft, so will ich in meinem ganzen Leben nie mehr ein Stück von den alten Staaten zu Gesicht bekommen – weder vom Granit- noch vom ausgerodeten Lande.“

Die letzte Aeußerung wurde nicht ganz wortgetreu übersetzt; doch hatte der Vicestatthalter so viel davon verstanden, daß seine ganze Neugierde rege wurde: denn es kam ihm doch sonderbar vor, daß ein Mann, der unter den Engländern diente, solche Gesinnungen gegen sie hegen sollte.

Ithuel hatte dießmal nicht seine gewöhnliche Vorsicht beobachtet, denn ohne daß er's wußte, hatte der ölige Wein mehr „Granit“ in sich, als er dachte; überdieß kam er nur selten auf den Mißbrauch des Preßsystemes zu sprechen, ohne mehr oder weniger von seiner gewohnten Selbstbeherrschung zu verlieren.

„Fragt den Amerikaner, wann er zuerst in die Dienste des Königs von England getreten ist,“ bemerkte Andrea, „und warum er dort geblieben, wenn er ihm unangenehm wurde, da sich doch so viele Gelegenheiten bieten, dieselben zu verlassen?“

„Ich bin niemals eingetreten,“ erwiederte Ithuel, das Wort in seiner technischen Bedeutung nehmend; „sie haben mich gepreßt wie einen Hund, den man nur ohne Weiteres anspucken darf, und haben mich sieben lange Jahre behalten, um ihre verfluchten Schlachten durchzufechten und ihnen sonst noch behilflich zu sein. Im verflossenen Jahre war ich auch dabei, an der Mündung des Nils, bei jener sauberen Geschichte – auch beim Kap St. Vincent bin ich gewesen – und noch bei einem Dutzend solcher Schlachten, ganz gegen meinen Willen, das kann ich euch versichern. Das war allerdings hart zu tragen, doch das Härteste hab' ich noch gar nicht gesagt – auch weiß ich nicht, ob ich überhaupt nur davon sprechen soll.“

„Wir werden Alles, was uns der Amerikaner erzählen will, mit Vergnügen anhören.“

Ithuel war ziemlich unentschlossen, ob er weiter gehen sollte oder nicht. Er nahm einen frischen Zug aus der Flasche, und dieß erwärmte sein Herz dermaßen, daß er vollends herausplatzen mußte.

„Nun, sie haben auch noch Schimpf auf das Unrecht gehäuft. Es ist schon schlimm genug, wenn man einem Menschen unrecht thut; wenn man ihn aber obendrein noch beschimpft, dann müßte Einer doch wenig Zunder in seinem Wesen haben, wenn er nicht endlich einmal Feuer finge.“

„Ja, wer den Schaden hat, darf für den Schimpf nicht sorgen,“ bemerkte der philosophische Vicestatthalter. „Das ist auch bei unserem Vaterlande nur allzusehr der Fall, mein würdiger Nachbar Vito Viti.“

„Ich glaube, die Engländer behandeln alle Menschen gleich schlecht, mag's nun in Italien oder in Amerika geschehen,“ denn so sprach Ithuel das letztere Wort aus, trotzdem, daß er schon mehrere Jahre in der mittelländischen See und in deren Nachbarschaft gekreuzt hatte. „Was ich aber am härtesten zu tragen fand, war, daß sie beständig wegen meiner Sprache und Manieren ihr Takelwerk gegen mich losließen, und mich immer meiner Yankee-Reden und Yankee-Sitten halber verspotteten, während sie behaupteten, der Leib, von dem alles Das abstamme, sei doch ein englischer Leib, und so machten sie fort von einem Tag zum andern, während stets wieder ein neuer Feind sein Feuer auf diesen meinen Leib abgab. Nun wird aber bei uns in Amerika allgemein angenommen, Squire, daß wir von Allen bei weitem das beste Englisch reden, und ich bin gewiß, daß Keiner von uns das Wort ›Schwein‹ wie ›Wein‹, ›Anker‹ wie ›Hanker‹ oder ›Stoß‹ wie ›Oß‹ aussprechen würde. – Was denkt man denn in diesem Theile der Welt von der Sache, Signor Squire?"

„Wir sind für Eure Sprache nicht die besten Kritiker, aber vernunftgemäß läßt sich doch annehmen, daß die Engländer ihre Muttersprache besser als jedes andere Volk reden werden. So viel muß man ihnen wenigstens einräumen, Signor Bolto."

„Ei, diesen Vortheil werde ich ihnen keineswegs einräumen. Ich bin nicht umsonst in der Schule gewesen – ich nicht. Die Engländer sprechen z. B. P-r-e-d-i-g-e-r wie Prädiger, K-u-k-u-m-e-r wie Kuhkummer und E-n-g-e-l wie Aengel, und Nichts auf der Welt wird mich überzeugen, daß das richtig ist. Ich habe mir ein Verzeichniß solcher Wörter gesammelt, welche sie gegen alle Vernunft aussprechen, und das ist so lang wie ein Paar Kabeltaue oder wie das Steuerreep auf einem Schiff. Ihr müßt nämlich wissen, Signor Squire, daß ich in meinen früheren Jahren einmal Schulmeister gewesen bin."

„ Non è possibile!" rief der Vicestatthalter, den das Uebermaaß des Erstaunens sein gewöhnliches feines Benehmen vergessen ließ; „Ihr wollt wohl damit sagen, Herr Amerikaner, Ihr habet im Auftakeln und Steuern von Luggern Unterricht gegeben?"

„Ihr habt noch nie einen ärgeren Bock geschossen, Signore. Ich lehrte im Gegentheil alle möglichen Geschichten, die auf Erziehung Bezug hatten, und hätte mir einer meiner Schüler einen solchen Schnitzer gemacht und ›Gaistlicher‹, oder ›Aengel‹, oder ›Herth‹, oder ›Kuhkummer‹ gesagt – der hätte mir wenigstens eine Woche lang noch Allerlei darüber zu hören bekommen. Doch ich verachte einen Engländer von Grund meiner Seele, denn das Herz ist für mein Gefühl noch nicht tief genug."

So abgeschmackt auch Ithuels kritische Behauptungen allen Denen erscheinen müssen, welche nur einigermaßen mit der eigentlichen englischen Sprache vertraut sind, so waren sie doch keineswegs abgeschmackter, als so manche Kritiken über denselben Gegenstand, welche hie und da in der Tagesliteratur unseres Landes glänzen: in seinem letzten Satze hatte er vollends das Wort: Verachtung – in einem Sinne gebraucht, der in seiner provinziellen Bedeutung die ursprüngliche Bezeichnung beinahe verdrängt hat. Unter ›Verachtung‹ verstand nämlich Ithuel ›Haß‹ – eine Leidenschaft, welche vielleicht unter allen andern dem Worte, dessen er sich bediente, am fernsten steht, insofern es nicht leicht ist, Diejenigen, welche wir verachten, auf die Stufe zu erheben, auf der sie stehen müssen, wenn wir sie hassen sollen.

„Bei alledem sind die Engländer nichts weniger als zu verachten," gab Andrea zur Antwort, der natürlich die Aeußerung des Fremden wörtlich nehmen mußte, da er von ihrem provinziellen Doppelsinne nichts wissen konnte; „für ein nördliches Volk haben sie in den letzten Jahren, besonders zur See, wunderbare Dinge verrichtet."

Das war mehr, als Ithuel ertragen konnte. All' die erlittenen Beleidigungen – und wahrlich, es waren viele und schwere Kränkungen gewesen – erwachten wieder in seinem Geiste, vom Nationalhasse vollends entflammt und entzündet: er brach in eine unzusammenhängende Flut von Schmähungen aus, welche Filippo's Sprachkenntniß völlig zu Schanden und eine Verdolmetschung rein unmöglich machte.

Ithuel hatte jetzt bereits so viel Wein verschluckt, daß er – besonders da das Getränk weit mehr Gehalt zeigte, als er erwartete – zu jedem Ungeschicke reif gewesen wäre, und nur seine ausnehmende Heftigkeit hielt ihn ab, mehr zu verrathen, als gerade in diesem Augenblicke rathsam gewesen wäre. Der Vicestatthalter lauschte voll Aufmerksamkeit, in der Hoffnung, etwas Zweckdienliches erhaschen zu können; doch kam ihm nichts als ein wirrer Schwall unzusammenhängender Schimpfwörter zu Ohren, aus dem er sich durchaus nichts Passendes abnehmen konnte.

So wurde die Scene in Kurzem unangenehm, und Andrea Barrofaldi traf Maßregeln, derselben ein Ende zu machen. Er wartete einen günstigen Moment zum Sprechen ab, und als Ithuel endlich einen Augenblick inne hielt, um frischen Athem zu schöpfen, benützte er die Pause, um auch ein Wörtchen einzuwerfen.

„Das mag Alles ganz wahr sein, Signore,“ bemerkte der Vicestatthalter, „da es übrigens von einem Manne ausgeht, der in Diensten der Engländer steht, und an einen Andern gerichtet ist, der sich einen Diener ihres Bundesgenossen, des Großherzogs von Toskana, nennt, so erscheint es eben so außerordentlich als unberufen, und somit wollen wir lieber von andern Dingen reden. Dieser Lugger, an dessen Bord Ihr dient, ist ohne allen Zweifel ein englisches Fahrzeug, trotz Dem, was Ihr uns über die Nation selbst gesagt habt.“

„Ja, *er* ist englisch,“ gab Ithuel mit grimmigem Lächeln zur Antwort, „und ein hübsches Fahrzeug ist er dazu. Doch er kann ja nichts dafür, und was man nicht ändern kann, muß man ertragen. 's ist ein Segler aus Guernsey, und ein verzweifelter Renner, wenn er einmal erwacht und seine Meilenstiefel anzieht!“

„Diese Seeleute haben eine ganz eigene Sprache,“ bemerkte Andrea gegen Vito Viti mit einem Lächeln, das Ithuels seemännischen Manieren gelten sollte. „Euch selbst, wie mir, würde der Gedanke, daß ein Schiff Stiefel anziehe, lächerlich erscheinen, Nachbar; die Matrosen aber tragen in ihrer Phantasie alle möglichen Gegenstände auf ihre Schiffe über. Es ist wirklich merkwürdig, guter Vito, sie reden zu hören; ich habe, seitdem ich auf dieser Insel wohne, schon oft daran gedacht, eine Anzahl ihrer bildlichen Ausdrücke zu sammeln, um denjenigen Zweig der Literatur, der sich mit ihrem Berufe beschäftigt, verständlicher zu machen. Der Gedanke, als ob ›der Lugger seine Stiefel anzöge‹ – ist in der That ganz heroisch!“

Nun war aber Vito Viti, obgleich ein Italiener und mit einem so musikalischen Namen begabt, gleichwohl nichts weniger als poetischer Natur, sondern ein Mann, der Alles so durchaus buchstäblich nahm, daß er wohl für den reinen Mann der Thatsache gelten konnte. Demgemäß konnte er auch in dem Gedanken, daß ein Schiff Stiefel trage, keine so gar besondere Schönheit entdecken, und obwohl er gewöhnt war, den überlegenen Kenntnissen und der ausgebreiteten Belesenheit des Vicestatthalters den Vorzug vor seiner eigenen einzuräumen, so hatte er doch bei der gegenwärtigen Veranlassung den Muth, einen Einwurf gegen die Wahrscheinlichkeit des erwähnten Umstandes vorzubringen.

„Signor Vicestatthalter," erwiederte er, „es ist nicht Alles Gold, was glänzt. Schöne Worte verhüllen manchmal armselige Gedanken, und wir haben hier z. B. gleich einen Beweis für Das, was ich meine. Ich habe jetzt doch schon eine schöne Zeit in Porto Ferrajo verlebt – schon volle fünfzig Jahre, in Betracht, daß ich hier geboren wurde und mein ganzes Leben lang nur viermal von der Insel abwesend war – so lange ich aber auch schon hier lebe, so habe ich doch noch nie ein Schiff im Hafen gesehen, das Stiefel oder selbst nur Schuhe getragen hätte."

„Es ist ja auch nur metaphorisch, guter Vito, und muß vom poetischen Gesichtspunkte aus aufgefaßt werden. So spricht Homer von Göttinnen, welche ihre Lieblingskrieger durch vorgehaltene Schilde deckten, und Ariosto läßt Ratten und Esel Gespräche mit einander halten, als ob sie Mitglieder einer Akademie wären. Das Alles sind nur Produkte unserer Phantasie, Signore, und wer am meisten von dieser Gabe besitzt, erfindet auch am leichtesten solcherlei Geschichten, die, wenn auch nicht streng der Wahrheit gemäß, doch in hohem Grade belustigend sind."

„Nun, was den Homer und Ariost betrifft, Signor Vicestatthalter, so möchte ich fast bezweifeln, ob jemals Einer von ihnen ein Schiff mit Stiefeln gesehen, oder ob sie überhaupt von Fahrzeugen eben so viel verstanden haben, wie wir, die wir hier, in Porto Ferrajo leben. – Hört Ihr, Freund Filippo! fragt doch gleich einmal den Amerikaner, ob er je in seinem Lande ein Schiff mit Stiefeln gesehen habe? Fragt ihn nur ganz einfach und geradezu und ohne Eure verdammte Poeterei."

Filippo that, wie ihm befohlen ward, und überließ es Ithuel, den Zweck der Frage sich selbst vorzumalen. Alles, was unterdessen verhandelt worden, war ihm nämlich Geheimniß geblieben, da man die Unterredung in gutem Toskanisch geführt hatte.

„Stiefel!" wiederholte der Eingeborene aus dem Granitstaate mit einem drolligen Seitenblicke; „vielleicht nicht gerade Fußbekleidung und Sohlen, denn die müßten ja natürlich unter'm Wasser sein: aber jedes Schiff, das nicht mit Kupfer beschlagen ist, zeigt seinen Stiefel *hals*, wie man's nennt – und deren hab' ich schon an die zehntausend, mehr oder weniger, gesehen, darauf will ich schwören."

Diese Antwort mystificirte den Vicestatthalter und brachte den Podesta vollends ganz in Verwirrung. Auch den ernsten Matrosen am andern Tische kam die Sache sonderbar vor, denn in keiner andern Sprache ist das Seemannsidiom poetischer und figürlicher, als in der englischen, und der Ausdruck *Stiefel-* oder *Kielhals*, auf ein Schiff angewendet, klang ihnen, gerade wie den übrigen Zuhörern, so gut wie griechisch. Sie besprachen sich unter einander über die Sache, während ihre beiden Vorgesetzten am andern Ende des Zimmers eine geheime Berathung hielten und so dem Amerikaner Zeit ließen, seine Gedanken zu sammeln und sich der eigenthümlichen Lage zu erinnern, worin nicht nur er selbst, sondern mit ihm auch alle seine Schiffsgenossen sich befanden.

Niemand war verschmitzter und erfinderischer, als dieser Mann, sobald er auf seiner Hut war, und nur sein unauslöschlicher Haß gegen England und die Engländer hätte ihn beinahe verleiten können, ein Geheimniß zu verrathen, dessen Bewahrung gerade in diesem Augenblicke von äußerster Wichtigkeit war.

Zuletzt herrschte ein allgemeines Stillschweigen: die verschiedenen Gruppen der Sprechenden hielten in ihrer Unterredung inne, und Aller Augen waren auf den Vicestatthalter gerichtet, als ob man von ihm einen Wink erwartete, der dem Gespräche eine andere Wendung geben sollte.

Auch täuschten sie sich hierin nicht, denn der Vicestatthalter fragte zuerst Benedetta, ob sie noch ein besonderes Zimmer besitze, und winkte dann Ithuel und dem Dolmetscher, ihm dahin zu folgen, indem er selbst in Begleitung des Podesta voranging. Sobald die Vier die übrige Gesellschaft verlassen und sich in dem erwähnten Zimmer versammelt hatten, wurde die Thüre abgeschlossen, und die beiden Toskaner rückten jetzt auf einmal mit ihrer wahren Absicht an's Licht.

„Herr Amerikaner," begann der Vicestatthalter; „zwischen Leuten, die sich im Voraus verstehen, bedarf es nur weniger Worte. *Dieß hier* ist eine Sprache, die auf der ganzen Welt bekannt ist, und ich lege sie Euch so deutlich als möglich vor, damit wir uns nicht mißverstehen mögen."

„Nun das ist allerdings ziemlich deutlich," rief Ithuel – „zwei – vier – sechs – acht – zehn schimmernde Goldstücke – zecchini, wie Ihr's in diesem Theile der Welt – sequins, wie man's in England nennt. – Was habe ich denn gethan, Signor Squire, oder was soll ich vielmehr thun, um diese zwanzig Dollars zu gewinnen? Nennt Eure Bedingungen; dieses Hintermberghalten ist ganz gegen meine Natur."

„Ihr sollt die *Wahrheit* sagen. Wir vermuthen, daß der Lugger ein französisches Schiff ist, und wenn Ihr uns die Beweise hiervon in die Hände liefert, so werdet Ihr uns zu Freunden gewinnen und es soll Euer Schade nicht sein."

Andrea Barrofaldi wußte nur wenig von Amerika und den Amerikanern; aber die in Europa so allgemein verbreitete Meinung war auch die seine: daß nämlich das Gold die größte Gottheit sei, die in jenem Welttheile verehrt werde, und daß er also nichts zu thun habe, als einen angemessenen Bestechungspreis zu bieten, um einen Mann von Ithuels Charakter zu erkaufen. Auf seinem eigenen Eilande hätte er allerdings mit zehn Zechinen jeden Matrosen des Hafens bestechen und zu jeder beliebigen Handlung – ein offenbares Verbrechen höchstens ausgenommen – verleiten können. Der Gedanke, daß ein Barbar aus dem Westen, statt seine Schiffskameraden an ihn zu verkaufen, lieber eine solche Summe ausschlagen würde, kam ihm nicht entfernt in den Sinn.

Doch der Italiener verstand sich in diesem Punkte schlecht auf den Amerikaner. Zwar war weit und breit kein größerer Spitzbube in seiner Art zu finden, als unser Ithuel; aber auf so unzweideutige Art eine Bestechung sich bieten zu lassen, verstieß doch gegen alle seine Begriffe von persönlicher Würde, Selbstachtung und republikanischer Tugend, und wäre der Lugger jetzt eben nicht in so mißlichen Umständen gewesen, so hätte er die Sache wohl mit einem Male entschieden und dem Vicestatthalter sein Geld geradezu vor die Füße geworfen – vielleicht nicht, ohne im nächsten Augenblick auf Mittel zu sinnen, wie er es, da er nun doch einmal wußte, wo welches zu finden war – dem Besitzer wieder abjagen könne. Er hatte noch nie ein Geschenk angenommen, wenn es ihm von einem Höheren in Gestalt einer Geldsumme oder als Preis einer Bestechung angeboten wurde, und in seinen Augen hätte es den Anschein von Erniedrigung und Verrath an seiner eigenen Nation gehabt, wenn er hier zum ersten Male unterlegen wäre; dagegen hätte er sich nichts daraus gemacht, vom Morgen bis zum Abend alle möglichen Lügen, Kunstgriffe und Prellereien zu ersinnen, um nur einige Kupfermünzen aus seines Nachbars Tasche in die seinige herüber zu locken, so lange es sich dabei nur um Ansichten und Gebräuche gehandelt haben würde. Mit einem Worte, Ithuel war in solchen Dingen, was man gewöhnlich gesetzlich-ehrlich nennt, aber nicht ohne allerlei weltumfassenden Vorbehalt für falsche Eide und sonstige Umgehungen des Gesetzes, gegenüber von Zollbeamten, so wie zu Gunsten des Schmuggelhandels, den er – wohl gemerkt in fremden Ländern – unter allen Gestalten betrieb, denn zu Haus dachte er nicht im Traume an dergleichen. Bekanntlich ist dieß gerade diejenige Klasse von Menschen, die gewöhnlich gegen jede Spitzbüberei, welche Andere verüben, am lautesten loszieht. Hätte es ein Gesetz gegeben, das den Angeber nur halb und halb gerechtfertigt hätte, so würde er keinen Anstand genommen und den Lugger mit Allem, was er enthielt, besonders im Wege eines ordentlichen Handels, verrathen haben; so aber hatte er sich schon längst die feste Ansicht gebildet, jeder Italiener sei ein verrätherischer Spitzbube, der durchaus nicht dasselbe Vertrauen wie ein amerikanischer Schurke verdiene. Ueberdieß würde ihn sein unbezähmbarer Haß gegen England selbst in einem weit weniger gefährlichen Falle, als dieser war, aufrecht erhalten haben.

Seine ganze Selbstbeherrschung zusammenraffend, schaute er zwar immer noch mit natürlichem Verlangen nach den dargebotenen Zechinen, antwortete aber dennoch mit einer Einfachheit in seinem Wesen, welche den Vicestatthalter nicht nur überraschte, sondern ihm sogar imponirte:

„Nein, nein, Signor Squire," begann er, „erstlich habe ich kein Geheimniß zu verrathen, und wollte ich Euer Geld annehmen, ohne Euch den dafür verlangten Preis zu erstatten, so hieße das doch spitzbübisch gehandelt; dann ist ja der Lugger auch in Guernsey erbaut und führt ein ächtes Patent König Georgs am Bord. Bei uns zu Hause nimmt Keiner Gold, ohne etwas von gleichem Werthe dafür zu verkaufen. Alles Bitten und Betteln betrachten wir als ein niedriges, unziemliches Gewerbe, und als den kürzesten Weg, um ein ächter Lump zu werden; obschon ich gerne bereit bin, für *Euer* Geld ebensogut wie für das eines anderen Mannes zu arbeiten, sobald ich es auf gesetzliche Weise verdienen kann. In diesem Punkte haben die Könige bei mir gerade keinen Vorzug".

Diese ganze Zeit über hielt Ithuel die Zechinen in seiner ausgestreckten Hand, wie wenn er sie, obwohl mit Widerstreben, zurückgeben wollte; der Vicestatthalter, der seine Geberden weit besser als seine Worte begriff, sollte daraus abnehmen, daß er sein Geheimniß nicht verkaufen wolle.

„Ihr könnt das Geld behalten, Freund,“ bemerkte der Vicestatthalter; “denn wenn wir Italiener einmal etwas hergeben, so ist's nicht unser Gebrauch, das Geschenk wieder zurückzunehmen, Morgen früh fällt Euch vielleicht etwas ein, was mir zu wissen nützlich sein könnte.“

„Ich sehe eben keine Veranlassung zu Geschenken; auch ist es gerade nicht unserer Granitregel gemäß, dieselben anzunehmen,“ erwiederte Ithuel etwas barsch. „Ein hübsches Benehmen bleibt ein hübsches Benehmen, und denjenigen meiner Nebenmenschen, der einen Andern mit einem Geschenke überrumpeln und versuchen will, nenne ich fast eben so schlecht, wie einen englischen Aristokraten. Bietet die Dollars im Wege eines geordneten Handels, und ich will den Mann finden – und noch dazu auf dem Lugger selbst werd' ich ihn finden – der Euch zu Eurer vollen Zufriedenheit dafür bedienen wird. – Hört Ihr, Philip-o! sprecht einmal mit dem Herrn, aber ein bischen leise, wegen der drei Tabakfäßchen, die wir an dem Tage, als wir um die nördliche Landspitze von Corsika herumsegelten, von einem Virginienfahrer einnahmen. Daraus wird er hoffentlich sehen, daß wir nicht seine Feinde sind. Ihr braucht aber dabei nicht gerade zu plärren, so daß es der Wirthin oder den Männern, welche in dem Zimmer drüben trinken, zu Ohren kommt.“

„Signor Ithuello,“ gab der Genueser auf Englisch zur Antwort, „es geht nicht wohl an, daß wir diese Herren etwas von den Tabakfäßchen wissen lassen – der Eine ist der Vicestatthalter und der Andere eine Magistratsperson. Der Lugger würde ja als Schmuggelschiff aufgegriffen, und das hätte so ziemlich neben einem feindlichen Schiffe feil.“

„Ja, aber ich habe eine Sehnsucht nach diesen Zechinen, um Euch die Wahrheit zu sagen, Philip–o! Ich sehe kein anderes Mittel, sie zu gewinnen, als mittelst der drei Tabakfäßchen.“

„Ei, warum wollt Ihr sie denn nicht behalten, wenn der Signore sie Euch selbst in die Hand legt? Ihr habt ja gar nichts zu thun, als sie in die Tasche zu stecken und zu fragen: „Eccellenza, was beliebt Euch zu wünschen?“

„Das ist nicht granitartig, Mann, sondern mehr in der Weise von euch Italienern. Das elendeste Geschöpf auf der Welt ist ein armer, verschämter Teufel; ihm zunächst kommt der Straßenbettler, dann jene Schelme, die einem sechs Schilling sechs Pence als kleine Darleihen abnehmen, und zuletzt von Allen kommt der Engländer. Sie Alle kann ich nur verachten; aber laßt diesen Signore nur ein Wörtchen sagen, daß er einen Handel schließen will, und er soll mich so bereit und geschickt finden, als er nur immer wünschen mag. Bei einem Handel – da will ich's selbst mit dem Teufel aufnehmen!“

Filippo schüttelte den Kopf, zum Zeichen, daß er ein für alle Mal eine solche Thorheit ablehne, wie das Anbieten eines Schmuggelartikels gegenüber von Personen gewesen wäre, denen die Pflicht geboten hätte, jede Verletzung der Einkommensgesetze zu bestrafen. Mittlerweile blieben die Zechinen in Andrea Barrofaldi's Händen, der sehr in Verlegenheit schien, wie er sich das Benehmen des sonderbaren Menschen, den der Zufall in seinen Weg geworfen hatte, erklären sollte. Das Gold wurde wieder in die Börse gesteckt; sein Mißtrauen und seine Zweifel waren aber noch keineswegs gehoben.

„Beantwortet mir nur Eines, Signor Bolto?“ fragte der Vicestatthalter nach einer Minute tiefen Nachsinnens; „wenn Ihr die Engländer so sehr hasset, warum dient Ihr dann auf ihren Schiffen? – Warum sie nicht bei der ersten Gelegenheit verlassen? Das Land reicht so weit wie der Ocean, und Ihr müßt ja oft am Lande sein.“

„Ich denke, Signor Squire, Ihr müßt nicht gar oft die Karten studiren, sonst wäret Ihr wohl nicht auf eine solche Behauptung verfallen. Erstlich gibt es auf der Erde zweimal so viel Wasser als trockenes Land, und so muß es auch der Vernunft gemäß sein, denn ein Acker guten, fruchtbaren Bodens ist den sechsfachen Raum Wassers werth. Dann kennt Ihr meinen Charakter und meine Absichten nur schlecht, wenn Ihr eine solche Frage an mich richten könnt. Ich diene dem König von England, um ihn einst dafür bezahlen zu lassen. Wenn Ihr über einen Menschen einen Vortheil gewinnen wollt, müßt Ihr ihn zuerst zu Eurem Schuldner machen; dann erst könnt Ihr auf die sicherste und vortheilhafteste Weise Euren Willen an ihm vollziehen.“

Das Alles war für den Vicestatthalter unverständlich, der endlich nach einigen weiteren Fragen und Antworten sich höflich von den Fremden verabschiedete, und Benedetta durch einen Wink bedeutete, daß dieselben ihm nicht wieder nach dem erst vorhin verlassenen Zimmer folgen dürften. Ithuel kam das Verschwinden der beiden Herren gar nicht ungelegen; doch merkte er wohl, daß es nicht gerathen sein möchte, noch mehr Wein zu trinken; er bezahlte daher seine Rechnung und stolperte mit seinem Begleiter auf die Straße. Eine Stunde später waren die drei Tabakfäßchen im Besitze eines am Platze ansäßigen Kaufmanns: ein so kurzer Zwischenraum genügte dem Manne vollkommen, um einen Handel abzuschließen und die besagten Gegenstände abzuliefern – was der eigentliche Zweck seiner Landung gewesen war. Dieses kleine Schmuggelgeschäft ging übrigens ganz ohne Wissen Raoul Yvards vor sich, denn dieser war im Ganzen immer Kapitän eines eigenen Luggers, und zeigte in seinem Charakter, neben allerlei Gebräuchen und Grundsätzen, welche keine sehr hohen Gesinnungen zu versprechen schienen, doch auch wieder manche Züge ritterlicher Ehrenhaftigkeit. Indeß war dieser Mangel an Geneigtheit, sich auf seine Weise einen Heller Geld zu verdienen – nicht der einzige unterscheidende Zug in dem Charakter des Schiffskommandanten und jenes Mannes, dessen er sich gelegentlich zur Maskirung seiner wahren Absichten bediente.

Fünftes Kapitel

Cassio: Der große Zwiespalt zwischen Sturm und Wogen
Trennt' unser Nebenschiff – doch schau, ein Segel!

Othello.

Was auch der Erfolg der ferneren Nachfragen und Beobachtungen des Vicestatthalters in dieser Nacht gewesen sein mochte – so viel ist gewiß, daß derselbe vorderhand ein Geheimniß blieb. Beide, er und der Podesta, verweilten noch eine Stunde in dem unteren Theile der Stadt, beim Hafen und in dessen Nähe, und verfügten sich sodann Jeder in seine Wohnung zur Ruhe, während der Lugger auf dem nämlichen Flecke vor Anker blieb, wo er zuletzt dem Auge der Zuschauer erschienen war.

Auch eine zweite Zusammenkunft zwischen Raoul Yvard und Ghita – wenn nämlich überhaupt eine solche stattfand – mußte jedenfalls sehr geheim veranstaltet worden sein, denn kein menschliches Auge hatte etwas der Art wahrgenommen, weßhalb die Sache auch keinen Theil unserer Erzählung bilden kann.

Ein Sommermorgen am mittelländischen Meere ist eine jener balsamischen, besänftigenden Perioden des Tages, welche auf den Körper wie auf den Geist gleichermaßen ihren Einfluß ausüben. Die sanfte Beleuchtung, welche vor dem Erscheinen der Sonne am Firmamente emporzieht – die wechselnden Farben am Himmel selbst – die warme Glut der leuchtenden Sonne und die perlenklare, durchsichtige Luft, welche nur darum vorhanden zu sein scheint, um Liebe zu Gottes Schöpfungen in unserer Brust zu erwecken – dieß Alles ist auch an andern Orten zu finden, nicht aber jener bezaubernde Wechsel in dem Kolorit des Meeres, dessen klares Blau mit den tiefsten Tinten des Firmaments wetteifert, nicht das Klima, das den Beschauer ebensosehr entzückt als die Scenen, welche es verschönert, und nicht die Berge, deren Abhänge auch den leisesten Wechsel der Beleuchtung mit der ganzen Treue und Poesie der Natur reflektiren.

Ein solcher Morgen, wie der eben geschilderte, folgte auf die Nacht, mit der wir unsere Erzählung eröffneten, und mit ihm auch das wiedererwachte, geschäftige Treiben in Hafen und Stadt. Alle italienischen Landschaften zeichnen sich überhaupt durch einen Geist der Stille und Ruhe aus, wie er auf den geräuschvolleren, gewinnsüchtigen Schauplätzen des handeltreibenden Amerika's und fast aller nördlichen Völker Europa's nur wenig gekannt ist. Im ganzen Aeußeren, in den Formen des Lebens, selbst in den Geschäftsgewohnheiten herrscht ein gewisser Anstrich halberloschenen Adels in Gesinnungen und Sitten, der den Häfen, Waarenplätzen und Märkten der übrigen Theile der civilisirten Welt völlig abgeht; es ist gerade, wie wenn das Land wohl wüßte, wie lange es der eigentliche Herd menschlicher Gesittung gewesen – wie wenn es deßhalb als ungeziemend erachtete, nunmehr in seinen späteren Tagen alle Spuren seiner Geschichte und politischen Größe bei Seite zu setzen. Der Mensch scheint hier mit dem Klima im Bunde zu stehen, denn er begegnet den Sorgen des Lebens mit einer unbekümmerten far niente Miene, welche mit der träumerisch-schmachtenden Atmosphäre, die er einathmet, durchaus im Einklange steht.

Eben als der Tag heraufdämmerte, gab der Fall eines Holzblockes auf dem Verdecke des Irrwisches das erste Zeichen, daß irgend Jemand in dem Hafen oder dessen Nähe herumstöbere. Wenn am Borde dieses Fahrzeuges die Nacht über eine

Wache aufgestellt gewesen war – was ohne Zweifel stattgefunden – so hatte sie sich jedenfalls so ruhig und geräuschlos verhalten, daß selbst die eifersüchtigen Augen, welche noch lange nach Mitternacht vom Ufer aus auf den Lugger geheftet gewesen waren, in Ungewißheit darüber erhalten wurden.

Jetzt aber kam Alles in Bewegung, und kaum waren fünf Minuten verflossen, seit jenes Scheit Holz den Händen des Kochs, der eben sein Küchenfeuer anzündete, entfallen war, als man auch schon am oberen Rande der Schanze gegen fünfzig bis sechzig Seemannshüte und Mützen sich hin oder her bewegen sah. Drei Minuten später zeigten sich zwei Männer nahe bei den Klüshölzern: Beide schienen sich, mit übereinander geschlagenen Armen, zuerst nach der Klüse. D. U.des Schiffes umzusehen, und dann einen allgemeinen Ueberblick über den Zustand des Hafens und die einzelnen Gegenstände rings am Ufer gewinnen zu wollen.

Die beiden Individuen, welche sich in der erwähnten Stellung sehen ließen, waren Ithuel Bolt und Raoul Yvard in eigener Person. Das Gespräch wurde französisch geführt, wobei Ersterer, ohne auch nur die mindeste Rücksicht auf die Grammatik zu nehmen, eine fürchterliche Aussprache entwickelte. Es ist jedoch nöthig, daß wir das, was gesprochen wurde, mit Beachtung der Eigenthümlichkeit der beiden Sprechenden, in unser einheimisches Idiom übertragen.

„Ich kann unter Allen blos den Oesterreicher gewahren, der die Mühe eines Handstreichs verlohnte," bemerkte Raoul ruhig, indem er von seinem Schiffe aus, das, wie man sich erinnern wird, ungefähr zweihundert Schritte außerhalb des Hafens lag – das Innere der Bai mit seinen Blicken musterte; „'s ist aber nur ein leichtes Fahrzeug, und würde uns kaum den Zeitverlust bezahlen, wenn wir es auch nach Toulon schicken wollten. Diese Felucken würden uns nur in Verlegenheit bringen, ohne bedeutenden Gewinn zu gewähren, und ihr Verlust würde die armen Teufel von Eigenthümern ruiniren und manche Familie in's Elend stürzen."

„Nun, das ist einmal 'was ganz Neues bei einem Kaper!" äußerte Ithuel mit leichtem Naserümpfen: „Glück bleibt Glück in solchen Dingen, und Jeder muß nehmen, was der Krieg ihm eben zuführt. Ich wollte, Ihr hättet die Geschichte *unserer* Revolution gelesen, dann würdet Ihr einsehen, daß Freiheit und Gleichheit nicht zu erkämpfen ist, ohne daß es mit dem Glück und seinen Wechselfällen manchmal auf – manchmal niedergeht."

„Der Oesterreicher *möchte* noch angehen," fuhr Raoul fort, der den Bemerkungen seines Gefährten nur wenig Aufmerksamkeit schenkte, „wenn er nur einen oder zwei Striche tiefer im Wasser ginge; übrigens, E-tou-ell" – denn so klang der Name des Andern nach seiner Aussprache – „kann ich's nicht leiden, wenn die Eroberung einer Prise nicht auch mit etwas *éclat* in Angriff und Vertheidigung vor sich geht."

„Ei," meinte Ithuel, „meiner Ansicht nach sind die kürzesten Schlachten immer auch die profitabelsten und angenehmsten, und der ergötzlichste Sieg ist der, welcher am meisten Prisengeld abwirft. Dem mag übrigens sein, wie ihm wolle, so kümmere ich mich bei dieser Brigg wenig darum, was Ihr auch mit ihr beschließen mögt, da sie doch nur ein österreichisches Fahrzeug ist. Wär's ein Engländer, da wollte ich eigenhändig ein Boot bemannen, und ihn aus dem Hafen bugsiren, nur um das Vergnügen zu haben, den Burschen verbrennen zu können. – Englische Schiffe geben gar ein lustiges Feuer!“

„Das hieße fremdes Eigenthum und vielleicht gar Menschenblut höchst nutzlos vergeuden, und würde uns in keinem Falle Gutes bringen, Etouell.“

„Meinetwegen – den verdammten Engländern würde es aber *Schaden* verursachen, und das zählt nach meiner Rechnung auch für Etwas. Nelson nahm's mit dem Verbrennen eurer Schiffe am Nil nicht so übertrieben genau, Mr. Rule –“

„ Tonnerre! warum kommst du nur immer mit diesem *unglückseligen* Nil? – Ist's nicht genug, daß wir geschlagen – entehrt – vernichtet worden sind – muß ein Freund uns auch noch ewig daran erinnern?“

„Ihr vergeßt, Mr. Rule, daß ich *damals* ein *Feind* war,“ erwiederte Ithuel mit grimmigem Grinsen. „Wenn Ihr Euch die Mühe nehmen und meinen Rücken untersuchen wollt, so werdet Ihr noch die Spuren der Peitschenhiebe erkennen, die mir mein Kapitän dafür aufzählen ließ, daß ich ihm sagte, es sei wider meine Natur, gegen Republikaner zu kämpfen, da ich selbst von Geburt und Gesinnung ein Republikaner sei. Er erwiederte mir damals, er wolle erst einmal die Natur meines Felles untersuchen und sehen, wie es zu dem, was er meine Pflicht nannte, passen möge – und ich muß sagen, ich habe damals den Kürzeren gezogen, denn lieber wollte ich gleich einem Tiger gegen euch fechten, als daß ich mich zweimal an einem Tage peitschen ließ. Peitschenhiebe, auf einen wunden Rücken applicirt, sind ein fürchterliches Beweismittel!“

„Und jetzt ist die Stunde der Rache gekommen, pauvre Etouell; dießmal bist du auf der rechten Seite, und kannst Diejenigen, die du hassest, mit vollem Herzen und dem besten Gewissen bekämpfen!“

Ein langes, finsteres Schweigen folgte; Raoul wandte seine Blicke rückwärts und beobachtete die Bewegungen seiner Leute, welche das Verdeck rein wuschen, während Ithuel sich auf eines von den Klüshölzern niederließ und, das Kinn auf die Hand gestützt, gleich Miltons Teufel, in finsteres Brüten vertieft da saß, um über die *rohe* Mißhandlung nachzudenken, deren Opfer er einst gewesen war.

Es gibt so manche Menschen, die, wie das Sprüchwort sagt, kein Herz im Leibe haben; sie begehen Ungerechtigkeiten, ohne nur daran zu denken, und vertheidigen ihre Frevelthaten, ohne eine Spur von Gewissensbissen. Und doch hat wohl schwerlich jemals weder eine ganze Nation noch ein einzelnes Individuum ein Unrecht geduldet oder selbst verübt, das nicht früher oder später, in Folge jenes geheimnißvollen Rechtsgrundsatzes, der dem innersten Wesen der Dinge eingepflanzt ist – daß nämlich jede That ihre Früchte trägt, so gut wie das Samenkorn die Aehre und der Baum seinen Segen hervortreibt – auf den beleidigenden Theil zurückgefallen wäre: es ist dieß jene heilige Oberaufsicht, welche nach dem gewöhnlichen Sprachgebrauche – und zwar mit vollem Rechte, wenn wir bedenken, wer alle Grundsätze gebildet – die Vorsehung Gottes genannt wird. Darum möge jedes Volk, das in seinem Gesammtwillen Unrecht irgend einer Art auf systematische Weise ermuthigt, vor der Zukunft zittern, denn selbst wenn es der eigentlichen *Strafe* entginge, müßte doch die eigene Demoralisation eine unausbleibliche Folge seines Beginnens sein.

Wir wollen übrigens nicht länger bei dem mürrischen Brüten unseres New-Hampshire Seemannes verweilen. Obgleich ohne Erziehung und in manchen Beziehungen auch ohne Grundsätze, hatte er dennoch einen klaren Begriff von jener Ungerechtigkeit, die schon so manche Tausende, und darunter auch ihn, betroffen hatte, und er würde in diesem Augenblicke selbst das Leben als ein wohlfeiles Opfer angesehen haben, wenn er sich vollgültige Rache dadurch hätte erkaufen können. Noch während er als Gefangener an Bord des englischen Schiffes war, auf welchem er Jahre lang eingekerkert gewesen, hatte er oft den verzweifelten Entschluß gefaßt, das Schiff in die Luft zu sprengen: hätte es ihm nicht an den Mitteln gefehlt – er wäre wahrlich, so geldgierig und selbstsüchtig er auch schien, ganz der Mann dazu gewesen, um einen so furchtbaren Plan auszuführen, der dem Leben Derer, die bei seiner Verletzung mitgeholfen und zugleich seinen eigenen Leiden ein Ende gemacht hätte. Noch niemals war jener Gegenstand in seinen Gedanken aufgetaucht, ohne dem Strome seiner Gedanken augenblicklich eine andere Richtung zu geben, und seine ganze Seele mit einer tiefen Bitterkeit, mit einem wüthenden Grimme zu erfüllen, der nur sehr peinlich zu ertragen war.

Endlich erhob er sich mit einem tiefen Seufzer von seinem Klüsholze, und wandte sich nach der Mündung der Bai, wie wenn er Raoul den Ausdruck seines Gesichts verbergen wollte. Kaum hatte er jedoch diese Bewegung ausgeführt, als er plötzlich auffuhr, indem ein lauter Ruf seinen Lippen entwischte, der seinen Gefährten augenblicklich nach derselben Richtung hinzog. Beide konnten bei dem zunehmenden Tageslicht einen Gegenstand auf der offenen See gewahren, der für Männer in ihrer Lage nicht anders als von hohem Interesse sein mußte.

Es wurde schon oben erwähnt, daß die tiefe Bai, an deren einer Seite die Stadt Porto Ferrajo liegt, gegen Norden gekehrt ist und gerade in der Richtung nach der Landspitze von Piombino ausmündet. Rechts von der Bai laufen die ausgezackten Höhen einige Meilen weit in die See hinaus, ehe sie den sogenannten Kanal bilden: links endet dieselbe mit dem niederen Hügel, auf welchem die Wohnung stand, welche – damals von Andrea Barrofaldi eingenommen – seitdem als der Wohnsitz eines Mannes berühmt wurde, der den Vicestatthalter an Größe so weit überragte.

Der Hafen lag am Fuße dieser Anhöhe, links von der Bai und seitwärts von der Stadt; daraus folgte natürlich, daß auch der Ankerplatz des Luggers sich in jenem Theile der Bai befinden mußte, so daß er in der Richtung des Hauptlandes und so weit das Auge reichte, die volle Aussicht beherrschte.

Die Breite des Kanals oder der Durchfahrt zwischen Elba und der Landspitze von Piombino mochte ungefähr sechs bis sieben Meilen betragen; nicht ganz eine volle Meile südwärts von dem nördlichen Vorgebirge der Insel liegt ein kleines, felsiges Inselchen, welches der Welt später als der Ort bekannt wurde, wo Napoleon zu einer Zeit, da er sein weites Reich zu den wenigen meerbegränzten Bergen der

Nachbarschaft zusammengeschrumpft sah – bei der Besitznahme von Elba einen Korporalsposten aufstellte.

Raoul und Ithuel mußten nothwendigerweise die Größe und Lage dieses Inselchens kennen, denn sie hatten es an dem vorangegangenen Abend gesehen und sich dessen Lage wohl gemerkt: nur war ihrer Aufmerksamkeit entgangen, daß dasselbe von dem jetzigen Standpunkte des Irrwisches aus nicht sichtbar sein konnte.

Als sie heute Morgen, noch ehe das Tageslicht stark genug gewesen, um die Häuser auf der entgegengesetzten Seite der Bai deutlich erscheinen zu lassen, ihren Blick nach der See geworfen, hatten sie allerdings einen Gegenstand in jener Richtung bemerkt, denselben aber irriger Weise für den Felsen gehalten. Jetzt aber war es mittlerweile hell genug geworden, um erkennen zu lassen, daß der bemerkte Gegenstand etwas ganz Anderes war. Mit einem Worte, das, was Raoul und Ithuel für eine Insel gehalten, war nichts mehr und nichts weniger als ein – Schiff.

Der Fremde stand mit dem Gallion gegen Norden: seine Geschwindigkeit mochte übrigens trotz des leichten Südwindes kaum über einen Knoten in der Stunde betragen. Er hatte blos die drei Mars- und das Klüversegel entfaltet: seine großen Segel hingen aber bereits in den Gortingen. Sein schwarzer Rumpf fing eben an, etwas deutlicher hervorzutreten, und man zählte längs der hellgelben Linie, welche die eine Seite begränzte, die dunkeln Stückpforten von dreizehn Kanonen, welche auch in der That mit Geschütz bespickt waren. Die Hängematten waren zwar noch nicht aufgestellt, und die Lagertücher hatten noch jenes leere, nachlässige Aussehen, wie es in der Regel bei Nacht auf einem Kriegsschiffe wahrzunehmen ist: gleichwohl konnte man erkennen, daß das Schiff ein Oberdeck nebst Quarterdeck und Vorkastellbatterien hatte, oder mit anderen Worten: daß es eine Fregatte war. Da sie den Hafen von Porto Ferrajo einige Minuten früher erblickt hatte, als man ihrer auf dem Irrwisch gewahr geworden war, so sah man vom Ende ihrer Gaffel einen Wimpel herab flattern: doch war der Wind nicht stark genug, um ihre Falten zu öffnen, so daß man die Nation hätte erkennen können, welcher der Fremde angehörte.

„ Peste!“ rief Raoul Yvard, nachdem er den Fremden eine Minute lang schweigend gemustert hatte; „sollte der Herr da drüben zufällig ein Engländer sein, so würden wir einmal wieder hübsch in der Patsche sitzen. Was meinst du, Etouell – kannst du vielleicht etwas von seiner Flagge bemerken? – Deine Augen sind die besten auf dem Lugger.“

„Das wäre wohl für jedes Auge zu weit, wenn man's auf solche Entfernung, und zwar, noch ehe die Sonne am Himmel steht – erkennen wollte. In fünf Minuten haben wir das ›große Gestirn‹, wie's unser Pfarrer zu nennen pflegte.“

Ithuel war während des Sprechens von der Schanze herabgestiegen, um ein Fernrohr herbeizuholen. Bald kehrte er mit zwei solchen Instrumenten auf seinen alten Posten zurück: eines davon übergab er seinem Kommandanten, während er selbst das andere behielt. In der nächsten Minute hatten Beide ihre Gläser auf den

Fremden gerichtet, den sie nun eine Zeitlang mit angestrengter Aufmerksamkeit und in tiefem Schweigen beobachteten.

„ Pardie!“ rief Raoul, „das ist ja die dreifarbige Flagge, oder meine Augen müßten gegen mein eigenes Vaterland sehr untreu sein. Laß mich einmal sehen, Etouell – welches Schiff von zweiundvierzig und vierundvierzig Kanonen hält denn die Republik an dieser Küste?“

„ *Dieses* nicht, Monsieur Yvard,“ gab Ithuel mit gänzlich veränderter Miene und mit so auffallendem Nachdrucke zur Antwort, daß die Aufmerksamkeit seines Gefährten sich mit einem Male von der Fregatte abwendete und auf seine eigenen Gesichtszüge richtete; „ *das* da gewiß nicht, Monsieur Capitaing. Ein Vogel vergißt nicht leicht das Käfig, worin er zwei Jahre lang eingeschlossen war: wenn das nicht die verdammte Proserpina ist, so müßte ich den Zuschnitt meines eigenen Klüvers vergessen haben!“

„Die Proserpina!“ wiederholte Raoul, der mit den Abenteuern seines Schiffskameraden vertraut war, und seine Meinung auch ohne längeres Fragen begriff. „Wenn du nicht etwa falsch siehst, Etouell, so müßte der Irrwisch seine Laterne nächstens in Schatten stellen. Es ist aber nur ein Vierziger, wenn ich seine Stückpforten recht gezählt habe.“

„Ich kümmere mich nichts um Stückpforten oder Kanonen: es ist die Proserpina, und das einzige Leid, das ich ihr wünschen möchte, wäre, daß sie auf dem Grund des Oceans läge. Die Proserpina, ein Sechsunddreißiger, Kapitän Cuff; der Name Kapitän Flog würde übrigens weit besser für ihn passen. Ja, die Proserpina, ein Sechsunddreißiger, Kapitän Cuff – der Himmel segne sie!“

„Pah!“ – das Schiff da hat vierundvierzig Kanonen – ich sehe jetzt deutlich genug und kann sie zählen – zweiundzwanzig auf einer Seite.“

„Ja, ja, das ist genau ihre Größe – sie ist als Sechsunddreißiger gebohrt, und läuft auch so auf der Liste, zählt aber dennoch vierundvierzig Stücke: sechsundzwanzig lange Achtzehnpfünder in der unteren Reihe; zwölf Zweiunddreißigpfünder-Karronaden auf dem Quarterdeck; vier weitere Karronaden und zwei Drehbassen auf dem Vorkastell. Sie würde Euren Irrwisch mit einer einzigen Breitseite total auslöschen, Monsieur Rule: denn was sind zehn Zwölfpfünder-Karronaden und siebenzig Mann, gegen eine solche Fregatte?“

„Ich bin nicht so wahnsinnig, Etouell, daß ich auch nur im Traum daran dächte, mich mit einer Streitmacht, wie du sie eben aufgezählt, gegen eine Fregatte oder selbst nur gegen eine schwere Kriegsschaluppe in einen Kampf einzulassen; doch lebe ich schon zu lange auf der See, um mich durch einen Schein von Gefahr beunruhigen zu lassen, ehe ich derselben ganz versichert bin. La Railleuse ist gerade ein Schiff, wie dieses.“

„Nehmt doch Vernunft an, Monsieur Rule,“ versetzte Ithuel ernsthaft. „Die Railleuse würde so wenig als eine andere französische Fregatte vor einem feindlichen Hafen ihre Flagge aufhissen, denn das hieße ja seinen Plan nutzlos preisgeben. Ein englisches Schiff kann aber wohl eine französische Flagge zeigen, und die Proserpina wird ganz gewiß die Wimpel wechseln, wenn sie durch diesen Betrug voraussichtlich einen Vortheil davon trägt. Sie ist in Frankreich gebaut, hat französische Beine, mit oder ohne Stiefeln" – hier lachte Ithuel unwillkürlich, doch wurde seine Miene augenblicklich wieder ernsthaft – „und ich habe gehört, sie sei zu gleicher Zeit mit der Railleuse vom Stapel gelaufen. Das Alles bezöge sich auf ihre Größe und Bauart; sonst aber ist jede Wand und Stückpforte, ja jedes Segel in einer Weise auf meinem Rücken einregistrirt, daß kein Schwamm es jemals wieder rein waschen wird."

„S-a-c-r-r-r-e!" murmelte Raoul zwischen den Zähnen. „Ist es wirklich ein Engländer, Etouell, so kann's ihm sehr leicht einfallen, hier herein zu kommen und auf halbe Kabellänge von uns vor Anker zu gehen. – Was hältst du davon, mon brave Americain?

„Daß das recht leicht passiren kann; nur vermöchte ich kaum einzusehen, was einen Kreuzer, wie diesen, an einen solchen Ort verlocken könnte. Es ist nicht Jedermann so neugierig wie der Irrwisch."

„ Mais que diable allait-il faire dans cette galère? – Bien; wir müssen das Wetter nun einmal nehmen, wie es kommt, zuweilen Sturm, und dann wieder Windstille. Da er seine eigene Flagge so offen zur Schau trägt, so laß uns das Kompliment erwiedern und auch die unsere aufhissen. Hinauf mit der Flagge dahinten!"

„Mit welcher, Monsieur?" fragte ein alter, ernst blickender Quartiermeister, dem dieses Amt oblag, und den man noch nie lachen gesehen hatte; „der Kapitän wird sich erinnern, daß wir unter der Flagge Jean Bulls im Hafen einliefen."

„ Bien – so hisset abermals Monsieur Jean Bulls Flagge auf. Wir müssen nun schon einmal die angenommene Maske mit aller Keckheit durchführen. Klappt die Halsen auf, Herr Lieutenant! stellt den Lugger nach vorn gerade über seinen Anker, und laßt Alles bereit halten, um unsere Taschentücher zu entfalten. Man kann nicht wissen, ob der Irrwisch nicht bald Gelegenheit bekommt, sein Gesicht abzutrocknen. – Aha, Etouell! jetzt können wir seine Breitseite ganz hübsch abzählen, denn er steuert nunmehr gegen Westen!"

Die beiden Seeleute erhoben ihre Gläser und erneuerten ihre Beobachtungen.

Ithuel hatte eine Eigenthümlichkeit an sich, welche ihren Mann nicht allein charakterisirte, sondern überhaupt unter den Amerikanern seines Standes so allgemein ist, daß man sie gewissermaßen eine Nationaleigenschaft nennen könnte. Unter gewöhnlichen Umständen war er gesprächig und selbst zum Plaudern geneigt: sobald aber Entschlossenheit und Thatkraft nöthig wurden, zeigte er sich nachdenklich, stumm und nicht ohne eine eigenthümliche, persönliche Würde.

Auch jetzt war er in dieser Stimmung, und wartete ruhig, bis Raoul das Gespräch eröffnen würde. Dieser aber schien ebensosehr, wie er, zum Schweigen aufgelegt, denn er verließ das Klüsholz, und flüchtete sich vor dem lästigen Geschäfte des Verdeckabwaschens, das jetzt eben Statt hatte, in seine Kajüte.

Die zwei nächsten Stunden brachten, mit Ausnahme der wiedererwachten, geräuschvollen Thätigkeit des Morgens, keine wesentliche Aenderung in dem früheren Stande der Dinge in und außer der Bai. Die Mannschaft des Irrwisches hatte nach eingenommenem Frühstücke Alles wieder am Borde des kleinen Fahrzeugs zurecht gestellt, und beobachtete jetzt ein mürrisches, aber aufmerksames Stillschweigen.

Unter anderen Dingen, welche Ithuel seine Schiffskameraden gelehrt hatte, war es ihm auch gelungen, sie davon zu überzeugen, daß sie nothwendig ihre geläufigen Zungen im Zaume halten müßten, wenn sie anders für Engländer gelten wollten. Hätte man freilich die Leute ihrer Meinung folgen lassen, so wäre auf dem kleinen Lugger in einer Stunde ganz gewiß mehr gesprochen worden, als auf dem größten englischen Linienschiffe in zweien: nun hatte man sie aber so gut über die den Engländern eigene Schweigsamkeit, ferner über die Gefahr belehrt, welche es für sie haben mußte, wenn sie sich jetzt ihrer eigenen Sprache bedienen wollten, daß sie nunmehr jenes unterscheidende Merkmal ihrer Feinde – ce grand talent pour le silence – eher noch übertrieben.

Es gewährte Ithuels Laune ein eigenes Vergnügen, und er lächelte jedesmal, so oft er ein Boot von der Küste herankommen sah und die Matrosen beobachtete, wie sie die Arme über einander kreuzten, und mit mürrischer, sauertöpfischer Miene einzeln auf dem Verdeck hin- und hergingen, als ob sie förmliche Menschenfeinde wären und jede Unterhaltung von sich wiesen.

Es langten auch im Laufe der oben erwähnten zwei Stunden einige derartige Besuche bei dem Lugger an; aber die Schildwache auf der Fallreepstreppe hatte bereits ihre Instruction, und wies unter dem Vorwande, daß sie kein Französisch verstehe, jeden Versuch, an Bord zu kommen, zurück, so oft man in jener Sprache um Erlaubniß dazu bat.

Raoul hatte unter seiner Bemannung vier Matrosen, welche die englische Sprache, wie er selbst, auf einem Gefangenenschiffe erlernt hatten: mit diesen beschloß er in seinem Boote an's Land zu gehen. Bis jetzt hatte er nämlich in dem Geschäfte, das ihn in seine gegenwärtige, verdrießliche Lage versetzt hatte, nur geringe Fortschritte gemacht, und er war keineswegs der Mann, der einen für ihn höchst wichtigen Plan nur so leichthin aufgegeben hätte. Gerade in der Klemme, in der er sich nunmehr befand, beschloß er, einen Versuch zu machen, ob er nicht eben aus seiner kritischen Stellung einigen Nutzen ziehen könnte.

Nachdem er also seinen Kaffee zu sich genommen und die nöthigen Befehle ertheilt hatte, wurde die besagte Bootsmannschaft zusammengerufen, und bald darauf verließ er den Lugger. Alles dieses geschah aber mit der größten Ruhe, als ob die Erscheinung des Fremden bei der Mannschaft des Irrwisches nicht die mindeste Besorgniß erregt hätte.

Das Boot ruderte kühn in den kleinen Hafen hinein; der Kapitän stieg an dem gewöhnlichen Landungsplatze an's Ufer. Seine Leute beeilten sich keineswegs mit der Rückkehr, sondern schlenderten in Erwartung ihres Kommandanten den Quai entlang, feilschten um Früchte, scherzten mit den Weibern, so weit ihr geringes

Italienisch hiezu ausreichte, und stellten sich, als ob sie das Französisch, womit die alten Seehunde des Hafens sie begrüßten – diese waren nämlich alle mehr oder weniger mit jener Universalsprache bekannt – nur mit Mühe verständen. Ihr Kapitän hatte sie zuvor genugsam gewarnt, und ihnen bedeutet, daß man bereits Verdacht gegen sie hege – überdieß waren sie von früher noch gut in Uebung und wußten ihre Rollen trefflich zu spielen.

So gelang es ihnen denn, während der Zeit, da sie Raoul zu erwarten hatten, alle Versuche, wodurch man sie verleiten wollte, sich selbst zu verrathen, glücklich zu vereiteln und den Charakter der Engländer auf's Täuschendste nachzuahmen. Zwei von den Vieren gingen mit gekreuzten Armen und sauertöpfischen Mienen schweigend auf dem Quai hin und her, und verschmähten sogar, den Lockungen des schönen Geschlechts Gehör zu geben, trotzdem, daß drei oder vier von den Mädchen durch Anbietung von Früchten und Blumen sich in ihr Vertrauen einzuschmeicheln suchten.

„ Amico," so redete Annunziata, eines der hübschesten Mädchen dieser Klasse in ganz Porto Ferrajo, den einen der Matrosen an – Vito Viti hatte sie nämlich ausdrücklich zu diesem Dienste bestimmt – „hier sind Feigen vom Festlande. Wollt Ihr vielleicht gefälligst einige davon kosten, damit Ihr bei Eurer Rückkehr nach England Euren Landsleuten auch erzählen könnt, wie wir armen Inselbewohner auf unserem Elba leben?"

„Schlechte Feige," sprudelte Jaques, Raouls Oberbootsmann, an den diese Anrede gerichtet war, in gebrochenem Englisch, „besser zu Haus. Bekommen bessere in den Straßen von Portsmout!"

„Nun, Signore, Ihr braucht gerade nicht drein zu sehen, als ob sie Euch schaden oder Euch gar beißen würden. Ihr könnt sie immerhin essen und, mein Wort darauf, Ihr werdet sie eben so köstlich wie die Melonen von Napoli finden."

„Keine Melonen – pah – als englische Melonen. Englische Melonen so viele wie pommes de terre – pah!"

„Ja, Signore, wie die Melonen von Napoli," fuhr Annunziata fort, welche von den unfreundlichen Antworten, die sie erhielt, keine Sylbe verstand; „Signor Vito Viti, unser podestà, befahl mir, den fremden Herren Engländern, die in unserer Bai sind, diese Feigen anzubieten."

„ God dam!" erwiederte Jaques so barsch und kurz angebunden, daß er seine Absicht, des schönen Quälgeistes los zu werden, für den Augenblick wenigstens glücklich erreichte.

Wir müssen die Bootsmannschaft übrigens den wiederholten Versuchen der hübschen Verkäuferinnen auf so lange überlassen, bis sie endlich, wie später erzählt werden wird, von denselben erlöst wurden, um unserem Helden auf seinem Wege durch die Straßen der Stadt zu folgen.

Mochte er nun durch Instinkt geleitet werden, oder hatte er ein besonderes Ziel vor Augen – kurz, Raoul eilte rasch die Höhen hinan und bestieg das schon öfter erwähnte Vorgebirge. Im Vorübergehen sah er Aller Augen auf sich geheftet, denn das Mißtrauen war in dem jetzigen Augenblicke allgemein unter den Einwohnern verbreitet, und das plötzliche Erscheinen einer Fregatte, die sich mit französischer Flagge vor dem Hafen zeigte, hatte weit ernstere Besorgnisse hervorgerufen, als die bloße Ankunft eines so leichten Fahrzeuges, wie der Lugger, sonst hätte nach sich ziehen können.

Vito Viti hatte sich schon lange zuvor zu dem Vicestatthalter begeben, welcher sofort acht bis zehn der angesehensten Männer der Stadt – die beiden ältesten militärischen Würdenträger der Insel mit eingeschlossen – zu einer Berathung zusammenberufen hatte. Man wußte, daß die Batterien bemannt waren, und obwohl selbst der scharfsichtigste Politiker auf Elba wohl schwerlich hätte einen Grund angeben können, warum der Franzose einen so nutzlosen Angriff, wie den auf ihren besten Hafen, wagen sollte, so wurde dennoch ein solches Resultat nicht nur gefürchtet, sondern sogar mit ziemlicher Zuversicht als wahrscheinlich angenommen.

Kein Wunder also, wenn jedes Auge den Bewegungen des Fremden folgte, welcher mit raschen Schritten die schmalen Terrassen der steilen Straßen hinauf eilte; war es ja doch natürlich, daß unter solchen Umständen selbst die unbedeutendste Handlung von seiner Seite der ängstlichsten, eifersüchtigsten Beobachtung unterworfen wurde.

Die Höhen waren abermals mit Zuschauern jedes Alters, Standes und Geschlechts dicht besetzt. Wie gewöhnlich bildeten die Mäntel und fliegenden Gewänder der Frauen die Mehrheit unter der Menge; denn sobald die Neugierde in's Spiel kommt, darf man mit Sicherheit darauf rechnen, eine unverhältnißmäßige Anzahl des schönen Geschlechts versammelt zu sehen, da bei ihnen die Einbildungskraft den Verstand nur gar zu gerne überwältigt.

Auf einer Terrasse vor dem Palaste – wie man gewöhnlich die Wohnung des Statthalters nannte – stand die Gruppe der versammelten Häupter der Stadt; Alle bewachten mit der ernstesten Aufmerksamkeit die geringste Veränderung in dem Kurse des Schiffes, das nunmehr der Gegenstand allgemeiner Unruhe und Besorgniß geworden war. So emsig waren sie in der That mit der Beobachtung dieses gefürchteten Feindes beschäftigt, daß Raoul mit einem Male, den Hut in der Hand, vor Andrea Barrofaldi stand, und ihn mit einer Verbeugung begrüßte, ehe man nur eine Ahnung von seiner Annäherung gehabt hatte.

Diese plötzliche, unangemeldete Ankunft erregte allgemeines Erstaunen und keine kleine Verwirrung unter der Gruppe; einer oder zwei aus der Versammlung wendeten ihre Blicke instinktartig bei Seite, als ob sie die Schamröthe verbergen wollten, welche dieß unerwartete Auftreten eben desselben Mannes, von dem sie eine Minute früher in so verdächtigen Ausdrücken gesprochen, auf ihren Wangen hervorgerufen hatte.

„Bon giorno, Signor Vicestatthalter," begann Raoul in seiner munteren, feinen und höflichen Weise, während seine Mienen jedes andere Gefühl, nur nicht das der Furcht und des Schuldbewußtseins zu verrathen schienen: „wir haben heute einen schönen Morgen hier am Lande, und da draußen in der See, wie es scheint, eine hübsche Fregatte der französischen Republik.“

„Wir sprachen eben, als Ihr ankamt, von diesem Schiffe, Signor Smees,“ gab Andrea zur Antwort. „Was kann nach Eurer Ansicht einen Franzosen veranlassen, auf so bedrohliche Weise vor unserer Stadt zu erscheinen?“

„ Cospetto! da könntet Ihr mich ebensogut fragen, Signore, was wohl diese Republikaner veranlaßt habe, noch tausend andere Dinge zu thun, die sie nichts angehen. Warum haben sie Ludwig XVI. enthauptet? Warum euer halbes Italien überwältigt? Warum Egypten erobert und die Oesterreicher über die Donau zurückgetrieben?“

„Nichts davon zu sagen, daß sie sich von Nelsoni bei Abukir vernichten ließen,“ setzte Vito Viti grinsend hinzu.

„Ganz richtig, Signore; ja, Nelson, mein tapferer Landsmann, hat sie an der Mündung des Nils tüchtig zu Paaren getrieben. Ich hielt es nicht für passend, mit dem englischen Ruhme zu prahlen, obwohl sich dieser Fall allerdings recht gut hier anführen läßt. Wir haben auf dem Ving and Ving einige Matrosen, welche jener glorreichen Schlacht anwohnten, besonders unseren Segelmeister, Etouell Bolt, der zufällig von der Fregatte, auf welcher er eigentlich diente, auf Nelsons eigenes Schiff beordert worden war, um an dem Ruhme jener denkwürdigen Schlacht gleichsam seinen besonderen Antheil zu nehmen.“

„Ich habe den Herrn gesehen,“ bemerkte Andrea Barrofaldi – „ è un Americano?“

„Ein Amerikaner!“ rief Raoul, trotz seiner angenommenen Gleichgültigkeit doch etwas betroffen; „nun ja, ich glaube, Bolt *wurde* in Amerika – nämlich im englischen Amerika geboren, und das ist, wie Ihr wißt, Signore, fast ebensogut, als ob er in England geboren worden wäre. Wir betrachten die *Yankee's* nicht anders als einen Theil unseres eigenen Volkes, und nehmen sie jeder Zeit sehr gerne in unsere Dienste.“

„So hat uns wenigstens Signor Ituello glauben lassen: er scheint ein großer Verehrer der englischen Nation zu sein.“

Raoul wurde unruhig, denn von Allem, was in dem Weinhause vorgegangen, wußte er keine Sylbe, und doch glaubte er in des Vicestatthalters Miene einen Ausdruck von Spott zu entdecken.

„Allerdings, Signore,“ gab er gleichwohl mit unerschütterter Standhaftigkeit zur Antwort; „allerdings, Signore, die Amerikaner achten England hoch, und haben auch alle Ursache dazu, wenn man bedenkt, was diese große Nation Alles für sie gethan hat. – Ich bin übrigens in der Absicht gekommen, Signor Vicestatthalter, Euch für den Fall, daß dieser Franzmann wirklich Schlimmes beabsichtigen sollte, die Dienste meines Luggers anzubieten. Er ist freilich nur klein und unser Geschütz ziemlich leicht; nichtsdestoweniger könnten wir der Fregatte die Kajütenfenster einschießen, währen Ihr selbst von diesen Höhen aus ihr noch weit größeren Schaden zufügen könntet. Ich hoffe, wenn's zwischen Euch und den Republikanern zu Schlägen kommen sollte, werdet Ihr dem Ving and Ving eine ehrenvolle Stelle anweisen."

„Und welchen besonderen Dienst möchtet Ihr am liebsten auf Euch nehmen, Signore," fragte der Vicestatthalter mit vorsichtiger Höflichkeit; „wir sind keine Seeleute und müssen also die Wahl Euch selbst überlassen. Der Obrist hier erwartet, daß es zum Feuern kommen werde, und hat deßhalb seine Artilleristen bereits an ihre Kanonen gestellt."

„Porto Ferrajo ist wegen seiner Kriegsbereitschaft unter den Seeleuten des mittelländischen Meeres berühmt, und sollte sich der Franzmann in den Bereich Eurer Kugeln heranwagen, so erwarte ich, ihn schneller entmastet zu sehen, als wenn er sich in einem Dock befände. Was den kleinen Ving and Ving betrifft, so wird es meiner Meinung nach wohl am besten sein, wenn wir, während die Fregatte mit Euren Batterien beschäftigt ist, längs der Ostküste der Bai hinsteuern, bis wir endlich in die offene See gelangen und das Bettelvolk zwischen zwei Feuer bringen. Dieß ist derselbe Kunstgriff, welchen Nelson bei Abukir ausführte, Signor Podesta, da Ihr doch jene Schlacht so sehr zu bewundern scheint."

„In der That ein Manöver, das eines Nachfolgers Nelsoni's würdig erschiene, Signore," bemerkte der Obrist, „wenn nur das Kaliber Eurer Kanonen größer wäre. Ihr werdet Euch doch nicht mit kurzen Zwölfpfündigen in den Bereich ihrer langen Achtzehnpfünder wagen wollen, selbst wenn die ersteren von Engländern und letztere nur von Franzosen bedient würden?"

„Wer weiß: am Nil ging auch eine unserer Fünfzigpfündigen dem Orient, einem Dreidecker, dwarsab durch die Klüsen, und that ihm keinen kleinen Schaden, denn das Admiralschiff flog bald darauf in die Luft. Die Seeschlachten, Herr Obrist, werden nach ganz anderen Grundsätzen entschieden, als Eure Landgefechte."

„Das muß in der That der Fall sein," gab der Soldat zur Antwort. „Doch was hat die Bewegung dort draußen zu bedeuten? – Als Seemann müßt Ihr im Stande sein, uns dieß zu erklären, Capitano."

Diese Wendung zog Aller Augen nach der Fregatte, die in der That einige Bewegungen machte, welche wichtige Veränderungen anzudeuten schienen. Da diese Evolutionen mit den Begebenheiten unserer Erzählung in innigem Zusammenhange stehen, so wird wohl nöthig sein, sie dem Leser vor Augen zu führen, damit er den ganzen Gang derselben um so besser verstehen möge.

Die Entfernung der Fregatte von der Stadt mochte jetzt etwa fünf englische Meilen betragen. Strömung war keine vorhanden, und da im mittelländischen Meere weder Ebbe noch Flut vorkommt, so wäre das Schiff wahrscheinlich den ganzen Morgen vollkommen unthätig auf der Stelle geblieben, wenn sich nicht von Süden her ein leichtes Lüftchen erhoben hätte. Mit diesem Luftzuge nun war die Fregatte ein paar Meilen westwärts gesteuert, bis sie das Gouvernementsgebäude gerade vor sich hatte. Dabei hatte sie sich demselben in schiefer Richtung genähert – ein Umstand, der gerade die meiste Besorgnis erregte.

Mit der Sonne hatte sich auch der Wind erhoben; die Marssegel des Fremden füllten sich wenige Minuten, bevor der Obrist in den obenerwähnten Ausruf ausbrach, und die Fregatte begann mit einer Geschwindigkeit von vier bis fünf Knoten in einer Stunde durch das Wasser heranzuziehen. Sobald die Mannschaft bemerkte, daß sie ihres Schiffes vollkommen Herr waren, änderten sie augenblicklich den Kurs, als ob sie blos auf diesen Moment gewartet hätten, und setzten alle Segel bei. Die Ruderpinne steuerbord gewendet, kam das Schiff scharf in den Wind; sein Gallion schaute gerade gegen das Vorgebirge, die Halsen wurden an Bord gehalt und die leichteren Obersegel losgelassen, so daß sie lustig im Winde flatterten.

Fast in demselben Augenblicke – denn Alles schien am Borde des Fremden gleichzeitig und fast instinktartig zu geschehen – wurde die französische Flagge eingehißt; eine andere trat an ihre Stelle und eine Kanone wurde – zum Zeichen der Freundschaft – leewärts abgefeuert. Sobald diese zweite Flagge sich in dem Luftstrome ausbreitete, entdeckten dieFerngläser das weiße Feld und das St. Georgskreuz der edlen, alten Nationalflagge von England.

Ein Ausruf des Staunens und der Freude entschlüpfte den Zuschauern auf dem Vorgebirge, als sie ihre Besorgnisse und Zweifel auf eine so dramatische Weise gehoben sahen. Keiner dachte in diesem glücklichen Augenblicke an Raoul, dem übrigens das Ganze – den einzigen Umstand ausgenommen, daß der Fremde jetzt offenbar die Absicht, in die Bai einzulaufen, zeigte – durchaus nichts Neues war.

Da der Irrwisch von der offenen See aus vollkommen sichtbar war, so vermuthete er immer noch, das kriegerische Aussehen seines Schiffes könnte der eigentliche Grund sein, warum die Fregatte ihren Kurs so plötzlich geändert habe. Obwohl er übrigens in einem für Frankreich feindlichen Hafen lag, so war immer noch die Möglichkeit vorhanden, vielleicht ohne eine allzu genaue und gefährliche Untersuchung zu entwischen.

„Signor Smees, ich wünsche Euch zu dem Besuche Eures Landsmannes Glück," rief Andrea Barrofaldi, der, schon von Natur friedfertig und nichts weniger als kriegerisch gesinnt, sich in der nunmehrigen Aussicht auf einen ruhigen Tag allzu glücklich fühlte, um in dem jetzigen Augenblicke noch Mißtrauen zu hegen. „Ich werde in meinem Berichte nach Florenz der muthvollen Bereitwilligkeit, womit Ihr Euch bei dieser wichtigen Veranlassung zu unserem Beistande angeboten, mit allen gebührenden Ehren gedenken."

„Ihr braucht Euch eben keine Mühe zu machen, Herr Vicestatthalter, um meiner geringen Dienste willen," erwiederte Raoul, indem er sich selbst kaum die Mühe gab, das Lächeln zu verbergen, das um seinen hübschen Mund spielte. „Denkt lieber an die Dienste dieser tapferen Herren hier, die gewiß herzlich bedauern, daß ihnen eine Gelegenheit, sich auszuzeichnen, verloren gegangen. – Doch da kommen Signale, welche wohl uns angehen müssen – ich hoffe, meine dummen Bursche werden im Stande sein, sie trotz meiner Abwesenheit zu beantworten."

Es war vielleicht ein Glück für den Irrwisch, daß sein Kommandant in dem Augenblicke, da der Fremde – die Proserpina – sich als das nämliche Schiff zu erkennen gab, das Ithuel so wohl kannte – nicht am Bord war. Der Betrug, der jetzt gespielt werden mußte, hatte an dem New-Hampshirer-Manne einen weit geschickteren Vermittler, als Raoul selbst gewesen wäre.

Ithuel antwortete rasch: was? – das wußte er selbst nicht; doch gebrauchte er die Vorsicht, die Flaggen, die er zeigte, so unter einander zu bringen, daß man sie auf der Fregatte unmöglich erkennen konnte, während sie gleichwohl ohne alle Furcht und im besten Glauben aufgehißt worden zu sein schienen.

Sechstes Kapitel

Sind Alle fertig?
Ja; auch eingeschifft sind sie – von unsern Booten
Erwartet noch das letzte seinen Führer.
– Nun wohl: mein Schwert und meinen Mantel!

Der Corsar.

Welchen Erfolg Ithuels Kunstgriff äußerte, ließ sich, soweit dieß nämlich die Fregatte betraf, unmöglich bestimmen. Jedenfalls schien zwischen den beiden Schiffen ein gegenseitiges Einverständniß zu herrschen, und dieß hatte wenigstens bei den Leuten am Ufer das Resultat, daß ihr Verdacht gegen den Lugger gehoben wurde. Es hatte so wenig Wahrscheinlichkeit, daß ein *französischer* Corsar die Signale einer englischen Fregatte sollte beantworten können, daß sich selbst Vito Viti gedrungen fühlte, dem Vicestatthalter in einem Flüstern seine Meinung dahin zu erkennen zu geben, daß dieser Umstand „soweit" sehr zu Gunsten der Loyalität des Luggers spreche. Dann mußte doch auch Raouls äußere Ruhe in Anschlag gebracht werden, besonders da er, allem Anschein nach als gleichgültiger Beobachter, unter ihnen zurückblieb, während doch das fremde Schiff im raschesten Laufe heranrückte.

„Wir werden jetzt freilich keine Veranlassung haben, Euer edles Anerbieten anzunehmen, Signor Smees," begann Andrea in verbindlichem Tone, während er sich anschickte, sich mit einigen seiner Räthe nach dem Statthalterspalaste zu begeben – „sind Euch aber nichtsdestoweniger zu großem Danke verpflichtet. Es ist ein Glück für uns, daß wir an Einem Tage mit dem Besuche von zwei Kreuzern Eurer großen Nation beehrt werden, und ich hoffe, Ihr werdet mir den Gefallen erweisen und den Kapitän, Euren Landsmann, begleiten, wenn er mir die Ehre erweist, den üblichen Besuch bei mir abzustatten, da es doch seine ernstliche Absicht zu sein scheint, dem Hafen von Porto Ferrajo sein Kompliment zu machen. Könnt Ihr nicht vielleicht den Namen der Fregatte errathen?"

„Ich glaube, ja, Signore," gab Raoul gleichgültig zur Antwort; „da sie sich nunmehr als Landsmann zu erkennen gegeben, so halte ich sie für die Proserpina, ein ursprünglich französisches Schiff, – ein Umstand, der mich auch anfänglich über ihren Charakter irre führte."

„Und der edle Cavalier, ihr Kommandant – Ihr kennt doch ohne Zweifel seinen Rang und Namen?"

„O, ganz genau; er ist der Sohn eines alten Admirals, unter dem ich erzogen wurde; wir selbst sind aber bis jetzt noch nie zusammengetroffen. Sir Brown – da habt Ihr Name und Titel jenes Gentleman."

„Aha! das ist, wie man wohl sagen könnte, ein ächt englischer Name und Titel. Ich habe diese ehrenwerthe Benennung schon oft im Shakespeare und in anderen Eurer großen Schriftsteller getroffen. Auch Miltoni hat einen Sir Brown, wenn ich nicht irre – nicht wahr, Signore?"

„Ihrer mehrere, Signor Vicestatthalter," gab Raoul, ohne sich auch nur einen Augenblick zu besinnen, zur Antwort, obgleich er keine Idee davon hatte, wer Milton eigentlich war – „Milton, Shakespeare, Cicero und alle unsere großen Schriftsteller erwähnen der Herren aus dieser Familie sehr häufig."

„Cicero!" wiederholte Andrea verwundert; – „der war ja ein Römer, Capitano, und zwar einer von den alten; er starb, noch ehe England der gebildeten Welt überhaupt bekannt war."

Jetzt merkte Raoul, daß er zu weit gegangen war; doch kam er noch keineswegs in Gefahr, das Gleichgewicht zu verlieren. Mit einem Lächeln, als ob er den Andern wegen seiner provinziellen Denkweise bemitleide, antwortete er in erläuterndem, halb und halb entschuldigendem Tone und mit einem Nachdruck, der einem Politiker Ehre gemacht haben würde:

„Ganz richtig, Signor Vicestatthalter – so weit es nämlich den betrifft, welchen *Ihr* meint; nicht aber, in so fern sich's um Sir Cicero, *meinen* berühmten Landsmann, handelt. Laßt doch 'mal sehen – ich glaube, es ist noch keine hundert Jahre, seit unser Cicero mit Tod abging. Er war in Devonshire geboren" – dieß war nämlich die Grafschaft, wo Raoul als Gefangener gewesen – „und muß in Dublin gestorben sein. Si – jetzt erinnere ich mich ganz genau – es *war* in Dublin, wo dieser tugendhafte und ausgezeichnete Schriftsteller seinen Geist aufgab."

Auf alles Das hatte Andrea nichts zu erwiedern. Vor fünfzig Jahren herrschte unter den gebildeten Völkern noch solche Unwissenheit in derartigen Dingen, daß man der englischen Literatur ebensogut einen Homer hätte aufpfropfen können, ohne eben große Gefahr zu laufen, daß der Betrug entdeckt worden wäre.

Signor Barrofaldi war allerdings nicht sehr erfreut, da er fand, daß die Barbaren sich auch italienische Namen anmaßten: doch war er nicht abgeneigt, gerade diesen Umstand für ein Zeichen von Barbarei – der unvermeidlichen Folge ihrer eigentlichen Abstammung – zu nehmen. Zu glauben, daß ein Mann, der sich mit der Leichtigkeit und Unbefangenheit Raouls äußerte, alle diese Geschichten nur so erfinden könnte – das war ein Gedanke, der ihm bei seiner Unerfahrenheit unmöglich beifallen konnte, und das erste Geschäft, das er beim Wiedereintritte in seinen Palast vornahm, war ein Notabene, das er sich machte, um später in einem müssigen Augenblicke über die Schriften und allgemeinen Verdienste Sir Cicero's, des berühmten Namensvetters des Römers, Nachforschungen anzustellen.

Sobald diese kleine Abschweifung vorüber war, trat er in den Palast, nachdem er nochmals seine Hoffnung ausgedrückt hatte: „Sir Smees“ würde doch nicht ermangeln, „Sir Brown“ bei dem Besuche zu begleiten, den der würdige Statthalter auf's Bestimmteste im Laufe der nächsten paar Stunden zu erhalten hoffte.

Die Gesellschaft begann sich nun zu zerstreuen, und Raoul sah sich bald seinen eigenen Gedanken überlassen, die gerade in diesem Augenblicke nichts weniger als angenehmer Natur waren.

Die Stadt Porto Ferrajo ist durch den Felsen, an dessen Fuße sie liegt, durch ihre Festungswerke und die Bauart ihres kleinen Hafens dermaßen von aller Aussicht auf die See ausgeschlossen, daß ihre Bewohner die Annäherung eines Schiffes niemals bemerken können, außer wenn sie sich nach den schon erwähnten Höhen und der daselbst befindlichen schmalen Promenade verfügen.

Dieser Umstand hatte abermals eine große Volksmenge auf dem Hügel versammelt, durch welche sich nun Raoul seinen Weg bahnen mußte. Seine Schiffsmütze und die angenommene Seeuniform, die er nicht ohne eine gewisse affektirte Zierlichkeit zur Schau stellte, trug nicht wenig dazu bei, die Vorzüge seiner äußern Erscheinung, deren er sich recht wohl bewußt war, gehörig in's Licht zu stellen. Sein unruhiges Auge wanderte von einem hübschen Gesicht zum andern, um Ghita aufzufinden, welche der einzige Gegenstand seines Suchens und in der That auch die alleinige Ursache der verdrießlichen Lage war, in welche er nicht nur sich selbst, sondern auch den Irrwisch versetzt hatte.

Während er auf diese Art bald an das Mädchen dachte, das er suchte, bald seine Gedanken wieder auf seine eigene Lage in einem feindlichen Hafen richtete, war er längs der ganzen Seite des Hügels hingewandert, und wußte jetzt kaum mehr, ob er wieder umkehren oder auf einem Umwege um die Stadt sein Boot aufsuchen sollte, als er plötzlich eine süße Stimme, die ihm augenblicklich zum Herzen drang, seinen Namen rufen hörte. Rasch umwendend sah er Ghita nur wenige Schritte vor sich stehen.

„Grüße mich zurückhaltend und als Fremder,“ flüsterte das Mädchen in athemloser Hast, „und deute nach den verschiedenen Straßen, als ob du mich nach dem Wege durch die Stadt fragen wolltest. Dieß ist der Ort, wo wir uns gestern Abend getroffen – vergiß aber nicht, daß es jetzt nicht mehr dunkel ist.“

Raoul erfüllte ihr Begehren, und wer die Beiden aus der Ferne betrachtete, konnte ihr Zusammentreffen wohl für zufällig halten, obwohl der junge Mann seiner Liebe und Bewunderung in einem Strome von Lobsprüchen Luft machte.

„Genug, Raoul,“ sprach das Mädchen und schlug erröthend die Augen nieder, obwohl kein Unwillen auf ihrem reinen, milden Antlitze sichtbar war; „ein ander

Mal habe ich Zeit, auf solche Reden zu hören. Wie viel schlimmer ist deine Lage nunmehr geworden, als sie noch gestern Nacht war! Damals hattest du blos den Hafen zu fürchten: jetzt aber hast du nicht nur das Volk dieses Hafens, sondern auch dieses fremde Schiff vor dir – ein englisches Fahrzeug, wie mir gesagt wurde."

„Ohne Zweifel – die Proserpina; Etouell sagt es; er kennt sie genau. Du erinnerst dich Etouells, theuerste Ghita – jenes Amerikaners, der zu gleicher Zeit mit mir im Gefängnisse saß? – nun, siehst du, er hat auf jener Fregatte gedient und behauptet, es sei die Proserpina von vierundvierzig Kanonen!" Raoul schwieg einen Augenblick: dann brach er in ein Lachen aus, das seine Gefährtin sehr in Erstaunen setzte, indem er fortfuhr: „ Oui – la Proserpine, le Capitaine Sir Brown!"

„Was du bei alle Dem so belustigend finden kannst, Raoul, ist mehr, als ich zu verstehen vermag. Sir Brown oder Sir Irgendwersonst wird dich wieder auf jene schlimmen englischen Galeeren zurückschicken, von denen du mir schon so oft erzählt hast, und in *diesem* Gedanken kann doch nichts Angenehmes liegen."

„Pah! meine süße Ghita – Sir Braun oder Sir Weiß oder Sir Schwarz hat mich ja noch nicht in seinen Klauen. Ich bin kein Kind, das in's Feuer hineintaumelt, weil man ihm die Gängelbande gelöst hat, und der Irrwisch leuchtet oder erlischt ganz, wie es seinen Zwecken am besten zusagt. Ich wette zehn gegen eins, die Fregatte kommt in den Hafen herein, besieht uns in der Nähe und viert dann wieder, um sich nach Livorno zu wenden, wo ihre Offiziere weit bessere Unterhaltung als hier in Porto Ferrajo finden. Dieser Sir Brown hat gewiß ebensogut seine Ghita wie Raoul Yvard."

„Nein, eine Ghita hat er, fürcht' ich, nicht, Raoul," antwortete das Mädchen, gegen ihren Willen lächelnd, während die Röthe ihrer Wangen unmerklich zunahm – „Livorno hat wenig so unwissende Landmädchen, die, wie ich, in einem einsamen Wartthurm an der Küste auferzogen wurden."

„Ghita," fiel Raoul voll Gefühl ein, „um jenen einsamen Wartthurm dürfte dich manche edle Dame zu Rom oder Neapel beneiden, denn er hat dir die Unschuld des Herzens erhalten – eine Perle, wie große Städte sie nur selten aufzuweisen haben; denn wenn sie sich dort auch findet, so ist ihre Reinheit durch Gebrauch getrübt und ihre ursprüngliche Schönheit verloren."

„Was weißt du von Rom und Neapel, von edlen Damen oder reichen Perlen, Raoul?" rief das Mädchen lächelnd, während die Zärtlichkeit, die ihr Herz in diesem Augenblick erfüllte, ihr unwillkürlich aus den Augen sprach.

„Was ich von solchen Dingen verstehe? – nun, in der That, ich bin ja in beiden Städten gewesen, und habe mit eigenen Augen gesehen, was ich beschreibe. Ich ging nach Rom, um den heiligen Vater zu sehen und mich zu überzeugen, ob unsere französischen Ansichten über seinen Charakter und seine Unfehlbarkeit richtig seien oder nicht, ehe ich mich für eine bestimmte Religion entschiede."

„Und du fandest ihn *wirklich* ehrwürdig und heilig, Raoul," fiel das Mädchen mit Ernst und Nachdruck ein, denn dieß war ein Thema, worüber große Meinungsverschiedenheit zwischen Beiden herrschte – „ich *weiß*, du fandest ihn so

– würdig, das Oberhaupt einer uralten, wahren Kirche zu sein. Meine Augen haben ihn noch nie gesehen, aber ich *weiß*, daß dieß die Wahrheit ist."

Raoul wußte wohl, daß die Laxheit seiner religiösen Ansichten – die bei dem damaligen sittlichen Zustande seines Vaterlandes gleichsam auf ihn vererbt worden waren – Ghita allein noch abhielt, alle andern Bande von sich zu werfen, und für immer alles Wohl und Wehe mit ihm zu theilen. Doch war er zu offen und edelgesinnt, um sie betrügen zu wollen, dabei aber auch von jeher viel zu umsichtig, als daß er ihren tröstenden Glauben, ihr schönes Vertrauen zu erschüttern versucht hätte. Gerade ihre Schwäche – denn in diesem Lichte erschienen ihm ihre Ansichten – hatte einen eigenen Reiz für ihn, denn nur wenige Männer, so sehr sie sich selbst als Freigeister oder Skeptiker zeigen mögen, finden Vergnügen an dem Anblick eines Weibes, das die Ungläubige spielt, und er hatte nie zärtlicher in ihr ängstliches, aber liebliches Antlitz geschaut, als eben in diesem Augenblick, da er ihre Frage mit einer Wahrheitsliebe beantwortete, welche in der That an Großherzigkeit gränzte.

„*Du* bist meine Religion, Ghita!" sprach er; „in *dir* verehre ich Reinheit und Heiligkeit und –"

„Nein – nein, Raoul, das darfst du *nicht* – halt ein; wenn du mich wahrhaft liebst, sprich nicht mehr so fürchterliche Gotteslästerung. Sage mir lieber, ob du den heiligen Vater nicht so fandest, wie ich ihn beschrieben habe?"

„Ich fand in ihm einen friedfertigen, ehrwürdigen und – ich glaube zuversichtlich, auch einen *guten* Greis, Ghita, aber weiter nichts als einen *Menschen*. Von Unfehlbarkeit konnte ich nichts an ihm bemerken, wohl aber sah ich seinen Stuhl von einer Rotte spitzbübischer Kardinäle und anderer Unglücksstifter umgeben, die weit besser dazu geeignet waren, einen ehrlichen Christenmenschen an der Nase herumzuführen, als ihn gen Himmel zu leiten."

„Sprich nicht weiter, Raoul – ich will nichts mehr davon hören. Du kennst diese heiligen Männer nicht und deine Zunge ist dein eigener Feind, ohne – horch! was hat das zu bedeuten?"

„Das ist ein Kanonenschuß von der Fregatte – da muß ich eiligst nachsehen. – Sprich, wann und wo werden wir uns wiedersehen?"

„Das weiß ich jetzt noch nicht. So wie die Sachen stehen, sind wir schon zu lange, ja viel zu lange beisammen und müssen uns jetzt trennen. Ueberlaß es mir, die Mittel zu einer späteren Zusammenkunft aufzufinden; auf alle Fälle werden *wir* in kurzer Zeit wieder in unserem Thurme sein."

Kaum hatte Ghita geendet, so glitt sie davon und war bald in der Stadt verschwunden. Raoul selbst war einen Augenblick unschlüssig, ob er ihr folgen sollte oder nicht: dann aber eilte er wieder auf die Terrasse vor dem Statthaltereigebäude, um den Zweck des Kanonenschusses zu erforschen. Der Knall hatte auch andere Personen nach derselben Stelle gelockt, und als er oben ankam, fand sich der junge Mann abermals von einer neugierigen Menge umgeben.

Mittlerweile war die Proserpina – denn Ithuel hatte sich in dem Namen des Fremden nicht getäuscht – dem Eingange des Hafens bis auf eine Meile nahe gekommen; sie hatte jetzt beigedreht und steuerte gegen die Ostküste, offenbar in der Absicht, in kurzer Zeit in den Hafen einzulaufen. Der Rauch, der dem Kanonenschusse gefolgt war, zog eben in einer leichten Wolke leewärts und an der großen Bramraa flatterten abermals Signale.

Dieß Alles war Raoul vollkommen verständlich, denn er erkannte auf den ersten Blick, daß die Fregatte in doppelter Absicht näher gekommen war, einmal, um sich den Lugger, der mit so kriegerischer Miene in der Bai vor ihr lag, schärfer zu besehen und dann, um durch Signale besser mit ihm verkehren zu können.

Ithuels Auskunftsmittel hatte nicht genügt, denn der wachsame Kapitän Cuffe, alias Sir Brown, der die Proserpina kommandirte, war nicht der Mann, der sich durch einen wirklich abgenützten Kunstgriff so leicht betrügen ließ.

Raoul stand in athemloser Erwartung, und beobachtete den Lugger, begierig, was derselbe jetzt vornehmen würde.

Ithuel hatte, wie es schien, durchaus keine Eile, sich selbst zu kompromittiren, denn das Signal war nun schon mehrere Minuten am Bord der Fregatte aufgesteckt, und immer noch auf dem Lugger kein Zeichen von Vorbereitung zu einer Antwort zu entdecken. Endlich geriethen die Fallen auf dem Irrwische in Bewegung, und drei schöne, stattliche Flaggen stiegen am Ende der Bratspillraa empor, welche man bei ruhigem Wetter fast immer aushängen ließ.

Was das Signal zu bedeuten hatte, konnte Raoul nicht erkennen, denn er war zwar mit allen den Signalen versehen, vermöge welcher er mit den Kriegsschiffen seiner eigenen Nation verkehren konnte: ihm aber auch diejenigen zu verschaffen, welche zu einer Communication mit dem Feinde erforderlich gewesen wären, hatte natürlich die Kräfte des Direktoriums überstiegen.

Ithuels Erfindsamkeit hatte übrigens in dem vorliegenden Falle dem Mangel abzuhelfen gewußt. So lange er noch am Bord der Proserpina – demselben Schiffe, von dem der Lugger jetzt bedroht war – diente, hatte er gesehen, wie die Fregatte mit einem englischen Kaper, auch einem Lugger – neben einem oder zwei anderen das einzige Fahrzeug dieser Bauart, welches von England ausgelaufen – zusammengetroffen war, und sein scharfbeobachtendes Auge hatte sich die Flaggen, welche jener Lugger damals aufgesteckt, wohl gemerkt. Da man nun von der Mannschaft eines Kapers keine große Gewandtheit oder selbst Genauigkeit im Gebrauche von Signalen erwarten konnte, so hatte er beschlossen, dieselbe Nummer aufzustecken, mochte dann auch daraus folgen, was da wollte.

Wäre er auf dem Quarterdecke der Fregatte gestanden, so hätte er aus Kapitän Cuffe's Verwünschungen abnehmen können, wie seine List in so weit gelungen war, daß dieser Offizier seine unverständliche Antwort eher der Unwissenheit als einer betrügerischen Absicht zuschrieb. Nichtsdestoweniger schien die Fregatte keineswegs zu einer Aenderung ihres Kurses geneigt zu sein, denn, war es nun, daß sie in dem Hafen vor Anker gehen oder den Lugger gar noch genauer untersuchen wollte – so viel ist gewiß, daß sie ihre Fahrt fortsetzte, und sich der östlichen Seite der Bai mit der Geschwindigkeit von ungefähr sechs Meilen in der Stunde näherte.

Raoul Yvard hielt es nunmehr für passend, in eigener Person für die Sicherheit des Irrwisches aufzutreten. Ehe er an's Land gegangen war, hatte er seine vorläufigen Befehle darüber ertheilt, was im Falle einer Annäherung der Fregatte geschehen sollte; die Umstände erschienen ihm aber jetzt so ernsthaft, daß er den Hügel hinabeilte und selbst Vito Viti noch einholte, der nach dem Hafen gegangen war, um einigen Bootsleuten über die Art und Weise, wie die Quarantainegesetze bei dem Verkehr mit einer brittischen Fregatte gehandhabt werden sollten, seine Weisungen zu ertheilen.

„Ihr müßt ja unendlich glücklich sein in der Aussicht, in diesem Sir Brown einem ehrenwerthen Landsmann zu begegnen," meinte der engbrüstige Podesta, der gewöhnlich sowohl beim Herab- als beim Hinansteigen der steilen Straße den Athem verlor; „er scheint in der That entschlossen zu sein, in der Bai vor Anker zu gehen, Signor Smees."

„Euch die Wahrheit zu gestehen, Signor Podesta, so muß ich bekennen, daß ich froh wäre, wenn ich jetzt nur noch halb so fest, wie vor einer Stunde, daran glauben könnte, daß wir wirklich Sir Brown und die Proserpina vor uns haben. Ich sehe allerhand Symptome, nach welchen ich ihn am Ende doch für einen Republikaner halten muß, und ich gehe deßhalb, um für den Ving and Ving auf meiner Hut zu sein."

„Der Teufel hole alle Republikaner – so lautet mein demüthiges Gebet, Signor Capitano; doch kann ich kaum glauben, daß eine so graziöse und stattlich aussehende Fregatte in der That solchen Bösewichtern gehören könnte."

„O Signore, wenn dieß Alles wäre, so müßten wir, fürcht' ich, die Palme am Ende doch den Franzosen zuerkennen," gab Raoul lachend zur Antwort, „denn gerade die stattlichsten Fahrzeuge in seiner Majestät Diensten sind republikanische Prisen. Selbst wenn die Fregatte dort drüben sich wirklich als die Proserpina erweisen sollte, so könnte sie sich keines bessern Ursprungs rühmen. Ich glaube aber, der Vicestatthalter hat nicht wohl daran gethan, die Batterien leeren zu lassen, denn der Fremde beantwortet unsere Signale nicht so, wie er sollte. Unsere letztere Mittheilung ist ihm völlig unverständlich geblieben."

Raoul war der Wahrheit näher, als er sich vielleicht denken mochte, denn nach dem Signalbuche der Proserpina waren Ithuels Nummern allerdings baarer Unsinn. Seine zuversichtliche Miene blieb aber bei Vito Viti nicht ohne Wirkung: der anscheinenden Ernsthaftigkeit des Andern, so wie dem eben erwähnten Umstande, der freilich, beim rechten Licht betrachtet, ebensosehr gegen seinen Gefährten als zu dessen Gunsten sprach, gelang es endlich, den Letzteren abermals irre zu führen.

„Und was ist da zu thun, Signore?" fragte der Podesta, indem er plötzlich auf der Straße stehen blieb.

„Wir müssen's eben machen, so gut wir's unter den jetzigen Umständen vermögen. Meine Pflicht ist, für den Ving and Ving zu sorgen – die Eure, für die Stadt bedacht zu sein. Sollte der Fremde wirklich in die Bai hereinkommen, und seine Breitseite auf gehörige Schußweite gegen diesen steilen Hügel drehen, so hättet Ihr kein Fenster in der ganzen Stadt, das nicht der Mündung seiner Kanonen offen läge. Ihr werdet mir darum erlauben, in den innern Hafen hereinzusteuern, wo wir durch die Häuser vor seinen Kugeln geschützt sind, und dann möchte es vielleicht gut sein, wenn wir meine Leute in die nächste Batterie schickten. Ich sehe in kurzer Zeit einem Blutvergießen und großer Verwirrung entgegen."

Dieß Alles wurde mit so viel anscheinender Aufrichtigkeit vorgetragen, daß der Podesta dadurch nur um so vollständiger überlistet wurde. Er rief einen Nachbar, und schickte denselben mit einer Botschaft an Andrea Barrofaldi den Hügel hinauf, während er selbst nach dem Hafen eilte, da er, besonders in dem jetzigen Augenblicke, noch weit eher bergab als bergan zu steigen vermochte. Raoul blieb ihm dicht an der Seite, und Beide erreichten zusammen den Rand des Wassers.

Der Podesta gehörte zu denjenigen Personen, die eben so gerne ihrem *Gefühle* als ihrem *Verstande* Gehör geben, und war von jeher sehr geneigt, jede Ansicht, die für den Augenblick bei ihm vorherrschte, auch sogleich zu äußern. So scheute er sich denn auch keineswegs, bei gegenwärtiger Veranlassung gegen die Fregatte los zu ziehen, denn da er einmal an dem Köder, den ihm der Andere so geschickt hingeworfen, angebissen hatte, so äußerte er auch sein Mißtrauen laut und vernehmlich. All' das Signalisiren und Flaggenaufstecken hielt er nun für weiter nichts als für republikanische List, und genau in demselben Verhältniß, als er sich über den vermeinten Betrug der Fregatte zu ärgern anfing, wurde er auch immer geneigter, der Ehrlichkeit des Luggers blindlings zu vertrauen.

So war der Bürgermeister mit einem Male gänzlich umgewandelt, und wie dieß bei allen plötzlichen, aber späten Veränderungen geschieht, so war er jetzt ganz in der Laune, das frühere Zaudern durch das Uebermaaß seines jetzigen Eifers wieder gut zu machen. Bei dieser Stimmung und noch mehr bei dem Charakter und der Geschwätzigkeit des Mannes, welcher Raoul nur zuweilen durch einige zeitgemäße Einflüsterungen nachzuhelfen suchte, war es kein Wunder, daß nach fünf Minuten die Ansicht allgemein verbreitet war, die Fregatte sei in hohem Grade verdächtig, während der Lugger genau in demselben Maaße, als der Andere in der öffentlichen Gunst fiel, immer höher in derselben steigen mußte.

Diese Einmischung Vito Viti's kam, soweit es wenigstens den Irrwisch und dessen Mannschaft betraf, ausnehmend gelegen, denn die vorangegangenen Beobachtungen und der Verkehr mit den Bootsleuten hatten in Betreff ihrer eigentlichen Nationalität eher einen ungünstigen als vortheilhaften Eindruck zurückgelassen. Mit einem Worte, Tommaso Tonti und seine Genossen standen eben auf dem Punkte, ihre Ueberzeugung dahin auszusprechen, daß diese Leute sammt und sonders Wölfe in Schafskleidern – d. h. Franzosen seien, wenn der Podesta nicht so laut und nachdrücklich das Gegentheil behauptet hätte.

„ No, no – amici miei" sprach Vito Viti, während er lärmend auf dem schmalen Quai hin und her ging, „glaubt mir, es ist nicht Alles Gold, was glänzt, und diese Fregatte ist wahrscheinlich kein Alliirter, sondern ein Feind. Ganz anders dagegen verhält sich's mit dem Ving-y-Ving und Signor Smees hier – wir dürfen wohl sagen, daß wir ihn *kennen*. – Wir haben seine Papiere eingesehen, und der Vicestatthalter, wie ich, haben ihn so zu sagen über die Geschichte und die Gesetze seiner Insel examinirt, denn England ist eine Insel, meine guten Nachbarn, so gut wie Elba – ein Grund weiter, um Achtung und Freundschaft für deren Bewohner zu hegen. Wir haben Vielerlei über Englands Geschichte und Literatur zusammen besprochen, und darum sind wir jetzt auch verbunden, dem Lugger unsere Liebe und unsern Schutz angedeihen zu lassen."

„So ist's recht, Signor Podesta," rief Raoul aus seinem Boote herüber; „und da dieß der Fall ist, so will ich mich beeilen, mein Schiff in die Mündung Eures Hafens herein zu holen, um dasselbe gegen die Boote dieser schurkischen Republikaner zu vertheidigen und jeden Versuch einer Landung zu hintertreiben."

Mit der Hand winkend verließ der junge Mann rasch den dicht mit Menschen besetzten Hafen, während noch hundert *Viva*'s ihm nachschallten.

Raoul sah nun, daß seine Befehle nicht vernachlässigt worden waren. Von dem Lugger war eine schmale Leine ausgeworfen und auf der inneren, östlichen Seite des schmalen Hafens an einem Ringe befestigt worden, scheinbar in der Absicht, um das Schiff in den Hafen selbst hereinzuhalen. Ebenso bemerkte er, daß der Bugsiranker, woran der Irrwisch befestigt war, nach dem Ausdruck der Seeleute „unter seinem Fuße lag", oder daß das Kabeltau nahezu „auf und nieder" stand.

Mit einem Winke der Hand ertheilte er einen neuen Befehl, und sah alsbald, wie seine Leute den Bugsiranker aus der Tiefe holten. Bis er das Verdeck seines Luggers betrat, war der Anker bereits gelichtet und aufgestaut, und nichts hielt das Schiff zurück, als die Leine, welche am Quai festgemacht war.

Hundert Hände zogen an dieser Leine, und der Lugger näherte sich rasch der Stelle, wo er sich Sicherheit versprechen konnte. Durch einen eigenen Kunstgriff verhinderte Raoul aber, daß er nicht in die Mündung des Hafens einlief. Die Leine war nämlich hinten an dem Backbordkrahnbalken befestigt – ein Umstand, wonach der Lugger nothwendig in der entgegengesetzten Richtung, d. h. gegen die östliche Seite des Eingangs gieren mußte.

Wenn der Leser sich erinnert, daß der Hafen nur in sehr kleinem Maaßstabe erbaut und der Eingang kaum breiter als hundert Fuß war, so wird er die Lage der Dinge um so besser verstehen. Um die angefangene Bewegung scheinbar noch zu unterstützen, war zu gleicher Zeit das Bratspillsegel ausgesetzt worden, so daß der Lugger, da der Wind von Süden, also gerade von hinten kam, in raschem, graziösem Laufe dahinzog.

Als derselbe dem Eingange näher kam, wurde die Leine einige Mal umschlungen, so daß das Schiff mit der Geschwindigkeit von drei bis vier Knoten in der Stunde dahinschoß und seine Büge gerade gegen die Spitze des Hafendammes anzurennen drohten.

Ein solcher Mißgriff lag aber keineswegs in Raoul Yvards Absicht. Die Leine wurde im rechten Augenblicke gekappt, das Steuer so gestellt, daß das Gallion steuerbord zu stehen kam, und eben als Vito Viti, der Alles mit ansah, ohne auch nur die Hälfte davon zu verstehen, in neue *Viva*'s ausbrach, und Alle rings um ihn her zu gleichem Rufe ermunterte, glitt der Lugger, statt in den Hafen einzulaufen, ganz dicht an dessen Außenseite vorüber.

So vollständig war Jedermann durch dieses Manöver überrascht, daß man es im Anfang für ein Mißverständniß, einen unglücklichen Zufall oder für ein Versehen des Steuermanns hielt, und manche von den Zuschauern ihr Bedauern darüber äußerten, daß die Fregatte es nun vielleicht in ihrer Gewalt habe, sich diesen Unfall zu Nutze zu machen. Das Flattern der Leinwand zeigte übrigens, daß man auf dem Lugger keine Zeit verloren hatte, und im nächsten Augenblicke sah man den Irrwisch mit vollen Segeln an einer Lücke zwischen den Waarenhäusern vorüberschießen.

In diesem Augenblicke vierte die Fregatte und schwenkte mit dem Gallion westwärts. Sie hatte Alles gesehen, was vorgegangen war, hatte sich aber, eben so wie alle Uebrigen, täuschen lassen in der Meinung, der Lugger wolle dem Hafen zusteuern. Der Engländer war aber in der Absicht, die Bai recht genau zu durchstöbern, bereits so weit gegen das östliche Ufer hinausgesteuert, daß er jetzt zwei volle Meilen entfernt war, und da der Lugger, indem er das Vorgebirge umsegelte, dicht am Fuße der Felsen hinsteuerte, um dem Feuer der oberhalb befindlichen Batterien zu entgehen, so hatte er in weniger als fünf Minuten seinen Feind auf eben diese Entfernung hinter sich.

Dieß war übrigens noch nicht Alles: denn ein Feuer von der Fregatte wäre in diesem Augenblicke eben so nutzlos als gefährlich gewesen, da der Lugger die Jagdkanonen seines Feindes und den Palast des Stadthalters fast in gerader Linie hinter sich hatte. So blieb der Fregatte also nichts übrig, als was man sprüchwörtlich eine „Sternjagd“, d. h. eine „lange Jagd“ zu nennen pflegt.

Alles das, was wir so eben erzählt, mochte ungefähr zehn Minuten Zeit erfordert haben; doch erhielten Andrea Barrofaldi und seine Rathgeber die Nachricht immer noch so zeitig, daß sie auf das Vorgebirge hinaustreten und den Ving-y-Ving dicht unter den Klippen am Fuße desselben vorbeipassiren sehen konnten. Raoul stand, das Sprachrohr in der Hand, am Bord seines Schiffes, das noch immer die englische Flagge von seinem Topp wehen ließ; da der Wind aber nur leicht war, so mochte seine gewaltige Stimme schon ausreichen, um den Zuschauern auch den Rest seines Mährchens vollends aufzubinden.

„Signori,“ rief er, „ich will diesen schurkischen Republikaner, der auf mich Jagd macht, von eurem Hafen ablenken: *dieß* wird wohl der wirksamste Dienst sein, den ich euch zu erweisen vermag.“

Diese Worte wurden von den Beobachtern am Lande gehört und verstanden: die Einen ließen ein Murmeln des Beifalls vernehmen, während den Andern die ganze Sache höchst sonderbar und räthselhaft vorkam. Es blieb übrigens gar keine Zeit, um thätlich einzuschreiten, selbst wenn man einen solchen Plan gehabt hätte, denn der Lugger hielt sich zu nahe an die Küste, als daß eine Kugel ihn hätte erreichen können, und überdieß fehlte es in den Batterien an den nöthigen Vorbereitungen, um einem Feinde zu begegnen. Dann war man auch noch immer im Zweifel, gegen wen man eigentlich seinen Angriff richten sollte, und Alles ging zu rasch an den Zuschauern vorüber, als daß eine Berathung oder Verabredung möglich gewesen wäre.

Die Bewegung des Irrwisches war so leicht, daß man sie für instinktartig hätte halten können. Seine Obersegel waren alle entfaltet, obwohl die Brise nichts weniger als stark war, und wie er so auf den langen Dünungen dahinschaukelte, sah man das Wasser vor seinen keilförmigen Bügen mit einer Heftigkeit sich kräuseln, wie wenn die Strömung in ihrem Laufe einem plötzlichen Hindernisse begegnet. Nur wenn er in eine Vertiefung hinabsank und sich gegen eine neue Woge stemmte, konnte man den Schaum an seinem Gallion emporspritzen sehen. Eine lange Reihe rasch verschwimmender Wasserblasen bezeichnete sein Fahrwasser, und kaum stand er einer der zuschauenden Gruppen gegenüber, als er auch schon, dem Meerschweine gleich, wenn es an einem Hafen vorüber jagt, dahingeflogen war.

Zehn Minuten, nachdem der Lugger an dem Regierungspalaste auf der Spitze des Vorgebirges vorübergekommen war, trat er in eine zweite Bai, welche breiter und fast eben so tief wie diejenige ist, an welcher Porto Ferrajo liegt. Hier faßte er die Brise, ohne durch die nahe gelegenen Felsen gehindert zu sein, und seine Geschwindigkeit wurde dadurch bedeutend vermehrt. Er hatte sich bis jetzt zu nahe an die Küste gehalten, so daß ein guter Theil des Windes, der nach und nach stärker geworden war, für ihn verloren ging: jetzt aber kam die volle Strömung von hinten und wirkte mit doppelter Gewalt. Er halte seine Halsen nieder, zog einige Segel ein, luvte und war den Zuschauern bald aus den Augen entschwunden, indem er windwärts gerade auf einen Punkt lossteuerte, welcher die östliche Spitze der obenerwähnten Bai bildete.

Diese ganze Zeit über war die Proserpina nicht müssig gewesen. Sobald sie bemerkte, daß der Lugger zu entkommen suchte, sah man es in ihrer Takelage lebendig werden. Segel auf Segel wurde eingesetzt, eine weiße Wolke folgte der andern, bis das Schiff vom Flaggenstock bis zu der Schanze in eine große Leinwandmasse gekleidet war. Seine obersten Segel faßten den Wind, der über die anliegende Küste daher gestrichen kam; pfeilschnell schoß die Fregatte dahin, denn gerade sie stand in dem Rufe einer der schnellsten Seglerin der ganzen englischen Marine.

Auf Andrea Barrofaldi's Uhr waren eben zwanzig Minuten verflossen, seit der Irrwisch an der Stelle, wo er stand, vorübergesegelt war, als die Proserpina ihm gegenüber zu liegen kam. Da sie tieferen Fahrwassers bedurfte, so mußte sie sich eine halbe Meile von dem Vorgebirge fern halten: doch war sie immer noch so nahe, daß man während des Vorübersegelns ihren Bau überhaupt, sowie ihre Einrichtung mit größter Muße betrachten konnte.

Die Batterien waren jetzt bemannt, und man hielt eine Berathung über die Frage, ob es nicht passend sein möchte, einen Republikaner für die Kühnheit zu bestrafen, mit der er einem toskanischen Hafen so nahe gekommen war. Aber an seinem Topp flatterte noch immer die geachtete und gefürchtete englische Wimpel, und es war also doch noch zweifelhaft, ob der Fremde Freund oder Feind sein mochte. In dem ganzen Wesen des Schiffes lag durchaus nichts Verdächtiges, und doch machte es offenbar Jagd auf ein Fahrzeug, das von einem toskanischen Hafen kam, und also von einem Engländer eher Schutz als Feindseligkeit erwarten durfte.

Mit einem Worte, die Meinungen waren getheilt, und sobald dieß einmal bei Dingen dieser Art der Fall ist, wird jede Entscheidung offenbar höchst schwierig. War der Fremde auch ein Franzose, so hatte er ja offenbar keinerlei Unbill gegen einen Bewohner der Insel im Sinne, und trotzdem, daß die Berathenden es in ihrer Macht hatten, ein Feuer zu eröffnen, so sahen sie gleichwohl vollkommen ein, wie sehr die Stadt dem Feinde bloßgegeben war, und wie wenig Nutzen sich auch nur von einer einzigen vollen Lage erwarten ließ.

Die Folge hievon war, daß die wenigen Stimmen, welche zur Eröffnung von Feindseligkeiten gegen die Fregatte riethen, ebensogut wie die paar Rathgeber, welche gerne denselben Plan gegen den Lugger befolgt hätten – nicht allein durch das Ansehen der Oberen, sondern schon durch das bloße Gewicht der Mehrzahl in ihren Wünschen zurückgehalten wurden.

Mittlerweile eilte die Proserpina vorwärts, und war nach zehn weiteren Minuten nicht nur außer der Schußlinie, sondern auch außer dem Bereiche der Kugeln. Als sie in die zweite westlich gelegene Bai eindrang, konnte man den Irrwisch von ihrem Verdecke aus eine volle Meile vorwärts und dicht beim Winde gewahren: die Brise wehte an dem westlichen Ende der Insel vorüber, und fegte mit einer Geschwindigkeit über das Wasser hin, welche das Resultat einer Verfolgung mehr als zweifelhaft machte.

Dennoch beharrte das Schiff bei seinem Kurse, und kaum war eine Stunde verflossen, seit es seine vollen Segel entfaltet hatte, als es in gleicher Linie mit dem westlichen Vorsprung der Hügelkette und nur eine Meile leewärts davon stand. Hier wurde es von der südlichen Brise gefaßt, welche mit voller Gewalt aus der Durchfahrt zwischen Elba und Corsika hervorwehte, und klar sah es nun seinen ferneren Kurs vor sich liegen. Die Lee- und Oberbramsegel waren schon zwanzig Minuten früher eingehißt worden; jetzt wurden alle Boleinen gehalt und die Fregatte scharf in den Wind gestellt.

Doch war die Jagd offenbar eine hoffnungslose, denn der kleine Irrwisch hatte alle Umstände so sehr für sich, wie wenn er das Wetter ausdrücklich angewiesen hätte, seine ganze Macht zu seinen Gunsten aufzubieten. Seine Segel waren so weit geflacht, daß sie immer gleich aufrecht standen: sein Gallion stand um einen vollen Punkt windwärts von dem der Fregatte, und – was eben so wichtig war – er steuerte sogar leewärts von dem Punkte ab, worauf sein Vordertheil hinwies, während die Proserpina ein wenig, aber auch nur ein ganz klein wenig, von ihrem Kurse abfiel. Unter all' diesen Umständen machte der Lugger immer sechs Fuß im Wasser, bis die Fregatte deren fünf zurücklegte, so daß er dieselbe nicht nur in der Geschwindigkeit, sondern auch in der Ausdauer des Laufes übertraf.

Das Schiff, das windwärts von ihm segelte, war nicht der erste Lugger, auf den Kapitän Cuffe Jagd gemacht hatte: ihm war dieser Fall wohl schon fünfzigmal vorgekommen, und er wußte wohl, wie nutzlos die Verfolgung eines solchen Fahrzeuges sein mußte, wenn die Umstände vollends dessen Eigenschaften so ganz entsprachen. Auch konnte er noch gar nicht gewiß sein, ob er überhaupt nur einen wirklichen Feind verfolge, denn so sehr auch die Signale sein Mißtrauen erregt hatten, so war das Schiff doch offenbar aus einem befreundeten Hafen gekommen. Ueberdieß war Bastia in wenigen Stunden zu erreichen, und dann hatte der Fremde die ganze Ostküste von Corsika mit ihren zahlreichen kleinen Buchten und Häfen vor sich, wo ein Schiff von seiner Größe in solcher Bedrängniß leicht Zuflucht finden konnte. Nachdem er sich also nach einem abermaligen halbstündigen Wettlauf unter der vollen Gewalt der Brise von der Fruchtlosigkeit fernerer Verfolgung überzeugt hatte, ließ dieser erfahrene Offizier das Steuerruder der Proserpina beidrehen, die Raaen in's Kreuz brassen und das Gallion nach Norden wenden, indem er seinen Kurs scheinbar nach Livorno oder dem Golfe von Genua nahm.

Eben als die Fregatte diese Aenderung in ihrem Kurse vornahm, war der Lugger, der einige Zeit zuvor geviert hatte, gerade auf dem Punkte, hinter der westlichen Spitze von Elba zu verschwinden; bald hatte er sich ganz aus dem Gesichtskreise verloren, indem er alle Aussicht zu haben schien, ungehindert um das Vorgebirge herum zu kommen, ohne nochmals wenden zu müssen.

Es war nicht mehr als natürlich, daß eine solche Jagd, an einem so abgelegenen und gewöhnlich so ruhigen Orte, wie Porto Ferrajo – einige Bewegung hervorrufen mußte. Von den jungen Müssiggängern der Garnison stiegen einige zu Pferd und galopirten über die Anhöhen, um das Resultat des Wettlaufes zu beobachten; die Berge im Innersten hatten zwar durchaus keine regelmäßigen Straßen, sie waren aber doch durch brauchbare Saumpfade durchschnitten.

Wer in der Stadt zurückblieb, war natürlich keineswegs geneigt, einen so günstigen Gegenstand der Unterhaltung nur so ohne Weiteres wieder entschwinden zu lassen, blos weil es etwa an Lust zum Plaudern gefehlt hätte. In der That wurde an diesem Tage fast von nichts Anderem, als von dem gedrohten Angriffe der republikanischen Fregatte und dem glücklichen Entkommen des Luggers gesprochen. Doch waren Viele in ihrem Urtheile immer noch zweifelhaft, denn jede Frage hat ihre zwei Seiten, und so gab es allerdings Stoff genug, um die Discussion höchst lebendig und die Beweisführungen äußerst scharfsinnig zu machen.

Unter den Disputirenden spielte Vito Viti so ziemlich die Hauptrolle. Da er sich durch seine *Viva*'s und seine lauten Bemerkungen im Hafen so sehr bei der Sache betheiligt hatte, so glaubte er es seinem eigenen Charakter schuldig zu sein, das, was er gesprochen, auch öffentlich zu rechtfertigen, und Raoul Yvard hätte sich keinen wärmeren Anwalt wünschen können, als er nunmehr an dem Podesta einen besaß. Der würdige Bürgermeister übertrieb dabei die Gelehrsamkeit des Statthalters im Englischen so weit, daß er behauptete, es habe an den nöthigen Beweisen für die wahre Nationalität des Luggers gar nichts gefehlt. Ja, er ging sogar noch weiter und versicherte, er selbst habe einen Theil der Dokumente verstanden, welche „Signor Smees“ vorgezeigt habe; was vollends den „Ving-y-Ving“ anlange, so müsse ja Jeder, der nur im Geringsten mit der Geographie des brittischen Kanales bekannt sei, zur Genüge wissen, daß gerade er zu jener Art von Schiffen gehöre, wie sie die halb gallischen Bewohner von Guernsey und Jersey zum Kreuzen gegen die ganz gallischen Einwohner des naheliegenden Festlandes auszuschicken pflegten.

Während all' dieser Discussionen schlug aber immer noch ein Herz in Porto Ferrajo, das, wenn auch die Zunge seiner Besitzerin stumm war, dennoch durch die widerstreitenden Empfindungen der Dankbarkeit, der Täuschung, der Freude und der Furcht heftig bewegt wurde. Von allen Mädchen in der Stadt war Ghita die einzige, welche keine Muthmaßung oder Behauptung aufzustellen, keine Meinung zu verfechten, noch irgend einen Wunsch vorzubringen hatte. Doch horchte sie aufmerksam auf Alles, was gesprochen wurde, und war höchlich erfreut, als sie entdeckte, daß ihre eigenen, so eiligen Zusammenkünfte mit dem hübschen Seemanne allem Anscheine nach der Beobachtung der Andern entgangen waren.

Endlich wurde ihre Seele durch die Rückkehr der Reiter aus den Bergen aller Besorgnisse gänzlich enthoben, so daß ihr ganzes Gefühl in eine zärtlich bekümmerte Rückerinnerung überzugehen anfing. Die jungen Männer berichteten, die Obersegel der Fregatte seien gerade noch – und zwar, so viel sie beurtheilen könnten, schon über die Insel Capraya hinaus am nördlichen Horizonte sichtbar, während der Lugger sich fast bis gegen Pianosa hin windwärts geschlagen habe und Willens scheine, gegen die Küste von Corsika hinzusteuern, ohne Zweifel in der Absicht, den Handel dieser feindlichen Insel zu belästigen und zu stören.

Siebentes Kapitel

Antigonus: In der That, Sir, es sind Betrüger da draußen!
d'rum geziemt's einem Manne, auf der Hut zu sein.

Clown: Fürchte nichts, Mann, du sollst hier nichts verlieren.

Antigonus: Ich hoffe so, Sir; denn ich habe allerhand Scheidemünze
bei mir.

Das Wintermährchen.

So standen die Sachen zu Porto Ferrajo gegen Mittag oder um die Stunde, wo sich dessen Bewohner zum Mittagsmahle niedersetzten. Die Meisten ließen die Siesta darauf folgen, obwohl die Seeluft mit ihrer belebenden Kühle den Bewohnern dieser Insel eine solche Erholung weit weniger, als ihren Nachbarn auf dem Hauptlande drüben nöthig machte. Nach dieser Periode folgte die erquickende Frische des Abends, und mit ihr die Wiederkehr des Zephyrs oder der westlichen Brise.

Dieser Wechsel in der Luftströmung ist in der That während der Sommermonate am mittelländischen Meere so regelmäßig, daß der Seemann mit Sicherheit darauf rechnen kann, den ganzen Morgen eine leichte Brise aus Süden, Mittags Windstille – die Siesta des Meeres – und gegen drei oder vier Uhr ein köstliches Lüftchen aus Westen kommen zu sehen, welch' Letzterem dann mit Einbruch der Nacht ein frischer Landwind zu folgen pflegt. Wochen lang hinter einander haben wir diese Reihenfolge ununterbrochen fortdauern sehen, und wenn auch hie und da ein Wechsel eintrat, so geschah es nur in den leichten Episoden der Regenschauer und Gewitterstürme, deren Italien weit weniger, als die Küste von Amerika aufzuweisen hat.

Dieses war also der Stand der Dinge zu Porto Ferrajo am Abend jenes Tages, der mit so viel Geräusch und Aufregung begonnen hatte. Der Zephyr hatte sich wieder eingestellt: die Spaziergänger hatten abermals ihre Abendpromenade angetreten, und die klatschsüchtige Menge begann von Neuem ihre Muthmaßungen aufzuwärmen und neue Zweifel und Behauptungen in den beinahe erstorbenen Streit zu bringen. Da erhob sich plötzlich das Gerücht und verbreitete sich in der Stadt wie ein Lauffeuer: der „Ving-y-Ving“ nähere sich der Insel abermals von der Luvseite her, gerade wie er am Abend vorher herangezogen war – mit dem Vertrauen eines Freundes und der Geschwindigkeit eines Vogels.

Jahre waren schon verstrichen, seit kein ähnlicher Tumult mehr in der Hauptstadt von Elba entstanden war. Männer, Frauen, Kinder sah man aus den Häusern stürzen und die Höhen hinanklimmen: alle eilten nach der Promenade, wie wenn sie sich mit eigenen Augen von dem Dasein eines solchen Wunders überzeugen wollten. Vergeblich riefen die Alten und Schwachen ihre jüngeren, kräftigeren Genossen um den üblichen Beistand an: man floh sie gleich Pestkranken, und überließ es ihnen selbst, die Terrassen so gut sie konnten, hinauf zu humpeln. Sogar Mütter konnte man ihre Kleinen eilends mit sich fortschleppen, und dann, als fürchteten sie, zu spät zu kommen, auf offener Straße verlassen sehen, obgleich sie überzeugt sein durften, daß dieselben bis an den Fuß der Anhöhe hinabrollen würden, wenn es ihnen nicht gelänge, den Gipfel derselben allein zu erklimmen. Kurz – es war eine Scene der Verwirrung, welche unter vielem Anderen, was ganz natürlich war – auch manchen Stoff zum Lachen wie zur Verwunderung darbot.

Noch waren keine zehn Minuten verflossen, seit das neue Gerücht die unteren Stadttheile erreicht hatte, und schon waren an zweitausend Personen auf dem Hügel versammelt, darunter alle Hauptpersonen des Ortes, 'Maso Tonti, Ghita und wer dem Leser noch sonst aus dem Eingange unserer Erzählung bekannt ist. In der That, so sehr glich die Scene dieses Abends der des vorangegangenen – die größere Menge der Zuschauer und die sichtbarere Theilnahme etwa ausgenommen – daß, wer das gestrige Ereigniß mit angesehen, das heutige für eine bloße Fortsetzung desselben halten konnte.

Da war wieder der Lugger, mit ausgebreitetem Fock- und Hauptsegel, das Bratspill ausgegeit, gleich einem Doppelflügler daherkommend, und glitt wie eine Ente, die ihrem Neste zuschwimmt, auf der glitzernden Wasserfläche hin. Dießmal flatterte übrigens die englische Wimpel wie im Triumph am Ende der Bratspillraa, und das kleine Fahrzeug nahm seinen Weg näher gegen die Felsen, wie Einer, der mit der Küste bekannt ist und keine Gefahr befürchtet.

Es lag in der That ein Anschein festen Vertrauens in der Art, wie das Schiff sich unter die Mündung der Kanonen begab, die es in wenigen Minuten hätten in den Grund bohren können, und Niemand, der dieses Herankommen beobachtete, konnte auf den Gedanken verfallen, daß es Jemand anders, als ein wohlbekannter, vertrauter Freund sei, der sich also nähere.

„Glaubt Ihr wohl, Signor Andrea," fragte Vito Viti triumphirend, „daß einer jener republikanischen Schurken auf diese Art nach Porto Ferrajo zu kommen wagen würde – wenn er noch überdieß, wie dieser „Sir Smees" die Leute kennt, mit denen er's zu thun hat? Erinnert Euch, Vicestatthalter, daß der Mann in eigener Person unter uns am Lande war, und doch wahrscheinlich seinen Kopf nicht geradezu in des Löwen Rachen stecken würde!"

„Du hast deine Meinung in der That stark geändert, Nachbar Vito," antwortete der Vicestatthalter etwas trocken, denn er war weit entfernt, sich von dem Thema des Sir Cicero, so wie von manchen anderen Umständen aus der englischen Geschichte und Politik befriedigt zu fühlen: „Personen vom Magistrate ziemt es eher vorsichtig und behutsam zu sein."

„Ei, seht doch – wenn es in ganz Elba einen behutsameren, umsichtigeren Mann gibt, als den armen Podesta von Porto Ferrajo, so laßt ihn einmal in Gottes Namen auftreten und seine Thaten beweisen! Ich denke, Herr Vicestatthalter, für den müssigsten, unwissendsten Mann in des Großherzogs Staaten brauche ich mich doch gerade nicht zu halten. Weisere mag es allerdings geben, worunter ich Eure Eccellenza zähle – aber einen loyaleren Unterthan, einen eifrigeren Freund der Wahrheit findet Ihr gewiß nirgends."

„Ich glaube es ja, guter Vito," erwiederte Andrea, und lächelte seinen alten Gefährten freundlich an, „und habe deinen Rath und deine Dienste auch immer in diesem Lichte betrachtet. Dennoch wünschte ich etwas mehr von diesem Sir Cicero zu wissen, denn, um offen mit dir zu reden, ich habe die ganze Siesta damit zugebracht, in meinen Büchern nach einem solchen Manne nachzuschlagen."

„Und bestätigen sie denn nicht jede Sylbe, die Signor Smees gesprochen?"

„Im Gegentheil – ich kann sogar den Namen überhaupt nicht finden. Es ist zwar wahr, daß einige ausgezeichnete Redner jener Nation *englische* Cicero's genannt werden – das geschieht aber überall, wenn man Einen loben will."

„Davon verstehe ich nichts, Signore – davon verstehe ich nichts. In unserem Italien mag es wohl vorkommen: aber glaubt Ihr denn, daß es auch unter so weit entlegenen und jüngst noch so barbarischen Nationen wie die Engländer, Deutschen oder Franzosen – der Fall sein könne?"

„Du vergißst, Freund Viti," unterbrach der Vicestatthalter seinen Gefährten, und lächelte abermals, dießmal aber aus Mitleid mit dessen Unwissenheit und Vorurtheilen, während er es früher aus Freundlichkeit gethan hatte – „daß wir Italiener uns schon seit tausend Jahren die Mühe nahmen, diese Völker zu civilisiren, und daß sie die ganze Zeit über nicht rückwärts geschritten sind. – Daran ist aber wohl kein Zweifel, daß der ›Ving-y-Ving‹ abermals in unsere Bai einzulaufen beabsichtigt: dort steht ›Signor Smees‹ und beschaut uns durch sein Glas, wie wenn auch er eine zweite Zusammenkunft mit uns im Sinne hätte."

„Mir kommt es vor, Vicestatthalter, daß es eine Sünde, fast so arg wie Ketzerei wäre, wenn man den Charakter von Leuten, welche uns so offen ihr Vertrauen schenken, bezweifeln wollte. Ein Republikaner würde gewiß nicht wagen, zum zweiten Mal in der Bai von Porto Ferrajo vor Anker zu gehen. *Einmal* kann es möglicherweise geschehen, *zweimal* aber! – nein, nie – niemals!"

„Ich weiß nicht, aber du hast doch wohl recht, Vito, und glaube mir, ich hoffe es wirklich. Willst du vielleicht zum Hafen hinabgehen und darauf sehen, daß die Formen gehörig beobachtet werden? Versäume dann nicht, dir so viele Umstände, als du kannst, zu unserem Nutzen zu sammeln."

Die Menge setzte sich nun in Bewegung nach dem unteren Stadttheile, dem Lugger entgegen, und der Podesta drängte sich eilends durch die Masse, um, sobald „Signor Smees" an's Land steigen würde, zu dessen Empfange bereit zu sein. Man hielt es für würdevoller und passender, wenn der Vicestatthalter zurückbliebe, und den Bericht des vermeintlichen englischen Offiziers auf der Stelle, wo er jetzt eben war, erwartete.

Auch Ghita gehörte zu den wenigen Personen, welche auf der Anhöhe zurückblieben; ihr Herz pochte von Neuem aus Besorgniß vor den Gefahren, denen ihr Geliebter um ihretwillen abermals getrotzt hatte, und überfloß jetzt beinahe vor Zärtlichkeit, wenn sie sich der schmeichelnden Ueberzeugung hingab, daß Raoul Yvard nimmermehr ein solches Wagstück unternommen hätte, wenn *sie* nicht in Porto Ferrajo gewesen wäre.

Ghita delle Torri oder Ghita von den Thürmen, wie das Mädchen aus einem Grunde, der im Verlaufe unserer Erzählung klar werden wird, von Denen, die sie kannten, genannt wurde – eigentlich hieß sie Ghita Caraccioli – war von Kindheit an eine Waise gewesen. Sie hatte sich in ihrer eigenthümlichen Lage ein Selbstvertrauen, eine Seelenstärke angeeignet, welche bei einem so jugendlichen und von Natur so sanften Wesen sonst wohl schwerlich anzutreffen gewesen wäre. Eine Tante hatte ihrer Seele die Grundsätze der weiblichen Sitte eingeprägt, und ihr Oheim, der, von einem heftigen religiösen Drange getrieben, für die Freuden dieser Welt abgestorben war, hatte das Seinige dazu beigetragen, ihr das Gefühl tiefer Frömmigkeit und ängstlicher Gewissenhaftigkeit einzupflanzen.

So ließ die Wahrhaftigkeit ihres Wesens sie die Täuschung verdammen, welche Raoul eben jetzt beging, während ihre weibliche Schwäche sie wiederum geneigt machte, das Unrecht um des Beweggrundes willen zu verzeihen. Sie war oft und immer wieder vor dem Gedanken zurückgebebt, wie tief der junge Seemann in diesen Trug verwickelt werden mußte – einen Trug, der überdieß noch so leicht mit Gewaltthat und Blutvergießen enden konnte: dann hatte sie wieder unter dem Einflusse eines sanfteren Gefühles gezittert, wenn sie bedachte, daß er sich all' diesen Gefahren nur ihretwegen aussetzte. Ihre Vernunft hatte ihr schon längst vorgestellt, daß Raoul Yvard und Ghita Caraccioli einander eigentlich fremd sein sollten – ihr Herz aber hatte wieder ganz andere Dinge zu erzählen.

Eben die jetzige Veranlassung war ganz dazu geeignet, diese widerstreitenden Gefühle lebendig zu erhalten, und während die meisten Andern nach dem Hafen hinabeilten, um das Einlaufen des Doppelflüglers mit anzusehen, blieb sie, wie schon gesagt, auf dem Hügel zurück, indem sie, meist in Thränen gebadet, ihren eigenen Gedanken Gehör schenkte.

Raoul aber hatte keineswegs die Absicht, seinen Irrwisch einem Orte anzuvertrauen, wo er so leicht unter der Hand des Menschen erlöschen konnte. Statt, wie man erwartet hatte, vor den abermaligen Angriffen eines herumschweifenden Republikaners hinter den Gebäuden des Hafens Schutz zu suchen, schoß er an dem Ende des Quai's vorüber und ankerte nur wenige Faden von derselben Stelle, die er heute Morgen verlassen hatte, indem er den Bugsiranker wieder so auswarf, daß er nach dem Kunstausdrucke „auf denselben zu stehen kam“.

Sobald dieß geschehen war, trat er voll Zuversicht in sein Boot und ruderte nach dem Landungsplatze.

„Ei, Signor Capitano,“ rief Vito Viti seinem neuen Schützlinge, sobald dieser den Fuß an's Land setzte, mit voller Herzlichkeit entgegen, „wir rechneten zuversichtlich auf das Vergnügen, Euch hier in unserem Hafen und gleichsam in unserem Busen aufzunehmen. Wie pfiffig Ihr heute Morgen diesen *Sansculotten* angeführt habt! Ja, ja, selbst unserem Colombo zum Trotz muß man's sagen, die Engländer sind eine große Nation und wie für den Ocean geboren! Der Vicestatthalter erzählte mir Vieles von Eurer berühmten Admiralin, der Elisabetta und von der spanischen Armada – dann hattet Ihr auch Euren Nelsoni, und jetzt haben wir unseren Smees!“

Raoul nahm diese Komplimente, welche ebensogut seiner Nation als seiner eigenen Persönlichkeit galten, sehr freundlich auf, schüttelte dem Podesta mit geziemender Herzlichkeit und Herablassung die Hand, und spielte den großen Mann, als ob er von Kindheit auf an diese Art von Weihrauch gewöhnt wäre. Wie es seiner öffentlichen Stellung sowohl, als seinem Charakter geziemte, machte er dem Andern den Vorschlag, den höheren Behörden der Insel unverzüglich seine Aufwartung zu machen.

„König Georg, mein Herr und Gebieter,“ fuhr Raoul fort, während er mit Vito Viti vom Quai aus nach dem Palaste des Vicestatthalters hinging, „hält sehr streng auf diesen Punkt und hat uns Allen seine besonderen Befehle hierüber gegeben. ›Betretet nie den Hafen eines meiner Alliirten, Smeet,‹ so sprach er, als ich mich das letzte Mal bei ihm verabschiedete, ›ohne Euch sogleich pflichtgemäß zu dem Kommandanten des Platzes zu verfügen. Ihr werdet Euch durch Höflichkeit niemals etwas vergeben, und England ist ein zu gebildetes Land, um sich selbst durch die Italiener, die Schöpfer der modernen Civilisation, in solchen Sachen überbieten zu lassen.‹“

„Wahrlich, Ihr seid glücklich, einen solchen Souverain zu besitzen: dieß um so mehr, da Ihr sogar den Zutritt zu seiner geheiligten Person genießt.“

„Ja, dafür ist aber auch die Marine sein Lieblingsfach, und uns Kapitäne insbesondere betrachtet er wie seine Kinder; ›daß Ihr mir nie nach London kommt, mein theurer Smeet,‹ sagte er zu mir – ›ohne in meinem Palaste vorzusprechen, wo Ihr jederzeit einen Vater finden werdet‹ – Ihr wißt, er hat einen Sohn unter uns, der erst neulich noch, so gut wie ich selbst, Kapitän war?“

„ San Stephano! – er, das Kind eines großen Königs! – Ich muß gestehen, Signore, das wußte ich nicht.“

„Ja, in England besteht ein Gesetz, wonach der König wenigstens einen Sohn in der Marine placiren soll. ›Ja,‹ sprach Seine Majestät, ›vergeßt mir niemals, den höheren Autoritäten Eure Aufwartung zu machen, und verkündet ihnen ein- für allemal mein Wohlwollen und meine Gewogenheit, sogar bis zu den untergeordneten Behörden herab, die das Vertrauen ihrer Vorgesetzten genießen.‹“

Raoul gefiel sich ungemein in der Rolle, die er jetzt spielte, nur war er fast zu sehr zu Uebertreibungen geneigt. Gleich allen kühnen und entschlossenen Geistern geschah es ihm viel zu leicht, jene Gränzlinie, welche das Erhabene vom Lächerlichen scheidet, zu überschreiten, und sich dadurch der Gefahr, entdeckt zu werden, nur allzuhäufig auszusetzen.

Von Vito Viti hatte er übrigens in dieser Beziehung wenig zu fürchten, denn bei ihm kam provinzielle Leichtgläubigkeit und Liebe zum Wunderbaren der grassesten Unwissenheit zu Hilfe, so daß Alles, was der Andere in dieser Weise äußern mochte, bei ihm ganz sicher aufgehoben war. Vito Viti hielt es für eine Ehre, sich mit einem Manne zu unterhalten, der seinerseits mit einem Könige gesprochen hatte, und er konnte nicht umhin, während er die steile Straße hinaufkeuchte, die Empfindungen, die in seiner Brust glühten, wenigstens theilweise laut werden zu lassen.

„Ist's nicht ein Glück, einem solchen Fürsten zu dienen?“ rief er – „ja sogar für ihn zu sterben!“

„Letzteres ist ein Dienst, der mir bis jetzt noch nicht zu Theil geworden,“ antwortete Raoul unbefangen, „der mir aber eines Tages wohl noch zufallen mag. – Glaubt Ihr nicht, Podesta, daß Der, welcher für seinen Fürsten das Leben opfert, kanonisirt zu werden verdient?“

„Das würde aber doch den Kalender bei den gegenwärtigen Kriegen gar zu sehr anfüllen, Signor; bei Generalen und Admiralen und andern hohen Personen – ja, da will ich Euch wohl recht geben. Si – ein General oder Admiral, der für seinen Souverain stirbt, verdient allerdings heilig gesprochen zu werden – und das, Signore, würde diese elenden französischen Republikaner ohne Hoffnung oder Ehre lassen!“

„Sie sind ja doch nur Canaille, vom Höchsten bis zum Niedersten, und können vernünftigerweise nichts Besseres erwarten. Wünschen sie heilig gesprochen zu werden – wohl, so laßt sie die Bourbone wieder einsetzen, um rechtmäßig zu dem Genusse eines solchen Segens zu gelangen. – Die Jagd heute Morgen muß die Stadt zum Wenigsten belustigt haben, Signor Vito Viti?“

Bei dem Podesta bedurfte es blos einer solchen Einleitung, um sich alsbald über seine eigenen Empfindungen, seine Spannung und sein Entzücken des Langen und Breiten zu ergießen. Er verbreitete sich in den wärmsten Ausdrücken über den großen Dienst, welchen der Lugger der Stadt dadurch erwiesen, daß er die schurkischen Republikaner von ihr abgelenkt habe, und schilderte das Manöver, wo das Schiff an dem Hafen vorübergesegelt sei, statt in denselben einzulaufen – als eine der denkwürdigsten Thaten, von denen er jemals gehört oder gelesen.

„Ich habe den Vicestatthalter aufgefordert, mir in dem ganzen Gebiet der Geschichte – von seinem Tacitus an bis zu Eurem neuen englischen Werke über Rom – ein Beispiel von einem glücklicheren Einfalle eines Seemannes aufzuweisen. Ich glaube kaum, daß der ältere Plinius oder Marcus Antonius, ja sogar Cäsar jemals eine schönere That verrichtet haben, und ich bin gewiß nicht der Mann, der zu übertriebenem Lobe geneigt wäre, Signore. Wäre es noch vollends statt eines kleinen Luggers eine Flotte von Dreideckern gewesen – durch die ganze Christenheit würde der Ruhm Eurer Heldenthat erschallt sein!“

„Wäre es nur eine Fregatte gewesen, mein vortrefflicher Freund, so hätten wir jenes Manöver gar nicht nöthig gehabt. Peste! eine stolze englische Fregatte wird sich doch nicht vor einem einzelnen Republikanerschiffe an den Felsen vorüberdrücken und wie der Dieb in der Nacht davon fliehen!“

„Aha, dort ist der Vicestatthalter auf seiner Terrasse; er stirbt vor Ungeduld, Euch zu begrüßen, Sir Smees. Wir wollen die Sache für ein ander Mal, wenn eine Flasche guten florentinischen Getränks vor uns steht, aufsparen.“

Die Aufnahme, welche Raoul bei Andrea Barrofaldi fand, war weit weniger warm, als bei dem Podesta; doch blieb er höflich, ohne ein Zeichen des Mißtrauens sichtbar werden zu lassen.

„Ich bin gekommen, Signor Vicestatthalter,“ begann der Kapersmann, „gehorsam den ausdrücklichen Befehlen meines Herrn, um Euch abermals meinen Respekt zu beweisen und meine Wiederankunft in Eurer Bai zu vermelden, obwohl die Kreuzfahrt, die ich seit meinem letzten Abgange machte, nicht ganz so lange als eine Reise nach Ostindien gedauert hat.“

„So kurz sie auch war, Signore, so hätten wir doch allen Grund gehabt, Eure Abwesenheit höchlich zu bedauern, wenn wir nicht eben hierdurch so bewunderungswürdige Beweise von Eurer Gewandtheit und Tüchtigkeit als Seemann erhalten hätten,“ erwiederte Andrea mit geziemender Freundlichkeit. „Als ich Euch scheiden sah, hegte ich in der That die Besorgniß, daß wir wohl niemals wieder das Vergnügen Eures Besuches genießen würden. Aber wie bei Eurem englischen Sir Cicero mag sich auch bei Euch der zweite leicht noch angenehmer als der erste gestalten.“

Raoul lachte, und ließ sich sogar so weit herab, ein klein wenig zu erröthen; dann aber schien er sehr ernstlich über einen wichtigen Gegenstand nachzudenken. Ein Lächeln spielte zu wiederholten Malen um seinen hübschen Mund; dann nahm er plötzlich eine Miene seemännischer Offenheit an und machte seiner vorherrschenden Empfindung in Worten Raum.

„Signor Vicestatthalter, ich bitte für einen Augenblick um die Gunst einer geheimen Unterredung; Signor Vito Viti, laßt uns gefälligst nur einen einzigen

Moment allein. – Ich bemerke, Signore," fuhr Raoul fort, während er mit Andrea etwas beiseite trat, „daß Ihr meine kleine Prahlerei mit unserem englischen Cicero nicht so leicht vergessen könnt. Was mögt Ihr aber Besseres verlangen? wir Seeleute werden noch als Kinder zur See geschickt und verstehen uns nur wenig auf Bücher. Mein trefflicher Vater, Mylord Smeet, ließ mich in meinem zwölften Jahre auf eine Fregatte bringen, – dieß ist, wie Ihr selbst zugeben werdet, ein Alter, wo man von Cicero's, Dante's oder Corneille's nur sehr wenig wissen kann. So geschah es denn, daß, als ich einen Gentleman vor mir sah, dessen Ruf als Gelehrter weit über die Gränzen dieses Eilandes, das er auf so bewunderungswürdige Art regiert, gedrungen ist – ich mich durch einen übel angebrachten Ehrgeiz zu einer Thorheit verleiten ließ, die er jetzt nur schwer verzeihen kann. Wenn ich auch von Namen gesprochen habe, von denen ich nichts verstehe, so mag dieß eine Schwäche sein, der wohl mancher junge Mann unterliegen kann – ein hassenswerthes Verbrechen aber ist sie doch gewiß nicht."

„Ihr gebt also zu, Signore, daß es nie einen englischen Sir Cicero gegeben hat?"

„Die Wahrheit zwingt mich, zu gestehen, daß ich nichts von einem solchen weiß. Für einen jungen Mann, wie ich, der das Mangelhafte seiner Erziehung recht wohl fühlt, ist es allerdings hart, gleich bei der ersten Bekanntschaft ein solches Bekenntniß vor einem Philosophen abzulegen. Anders gestaltet sich's freilich, wenn natürliche Bescheidenheit durch vertrauliche Herzensgüte ermuthigt wird, und bei Signor Barrofaldi gilt eine eintägige Bekanntschaft eben so viel, als bei einem gewöhnlichen Manne die eines ganzen Jahres."

„Wenn dieß der Fall ist, Sir Smees, so kann ich das Vorgegangene recht leicht begreifen und eben so willig übersehen," erwiederte der Vicestatthalter mit einer Selbstgefälligkeit, welche der von Vito Viti kaum vorhin bewiesenen Einbildung in Nichts nachstand. „Für ein empfindliches Gemüth muß es sehr peinlich sein, die Lücken zu fühlen, welche eine unvermeidliche Folge des Mangels an Gelegenheit zum Studiren sind, und ich kann dann nur noch bekennen, wie erfreulich es für mich ist, einen Scharfblick zu entdecken, der diesen Mangel auffindet und freimüthig zugesteht. Wenn England auch dem Namen nach niemals einen Cicero besaß, so hat es ohne Zweifel in Wirklichkeit schon manche gehabt, selbst wenn wir den Schimmer abrechnen, welchen die Zeit gewöhnlich über einen Mann von solchem Rufe verbreitet. Sollte Euer Dienst Euch im Laufe dieses Sommers noch öfters dieses Weges führen, Signore, so würdet Ihr das Vergnügen, welches ich schon jetzt Eurer Bekanntschaft danke, in hohem Grade vermehren, wenn Ihr mir erlauben wolltet, Eure Leselust auf Werke zu lenken, die einem Geiste, wie dem Euren, nicht allein Befriedigung, sondern auch sicheren Gewinn gewähren müßten."

Raoul äußerte seinen verbindlichen Dank für dieses Anerbieten und von diesem Augenblicke herrschte das beste Einverständniß zwischen den beiden Partien. Der Kapersmann, der eine weit bessere Erziehung genossen hatte, als er zugeben wollte, dabei aber jede Rolle trefflich zu spielen und bei Gelegenheit sehr geschickt zu schmeicheln verstand, beschloß in Zukunft vorsichtiger zu sein und, welche Freiheiten er sich sonst auch mit andern Gegenständen nehmen mochte, mit literarischen Vermuthungen jedenfalls sparsamer umzugehen.

Und doch hatte dieser kecke, furchtlose Seemann seiner Ghita noch niemals geschmeichelt, sie in Nichts zu täuschen versucht. Bei ihr war er die lauterste Aufrichtigkeit, und der Einfluß, den er über die Gefühle dieses reinen Wesens errungen hatte, verdankte seine Entstehung nicht nur Raouls männlicher Erscheinung und seiner Kunst zu gefallen, sondern und hauptsächlich der offenen Natürlichkeit und der wahren Empfindung, die er ihr von jeher bewiesen hatte. Es wäre in der That für einen Mann, der sich mit dem Studium der menschlichen Natur abgegeben hätte – ein interessanter Gegenstand der Beobachtung gewesen, zu bemerken, wie vollständig sich die Unschuld und Sitteneinfalt des Mädchens jeder Handlung des jungen Mannes, die nur einigermaßen mit *ihr* in Verbindung stand, mitgetheilt hatte, so daß er sogar verschmähte, eine Religiosität zu heucheln, die er nicht wirklich fühlte, und deren Mangel das einzige Hinderniß einer Verbindung war, nach welcher er jetzt beinahe schon ein volles Jahr gestrebt hatte, und die ihm unter allen anderen Wünschen am meisten am Herzen lag. Mit Andrea Barrofaldi und Vito Viti, besonders aber mit dem verhaßten Engländer war es freilich ganz anders, und Raoul fühlte sich selten glücklicher, als eben bei solchen Scenen listigen Betrugs, worin wir ihn gerade in diesem Augenblicke verflochten sehen.

Der Vicestatthalter, der nunmehr sein Verhältniß zu „Signor Smees“ auf so durchaus freundlichen Fuß gestellt hatte, konnte nicht wohl weniger thun, als seinen Gast zugleich mit dem Podesta zum Eintritte in den Palast einzuladen.

Da es für den Seemann doch noch zu hell war, als daß er eine Zusammenkunft mit Ghita hätte hoffen dürfen, so nahm er mit Freuden das Anerbieten an, vergaß jedoch nicht, ehe er die Schwelle überschritt, den ganzen nördlichen Horizont von seinem erhöhten Standpunkte aus auf das Sorgfältigste zu mustern. – Dieser kleine Verzug erlaubte dem Podesta, mit seinem Freunde unbemerkt einige Worte zu wechseln.

„Ihr habt ›Sir Smees‹ hoffentlich ganz so gefunden, wie Eure Weisheit und Erfahrung sich ihn nur wünschen konnte?“ fragte Vito Viti mit großem Ernst. „Ich für meinen Theil halte ihn für einen höchst interessanten jungen Mann, bestimmt, in späterer Zeit Flotten anzuführen und über das Geschick von Nationen zu entscheiden.“

„Er ist liebenswürdiger und sogar besser unterrichtet, als ich mir gedacht hätte, Nachbar Vito Viti. Er gibt seinen Sir Cicero mit einer Gefälligkeit auf, die Einen ordentlich bedauern läßt, daß dieß überhaupt nöthig war, und, wie Ihr selbst, so zweifle auch ich keinen Augenblick, daß er noch einstmals ein berühmter Admiral werden wird. Sein Vater, ›Milordo Smees‹, hat allerdings seine Erziehung nicht so geleitet, wie es eigentlich hätte geschehen sollen, doch ist es noch nicht zu spät, das Uebel wieder gut zu machen. Geht und ersucht ihn, daß er eintreten möge; ich sehne mich sehr, seine Aufmerksamkeit auf einige Werke zu lenken, die für einen Mann von seinem Lebensalter von Nutzen sein müssen.“

Auf diesen Wink kehrte der Podesta nach dem Eingange zurück, um den vermeinten Guernseyfahrer in den Palast einzuführen. Er fand Raoul am Eingange stehend und noch immer mit Betrachtung der See beschäftigt.

Man sah zwei oder drei Küstenfahrer oder Felucken sich nach italienischer Art längs der Küste hinstehlen, indem sie sich einerseits vor den Barbaresken im Süden, andererseits vor den Franzosen im Norden zu fürchten schienen. Sie Alle hätten gute Prisen abgegeben: doch um unserem Kapersmann Gerechtigkeit widerfahren zu lassen – es war nicht seine Gewohnheit, Seefahrer so niederen Ranges in ihrem Treiben zu belästigen. Dagegen kam aber in diesem Augenblicke eine Felucke, von Norden her, um das Vorgebirge herumgesegelt, und mit ihr beschloß er, sobald er wieder in den Hafen zurückgekehrt wäre, sich in Verbindung zu setzen, um zu erfahren, ob sie etwa auf die Fregatte gestoßen sei.

Eben als er zu diesem Entschlusse gelangt war, trat der Podesta aus dem Palast, um ihn zu seinem Freunde zu führen.

Es ist nicht nöthig, das Gespräch, das nunmehr folgte, des Weiteren wieder zu geben. Es bezog sich mehr auf Literatur und allgemeine Gegenstände, als auf irgend Etwas, was mit unserer Erzählung in Verbindung gestanden wäre, und der würdige Vicestatthalter schien geneigt, die Freimüthigkeit des jungen Seemannes dadurch zu belohnen, daß er ihm so viel Belehrung, als Zeit und Umstände nur immer erlauben wollten, zu Theil werden ließ.

Raoul ließ sich dieß Alles recht gerne gefallen, und wartete geduldig, bis der Tag zu Ende ginge, wo er dann mit voller Zuversicht darauf rechnete, Ghita abermals auf der Promenade zu treffen. Da er nun einmal entdeckt hatte, wie er mit Schüchternheit weit sicherer als mit Anmaßung durchkommen würde, so fand er seine Aufgabe, den Betrug weiter durchzuführen, verhältnißmäßig leicht: er durfte den Vicestatthalter nur ganz seinen eigenen Weg gehen lassen, um diesen würdigen Beamten dahin zu bringen, daß er nicht nur seiner vorgegebenen Nationalität vollen Glauben schenkte, sondern sich auch überredete, „Signor Smees“ sei ein junger Mann, der sogar mehr Gelehrsamkeit besitze, als er im Anfang vermuthet hatte.

Auf diese eben so einfache als natürliche Weise gelang es Raoul in den nächsten paar Stunden, größere Fortschritte in Andrea Barrofaldi's Gunst zu machen, als sonst wohl in einem Jahre geschehen wäre, wenn er seine eigene Kenntniß und Belesenheit als Autorität hätte geltend machen wollen.

Aus der Zeit, welche der Vicestatthalter so freigebig auf diese Unterredung zu verwenden geneigt schien, läßt sich wohl mit Sicherheit schließen, daß ihm dieselbe höchst angenehm war; Raoul dagegen konnte nicht umhin, diesen Aufschub als einen der härtesten Dienste anzusehen, denen er sich noch jemals unterzogen hatte. Vito Viti seinerseits fühlte sich ganz erbaut, und machte auch keinen Hehl daraus, sondern gab seine innere Zufriedenheit zu wiederholten Malen durch Ausdrücke des Entzückens zu erkennen, und wagte nur hie und da eine Bemerkung, wie wenn er ausdrücklich seine eigene Unwissenheit hätte kundgeben wollen.

„Ich habe Euch schon oft groß gesehen, Vicestatthalter,“ rief er, als Andrea endlich mit einer Abhandlung über die frühere Geschichte aller nördlichen Völker – die Dissertation hatte eine volle halbe Stunde gedauert – zum Schlusse gekommen war, „noch nie aber so groß, wie an dem heutigen Abend. Ja, Signore, heute Nacht seid Ihr in der That bewunderungswürdig gewesen! Nicht wahr, Signor Smees? Glaubt

Ihr nicht auch, daß ein Professor zu Pisa oder selbst zu Padua diesen Gegenstand nicht erschöpfender hätte abhandeln können, als es hier vor unseren eigenen Ohren geschehen ist."

„Signor Podesta," erwiederte Raoul, „so lange ich den Worten des Herrn Vicestatthalters lauschte, hat nur *ein* Gefühl meine Seele beschäftigt, nämlich das des tiefsten Bedauerns, daß mein Stand mich von all' den reichen Schätzen einer solchen Gedankentiefe ausschließen mußte. Doch ist uns jedenfalls erlaubt, das zu bewundern, was wir selbst nicht einmal nachahmen können."

„Sehr richtig bemerkt, Signore," antwortete Andrea mit wohlwollender Herablassung; „doch mit Gaben, wie die Eurigen, Sir Smees, ist es nicht so sehr schwer, das, was wir bewundern, auch nachzuahmen. Ich will ein Verzeichniß derjenigen Werke aufsetzen, die ich Eurer Lectüre empfehlen möchte: wenn Ihr zu Livorno oder Neapel einsprecht, könnt Ihr Euch die Bücher alle zu mäßigen Preisen verschaffen. Morgen früh sollt Ihr die Liste neben dem Frühstück auf Eurem Tische sehen, denn ich werde mich nicht eher zur Ruhe begeben, als bis sie ganz vervollständigt ist."

Raoul benützte dieses Versprechen mit Freuden als einen Wink zum Aufbruch, und verabschiedete sich unter geziemenden Dankbarkeits- und Höflichkeitsbezeigungen. Als er aber den Palast hinter sich hatte, machte er seiner Ungeduld in öfteren Ausbrüchen Luft, wie Einer, der einer Scene entronnen ist, wo die marternde Langeweile nur durch Lächerlichkeiten einigermaßen aufgeheitert wurde, und allerlei Flüche trafen die Nationen des Nordens, die so rücksichtslos waren, eine Geschichte aufzuweisen, die ihm viel länger und weitläufiger erschien, als er überhaupt für nöthig halten konnte.

Dieß Alles ging vor sich, während er längs der Promenade hinschritt. Er fand dieselbe ganz einsam; jedes lebende Wesen schien sie verlassen zu haben. Endlich glaubte er, auf eine kurze Entfernung vor sich, in einem Seitenwege, der nie sehr besucht war, eine weibliche Gestalt zu bemerken. Er eilte auf sie zu, und sein rasches Auge erkannte augenblicklich Die, welche er suchte: sie hatte offenbar seine Ankunft erwartet.

„Raoul!" rief Ghita im Tone des Vorwurfs, „womit sollen diese oft wiederholten, gefährlichen Versuche noch enden? Da du einmal so klug und geschickt aus dem Hafen von Porto Ferrajo entwischt bist, warum besaßest du nicht so viel Klugheit, ganz davon wegzubleiben?"

„Du kennst den Grund, Ghita, wie kannst du also nur noch fragen? Heiliger Neptun! habe ich meine Sachen nicht gut gemacht? – und diesen tapferen Vicestatthalter auf eine merkwürdige Art an der Nase herumgeführt? Es kommt mir zuweilen vor, Ghita, als ob ich meinen Beruf verkannt und statt eines Seemannes – Diplomat hätte werden sollen."

„Und warum denn gerade ein Diplomat, Raoul? Wie du auch immer bei einer Veranlassung, wie die jetzige und in einem dringenden Nothfalle handeln magst – du bist doch zu ehrlich, um auf die Länge zu täuschen."

„Warum? – Doch gleichviel. Dieser Andrea Barrofaldi und jener Vito Viti werden eines Tags das Warum schon einsehen. – Jetzt aber an unser Geschäft, Ghita, da der Irrwisch die Bai von Porto Ferrajo doch nicht auf ewig zieren kann."

„Wahr," fiel das Mädchen ein; „ich bin ja auch aus keinem anderen Grunde gekommen, als um dir das Nämliche zu sagen. Mein theurer Oheim ist angekommen und beabsichtigt, mit der ersten Felucke nach den Thürmen unter Segel zu gehen."

„In der That? – Nun, siehst du, dieser Umstand trägt mehr dazu bei, mich an eine Vorsehung glauben zu lassen, als all' das Predigen von sämmtlichen Kuttenträgern in Italien. Da kann der Lugger die Stelle der Felucke einnehmen, und wir können noch heute Nacht absegeln. Meine Kajüte steht ganz zu deinen Diensten, und wenn dein Oheim dir als Beschützer zur Seite steht, so kann gewiß keine Lästerzunge an diesem Schritte etwas aussetzen."

Ghita hatte, um die Wahrheit zu gestehen, dieses Anerbieten erwartet, würde aber jedenfalls, so angenehm es ihr auch war, Schicklichkeits halber den Antrag abgelehnt haben, wenn nicht ein wichtiger Umstand dafür gesprochen hätte – nämlich der, daß Raoul auf diese Art am besten aus einem feindlichen Hafen fortgeschafft und insofern auch von der dringendsten Gefahr befreit werden konnte. Für ein so innig liebendes Wesen, wie sie, war dieß ein Gegenstand, für den sie wohl viel größere Opfer, selbst wenn der Schein noch weit mehr gegen sie gewesen wäre – hätte bringen können.

Uebrigens möchten wir dem Leser keine falsche Meinung über die Lebensansichten und die Erziehungsweise des Mädchens beibringen. Obgleich letztere in vieler Beziehung weit besser gewesen war, als die meisten Mädchen ihres Standes sie gewöhnlich erhielten, so waren erstere dennoch einfach, und ganz ihrer Stellung, so wie den Gebräuchen ihres Landes angepaßt. Sie war nicht in jener strengen Zurückhaltung auferzogen worden, wie sie junge Italienerinnen von Stand in ihrem äußeren Benehmen charakterisiert – eine Zurückhaltung, welche hier vielleicht in demselben Grade zu stark hervortritt, als sie bei jungen Amerikanerinnen wohl allzu sehr vermißt werden könnte. Dafür aber hatte sie Alles gelernt, was Wohlanständigkeit und zarte Sitte, sowohl um der Schönheit als der Sicherheit willen, von ihr verlangte, und ihr Verstand hatte ihr bereits eingeschärft, wie unpassend, wenn nicht gar unschicklich es erscheinen müßte, wenn ein Mädchen in ihrer Lage als Passagier auf ein Kaperschiff ginge, besonders wenn dieses von ihrem anerkannten Liebhaber befehligt würde. Auf der andern Seite betrug die Entfernung zwischen Porto Ferrajo und den schon erwähnten Thürmen blos ungefähr fünfzig Meilen, und wenige Stunden mochten genügen, um sie unversehrt unter ihr eigenes Dach und – was eben damals in ihren Augen weit wichtiger war – Raoul sicher aus dem Hafen zu bringen.

Alle diese Umstände hatte sie bereits erwogen, und war demgemäß auf den Vorschlag, der ihr so eben gemacht worden, gehörig vorbereitet.

„Wenn mein Oheim und ich dieses edelmüthige Anerbieten annehmen könnten, wann würde es dir gelegen sein, unter Segel zu gehen, Raoul?" fragte das Mädchen.

„Wir sind bereits länger abwesend, als wir beabsichtigten – länger, als wir eigentlich gesollt hätten."

„In einer Stunde, wenn nur ein bischen Wind vorhanden wäre. So aber siehst du, Ghita, wie es steht – der Zephyr hat zu wehen aufgehört, und fast scheint's, als ob in ganz Italien jedes Lüftchen sich zum Schlummer niedergelegt hätte. Sobald wir's irgend im Stande sind, gehen wir unter Segel – darauf kannst du dich verlassen. Im Nothfall können wir uns auch der großen Ruder bedienen."

„So will ich denn mit meinem Oheim sprechen und ihm sagen, daß ein Schiff zur Abfahrt bereit ist, und daß wir am besten mit diesem abgehen würden. – Ist es nicht sonderbar, Raoul, daß er kein Wörtchen davon weiß, daß du in der Bai bist? Er verliert die Dinge um ihn her mit jedem Tage mehr aus den Augen, und ich glaube sogar, er wird sich kaum mehr erinnern, daß du ein feindliches Schiff befehligst."

„Laß ihn mir nur sein Vertrauen schenken, Ghita; er wird nie Veranlassung bekommen, davon erfahren zu müssen."

„Das wissen wir wohl, Raoul. Die großmüthige Weise, mit der du unsere Rettung aus der Hand des algierischen Corsaren bewirktest, – bei welcher Gelegenheit unsere Bekanntschaft begann – und wofür wir dich ewig segnen werden, hat den Frieden zwischen *dir* und *uns* für immer befestigt. Wärest du im vergangenen Sommer uns nicht noch zu rechter Zeit zu Hilfe gekommen, so seufzte jetzt mein Oheim und ich in der Sklaverei der Barbaren."

„Das ist ein weiterer Umstand, der mich zu dem Glauben an eine Vorsehung geneigt macht, meine Ghita! Damals, als ich dich und deinen guten Oheim aus den Händen des Algierers befreite, wußte ich nicht, wen ich eigentlich vom Sklavenjoche rettete. Und doch siehst du, wie Alles so kommen mußte, daß ich mit dem Dienste, den ich dir leistete, mir selbst am meisten nützte."

„Wollte Gott, du lerntest endlich den Herrn verehren, der über uns Alle nach seinem heiligen Willen schaltet!" flüsterte Ghita; die Thränen traten ihr in die Augen, und nur durch eine krampfhafte Anstrengung gelang es ihr, die tiefste Bewegung zu unterdrücken, womit sie jene Worte gesprochen hatte. „Doch wir danken dir immer und immer wieder, Raoul, als dem Werkzeuge, dessen sich Seine Gnade in jener Gefahr mit dem Algierer bediente, und so vertrauen wir uns dir auch jetzt und für immer. – Es wird nicht schwer sein, meinen Oheim zum Einschiffen zu bewegen. Da er aber deinen wahren Charakter kennt, sofern er sich nämlich zufällig desselben erinnert, so halte ich es kaum für gut, ihm zu sagen, mit *wem* es geschehen soll. Wir müssen jetzt noch Ort und Stunde unserer Zusammenkunft festsetzen: dann will ich dafür sorgen, daß er zu gehöriger Zeit bereit ist."

Raoul und Ghita beriethen sich jetzt zunächst über die näheren Umstände in Betreff der Abfahrt: zum Rendezvous wurde ein Plätzchen außerhalb der Stadt, nicht weit von Benedetta's Weinhause entfernt, auserlesen, da sie hier am wenigsten einer Beobachtung ausgesetzt waren.

In Kurzem war alles Nöthige bereinigt, und Ghita hielt es jetzt für klug, sich zu entfernen. Ihr Freund fügte sich williger in diesen Vorschlag, als er wohl gethan haben würde, wenn sie ihm nicht so fest versprochen hätte, ihn schon in einer Stunde wieder zu treffen, um indessen Alles so in Stand zu setzen, daß sie mit dem ersten Windhauche abfahren könnten.

Als Raoul sich wieder allein sah, fiel ihm ein, daß Ithuel und Filippo wie gewöhnlich am Ufer waren. Der aus New-Hampshire hatte sich nämlich blos unter der Bedingung dazu verstanden, Dienste bei ihm zu nehmen, daß ihm das Landen jederzeit erlaubt sein sollte - ein Privilegium, das er bei Gelegenheiten, wie die jetzige, regelmäßig durch Einschmuggeln von Contrebande-Artikeln zu mißbrauchen pflegte. Der Amerikaner besaß in derlei Dingen eine solche Geschicklichkeit, daß Raoul, der zwar für seine Person das Schmuggeln verachtete, Anderen aber wohl einige Nachsicht angedeihen lassen mußte, bei ihm weniger Gefahr für den Lugger befürchtete, als wohl bei einem minder listigen Burschen der Fall gewesen wäre.

Im jetzigen Augenblicke blieb ihm aber nichts übrig, als die Beiden entweder aufzutreiben oder im Stiche zu lassen. Zum Glück fiel ihm der Name des Weinhauses ein, wo sie die Nacht zuvor eingekehrt hatten; dorthin verfügte er sich unverzüglich, und fand glücklicherweise Ithuel und dessen Dolmetscher, Beide in ernster Untersuchung einer abermaligen Flasche jenes beliebten toskanischen Getränkes begriffen. Auch 'Maso und dessen gewöhnliche Begleiter waren gegenwärtig, und da es offenbar nicht auffallen konnte, wenn der Kommandant eines englischen Kriegsschiffes ein Freund von gutem Getränke war, so nahm Raoul, um jedem Verdachte vorzubeugen, einen Stuhl und verlangte ein Glas.

Aus dem Gespräche, das nunmehr folgte, konnte der junge Seemann übrigens mit ziemlicher Gewißheit abnehmen, daß, wenn es ihm auch gelungen war, dem Vicestatthalter wie dem Podesta Staub in die Augen zu streuen, diese erfahrenen, alten Matrosen dagegen seinem Charakter noch immer mißtrauten. Längs der Küste hinzusegeln, statt in den Hafen einzudringen, war an einer französischen Fregatte so ungewöhnlich, an einer englischen dagegen so natürlich, daß die alten Seefahrer, die mit derlei Dingen recht wohl vertraut waren, diesen Umstand bereitwillig mit den verdächtigen Zeichen zusammenreimten, welche ihnen vorher schon an dem Lugger aufgefallen waren, und so der eigentlichen Wahrheit in Betreff der beiden Schiffe ziemlich nahe zu sein schienen.

Um alles Das bekümmerte sich übrigens Raoul weit weniger, als er sonst wohl gethan haben würde, wenn er nicht zur alsbaldigen Abfahrt entschlossen gewesen wäre. Er schlürfte seinen Wein mit anscheinender Gleichgültigkeit, und entfernte sich, sobald er's für passend hielt, mit Ithuel und dem Genueser.

Achtes Kapitel

Es war in einer sturmbewegten Nacht,
Da sah man Boote an der Insel landen,
Und hier und dort ein Licht ward angefacht,
Das Schiff und Ruder zeigt' uns lust'ge Banden.
Man ruft sie an – das Rudern schweigt – die Finsterniß kehrt wieder.
„Irrwische sind's! – Sie spielen blinde Kuh! Kommt heim, ihr Brüder!"

Dana.

Es war schon finster, als Raoul das Statthaltereigebäude verließ, wo Andrea Barrofaldi mit Vito Viti in des Ersteren Bibliothekzimmer zurückblieb. Kaum hatte der junge Mann der Thüre den Rücken zugekehrt, als der Vicestatthalter, der nun einmal in der Laune war, alle Schätze seines Geistes zu entfalten, das frühere Gespräch wieder aufnahm, das, wie er fand, seiner Selbstachtung so großen Vorschub leistete.

„Es ist leicht zu bemerken, guter Vito Viti, daß dieser junge Engländer ein Jüngling von edler Abkunft ist, obgleich seine Erziehung nicht die beste gewesen," begann der Vicestatthalter; „sein Vater, Milordo Smees, hat ohne Zweifel eine zahlreiche Familie, und in Beziehung auf das Geburtsrecht herrschen in England ganz andere Gebräuche als in Italien. Dort erbt nur der älteste Sohn die Titel und Ehren der Familie, und die jüngeren werden in der Armee und der Marine untergebracht, um sich selbst neue Auszeichnung zu erwerben. Nelsoni ist der Sohn eines Priesters, wie ich höre –"

„ Cospetto! eines Paters!" fiel der Podesta ein. „Das ist ja wahrhaft schamlos, Signor Vicestatthalter, so etwas nur zu *gestehen*. Der Priester muß ja vom Teufel besessen sein, der seine Nachkommenschaft *selbst eingesteht*, wenn er auch gleich welche haben kann."

„Ja, siehst du, guter Vito, auch darin unterscheiden sich die Lutheraner von uns Katholiken. In England, das mußt du ja nicht vergessen, dürfen die Priester heirathen, bei uns aber nicht."

„Einem solchen Pater möcht' ich nicht in die Beichte gehen! – Der Mann würde seinem Weib gewiß Alles haarklein erzählen, was ich ihm beichtete, und nur die Heiligen könnten wissen, was noch am Ende daraus werden sollte. Porto Ferrajo würde wohl bald viel zu heiß werden, als daß es ein ehrlicher Mann – ja sogar eine ehrbare Frau daselbst aushalten könnte."

„Ei, weißt du denn nicht, daß die Lutheraner gar nicht beichten und niemals über ihre Sünden abgehört werden?"

„San Stefano! – Wie können sie dann aber jemals erwarten, in den Himmel zu kommen?"

„Ich will auch gar nicht dafür stehen, daß sie dahin gelangen, Freund Vito; und wenn sie auch solche Erwartungen hegen, so dürfen doch *wir* als gewiß annehmen, daß sie sich gewaltig dabei täuschen. – Doch um wieder auf unsern Sir Smees zu kommen – bemerktest du nicht in seiner Miene, in seinem ganzen Wesen die Feinheit der angelsächsischen Rasse, eines Volkes, das nach Geschichte und Charakter von dem der alten Gallier streng geschieden ist? Pietro Giannone spricht in seiner Storia Civile del Regno di Napoli mit großem Interesse und sehr detaillirt von den Normännern, einem besonderen Zweige jener Abenteurer, und ich glaube gerade an diesem Jüngling einige der merkwürdigsten Eigenthümlichkeiten unterscheiden zu können, welche in jenem gutgeschriebenen, nur etwas zu freien Werke so vortrefflich geschildert sind. – Nun, Pietro, ich sprach nicht von dir, sondern von einem deiner Namensvettern aus der Familie der Giannonen, einem berühmten und verdienstvollen Geschichtschreiber aus Neapel – was willst du denn?"

Diese Frage war an einen Diener gerichtet, der in diesem Augenblicke in's Zimmer trat, und ein Blatt Papier in der Hand hielt, das er seinem Herrn zu übergeben wünschte.

„Ein Cavalier ist draußen, Signor Andrea, und bittet um die Ehre einer Audienz; er schickt einstweilen dieses Papier, worauf Eure Eccellenza alles Weitere finden werden."

Der Vicestatthalter nahm das Stückchen Papier und las laut:

„ Edward Griffin, tenente della marina Inglese „Aha, da kommt ein Offizier von dem ›Ving-y-Ving‹ mit einer Mittheilung, Freund Vito! 's ist ein Glück, daß du noch hier bist und hören kannst, was er zu sagen hat. – Heiße den Lieutenant nur eintreten, Pietro."

Wer sich besser als Andrea Barrofaldi auf die Engländer verstanden hätte, würde auf den ersten Blick überzeugt gewesen sein, daß Der, der jetzt eintrat, in der That ein Eingeborner jenes Landes sein mußte. Es war ein junger Mann von ungefähr zwei bis drei und zwanzig Jahren, mit einem vollen, röthlichen, gutmüthigen Gesicht; er trug die gewöhnliche Uniform des Staates, dem er anzugehören behauptete, und seine Miene, wie sein ganzes Wesen verrieth sowohl seinen Stand als das Land seiner Abstammung.

Er sprach gleich die ersten Worte der Begrüßung in recht gutem Italienisch, und seine Bekanntschaft mit dieser Sprache war auch der eigentliche Grund, warum er zu seinem jetzigen Dienste auserlesen worden war. Nach dieser Einleitung gab er Andrea ein Stück Pergament in die Hand mit den Worten:

„Wenn Ihr Englisch versteht, Signore, so werdet Ihr aus diesem meinem Patente ersehen, daß ich wirklich die Person bin, für die ich mich ausgebe."

„Ohne Zweifel gehört Ihr zu dem Ving-y-Ving, Herr Lieutenant, und seid einer von Sir Smees' Offizieren?"

Der junge Mann schien überrascht und halb und halb zum Lachen geneigt: sein Sinn für das Schickliche ließ jedoch diese unzeitige Neigung nicht zum Ausbruch kommen.

„Ich gehöre zu seiner britannischen Majestät Schiffe Proserpina, Signore," gab er trocken zur Antwort, „und weiß nicht, was Ihr mit dem Ving-y-Ving sagen wollt. Kapitän Cuffe, der Kommandant der Fregatte, die Ihr heute Morgen außerhalb Eures Hafens gesehen, hat mich in der diesen Abend eingelaufenen Felucke hergeschickt, um Nachricht über den Lugger einzuziehen, auf den wir um neun Uhr in der Frühe von Süden her Jagd machten, und der jetzt, wie ich sehe, schon wieder wohlbehalten in dieser Bai vor Anker liegt. Unser Schiff stand, als ich es verließ, noch hinter Capraya, wird aber noch vor Tagesanbruch hier sein, um mich wieder einzunehmen und die gewünschten Neuigkeiten zu erfahren, wenn anders der Wind wieder bis dahin zu wehen anfängt."

Andrea Barrofaldi und Vito Viti standen erstarrt, gerade wie wenn ein Bote der Unterwelt vor ihnen erschienen wäre, um sie für ihre Missethaten abzuberufen. Lieutenant Griffin sprach für einen Ausländer ungewöhnlich gut italienisch, und seine Art zu verfahren war so offen und gerade, daß aller Schein von Wahrheit für ihn sprach.

„Ihr wißt nicht, was ich mit dem Ving-y-Ving sagen will?" fragte der Vicestatthalter mit Pathos.

„Die Wahrheit zu gestehen – nein, Signore. Ving-y-Ving ist nicht englisch, und ebensowenig kann ich es als italienisch erkennen."

Mr. Griffin büßte bei dem Vicestatthalter nicht wenig durch diese Behauptung ein, welche einen Zweifel an Andrea's Kenntniß fremder Sprachen aufkommen lassen wollte.

„Wenn ich Eure Meinung recht verstehe, Herr Lieutenant, so behauptet Ihr, Ving-y-Ving sei nicht englisch?"

„In der That, das thu' ich, Sir, wenigstens kein Englisch, wie ich es jemals zu Land oder zur See vernommen habe, und wir Seeleute haben doch eine ganz eigene Sprache."

„Wollt Ihr mir dann vielleicht die Frage erlauben, wie unser italienisches ala e ala in der wörtlichen Uebersetzung lautet?"

Der Lieutenant schwieg eine Weile, im Nachsinnen verloren. Dann brach er unwillkürlich in ein Lachen aus, dem er jedoch augenblicklich wieder mit ernster, achtungsvoller Miene Einhalt that.

„Jetzt glaube ich Euch zu verstehen, Signor Vicestatthalter," sprach er; „wir haben einen ähnlichen Seeausdruck, um ein Schiff zu bezeichnen, das seine Segel kreuzweis über beide Borde gestellt hat; wir aber nennen das Ving and Ving."

„ Si, Signore – Ving-y-Ving. Das ist der Name des königlichen Luggers, der jetzt in unserer Bai liegt."

„Aha, das haben wir uns gedacht, Signori; der Schurke hat Euch getäuscht, wie er's schon Hunderten vor Euch gemacht hat und noch hundert Anderen machen wird, wenn wir ihn heute Nacht nicht abfangen. Der Lugger ist ein berüchtigter französischer Kaper, auf den eben in diesem Augenblicke sechs unserer Kreuzer – unsere eigene Fregatte mit eingeschlossen – Jagd machen. Er heißt der Irrwisch, was aber auf Englisch nicht Ving and Ving, sondern Jack-o'-Lantern und auf Italienisch il Fuoco fatuo heißt. Sein Kommandant ist Raoul Yvard, der verzweifeltste Seeabenteurer in der ganzen französischen Marine; dabei soll der Bursche übrigens auch manche gute – ja sogar *edle* Eigenschaften besitzen."

Mit jedem Worte, das der Lieutenant sprach, verschwand ein neues Geschichtsblatt aus dem Gedächtnisse seines Zuhörers. Der Vicestatthalter hatte Raoul Yvards Namen, so wie den des Irrwisches schon früher vernommen – hatte ja doch die Erbitterung eines heftigen Krieges den Letzteren fast bis zum Seeräuber angeschwärzt!

Der Gedanke, daß ein Kaper ihn an der Nase herumgeführt – ja, daß er selbst noch kaum vor einer Stunde ihn mit Ehren und Gastfreundschaft überhäuft habe, war für seine Philosophie beinahe zu viel. Der Mensch unterwirft sich nicht leicht ohne Kampf einer so demüthigenden Empfindung, und ehe Andrea dem, was ihm so eben mitgetheilt wurde, vollen Glauben schenken konnte und wollte, war es wohl natürlich, daß er die ersten besten Einwürfe, die sich ihm darboten, geltend machte.

„Das Alles *muß* auf einem Mißverständnisse beruhen," bemerkte der Vicestatthalter; „es gibt ebensogut englische wie französische Lugger, und dieser hier gehört zu den ersteren. Der Kommandant ist ein trefflicher englischer Edelmann, ein Sohn von Milordo Smees, und wenn auch seine Erziehung einigermaßen vernachlässigt wurde, so erweist er doch seine Abstammung und seinen Nationalcharakter in Allem, was er sagt und thut. Der Ving-y-Ving wird von Sir Smees, einem jungen, verdienstvollen Offizier befehligt, wie Ihr selbst, Signore, an den Manövern des heutigen Morgens gesehen haben müßt. Gewiß habt Ihr schon von dem Capitano Sir Smees, dem Sohne des Milordo Smees vernommen?"

„Wir läugnen keineswegs, Vicestatthalter, daß seine Flucht heute Morgen ein feines Stückchen war, denn an dem Burschen ist jeder Zoll ein Seemann; er ist tapfer wie ein Löwe, aber auch unverschämt wie ein Bettlerhund. Auf allen unsern Luggern ist weder ein Sir Smees noch ein Sir Irgendwersonst zu finden. Im mittelländischen Meere haben wir überhaupt gar keine Kreuzer dieser Art; und die zwei oder drei, die wir sonst besitzen, werden von alten Seehunden befehligt, welche auf ihren Fahrzeugen aufgewachsen sind. Was die Sir's betrifft, so geht's damit überhaupt bei uns sehr sparsam her, wenn auch die Schlacht am Nil für die Marine einige derartige Titel herausgeschlagen hat. Dann werdet Ihr auch nicht leicht eines Edelmannes Sohn auf einer solchen Nußschale finden, denn Edelleute dieser Art gehen gewöhnlich vom Quarterdeck einer Fregatte auf eine gute Schaluppe über, und steigen dann, nachdem sie das kleine Ding so ungefähr ein Jährchen kommandirt haben, abermals als Packetbootskapitäne irgend auf einen Schnellsegler."

Von all' Dem mußte unserem Statthalter gar Manches höchst kauderwälsch klingen, denn Griffin war ausschließlich nur Seeoffizier, und glaubte, Jedermann müsse an solchen Dingen denselben Antheil wie er selbst nehmen.

Wenn übrigens der Vicestatthalter auch nur die Hälfte von Dem verstand, was der Andere meinte, so genügte diese Hälfte schon vollkommen, um ihn ausnehmend unruhig zu stimmen. Schon das natürliche Benehmen des Lieutenants konnte ihn von der Wahrheit seiner Worte überzeugen, und seine Versicherungen erweckten mit einem Male wieder alle früheren Verdachtsgründe, die gegen den Lugger angeführt worden waren.

„Was sagt Ihr, Signor Vito Viti?“ fragte Andrea; „Ihr seid ja bei meiner Unterredung mit Sir Smees zugegen gewesen?“

„Daß wir von einem der glattzüngigsten Spitzbuben, die je einen ehrlichen Mann angeführt, betrogen worden sind, wenn überhaupt ein Betrug stattgefunden hat, Vicestatthalter; gestern Abend würde ich Letzteres geglaubt haben – seit der Flucht und Wiederkehr des Luggers hätte ich aber darauf geschworen, daß wir einen trefflichen Freund und Bundesgenossen in unserer Bai hätten.“

„Ihr habt aber doch Signale mit ihm gewechselt, Herr Lieutenant, und das ist doch ein Zeichen von Freundschaft und Einverständnis“

„Wir steckten allerdings unsere Nummer auf, als wir den Lugger mit einer englischen Flagge vor uns sahen, denn wir glaubten nicht, daß ein Franzmann so ruhig in einem toskanischen Hafen liegen könnte. Die Antwort aber, die wir erhielten, war reiner Unsinn, und dann erst erinnerten wir uns, von diesem nämlichen Raoul Yvard gehört zu haben – wie er gewohnt sei, an der ganzen italienischen Küste solche Streiche zu spielen. Einmal auf der rechten Fährte, waren wir nicht die Männer, die sich so leicht wieder abtreiben ließen. Die Jagd habt Ihr gesehen, und das Resultat ist Euch bekannt.“

„Es muß doch ein Irrthum bei dem Allen obwalten! Wäre es nicht gut, Signore – wenn Ihr selbst den Kommandanten des Luggers sehen – oder Euch an Bord seines Schiffes begeben würdet, um Euch mit eigenen Augen von der Wahrheit oder Falschheit Eurer Vermuthungen zu überzeugen? In zehn Minuten wäre jeder Zweifel gehoben.“

„Verzeiht mir, Herr Vicestatthalter; wollte ich mich jetzt an Bord des Irrwisches begeben, so könnte ich leicht bis zum nächsten Frieden als Gefangener daselbst verbleiben. Ich muß noch zwei Schritte weiter thun, ehe ich mich dieser Gefahr aussetzen kann. Dann darf ich ja auch Yvard von meiner Anwesenheit nichts wissen lassen, sonst jagen wir den Vogel selber auf, und er fliegt davon, noch ehe wir das Netz zugezogen haben. Meine Befehle gehen auf's Bestimmteste dahin, Niemand als die Behörden der Insel von meiner Anwesenheit und deren Absicht hören zu lassen. Alles, was wir von Euch verlangen, ist – den Lugger bis zum Morgen hier zurückzuhalten, dann wollen wir schon dafür sorgen, daß er die italienische Küste nie wieder beunruhigen soll.“

„Ei, Signore, wir haben ja auch unsere eigenen Kanonen und könnten leicht mit einem so kleinen Dinge fertig werden, wenn wir einmal gewiß wüßten, daß es wirklich ein Feind ist,“ erwiederte der Vicestatthalter nicht ohne einigen Stolz und Hochmuth in seinem Wesen; „überzeugt uns von dieser Thatsache, und wir bohren den Lugger im nächsten Augenblicke in den Grund.“

„Das ist's gerade, Signore, was wir nicht gerne geschehen lassen möchten,“ antwortete der Lieutenant ernsthaft. „Nach den Vorgängen des heutigen Morgens hielt es Kapitän Cuffe für wahrscheinlich, daß Monsieur Yvard aus einem Grunde, der ihm selbst wohl am besten bekannt sein wird, sobald er uns los wäre, wieder hierher zurückkehren oder, da er sich gerade auf der Südseite der Insel befand, in Porto Lungone einlaufen würde. Hätte ich ihn also hier nicht getroffen, so war ich angewiesen, ein Pferd zu nehmen und nach dem andern Platze zu reiten, um dort meine Anstalten zu treffen. Wir wünschen den Lugger unter jeder Bedingung in die Hände zu bekommen, denn er ist bei ruhiger See der erste Schnellsegler im ganzen Mittelmeere, und könnte uns die herrlichsten Dienste leisten. Bei starkem Winde würde er's freilich nicht wohl mit der Proserpina aufnehmen können; bei mäßigem Luftzuge aber macht er immer seine sechs Schritte, bis wir deren fünfe vor uns bringen. Wenn Ihr nun Eure Batterien gegen ihn eröffnet, so wird er entweder entwischen oder untersinken, denn Raoul Yvard ist nicht der Mann, der einer Stadt gegenüber die Waffen streckt. Darum verlange ich gar nichts von Euch, als daß ich der Fregatte, sobald sie sich nähert, meine Nachtsignale geben darf, worauf ich mich bereits vorgesehen habe; Ihr selbst aber sollt den Franzmann, falls er absegeln will, mit allen möglichen Formalitäten und Chikanen wenigstens bis morgen früh aufhalten. Das Uebrige wollen wir dann auf uns nehmen.“

„Ich glaube kaum, daß wir eine Abfahrt des Luggers noch in dieser Nacht zu fürchten haben, Herr Lieutenant, denn sein Kommandant ließ als seine Absicht verlauten, mehrere Tage hier zu verweilen, und gerade diese seine Zuversicht und Sorglosigkeit nöthigt mich zu dem Glauben, daß er unmöglich Derjenige sein könne, für den Ihr ihn haltet. Wozu sollte auch Raoul Yvard überhaupt mit seinem Irrwische nach Porto Ferrajo kommen?“

„Das kann Niemand wissen: es ist einmal seine Gewohnheit so, und ohne Zweifel hat er seine Gründe dazu. Man sagt, er sei sogar einmal in Gibraltar gewesen, und so viel ist gewiß, daß er mehrere werthvolle Proviantschiffe mitten aus unseren Convois abgeschnitten hat. So viel ich bemerken konnte, ist ein österreichisches Schiff im Hafen, das eine Ladung Eisen führt; wahrscheinlich wartet er so lange, bis es seine volle Ladung hat, und findet es leichter, es hier vor Anker liegend zu bewachen, als wenn er sich draußen auf der See herumtriebe.“

„Ihr Herren Seeoffiziere habt doch eure ganz eigenen Wege, die nur euch bekannt sind: dieß Alles kann recht wohl der Fall sein, kommt mir aber immer noch wie ein Räthsel vor. Habt Ihr vielleicht außer dem Patent, das Ihr mir vorgewiesen, noch andere Beweise Eures Standes, Herr Lieutenant? Auch Sir Smees, wie ich bisher den Kommandanten des Luggers genannt habe, zeigte mir ein Patent, das eben so echt wie das Eure zu sein scheint, und er trägt eine Uniform, die ganz eben so englisch aussieht wie diese: welchen von euch Beiden soll ich jetzt für den Aechten halten?“

„Auch an diese Schwierigkeit haben wir gedacht, Signor Vicestatthalter, und ich bin darum mit allen nöthigen Nachweisungen aufs Beste vorgesehen. Mein Patent habe ich Euch schon eingehändigt als dasjenige Dokument, dessen Mangel leicht auf alle übrigen Beweise den Schein des Verdachtes werfen könnte. Hier ist aber auch ein Schreiben Eures Vorgesetzten aus Florenz, das uns der Freundschaft der Behörden sämmtlicher toskanischen Häfen anempfiehlt: Ihr werdet es wohl alsbald als ächt anerkennen. Kapitän Cuffe hat mich noch mit anderen Zeugnissen versehen, von denen Ihr nach Belieben Einsicht nehmen möget."

Andrea Barrofaldi begann nunmehr alle ihm überreichten Papiere mit größter Vorsicht und Ueberlegung zu prüfen. Sie waren sammt und sonders so durchaus ächt, daß auch nicht der leiseste Zweifel übrig blieb: es schien unmöglich, gegen den Ueberbringer derselben noch irgend einen Argwohn zu hegen.

Dieß konnte allerdings viel dazu beitragen, den Signor Smees des Betrugs zu überführen; doch waren der Vicestatthalter und der Podesta beide noch immer der Meinung, Kapitän Cuffe möchte sich wohl in der Identität des Luggers getäuscht haben.

„Das ist unmöglich, Signori," gab der Lieutenant auf diesen Einwurf zur Antwort; „wir kennen jeden englischen Kreuzer in diesen Gewässern wenigstens dem Namen und der Beschreibung nach; die meisten bekamen wir auch schon zu Gesicht. Der Lugger aber gehört nicht darunter, und Alles, was ich an ihm bemerken konnte, besonders seine Art zu segeln, verräth seinen wahren Namen. Wir hören, er habe einen Mann an Bord, der früher zu unserem eigenen Schiffe gehörte, mit Namen Ithuel Bolt –"

„ Cospetto!" rief der Podesta; „dann allerdings müssen wir diesen Sir Smees für einen landstreicherischen Spitzbuben ansehen, denn dieß ist ja eben der Mann, den wir gestern Abend bei Benedetta trafen. Ein Amerikaner – nicht wahr, Herr Lieutenant?"

„So *behauptet* der Bursche wenigstens," erwiederte der junge Mann erröthend, da er das Unrecht, das man dem Deserteur angethan hatte, nicht eingestehen mochte; „doch die Hälfte der brittischen Matrosen, die man heutzutage zu Gesicht bekommt, nennt sich selbst Amerikaner, um dadurch Seiner Majestät Dienste zu entgehen. Ich glaube eher, der Schuft stammt aus Cornwales oder Devonshire; er hat ganz die langsame Aussprache und den näselnden Singsang, wie er in jenem Theile der Insel zu Hause ist. Wenn er aber auch ein Amerikaner ist, so haben wir jedenfalls ein besseres Recht an ihn, als die Franzosen, denn er spricht unsere Sprache, stammt von unseren gemeinsamen Vorfahren ab, hat den gleichen Charakter, wie wir, und so wäre es durchaus unnatürlich, wenn ein Amerikaner einem andern Staate als England dienen wollte!"

„Das habe ich noch nicht gewußt, Vicestatthalter! – Ich glaubte, die Amerikaner seien im Allgemeinen uns Europäern gegenüber ein untergeordneter Volksstamm, und könnten sich fast in keiner Hinsicht mit uns vergleichen."

„Da habt Ihr ganz recht, Signor Podesta," fiel der Lieutenant hitzig ein; „sie sind ganz so, wie Ihr sie Euch vorstellt, das kann Jeder auf den ersten Blick erkennen. Wir in der Marine nennen sie nur entartete Engländer."

„Und doch preßt ihr sie gelegentlich, Herr Lieutenant, und soviel ich von diesem Ituello gehört habe, sogar häufig, und ganz gegen ihren Willen – ja gewaltsam," bemerkte Andrea Barrofaldi trocken.

„Ja, wie sollten wir das anders machen, Signore? Der König hat ein Recht auf alle seine Matrosen, deren er dringend bedarf, und da kann's in der Eile des Pressens wohl geschehen, daß man sich einmal versieht. Dann sind auch diese Yankee's unsern eigenen Leuten so ähnlich, daß selbst der Teufel sie nicht von einander unterscheiden könnte."

Der Vicestatthalter meinte doch, in all' Dem liege immer einiger Widerspruch, was er auch gegen seinen Freund, den Podesta, äußerte; doch ließ er die Sache vorderhand auf sich beruhen, wahrscheinlich weil der junge Lieutenant, wie er versicherte, nur einen nationalen Beweis, wie man's nennen könnte, angeführt hatte: wie denn auch die englische Regierung fortwährend behauptete, es sei rein unmöglich, die Leute von einander zu unterscheiden, natürlich nur, wenn's den Marinedienst galt, denn an und für sich genommen, war nichts verletzender in ihren Augen, als die Behauptung, daß zwischen beiden Völkern im Charakter oder im Aeußern irgend eine Aehnlichkeit vorherrsche.

Die ganze Berathung endigte übrigens doch damit, daß die beiden Italiener sich endlich zu der Ansicht des Engländers bekehren ließen, und den Lugger in der That als den gefürchteten und gefährlichen Irrwisch anerkannten. Einmal von dieser Thatsache überzeugt, vereinigte sich das Gefühl der Beschämung und der Rachsucht über die erlittene Kränkung mit ihrem Diensteifer, um all' ihre Schritte zu beschleunigen und sie zu willigen Helfershelfern bei Ausführung von Kapitän Cuffe's Planen zu machen.

Es war vielleicht ein Glück für Raoul und seine Genossen, daß die englischen Offiziere, wie Griffin sich ausgedrückt hatte, so sehr danach verlangten, den Lugger lebendig zu bekommen, sonst wäre er wohl auf der Stelle, wo er lag, in Grund gebohrt worden, zu welchem Zwecke man nur ein paar Kanonen von ihrer Bettung zurückschieben und hinter einer der natürlichen Auffahrten zwischen den Klippen aufstellen durfte. Die Nacht war allerdings finster, aber doch nicht so sehr, daß ein Schiff wie der Irrwisch auf so kurze Entfernung völlig unsichtbar geworden wäre, und die Kanonade nicht hätte mit aller Sicherheit begonnen werden können.

Nachdem endlich alle Partien über den wahren Charakter des kleinen in der Bai befindlichen Fahrzeuges im Reinen waren, wurde über die näheren Details, wie man jetzt gegen ihn verfahren wollte, eine Berathung gehalten. Griffin erhielt ein Fenster in dem Statthaltereigebäude angewiesen, das sich gegen Capraya, d. h. in derjenigen Richtung öffnete, von wo man die Ankunft der Proserpina erwartete.

Der junge Mann stellte sich gegen Mitternacht auf seinen Posten, jeden Augenblick bereit, so wie er die Signale seines Schiffes gewahr würde, die blauen

Lichter, mit denen er sich versehen hatte, spielen zu lassen. Die Lage des Fensters paßte trefflich zu seinem Plane, insofern die Lichter von der Stadt aus nicht gesehen werden konnten, während sie von der Seeseite her sehr gut zu erkennen waren. Auch mit den Signalen der Fregatte war es durchaus der gleiche Fall: die Höhen lagen gerade zwischen ihr und den Häusern der Stadt, und was vollends die Schiffe, die in der Bai selbst lagen, betraf, so war es physisch unmöglich, daß sie einen Gegenstand auf der See draußen nördlich vom Vorgebirge erblicken konnten.

So verstrich eine Stunde nach der andern: vom Lande wehte eine leichte Brise – da sie jedoch in gerader Richtung nach der Bai hereinkam, so ließ sich Raoul dadurch verleiten, den Anker noch nicht zu lichten. Ghita und ihr Oheim, Carlo Giuntotardi, hatten sich gegen zehn Uhr bei ihm eingefunden: doch waren auf dem Lugger noch immer keine Zeichen einer Bewegung zu bemerken.

Die Wahrheit zu gestehen, Raoul hatte gar keine Eile, so rasch abzusegeln, denn um so länger durfte er sich das Glück versprechen, jenes liebliche Wesen bei sich an Bord zu sehen, und der Westwind, den er mit dem kommenden Tage erwartete, mußte den Irrwisch um so gewisser nach dem inselähnlichen Vorgebirge, dem Monte Argentaro, hinführen, wo die Wartthürme sich befanden, die unter Carlo's Aufsicht standen, und in deren einem er seine Wohnung aufgeschlagen hatte.

Unter diesen Umständen ist es also kein Wunder, daß das Eintreten des Landwindes übersehen oder wenigstens nicht beachtet wurde. Raoul saß bis lange nach Mitternacht neben Ghita auf dem Verdeck, in eifriges Gespräch vertieft; dann erst erlaubte er ihr, die kleine Kajüte aufzusuchen, wo Alles auf's Beste zu ihrer Aufnahme bereitet worden war.

Er verließ sich in der That so fest darauf, daß er Alle am Land vollständig mystificirt habe, daß er von dieser Seite nicht die mindesten Besorgnisse hegte, und so hatte er, in dem sehnsüchtigen Verlangen, sein gegenwärtiges Glück so weit als möglich zu verlängern, alles Ernstes beschlossen, nicht eher abzusegeln, als bis mit dem kommenden Morgen auch der Südwind sich aufmachen würde; mit seiner Hilfe hoffte er wohlbehalten in den Kanal zu gelangen, wo dann der wechselnde Zephyr das Uebrige thun sollte. Der kühne Abenteurer hatte von all' Dem, was unterdessen am Ufer vorgegangen war, auch nicht die leiseste Ahnung, und wußte ebensowenig, daß Tommaso Tonti im Hafen Wache hielt, um jedes Zeichen, das auf eine beabsichtigte Abfahrt des Luggers schließen ließe, augenblicklich weiter zu melden.

Während aber Raoul die ihm drohende Gefahr so wenig beachtete, schien der Fall bei Ithuel Bolt gerade der umgekehrte zu sein. Die Proserpina war der Fluch in dem Leben dieses Mannes: er haßte nicht nur jedes Holz, jede Stenge auf dem Schiffe, nein, auch jeden Offizier und Matrosen, der dazu gehörte – den König, dessen Flagge sie trug – die Nation, deren Interessen sie diente. Ein recht lebendiger Haß ist unter allen Leidenschaften die ruheloseste: er war es auch, der Ithuel wach erhielt, und ihn all' die verschiedenen Fälle nicht übersehen ließ, welche die Fregatte für den Lugger noch immer gefährlich machen konnten. Er hielt es für wahrscheinlich, daß sie zurückkehren und sich nach ihrem Feinde umsehen würde, und gerade aus diesem Grunde hatte er um neun Uhr, als er sich in seine Hängematte verfügte, den Befehl gegeben, daß man ihn um zwei Uhr wecken sollte, damit er zur gehörigen Zeit wieder bei der Hand wäre.

Kaum war er aufgestanden, als er zwei zuverlässige Matrosen aufrief, die er bereits von seinem Plane unterrichtet hatte: alle Drei bestiegen ein leichtes Boot, das an der Luvseite des Luggers bereit lag, worauf sie mit umwickelten Rudern der östlichen Spitze der Bai zusteuerten. Sobald sie so weit von der Stadt entfernt waren, daß man sie nicht mehr beobachten konnte, änderten sie ihren Kurs, und jetzt ging's geraden Wegs in die See hinaus. Nach einer halben Stunde waren sie mit ihrem Boote gerade so weit gelangt, als Ithuel für nöthig hielt; sie standen jetzt ungefähr eine Meile vom Vorgebirge entfernt und so weit westwärts, daß sie das Fenster, wo Griffin auf seinem Posten stand, recht deutlich sehen konnten.

Das erste ungewöhnliche Zeichen, das dem Amerikaner auffiel, war das helle Licht einer Lampe, das aus einem der oberen Fenster des Statthaltereigebäudes leuchtete. Dasselbe war nicht an dem Kreuzstocke, wo der Lieutenant stand, sondern an dem Fenster oberhalb, ausdrücklich in der Absicht angebracht, um der Fregatte durch ein Zeichen zu bedeuten, daß Griffin angelangt sei und bereits auf seinem Posten stehe.

Es war zwei Uhr Morgens: in ein paar Stunden mußte der Tag anbrechen: auch war die Brise, die von dem naheliegenden Lande herwehte, stark genug, um einen tüchtigen Segler, dessen Leinwand durch die nächtlichen Dünste noch straffer angezogen war, mit der Geschwindigkeit von vier Knoten in der Stunde durch's Wasser zu führen. Capraya war nicht ganz dreißig Meilen von Porto Ferrajo entfernt, und so hatte die Proserpina hinlänglich Zeit gehabt, sich ihrem Ziele zu nähern, denn schon mit Sonnenuntergang hatte sie ihren Schlupfwinkel verlassen, und der frische Abendwind hatte die ganze Nacht über fortgedauert.

Ithuel, der sich in seinen müssigen Augenblicken gewöhnlich so mittheilend und gesprächig zeigte, war stumm und aufmerksam, sobald er etwas Ernstliches vorhatte. Sein Auge war immer noch auf das Fenster geheftet, wo die Lampe brannte: das reine Olivenöl, womit sie gefüllt war, verbreitete eine starke, hellleuchtende Flamme. Da strahlte plötzlich ein blaues Licht unterhalb der Stelle, und einen Augenblick lang bekam er den Körper des Mannes zu Gesicht, der sich aus dem unteren Fenster vorbeugte und das Licht in der Hand hielt.

Mit instinktartiger Bewegung drehte jetzt Ithuel den Kopf seewärts – gerade noch zu rechter Zeit, denn alsbald entdeckte er ein Licht, das, einem fallenden Sterne ähnlich, in das Wasser hinabzusinken schien, in der That aber nur eine Signallaterne war, die am Bord der Proserpina rasch von dem Ende der Gaffel herabgelassen wurde.

„Aha! daß euch der T–l hole!“ brummte Ithuel zähneknirschend und mit der geballten Faust gegen die Stelle hindrohend, wo der vorübergehende Schimmer bereits wieder verschwunden war – „ich kenne euch und eure alten Kunststückchen mit Laternen und Nachtsignalen. – Da habt ihr eure Antwort.“

Mit diesen Worten berührte er eine Rakete, deren er mehrere in seinem Boote hatte, mit dem brennenden Ende seiner Cigarre; zischend fuhr sie in die Höhe und stieg so weit empor, daß sie vor dem Zerplatzen recht gut auf dem Deck des Irrwisches gesehen werden konnte.

Griffin sah dieses Signal mit Verwunderung; die Fregatte bemerkte es nicht ohne Bestürzung, denn es erschien viel zu weit seewärts von der Lampe, und selbst 'Maso hielt für nöthig, seinen Posten zu verlassen, um den Umstand an den Obristen zu berichten, den er im Falle ungewöhnlicher Ereignisse zu wecken angewiesen war. Alle diese verschiedenen Personen glaubten übrigens, ein zweiter Kreuzer sei während der Nacht von Süden her in den Kanal eingelaufen, und wünsche jetzt der Proserpina, der er wahrscheinlich in offener See zu begegnen erwartete, seine nunmehrige Stelle zu bezeichnen.

Am Bord des Irrwisches aber war die Wirkung der Rakete eine ganz andere. Der Wind, der vom italienischen Festlande herweht, trifft alle Schiffe, welche die Bai von Porto Ferrajo verlassen, von der Seite, und noch waren keine zwei Minuten seit der Explosion der Rakete verstrichen, als der Lugger bereits mit beinahe unmerklicher Bewegung, aber dennoch mit zwei Knoten Geschwindigkeit, bei eingesetztem Bratspill- und Klüversegel, gegen die Außenseite des Hafens, also gerade an jener Häuserreihe vorüberglitt, an welcher er schon den Tag zuvor vorbeigekommen war.

Diese Bewegung geschah in dem kritischen Augenblicke, da 'Maso eben seinen Posten verlassen hatte und auch die gewöhnlichen Schildwachen auf den Bastionen mit anderen Dingen beschäftigt waren.

So leicht war der kleine Lugger, daß selbst der leiseste Windhauch ihn in Bewegung setzte, und er bei so ruhiger See ohne die mindeste Schwierigkeit mit drei bis vier Knoten Geschwindigkeit vorwärts trieb, besonders wenn er einmal die vergleichungsweise breiten Falten seiner beiden Hauptsegel öffnete. Dieß that er, sobald er die Stadt hinter sich hatte, während er eben dicht unter der Citadelle vorüberfuhr. Die obenstehenden Schildwachen hörten zwar das Flaggen der Leinwand, ohne übrigens deutlich unterscheiden zu können, wo das Geräusch herkam.

In diesem Augenblicke ließ Ithuel eine zweite Rakete steigen, und der Lugger zeigte an seinem Steuerbordbug ein Licht, das aber nach allen Seiten so wohl verdeckt war, daß es nur in der Richtung des Boots bemerkt werden konnte. Sobald dieß geschehen war, stellte er sein Steuer hart nieder; das Vorsegel wurde zu gleicher Zeit flach luvwärts überholt. Fünf Minuten später hatte Ithuel das Verdeck erreicht: das Boot wurde mit einer Leichtigkeit an Bord gebracht, als ob es nur eine Seifenblase gewesen wäre.

Durch die zweite Rakete vollends getäuscht, gab die Proserpina ihre Nummer ganz regelrecht durch Signallaternen zu erkennen, um zur Erwiederung auch die Ziffer des Fremden zu erfahren, wobei sie hoffte, daß das Vorgebirge den übrigen Schiffen in der Bai dieses Manöver verbergen würde.

Dieß zeigte Raoul auf's Genaueste die Stellung seines Feindes, und er bemerkte mit Vergnügen, wie er bereits westwärts von ihm stand, so daß er abermals und zwar so dicht am Rande der Klippen an der Insel vorüberschlüpfen konnte, um durch den dunkeln Hintergrund vollkommen verborgen zu bleiben. Sein treffliches Nachtglas setzte ihn in den Stand, die Fregatte, welche ungefähr eine Meile von ihm entfernt war, zu beobachten: sie hatte von den Oberbramsegeln abwärts Alles entfaltet, was nur immer den Wind zu fassen vermochte, und steuerte mit den Backbordhalsen der Mündung der Bai zugewendet. So genau hatte sie ihre Berechnung gemacht, daß sie, jetzt noch windwärts von dem Hafen stehend, mit dem gewöhnlichen Morgenwinde schnurgerade in denselben einlaufen mußte.

Bei diesem Anblicke lachte Raoul und befahl, das große Segel einzureffen. Eine halbe Stunde später ließ er das Vormarssegel aufgeien und das Bratspillsegel flach einsetzen: das Steuer wurde hart niedergestellt und die Leinwand am Klüver windwärts gehalt.

Dieser Befehl wurde ausgeführt, während eben über die Berge von Radicofani und Aquapendente der Tag hereinbrach. Um diese Zeit lag der Irrwisch etwa eine Meile westwärts von dem Vorgebirge, der tiefen Bai gerade gegenüber, die sich, wie wir schon oben erwähnten, von der Stadt aus betrachtet, in dieser Richtung befand. Natürlich war der Lugger schon längst außer dem Bereiche der Landbatterien; aber der bisherige Nachtwind hatte mittlerweile auch aufgehört, und es hatte allen Anschein, als ob mit dem Morgen eine Windstille eintreten würde.

Darin lag um diese Jahreszeit gerade nichts Außergewöhnliches, denn die herrschenden Südwinde waren in der Regel nur leicht und von kurzer Dauer, wenn sie nicht von einem Sturme begleitet wurden. Die Brise aus Süden erhob sich nun allerdings mit dem Aufgang der Sonne, war aber so schwach, daß sie kaum noch den kleinen Lugger vorwärts zu treiben vermochte, der sein Gallion gegen Südwesten gestellt hatte.

Die Proserpina steuerte in ihrem bisherigen Kurse weiter, bis der Tag so weit vorgerückt war, daß ihre Ausgucker den Irrwisch endlich entdeckten, der, mit eingesetztem Klüver- und Bratspillsegel ungefähr anderthalb Meilen westwärts stehend, ihr gleichsam Trotz zu bieten schien. Dieser Anblick verursachte große Bewegung auf der Fregatte: selbst die Wache auf dem Unterdeck stieg auf die Schanze empor, um ein Fahrzeug zu betrachten, das sich durch die Geschicklichkeit, womit es bis jetzt der Verfolgung aller englischen Kreuzer in diesem Theile des Meeres entgangen war, so berüchtigt gemacht hatte.

Wenige Minuten später kam auch Griffin mit trüber, getäuschter Miene an Bord. Der erste Blick, den er auf die Gesichtszüge seines Kommandanten warf, deutete auf einen nahen Sturm – denn auch auf einem Kriegsschiffe ist der Kommandirende nach einer vorangegangenen Enttäuschung so wenig als jeder andere Potentat zur Mäßigung geneigt.

Kapitän Cuffe hatte nicht für passend gehalten, seinen Untergebenen auf dem Verdecke zu erwarten; er war vielmehr, sobald er sich überzeugt hatte, daß sich derselbe in einem Küstenboote näherte, in seine Kajüte hinabgegangen, und hatte seinem ersten Lieutenant, Namens Winchester, den Befehl hinterlassen, Mr. Griffin zu ihm hinabzusenden, sobald er sich gemeldet hätte.

„Nun, Sir," begann Cuffe, ohne seinem Lieutenant, der eben in die Hinterkajüte eingetreten war, einen Sitz anzubieten, „hier wären *wir* denn glücklich angelangt, und dort draußen, zwei oder drei Meilen in der See, steht der verdammte Irrwisch!"

„Ich bitte um Verzeihung, Kapitän Cuffe," antwortete Griffin, der wohl oder übel in dem Lichte eines Delinquenten auftreten mußte, so wenig er auch diese Lage verdient hatte – „ich konnte es nicht verhindern. Wir liefen bei guter Zeit in Porto Ferrajo ein, und ich machte mich mit dem Vicestatthalter und einem alten Knaben von einem Bürgermeister, der bei ihm war, an's Geschäft, sobald ich die Wohnung des Ersteren erreicht hatte. Yvard aber war mir sehr geschickt zuvorgekommen, und ich bedurfte lange Zeit, bis ich das sinnreiche Lügengewebe, in das er uns verstrickte, entwirrt hatte und meine eigenen Gedanken und Pläne auskramen konnte."

„Ihr sprecht ja italienisch trotz einem geborenen Neapolitaner, Sir, und ich baute fest darauf, daß Alles so ausgeführt werden würde, wie es hätte geschehen sollen!"

„Ich hoffe nicht gerade wie ein Neapolitaner, Kapitän Cuffe, sondern eher wie ein Römer oder Florentiner," erwiederte Griffin und biß sich in die Lippen. „Nachdem ich mich eine volle Stunde lang abgemüht und unter Vorweisung meiner Dokumente trotz einem Advokaten perorirt hatte, gelang es mir endlich, die beiden ehrenwerthen Elbaneser über meinen, so wie über des Luggers wahren Stand aufzuklären."

„Und während Ihr den Advokaten spieltet, lichtete Meister Raoul Yvard in aller Muße die Anker, und segelte in schönster Ruhe in die Bai hinaus, gerade wie wenn er nach seinem Garten spazierte, um einen Blumenstrauß für seine Liebste zu pflücken!"

„Nein, Sir; die Sache ging ganz anders. Sobald mir's gelungen war, Signor Barrofaldi, den Vicegovernatore –"

„Veechy-govern-the-tory! Den Teufel auch mit diesen Veechy's! und mit den Governatory's noch obendrein! Sprecht doch gefälligst englisch, Griffin, wenn Ihr am Bord eines englischen Schiffes seid, selbst wenn Ihr das Italienische trotz einem Florentiner redet. Nennt den Burschen ganz einfach Vicegouverneur, wenn er wirklich diesen Rang bekleidet."

„Gut, Sir; sobald ich also den Vicegouverneur überzeugt hatte, daß der Lugger dem Feinde gehöre und daß wir selbst seine Freunde seien, ging Alles ganz trefflich von Statten. Er wollte sogar den Lugger sogleich auf seinem Ankerplatze in den Grund bohren."

„Und warum zum Teufel that er's denn nicht? Zwei oder drei schwere Kugeln wären ja schon eine stärkere Dosis gewesen, als er hätte vertragen können!"

„Ihr wißt ja, Kapitän Cuffe, wir Ihr immer gewünscht, den Burschen lebendig zu fangen. Ich dachte, es müßte gar nicht übel klingen, wenn unser Schiff sich rühmen könnte, den Irrwisch *eingefangen* zu haben, und so widersetzte ich mich diesem Vorschlag. Ich weiß, daß Mr. Winchester den Lugger zur Belohnung unter sein eigenes Kommando zu bekommen hoffte."

„Aha – und das würde Euch zum Premier gemacht haben. Nun meinetwegen, Sir; aber wenn Ihr ihn auch nicht in Grund bohren wolltet, so war dieß immer noch kein Grund, ihn entwischen zu lassen.“

„Wir konnten es dennoch nicht verhindern, Kapitän Cuffe. Ich ließ zu seiner Beobachtung einen Ausgucker aufstellen – einen der besten Lootsen in ganz Porto Ferrajo, wie Euch Jedermann daselbst versichern kann, Sir; ich selbst besorgte verabredetermaßen die Signale mit der Lampe und mit den blauen Lichtern, und als unser Schiff antwortete, so dachte ich natürlich, es sei Alles wie es sein sollte, bis – „

„Und wer ließ denn die Raketen da draußen steigen, fast eben da, wo wir uns jetzt befinden? Sie haben mich irre geführt, denn ich nahm an, sie sollten mir die Anwesenheit des Wiesels oder des Sperlings kund geben. Als ich jene Raketen sah, Griffin, glaubte ich den Irrwisch schon so sicher wie mein eigenes Schiff hier in der Hand zu haben!“

„Ja, ja, Sir, die Raketen sind an all' dem Unheil Schuld, denn ich habe seitdem erfahren, daß Meister Yvard, sobald sich die erste blicken ließ, seinen Anker lichtete und sich so still aus der Bai davon machte, wie man etwa einen Speisesaal verläßt, wenn man die Gesellschaft nicht stören will.“

„Aha, er hat *französischen* Abschied genommen – der *Sanscülotte*,“ erwiederte der Kapitän, und dieser Witz versetzte ihn plötzlich in bessere Laune. „Aber habt Ihr denn von all' Dem nichts *gesehen*?“

„Das Erste, was ich bemerkte, Sir, war der Lugger, während er gerade so dicht am Fuße der Klippen vorüberglitt, daß ich von der Höhe auf sein Verdeck hätte hinabspringen können – da war's aber zu spät, um seinem Laufe Einhalt zu thun. Ehe diese faulen far niente's zielen und abfeuern konnten, war er bereits außer Schußweite.“

„Faule, was?“ fragte der Kapitän.

„ Far niente's, Sir; ein Spitzname, Kapitän Cuffe, den wir, wie Ihr wißt, diesem trägen Siestavolke geben.“

„Nichts weiß ich davon, Sir, und werde Euch jederzeit verbunden sein, Mr. Griffin, wenn Ihr blos englisch mit mir reden wollt. Das ist eine Sprache, die ich, wie ich mir schmeicheln darf, hinlänglich verstehe, und die auch zu Allem, wozu ich ihrer bedarf, vollkommen ausreicht.“

„Ja, Sir, so wird's wohl Jedermann gehen. Ich kann Euch versichern, es thut mir wahrhaft leid, daß ich überhaupt nur italienisch spreche, da es doch eigentlich zu diesem Fehlgriffe geführt hat.“

„Pah, pah, Griffin, Ihr müßt Euch nicht Alles so zu Herzen nehmen, wenn's auch einmal schief gehen sollte. Erweist mir den Gefallen und speist heute Mittag mit mir, dann wollen wir die Sache mit Muße besprechen!“

Neuntes Kapitel

In glüh'nder Mittagssonne hebt sich matt
Die spiegelglatte See; erstorben sind
Die Winde, die sie kaum in Schaum verkehrten.
Schwer rollt das Schiff dahin, die Segel flaggen
Unthätig an den Masten: Todtenstille
Herrscht rings, der schwächste Laut,
Der kleinste Gegenstand erregt die Neugier.

Richardson.

So endete der Verweis, den Kapitän Cuffe eigentlich hatte ertheilen wollen – wie so viele andere, bei denen sein Verstand und seine Gutmüthigkeit zuletzt immer wieder obgesiegt hatten. Der Hofmeister erhielt Befehl, unter anderen Gästen auch für Mr. Griffin ein Gedecke bereit zu halten; dann folgte der Kommandant der Fregatte seinem Lieutenant auf das Verdeck.

Hier fand er alle Offiziere des Schiffs versammelt, wie sie eben mit sehnsüchtigen Blicken nach dem Irrwisch hinüberschauten und sein graziöses Aeußere bewunderten, während er, blos von den beiden obenerwähnten Segeln geschaukelt, fast völlig unthätig auf der spiegelglatten See vor ihnen lag.

„Der Bursche ist wie ein Grashüpfer gebaut!“ brummte Mr. Strand, der Bootsmann, der auf einer Reservestange des Mittelverdecks stand und über die Hängemattentücher nach dem Lugger hinüberschaute: „noch nie habe ich einen Tagdieb vor Augen gehabt, der so verdammt verführerisch ausgesehen hätte!“

Diese Bemerkung war eigentlich mehr Selbstgespräch, denn genau genommen, war Strand nicht berechtigt, die Quarterdecksoffiziere bei solchen Veranlassungen anzureden, obwohl mehrere derselben ganz nahe bei ihm standen; und um seine Untergebenen mit seinen Ideen zu erleuchten, dazu war er doch offenbar ein zu hoch gestellter Mann. Doch Kapitän Cuffe kam eben in diesem Augenblicke gegen die Fallreepstreppe, um sich selbst einmal nach dem Feinde umzusehen, und hörte, was gesprochen worden.

„Er gleicht eher einem *Aus*demgrashüpfer, Strand,“ bemerkte der Kapitän, denn *er* konnte ohne Anmaßung oder Erniedrigung ganz nach Belieben mit Jedem reden. „Wäre er im Hafen geblieben, dann hätten wir ihn *im* Gras getroffen und ihn tüchtig durchgeschottet!“

„Nun, Euer Gnaden, so wie's jetzt ist, können wir ihn auch einmal *englisch* durch *britten*, und das wird wohl ebenso natürlich sein und nicht weniger ausrichten, als wenn wir ihn auf *schottisch* bearbeiteten,“ antwortete Strand, der als ein Londoner Stadtkind gegen alle anderen Provinzen des Reichs ein gewisses Gefühl des Hochmuths nährte, und dem das Wort ›durchschotten‹ in diesem Sinne wie griechisch klang, obwohl er recht gut wußte, was es zu bedeuten hat, wenn man einen Schotten an ein Tau knüpft – „wir werden allem Anschein nach den ganzen Morgen über Windstille haben und unsere Boote sind in der besten Ordnung; unsern jungen Herren wird gewiß nichts angenehmer sein, als eine kleine Ruderfahrt darin anzustellen."

Strand war jetzt ein ergrauter Seemann, und diente nun schon mit Kapitän Cuffe seit der Zeit, da dieser noch als Midshipman auf dem Mars kommandirt hatte, wo der jetzige Bootsmann der Erste gewesen war. Er kannte besser als jeder andere auf der Proserpina den Schnitt von seines Kapitäns Klüver, und seine Andeutungen waren oft erfolgreicher, als die des ersten Lieutenants und der übrigen Offiziere.

Auch dießmal drehte sich sein Vorgesetzter um und schaute ihm aufmerksam in's Gesicht, wie wenn er von dem Winke, den ihm der Andere so indirekt vor Augen gelegt, betroffen worden wäre. Diese Bewegung blieb nicht unbeachtet; Winchester gab ein geheimes Zeichen, und die ganze Mannschaft brach in drei herzhafte ›Cheers‹ aus, wobei Strand, sobald er die Idee auffaßte, den Anfang machte.

Dieß war die einzige Art, wie die Mannschaft auf einem Kriegsschiffe dem Kommandirenden ihre Wünsche ausdrücken konnte, und ein Hurrah anzustimmen, war in der Marine jederzeit erlaubt, wenn die Mannschaft dadurch ihren Muth an den Tag legen wollte. – Cuffe ging mit nachdenklicher Miene weiter und verfügte sich abermals in seine Kajüte hinab; bald darauf kam ein Diener mit der Meldung auf das Verdeck, der Kapitän wünsche den ersten Lieutenant zu sprechen.

„Diese Bootsunternehmung am hellen Tage will mir nur halb gefallen, Winchester," bemerkte der Kapitän und bedeutete dem Andern durch einen Wink, sich einen Stuhl zu nehmen. „Die geringste Ungeschicklichkeit kann Alles verderben, und dann wette ich zehn gegen eins, das Schiff muß wieder ein volles Jahr mit halber Bemannung segeln, bis man endlich soweit kommt, daß man von Kohlenschiffen und neutralen Fahrzeugen Matrosen pressen muß."

„Wir hoffen aber, Sir, wenn die Proserpina einmal etwas unternimmt, soll von keiner Ungeschicklichkeit die Rede sein. Ein englisches Kriegsschiff wird unter zehn Fällen immer neunmal gewinnen, wenn es in seinen Booten einen kühnen Angriff gegen ein solches Raubschiff beginnt. Dieser Lugger ist überdieß so nieder, daß man, um auf sein Verdeck zu gelangen, recht gut von einem Kutter aus hinübersteigen kann, und dann könnt Ihr Euch ja ohne Zweifel denken, Sir, was Engländer in einem solchen Falle thun werden."

„Ja, Winchester, wenn Ihr erst einmal auf seinem Deck seid, dann zweifle ich freilich keinen Augenblick an der Eroberung; aber eben dieses Verdeck zu ersteigen, möchte vielleicht nicht so leicht sein, als Ihr Euch einbildet. Von allen Seemanövern ist das Aussenden von Booten für einen Kapitän gewiß das unangenehmste. Selbst mitgehen kann er nicht, und wenn dann Etwas unglücklich ausfällt, so wird er sich's nimmermehr verzeihen. Etwas ganz Anderes ist es bei einem Kampfe, wo Jeder gleichen Antheil hat und Gut und Bös auf Alle vertheilt wird."

„Ganz richtig, Kapitän Cuffe; und doch ist dieß die einzige Möglichkeit, die wir Lieutenants vor uns haben, um auch außer der gewöhnlichen Carriere ein bischen vorwärts zu kommen. Ich habe mir sagen lassen, Sir, auch Ihr seid dadurch zum Kommando der Fregatte gelangt, daß Ihr im Anfange des Kriegs einige Küstenfahrer abschnittet."

„Da seid Ihr allerdings recht berichtet, und eine verteufelt gefährliche Geschichte war's überdieß. Das Glück rettete uns allein, und das war Alles. Hätte eine der verdammten Kanonaden nur noch einmal gefeuert, so wäre Alles verloren gewesen; denn, zieht ihr nur ein klein wenig den Kürzeren, so geht's euch wie dem Wild bei einem batteau." Kapitän Cuffe wollte eigentlich sagen – battue; da er aber alle fremden Sprachen verachtete, so durfte man auch darauf zählen, daß er sie gewiß recht ungeschickt anwendete, wenn er sich ja einmal dazu herabließ, zu einem ausländischen, wenn auch noch so üblichen Ausdrucke seine Zuflucht zu nehmen. „Dieser Raoul Yvard versteht sich, wie ein wahrer, eingefleischter Teufel auf all' diese Enterersgeschichten, und soll letzten Winter bei einer solchen Affaire einem Quartiermeistersmate auf dem Theseus den Kopf mit einem Streiche abgeschlagen haben, als er jenem Schiffe eine schon gewonnene Prise wieder abjagte – es war vor dem Hafen von Alicante, wie Ihr vielleicht selbst wissen werdet."

„Ich wette, der Quartiermeistersmate war ein recht dünnhalsiger Bursche, der besser zu Haus geblieben wäre, um den Mädchen, die aus der Kirche gehen, seine Kratzfüße vorzumachen. Ich möchte doch sehen, ob dieser Raoul Yvard oder jeder andere Franzmann, wer er auch sein mag, *meinen* Kopf ebenfalls mit einem Streiche wegputzte!"

„Nun, Winchester, um Euch die Wahrheit zu gestehen – ich möchte es *nicht*. Ihr seid ein recht braver Premier, und das ist ein Amt, wo Einer gewöhnlich seinen ganzen Kopf zur Hand haben muß, und ich bin keineswegs gewiß, ob Ihr noch einen übrig habt. Es sollte mich doch wundern, wenn man in jenem Hafen dort nicht eine Felucke oder so etwas, das größer als ein Boot wäre, zu miethen bekäme, womit wir diesem Burschen einen Streich spielen und unsern Zweck ebensogut erreichen könnten, wie wenn wir als leibhaftige Bulldoggen in unsern offenen Booten auf ihn losgingen."

„Darüber ist gar kein Zweifel, Sir; Griffin sagt, es liege ein ganzes Dutzend Felucken im Hafen, von denen sich keine nur einen Schritt weit herauswage, seit man diesen Burschen da draußen kenne. Wenn nun einer von diesen längs der Küste hinzuschlüpfen suchte, so würde er vielleicht für den Lugger als Lockspeise dienen, und dann könnte man ihn herrlich einfangen."

„Ich denke, jetzt hab' ich's, Winchester – merkt nur auf. Man hat uns noch nicht mit der Stadt verkehren sehen, und zum Glück haben wir den ganzen Morgen die französische Flagge wehen lassen. Unser Gallion ist überdieß der Küste zugewendet, und so können wir in wenigen Minuten so weit ostwärts treiben, daß der Lugger da, wo er jetzt liegt, unsern Rumpf, vielleicht auch die Obersegel nicht mehr sehen kann. Sobald dieß geschehen ist, setzt Ihr mit vierzig Halbpiken an's Land. Ihr nehmt dann eine Felucke, verlaßt den Hafen, und stehlt Euch so nahe als möglich längs der

Klippen hin, wie wenn Ihr *uns* nicht recht trautet. Zu gehöriger Zeit werden wir in unsern Booten auf Euch Jagd machen; Ihr eilt, so rasch Ihr könnt, unter den Schutz des Luggers; er kommt dann zwischen zwei Feuer, und ich stehe dafür, Ihr bekommt diesen Meister Yvard am Ende doch noch gefangen."

Winchester war ganz entzückt über diesen Plan, und noch waren keine fünf Minuten verflossen, als die Leute schon den Befehl erhielten, sich für die Expedition zu rüsten. Jetzt ward nur noch wegen der weiteren Anordnungen Berathungen gepflogen, und sobald die Fregatte dem Lugger durch das Vorgebirge verdeckt war, wurden die Boote der Verabredung gemäß abgeschickt.

Eine halbe Stunde später, als sich die Proserpina nach vollzogener Vierung dem Punkte näherte, wo der Lugger wieder sichtbar werden mußte, kehrten die Boote zurück und wurden alsbald eingenommen. Im nächsten Augenblicke standen sich die beiden Schiffe wieder gegenüber, und Alles schien sich an deren Borde noch in statu quo zu befinden.

Soweit war die Kriegslist allerdings recht geschickt durchgeführt. Dazu kam noch, daß die Batterien jetzt mit zehn oder zwölf Kanonen auf die Fregatte feuerten, wobei sie sich aber sorgfältig vor dem Treffen hüteten; die Proserpina, unter französischer Flagge, erwiederte das Feuer, gebrauchte aber die noch größere Vorsicht, die Kugeln vorher erst auszuziehen.

Dieß Alles hatte Winchester mit Andrea Barrofaldi so verabredet, um Raoul Yvard glauben zu machen, der würdige Vicestatthalter halte ihn noch immer für einen Engländer, wogegen die Fregatte in offener See für ein feindliches Schiff gelte. Ein leichter Südwind, der von acht bis neun Uhr anhielt, erlaubte der Fregatte noch etwas weiter in die See hinaus zu steuern, während sie scheinbar aus dem Bereiche der Gefahr zu kommen suchte.

So lange der eben erwähnte Südwind andauerte, hielt Raoul Yvard nicht für gerathen, weder mit Halsen noch Schoten zu steuern, wie man dieß mit einem Seemannsausdrucke nennt. Der Irrwisch blieb unveränderlich in seiner Richtung, und wenn man an irgend einem Punkte der Küste einen Kompaß auf ihn gerichtet hätte, so würde man gefunden haben, daß sein Kurs diese ganze Zeit über nicht um einen einzigen Grad von jener Linie abwich.

Während dessen war aber auch Winchester, von derselben Brise begünstigt, mit der Divina Providenza – der Felucke, die er gemiethet hatte – aus dem Hafen ausgelaufen, und hatte das Vorgebirge, anscheinend unter dem Schutze der Kanonen, die dasselbe krönten, umsegelt, so daß er Schlag zehn Uhr, gerade in dem Augenblicke, da auf dem Lugger der Mann am Steuer abgelöst wurde, Raoul und seinen Gefährten zu Gesicht kam. Auf dem Verdeck der Felucke waren nur acht bis neun Mann sichtbar, alle in die Tracht der Italiener mit Mützen und gestreiften Leinwandhemden gekleidet; fünfunddreißig Mann waren im Kielraum versteckt.

So weit blieb Alles den Wünschen Kapitän Cuffe's und seiner Gefährten günstig. Die Fregatte war ungefähr eine Meile von dem Lugger und halb so weit von der Divina Providenza entfernt; die letztere lief ganz munter in die See hinaus, und kam nach und nach in eine solche Lage, daß es für die Proserpina ganz vernünftig und natürlich erschien, wenn sie ihre Boote zur Jagd gegen dieselben abschickte, während die Art und Weise, wie sie dem Lugger allmählig näher kam, nicht wohl Mißtrauen erregen oder im Geringsten absichtlich erscheinen konnte. Auch der Wind war mittlerweile wieder so schwach geworden, daß die Ausführung des Planes nur um so leichter wurde.

Man darf wohl nicht annehmen, daß alle diese Vorgänge von Raoul Yvard und dessen Gefährten unbeachtet gelassen wurden. Der junge Mann hatte allerdings unter dem Vorwande, es sei sicherer, den Feind am hellen Tage im Gesicht zu haben, seine Abfahrt muthwillig verzögert, während er doch recht gut wußte, daß er denselben in der Dunkelheit weit leichter täuschen konnte, und es ihm in der That nur darum zu thun war, das Vergnügen, seine Ghita am Bord zu haben, länger zu genießen; auch hatte er bereits an diesem Morgen an der Seite seiner Geliebten eine köstliche Stunde in der Kajüte zugebracht. Trotz dessen entging seinem scharfen Blick auch nicht die kleinste Bewegung der beiden Fahrzeuge, und er war jeden Augenblick bereit, einer drohenden Gefahr mit Wort und That zu begegnen.

Bei Ithuel dagegen war der Fall ganz anders. Ihm war die Proserpina der giftige Fluch seines Lebens, und selbst während er sein Frühstück verzehrte – was auf der Hielung des Bugspriets geschah, um desto besser beobachten zu können – ließ er die Fregatte selten länger als eine Minute aus den Augen, wenn sie nicht gerade, wie oben bemerkt wurde, auf kurze Zeit von dem Lande verdeckt war. Niemand auf dem Lugger war im Stande, zu sagen, ob man in Porto Ferrajo den wahren Charakter des Fahrzeuges erkannt habe oder nicht: aber der von Ithuel bemerkte Umstand, daß die blauen Lichter in dem Statthaltereigebäude selbst gebrannt hatten, machte es dem Letzteren wenigstens wahrscheinlich, daß sie entdeckt sein möchten, und gebot ihm größere Vorsicht, als er sonst wohl gezeigt haben würde. Doch war immer noch kein Grund vorhanden, um hinter der Felucke Schlimmes zu vermuthen; sie segelte mit einer Zuversicht längs des Ufers hin und dem Lugger entgegen, welche recht wohl den Glauben zuließ: *sie* zum wenigsten sehe den Irrwisch nicht für einen Feind an.

„Diese Felucke ist dasselbe Fahrzeug, das zunächst am Landungsplatze lag," bemerkte Raoul ruhig; er war nämlich auf das Vorkastell gekommen, um sich mit Ithuel zu besprechen. „Sie nennt sich la Divina Providenza, und treibt Schmuggelhandel zwischen Livorno und Corsika; wahrscheinlich ist sie in diesem Augenblick nach letztgenannter Insel unterwegs. Es ist in der That ein kühner Schritt, unter solchen Umständen geradezu auf den Hafen loszusteuern!"

„Livorno ist ein Freihafen," erwiederte Ithuel; „und so hat sie ja das Schmuggeln nicht nöthig."

„Ja, frei für die Freunde, doch keineswegs für die Feinde des Landes. In diesem Sinne ist kein Hafen frei zu nennen, denn jedes Fahrzeug, das mit dem Feinde verkehrt, macht sich des Verrathes schuldig. Nur der Irrwisch macht hierin eine Ausnahme," bemerkte Raoul lächelnd; „*wir* haben ein besonderes Privilegium, mon brave!"

„Mag sie nun nach Corsika oder Capraya gehen – jedenfalls wird sie heute keines von beiden erreichen, wenn der Wind nicht stärker wird. Ich kann nicht begreifen, warum der Mann überhaupt ausgelaufen ist, da doch der Wind kaum hinreicht, um ein Taschentuch aufzublähen."

„Diese kleinen Felucken schlüpfen gleich unserem eigenen Lugger dahin, selbst wenn gar kein Wind vorhanden zu sein scheint. Vielleicht ist sie auch nach Bastia bestimmt, und in diesem Falle ist es wohl klug gehandelt, wenn sie die offene See noch vor Abend zu gewinnen sucht, wo dann der Westwind sich aufzumachen pflegt. Wenn sie noch eine oder zwei Meilen weiter nordwestlich steuert, so kann sie schnurgerade gegen Bastia aufbrechen, sobald die Siesta vorüber ist."

„Aha, die gefräßigen Engländer sind schon hinter ihr her!" bemerkte Ithuel. „So etwas war zu erwarten; laßt sie nur einmal die Möglichkeit voraussehen, eine Guinea wegzuschnappen, und sie werden darauf aus sein, selbst wenn es gegen Gesetz oder Natur liefe! Seht nur – was haben sie jetzt wieder mit einer neapolitanischen Felucke zu schaffen, da doch England ein geschworener Freund von Neapel ist?"

Raoul gab keine Antwort, sondern beobachtete schweigend diese neue Bewegung. Der Leser wird sogleich errathen, daß Ithuels Bemerkung durch das Erscheinen der Boote hervorgerufen worden war: diese stießen, fünf an der Zahl, im nämlichen Augenblicke von der Fregatte ab und ruderten gerades Wegs auf die Felucke los.

Um dem Leser die nun folgenden Ereignisse verständlicher zu machen, wird es nöthig sein, die gegenseitige Stellung der betheiligten Partien, die Stunde und den Stand des Wetters etwas genauer zu schildern.

Der Irrwisch hatte seit dem Augenblicke, da er seine Bratspillsegel zuerst überhalt hatte, seine Stellung nicht wesentlich geändert. Er lag immer noch eine volle Meile nordwestlich und im vollen Angesichte von Andrea Barrofaldi's Wohnung; südlich von ihm, und gerade in der Richtung seines Hintertheiles, lag die früher erwähnte tiefe Bai. In der Richtung des Steuers, so wie in der Zahl der Segel war keine Veränderung zu bemerken; letztere ruhten noch in den Geitauen; das erstere wurde nieder gehalten.

Die Fregatte hatte während der letzten Stunde ihr Gallion westwärts gestellt, und war eine ziemliche Strecke weit in dieser Richtung fortgesegelt: sie stand nun ungefähr zwei Meilen vom Land entfernt, und dem Lugger gerade so nahe, als dieser dem Vorgebirge war. Wegen des schwachen Windes hatte sie ihre großen Segel eingehißt, die oberen Segel aber waren alle entfaltet und dabei aufs Sorgfältigste gestellt und überwacht, um die labbere Kühle, d. h. den schwachen Lufthauch, der die Bramsegel von Zeit zu Zeit auswärts schwellte, aufs Beste zu benützen. Im Ganzen mochte sie dem Lugger mit der Geschwindigkeit von einem Knoten auf die Stunde näher kommen.

Die Divina Providenza war gerade auf Kanonenschußweite von der Fregatte, von dem Lugger aber ungefähr eine Meile entfernt, als die Boote von der ersteren abstießen: doch hielt sie sich ganz nahe an's Land und stand etwa in gleicher Höhe mit der schon oft erwähnten Bai. Die Boote ruderten natürlich von dem Schiffe, das sie verlassen hatten, in gerader Linie gegen dasjenige, welches sie zu verfolgen bestimmt waren.

Es mochte jetzt ungefähr eilf Uhr Morgens sein – eine Tageszeit, wo das mittelländische Meer unter den vierundzwanzig Stunden der italienischen Zeitrechnung gewöhnlich glatt wie ein Spiegel und so ruhig ist, als ob es überhaupt gar nichts von Stürmen wüßte. Den Morgen über hatte sich zwar in der Luftströmung einige Unregelmäßigkeit gezeigt: die südliche Brise, im Allgemeinen schwach und häufig wechselnd, war noch schwächer und unbeständiger als gewöhnlich gewesen – doch war, wie wir gesehen haben, noch immer Wind genug vorhanden, um ein Schiff durch die Wogen zu treiben, und hätte sich Raoul so emsig wie die Mannschaft auf den beiden andern Fahrzeugen bewiesen, so hätte er in diesem Augenblicke jenseits der westlichen Spitze der Insel und weit außer dem Bereiche seines Feindes sein können. So aber hatte er sich damit begnügt, die beiden andern Fahrzeuge fortwährend zu beobachten, während diese ihm allmählig immer näher gerückt waren.

Es läßt sich nicht läugnen, die Kriegslist mit der Felucke war sehr wohl ersonnen, und es hatte allen Anschein, als ob sie vollkommen gelingen sollte. Hätte Ithuel die Fregatte – sein früheres Gefängniß, wie er sie mit Bitterkeit nannte – nicht so genau gekannt, so wäre die Mannschaft des Luggers wahrscheinlich von ihrem so scharfsinnig berechnenden Gegner übertölpelt worden, denn so, wie jetzt die Sachen standen, herrschte bereits ein großer Zwiespalt in den Ansichten der Betheiligten, und Raoul war nur zu sehr zu dem Glauben geneigt, sein amerikanischer Bundesgenosse irre sich in diesem Falle, und das Schiff vor ihm sei wirklich, wofür es sich ausgab, – ein Kreuzer seiner eigenen Republik.

Winchester auf der Divina Providenza und Griffin, der die Boote kommandirte, spielten Beide ihre Rollen aufs Trefflichste. Sie kannten den Charakter des verschmitzten, wohlerfahrnen Feindes, mit dem sie es zu thun hatten, zu gut, um auch nur die geringste Kleinigkeit in ihrem wohlersonnenen Plane zu vernachlässigen.

Statt auf den Lugger zuzueilen, schien die Felucke im Gegentheil geneigt, sobald die Jagd ihren Anfang genommen hatte, in die Bai einzulaufen, um dort unter dem Schutze einer kleinen Batterie, die ausdrücklich zu diesem Zwecke aufgepflanzt worden war, vor Anker zu gehen. Aber die Entfernung war so groß, daß dieser Versuch offenbar erfolglos gewesen wäre, und so drehte die Divina Providenza, nachdem sie einige Minuten in dieser Richtung fortgesteuert war, das Gallion vom Lande ab, und machte jede denkbare Anstrengung, um unter den Schutz des Luggers zu gelangen.

Dieß Alles geschah vor Raouls Angesicht, der das Glas fortwährend am Auge hatte und die leiseste Bewegung mit eifersüchtigem Argwohn beobachtete. Winchester war, zum Glück für seine Aufgabe, ein Mann von dunkler Gesichtsfarbe, mittlerer Statur und starkem Backenbart, wie man dieß nach langer Kreuzfahrt häufig auf Kriegsschiffen antreffen wird, und glich in seiner rothen phrygischen Mütze, dem gestreiften Hemd und den weißen Leinenhosen einem Italiener so genau, als man nur immer wünschen konnte. Auch die Matrosen, die sich am Bord der Felucke zeigten, waren besonders zu diesem Zwecke ausgelesen worden; mehrere von ihnen waren wirklich Ausländer und an den Küsten des mittelländischen Meeres geboren, wie denn überhaupt die Mannschaft auf einem englischen oder amerikanischen Kriegsschiffe fast die Hälfte aller seefahrenden Nationen der Erde zu repräsentiren pflegte.

Auch die entsprechende Verwirrung und Unruhe war unter dem Leuten zu bemerken: sobald die Jagd lebhaft zu werden anfing, liefen sie hin und her, und machten alle nöthigen Anstrengungen, wiewohl ohne Ordnung und Uebereinstimmung. Als der Wind endlich fast ganz aufhörte, sah man sie zwei Ruder einsetzen und tüchtig drauf los arbeiten, indem sie – was auch in Wirklichkeit der Fall war – sehr begierig zu sein schienen, dem Lugger so nahe als möglich zu kommen.

„ Peste!“ rief Raoul; „das scheint ja Alles mit rechten Dingen zuzugehen. Wenn die Fregatte am Ende doch französisch wäre! Die Mannschaft in den Booten sieht ja gerade aus wie meine tapfern Landsleute!“

„Lauter ächte John Bulls,“ versicherte Ithuel mit Bestimmtheit; „das Schiff ist kein anderes als die boshafte Proser *pein*“ – denn so pflegte der Newhampshirer sein früheres Gefängniß zu nennen. – „Was ihre französischen Hüte und die Art ihres Ruderns betrifft, so ist dieß nichts als reine Verstellung. Laßt nur einmal eine Sechspfünderkugel unter sie hineinfliegen, und Ihr sollt sogleich sehen, wie sie ihre französische Miene ablegen und die englischen Manieren wieder annehmen.“

„Das werde ich wohl bleiben lassen – wir könnten ja einen Freund verletzen. – Was haben denn die auf der Felucke jetzt im Sinn?“

„Ei seht nur – sie haben ja gar eine kleine Kanone – richtig, 's ist eine kleine Zwölfpfünder-Karronade, da unter ihrem Persenning vor dem Fockmast – sie klariren sie eben, um sie loszubrennen. – Nun, nun, wir werden schon etwas zu thun bekommen, noch ehe eine Woche vergeht!“

„ Bien, – es ist wirklich so, wie du sagst – und voilà, sie zielen damit auf die Boote!“

Kaum hatte er dieß gesprochen, als man die Felucke fast ganz in Rauch eingehüllt sah – dann folgte der Knall der Kanone. Man sah die Kugel über das Wasser hintanzen, allerdings so weit von dem vordersten Boote entfernt, daß dieses keinen Schaden nahm, doch immer noch nahe genug, um den Schuß für ein ungeschicktes Artilleriestückchen halten zu können.

Dieses vorderste Boot war das Langboot der Proserpina und führte eine ähnliche Karronade vorne auf seinem Ueberlauf kaum war daher eine halbe Minute verstrichen, als der Schuß von dem Boote aus erwiedert wurde. So sicher waren die Kanoniere und so geschickt wurden die Rollen in dem Komplote gespielt, daß die Kugel zischend in gerader Linie gegen die Felucke hinfuhr, und in der Mitte zwischen dem Maste und dem Pieck des Segels in die Raa einschlug, so daß das Stück an der Falle herabrollte.

„Ei du himmlische Güte!“ rief Ithuel; „das nenne ich einmal den Kontrakt bei Dollars und Cents eingehalten! Kapitän Rule, die schießen ja bei ihrer Jagd besser, als wenn's ihnen wirklicher Ernst wäre!“

„Das steht aber doch wahrlich ernstlich genug aus!“ meinte Raoul. „Man wird doch seinem Freunde die Hauptraa nicht leicht absichtlich wegschießen.“

Sobald die Mannschaft auf den Booten das Ende der Raa niederfallen sah, hörte sie auf zu rudern und brach in ein dreimaliges, herzhaftes Hurrah aus: Griffin, der aufrecht im Hintertheil des Langboots stand, hatte ihnen das Signal dazu gegeben.

„Pah!“ rief Raoul; „das sind englische John Bulls, ohne einen Schatten von Zweifel. Wer hörte jemals die Männer der Republik so taktmäßig in ein Geschrei ausbrechen, gerade wie lauter italienische Puppen, wenn man sie am Drahte zieht. Ja, ja, Messieurs les Anglais, ihr habt durch eure höllischen Kehlen das Geheimniß verrathen; jetzt paßt nur auf, wie wir euch die Geschichte auserzählen werden!“

Ithuel rieb sich die Hände vor Freude, innerlich vergnügt, daß sich Raoul nun nicht länger täuschen ließ, obwohl zwischen der Felucke und dem Langboot ein lebhaftes Feuer unterhalten wurde, so daß man den Kampf bona fide für einen sehr ernstlichen nehmen konnte.

Diese ganze Zeit über arbeiteten die Ruder der Felucke; doch kamen die Boote mit jedem Augenblicke näher, da sie immer zwei Schritte machten, bis das Schiff einen einzigen zurücklegte. Die Divina Providenza mochte jetzt noch ungefähr dreihundert Schritte von dem Lugger, das Langboot aber, das vorderste unter den Verfolgern, eben so weit von dem Stern der Felucke entfernt sein. In zehn Minuten mußten die scheinbaren Kämpfer an einander gerathen.

Jetzt ließ Raoul auf dem Irrwisch die Ruder einsetzen und bemannen. Zu gleicher Zeit wurden seine Kanonen – Zwölfpfünderkarronaden – losgekettet und gerichtet. Er führte davon auf jeder Seite viere, und vorne auf dem Vorderkastell zwei Sechspfünder, welche ebenfalls in Bereitschaft gesetzt wurden. Nachdem dieß Alles fertig war, senkten sich die zwölf Ruder wie in gemeinsamem Instinkt in's Wasser, und der Lugger schoß mit einem mächtigen Rucke vorwärts. In demselben Augenblicke wurde sein Klüver- und Bratspillsegel aufgegeit.

Eine einzige Minute genügte, um Winchester zu belehren, wie hoffnungslos eine Verfolgung mit der Felucke, oder selbst mit den Booten ausfallen müßte, wenn der Lugger einen Versuch machen sollte, auf diese Art zu entkommen, da seine starke Bemannung ihn mittelst der Ruder ganz leicht mit drei bis vierthalb Knoten Geschwindigkeit durch's Wasser treiben konnte.

Uebrigens schien die Flucht nicht in des Luggers Plane zu liegen, denn sein Gallion war der Divina Providenza zugewendet, und es hatte den Anschein, als ob er, durch die Kriegslist der Engländer getäuscht, der Gefangennehmung der Felucke zuvorkommen und sie als Freund in Schutz nehmen wolle.

Raoul verstand aber seine Sache weit besser, als man nach diesem Scheinmanöver vermuthen könnte. Den Lugger brachte er in eine Linie mit der Divina Providenza und den Booten, weil er erstlich in dieser Stellung voraussichtlich am wenigsten von dem Feuer der letzteren zu leiden hatte, denn er wußte jetzt recht gut, daß alle ihre Kugeln absichtlich so hoch gingen, um keinen Schaden anzurichten – dann wollte er auch die beiden feindlichen Partien in die Schußlinie seiner eigenen Kanonen bringen.

Mittlerweile wurden auf der Felucke wie auf den Booten nicht nur die Karronadensalven fortgesetzt, sondern auf beiden Seiten begann nun auch ein lebhaftes Musketenfeuer. Die Providenza stand jetzt nur noch hundert Schritte von dem Irrwisch entfernt und wurde, wenigstens dem Anscheine nach, von ihren Gegnern sehr heftig bedrängt. Da auch keine Spur von Wind vorhanden war (das leichte Lüftchen, das bisher noch geweht, war von der Erschütterung des Kanonendonners förmlich erdrückt worden), so hatte sich die See in kurzer Zeit mit Rauch bedeckt, und auf der Felucke besonders war der Pulverdampf auf den Decks und um die Spieren stärker als gewöhnlich, denn ihr Kommandant ließ absichtlich zu diesem Zweck auf den verschiedenen Theilen des Schiffes bedeutende Quantitäten Pulvers losbrennen. Auch bemerkte Ithuel, trotz dieser Rauchwolke, daß die Bemannung der Divina Providenza mitten in der Verwirrung des Kampfes an Zahl eher zu- als abnahm, denn bald wurden vier Ruder an ihrem Borde eingesetzt, jedes mit drei Matrosen bemannt, und überdieß sah man auf Augenblicke noch zwanzig Andere in dem Pulverdampfe hin- und herrennen, und hörte sie in einer Sprache rufen, die eigentlich italienisch sein sollte, in Ithuels geübten Ohren aber weit mehr wie verdorbenes Englisch klang.

Die Felucke war keine fünfzig Schritte mehr entfernt, als dieses Geschrei am lautesten ertönte. Die Entscheidung war nun ganz nahe. Die lauten Hurrah's von den Booten auf der entgegengesetzten Seite verkündeten das rasche Annähern Griffins und seiner Genossen: die Büge der Divina Providenza waren in einer Art blinder Hast so in eine Linie mit dem Irrwisch gebracht worden, daß sie dwarsab von seinen Klüsen mit ihm zusammentreffen mußte.

„ Mes enfants," rief jetzt Raoul, „ soyez calmes – Feuer!"

Die ganze Ladung der fünf Kanonen brach – ein furchtbarer Kartätschenhagel – mitten in den Rauch, der über der Divina Providenza hing – das Aechzen, das diesem Donner folgte, verkündete dessen Wirkung.

Ernstes, verwundertes Schweigen herrschte einen Augenblick lang auf Seiten der Engländer: dann aber erhob sich ihr männlicher Schlachtruf zum Zeichen, daß sie, auf Alles gefaßt, selbst dem Schlimmsten Trotz zu bieten entschlossen seien. Gleich darauf sah man die Boote um die Büge und das Hintertheil der Felucke herumkommen, und allen Ernstes auf ihren wahren Feind losstürzen, während ihre beiden Karronaden, dießmal in tödtlicher Absicht geladen und gezielt, das Feuer erwiederten. – Doch jetzt war's zu spät, um sich noch einen Erfolg versprechen zu können.

Als Griffin mit dem Langboot aus dem Pulverdampf, der die Divina Providenza verhüllte, heraustrat, sah er den Lugger alle seine Segel entfalten, welche sofort von einem ersterbenden Hauche des Südwindes gefüllt wurden. So leicht war der

Irrwisch, daß wohl kaum jemals eine Ente dem Vogelsteller rascher entschlüpfte, als das kleine Fahrzeug aus dem Rauche hervorschoß und seine Verfolger alsbald mehrere hundert Schritte hinter sich ließ.

Da der Wind allem Anschein nach noch einige Zeit andauern konnte, so daß seine Mannschaft unter dem Feuer der Franzosen der größten Gefahr ausgesetzt war, so ertheilte Winchester den Booten augenblicklich den Befehl, die Verfolgung einzustellen und sich um die Felucke zu sammeln. Widerstrebend gehorchte man dem Befehle, und so hatten beide Theile einen Augenblick zur Ueberlegung.

Der Irrwisch hatte keinen Schaden genommen, der der Rede werth gewesen wäre: die Engländer dagegen zählten nicht weniger als zwölf Todte und Verwundete. Unter den Letzteren war Winchester selbst, und da er sah, daß jeder fernere Vortheil, der noch erkämpft werden mochte, vornehmlich seinen Untergebenen zu gut kommen mußte, so machte ihn seine Wunde um so abgeneigter, einen Kampf fortzusetzen, der auch so schon beinahe hoffnungslos war.

Anders dagegen gestaltete sich die Sache bei Raoul Yvard. Da er bemerkte, daß die Fregatte so gut wie er selbst die Brise benützte und sich in der Richtung der Kämpfenden hinstahl, so beschloß er, für die Kühnheit des feindlichen Versuchs volle Rache zu nehmen und dann erst die weitere Fahrt anzutreten.

Demgemäß begann der Lugger durch den Wind zu wenden, und fuhr an der Luvseite der Felucke vorüber, indem er beim Vorübersegeln ein nahes, mörderisches Feuer auf dieselbe richtete. Anfangs wurde dieses Feuer erwiedert; bald aber hörte aller Widerstand auf, und als der Irrwisch eine Strecke weit luvwärts an seinem Gegner vorbei war, sah man, wie die Engländer ihre Felucke bis auf den letzten Mann verließen, indem sie auch ihre Verwundeten mit sich nahmen. Die Boote ruderten mitten durch den Pulverdampf der Bai entgegen, so daß ihre Richtung der des Luggers gerade entgegengesetzt war.

Es wäre für die Franzosen ein Leichtes gewesen, die Flüchtlinge einzuholen, sie in den Grund zu bohren oder bis auf den letzten Mann gefangen zu nehmen; aber in Raoul Yvards Charakter war ein Zug edler Ritterlichkeit vorherrschend, und er erklärte, daß er seinen Vortheil nicht weiter verfolgen werde, da der Feind seine Kriegslist so gut ersonnen und mit so viel Kühnheit durchgeführt habe. Vielleicht mochte zu diesem Entschlusse wohl auch der Umstand beigetragen haben, daß Ghita auf dem Verdeck erschienen war und ihn um Mitleid angefleht hatte; wenigstens durfte von diesem Augenblicke an kein Schuß mehr gegen den Feind abgefeuert werden.

Statt also seinen Vortheil weiter zu verfolgen, zog der Lugger seine Hintersegel ein, und vierte rund auf der Stelle, so daß er leewärts von der Felucke in den Wind kam; dann setzte er wieder sein Bratspillsegel ein, und luvte so nahe an seiner Prise – wie man die Felucke wohl nennen konnte – vorüber, daß die beiden Schiffe, ohne übrigens nach einem bekannten Seemannsausdrucke ein Ei zu zerbrechen, ganz dicht neben einander zu liegen kamen. Ein einziges Tau befestigte die Felucke an den Lugger, und Raoul stieg mit Ithuel und einigen Anderen an Bord des Fahrzeugs.

Die Decke der Divina Providenza trieften von Blut, und ganze Hände voll Schrot und Kartätschenkörner steckten in den Masten, Spieren und in den übrigen Theilen des Schiffes. Im Kielraume fand man drei Leichname untergebracht: von Lebenden wurde aber nichts an Bord getroffen. Eine Theerpfanne war bei der Hand; diese wurde unter die große Luke gestellt, alle Brennmaterialien, deren man habhaft werden konnte, darin aufgeschichtet und Alles sofort angezündet. So rasch griffen die Flammen bei der herrschenden Trockenheit um sich, daß Raoul, als er mit seinem Schiffe wieder abstieß, beinahe bedauerte, dieselben der Vorsicht halber nicht etwas später angezündet zu haben; da jedoch der Südwind anhielt, so gelang es ihm, seinen Lugger noch zeitig genug in sichere Entfernung zu bringen, noch ehe der Brand bis zu dem Takelwerke der Felucke emporgeschlagen und ihre Segel ergriffen hatte.

Zehn Minuten waren darüber hingegangen; die Boote waren während dieser Zeit außer Schußweite und gegen das Land hin gerudert, die Fregatte dagegen hatte sich von Südosten her wohl so weit genähert, daß ihre Kanonen den Lugger beinahe erreichen konnten. Raoul ließ jetzt alle Segel auf dem Lugger einsetzen, so daß er die brennende Prise bald hinter sich hatte; dann steuerte er gegen die westliche Landspitze von Elba, und trotz des leichten Lüftchens war sein Lauf, wie gewöhnlich, so rasch, daß er immer drei Schritte machte, bis die Fregatte deren zwei zurücklegte. Uebrigens war die Stunde einem Anhalten der Brise keineswegs günstig, und zehn Minuten später würden selbst die schärfsten Sinne nicht im Stande gewesen sein, auch nur den leisesten Lufthauch auf der Oberfläche der See zu entdecken. Ein solches Aufflackern der Lampe – das letzte vor dem Erlöschen – war ganz gewöhnlich, und Raoul wußte jetzt gewiß, daß vor dem Eintritte des Westwindes kein weiterer Luftzug an diesem Tage zu verspüren sein würde.

Demgemäß ließ er alle Segel einhissen; ein Zeltüberhang wurde über dem Verdecke ausgebreitet, und die Mannschaft erhielt Erlaubniß, sich's bequem zu machen. Auch die Fregatte schien dafür zu halten, daß jetzt für die Schiffe so gut wie für die Menschen der Augenblick der Siesta gekommen sei, denn Bram- und Oberbramsegel wurden alsbald beschlagen, Klüver und Brodwinner aufgegeit und die großen Segel eingehißt, so daß die ganze Maschine in Kurzem so regungslos dalag, als ob sie auf einer Klippe aufgefahren wäre. Beide Schiffe waren kaum etwas über Kanonenschußweite von einander entfernt, und unter anderen Umständen würde das größere wohl für passend erachtet haben, das kleinere mittelst der Boote anzugreifen; doch die so eben ertheilte Lection war den Franzosen ein genügendes Unterpfand gegen jede Erneuerung eines solchen Versuches, und sie erwiesen der Tapferkeit ihres Nachbars kaum die Anerkennung, denselben noch ferner zu bewachen. Eine halbe Stunde später kam Winchester auf das Schiff zurück: er selbst hatte eine Verwundung am Bein davongetragen, seine Mannschaft war entmuthigt und erschöpft, und man fand jetzt, daß die ganze Unternehmung sieben braven Leuten das Leben gekostet und fünfzehn weitere für den Augenblick dienstunfähig gemacht hatte.

Sobald Kapitän Cuffe bemerkt hatte, wie der Lugger mit ausgebreiteten Segeln und in der schönsten Verfassung gegen die Felucke und die Boote agirte, so wußte er auch, daß seine Kriegslist verunglückt war. Als er die Boote nach dem Lande rudern sah, war er überzeugt, daß sie Schaden gelitten haben mußten, und machte sich auf einen ernstlichen – doch immer noch nicht auf einen Verlust gefaßt, der einen so bedeutenden Theil der ausgeschickten Mannschaft umfaßte. Winchester mochte er aus Schonung nicht befragen, so lange seine Wunde verbunden wurde: dafür aber ließ er Griffin in seine Kajüte berufen, sobald die Boote eingenommen und aufgestaut waren.

„Nun, Mr. Griffin, eine verdammt hübsche Patsche das, in die Ihr mich mit Eurem Wunsche, in unseren Booten nach solchen Luggern und Raoul Yvards auszuziehen – geführt habt! Was wird der Admiral sagen, wenn er vernimmt, daß wir einer Morgenbelustigung halber zweiundzwanzig Mann auf den Schragen gelegt und noch obendrein eine Felucke zu bezahlen haben?“

„In der That, Kapitän Cuffe, wir thaten unser Bestes; aber ebensogut hätte man versuchen können, den Vesuv mit Schneeballen auszulöschen, als dem Kartätschenhagel dieses höllischen Luggers zu widerstehen! Ich glaube nicht, daß eine einzige Raa auf der Felucke übrig blieb, die nicht gepfeffert worden wäre. Unsere Leute haben sich noch nie besser gehalten, und bis zu dem Augenblicke, da wir unser letztes Hurrah anstimmten, hoffte ich so sicher auf die Eroberung des Irrwisches wie auf meine eigene Beförderung.“

„Ei zum Teufel, man braucht ihn wahrhaftig nicht mehr den *kleinen* Schelmen zu nennen, denn *Erz*spitzbube ist ein bessrer Name für ihn. Wozu in aller Welt habt Ihr denn ein Hurrah aufgeschlagen, Sir? Habt Ihr jemals in Eurem Leben einen Franzosen gekannt, der dieß gethan hätte? Eben dieses Hurrahrufen war der Grund, warum Ihr erkannt wurdet, noch ehe Ihr Zeit hattet, mit ihm handgemein zu werden. Ihr hättet – › vive la république‹ – rufen sollen, denn so machen's jene Bursche alle Mal, sobald wir mit ihnen zum Kampfe kommen. Ein ächtes englisches Hurrah würde ja einem Franzmann die Kehle sprengen!“

„Ich glaube allerdings, Sir, daß wir hierin einen Mißgriff begingen; ich war aber noch nie bei einer Action, wo wir nicht unser Hurrah angestimmt hätten, und als der Kampf endlich warm wurde – oder wenigstens warm zu werden *schien* – da habe ich mich allerdings ein bischen vergessen. Wir hätten aber den Lugger trotz all' Dem erobert, Sir, wenn nicht *ein* Umstand eingetreten wäre.“

„Und der wäre? – Nun? – Ihr wißt, Mr. Griffin, ich muß irgend einen plausibeln Grund haben, den ich dem Admiral berichten kann. Um keinen Preis darf in den Zeitungen ausgeplaudert werden, daß wir durch unser eigenes Hallohschreien diese Schlappe erhielten.“

„Ich wollte nur so viel sagen, Kapitän Cuffe: hätte der Lugger seine erste Salve nicht in dem Augenblick gegeben, da er's that, so daß wir noch Zeit gehabt hätten, uns seinen Kanonenkugeln zu entziehen – so wären wir ganz gewiß über ihn hergefallen, noch ehe er zum zweiten Male geladen hätte, und trotz der Brise, die ihn so sehr begünstigte, wäre er dann unser gewesen. Auf dem Langboot wurden gleich Anfangs drei Mann verwundet; dieß machte auch schon einigen Unterschied, und brachte im entscheidendsten Moment eben so viele Ruder zum Krebsen. Bei solchen

Unternehmungen hängt Alles vom Zufall ab, wie Ihr wißt, Sir, und das war gerade unser Unglück bei der Sache."

„Hum! – Ich kann aber doch Nelson nicht sagen – ›Alles ging ganz gut, Mylord, bis plötzlich auf dem Langboot drei Mann mit ihren Rudern zu krebsen anfingen, was dann das Boot wieder rückwärts brachte.‹ – Nein, nein, *das* paßt nun und nimmermehr für eine Zeitung. – Laßt 'mal sehen, Griffin; bei all' Dem machte sich der Lugger doch vor euch auf die Flucht – ihr hättet ihn erobert, wenn er nicht davongesegelt und süd- und westwärts in einer Bolinie zu euch gestanden wäre."

„Ja, Sir, *das* that er allerdings. Wäre er nicht, wie Ihr gesagt, davongesegelt – Nichts hätte uns abgehalten, an seinen Bord zu gelangen."

„Nun gut also – er lief davon. Der Wind sprang um – der Feind segelte ab – jeder Versuch, an Bord zu gelangen, unmöglich. Brave Bursche! schrieen und feuerten aus Leibeskräften. Im Ganzen doch kein so schlimmer Bericht! Was machen wir aber mit der verdammten Felucke? Ihr seht, sie ist bis auf den Wasserspiegel abgebrannt und muß in wenigen Minuten untersinken."

„Ganz richtig, Kapitän Cuffe; so lange wir aber darauf waren, hat kein Franzmann ihren Bord betreten."

„Ja, ja, ich sehe jetzt schon, wie's war – alle Matrosen wurden zur Verfolgung auf die Boote geworfen, da die Felucke selbst zu schwerfällig war, und jeder Versuch, sie mit dem Lugger zusammenzubringen, erfolglos blieb. – Er ist übrigens doch ein verteufelter Bursche – dieser Nelson und Bronte; ich wollte lieber den Donner von zehntausend Stürmen um mich brüllen hören, als einen seiner stürmischen Briefe in die Tasche bekommen. – Nun, ich glaube jetzt die Geschichte zu kennen, und werde euer Aller auf eine Weise erwähnen, wie ihr's werth seid. Es war ein tapferes Stückchen, obwohl es mißglückte. Ihr hättet den Sieg verdient, was auch immer seinen Verlust verursacht haben mag."

Damit hatte Kapitän Cuffe die Wahrheit allerdings besser getroffen, als mit vielem Andern, was er noch bei dieser Veranlassung hören ließ.

Zehntes Kapitel

Ein himmlischer Gedanke ist's, daß Menschenmacht
Den Weg kann finden durch die Wasserwüste,
Die pfadlose; daß auch der Winde Schaar –
Des großen Gottes fessellose Diener –
Ihm ihre ungezähmten Schwingen leih'n, ihn tragen
In ferne Himmelsstriche.

Ware.

Ghita's Lage am Bord des Luggers war während des heftigen Kampfes, den wir oben erzählten, so unerfreulich, als man sich nur immer denken kann. Zum Glück dauerte der Kampf für sie nicht allzu lange, denn Raoul hatte ihr bis zu dem Augenblick, da der Irrwisch sein Feuer begann, jede frühere Gefahr verhehlt. Zwar hatte sie die Kanonade zwischen der Felucke und den Booten wohl vernommen, doch hatte man ihr gesagt, der Kaper sei bei jener Affaire durchaus nicht betheiligt, und da ihr in der Kajüte das Feuern sehr entfernt vorkam, so hatte sie sich auch leicht täuschen lassen. Während das eigentliche Gefecht vor sich ging, lag sie an ihres Oheims Seite auf den Knieen; sobald dasselbe aber aufgehört hatte, erschien sie auf dem Verdeck, um Raoul, wie schon erzählt wurde, um Schonung der Flüchtigen anzuflehen.

Jetzt aber wurde die Scene durchaus verändert. Der Lugger war jeder bedeutenderen Beschädigung glücklich entronnen; sein Verdeck war nicht mit Blut befleckt, und sein Sieg so vollständig, als er sich selbst nur immer wünschen konnte. Zu all' diesen Vortheilen kam noch, daß dieser Ausgang jede Besorgniß vor einem Bootsangriffe während der Windstille – der einzigen denkbaren Gefahr, welche Raoul von Seiten der Fregatte zu drohen schien – abgewendet hatte, denn es war doch höchst unwahrscheinlich, daß Leute, welche kaum zuvor bei einem so wohl maskirten Unternehmen so schlimm weggekommen waren, noch während sie an der letzten Schlappe bluteten – ihren Versuch erneuern würden. Affairen dieser Art verlangen all' die Mannszucht und Entschlossenheit, wie sie ein wohlgeregelter Dienst nur immer gewähren kann, und sind unter der augenblicklichen Erschlaffung einer Niederlage gänzlich unausführbar. Aus diesem Grunde betrachteten Alle auf dem Lugger das Zusammentreffen mit der Proserpina für den Augenblick wenigstens als völlig beendigt.

Das Mittagsmahl war vorüber, der Tag mittlerweile ziemlich vorgerückt, und Ghita, um der Beengung in der sehr kleinen Kajüte zu entfliehen, hatte ihren Oheim dort seiner gewohnten Siesta überlassen, während sie sich selbst auf das Verdeck verfügte. Sie saß unter dem Zeltüberhang des Quarterdecks und war mit Nähen beschäftigt, wie sie es auch in dem Wartthurme von Argentaro um diese Stunde immer gewöhnt war. Raoul hatte sich in ihrer Nähe auf eine Laffette niedergelassen, und Ithuel beschäftigte sich, nur wenige Schritte von ihnen entfernt, mit dem Auseinandernehmen seines Fernrohrs, dessen Gläser er reinigen wollte.

„Ich vermuthe, der höchst vortreffliche Andrea Barrofaldi wird ein Tedeum anstimmen, daß er unseren Klauen so glücklich entronnen ist," rief Raoul plötzlich unter Lachen. „ Pardie! er ist ein ausgezeichneter Geschichtskenner, und ganz dazu geeignet, eine Schilderung dieses großen Sieges zu entwerfen, den sodann der Herr Engländer da drüben an seine Regierung einschicken kann."

„Und du, Raoul, hast du nach einer so glücklichen Flucht etwa keinen Grund zu einem Tedeum?" fragte Ghita sanft und doch mit Nachdruck – „hast du nicht ebensogut wie der Vicestatthalter einen Gott, dem du danken solltest?"

„ Peste! – Wir Franzosen denken eben jetzt sehr selten an unsere Gottheit, Ghita. Republiken haben, wie du weißt, sehr wenig Vertrauen auf die Religion – ist's nicht so, mon brave Américain? Sag' einmal, Etouell – habt ihr in Amerika auch eine Religion?“

Ithuel hatte Raouls Ansichten über dieses Thema schon oft gehört, und kannte die vorherrschende Stimmung der Franzosen gerade in diesem Punkte zu gut, als daß er bei einer solchen Frage Erstaunen gefühlt oder ausgedrückt hätte. Dennoch war ihm der Gedanke bei seinen Ansichten und Vorurtheilen höchlich zuwider, denn er hatte von Jugend auf die Religion selbst dann verehren gelernt, wenn er auch noch so sehr im Dienste des Bösen befangen gewesen. Mit einem Worte – Ithuel war einer jener Abkömmlinge der Puritaner, welche „himmelwärts“ (wie man dieß nannte) – so weit nämlich seine Theorie irgendwo in's Spiel kam – untadelhaft, „erdwärts“ dagegen nicht anders als „die Schriftgelehrten und Pharisäer“ lebte. Nichtsdestoweniger stand er jederzeit aufrecht für „seine Religion“, wie er sich selbst hierbei auszudrücken pflegte – ein Thema, worüber ihn schon seine englischen Kameraden mit ihren Witzen verfolgt hatten, indem sie behaupteten, er „stehe sogar aufrecht“, während die ganze Schiffsmannschaft auf den Knieen liege.

„Ich fürchte fast, Monsieur Rule,“ gab er zur Antwort, „daß ihr in Frankreich das Tau des Republikanismus am Unrechten Ende angefaßt habt. Wir in Ameriky stellen die Religion sogar noch über die Dollars – wenn Euch das nicht überzeugt, so habe ich weiter nichts mehr zu sagen. – Ich wollte, Ihr könntet einmal einen Sonntag in unserem Granitstaate verleben, Signorina Ghita, damit Ihr einen Begriff davon bekämet, wie unsere westliche Religion eigentlich beschaffen ist.“

„Jede wahre Religion – jede wahre Gottesverehrung ist oder sollte wenigstens ein und dieselbe sein, Signor Ithuello – mögen wir sie im Osten oder im Westen betrachten. Ein Christ ist und bleibt ein Christ, wo er auch leben und sterben möge.“

„Das ist, glaub' ich, nicht gerade nach unserer Kirchenordnung. Nein, nein – Gott segne Euch, junge Dame – aber *Eure* Religion ist der *meinigen* ebensowenig ähnlich, als letztere mit jener des Erzbischofs von Canterbury oder mit der des Monsieur Rule hier übereinstimmt!“

„ La mienne!“ rief Raoul, „ich mache auf gar keine Religion Anspruch, mon brave, und zwischen Etwas und Nichts kann keine Ähnlichkeit stattfinden.“

In Ghita's Blick war eher Güte als Vorwurf zu lesen; doch war ein tiefer Kummer darin nicht zu verkennen.

„Worin kann denn unsere Religion verschieden sein,“ fragte sie, „wenn wir Beide Christen sind: Italiener oder Amerikaner – das ist ja ganz dasselbe.“

„Das kommt daher, weil Ihr nichts von Ameriky wißt,“ meinte Ithuel, der von seiner eigenen Meinung über sich selbst, so wie über den Theil der Welt, von welchem er herstammte, viel zu sehr überfüllt war. „Erstens habt ihr in eurer Religion einen Papst, und Kardinäle, und Bischöfe, und lauter solche Geschichten, während wir durchaus nichts davon wissen wollen.“

„Allerdings haben wir einen heiligen Vater und haben Kardinäle – sie Alle aber sind nicht meine Religion,“ antwortete Ghita mit Verwunderung in ihren Blicken. „Die Bischöfe sind freilich von Gott eingesetzt, und bilden einen Theil unserer Kirche; der Bischof von Rom insbesondere ist das Haupt der Kirche auf Erden – aber nichts weiter.“

„Nichts weiter! Betet ihr nicht auch Bilder an und wechselt bei eurem Gottesdienste die Gewänder; knieet ihr nicht nieder – was mir jedenfalls sehr gezwungen und profan erscheint – und verkehrt ihr nicht Alles in eitle Ceremonien?“

Hätte sich Ithuel mit Leib und Seele verbindlich gemacht, einen der Streitsätze der Oxforder Traktate zu verfechten – er hätte diese Worte nicht mit größerem Eifer oder mit selbstgerechterer Wärme aussprechen können. Sein Geist beherbergte einen Vorrath der allergewöhnlichsten Anklagepunkte, wie sie die ausnehmend ordinären sektirerischen Distinctionen seines Vaterlandes aufstellten, und er hielt es für einen hohen Grad protestantischer Vollkommenheit, all' jene veralteten Gebräuche mit tiefem Abscheu zu betrachten.

Ghita dagegen hörte ihm mit Verwunderung zu, denn für sie war die Art, wie die Gebräuche der römischen Kirche von der Masse des protestantischen Pöbels angesehen wurden, noch immer ein tiefes Geheimniß. Der Gedanke, daß sie Bilder anbete, hatte noch nie ihren unschuldigen Sinn beunruhigt, denn so oft sie auch schon vor ihrem kleinen elfenbeinernen Kruzifixe niedergekniet war, so hatte sie doch noch nie daran gedacht, daß ein Mensch so unwissend sein und das bloße körperliche Bild des Opfers, das hierdurch vorgestellt werden sollte, mit der göttlichen Sühne selbst verwechseln könnte.

„Es ist doch gewiß schicklich, sich am Altare in passende Gewänder zu kleiden,“ versetzte Ghita, „und die Diener Gottes sollen nicht angethan sein wie andere Menschenkinder. Wir wissen freilich, daß das Herz, die Seele ergriffen sein muß, um vor Gott Gnade zu finden: dieß macht aber die äußerlichen Zeichen der Verehrung, die wir sogar uns selbst unter einander erweisen, durchaus nicht entbehrlich. Was die Bilderverehrung betrifft, so wäre dieß ja reine Götzendienerei, und eben so schlimm als das Heidenthum selber.“

Ithuel schien verwirrt: er hatte noch nie im Geringsten bezweifelt, daß die Bilderverehrung einen wesentlichen Theil des katholischen Gottesdienstes ausmache, und den Papst vollends mit seinen Kardinälen hielt er eben so unauflöslich mit dem Glauben dieser Kirche verbunden, als er es bei seiner eigenen für wesentlich hielt, daß die Priester keine Chorröcke trügen und die Kirchen viereckige Fenster hätten. So abgeschmackt dieß heutzutage und so gottlos es vielleicht in einem späteren Jahrhundert erscheinen mag – es bildete und bildet noch jetzt keinen kleinen Theil des Sektenglaubens, und schlich sich nicht selten in die heftigen Zänkereien Derer ein, welche für nöthig hielten, ihrem Gott zu Liebe Streit zu führen. Könnten wir nur auf unsere eigenen Meinungsänderungen zurückblicken – wir würden das Vertrauen in die Wahrheit unserer Gefühle wohl manchmal tief erschüttert finden, und vor Allen, sollte man meinen, müßte ein Amerikaner, der lange genug gelebt hat, um die Schwindeleien und Lächerlichkeiten mit anzusehen, welche seit einem Vierteljahrhundert unter den Glaubensansichten der neueren Sekten seines eigenen Vaterlandes aufgetaucht sind – wenigstens etwas mehr Achtung vor den konsequenteren und ehrwürdigeren Confessionen der übrigen christlichen Welt gewonnen haben.

„Passende Gewänder!“ wiederholte Ithuel mit verächtlichem Tone; „wozu sollte es in den Augen des Höchsten besonderer Gewänder bedürfen? Nein; wenn ich einmal eine Religion haben *muß* – und ich weiß, daß sie uns nöthig und heilsam ist – so soll es wenigstens eine reine, *nackte* Religion sein, die sich auch vor der Vernunft verantworten kann. – Ist das nicht richtig gedacht, Monsieur Rule?“

„ Ma foi, oui. Vernunft vor allen Dingen, Ghita, und besonders Vernunft in der Religion.“

„Ach, Raoul, das ist's gerade, was euch irreführt und zum Unrechten verleitet,“ erwiederte das Mädchen ernsthaft. „Nur Glaube und demuthsvolle Ergebung ist nöthig, um uns das richtige Gefühl für den Höchsten einzupflanzen, und dennoch verlangt ihr von Ihm, der das Weltall geschaffen und den Odem des Lebens in eure Brust gehaucht hat – Vernunftgründe für diese seine Werke?“

„Sind wir nicht vernünftige und denkende Geschöpfe, Ghita,“ versetzte Raoul sanft und mit einer Aufrichtigkeit und Wahrheit, welche unter solchen Umständen sogar seinen Skepticismus anziehend und achtungswerth machten; „und ist es also wohl unvernünftig, wenn wir unserer Natur gemäß zu handeln verlangen? Kann ich einen Gott verehren, den ich nicht verstehe?“

„Könntest du ihn denn verehren, wenn du ihn *wirklich* verstündest? Er würde ja aufhören, Gott zu sein, und müßte unseres Gleichen werden, wenn sich sein Wesen und seine Eigenschaften zu unserem Fassungsvermögen herabziehen ließen. Wenn jetzt einer deiner Untergebenen hier auf das Quarterdeck heraufkäme und darauf bestehen wollte, alle deine Beweggründe von dir zu vernehmen, warum du auf dieser kleinen Felucke diese und jene Befehle gegeben – würdest du ihn nicht alsbald als einen unverschämten Meuterer von dir jagen? und dennoch verlangst du, den Gott der Welten zu befragen und in seine Geheimnisse einzudringen?“

Raoul blieb stumm, während Ithuel, gleichfalls schweigend, vor sich hinstarrte. Es war eine solche Seltenheit, wenn Ghita ihre ausnehmende Sanftheit ihres Wesens verlor, daß die Röthe ihrer Wangen, der strenge Ernst ihrer Blicke, das ungeduldige Beben ihrer Stimme und der Nachdruck, mit dem sie bei dieser Veranlassung sprach, in ihren Zuhörern eine Art scheuer Ehrfurcht hervorrief, welche das Gespräch nicht weiter fortzusetzen erlaubte.

Das Mädchen selbst war dermaßen aufgeregt, daß man eine Minute später, während sie ihr Antlitz mit den Händen bedeckt hielt, die hellen Thränen durch ihre Finger hervorbrechen sah, worauf sie plötzlich aufstand und in die Kajüte hinabeilte. – Raoul besaß zu viel richtigen Takt, als daß er daran gedacht hätte, ihr zu folgen; mürrisch und in Gedanken verloren, blieb er sitzen, bis Ithuel die Aufmerksamkeit des Andern auf seine eigene Person lenkte.

„Mägdlein bleibt Mägdlein," bemerkte dieser feine, philosophische Beobachter des Menschengeschlechts, „und nichts berührt ihr Wesen tiefer, als so ein bischen religiöse Aufregung. Ich darf wohl sagen, wenn diese Heiligenbilder, die Kardinäle und Bischöfe und ähnliches Gelichter nicht wären – die Italiener würden eine ganz gute Klasse von Christen abgeben."

Raoul war aber nicht zum Sprechen aufgelegt, und da mittlerweile die Stunde gekommen war, wo man den Westwind erwarten durfte, so stand er auf, befahl den Zeltvorhang abzunehmen, und suchte sich selbst wieder mit dem Stande der äußeren Dinge bekannt zu machen.

Drüben lag die Fregatte und schien, wie Alles in der Nähe, Siesta zu halten – die drei Marssegel aufrecht stehend, Alles, was sonst noch von Segeln los war, in zierliche Gewinde gebunden und das Eintreten der Brise erwartend. Trotz dieses Anscheins von Sorglosigkeit war sie in den letzten paar Stunden so sorgfältig bedient und jedes, auch das leiseste Lüftchen so emsig benützt worden, daß Raoul überrascht zurückfuhr, als er entdeckte, um wie viel sie ihm seit dem Augenblicke, da er sie zum letzten Mal beobachtet hatte, näher gekommen war. Dieser einzige Blick genügte, um die List seines Feindes zu durchschauen, und er war genöthigt, sich selbst der Nachlässigkeit zu beschuldigen, als er bemerkte, daß er im Kanonenbereiche seines mächtigen Feindes lag, obwohl der Engländer immer noch so weit entfernt war, daß das Zielen, besonders wenn eine höhere Woge dazwischen trat, für ihn immer etwas unsicher bleiben mußte.

Die Felucke war bis auf den Wasserspiegel herabgebrannt: doch schwamm das Wrack, von der Meeresstille begünstigt, noch immer auf den Wogen und näherte sich langsam der Bai, wohin es durch eine leichte Strömung geleitet wurde. Die Stadt glühte unter den Strahlen der Nachmittagssonne, war aber vor den Blicken des Spähenden versteckt: die ganze Insel Elba schien in Schlaf versunken.

„Welche Siesta!" bemerkte Raoul gegen Ithuel, während Beide auf der Hieling des Bugspriets standen und die ganze Scene – Meer, Land und Gebirge, Stadtbewohner wie Matrosen in Schlummer begraben – neugierig betrachteten. „ Bien, dort drüben von Westen her regt sich einiges Leben, und wir müssen uns weiter von deiner Proserpina entfernen. – Ruft die Matrosen zusammen, Herr Lieutenant: laßt uns die Ruder einsetzen, und das Gallion des Irrwisches nach der andern Seite drehen. Peste! der Lugger segelt so rasch und ist so sehr geneigt, in der gegebenen Richtung fortzusteuern, daß ich fast fürchte, er ist seinem Feinde entgegengekrochen, wie das Kind in das Feuer hineinkrabbelt, welches ihm die Finger verbrennt."

Bald kam Alles am Bord des Irrwisches in Bewegung; schon war man im Begriff, die Ruder zu handhaben, als das Bratspillsegel zu flattern anfing und der erste Windstoß der erwarteten Brise aus Westen über die Oberfläche der Wasser hinzog. Für die Seeleute war dieß gerade, wie wenn sie Sauerstoffgas eingeathmet hätten. Auf beiden Schiffen war unter der Mannschaft auch keine Spur von Schläfrigkeit mehr zu bemerken; im nächsten Augenblicke war Jedermann mit Einsetzen der Segel beschäftigt.

An der Deutlichkeit, womit sie das Rufen auf der Fregatte vernahmen, konnte Raoul bemerken, in welch' gefährlicher Nähe er sich befand; die Stille des Meeres war noch immer so groß, daß er das Krachen der Fockraa hören konnte, während die Engländer ihre Brassen rasch abvierten und das Vormarssegel back legten.

In diesem Augenblick kam ein zweiter Lufthauch, zum Zeichen, daß sich die Brise jetzt wirklich einstellte. Augenblicklich schoß der Lugger vorwärts und der Fregatte entgegen. Eine halbe Minute später aber war er genugsam in Bewegung, so daß man das Steuer niederstellen konnte, worauf er mit der Leichtigkeit und Grazie eines Vogels auf der Stelle vierte.

So rasch ging es nicht bei der schwereren Fregatte. Sie hatte ihre Steuerbord-Vorbrassen eingehalt, und mußte noch das Vormarssegel back legen und ihr Gallion scharf leewärts stellen, um ihre Raaen zu schwingen und die Segel zu füllen, während der Lugger rasch über das Wasser hinschlüpfte und gerade in den Wind hinein zu segeln schien. Durch diese einzige Bewegung entfernte sich der Irrwisch um mehr als eine Kabellänge von seinem Feinde, und fünf Minuten später wäre er außer aller unmittelbaren Gefahr gewesen.

Aber Kapitän Cuffe wußte dieß ebensogut, wie sein Gegner, und hatte demgemäß seine Vorkehrungen getroffen. Die Vorderraaen back haltend, wendete er die Fregatte so, daß sie ihre Breitseite dem Lugger zukehrte, und ließ nun plötzlich sämmtliche Geschütze der Steuerbordbatterien, welche zuvor mit der größten Sorgfalt gerichtet worden, gegen den Feind losdonnern.

Zweiundzwanzig schwere Kugeln, auf einmal gegen ein so kleines Fahrzeug, wie der Irrwisch, losgelassen, waren eine furchtbare Heimsuchung, und selbst die Kühnsten hielten eine Zeitlang den Athem zurück, während der eherne Wirbelwind an ihnen vorübersauste.

Zum Glück ging dem Lugger keine der Kugeln in den Rumpf. Dagegen war unter der Takelage schwerer Schaden angerichtet. Die Bratspillraa wurde entzwei geschlagen und wie ein Pfeifenrohr in die Höhe geschleudert; auch der Hauptmast erlitt unterhalb der Backen eine bedeutende Beschädigung, und die große Raa selbst wurde an den Längen zerschmettert. Nicht weniger als sechs Kugeln gingen durch beide Marssegel und bohrten Löcher in die Leinwand, so daß diese dem Hemde eines Bettlers ähnlich sah: das Klüverstag wurde halbwegs zwischen dem Topp des Klüverbaums und dem Ende des Bugspriets mitten entzwei gerissen. Verwundet war Keiner, und doch hatten sich Alle im ersten Augenblicke auf eine Art umgesehen, als ob für den Lugger plötzlich das letzte Stündlein geschlagen hätte.

Jetzt zeigte sich Raoul erst in seinem wahren Lichte. Er wußte, daß er gerade in diesem Augenblicke auch nicht das kleinste Stückchen Leinwand entbehren konnte, und daß der Erfolg des Ganzen von den nächsten zehn Minuten abhing. Deßhalb dachte er nicht daran, die zerfetzten Spieren und Segel einzuhissen, sondern ließ Alles stehen, wie es stand, und verließ sich auf die Schwäche des Windes, der gewöhnlich im Anfange sehr gemäßigt war. Alle Hände waren augenblicklich in Thätigkeit, um ein neues Stag aufzurichten; eine frische Hauptraa nebst Segel wurde herbeigeschafft, und Alles in Bereitschaft gesetzt, um beide aufzuhissen, sobald man sich erst überzeugt haben würde, daß der Mast sie zu tragen vermochte. Auch am Fockmast wurden ähnliche Vorkehrungen getroffen, da dieß der kürzeste Weg war, um das zerschossene Vormarssegel herunter zu bekommen; die Raa selbst war unversehrt, und so wollte man denn die alte Leinwand losmachen und ein neues Segel befestigen.

Zu allem Glück beschloß Kapitän Cuffe, mit einer Kanonade keine weitere Zeit zu verlieren; er ließ vielmehr die Fockraaen vieren, so daß die Fregatte allmählig in den Wind kam, und drei Minuten später war alles Tauwerk bis zum Zerreißen angespannt.

Diese ganze Zeit über war aber auch der Irrwisch nicht still gestanden. Sein zerfetztes Segelwerk flatterte zwar hin und her, hielt aber dennoch fest, und selbst die Spieren behaupteten ihre Stelle, so arg sie auch zerschossen waren. Mit einem Wort, der Wind war noch nicht stark genug, um die beschädigten Stengen und Segel umzureißen oder mit sich zu nehmen. Auch gereichte es dem Lugger zum Vortheil, daß diese Unfälle, besonders der Verlust des Bratspills, ihn weniger luvgierig machte, als er sonst gewesen wäre, so daß er die Fregatte in seinem Kielwasser gerade hinter sich erhalten konnte, und dem Feuer ihrer Jagdkanonen weniger ausgesetzt war, als wenn seine Büge sich leichter nach einer oder der andern Seite gewendet hätten.

Raoul konnte sich bald von dieser Wahrheit überzeugen, denn sobald die Proserpina in den Wind kam, eröffneten ihre beiden Bugkanonen das Feuer von Neuem; doch vermochte keine von beiden ihr Ziel genau zu treffen, denn die Kugeln der einen flogen etwas zu weit windwärts, während die der andern auf der entgegengesetzten Seite fast eben denselben Fehler begingen. Auch konnte der junge Franzmann zu seiner großen Freude in Kurzem an diesen Schüssen bemerken, daß der Lugger trotz des erlittenen Schadens noch immer munter vorwärts trieb – eine Thatsache, von welcher sich auch die Engländer bald überzeugten und deßhalb das begonnene Feuer wieder einstellten.

So weit gingen die Sachen noch besser, als Raoul Anfangs zu hoffen berechtigt gewesen; doch wußte er recht gut, daß die Entscheidung erst jetzt herannahen mußte. Der Westwind pflegte um diese Tageszeit oft recht frisch zu wehen, und sollte er sich jetzt wirklich noch verstärken, so bedurfte Raoul aller seiner Segel, um einem so anerkannt gefährlichen Jagdschiffe, wie die Proserpina, zu entkommen. Wie lange sein Hauptmast oder dessen Raa noch aushalten würde, konnte er nicht wissen; da er aber vorderhand rasch vorwärts kam, so beschloß er, das Eisen zu schmieden, so lange es warm war, um wo möglich, noch ehe die Brise stärker würde, wenigstens so weit zu gelangen, daß er seine Segel ändern und die Spieren fischen könnte, ohne auf's Neue in den Bereich so rauher Gäste zu kommen, wie die waren, welche noch kaum zuvor sein gebrechliches Fahrzeug heimgesucht hatten.

Die hiezu geeigneten Vorkehrungen blieben in der Zwischenzeit nicht vernachlässigt. Auf die Masten wurden Matrosen geschickt, um die beiden Spieren, so gut es unter diesen Umständen geschehen konnte, zu stützen, und die Spannung der Taue wurde etwas aufgelockert, indem man den Lugger so viel abhielt, als mit

Sicherheit geschehen konnte, ohne die Fregatte in den Stand zu setzen, ihre Leesegel aufzuhissen.

Es ist etwas so Aufregendes um eine Jagd, daß sich die Seeleute fast immer noch mehr Wind herbei wünschen, ohne zu bedenken, daß die Kraft, welche ihre eigene Eile vergrößert, auch die der andern Partie, und zwar oft in unverhältnißmäßig höherem Grade, beschleunigen muß. Für den Irrwisch wäre es weit vortheilhafter gewesen, wenn der Wind noch schwächer, als er wirklich blies, geweht hätte, denn er segelte verhältnißmäßig weit schneller bei leichten, als bei starken Brisen. Raoul wußte aus Ithuels Angabe, daß die Proserpina, besonders bei frischem Winde, ein ausgezeichneter Schnellsegler war, und dennoch schien es ihm, als ob sein Lugger nicht mit hinreichender Geschwindigkeit vorwärts käme, obwohl er gewiß sein durfte, daß, im Fall der Wind sich verstärkte, sein Feind genau mit derselben Geschwindigkeit, wie er selbst, ihm folgen würde.

Der junge Kapersmann sah übrigens seinen Wunsch in Kurzem erfüllt. Der Wind nahm um ein Bedeutendes zu, und als die beiden Schiffe in den Kanal von Corsika eintraten (wie die Meerenge zwischen dieser Insel und der von Elba genannt wird), sah sich die Fregatte genöthigt, ihre Bramsegel und zwei oder drei jener leichten, luftigen Stagsegel einzuziehen, welche damals auf Schiffen im Gebrauch waren.

Raoul hatte im Anfange gehofft, er würde nach Bastia gelangen können, das westlich von Elba und in gerader Linie mit dessen Südspitze gelegen ist; aber der Wind, der anfänglich etwas nordwestlich in den Kanal hereinwehte, wurde bald so stark, daß die benachbarten Berge seiner Strömung keine andere Richtung zu geben vermochten. Der Zephyr, wie die besonders im südlichen Italien während des Sommers vorherrschende Nachmittagsbrise von den Alten genannt wurde, ist selten reiner Westwind, sondern geht gewöhnlich etwas in's „Nordiren“ über, wie die Seeleute zu sagen pflegen, und wenn man noch weiter an der Küste hinaufkommt, so findet man, daß er um das Vorgebirge von Corsika herum in west-nord-westlicher Richtung bläst. Dieß würde dem Lugger erlaubt haben, seinen Kurs nach einer tiefen Bucht zu lenken, an der die Stadt Biguglia liegt, wenn er nur, was sonst wohl möglich gewesen wäre, in den Wind, so zu sagen, hätte eingeklemmt werden können. Raoul versuchte es auch, doch wenige Minuten überzeugten ihn, daß er mit seinen verwundeten Spieren schonender umgehen und somit gegen die Mündung des Golo hinsteuern mußte.

Dieß ist ein ziemlich bedeutender Fluß, in welchen ein Schiff von leichter Wassertracht wohl einlaufen konnte, und da eine kleine Batterie nahe am Ankerplatze stand, so beschloß er, in jenem Hafen Schutz zu suchen und die erlittenen Beschädigungen daselbst wieder auszubessern. Darnach machte er dann seine Berechnungen, und die schneebedeckten Bergspitzen in der Nachbarschaft von Corte als Landmarken nehmend, befahl er, das Steuer des Luggers in dieser Richtung zu halten.

Am Bord der Proserpina fühlte man kaum weniger Interesse an dem Ausgange des Kampfes als auf dem Irrwische selber. Hatte die Mannschaft der Fregatte auch nichts zu fürchten, so blieb ihr doch etwas zu rächen, wozu noch der weitere Triumph kam, den gefährlichsten aller französischen Kaper gefangen genommen zu haben – ein Triumph, dessen sie sich schon für gewiß hielten. Eine kurze Zeit lang, während das Schiff der westlichen Spitze von Elba gegenüber stand, war es ernstlich zweifelhaft, ob man an ihr würde vorübersegeln können, obwohl der Lugger mit Windesschnelle, kaum eine Kabellänge von den Klippen entfernt, so dicht am Rande der Riffe und so nahe am Lande vorbeigesteuert war, wie die Fregatte ihm unmöglich zu folgen wagen konnte. Letztere hatte übrigens die Brise ohnedieß in größerer Entfernung vom Lande gefaßt als der Lugger, und konnte möglicherweise auf demselben Pfade, den sie bis jetzt verfolgte, um das Vorgebirge herumkommen. Durch den Wind zu wenden, hätte eben so viel geheißen, als die Jagd völlig aufzugeben, denn durch diese Bewegung wäre die Fregatte nordwärts und weitab in die See geführt worden, während der Irrwisch mit sieben Knoten Geschwindigkeit süd- und westwärts dahinglitt. Die ganze Breite des Kanals beträgt etwa dreißig Meilen, und sie hätte somit keine Zeit mehr gehabt, den verlornen Raum wieder zu gewinnen.

Diese Ungewißheit verursachte auf der Proserpina einen Augenblick fieberhafte Spannung, während das Schiff mit raschem Laufe der Landspitze näher kam. Alles hing davon ab, ob man, ohne zu wenden, würde vorbei kommen können. Alle Anzeichen verkündeten tiefes Wasser bis dicht an den Fuß der Riffe; aber in der Nähe gebirgiger Küsten hat man immer von geheimen Klippen Gefahr zu besorgen. Auch war das Vorgebirge vergleichungsweise niedrig, und dieß war eher ein Zeichen, daß man sich nicht allzu nahe heranwagen sollte.

Winchester lag in seiner Hängematte und fühlte erst jetzt das Brennen seiner Wunde; Griffin aber stand dem Kapitän zur Seite, und er, wie der dritte Lieutenant gingen voll Eifer auf alle Wünsche und Besorgnisse ihres Kommandirenden ein.

„Dort geht er mitten in die Riffe hinein!“ rief Cuffe, während sie den Irrwisch beobachteten, der eben das Vorgebirge zu umsegeln versuchte. „Monsieur Yvard muß entschlossen sein, sein Fahrzeug eher zu Grunde gehen als sich selbst abfangen zu lassen. Er will, scheint's, mit ihm leben oder sterben.“

„Ich denke kaum, Kapitän Cuffe,“ gab Griffin zur Antwort. „Die Küste fällt hier jäh gegen die See ab, und selbst die Proserpina würde da, wo jetzt der Lugger sich befindet, noch Wasser genug finden. Ich hoffe, Sir, wir werden nicht nöthig haben, zu wenden!“

„Ja, das ist freilich für einen Mann ohne Verantwortlichkeit recht leicht gesagt; wenn sich's aber um ein Kriegsgericht und dessen Strafe handelt, dann fürchte ich, daß letztere ganz auf meine Schultern fallen würde, falls Seiner Majestät Fregatte ihre Rippen auf dieser Küste zur Ruhe legen sollte. Nein, nein, Griffin, von jenem Punkte müssen wir eine gute Kabellänge entfernt bleiben, oder ich wende mit der Fregatte, und sollte dann Raoul Yvard auch nimmermehr gefangen werden.“

„Da seht, er rennt auf, bei St. Georg!“ rief Yelverton, der jüngste Lieutenant, und in der That glaubte man einen Augenblick auf der Fregatte, der Irrwisch sei sitzen geblieben, da man das Wasser dicht unter seiner Leeseite über ein Riff hinschäumen sah.

Doch diese Meinung herrschte nur einen Moment, denn der kleine Lugger setzte seinen Kurs eben so schnell fort, als zuvor, und hielt ein paar Minuten später luvwärts ab, um seine Spieren etwas zu erleichtern, die bis jetzt so scharf als möglich angespannt worden waren, um desto sicherer an dem äußersten Ende desjenigen Theils der Küste, den man für gefährlich hielt, vorüber zu kommen.

Die Fregatte war volle zwei Meilen zurück; statt aber auch nur das Mindeste von ihrer Überlegenheit einzubüßen, wurde sie so nahe beim Wind erhalten, daß die Segel manchmal gekillt zu werden anfingen. Dieß war für sie der sicherste Weg, insofern die See ruhig war und das Schiff auch nicht leewärts abfiel. Doch schaute die Fregatte, wie man zu sagen pflegt, noch immer kaum nach dem Punkte, an dem man nothwendig vorüber mußte, und da die Schiffe fast niemals besser „segeln" als sie „schauen", so herrschte am Bord der Proserpina, je mehr dieselbe mit dem Vorgebirge in gleiche Höhe gelangte, noch immer der höchst bedenkliche Zweifel, ob man auch um dasselbe würde herumsteuern können.

„Ich fürchte, Kapitän Cuffe, wir werden nicht genug Fahrwasser haben, um gut vorbei zu kommen, Sir," bemerkte der rastlose Griffin; „mir scheint, das Schiff fällt heute auf eine unerklärliche Weise leewärts ab!"

„Es hat sich noch niemals besser gehalten, Griffin. Ich hoffe im Gegentheil, daß hier herum eine leichte Strömung von der Küste abführt, denn dieses Vorgebirge steht mit den Hochlanden von Corsika in gleicher Höhe. Ihr seht, wie das Wrack der Divina Providenza um die Bai herumschwimmt und abermals windwärts in die See getrieben wird."

„*Das* könnte uns in der That von Nutzen sein! Auf den Puttingen ist Alles in Bereitschaft, Sir! – sollen wir einmal das Loth auswerfen?"

Cuffe gab seine Zustimmung, und das Loth fing an zu arbeiten. In diesem Augenblicke segelte das Schiff mit acht Knoten Geschwindigkeit, und der Mann auf den Rusten berichtete, daß er mit fünfzehn Faden noch keinen Grund finde. Dieß war gut, und noch zwei- oder dreimal folgte dieselbe Meldung.

Nun wurde Befehl gegeben, alle Leinen anzuziehen, die Brassen steif zu schwiggen und sämmtliche Segel zu beschlagen. Selbst die Ziehfallen wurden gespannt, damit die Segel fest wie Mauern stehen möchten. Der Augenblick der Prüfung war nahe; in fünf Minuten mußte die Sache entschieden sein.

„Laßt sie nur sich ein wenig schütteln und in den Wind verbeißen, Mr. Yelverton," bemerkte Cuffe gegen den Offizier von der Wache; „wir müssen hier alle unsere Kräfte aufbieten, denn stehen wir einmal den Riffen gegenüber, so muß Alles wie mit einem Schlage geschehen und das Schiff scharf unter Kommando gehalten werden. – Da – rasch mit dem Steuer entgegen, und gebt's ihr nur recht voll!"

Dieses Manöver wurde zweimal wiederholt, und jedesmal kam die Fregatte um ihre volle Länge windwärts, obwohl sie natürlicherweise mehr als dreimal so viel in der Geschwindigkeit einbüßte.

Endlich kam der Augenblick der Entscheidung; tiefe Stille herrschte auf dem Schiff: in der Brust der Männer mischte sich mit dem Bewußtsein der Kraft bei den Einen das Gefühl der Besorgniß, bei den Andern das der Hoffnung. Aller Augen wanderten von den Segeln zu den Riffen, von diesen wieder zu den Segeln, und von beiden nach dem Kielwasser des Schiffes.

In solchen Momenten übertönt die Stimme des Lothsmannes jedes andere Geräusch. Seinen warnenden Ruf hört man mit athemloser Erwartung, während der Klang einer Sirenenstimme wahrscheinlich unbeachtet bleiben würde. Ein Mal um's andere wurde das Loth ausgeworfen, und Cuffe erhielt auf seine Fragen regelmäßig zur Antwort: „Kein Grund, Sir, mit fünfzehn Faden."

Da mit einem Male drang von den großen Puttingen der Luvseite der bekannte Ruf herüber:

„Mit dem Zeichen sieben!"

Diese Kunde kam Kapitän Cuffe so unerwartet zu Ohren, daß er auf den Hackbord sprang, wo er Alles, was er zu sehen wünschte, im Gesicht hatte.

„Noch einmal gelothet, Sir!" rief er mit einer Stentorstimme; – „aber rasch, mein Junge! nur rasch!"

„J-e-e-tzt h-a-a-t's n-o-ch sechs!" hörte man alsbald, nachdem der Kapitän kaum zu sprechen aufgehört hatte.

„Rasch herum!" rief Cuffe. „Laßt Alles klariren, ihr Herren. Munter, munter, ihr Leute; macht vorwärts."

„Und j-e-e-tzt vierthalb."

„Halt! Was Teufel macht Ihr da auf dem Vorkastell, Sir? – Seid Ihr fertig da vorn?"

„Alles fertig, Sir –"

„Nieder mit dem Steuer – hart niedergehalten –"

„J-e-tzt h-a-a-b' ich neun!"

„Beigedreht! – auf mit dem Steuer. – Segel eingehalt da vorn – Brodwinner aufgegeit – alle Boleinen losgelassen. – So – gut so – gut. – Sie ist ja gleich einem Kreisel herumgefahren: aber, beim Jupiter, wir haben sie gefaßt, ihr Herren. – Boleinen wieder eingezogen. – Was gibt's Neues auf den Rusten?"

„Keinen Grund, Sir, mit fünfzehn Faden – und das Loth geht so gut, Sir, als es nur jemals heute gegangen."

„So – Ihr habt rasch gearbeitet – fallt mir nicht ab – so ist's recht – laßt sie so, wie Ihr jetzt seid. – Nun, beim Himmel, Griffin, das nenn' ich einmal dem Scheermesser entronnen; dieses Vierthalb wäre uns fast gefährlich geworden, besonders in einem Theile der See, wo ein Felsen sich gar nichts daraus macht, sein Maul fünfzehn- bis zwanzigmal hinter einander nach einem Seemanne aufzusperren. Jetzt haben wir's aber hinter uns – da drüben tritt das Land ganz unter unserem Lee gegen Süden zurück, gerade wie Einer, der die Auszehrung hat. Ein ganzes Dutzend dieser Raoul Yvard's würde mich nicht zum zweiten Male in eine solche verteufelte Falle locken!"

„Ist die Gefahr einmal vorüber, Sir, so hört sie ja auf, Gefahr zu sein," gab Griffin lachend zur Antwort. „Meint Ihr nicht auch, Kapitän Cuffe, daß wir die Fregatte etwa um einen halben Punkt erleichtern könnten? Das würde sie dann gerade recht stellen; auch der Lugger hält sich etwas südwärts, wahrscheinlich um seinen Hauptmast nicht zu gefährden. Ich weiß gewiß, daß ich Splitter davon auffliegen sah, als wir ihnen unsere Dosis von zweiundzwanzig Pillen hinüberschickten."

„Ihr mögt vielleicht recht haben, Griffin. Laßt die Fregatte mit dem Steuer ein klein wenig aus dem Wind, Mr. Yelverton. Wenn Meister Yvard seinen gegenwärtigen Kurs noch eine Stunde länger beibehält, so wird er Biguglia zu weit windwärts bekommen; von Bastia war ohnehin von Anfang an nicht die Rede. Da ist aber ein Fluß, mit Namen Golo, in welchen er einlaufen könnte, und der mag wohl sein nächstes Ziel sein. Uebrigens werden uns die nächsten vier Stunden schon hinter das Geheimniß führen."

Und in der That waren die vier nun folgenden Stunden von dem spannendsten Interesse. Der Wind wehte in einem Grade, den die Seeleute eine „Mütze voll" nennen – eine tüchtige, frische Brise aus Westen, die nach einer wochenlangen anhaltenden Hitze wie aus dem Rachen eines Glutofens hervorzublasen und die Gewalt mehrerer Zephyre in einen einzigen zusammengedrängt zu haben schien. Der Wind erreichte zwar noch keineswegs die Höhe eines Sturmes; auch dachte keine der beiden Partien an ein Reffen des Segelwerks, denn unter den obwaltenden Umständen wäre dieß auch keine Kleinigkeit gewesen; aber die Brise nöthigte doch die Proserpina, ihre Fock- und Kreuzbramsegel zu beschlagen, und ließ Raoul den Verlust seines Bratspillsegels immer leichter verschmerzen.

In dem Augenblicke, da er die Landspitze völlig hinter sich hatte und die Fregatte zum Vieren genöthigt glaubte, hatte Letzterer die Gelegenheit benützt, um sein beschädigtes Focksegel einzuhissen, loszumachen und statt dessen ein neues einzusetzen – eine Operation, welche genau vier Minuten Zeit wegnahm. Er würde denselben Versuch auch mit dem großen Segel wiederholt haben, aber der Zustand des Mastes ließ das Wagstück kaum als räthlich erscheinen, und überdieß konnten ihm die Löcher in der Leinwand statt der Reffbänder dienen, um die Wucht des Windes zu vermindern.

Während dieser vier Stunden mochten die beiden Schiffe in ihrer seitherigen Entfernung kaum um einen halben Knoten differiren, was, trotzdem daß sie in dieser Zeit mehr als dreißig Meilen Wegs zurücklegten – seinen Grund in der mißlichen Lage des Irrwisches hatte. Sie hatten sich mittlerweile der Küste von Corsika in raschem Laufe genähert; die schneebedeckten Gebirgsspitzen dieser Insel, obwohl noch manche gute Meile im Innern des Landes gelegen, schimmerten im Strahle der Nachmittagssonne vor ihren Blicken. Eine Stunde vor Sonnenuntergang war auch die Gestaltung der Küste deutlich sichtbar geworden, und Raoul hatte sich seine Landmarken gemerkt, wornach er den Fluß auffinden konnte, in welchen er einzulaufen beabsichtigte.

Die östliche Küste von Corsika leidet in eben demselben Grade Mangel an guten Buchten und Häfen, als die westliche deren im Ueberfluß besitzt, und unter gewöhnlichen Umständen würde man den Golo, nach welchem der Lugger jetzt seinen Kurs hinlenkte, wohl schwerlich als einen schützenden Ort aufgesucht haben. Raoul war aber schon einmal in seiner Mündung vor Anker gelegen, und hielt gerade diesen Punkt für den passendsten, um seinem Feinde zu entschlüpfen. Der Fluß war an seiner Ausmündung voller Untiefen, welche, wie Raoul richtig schloß, Kapitän Cuffe wohl zur Vorsicht nöthigen würden.

Je mehr der Abend hereintrat, desto mehr verminderte sich die Stärke des Windes, und von diesem Augenblicke an verlor die Mannschaft des Luggers all' ihre Besorgnisse. Die Spieren hatten bis jetzt Stand gehalten, und Raoul zauderte nun auch nicht länger, seinen zerschossenen Hauptmast mit neuer Raa und frischem Segel zu versehen: beide waren alsbald eingesetzt, und ohne Verzug wurde mit der Ausbesserung angefangen.

Der Lugger entwickelte nun eine Ueberlegenheit im Segeln, welche es nicht länger in Frage stellte, daß er von der Fregatte nicht mehr eingeholt werden würde, und Raoul dachte sogar daran, sich nordwärts zu wenden und in Bastia einzulaufen, wo er sich nötigenfalls einen neuen Hauptmast verschaffen konnte. Bei reiflicherem Nachdenken gab er jedoch diesen allzukühnen Plan wieder auf, und steuerte in unverändertem Kurs nach der Mündung des Golo.

Die Proserpina hatte den ganzen Tag über keine Flagge gezeigt: nur während der Zeit, da ihre Boote im Kampf begriffen waren und so lange sie selbst ein Feuer gegen den Lugger unterhielt, hatte sie hierin eine Ausnahme gemacht. Derselbe Fall war's auch mit dem Irrwisch; er hatte in demselben Augenblick, da er auf die Felucke zu feuern begann, die dreifarbige Wimpel aufgezogen, und sie so lange flattern lassen, als noch weitere Feindseligkeiten in Aussicht standen.

Als die beiden Fahrzeuge dem Lande näher kamen, sah man mehrere Küstenfahrer theils gegen die westliche Brise ankämpfen, theils vor dem Winde hersegeln, doch schienen sie alle dermaßen vor dem Lugger zu scheuen, daß sie ihm so viel wie möglich auszuweichen suchten. Dieser Umstand war unserem Helden vollkommen gleichgültig, da er wohl wußte, daß es doch wahrscheinlich lauter Landsleute von ihm oder wenigstens bloße Schmuggler waren, bei denen sich's kaum der Mühe verlohnt haben würde, sie aufzutreiben und gefangen zu nehmen, selbst wenn er die Zeit dazu gehabt hätte. Corsika war damals wieder in den Händen der Franzosen; die vorübergehende, unvollständige Besitznahme des Landes durch die Engländer hatte schon drei bis vier Jahre früher ihr Ende erreicht, und Raoul wußte gewiß, daß er überall auf der ganzen Insel eine freundliche Aufnahme und allen nur denkbaren Schutz finden würde.

Dieß war die Lage der Dinge, als die Proserpina in dem Augenblick, da sich der Lugger zum Einlaufen zwischen den Untiefen anschickte, eine höchst unerwartete Wendung machte, und alle ihre Aufmerksamkeit auf die Küstenfahrer zu richten schien, von denen drei oder vier so nahe bei ihr waren, daß zwei derselben, fast ohne einen Versuch zur Flucht zu machen, in ihre Hände fielen.

Raoul und seine Gefährten glaubten, die Engländer hätten diese unbedeutenden Fahrzeuge aus bloßer Rachsucht genommen, da es sonst bei Schiffen von der Größe der Proserpina nicht gewöhnlich war, die armen Fischersleute und Küstenfahrer zu belästigen. Der junge Mann schickte nur, was höchst natürlich war, einige Verwünschungen zu seinem Feinde hinüber: dann aber richteten sich alle Gedanken des kühnen Kapersmannes auf die verwickelte Beschaffenheit des Kanals, denn jetzt galt es, die Augen offen zu behalten und mit der äußersten Sorgfalt auf die Sicherheit seines eigenen Schiffes bedacht zu sein.

Eben als die Sonne untersank, warf der Irrwisch den Anker aus. Er befand sich jetzt so weit rückwärts von den Untiefen, daß er vor den Kanonen der Fregatte sicher war, jedoch ohne in der Mitte des Flusses zu liegen, da die Tiefe des Strombettes dieß schwerlich erlaubt haben würde, wiewohl er auch hier all' den Schutz fand, welchen Jahreszeit und Witterung verlangten.

Die Proserpina zeigte sich übrigens keineswegs geneigt, ihre Verfolgung aufzugeben, denn auch sie legte sich vor die Mündung des Stromes und warf ungefähr zwei Meilen seewärts vom Lugger ihre Buganker aus. In Betreff der Küstenschiffe schien sie andern Sinnes geworden zu sein, denn sie ließ beide nach kurzer Gefangenschaft wieder abziehen, wiewohl dieselben bei der jetzt eben einfallenden Windstille nicht im Stande waren, einen bedeutenden Abstand von ihr zu gewinnen, was erst mit dem Eintritte der Landbrise geschehen konnte.

In dieser Stellung schickten sich die beiden kriegführenden Partien an, die Nacht zu verbringen; auf beiden wurde für die Ankertaue die gewohnte Sorge getragen, die Verdecke gereinigt und in Ordnung gebracht, und der tägliche Dienst ging mit derselben Regelmäßigkeit vor sich, wie wenn sie in einem befreundeten Hafen gelegen wären.

Eilftes Kapitel

Des Menschen Geist – das stolze Wesen!
Wo die Vernunft auf ihrem Throne
Als hoher König im Palaste sitzet
Und Urtheilssprüche fällt im Herrschertone!
Wer mag mit leisem Schritte prüfen
Die Gränzen dieser Zaubertiefen,
Und nicht gesteh'n, daß Räthsel sich und Wunder
Der höchsten Art zum Sitz erlesen
Des Menschen Geist – das stolze Wesen!

Anonymus.

Wir brauchen uns wohl kaum damit aufzuhalten, die Wunder eines Abends auf dem mittelländischen Meere zu schildern. Jeder Reisende ist damit vertraut, und Schriften aller Art haben sich bemüht, dieselben der Phantasie ihrer Leser, welcher Nation und welchem Alter sie auch angehören mögen, anschaulich zu machen. Doch hat jedes Gemälde seine eigenen Lichter und Schatten, und auch das unsrige entwickelt deren in einer Weise, welche wohl eine flüchtige Beachtung verdienen möchte.

Ein Sonnenuntergang im hohen Sommer wird wohl jede Landschaft mit erhöhtem Reize übergießen. Um diese Stunde war es, als Raoul seinen Anker auswarf, und Ghita, welche sich jetzt, da die Jagd beendigt und die Gefahr, wie man glaubte, vorüber war, auf das Verdeck verfügt hatte, glaubte, ihr Vaterland Italien und das mittelländische Meer noch nie so reizend gesehen zu haben.

Schon lange vor Untergang der Sonne warf das Gebirge seine Schatten weit in die See hinaus, so daß sich der östlichen Küste der geheimnißvolle Zauber der Abendzeit eine Weile früher als der westlichen mittheilte. Die Inseln Corsika und Sardinien gleichen zwei ungeheuern Alpenblöcken, die, in Folge einer zufälligen Naturveränderung in die See gestürzt, im Angesichte ihrer Stammregion gleichsam als die Außenposten jener mächtigen Wälle Europa's dastehen. Die Gebirge beider Inseln haben dieselbe Formation, dieselben Schneegipfel – wenigstens einen ziemlichen Theil des Jahres hindurch – auch ihre Abhänge bilden denselben geheimnißvollen Anblick der Zerrissenheit dar, wie ihre Stammhäupter in dem großen Gebirge. Zu all' diesen Reizen kommt aber bei ihnen noch ein weiterer, der den schweizerischen Bergen gewöhnlich abgeht, wenn auch Spuren davon in Savoyen und auf der südlichen Seite der Alpen getroffen werden – nämlich jene eigenthümliche Vermischung des Sanften mit dem Ernsten, des Erhabenen mit dem Schönen – eine Verbindung, welche eben jenen charakteristischen Zauber der italienischen Landschaften ausmacht.

Dieser Art war denn auch die Scene, welche sich den Zuschauern auf dem Verdecke des Irrwisches darbot. Auf dem Meere war keine Spur mehr von einer Einwirkung des Westwindes zu entdecken; in ruhigem Glanze lag sein dunkelblauer Spiegel zu ihren Füßen. Groß und feierlich erhoben sich auf der andern Seite die Gebirge, deren zackige Umrisse sich an einem Horizonte abmalten, der „in der Pracht, womit der Tag sich schließt" in feurigen Strahlen glühte; an ihrem Fuße, in tiefem Schatten, waren die näher liegenden Thäler und schmalen Ebenen in sanftem, geheimnißvollem Halbdunkel gelagert. Ihnen gerade gegenüber, ungefähr zwanzig Meilen weit entfernt, stieg die Insel Pianosa einem Leuchtthurme gleich aus dem Wasser empor; im Nordosten zeigte sich Elba – jetzt nur noch eine wirre, düstere Gebirgsmasse, und auf der Küste glaubte Ghita ein- oder zweimal sogar die schwachen Umrisse des Monte Argentaro, ihres Wohnsitzes, zu erkennen, obwohl die Entfernung, die zwischen sechzig und siebenzig Meilen betragen mußte, dieß ziemlich unwahrscheinlich machte. Draußen in der See lag die Fregatte auf der spiegelglatten Fläche des Meeres mit beschlagenen Segeln und kreuzweis gebraßten Raaen – ein tadelloses Bild seemännischer Symmetrie und Pünktlichkeit, so sorgfältig und genau war Alles bei ihr in Ordnung gehalten.

In der Marine wie im bürgerlichen Leben trifft man auf alle Arten von Menschen: die Einen nehmen die Dinge, wie sie gerade kommen, und begnügen sich damit, ihren Dienst so ruhig als möglich zu versehen; während die Andern, für ihre Schiffe fast mit der gleichen Vorliebe wie der Stutzer für seine Person erfüllt, nicht eher ruhen noch rasten, als bis sie dieselben nach ihrem Sinne verschönert haben. Das Richtige liegt hier, wie in den meisten Fällen, so ziemlich in der Mitte; der Offizier, der zu viel an den äußeren Aufputz seines Schiffes denkt, hat selten Sinn genug dafür, um den Hauptzwecken, zu denen es erbaut und ausgerüstet ist, gehörige Aufmerksamkeit zu schenken; während auf der anderen Seite Derjenige, welcher sich um die äußere Erscheinung seines Fahrzeuges wenig bekümmert – wenn er überhaupt an Etwas denkt – gewöhnlich Dinge im Sinne führt, die seinem Dienst und seinem Stande gänzlich fremd sind.

Cuffe bildete hierin so ziemlich die richtige Mitte, wenn er sich auch vielleicht etwas zu viel zu dem seemännischen Stutzer hinüberneigte. Die Proserpina galt – Dank ihrem Baumeister zu Toulon – für das hübscheste Modell eines Schiffs, das damals auf dem Mittelmeere flott war, und wie es immer bei anerkannten Schönheiten zu gehen pflegt, so waren auch Alle, die zu ihr gehörten, darauf versessen, sie auszuschmücken und ihre schönen Verhältnisse im vortheilhaftesten Lichte zu zeigen. Als Raoul das Schiff seines Feindes an einem einzigen Anker gerade außerhalb Kanonenschußweite vor sich liegen sah, konnte er ein Gefühl des Neides nicht unterdrücken, und bittere Gedanken stiegen in ihm empor, wenn er die verschiedenen Wechselfälle des Glücks und der Geburt betrachtete, welche ihn der Hoffnung auf das Kommando einer solchen Fregatte für immer beraubten und ihn voraussichtlich sein ganzes Leben lang zu dem Loose eines Kapers verdammten.

Die Natur hatte Raoul Yvard zu einer viel höheren Stufe bestimmt, als sie ihn jetzt auf seiner Laufbahn zu erwarten schien. Er war ohne alle jene Vortheile, welche die Zufälle der Geburt begleiten – und zwar im einem Augenblicke in das thätige Leben getreten, wo die moralischen und religiösen Gefühle seiner großen Nation durch jene gewaltsame Reaction, welche die Mißbräuche von Jahrhunderten von sich abschüttelte, völlig verkehrt waren. Wer sich übrigens einbildet, Frankreich, als Ganzes genommen, habe jene schweren Exzesse verschuldet, welche sein Ringen nach Freiheit entstellten, der weiß nur wenig von jener großen Masse sittlichen Gefühls, das alle Greuel der Zeiten überdauerte, und sieht in den Verbrechen einzelner, verzweifelter Führer und in den Uebertreibungen mißleiteter Kräfte irrigerweise eine allgemeine radikale Verdorbenheit der Menschen. Selbst unter der Schreckensregierung hat Frankreich wenig Schlimmeres zu verantworten, als die Willfährigkeit, mit der sich ganze Körperschaften Einzelnen ihrer enthusiastischen, ränkevollen und thatkräftigen Mitbürger als Werkzeuge hingeben. Auch Amerika ist öfters einem Irrthum unterworfen, der nur dem Grade nach von dem Obigen abweicht: es zeigt dieselbe blinde Unterwürfigkeit unter die Combinationen und Einflüsse Einzelner, und selbst dieser Grad hängt mehr von geschichtlichen Zufälligkeiten und andern natürlichen Ursachen, als von Einwirkungen ab, welche der einen Partie als Fehler, oder der anderen als ein besonderes Verdienst angerechnet werden dürften.

Raoul erging es gerade, wie es seinem Vaterlande ergangen war – jedes von beiden war das Geschöpf der Umstände, und hatte der junge Mann manche von den Fehlern, so besaß er auch wiederum viele von den Vorzügen seiner Nation und seiner Zeit. Seine Laxheit im Punkte der Religion – in Ghita's Augen sein Hauptfehler, und für ein Mädchen von der Erziehung und der Gefühlsweise unserer Heldin fast nothwendig ein wesentlicher Mangel – war der Irrthum des Tages, und bei Raoul erst nicht einmal ganz aufrichtig – ein Umstand, der ihn in dem Herzen eines so wahrhaft frommen Wesens, wie seine zarte Geliebte, zum Gegenstand eines heiligen Interesses erhob, das schon an und für sich der natürlichen Zärtlichkeit ihres Geschlechts für den Mann ihrer Neigung beinahe gleich kam.

So lange das kurze Scharmützel mit den Booten dauerte, und während der wenigen Minuten, da er unter dem Feuer der Fregatte gestanden, war Raoul ganz er selbst gewesen: denn die Aufregung des wirklichen Kampfes stählte ihn jedesmal zu Thaten, wie sie seines Ranges als Kommandirender und des hohen Rufes, den er sich erworben hatte, würdig waren; den übrigen Theil des Tages über fühlte er sich aber nur wenig mehr zum Kampfe geneigt. Sobald er einmal gewiß war, daß seine Spieren Stand halten würden, machte ihm die Jagd eben nicht mehr viel zu schaffen, und jetzt, da er innerhalb der seichten Mündung vor Anker lag, war ihm ungefähr gerade so wie einem Reisenden zu Muth, der nach der Anstrengung eines harten Rittes am Abend endlich einen bequemen Gasthof gefunden hat. Als Ithuel auf die Möglichkeit hindeutete, daß der Feind in seinen Booten einen nächtlichen Angriff versuchen könnte, antwortete er dem Amerikaner lachend mit dem Sprüchworte „verbrannte Kinder scheuen das Feuer“, und kümmerte sich nicht sonderlich um die Sache. Trotzdem wurde auch in dieser Beziehung keine geeignete Vorkehrung vernachlässigt.

Raoul war gewohnt, in Augenblicken der Noth von seinen Leuten viel zu verlangen; zu jeder andern Zeit aber war er so nachsichtig, wie nur ein gütiger Vater gegen gehorsame, ehrerbietige Kinder sein kann. Diese Eigenschaft, sowie die unveränderliche Standhaftigkeit und Besonnenheit, die er in Gefahren entwickelte, waren das ganze Geheimniß seines großen Einflusses auf seine Leute, denn jeder Matrose, der unter seinen Befehlen stand, war überzeugt, daß der Dienst niemals streng auf ihm lastete, wenn nicht die Noth es unabweislich erforderte.

Auch jetzt erhielt die Mannschaft auf dem Irrwisch, sobald das Abendessen vorüber war, die Erlaubniß zu dem gewohnten Tanze, und auf dem Vorkastell ertönten die romantischen Gesänge der Provence. Lust und Fröhlichkeit herrschte allenthalben, und es fehlte nichts als die Gegenwart der Frauen, um die Scene einer Abendbelustigung der Küstenbewohner in ihren Dörfern vollkommen ähnlich zu machen. Und nicht nur in den eigenthümlichen Gefühlen dieser Stunde, sondern auch in der Wirklichkeit fand das Geschlecht eine würdige Vertretung. Die Gesänge waren von ritterlicher Galanterie durchweht, und hochergötzt und zugleich gerührt lauschte Ghita auf die fremden Weisen. Sie saß auf dem Hackbord, ihr Oheim stand neben ihr, während Raoul auf dem Quarterdeck auf und ab ging, und ihr jedesmal beim Umwenden seine Wünsche und Einfälle zuflüsterte, die bei ihr stets ein geneigtes Gehör fanden.

Endlich nahm das Singen und Tanzen ein Ende, und bis auf die paar Mann, welche die Wache hatten, stiegen alle Uebrigen zu ihren Hängematten hinab. Die Veränderung, welche jetzt eintrat, war eben so plötzlich als auffallend. Die feierliche, athemlose Stille einer sternhellen Nacht folgte auf das laute Gelächter, die melodischen Gesänge und die lebendige Fröhlichkeit von Leuten, die trotz ihres sprüchwörtlichen Frohsinns durch eine gewisse angeborene Feinheit des Benehmens, wie sie den Seeleuten anderer Länder gänzlich fremd ist, in Schranken gehalten wurden, und bei gänzlichem Mangel eigentlicher Erziehung dennoch selten oder niemals gegen die Regeln des Anstandes verstießen, was bei den Matrosen der angelsächsischen Rasse so häufig der Fall ist.

Um diese Zeit begann auch die kühle Luft der Berge auf die von der Sonne durchglühten Meereswogen herabzuwehen, so daß eine leichte Landbrise entstand, welche verglichen mit derjenigen, die um diese Stunde von dem Festlande herüberkam, gerade in entgegengesetzter Richtung hinströmte. Vom Monde war nichts zu sehen: doch konnte man die Nacht deßhalb nicht finster nennen. Myriaden von Sternen flimmerten an dem weiten Firmament und erfüllten die Atmosphäre mit einer Helle, welche die einzelnen Gegenstände ziemlich deutlich erkennen ließ, sie aber dennoch in ein Halbdunkel einhüllte, wie es zu dem Zauber des Orts und der Stunde am besten paßte.

Raoul fühlte dießmal den Einfluß seiner ganzen Umgebung in ungewöhnlichem Grade. Alles, was er sah, verbreitete einen Ernst über seine Gedanken, wie er ihm in seinen Mußestunden nur selten eigen war: er setzte sich neben Ghita auf dem Hackbord nieder, während ihr Oheim in die Kajüte hinabging, um sich seinen Andachtsübungen zu überlassen.

Tiefe Stille herrschte jetzt auf dem Lugger. Ithuel saß auf einem Klüsholze und bewachte seinen alten Feind, die Proserpina, da ihm die Nähe dieses Schiffes ohnedem nicht zu schlafen erlaubte. Zwei erfahrene Matrosen, welche allein die sogenannte Ankerwache bildeten, hatten sich, um einem Gespräche auszuweichen, abseits von einander, der Eine auf dem Krahnbalken am Steuerbord, der Andere in der Takelage des großen Mastes postirt, und Beide hielten ein wachsames Auge auf die ruhige See und die verschiedenen Gegenstände, die auf ihrem glatten Spiegel hinschwammen.

Diese Gegenstände beschränkten sich in einem so abgelegenen Winkel natürlich nur auf sehr wenige, und umfaßte blos die Fregatte, den Lugger und die drei Küstenfahrer. Letztere waren sämmtlich noch vor Einbruch der Nacht von der Proserpina geentert, aber nach kurzem Aufenthalte wieder los gegeben worden. Einer davon lag nunmehr, nach mehreren fruchtlosen Versuchen, mit Hilfe des ersterbenden Westwindes weiter nordwärts zu gelangen, ungefähr in der Mitte zwischen beiden feindlichen Schiffen vor Anker. Obgleich er jetzt, von der schwachen Landbrise begünstigt, mit ein bis zwei Knoten Geschwindigkeit leicht hätte weiter ziehen können, zog er dennoch vor, nicht unter Segel zu gehen, sondern in seiner bisherigen Stellung zu bleiben und seinen Leuten eine gute Nachtruhe zu gestatten.

Die Lage dieser Felucke, so wie der Umstand, daß sie von der Fregatte geentert worden war, machte sie Anfangs für Raoul einigermaßen zum Gegenstande des Mißtrauens, und er hatte befohlen, sie scharf im Auge zu behalten: doch war bis jetzt nichts entdeckt worden, was diesen Verdacht bestätigt hätte. Alle Bewegungen der Mannschaft – die Art, wie die Felucke vor Anker ging – die Ruhe, die an ihrem Borde herrschte – selbst die nachlässige Verfassung der Spieren und der Takelage – brachten Raoul zu der Ueberzeugung, daß von der Mannschaft des Kriegsschiffes wohl Keiner am Bord der Felucke sein könne. Da sie übrigens, wenn auch todt nach leewärts, doch immer noch weniger als eine Meile von dem Lugger entfernt lag, so mußte sie unausgesetzt bewacht werden, und einer der Matrosen, und zwar der auf dem großen Maste – ließ sie selten länger als eine Minute aus den Augen.

Der zweite Küstenfahrer stand etwas südlich von der Fregatte, und strebte mit vollen Segeln das Land zu erreichen, ohne Zweifel in der Absicht, die von den Bergen wehende Brise so gut wie möglich zu nützen, weßhalb er auch langsam gegen Süden steuerte. Er hatte sich eine Stunde früher nach dem Kompaß eingerichtet, übrigens, obwohl nur eine Meile vom Lande entfernt, seine Stellung kaum um einen halben Punkt geändert – ein Beweis, wie schwach der Wind auf ihn einwirkte.

Das dritte Küstenschiff, gleichfalls eine kleine Felucke, war im Norden der Fregatte sichtbar, hatte sich aber seit dem Eintritte der Landbrise – wenn diese überhaupt diesen Namen verdiente – sehr geschäftig gezeigt, um langsam windwärts beizudrehen, und schien geneigt, entweder noch weiter rückwärts, als wo der Lugger lag, durch die Untiefen zu steuern oder förmlich in den Golo einzulaufen. Seine düsteren Umrisse waren noch deutlich zu sehen, obwohl der Schatten gegen das Land hingeworfen wurde; es zog langsam dwarsab von den Klüsen des Luggers, ungefähr eine halbe Meile luvwärts von demselben.

Da von dem Flusse aus eine starke Strömung in die See hinausauszog, und die genannten Schiffe sämmtlich mit dem Gallion gegen die Insel gekehrt waren, so drehte Ithuel von Zeit zu Zeit den Kopf, um ihre Fortschritte zu beobachten; doch waren dieselben so gering, daß keine wesentliche Veränderung dadurch hervorgebracht wurde.

Raoul hatte einige Minuten lang schweigend um sich geschaut, richtete nun aber die Blicke nach oben und betrachtete die Sterne.

„Du weißt wahrscheinlich nicht, Ghita," begann er dann, „welchen Nutzen uns Seeleuten diese Sterne gewähren können und wirklich gewähren. Mit ihrer Hilfe sind wir im Stande, selbst auf dem weitesten Oceane zu sagen, wo wir sind – die Punkte des Kompasses genau anzugeben, und die Stelle unserer Heimath herauszufinden, selbst, wenn wir noch so weit davon entfernt sind. Der Seemann muß wenigstens sehr weit südlich vom Aequator steuern, ehe er den Punkt erreicht, wo er nicht mehr dieselben Sterne sieht, die er vor der Thüre des väterlichen Hauses erblickte."

„Das ist für mich ein ganz neuer Gedanke," gab Ghita rasch zur Antwort, denn ihr zartes Wesen war sogleich von dem Schönen und Poetischen einer solchen Idee betroffen – „das ist für mich ein ganz neuer Gedanke, Raoul, und ich wundere mich, daß du dessen nicht früher erwähntest. Es ist viel werth, wenn man selbst dann, wenn man von dem, was man liebt, weit entfernt ist, noch so heimische, vertraute Gegenstände mit sich nehmen kann."

„Hast du noch nie davon gehört, daß Liebende sich zu einer gewissen Stunde einen bestimmten Stern erwählten, nach welchem sie emporschauten, wenn sie, trotzdem, daß sie durch Meere und Länder getrennt waren, mit einander verkehren wollten?"

„Das ist eine Frage, die du dir selbst vorlegen kannst, Raoul; Alles was ich jemals von Liebe und Liebenden gehört, habe ich ja aus deinem eigenen Munde vernommen."

„Gut denn, so will ich dir's sagen, und will dabei hoffen, daß wir nicht abermals von einander scheiden, ohne auch *uns* einen Stern und eine Stunde ausgewählt zu haben – wenn wir nämlich überhaupt noch von einander scheiden müssen. Ich habe bisher vergessen, dir davon zu sagen, Ghita – doch geschah dieß blos, weil du meinen Gedanken niemals ferne bist, und weil es für mich keines Sternes bedarf, um mir den Monte Argentaro und deine Thürme in's Gedächtniß zurückzurufen."

Wenn wir behaupten wollten, Ghita habe keine Wonne über Raouls Worte empfunden, so müßten wir sie nur über die Gränzen erheben wollen, welche eine liebenswürdige, natürliche Schwäche für sie gezogen hatte. Ihr Herz war niemals taub für Raouls Liebesbetheurungen, und nichts klang ihrem Ohre süßer, als seine Worte, wenn er ihr seine Treue und Ergebenheit bekannte. Die Offenheit, mit der er seine Fehler und besonders den Mangel jenes wahrhaft religiösen Gefühles eingestand, das in den Augen seiner Geliebten von so hohem Werthe war – mußte seiner Sprache in den Augenblicken, da er sie seiner Liebe versicherte, nur noch größeres Gewicht verleihen. Ghita erröthete, während sie auf seine Rede lauschte; doch zeigte sich kein Lächeln in ihren Zügen, welche eher Trauer auszusprechen schienen. Fast eine Minute lang gab sie keine Antwort, und als sie endlich sprach, geschah es mit leiser Stimme, wie wenn das Herz tief in seine Gedanken und Gefühle versenkt ist.

„Diese Sterne mögen wohl noch eine höhere Bestimmung haben," begann das Mädchen endlich. „Schau hin, Raoul – zählen können wir sie nicht, denn einer nach dem andern scheint aus des Himmels Tiefen emporzutauchen, je länger unser Auge in diesem Raume verweilt, bis wir erkennen, daß wir uns vergeblich mit Zählen bemühen. Wir sehen, sie sind zu Tausenden vorhanden, und wohl dürfen wir glauben, daß ganze Myriaden davon über uns kreisen. Nun wurdest du belehrt, – denn sonst hättest du niemals Seefahrer werden können – daß diese Sterne, gleich unserer Erde, besondere Welten oder gar Sonnen bilden, welche wieder mit ihren eigenen Welten umgeben sind: – wie ist es nun möglich, dieß Alles zu sehen und zu kennen, ohne an einen Gott zu glauben und die Kleinheit unseres eigenen Wesens zu fühlen?"

„Ich läugne ja nicht, Ghita, daß eine Macht über uns ist, welche dieses Alles lenkt und regiert – ich behaupte nur, daß diese Macht der reine Gedanke, nicht ein Wesen von unserer Form und Gestalt, daß es weit eher der Urgrund aller Dinge, als eine Gottheit ist."

„Wer hat denn gesagt, daß Gott ein Wesen von unserer Form und Gestalt sei, Raoul? Niemand weiß es ja – Niemand *kann* es wissen; Keiner wird es *behaupten*, der seinen Schöpfer, so wie er sollte, verehrt und anbetet."

„Sagen nicht eure Priester, der Mensch sei nach seinem Ebenbilde erschaffen worden? und heißt dieß nicht uns Fleisch und Blut von Ihm beimessen?"

„Nein, nicht so, theurer Raoul – nur nach dem Ebenbilde seines Geistes. Der Mensch hat eine Seele, welche, wenn auch nur in geringem Grade, ein Ausfluß des unvergänglichen Wesens Gottes ist, und insofern trägt er allerdings Sein Ebenbild an sich. Mehr als dieses hat Keiner je zu behaupten gewagt. Welch' ein Wesen muß Er aber sein – der Herr und Schöpfer dieser glänzenden Welten!"

„Ghita, du kennst die Art und Weise, wie ich von diesen Sachen denke, und ebenso ist dir auch bekannt, daß ich dein zartes Gemüth nicht durch das leiseste Wörtchen betrüben oder verwunden möchte."

„Nein, Raoul, nicht deine Art zu *denken*, – nur die Weise, in der du *sprichst*, ist es, welche diesen Unterschied zwischen uns begründet. Wer überhaupt *denkt*, kann niemals zweifeln, daß ein Schöpfer und Herr des Weltalls – ein Wesen existirt, das über Alles im Himmel und auf Erden erhaben ist."

„Ein höchster *Gedanke*, ja, wenn du so willst, Ghita; ein wirkliches *Wesen* aber – das müßtest du noch beweisen. Daß ein mächtiger Gedanke existirt, der all' diese Planeten in Bewegung gesetzt, diese Sterne erschaffen und diese Sonnen in den weiten Raum gepflanzt hat, – daran habe ich niemals gezweifelt: das hieße ja, eine Thatsache in Frage stellen, welche mir Tag und Nacht vor Augen steht. Um aber zu glauben, ein *Wesen* sei fähig gewesen, all' diese Dinge hervorzubringen, dazu müßte ich an Wesen glauben, die ich noch niemals gesehen habe."

„Und warum sollte man nicht ebensogut glauben, Raoul, daß es ein Wesen ist, was alles Dieß geschaffen, als daß es ein Gedanke, wie du es nennst, sein sollte?"

„Weil ich rings um mich her solche Gedanken und Grundsätze, die meine Fassungskraft überschreiten, thätig sehe: z. B. jene schwere Fregatte dort drüben, die unter der Last ihres Geschützes seufzend dennoch auf dem leichten Wasserspiegel dahinschwimmt; die Bäume am Land, das uns so nahe liegt; die Geschöpfe, welche geboren werden und sterben, wie die Fische, die Vögel und die Menschen. Ich sehe aber kein Wesen – ich kenne kein Wesen, das alles Dieß zu schaffen im Stande wäre."

„Das kommt daher, weil du Gott nicht kennst! Er ist der Schöpfer jener Grundsätze, von denen du sprichst, und ist größer, als alle jene Gedanken zusammengenommen."

„Das ist leicht zu sagen, Ghita, aber schwer zu beweisen. Ich nehme die Eichel und pflanze sie in den Boden; ist ihre Zeit gekommen, so keimt sie als Pflanze hervor und wird im Laufe der Jahre zu einem mächtigen Baume. Dieß Alles hängt nun von einem gewissen, geheimnißvollen Grundprinzip ab, das mir zwar unbekannt ist, aber dennoch ganz gewiß existiren muß, denn ich selbst kann ja solche Früchte entstehen lassen, wenn ich die Erde öffne und den Samen in ihrem Schooße niederlege. Ja ich kann sogar noch mehr, denn bis auf einen gewissen Grad wenigstens kenne ich dieses Prinzip so genau, daß ich durch die richtige Wahl der Jahreszeit und des Bodens das Wachsthum der Pflanze beschleunigen oder verzögern – ja den Baum gewissermaßen selbst gestalten kann."

„Ganz richtig, Raoul, *bis auf einen gewissen Grad* kannst du das, und zwar gerade, weil du nach dem Ebenbilde Gottes geschaffen wurdest. Die geringe Aehnlichkeit, welche dir mit jenem mächtigen Wesen zu Theil geworden, macht dich fähig, dieß Alles weit besser, als die Thiere des Feldes zu verrichten: wärest du völlig seines Gleichen, dann könntest du selbst jenes Grundprinzip schaffen, von dem du sprichst, und das du in deiner Blindheit irrigerweise für den Schöpfer selbst ansiehst."

Ghita sprach dieß mit weit mehr Wärme, als sie früher in ihren häufigen Gesprächen über diesen Gegenstand bewiesen hatte, und mit einer Feierlichkeit des Tons, welche ihren Zuhörer überraschte. Sie besaß nicht, was man in der gewöhnlichen Bedeutung des Wortes Philosophie nennt, wogegen Raoul bei allen Mängeln seiner Erziehung eine schöne Portion davon inne zu haben wähnte, und doch wurden alle Fähigkeiten des Mädchens durch ihr starkes religiöses Gefühl dermaßen geschärft, daß er sich oft wundern mußte, wie sie in ihrem Streite über einen Gegenstand, worin er selbst so stark zu sein sich schmeichelte, scheinbar den Sieg davon trug.

„Ich glaube fast, Ghita, wir verstehen uns nicht," gab Raoul zur Antwort. „Ich behaupte keineswegs, mehr zu sehen, als dem Menschen überhaupt gestattet ist oder als seine Kräfte zu fassen vermögen; aber dieß allein beweist noch nichts, denn ebenso hat der Elephant mehr Verstand als das Pferd, und dieses wieder mehr als der Fisch. In allen Dingen, die wir unter dem Begriffe Natur zusammenfassen, ist ein Grundsatz vorherrschend, und er ist's, der diese kreisenden Welten und alle Wunder der Schöpfung geschaffen hat. Eines seiner Gesetze aber ist: daß von allen seinen Geschöpfen Keines die Geheimnisse des Schaffenden begreifen soll."

„Du darfst dir unter deinen Grundsätzen nur einen Geist – ein mit einer Seele begabtes Wesen denken, Raoul, und du hast den Gott der Christen. Warum also nicht ebensogut an Ihn glauben, wie du an deinen sogenannten unbekannten Grundsatz glaubst? Du weißt, daß du bist – daß du einen Lugger bauen und Sonne und Sterne zu Rathe ziehen kannst, um mit Hilfe deines Geistes selbst über den weitesten Ocean deinen Weg zu finden – warum willst du also nicht annehmen, daß es noch ein höheres Wesen geben kann, das weit mehr als dieß zu thun vermag. Deine Grundsätze lassen sich sogar durch dich selbst bestreiten – das Samenkorn kann seiner treibenden Kraft beraubt – der Baum zerstört werden; wenn nun Grundsätze auf diese Art aufgehoben werden können, so kann ja auch eines Tags ein Zufall durch Vernichtung ihres Grundsatzes die Schöpfung selbst vernichten. Ich scheue mich, mit dir von der Offenbarung zu sprechen, Raoul, denn ich weiß, daß du sie verspottest!"

„Nicht, wenn sie von *deinen* Lippen kommt, theure Ghita. Es mag sein, daß ich dem, was du sprichst und verehrst, meinen *Glauben* nicht schenke – *spotten* aber werde ich nie darüber."

„Ich könnte dir hiefür danken, Raoul; doch fühle ich, daß ich damit eine Huldigung auf mich bezöge, die einem Anderen gebührt. Hier ist aber meine Guitarre, und ich muß dich leider erinnern, daß der heil. Jungfrau heute Abend auf deinem Lugger noch keine Hymne dargebracht wurde: du kannst dir kaum denken, wie süß eine Hymne, auf dem Wasser gesungen, lautet! Ich hörte die Mannschaft auf dem Schiffe, das dort vor der Fregatte vor Anker liegt, jenen Psalm singen, während deine Leute in ihren leichten provençalischen Liedern der Schönheit des Weibes ein Lob anstimmten, statt sich in dem Preise ihres Schöpfers zu vereinigen."

„Du willst wohl deine Hymne singen, Ghita, sonst würdest du deiner Guitarre nicht erwähnt haben?"

„Ja, Raoul, das will ich. Ich habe deine Seele noch immer nach einer heiligen Musik am sanftesten gestimmt gefunden. Wer weiß, ob sie nicht eines Tages gerade durch diese Hymne gerührt und bekehrt wird!"

Ghita schwieg eine Weile; ihre zarten Finger fuhren über die Saiten ihrer Guitarre und spielten eine feierliche Weise; dann sang sie die süße Melodie des Ave Maria mit einer Innigkeit des Gefühls, welche sogar ein Herz von Stein hätte ergreifen müssen. Als geborene Neapolitanerin besaß Ghita die ganze Vorliebe ihres Vaterlandes für Musik, und hatte sich auch jene Kunstfertigkeit erworben, welche in diesem Theile der Welt unter dem ganzen Volke verbreitet scheint. Die Natur hatte ihr eine der rührendsten Frauenstimmen verliehen – eine Stimme, welche sich weniger durch Stärke als durch Süßigkeit und Wohlklang auszeichnete, was besonders bei religiösen Gesängen, wo ihr Ton in der Weihe des Gefühles bebte, um so größere Wirkung hervorbrachte.

Während sie so ihre wohlbekannte Hymne sang, zog eine heilige Hoffnung durch ihre Seele, daß sie durch irgend ein Wunder das Werkzeug werden könnte, Raoul zur Liebe und Verehrung Gottes zu bekehren, und dieses freudige Gefühl sprach sich auch in der Weise aus, wie sie ihre Aufgabe löste. Noch nie hatte sie so gut gesungen: dieß bewies sogar Ithuels Benehmen, denn dieser kam von seinem Krahnbalken nach dem Quarterdeck, und auch die beiden wachehabenden Matrosen vergaßen eine Zeit lang über dem Entzücken, mit dem sie zuhörten, die ihnen obliegende Pflicht.

„Wenn mich irgend Etwas zu einem gläubigen Christen bekehren könnte, Ghita," flüsterte Raoul, als der letzte Ton auf den Lippen seiner Geliebten erstorben war, „so müßte es dein Gesang sein! – Was gibt's, Monsieur Etouell? Bist auch du ein Liebhaber heiliger Musik?"

„Das ist ein allerdings ungewöhnlicher Gesang, Kapitän Rule – doch haben wir jetzt andere Geschäfte vor uns. Wenn Ihr Euch nach der andern Seite des Luggers verfügen wollt, so könnt Ihr einen Blick auf das Fahrzeug werfen, das während der letzten drei Stunden längs der Küste hingekrochen ist. Es hat etwas an sich was nicht ganz richtig ist; es scheint uns immer näher zu kommen, während es doch im Wasser nicht weiter vorrückt. Der letztere Umstand kommt mir bei einem Schiffe, das in einer solchen Brise alle Segel eingesetzt hat, ziemlich unnatürlich vor.“

Raoul drückte Ghita die Hand und bat sie flüsternd, in die Kajüte hinab zu gehen, da er fürchtete, daß die Nachtluft ihr schaden könnte. Dann begab er sich nach vorn, wo er die am Land hinziehende Felucke, so gut es die Dunkelheit der Nacht erlaubte, beobachten konnte. Als er bemerkte, wie nahe sie dem Lugger gekommen war, konnte er ein Gefühl der Unruhe nicht unterdrücken.

Das letzte Mal, als er die Stellung der Felucke beobachtet hatte, war sie noch eine volle halbe Meile entfernt gewesen; damals schien es, als ob sie an dem Irrwisch vorübersegeln wollte, und der Wind war stark genug, um sie in der Zwischenzeit eine gute Meile vorwärts zu treiben – dennoch mußte er jetzt bemerken, daß sie nicht so wohl in dieser Richtung gesteuert, als vielmehr während dieser Zeit dem Lugger sich genähert hatte.

„Hast du sie lange beobachtet?“ fragte er Den aus Newhampshire.

„Von dem Augenblicke an, da sie still zu stehen schien, und dieß ist etwa zwanzig Minuten. Sie muß vermuthlich recht schwerfällig sein, denn sie braucht mehrere Stunden, um eine Meile zurückzulegen, und doch ist der Wind so stark, daß ein solches Fahrzeug recht gut seine drei Knoten machen könnte. Daß es auf diese Art gegen uns herankommt, ist leicht zu erklären, denn von dem Flusse geht eine bedeutende Strömung aus, wie Ihr an dem Kräuseln des Wassers unter unserem eigenen Brustholze bemerken könnt: aber ich sehe nicht, was das Schiff zu gleicher Zeit am Vorwärtssteuern hindern sollte. Ich habe den Burschen vor wenigstens einer Viertelstunde an dem Punkte dort in's Auge gefaßt, wo Ihr am Fuße des nächsten Gebirges jenes Licht bemerkt, und es ist seitdem nicht fünfmal so weit vorgerückt als seine eigene Länge beträgt.“

„Bei all' Dem ist er doch nichts weiter als ein corsikanischer Küstenfahrer, Etouell; ich glaube kaum, daß sich die Engländer abermals unserem Kartätschenhagel aussetzen möchten, blos um das Vergnügen zu haben, einen zweiten Enterversuch abgeschlagen zu sehen!“

„Es ist eine trotzige Rotte auf jener Fregatte und der Himmel allein mag es wissen! Seht nur, es weht doch eine recht frische Nachtluft und jene Felucke ist keine Kabellänge von uns entfernt! Beobachtet sie nur einmal vom Klüverstag aus und sehet selbst, wie langsam sie vorrückt! Das ist es eben, was mir nicht gefällt!“

Raoul that, wie ihm der Andere gerathen, und fand nach kurzer Beobachtung, daß an dem Küstenfahrer gar keine merkliche Bewegung nach vorn wahrzunehmen war, während er offenbar mit der Strömung abwärts und dwarsab gegen die Klüse des Luggers trieb. Diese Thatsache ließ ihn nicht daran zweifeln, daß an dem Hintertheil des Fremdlings ein Uebergewicht angebracht sein mußte – ein Umstand, der jedenfalls eine feindliche Absicht verrieth. Der Feind war wahrscheinlich am Bord der von ihm geenterten Felucke, und ihm selbst lag jetzt ob, augenblicklich die nöthigen Vorkehrungen zur Vertheidigung zu treffen.

Doch mochte Raoul seine Leute noch nicht in ihrer Ruhe stören. Wie allen muthigen, kaltblütigen Männern, so war auch ihm jeder falsche Alarm zuwider, und es blieb ihm so unwahrscheinlich, daß die Lection von heute Morgen so bald vergessen sein sollte, daß er sich kaum überreden konnte, seinen eigenen Sinnen zu trauen. Dann hatten auch die Leute den ganzen Tag über sehr harte Arbeit gehabt, und die Meisten waren in den festen Schlaf der Ermüdung versunken. Auf der andern Seite brachte aber jede Minute das Küstenschiff näher und vergrößerte die Gefahr, wenn der Feind wirklich in dessen Besitze sein sollte.

Unter diesen Umständen beschloß er, den Fremdling zuerst anzurufen, denn er wußte, daß er seine Leute, die in der Besorgniß: es möchte im Verlaufe der Nacht doch noch ein Angriff der Boote statthaben – mit den Waffen neben sich schliefen, in einer Minute auf den Beinen haben konnte.

„Felucke, ahoi!" rief der Kapitän des Irrwisches, indem das andere Fahrzeug schon so nahe war, daß er seine Stimme nicht sonderlich anzustrengen brauchte. „Was ist das für eine Felucke? Und warum habt ihr eine so starke Verteuning?"

„ La Bella Corsienne!" lautete die Antwort, welche in einem halb französischen, halb italienischen Jargon ertheilt wurde, wie es Raoul, wenn Alles in Ordnung sein sollte, auch wirklich erwartet hatte. „Wir sind nach la Paduella unterwegs, und wünschen uns am Land zu halten, um die Brise desto länger benützen zu können. Wir sind gerade nicht die besten Segler, und haben eine solche Verteuning, weil wir uns jetzt eben in der stärksten Strömung befinden."

„Auf diese Art kommt ihr aber gerade dwarsab gegen meine Klüse. – Ihr wißt, ich führe Waffen und kann so etwas nicht dulden!"

„Ach, Signore, wir sind ja Freunde der Republik, und würden Euch gewiß nichts zu leid thun, selbst wenn wir könnten. Wir hoffen, Ihr werdet mit armen Seeleuten, wie wir, nicht schlimmer verfahren. Wir wollen abhalten, wenn's Euch so recht ist, und unter Eurem Spiegel vorüberfahren."

Dieser Vorschlag geschah so plötzlich und unerwartet, daß Raoul keine Zeit zu einem Einwurfe hatte: und wäre er auch dazu geneigt gewesen, so erfolgte jedenfalls die Ausführung viel zu rasch, als daß er noch ein Mittel dazu übrig gehabt hätte. Die Felucke fiel ihrer ganzen Breite nach ab und kam, von Wind und Strömung getrieben, schnurgerade und so schnell gegen die Büge des Luggers, daß Ithuel alle seine Zweifel bestätigt fand.

„Ruft alle Matrosen zusammen, um die Enterer zurückzutreiben!" schrie Raoul, sich auf das Gangspill schwingend und seine eigenen Waffen ergreifend. „Kommt rasch herbei, mes enfants! – hier ist Verrätherei im Spiele!"

Kaum waren diese Worte gesprochen, als Raoul schon wieder auf der Hieling des Bugspriets stand, und alsbald zeigten sich fünf oder sechs seiner muntersten Leute auf dem Verdeck.

In diesem kurzen Zeitraume war die Felucke bis auf achtzig Schritte herangekommen, worauf sie zur Verwunderung Aller auf dem Lugger abermals in den Wind luvte und gegen den Kaper trieb, bis sie offenbar dicht über dessen Kabeltau lag: ihr Spiegel drehte sich rund herum und stand dem Steuerbordbug des Luggers gerade gegenüber.

Im selben Augenblicke, da beide Schiffe eben in wirkliche Berührung mit einander kamen, und Raouls Leute sich um ihn drängten, um dem erwarteten Angriffe zu begegnen, hörte man den Schall von Rudern, die gleichsam, als gälte es Leben oder Tod, gehandhabt wurden, und aus der offenen Luke des Küstenfahrers schlugen Flammen empor. Bald darauf sah man bei der Glut des Brandes ein Boot in gleicher Linie mit dem Rumpfe dahingleiten. „ Un brûlot! – un brûlot! – Ein Brander!" riefen zwanzig Stimmen zusammen: das Entsetzen, das sich in diesem Rufe aussprach, verkündete die Größe der Gefahr, welche vielleicht unter allen, welche den Seemann betreffen können, die furchtbarste ist.

Unter diesen Stimmen war aber die von Raoul Yvard nicht zu vernehmen. In dem Augenblicke, da sein Auge die ersten Strahlen der Flammen erblickte, war er von dem Bugspriet verschwunden. Doch nach einer Abwesenheit von etwa zwanzig Sekunden sah man ihn auf dem Hackbord der Felucke mit einer Rustleine auf der Schulter, die er auf dem Vorkastell gefunden hatte.

„Antoine! – François! – Gregoire!" – rief er mit einer Donnerstimme – „folgt mir! – Die Andern schaffen das Kabel weg und knüpfen eine Halse an das obere Ende!"

Die Mannschaft auf dem Irrwisch war an Ordnung und unbedingten Gehorsam gewöhnt. Dießmal waren auch die Lieutenants unter ihnen, und die Leute schickten sich augenblicklich an, die erhaltenen Befehle zu vollziehen.

Raoul selbst stand auf der Felucke, wohin die drei Matrosen, die er namentlich aufgerufen hatte, ihm folgten. Die Abenteurer fanden für jetzt noch keine Schwierigkeit, der Flamme zu entgehen, obgleich diese bereits in gewaltigem Feuerstrome aus der Luke hervorbrachen. Wie Raoul vermuthet hatte, so zeigte sich's jetzt: sein Kabeltau war angehakt worden. – Augenblicklich ein Tau ergreifend, umschlang er es, so daß es feststand, und befestigte das obere Ende desselben. Dann glitt er rasch an dem Kabeltau hinab, befahl seinen Leuten, ihm das eine Ende der Rustleine herabzureichen, das er nun mit einem Fischerstich an das Kabel festband. Dieß nahm eine halbe Minute Zeit weg: in der nächsten stand er wieder auf der Vorderschanze der Felucke. Hier konnte man die Rustleine mit leichter Mühe durch eine Klüsenöffnung ziehen und mittelst eines Marlpfriemes in ihrer Mitte einen Knoten aufschürzen.

Durch das Feuer wieder zurückzukommen, war nun schon eine gefährlichere Aufgabe; doch trieb Raoul seine Gefährten vorwärts, und sie entkamen glücklich und ohne Schaden genommen zu haben.

„Abgeviert!" lautete sein Kommandoruf, sobald sein Fuß den Bug des Luggers betreten hatte – „das Ankertau ausgestochen, ihr Leute, wenn ihr unseren schönen Lugger vom Untergange retten wollt."

Und in der That war kein Augenblick mehr zu verlieren. Der Lugger, von Wind und Strömung getrieben, folgte dem Tau, das ihm rasch genug gereicht wurde; im

Anfange aber schien der Brander, dessen Verdecke mit Theer getränkt waren, und der jetzt schon eine einzige Flammenmasse bildete, seine Beute begleiten zu wollen. Im nächsten Augenblicke sah man jedoch zu nicht geringer Freude auf dem Lugger, wie der Spiegel der Felucke sich bereits von den Bügen des Irrwisches trennte, und da man diesen mit Hilfe des Steuers abgegiert hatte, so war in wenigen Sekunden auch das Bugspriet und der Klüver der Gefahr entronnen.

Die Felucke blieb auf der Stelle liegen, während der Lugger Faden um Faden weiter schwamm, bis er mehr als hundert Schritte von der Feuermasse entfernt war. Da man das Ankertau ausgestochen hatte, so mußte natürlich der Theil, an welchem das Taljereep der Rustleine befestigt war, in's Wasser fallen, während die Felucke an der Kette hängen blieb.

Dieß Alles ereignete sich in einem Zeitraume von weniger als fünf Minuten: die Ruhe und Entschlossenheit, womit gehandelt worden war, schien eher vom Instinkt als vom freien Willen diktirt gewesen zu sein. Die wenigen oben erwähnten Kommando's ausgenommen, hatte man Raouls Stimme niemals gehört, und als der junge Mann bei dem strahlenden Lichte, das auf dem Lugger und dem nahen Wasserspiegel eine ziemliche Strecke weit Alles fast bis zur vollen Tageshelle erleuchtete – seine Ghita auf dem Verdecke stehen und das Schauspiel mit scheuer Bewunderung und Furcht anstarren sah – ging er auf sie zu, und redete sie mit einer Sorglosigkeit an, wie wenn das Ganze nur ein glänzendes Gemälde und zu ihrer Belustigung ersonnen worden wäre.

„Unsere Girandola darf höchstens der der St. Peterskirche weichen," bemerkte er. „Wir sind mit knapper Noth entronnen, Liebe; aber deinem Gotte sei gedankt – wenn du's denn doch so haben willst – wir haben keinen Schaden genommen."

„Und du warst das Werkzeug Seiner Gnade, Raoul: ich habe von hier aus Alles mit angesehen. Als du deinen Leuten riefst, kam ich aufs Verdeck, und ach! wie habe ich gezittert, als ich dich auf dem brennenden Schiffe erblickte!"

„Es war von diesen Herrn Engländern recht schlau eingefädelt, hat ihnen aber doch auf merkwürdige Weise fehlgeschlagen. Der Küstenfahrer hat nämlich eine Ladung Theer und Schiffsvorräthe am Bord, und als sie ihn diesen Abend gefangen nahmen, gedachten sie unsern Irrwisch in den helleren, wilderen Flammen ihres eigenen Feuers auszulöschen. Aber der Irrwisch wird wieder leuchten, nachdem ihr Feuer längst erstorben ist!"

„Ist denn keine Gefahr mehr vorhanden, und kann uns der Brander nicht jetzt noch erreichen? er steht uns noch immer fürchterlich nahe!"

„Doch nicht so sehr, daß er uns schaden könnte, besonders da unsere Segel vom Thau angefeuchtet sind. So lange unser Kabel hält, kann er nicht von der Stelle, und da dieses unter Wasser steht, so wird es auch nicht anbrennen. In einer halben Stunde wird wenig mehr von ihm übrig sein: so wollen wir uns denn an dem Freudenfeuer, so lange es noch dauert, ergötzen."

Und in der That gewährte das Ganze jetzt, da die Furcht vor Gefahr vorüber war, einen prachtvollen Anblick. In der strahlenden Helle sah man auf dem Lugger alle

Gesichter in ängstlicher Neugierde auf die brennende Masse gerichtet, wie die Sonnenblume dem glühenden Feuerballe in seinem Laufe am Himmel zu folgen pflegt; dabei traten Spieren, Segel, Kanonen, ja selbst die kleinsten Gegenstände auf dem Fahrzeug aus dem Dunkel der Nacht in den Glanz einer Beleuchtung, welche Alles fast nur als einen Theil einer prachtvollen, theatralischen Darstellung erscheinen ließ.

Aber eine so starke Flamme mußte sich um so früher selbst verzehren. Bald sanken die Masten der Felucke und mit ihnen eine ganze Pyramide von Feuer. Dann stürzte das brennende Deck ihnen nach, und diesem folgte Spiere auf Spiere und Planke auf Planke, bis der Brand auf dem Wasser, worauf er schwamm, ein großartiges Ende fand.

Eine Stunde, nachdem die Flammen ausgebrochen waren, blieb nichts mehr übrig, als die glühende Asche, die sich in dem Kielraume des Wracks angesammelt hatte.

Zwölftes Kapitel

Ein Friedensrichter – doch es währt nicht lange,
So ist er, kaum erhöht, schon abgesetzt im nächsten Jahr;
So ehren sie den Priester – doch, nicht bange,
Entläßt man ihn, ist er zu gläubig oder theuer gar.
Sie haben ein natürliches Talent zum Prophezeien,
Und wissen Alles – zeigte Park sich hier
Nach seiner langen Tour in Afrika, und wiese ihnen
Den Nilquell – sie – sie sprächen: „das wissen wir!“

Halleck.

Raoul hatte sich in den Mitteln, deren sich seine Feinde bedient hatten, so wie in der Art, wie sie dazu gelangt waren, nicht getäuscht. Die Fregatte hatte eine der Felucken mit Schiffsvorräthen nebst zehn bis fünfzehn Tonnen Theer beladen gefunden, und Griffin, der vor Begierde brannte, sich für die Niederlage des heutigen Morgens zu rächen, verfiel sogleich auf den Gedanken, daß man die Prise in ein Branderschiff verwandeln könnte. Da der zweite Lieutenant sich freiwillig erbot, das Schiff bis an den Lugger zu führen – was immer ein höchst verzweifeltes Unternehmen war – so gab Kapitän Cuffe seine Zustimmung.

Man konnte sich nicht leicht einen Angriff besser geleitet denken, als das von Griffin entworfene Seestückchen, und nur die Art, wie unser Held sein Schiff vor dem Untergange rettete, mochte die List des Feindes noch übertreffen. Die Fregatte hielt sich zwischen ihrer Prise und dem Lugger, um den Umstand, daß am Bord der ersteren ein Boot zurückblieb, geheim zu halten; erst als Alles fertig war, ließ man die Felucke scheinbar ihre Reise fortsetzen. Auch die beiden andern Prisen wurden freigegeben, um der ganzen Affaire gleichsam als Deckmantel zu dienen. Griffin hielt, wie wir gesehen haben, fortwährend auf das Land ab, und suchte stromaufwärts so nahe als möglich zu dem Lugger zu gelangen. Sobald er so weit vorwärts gekommen war, als er ungefähr wünschte, wurden Triebanker gelegt, um das Schiff in gleicher Richtung zu erhalten, und auf diese Art zog es, wie oben schon berichtet wurde, seiner beabsichtigten Beute entgegen. Ohne Ithuels mißtrauischen Scharfblick würde der Plan wohl schwerlich entdeckt worden sein, und hätte sich nicht Raoul mit kaltem Muthe und rascher Besonnenheit dazwischen geworfen, so wäre die List, trotz des schon erregten Verdachtes, unfehlbar gelungen.

Cuffe stand mit allen Uebrigen auf dem Verdecke der Fregatte und bewachte in gespannter Erwartung den Ausgang der Sache. Sie waren kaum im Stande, die Segel der Felucke mit Hilfe eines Nachtglases zu beobachten, während diese gegen den Lugger hintrieb, und Yelverton hatte eben gerufen, die beiden Schiffe stießen gegen einander – als auch schon die Flammen emporschlugen.

In dieser Entfernung schienen natürlich beide Schiffe eine einzige Feuermasse zu bilden, und als der Irrwisch um hundert Schritte näher gegen die Fregatte steuerte, während die Felucke zu brennen fortfuhr, erschienen sie beide, vom Bord der Proserpina aus gesehen, doch nur wie *ein* Ganzes, da sie sich mit dieser in schnurgerader Linie befanden.

Die Engländer erwarteten jeden Augenblick, die Pulverkammer des Luggers in die Luft fliegen zu hören, und als dieß nicht geschah, mußten sie zu dem Schlusse gelangen, daß das Schiff bereits untergesunken sei.

Griffin selbst ruderte landeinwärts, sowohl um das Feuer des Irrwisches, an dem er vorbei gemußt hätte, zu vermeiden, als auch in der Hoffnung, den feindlichen Führer, wenn er in einem Boote zu entkommen versuchen würde, vielleicht abschneiden zu können. Er erreichte sogar, eine volle Meile von dem Ankerplatze entfernt, einen Landungspunkt in dem Flusse, und wartete dort bis lange nach Mitternacht, bis er endlich fand, daß sich der Himmel mit Wolken bedeckte und die nächtliche Dunkelheit zunahm, worauf er, um jedem Unfalle auszuweichen, in einem weiten Bogen um das rauchende Wrack herumfuhr und nach der Fregatte zurückkehrte.

Dieß war der Stand der Dinge, als Kapitän Cuffe am folgenden Morgen mit dem Beginne der Dämmerung auf dem Verdecke erschien. Er hatte befohlen, ihn um diese Stunde zu wecken, und war nun voller Ungeduld, bis er einen Blick auf die See, besonders aber gegen die benachbarte Küste, werfen könnte. – Endlich begann sich der Vorhang sachte zu heben, und die Aussicht gegen den Fluß hin wurde weiter und weiter, bis zuletzt Alles, sogar das Land, sichtbar war.

Kein Fahrzeug irgend einer Art ließ sich blicken. Selbst das Wrack war verschwunden, obwohl man es später in der Brandung entdeckte, wohin es durch die Strömung getrieben worden, bis es in einen Wirbel gerathen war, der es wieder zurück und endlich an den Strand geführt hatte.

Von dem Irrwisch aber war auch nicht die geringste Spur zu entdecken. Nicht einmal ein Zelt an der Küste, ein irrendes Boot, eine treibende Spiere oder ein Fetzen von einem Segel! Alles war ohne Zweifel in dem Brande untergegangen.

Während Kapitän Cuffe in seine Kajüte hinabging, behauptete er eine aufrechtere Haltung, als er seit der gestrigen Morgenaffaire gezeigt hatte, und als er seinen Schreibtisch öffnete, geschah es mit der Miene eines Mannes, der mit sich selbst und seinen Thaten vollkommen zufrieden ist. Doch war sein Triumph nicht ohne Beimischung großherzigen Bedauerns. Es war allerdings eine große That, den gefährlichsten Kaper in der ganzen französischen Marine zerstört zu haben, und doch war es ein trauriges Loos, das siebenzig bis achtzig menschliche Wesen betroffen hatte – nicht anders als wie kriechendes Gewürm im Feuer umzukommen!

Nichtsdestoweniger war die Sache nun einmal geschehen und mußte an die vorgesetzten Behörden berichtet werden. Demgemäß wurde an den im Mittelmeere kommandirenden Offizier folgender Brief geschrieben:

„S. M. S. Proserpina – an der Mündung des Golo, Insel Corsika, den 23. Juli 1799.

Mylord!

Ich habe Euch zur Berichterstattung an die Lord-Kommissäre vom Admiralitätsamte die freudige Nachricht mitzutheilen, daß der republikanische Kaper, der Few-Folly, unter dem Kommando des berüchtigten Raoul Yvard, in der Nacht vom 22. dieß durch mich zerstört wurde. Die Umstände, welche diesen wichtigen Sieg begleiteten, waren folgende:

Auf die Nachricht, daß sich der berüchtigte Seeräuber an den römischen und neapolitanischen Küsten umhertreibe und allenthalben Unheil anrichte, segelte ich mit Seiner Majestät Schiffe die Halbinsel entlang, und so nahe am Lande, daß ich dasselbe fortwährend im Auge hatte, bis wir früh Morgens am 21. durch den Kanal von Elba kamen. Als wir die Bai von Porto Ferrajo zu Gesicht bekamen, sahen wir einen Lugger unter englischer Flagge vor der Stadt vor Anker liegen. Da es in einem befreundeten Hafen war, so konnten wir nicht annehmen, daß das Fahrzeug der Few-Folly sei; dennoch steuerten wir mit dem Entschlusse, uns von der Sache zu überzeugen, auf den Hafen los, und signalisirten den Fremden, bis dieser, unsere östliche Stellung benutzend, um die Felsen herumschlüpfte und windwärts entkam. Wir verfolgten ihn eine kurze Strecke weit und segelten dann hinter Capraya, wo wir bis zum Morgen des 22. blieben, worauf wir abermals gegen die Stadt aufbrachen.

Wir fanden den Lugger in der offenen See, und da wir uns jetzt hinlänglich von seinem wahren Charakter überzeugt hatten und mittlerweile eine Windstille eintrat, so schickte ich unter dem Kommando der H. H. Winchester und Griffin, meines ersten und zweiten Lieutenants, die Boote der Fregatte gegen den Feind. Nach einem kurzen Scharmützel, worin wir einigen Verlust erlitten, obgleich der der Republikaner offenbar weit größer war, gelang es Monsieur Yvard, in Folge einer plötzlich umspringenden Brise, uns abermals glücklich zu entwischen.

Jetzt wurden auf der Fregatte alle Segel eingesetzt und wir jagten den Lugger in die Mündung des Golo. Glücklicherweise hatten wir eine Felucke mit einer Ladung Theer und anderer brennbarer Stoffe am Bord gekapert, als wir uns eben dem Lande näherten, und so beschloß ich, einen Brander daraus zu machen und das feindliche Schiff, das außer Kanonenschußweite und von den Untiefen im Flusse gedeckt, vor Anker gegangen war, auf diese Art zu zerstören.

Da Mr. Winchester, der erste Lieutenant, in der Bootsaffaire verwundet worden war, übertrug ich Mr. Griffin die Ausführung meines Planes: derselbe hatte sich schon vorher freiwillig dazu erboten, und löste seine Aufgabe gestern Abend gegen zehn Uhr mit der größten Kaltblütigkeit – ganz wie es einem tüchtigen Offizier geziemt.

Ich schließe seinen Bericht über die Affaire bei und bitte um die Erlaubniß, den jungen Mann der Gnade der Lord-Kommissäre anempfehlen zu dürfen. Auch mit Mr. Winchesters trefflichem Benehmen während des scharfen Feuers am vergangenen Morgen habe ich alle Ursache, zufrieden zu sein. Ich hoffe, dieser brave Offizier wird bald wieder im Stande sein, seinen Dienst anzutreten.

Erlaubt mir, Mylord, Euch zu der vollständigen Zerstörung dieses höchst gefährlichen feindlichen Kreuzers meinen Glückwunsch abzustatten: derselbe ist so von Grund aus abgebrannt, daß auch nicht eine Spiere oder ein Stück seines Wracks übrig blieb. Wir haben Grund zu glauben, daß der Lugger mit Mann und Maus zu Grunde ging, und obwohl dieses für menschliche Wesen schreckliche Ende tief zu bedauern ist, so wurde es wenigstens im Dienste einer rechtmäßigen Regierung und Religion verhängt. Der Lugger steckte überdieß voll von leichtfertigen Frauen, denn als unsere Leute ihm auf ihrem Brander näher kamen, hörte man sie eben ihre philosophischen, irreligiösen Gesänge anstimmen.

Ich werde die Küste nach dem etwa herumtreibenden Floßholz durchsuchen und dann nach Livorno weiter segeln, um frische Lebensmittel daselbst einzunehmen.

Ich habe die Ehre zu sein, Mylord,
Eurer Herrlichkeit gehorsamster Diener
Richard Cuffe.

Seiner Herrlichkeit, Lord *Nelson*,
Herzog von Bronte etc. etc., Contreadmiral.“

Cuffe überlas diesen Bericht zweimal, dann ließ er Griffin rufen, dem er ihn laut vorlas, indem er bei der Stelle, wo er von dem trefflichen Benehmen des jungen Mannes sprach, einen bedeutungsvollen Blick auf seinen Untergebenen heftete.

„So viel von dem verdammten Irrwische, Griffin! Ich denke, er wird Niemand mehr zu einer Wildegänsejagd verlocken.“

„Ich denke nicht, Sir. Wollt Ihr mir erlauben, Kapitän Cuffe, in der Schreibart von des Luggers Namen eine kleine Aenderung vorzuschlagen? Der Sekretär könnte sie vornehmen, wenn er den Brief in's Reine schreibt."

„Aha – es mag wohl sein, daß der Name von der Art, wie *wir* ihn setzen würden, abweicht, denn die französische Schreibweise will überhaupt nicht viel bedeuten. Schreibt ihn, wie Ihr wollt – Nelson hegt zwar gegen ihre gepriesene Philosophie und Gelehrsamkeit eben so große Verachtung, wie ich selbst. Ich hoffe, das Englische werdet Ihr alles richtig geschrieben finden – wie buchstabirt denn *Ihr* das konfuse Kauderwälsch?"

„ Feu-Follet, Sir – die letzte Sylbe lautet *Follay* und nicht Folly. Ich dachte schon daran, Kapitän Cuffe, Euch um Erlaubniß zu bitten, einen der Kutter nehmen zu dürfen, um nach dem Ankerplätze des Luggers hinzurudern und nachzusehen, ob nicht von seinem Wrack noch etwas aufzufinden ist. Unser Schiff wird doch schwerlich vor dem Eintritte des Westwindes unter Segel gehen."

„Nein – wahrscheinlich nicht. Ich will mein Langboot bemannen lassen, dann können wir zusammen gehen. Der arme Winchester muß ja ohnedieß eine Zeitlang das Haus hüten, und wir brauchen ihn also nicht erst zu befragen, ob er's gerne thut. – Ich hielt nicht für nöthig, Griffin, dem Admiral den ganzen Belauf unseres Verlustes bei dem Bootscharmützel auf die Nase zu binden, da er ihn doch nur unmuthig gestimmt haben würde."

„Ich gebe Euch vollkommen recht, Sir, denn auf diese Art ist es am besten – ›Einiger Verlust‹ deckt Alles zu: man meint damit ›mehr oder weniger‹."

„Das war eben auch meine Ansicht von der Sache. Ich möchte behaupten, es waren wohl gegen zwanzig Frauenzimmer am Bord des Luggers?"

„Die Zahl kann ich nicht angeben, Sir; ich hörte nur weiblichen Gesang, als wir mit unserem Brander näher kamen, und glaube wohl, daß ihrer leicht so viele gewesen sein mögen. Der Lugger war mit Menschen voll gepfropft, denn sie schwärmten wie die Bienen auf der Vorderschanze umher, als wir mit ihm zusammenstießen. Bei dem Schein des Feuers erblickte ich sogar Raoul Yvard so deutlich, wie ich Euch jetzt vor mir sehe, und hätte ihn mit einer Muskete wegputzen können – das wäre aber doch nicht ehrenhaft gewesen."

Cuffe stimmte bei und ging dann nach dem Verdeck voraus, nachdem er zuvor den Befehl zum Bemannen der Boote ertheilt hatte. Die beiden Offiziere ruderten nun nach dem Punkte, wo sie vermutheten, daß der Irrwisch vor Anker gelegen, und suchten fast eine Stunde lang in der Nachbarschaft, ob sie nicht auf dem Grunde noch Spuren des Wracks finden könnten.

Griffin stellte die Vermuthung auf: wenn die Pulverkammer versunken sei, so dürfte leicht in der Hast und Verwirrung des Augenblicks die Luke zur Ambülance offen geblieben sein – ein Umstand, der den Kiel eines so kleinen Fahrzeugs, besonders nachdem der Rumpf bis auf den Wasserspiegel abgebrannt war, recht gut in zwei bis drei Stunden in die See geführt haben könnte.

Diesen Kiel zu finden, war die nächste und zwar keineswegs hoffnungslose Aufgabe, da das Wasser des mittelländischen Meeres so klar ist, daß das Auge selbst an der Mündung des Golo auf mehrere Faden Tiefe eindringen kann, obwohl dieser Strom immer mehr oder weniger Schutt von des Gebirgen mit sich führt.

Wir brauchen wohl kaum zu sagen, daß ihre Nachsuchungen von keinem Erfolge gekrönt wurden, denn der Irrwisch lag eben damals wohlgeborgen in Bastia vor Anker, wo seine Mannschaft den beschädigten Hauptmast bereits abgenommen hatte, um an seiner Stelle einen neuen einzusetzen. Gerade in jenem Augenblicke ging Carlo Giuntotardi mit seiner Nichte und Raoul Yvard in der Hauptstraße der Stadt spazieren – der Ort ist nämlich gerade wie Porto Ferrajo auf einem Hügel gelegen – ohne nur entfernt an Branderschiffe, englische Fregatten oder an die Gefahren der See zu denken.

Dieß Alles war aber Kapitän Cuffe und seinen Begleitern ein tiefes Geheimniß, denn diese hatten sich – allerdings nicht ganz ohne Grund – schon längst daran gewöhnt, von dem Ausgang ihrer Seeunternehmungen die günstigsten Erwartungen zu hegen, und zweifelten keinen Augenblick, daß der Irrwisch, ihrem Ausdruck zufolge, „seine Gebeine irgendwo am Ufer zur Ruhe gelegt habe".

Nachdem zwei bis drei Stunden in vergeblichen Nachsuchungen vergeudet waren, beschloß Cuffe, nach seinem Schiffe zurückzukehren. Er war ein kühner Jägersmann und hatte eine Vogelflinte in seinem Boote mitgebracht, halb und halb in der Absicht, zu landen und bis der Westwind einträte, zwischen einigen Morästen, die er in der Nähe des Ufers bemerkte, die Pirsch zu versuchen: Griffin hatte ihn jedoch überredet, diesen gewagten Versuch wieder aufzugeben.

„Auf jenem nassen Grunde muß es Waldschnepfen geben, Griffin," meinte Cuffe, während er mit Widerstreben etwas Weniges in seinem Entschlusse nachgab, „und Winchester wird sich in ein paar Tagen wohl nach Geflügel sehnen. Ich war mein Lebtage noch nie verwundet, ohne eine besondere Lust nach Wildpret zu verspüren, nachdem das Fieber vorüber war. Auch Haarschnepfen muß man am Ufer dieses Flusses antreffen – letztere fangen um diese Zeit an, zu streichen, Griffin!"

„Es ist weit wahrscheinlicher, Sir, daß von der Mannschaft des Kapers Einige auf Planken und leeren Tonnen an's Ufer gelangt sind und in dem Dickicht herumstreichen, um unsere Boote zu bewachen. Drei oder vier derselben würden für Euch doch zu viel sein, Kapitän Cuffe, denn die Schufte führen alle Messer so lang wie Hirschfänger."

„Ich glaube, Eure Vermuthung könnte richtig sein, und so muß ich wohl meinen Plan aufgeben. – Rudert nach der Fregatte zurück, Davy – dann wollen wir wieder einige dieser französischen Hallunken aufspüren!"

Damit war die Sache beendigt. In einer halben Stunde schaukelten die Boote schon wieder auf dem Verdeck der Proserpina, und drei Stunden später stand das Schiff unter vollen Segeln und fing an sich sachte vom Lande zu entfernen.

Dießmal aber war die Brise aus Westen ausnehmend schwach, und die Sonne ging eben unter, als das Schiff die kleine Insel Pianosa hinter sich hatte. Jetzt kam der

Wind von Norden und die Fregatte drehte das Gallion gegen Osten, so daß ihr Kurs zwischen dem eben erwähnten Lande und der Insel Elba mitten inne lag.

Die ganze Nacht über steuerte die Proserpina in langsamem Laufe an der Südseite der letzteren Insel vorüber, bis sich gegen Morgen der Südwind wieder einstellte, und die Fregatte, nachdem der Tag weiter vorgerückt war, in dem Kanale von Piombino fast gerade so wieder erschien, wie sie dem Leser im Beginne der Erzählung vorgeführt wurde.

Cuffe hatte Befehl gegeben, ihn wie gewöhnlich mit Tagesanbruch zu wecken, denn in einem so wichtigen, ereignißreichen Kriege hatte er sich's zur Gewohnheit gemacht, in solchen Augenblicken auf dem Verdeck zu sein, um sich mit eigenen Augen zu überzeugen, was Alles das Glück über Nacht in seinen Bereich geführt hatte.

„Nun, Mr. Griffin," begann er, sobald er die Begrüßung des wachhabenden Offiziers empfangen hatte, „Ihr habt heute eine stille Nacht gehabt. Dort drüben ist die Landspitze von Piombino, wie ich sehe, und hier auf unserer Backbordseite haben wir abermals Elba und das kleine Felseneiland. In jetziger Zeit ist doch ein Tag gerade wie der andere, besonders für uns Seeleute."

„Ist das wirklich Euer Ernst, Kapitän Cuffe? – Meiner Ansicht nach hat der heutige Tag seit dem Augenblicke, da wir den Sperber und sein Convoi wegkaperten, wenigstens dem Logbuche der Proserpina nach, nicht seines Gleichen. Ihr vergeßt, Sir, daß wir gestern Abend den Irrwisch zerstörten!"

„Ja, ja – das ist schon Etwas – besonders für *Euch*, Griffin. Nun, sobald wir Livorno erreichen können, wird Nelson mit dem nächsten Postschiffe davon hören, und das soll alsbald geschehen, so wie ich Gelegenheit gefunden habe, mit dem Volke in Porto Ferrajo zu verkehren. Nach all' Dem, was vorgegangen, können wir wohl nicht weniger thun, als Eurem – ›der Henker hole die Torie's‹ – unsern glücklichen Sieg mitzutheilen."

„Segel ho!" rief der Ausgucker auf der Vormarsraa.

Die beiden Offiziere drehten sich um und schauten nach allen Richtungen aus, bis der Kapitän die übliche Frage stellte:

„Wohinzu?"

„Hier, Sir, dicht an unserem Bord – auf der Backbord-Hand und an unserer Luvseite."

„Auf unserer Luvseite! Hol' mich der Teufel, *das* kann nicht wahr sein, Griffin. Da ist ja nichts als die Insel zu sehen. Der Bursche kann doch dieses kleine Eiland nicht für den Rumpf eines Schiffes gehalten haben!"

„Wenn er's gethan, Sir," gab Griffin lachend zur Antwort, „so müßte er ihn für einen Zwanzigdecker gehalten haben. Das ist ja Ben Brown da oben – wir haben keinen besseren Ausgucker auf der Fregatte."

„Seht Ihr's, Sir," fragte Ben Brown, und schaute über seine Schulter auf das Verdeck herunter.

„Nicht einen Fetzen davon," schrie Cuffe. „Du mußt wohl träumen, Bursche. – Wie sieht's denn aus?"

„Das kleine Eiland da verdeckt es Euren Blicken, Sir. Es ist ein Lugger, Sir, und sieht dem, den wir gestern Nacht verbrannten, so ähnlich, wie ein Krahnbalken dem andern."

„Ein Lugger!" rief Cuffe. „Wie! abermals einer dieser Spitzbuben! Beim Jupiter! Ich will hinaufsteigen und selbst einen Blick hinauswerfen. Zehn gegen Eins, ich kann ihn vom großen Mars aus erkennen."

Drei Minuten später stand Kapitän Cuffe auf dem fraglichen Mars, wohin er – wie jeder vernünftige Mann auf einer Fregatte, besonders wenn diese aus Mangel an Wind still steht, durch das Soldatengaat gelangt war.

Damals war's eine Zeit, wo man rasch avancirte; man zählte nur wenige graubärtige Lieutenants in der englischen Marine, und selbst unter den Admiralen gab's Manche, die noch nicht alle Weisheitszähne aufzuweisen hatten. So war auch Cuffe noch ein junger Mann, und es kostete ihn keine große Anstrengung, um auf die erwähnte Art an der Schiffswand emporzuklettern.

Sobald er einmal auf dem Marse stand, ließ er auch seine Blicke munter umherwandern. Eine volle Minute blieb er regungslos und starrte in der von Ben Brown angedeuteten Richtung hinaus.

Diese ganze Zeit über stand Griffin auf dem Quarterdeck und schaute eben so aufmerksam auf seinen Vorgesetzten, wie dieser das fremde Segel im Auge behielt. Dann ließ sich Cuffe endlich herab, einen Blick unter sich zu werfen, um die Neugierde des wachhabenden Offiziers zu befriedigen, die, wie er wohl fühlte, in dessen jetziger Stellung so natürlich war. Griffin wagte nicht, seinen *Kapitän* zu fragen, was er sehe – in seinem Blicke aber lag ein ganzes Buch voll Fragen über diesen interessanten Gegenstand.

„Ein Bruder-Corsar, beim Jupiter Ammon!" rief Cuffe; „ein *Zwillingsbruder* noch obendrein, denn sie sehen einander in der That so ähnlich, wie ein Krahnbalken dem andern. Ja, beim Jupiter, sogar noch mehr, wenn ich überhaupt ein Urtheil in der Sache habe."

„Was sollen wir thun, Kapitän Cuffe?" fragte der Lieutenant. „Wir steuern fortwährend leewärts. Ich weiß nicht gewiß, Sir, ob eine Strömung hier in der Nähe ist, aber –"

„Schon gut, Sir – ganz gut – laßt die Backbordhalsen sobald wie möglich anziehen und die Backbordbatterien klar machen. Wir müssen den Burschen vielleicht erst zum Krüppel schießen, ehe wir seiner habhaft werden können."

Mit diesen Worten stieg Cuffe durch dasselbe Soldatengaat wieder herab und erschien bald darauf auf dem Verdeck. Das Schiff wurde nun ein Schauplatz des Lärmens und der Thätigkeit. Alle Matrosen wurden aufgerufen: einige machten die

Kanonen klar, während die anderen die Raaen braßten und dem neuen Kurse gemäß stellten.

Der Leser wird das Folgende weit leichter verstehen, wenn er vielleicht einen Blick auf die Karte der italienischen Küste werfen will. Dort wird er bemerken, daß das östliche Ufer der Insel Elba beinahe in gerader Linie von Norden gegen Süden hinläuft, während Piombino von ihrer nördlichen Spitze aus nordnordöstlich abliegt. In der Nähe letzterer Landspitze befindet sich das kleine, so oft erwähnte Felseneiland, das Napoleon fünfzehn Jahre später zu der vorgeschobenen Redoute seines Inselreiches machte.

Die Proserpina befand sich auf der einen Seite dieses Eilandes, der fremde Lugger aber auf der andern. Erstere war so weit durch den Kanal gegangen, daß sie mit den Backbordhalsen dicht beim Winde halen und dennoch an dem Eilande vorbeikommen konnte; letzterer dagegen stand gerade so weit windwärts, d. h. gegen Süden, daß man ihn auf dem Verdeck der Fregatte wegen der zwischenliegenden Felsen nicht sehen konnte. Da die Entfernung zwischen dem Eilande und der Insel Elba kaum ein paar hundert Schritte betrug, so hoffte Kapitän Cuffe, seinen Feind zwischen sich und dem Lande einzuschließen, denn er ließ sich nicht träumen, daß es dem Fremden einfallen werde, durch einen so engen Felsenpaß zu steuern.

Aber er kannte seinen Mann nicht, denn dieser war kein anderer als Raoul Yvard, der in der Hoffnung, jedes weitere Zusammentreffen mit seinem furchtbaren Gegner zu vermeiden, von Bastia aus diesen Weg eingeschlagen hatte. Sobald es hell geworden, hatte er die luftigen Segel der Fregatte über die Felsen hervorragen sehen, und da *er* über *ihre* Existenz wenigstens nicht im Zweifel sein konnte, so erkannte er sie mit einem einzigen Blick. Sein erster Befehl war, Alles so flach wie möglich zu halen, und seine Hauptabsicht ging jetzt dahin, unter dem Schutze der Gebirge von Elba in diesen nämlichen Paß zu gelangen, durch welchen der Wind mit weit mehr Gewalt als irgendwo sonst in der Nachbarschaft wehte.

Während die Proserpina eine volle Meile seewärts im Kanale stand, hatte der Irrwisch, der bei leichtem Winde nur um so rascher segelte, Zeit genug, seinen Plan auszuführen. Statt den schmalen Paß zwischen beiden Eilanden zu vermeiden, lief Raoul kühn in denselben ein; er behielt fortwährend ein wachsames Auge auf seine Fockraa gerichtet, von wo man jede drohende Gefahr sogleich berichten mußte, und so gelang es ihm, in der Meerenge selbst hinauf- und wieder zurückzusteuern, so daß er südwärts auf der Steuerbordseite herauskam und die Spitze der Insel in demselben Augenblicke bereits hinter sich hatte, da die Fregatte an der entgegengesetzten Mündung des Passes erschien.

Jetzt hatte der Lugger eine leichte Aufgabe vor sich: er durfte nur seinen Feind bewachen und zeitig genug wenden, um das Inselchen zwischen sich und der Fregatte zu behalten, da der Engländer doch nicht wagte, sein großes Schiff durch eine so enge Schlucht zu führen. Raoul übersah diesen Vortheil nicht, und Cuffe war schon zweimal und jedes Mal näher und näher an der Insel vorübergekommen, bis er endlich einsah, daß ihm seine Kanonen nichts helfen würden, so lange er nicht wenigstens luvwärts um den zwischenliegenden Gegenstand herumkommen konnte; auch in diesem Falle sah er voraus, daß sie bei so leichtem Winde und in solcher Entfernung von seinem Feinde dennoch unnütz sein müßten.

„Thut nichts, Mr. Griffin; laßt den Burschen laufen," rief der Kapitän, sobald er diese entscheidende Entdeckung machte; „es ist schon genug, daß wir die See von einem dieses Gelichters gesäubert haben. Ueberdieß wissen wir ja auch nicht, ob er überhaupt nur ein Feind ist. Er zeigt keine Flagge, und scheint eher aus Porto Ferrajo, einem befreundeten Hafen, ausgelaufen zu sein."

„Raoul Yvard that *das* nicht ein-, sondern zweimal," murmelte Yelverton, der aus dem Grunde, weil er bei den verschiedenen Angriffen auf den Irrwisch nicht verwendet worden war, zu den Wenigen am Borde der Proserpina gehörte, welche den Untergang des Luggers bezweifelten. „Diese *Zwillinge* sehen sich doch erstaunlich ähnlich – besonders *Pomp*, wie der amerikanische Neger von seinen beiden Zwillingskindern sagte."

Diese Bemerkung blieb unbeachtet, denn die Illusion in Betreff der Zerstörung des Kapers war auf der Fregatte so allgemein, daß es ein hoffnungsloses Unternehmen gewesen wäre, Offiziere und Mannschaft überreden zu wollen, der Irrwisch sei gar nicht verbrannt, da dieß gerade eben so viel geheißen hätte, als wenn man eine ›große Nation‹ zu dem Glauben bewegen wollte, daß auch sie manche von den Schwächen und Blößen zeige, welche kleinere Körperschaften zugestandener Maßen an sich tragen können.

Die Proserpina vierte nun abermals und segelte mit aufgehißter Flagge in die Bai von Porto Ferrajo, wo sie ziemlich nahe an der Stelle, welche sich Raoul die beiden vorhergehenden Male zu demselben Zwecke auserlesen hatte – vor Anker ging. Das Langboot wurde ausgesetzt und Cuffe stieg in Begleitung Griffin's, der als Dolmetscher mitging, an's Land, um den Platzbehörden den üblichen Dienstbesuch abzustatten.

Da der Wind sehr schwach war, so hatte man mehrerer Stunden bedurft, um alle diese Veränderungen herbeizuführen, und als die beiden Offiziere die Terrassen in den Straßen hinanstiegen, war der Tag mittlerweile so weit vorgerückt, daß ihr Besuch auch der Zeit nach als passend erschien. Cuffe erschien in voller Uniform, mit Epauletten und Degen, und zog deßhalb Aller Augen auf sich: Vito Viti halte sich bereits beeilt, seinen Freund von der ihm bevorstehenden Ehre zu benachrichtigen. So wurde der Vicestatthalter nicht überrascht, sondern hatte noch so viel Zeit, um sich auf Entschuldigungen zu besinnen, daß er sich durch einen so unverschämten Betrug hatte bethören lassen, wie der war, welchen ihm Raoul Yvard mit so viel Glück gespielt habe.

Der Empfang war würdig, aber steif, denn schon der Umstand, daß Alles, was von den beiden Hauptpersonen gesprochen wurde, zuvor erst übersetzt werden mußte, wenn es verstanden werden sollte – mußte das Ceremoniel eher vermehren, als vermindern. Aus diesem Grunde waren auch die paar ersten Minuten der Unterredung etwas gezwungen: da aber jeder der beiden Theile Etwas auf dem

Herzen trug, wovon er sich gerne losgemacht hätte, so mußte das natürliche Gefühl bald über die steife Form die Oberhand gewinnen.

„Ich muß Euch die Art und Weise erklären, Sir Cuffe, wie sich ein neulicher Vorfall hier in unserer Bai zugetragen," bemerkte der Vicestatthalter, „denn ohne eine solche Erklärung könntet Ihr leicht glauben, daß wir in unserem Dienste nachlässig und des Vertrauens unwürdig seien, das der Großherzog in uns setzt. Ich meine, wie Ihr wohl selbst ahnen werdet, den Umstand: daß der Irrwisch zweimal friedlich unter den Kanonen unserer Batterien gelegen hat, während sein Kommandant und sogar ein Theil seiner Bemannung gastfreundlich an unserem Strande aufgenommen wurde."

„In Zeiten wie die jetzigen, müssen solche Dinge vorkommen, Mr. Veechygovernatory, – und wir Seemänner rechnen sie blos unter die Unfälle des Kriegs," gab Cuffe gnädig zur Antwort, denn er war in dem Gefühle seines jetzigen Sieges viel zu großmüthig, als daß er Andere aus eine harte Weise hätte beurtheilen können. „Es mag vielleicht nicht so leicht sein, einen Seeoffizier wie mich, zu täuschen, aber ich darf wohl sagen, Veechygovernatory, hätte das Ding irgend eine Beziehung auf die Verwaltung Eurer kleinen Insel hier gehabt, so würde selbst Monsieur Yvard Euch zu stark für sich erfunden haben."

Der Leser wird bemerken, daß Cuffe für die Benennung des Elbanesischen Würdeträgers eine neue Aussprache gefunden hatte, was daher kam, daß er denselben Wunsch, wie wir Alle, wenn wir mit Fremden sprechen, hegte, nämlich den – sie immer lieber in ihrer, als in unserer eigenen Sprache anzureden. Der würdige Kapitän hatte ebensowenig eine genaue Idee von einem *Vice*statthalter, als das amerikanische Volk gerade jetzt zu begreifen scheint, was ein *Vice*präsident zu bedeuten hat: da er aber bemerkt hatte, daß das Wort im Italienischen wie ›Veechy‹ ausgesprochen wurde, so war er gerne bereit, ihm seine wahre Betonung zu geben, wobei jedoch Griffin, der dieß vernahm, ein leichtes Lächeln nicht unterdrücken konnte.

„Ihr erweist mir bloße Gerechtigkeit, Signor Kuhffe oder Sir Kuhffe, wie ich Euch wohl tituliren sollte," erwiederte der Statthalter; „denn in Sachen, die unser Amt hier am Lande betreffen, sind wir keineswegs so unwissend, als in Dingen, welche zu Eurem ehrenvollen Berufe gehören. Dieser Raoul Yvard stellte sich mir als einen der brittischen Offiziere vor, die ich alle verehre und hochachte; er hatte kecker Weise den Namen einer Familie angenommen, welche, wie ich glaube, in eurem Lande sehr mächtig ist und in hohem Ansehen steht –"

„Aha – der *Barone*!" rief Cuffe; er hatte nämlich im Verkehr mit den Bewohnern von Süditalien entdeckt, daß dieses Wort ebensowohl einen ›Schurken‹ als einen ›Baron‹ bezeichne, und gebrauchte es daher gerne bei passenden Gelegenheiten. „Sagt doch einmal, Veechy-Governatory, welchen Namen hat er denn angenommen? – Ca'endish oder Howard oder Seymour oder sonst einen aus diesen hochadeligen Häusern, darauf will ich wetten, Griffin! Es nimmt mich nur Wunder, daß er unsern Nelson wenigstens verschont ließ."

„Nein, Signore; er trug den Familiennamen eines andern berühmten Geschlechts. Der republikanische Corsar stellte sich mir als Sir Smees – Sohn eines gewissen Milordo Smees, vor."

„Smees – Smees – Smees! – Ich erinnere mich nicht, einen solchen Namen jemals unter unserem Peers-Adel nennen gehört zu haben. Es kann doch nicht etwa Seymour sein, was der Veechy meint! – *Das* ist allerdings ein großer Name, und Einige von ihnen haben auch in der Marine gedient: es ist möglich, daß der Barone am Ende doch die Unverschämtheit gehabt hat, sich für einen Seymour auszugeben!"

„Ich glaube doch nicht, Kapitän Cuffe! – ›Smees‹ lautet ziemlich so, wie ein Italiener unser ›Smith‹ aussprechen würde, was die Franzosen, wie Ihr wißt, wie ›Smeet‹ buchstabiren. Es wird sich am Ende herausstellen, daß dieser Mr. Raoul den ersten besten englischen Namen, der ihm einfiel, annahm, wie Einer, der über Bord stürzt, sich an eine herumtreibende Spiere oder eine lose Boje anklammert, und dieser Name lautet nun zufällig ›Smith‹."

„Wer Teufels hat je von einem Mylord Smith gehört! Da könnten wir noch eine hübsche Aristokratie bekommen, Griffin, wenn sie aus solchen Burschen zusammengestoppelt würde!"

„Nun, Sir, der *Name* kann doch keinen großen Unterschied machen: ich denke, alte Abstammung und tapfere Thaten machen die Hauptsache."

„Und auch einen Titel hat er angenommen – *Sir* Smees! Sicherlich hätte er darauf geschworen, Seine Majestät habe ihn auf dem Verdeck seines eigenen Schiffes unter der königlichen Flagge zum Ritter und Bannerherrn geschlagen, wie dieß mit einigen unserer alten Admirale der Fall war. Der Veechy hat aber jedenfalls einen Theil der Geschichte vergessen, denn er hätte doch wenigstens Sir *John* oder Sir *Thomas* Smees heißen müssen!"

„Nein, Sir, das ist gerade die Art der Italiener und Franzosen, welche nichts davon wissen, wie wir unsere Taufnamen mit dem Titel verbinden, und Sir Edward, Lord Harry oder Lady Betty sagen."

„Da sehe Einer die Franzosen! Ja wahrhaftig, von *ihnen* will ich Alles glauben; diesen *Italienern* aber hätte ich doch etwas Besseres zugetraut. Uebrigens möchte es doch gut sein, dem Veechy von dem, was wir gesprochen haben, einen Wink zu geben, sonst könnten wir als unhöflich erscheinen – und hört Ihr, Griffin, da Ihr einmal daran seid, so reibt's ihm wegen seiner Bücher und derartiger Dinge nur ein bischen unter die Nase, denn unser Schiffschirurg sagte mir, er habe zu Livorno von ihm, als von einem wahrhaften Bücherwurme, sprechen hören."

Der Lieutenant that, wie man ihm geheißen hatte, und warf eine Anspielung auf den Ruf von Andrea's Gelehrsamkeit ein, welche unter diesen Umständen recht gut angebracht war, und der Person, an welche sie gerichtet wurde, um so mehr, als es mit deutlichen Worten geschah – gerade in diesem Augenblicke der Spannung höchlich erwünscht kam.

„Meine Ansprüche auf Gelehrsamkeit sind nur gering, Signore," gab Andrea voll Demuth zur Antwort, „wovon ich auch Sir Kuhffe zu unterrichten bitte; sie waren aber jedenfalls hinreichend, um gewisse Anzeichen an diesem Corsaren zu entdecken – ein Umstand, der in einem höchst entscheidenden Augenblicke beinahe zu der Bloßstellung des Fremden geführt hätte. Er hatte nämlich die Kühnheit, Signore, *mir* weiß machen zu wollen, es gebe einen englischen Redner, Namens Sir Cicero, von demselben Namen und auch den nämlichen Verdiensten, wie jener berühmte Redner von Roma und Pompeji gewesen!"

„Der Barone!" rief Cuffe abermals, als ihm dieses neue Verbrechen Raouls erklärt wurde. „Ich glaube, der Schurke war zu Allem fähig. Jetzt aber hat's ein Ende mit ihm und mit all' seinen Sir Smees und Sir Cicero's obendrein. Ich denke, Ihr könntet nunmehr den Veechy in das Geheimniß von des Burschen Schicksale einweihen, Griffin!"

Dieser erzählte sofort dem Vicestatthalter, wie der Irrwisch mit Raoul Yvard und allen seinen Genossen, ihrer Vermuthung zufolge, gleich den Raupen auf einem Baume im Feuer umgekommen sei. Andrea Barrofaldi hörte ihm zu, nicht ohne einen geziemenden Grad von Entsetzen in seinen Mienen zu verrathen: Vito Viti aber vernahm die Geschichte mit Zeichen von Ungläubigkeit, die er sich nicht einmal zu verbergen bemühte. Nichtsdestoweniger fuhr Griffin so lange fort, bis er selbst über die Art, wie er und Cuffe den Ankerplatz des Luggers, in der vergeblichen Absicht das Wrack zu entdecken, untersucht – berichtet hatte.

Die beiden Beamten hörten dieß Alles mit tiefem Interesse. Beide schauten einander eine Zeitlang an und wechselten bedeutungsvolle Geberden: dann übernahm Andrea abermals das Amt des Sprechers.

„Darin waltet irgend ein sonderbares Mißverständniß, Signor Tenente Herr Lieutenant.
D. U.," äußerte er endlich; „denn Raoul Yvard ist noch am Leben. Er fuhr erst heute Morgen mit Tagesanbruch in seinem Lugger an unserem Vorgebirge vorüber!"

„Aha – das glaubt er wohl deßhalb, weil er den Burschen gesehen, auf welchen wir draußen vor dem Hafen gestoßen," erwiederte Cuffe, nachdem er sich die Antwort hatte übersetzen lassen; „ich wundere mich nicht darüber, denn die beiden Schiffe sahen einander überraschend ähnlich. Der Barone aber, den wir mit unseren eigenen Augen abbrennen sahen, kann nimmermehr auf der See herumschwimmen, Griffin. Ich sage Barone, denn meiner Meinung nach hatte der Few-Folly eben so viel von einem Schurken an sich, wie sein Kommandant und Alle, die darauf waren."

Griffin erläuterte dieses den beiden Italienern, ohne jedoch für dieses Mal Glauben bei ihnen zu finden.

„Nicht so, Signor Tenente – nicht so," versetzte der Vicestatthalter. „Daß der Lugger, der heute Morgen hier vorbeipassirte, der Feu-Follet war, wissen *wir* ganz *gewiß*, denn er kaperte im Laufe der Nacht eine unserer Felucken, die von Livorno kam, und Raoul Yvard ließ dieselbe wieder los, aus Dankbarkeit, wie er gegen den Schiffsherrn bemerkte, für die höfliche Behandlung, die er in unserem

Hafen erfahren hatte. Ja er trieb seine Anmaßung sogar so weit, daß er demselben Manne auftrug, mir Grüße von ›Sir Smees‹ auszurichten, und seine Hoffnung auszudrücken, daß er noch eines Tags im Stande sein würde, mir seinen Dank persönlich zu bezeigen."

Der englische Kapitän nahm diese Nachricht auf eine Weise auf, die sich von ihm erwarten ließ; so unfreundlich sie auch war, so sah er sich doch genöthigt, nachdem er noch allerhand Fragen an den Vicestatthalter gerichtet und dessen Antworten vernommen hatte – der Sache, so schwer es ihn auch ankam, Glauben zu schenken. Er trug seinen offiziellen Bericht in der Tasche, und war im Verlaufe der Unterredung damit beschäftigt, ihn insgeheim in so kleine Stücke zu zerreißen, daß selbst ein Mahomedaner sie für zu winzig erklärt haben würde, um nur das Wörtchen ›Allah‹ darauf zu schreiben.

„Ein verd–es Glück ist's noch, Griffin, daß der Brief nicht schon heute früh nach Livorno abging," bemerkte, er nach einer langen Pause. „Nelson würde mich nicht übel *gebrontet* haben, wenn er ihn erhalten hätte. Und doch habe ich noch nie auch nur halb so fest an die neunundzwanzig Artikel geglaubt, als –"

„Ich glaube, es sind deren neunund *dreißig*, Kapitän Cuffe," fiel Griffin bescheiden ein.

„Nun, meinetwegen neunund *dreißig*, wenn Ihr wollt – was wollen auch zehn mehr oder weniger in solchen Dingen bedeuten? Man müßte sie ja doch *alle* glauben, wenn's deren auch ein ganzes Hundert wäre. Aber ich habe an *sie* niemals so fest wie an die Vernichtung dieses höllischen Hallunken geglaubt. Jetzt ist mein Glaube für mein Lebenlang erschüttert."

Griffin äußerte einige Worte des Bedauerns, war aber selbst zu schmerzlich betroffen, um einem Anderen viel Trost einsprechen zu können. Andrea Barrofaldi, der wohl sah, wie die Sachen standen, trat jetzt als artiger Wirth dazwischen, und lud die beiden Offiziere ein, sein Junggesellenfrühstück mit ihm zu theilen.

Die weiteren Folgen dieses Besuchs, so wie die Mittheilungen, zu welchen er Veranlassung gab, sollen im Verlaufe unserer Erzählung nachgeholt werden.

Dreizehntes Kapitel

Wenn jemals bess're Tage Ihr gesehen,
Wenn Glocken Ihr zur Kirche hörtet läuten;
Wenn Ihr mit einem Ehrenmann zu Tische saßet,
Wenn Euch bekannt, wie süß das Mitleid-Geben und Empfangen,
Dann laßt hier für mein Fleh'n mich Gnad' erlangen!

Shakespeare.

Es wird nunmehr nothwendig, in der Zeit weiter zu rücken und den Schauplatz unserer Erzählung nach einem andern, wenn gleich nicht fernen Theile desselben Mittelmeeres zu verlegen.

Der Leser stelle sich im Geist an die Mündung eines weiten Golfes, der fast in jeglicher Richtung seine sechzehn bis achtzehn Meilen messen mag: seine Einfassung ist mit vorspringenden Vorgebirgen und zurücktretenden Krümmungen ausgezackt, und die Tiefe des Ganzen mag vielleicht die größte Breite, wie wir sie angaben, noch in etwas übertreffen. Dann wird er denjenigen Standpunkt einnehmen, wo wir ihm eines der schönsten Panorama's der Erde vor Augen stellen wollen.

Zu seiner Rechten erhebt sich ein hohes, felsiges Eiland von dunklem Tuffstein, das bei aller Großartigkeit seiner Formen durch seine lachenden Weingärten und üppigen Ortschaften einen heiteren Anblick gewährt – dessen Interesse durch die Ruinen, welche an Ereignisse aus der fernen Zeit der Cäsaren erinnern, noch vermehrt wird. Ein schmaler Arm des blauen Mittelmeeres trennt diese Insel von einem kühn hervortretenden Kap des Hauptlandes; dann folgt eine Reihe malerischer, mit Dörfern bedeckter Höhen und Thäler, die durch eine kühne und zugleich sanfte Scenerie gehoben und durch Einsiedeleien geschmückt werden, welche in der Sprache des Landes den Namen Camaldolis führen – bis wir zu einem Städtchen gelangen, das auf einer mehrere hundert Fuß über das Wasser emporsteigenden, auf Tuffstein ruhenden Ebene liegt, und dessen Häuser sich bis dicht an den Rand der schwindligen Klippen erstrecken, welche seine Ausdehnung gegen den Norden begränzen. Die Ebene selbst ist wie ein Bienenkorb mit Wohnungen bedeckt und wimmelt von Leben, während die dahinter liegenden Höhen zahlreiche Landhäuser und allenthalben Spuren menschlichen Fleißes aufweisen.

Verlassen wir diesen lachenden Theil der Küste, so erreichen wir, der Windung des Golfes folgend, einen Punkt, wo sich die Hügel oder Höhen zu zackigen Gebirgen aufthürmen, deren zahlreiche Spitzen sechs- bis siebentausend Fuß hoch gegen die Wolken hinansteigen; ihre Abhänge zeigen bald wilde Schluchten und Abgründe, bald malerische Wartthürme, Weiler, Klöster und Saumpfade, während ihr Fuß mit Städten und Dörfern betüpfelt oder eher begränzt wird.

Hier tritt die Gebirgsformation von dem Rande des Golfes zurück und folgt theils der südlichen Küste, theils läuft sie in das Innere des Landes weiter; das Gestade aber, das sich in einem Bogen gegen Norden und Westen hinbiegt, gestattet uns einen Blick auf eine weite im Hintergrunde vorragende Ebene, ehe es in einem hohen, inselähnlichen, konischen Berge endet, der eigentlich die Spitze der Küstenauszackung bildet. Das menschliche Auge wird nie einen üppigeren Schauplatz von Häusern, Dörfern, Städten, Weinbergen und Landhäusern erblicken, als der breite Abhang dieses isolirten Berges ihm darbietet; darüber weg schweift der Blick gegen die reiche Ebene, die dahinter zu liegen scheint und wallartig durch einen fernen, geheimnißvoll aussehenden, aber kühnen Zweig der Apenninen geschlossen wird.

Kehren wir wieder zu dem Gestade zurück, das jetzt mehr gegen Westen auszulaufen anfängt, so stoßen wir auf einen andern Tuffhügel, der die ganze charakteristische Fruchtbarkeit und Zerrissenheit dieser eigenthümlichen Gebirgsformation an sich trägt; eine weite, volkreiche Stadt von fast einer halben Million Einwohner liegt, beinahe zu gleichen Theilen geschieden, an der Gränze der Ebene und längs dem Rande des Wassers – oder dehnt sich an den Seiten des Hügels und bis zu dessen Gipfel empor. Von diesem Punkte aus erscheint die nördliche Seite des Golfes als eine wirre Masse von Ortschaften, Villen, Ruinen, Palästen und Weingeländen, bis wir das Ende – gleich seinem Nachbar gegenüber ein niedriges Vorgebirge – erreichen.

Diesem zunächst kommt ein kleines Eiland – eine Art natürlichen Vorpostens; dann zieht die Küste in einem Bogen gegen Norden, und bildet einen zweiten, kleineren Golf, der, überreich an Ueberbleibseln der Vergangenheit, einige Meilen weiter seewärts mit einem hohen, röthlichen, sandigen Uferabsturz endigt, welcher fast auf den Namen eines Berges Anspruch macht.

Westlich davon sehen wir noch zwei weitere Inseln liegen, die eine davon ist flach, fruchtbar und, wie man sagt, bevölkerter als jeder andere Theil Europa's von gleichem Umfange es sein soll; die andere dagegen erscheint als ein prachtvolles Gemische spitziger Berge, volkreicher Städte, fruchtbarer Thäler, Schlösser, Landhäuser – ein Gemälde, das noch durch die Trümmer lange ruhender Vulkane, die in großer aber anziehender Verwirrung unter einander geworfen sind, vervollständigt wird.

Wenn sich der Leser zu dieser Beschreibung eine Küste vorstellt, wo fast jeder Fuß breit durch irgend eine glorreiche Erinnerung der Vergangenheit, von gestern an bis zu den dunkelsten Fernen der Geschichte, – interessant wird; wenn er die Wasserfläche durch eine Flotte kleiner, lateinisch aufgetakelter Fahrzeuge belebt, oder gar durch die gelegentliche Ankunft eines größeren Schiffes noch pitoresker macht; wenn er den Golf mit zahllosen Fischerbooten übersäet und von dem Gipfel des kegelförmigen Berges, der gleichsam das Haupt des Golfes bildet, eine Rauchsäule aufsteigen läßt – so bekommt er einen Umriß alles Dessen, was das Auge des Fremden bezaubert, wenn er sich Neapel von der Seeseite nähert.

Der Zephyr wehte wieder, und die gewöhnliche Flotte von Sparanara's oder unbedeckten Felucken, welche zu dieser Jahreszeit jeden Morgen von der Seeküste nach der Hauptstadt fahren und um diese Stunde zurückkehren, segelte am Fuße des Vesuvs hin; die einen steuerten bis gegen Massa hinauf, andere zogen nach Sorrento, nach Vico oder Persano; wieder andere hielten sich mehr beim Wind und waren gegen Castellamare oder die benachbarten Landungspunkte gerichtet.

Die Brise wurde allmählig so frisch, daß die Fischer, die lange Linie von Booten durchbrechend, welche sich, blos auf Sprechweite von einander entfernt, an manchen Stellen eine ganze Meile weit erstreckt hatte – nach dem Lande zurückzurudern begannen.

Das Innere des Golfes wimmelte in der That von Fahrzeugen jeder Größe, die in verschiedenen Richtungen hin und her fuhren, während eine große Masse englischer, russischer, neapolitanischer und türkischer Zweidecker, Fregatten und Schaluppen der Stadt gegenüber vor Anker lag.

Am Bord eines der größten Zweidecker der englischen Flotte wehte die Contreadmiralsflagge vom Besanmast und bezeichnete dadurch den Rang des darauf Kommandirenden. Eine Corvette allein war unterwegs. Sie hatte eine Stunde früher den Ankerplatz verlassen und zog, mit Leesegeln auf ihrer Steuerbordseite, quer über den herrlichen Golf, allem Anschein nach ihren Kurs gegen die zwischen der Insel Capri und der Landspitze von Campanella gelegene Meerenge nehmend, um nach Sicilien zu segeln. Leicht hätte dieses Schiff um erstgenannte Insel herumsegeln können; aber sein Kommandant – ein höchst gemächlicher Mann – wollte erst, wenn der Wind recht begänne, mit vollen Segeln davoneilen, und glaubte, wenn er sich recht nahe an der Küste hielte, könne er vielleicht während der Nacht die Landbrise benützen. So hoffte er, daß der eben wehende Zephyr ihn durch den Golf von Salerno führen sollte.

Auch eine Fregatte, unter ihren Stagsegeln stehend, schoß, sobald der Westwind sich aufmachte, unter der Flotte hervor; doch hatte sie dicht unter dem Kiel ein Anker ausgeworfen und schien noch irgend eine Anordnung oder Befehle zu erwarten, ehe sie sich wirklich zur Abfahrt anschickte. Ihr Kapitän war nämlich in diesem Augenblicke noch am Bord des Flaggenschiffes, wohin der Contreadmiral ihn beordert hatte.

Diese Fregatte war die Proserpina, von sechsunddreißig Kanonen, Kapitän Cuffe – Schiff und Offiziere gehören bereits unter des Lesers nähere Bekannte. Ungefähr eine Stunde vor Eröffnung unserer jetzigen Scene war Kapitän Cuffe in der That durch ein Signal an Bord des Foudroyant berufen worden, wo er einen kleinen, blaß aussehenden, schmächtig gebauten Mann, dem der rechte Arm fehlte, gefunden hatte, der auf dem Deck der Vorderkajüte auf- und abging und seine Ankunft ungeduldig zu erwarten schien.

„Nun, Cuffe,“ begann diese uneinnehmend aussehende Person, mit einer zuckenden Bewegung des verstümmelten Armes, „ich sehe, Ihr seid aus der Flotte hervorgebrochen; seid Ihr ganz zur Abfahrt bereit?“

„Wir haben, der Briefe wegen, noch ein Boot am Land, Mylord: sobald dieses zurückkommt, werden wir unsern Anker lichten, der gerade unter dem Kiel steht.“

„Recht so: ich habe die Ringeltaube zu demselben Zwecke nach dem Süden entsendet, und wie ich sehe, ist sie schon unterwegs und eine halbe Meile vom Ankerplatze entfernt. Dieser Mr. Griffin scheint ein tüchtiger junger Mann zu sein – sein Bericht über die Art, wie er den Brander führte, gefällt mir sehr gut, wenn es gleich dem französischen Schufte gelang, ihm zu entkommen! Bei all' Dem ist dieser Rowl! – Ei – hm – wie lautet der Name des Burschen in Eurer Aussprache, Cuffe? – Ich kann nie recht aus ihrem Kauderwälsch kommen.“

„Nun, um Euch die Wahrheit zu gestehen, Sir Horatio – ich bitte um Verzeihung – Mylord – es liegt Etwas in dem Kern meiner ächt englischen Gefühlsweise, was mich ewig verhindern würde, das Französische zu lernen, selbst wenn ich in Paris geboren und erzogen wäre. Es ist zu viel Sächsisches in mir, als daß ich Worte hinunterschlucken könnte, die unter hundert Fällen fünfzigmal gar keinen Sinn haben.“

„Ihr seid mir darum nur um so werther, Cuffe,“ antwortete der Admiral, und das Lächeln, das jetzt seine Miene erhellte, ließ sein Gesicht, das im Zustand der Ruhe beinahe häßlich war, mit einem Male fast hübsch erscheinen – eine Eigenthümlichkeit, welche keineswegs selten ist, sobald ein kräftiger Wille den Zügen seinen Ausdruck verleiht, und der Grund des Herzens wirklich gesund ist. „Ein Engländer hat auch mit all' den gallischen Tendenzen nichts zu schaffen. – Dieser junge Mr. Griffin scheint Geist zu besitzen, und ich sehe es immer als ein gutes Zeichen an, wenn ein junger Mann sich *freiwillig* zu solchen verzweifelten Unternehmungen meldet – er sagt mir aber, er sei blos Euer zweiter Lieutenant; wer war denn die ganze Zeit über Euer Premier?“

„Der hatte bei dem Morgenscharmützel eine kleine Schramme davon getragen, Mylord; deßhalb wollte ich ihn natürlich nicht gehen lassen. Sein Name ist Winchester; ich meine, Ihr solltet Euch seiner von der Schlacht von St. Vincent her erinnern. Miller hatte eine gute Meinung von ihm, und als ich von dem ›Pfeil‹ auf die ›Proserpina‹ kam, gab er ihn mir als zweiten Lieutenant mit. Durch den Tod des armen Drury rückte er auf dem natürlichen Wege zum Premier vor.“

„Ja, ja, Cuffe, ich erinnere mich seiner einigermaßen. Das war ein glänzender Tag, und seine Thaten sollten alle meinem Geiste eingeprägt sein. Ihr habt mir erzählt, Mr. Griffin habe das Kabeltau des Luggers ganz hübsch gedreggt?“

„Darüber kann wohl keinerlei Art von Zweifel obwalten. Ich konnte die beiden Schiffe durch mein Nachtglas dicht neben einander liegen sehen – beide schienen in Flammen zu stehen – Alles war so deutlich, als man nur immer den Vesuv bei finsterer Nacht Feuer speien sieht.“

„Und doch durfte dieser Few-Folly entwischen! – Der arme Griffin hat sich recht umsonst in eine so verzweifelte Gefahr gestürzt.“

„In der That, Mylord, das hat er.“

Nelson war bis jetzt mit raschen Schritten in der Kajüte auf- und abgegangen, während Cuffe, der seine anfängliche Einladung, an dem Tisch in der Mitte Platz zu nehmen, ehrerbietig abgelehnt hatte – in einiger Entfernung stand; jetzt aber blieb der Admiral plötzlich stehen und schaute dem Kapitän fest in's Gesicht. Der Ausdruck seiner Züge war mild und ernst; die Stille, die seinen Worten voranging, machte dieselben nur um so feierlicher und eindringlicher.

„Es wird noch der Tag kommen, Cuffe,“ sprach er, „wo dieser junge Mann froh sein wird, daß sein Angriff gegen diese Hallunken – die Franzosen, fehlschlug. Ja, von Grund seines Herzens wird er sich darüber freuen!“

„Mylord!“

„Ich weiß, das kommt Euch sonderbar vor, Kapitän Cuffe; aber es wird Keiner deßhalb eines gesunderen Schlafes genießen, weil er ein Hundert seiner Mitgeschöpfe wie die Wittwen bei einem indischen Leichenbegängnisse verbrannt oder in die Luft gesprengt hat. – Deßhalb dürfen wir aber Diejenigen, die nur thaten, was ihre Pflicht deutlich von ihnen verlangte – nicht weniger zu Gnaden empfehlen.“

„Verstehe ich recht, Lord Nelson? Soll die Proserpina den Few-Folly, falls wir wieder das Glück haben sollten, auf ihn zu stoßen – *nicht* um jeden Preis zerstören?“

„Keineswegs, Sir. Unsere Befehle lauten allerdings – verbrennen, versenken und zerstören. Dieß ist Englands Politik in diesem verzweifelten Kriege, und sie muß auch aufrecht erhalten werden. Ihr wißt so gut wie ich selbst, wofür wir streiten – es ist ein Kampf, der sich nicht mit Höflichkeit durchfechten laßt: dennoch möchte ich eine glorreiche, heilige Sache nicht gerne durch Unmenschlichkeit befleckt sehen. Wer in offenem, männlichem Kampfe fällt, verdient eher unsern Neid, als unser Mitleid, denn er bezahlt die große Schuld der Natur blos um etwas früher, als es sonst wohl geschehen wäre; aber in dem Gedanken, unsere Mitgeschöpfe wie die Lumpen eines Pestkranken zu verbrennen, liegt Etwas, gegen das sich unsere Menschlichkeit empört. Nichtsdestoweniger müssen wir diesen Lugger um jeden Preis zu bekommen suchen, denn Englands Macht und Handel darf nicht ungestraft auf so kecke Weise gestört und verhöhnt werden. Die Laufbahn dieser französischen Tiger muß, und gelte es auch jedes Opfer, geschlossen werden, Kapitän Cuffe.“

„Das weiß ich, Mylord; was das betrifft, so liebe ich für meine Person einen Republikaner so wenig, als Eure Herrlichkeit oder gar Seine Majestät selbst nur immer es thun kann, und ich bin überzeugt, *Sie* findet so wenig Geschmack an dem Ungeziefer, als Fleisch und Blut nur immer einimpfen können.“

„Ich weiß, Ihr denkt so, Cuffe, – ich weiß *gewiß*, so denkt Ihr, und ich schätze Euch deßhalb nur um so höher. Bei dem Engländer gehört es theilweise zur Religion, in Zeiten wie diese den Franzmann zu hassen. Nach dem Frieden von 83 ging ich über den Kanal, um ihre Sprache zu erlernen, sympathisirte aber selbst in Friedenszeiten so schlecht mit ihnen, daß ich nie im Stande war, einen Brief in ihrer Sprache zu schreiben oder selbst nur die nöthigsten Bedürfnisse des Lebens zu verlangen.“

„Wenn Ihr auch nur das Geringste verlangen könnt, so seid Ihr weit geschickter als ich, denn ich konnte in ihrem Kauderwälsch das Gallion nie vom Spiegel unterscheiden.“

„Es ist ein höllischer Jargon, Cuffe, der durch ihre Akademien, ihre falsche Philosophie und Ungläubigkeit noch vollends so verwirrt wurde, daß sie ihn bald selbst nicht mehr verstehen werden. Was für Namen sie nur z. B. ihren Schiffen geben, nachdem sie einmal ihren König enthauptet und ihren Gott verrathen haben! – Wer hat wohl jemals gehört, daß ein Fahrzeug mit einem Namen, wie dieser Lugger, getauft worden wäre! – › Few-Folly?‹ – Ich denke doch, ich habe den Namen des Schurken richtig verstanden?“

„Ganz richtig – Griffin *spricht* ihn so aus, obgleich er durch sein vieles Französisch und Italienisch sogar mit seinem eigenen Englisch etwas wunderlich geworden ist. Des jungen Mannes Vater war Konsul; so hat er denn ein halbes Dutzend fremder Sprachen in seinem Gehirne aufgestapelt. Er spricht das Folly etwas breit – ich glaube ungefähr wie Follay – doch bedeutet's ja immer dasselbe. Thorheit bleibt Thorheit, wie man sie auch aussprechen mag."

Nelson ging fortwährend in seiner Kajüte auf und nieder, focht mit dem Stumpf seines rechten Armes und lächelte halb bitter, halb ironisch, was ihn wieder in gute Laune zu versetzen schien.

„Erinnert Ihr Euch des Schiffes, Cuffe, mit dem wir auf dem alten Agamemnon vor Toulon einen so heißen Kampf bestanden?" fragte er plötzlich, nachdem er ein paarmal, schweigend auf- und abgegangen war. „Ich meine den entmasteten Vierundachtziger, der von der Fregatte in's Schlepptau genommen wurde, und den wir so lange einpfefferten, bis sogar seine gallische Suppe darnach schmeckte? Wißt Ihr vielleicht noch, wie *sein* eigentlicher Name in gutem, ehrlichem Englisch hieß?"

„Nein, Mylord. Ich erinnere mich, wie sie sagten, er heiße der Ça Ira, und ich dachte mir immer, das müsse der Name irgend eines alten Griechen oder Römers – oder vielleicht gar eines ihrer neugebackenen republikanischen Heiligen sein."

„Die! – der Teufel hole sie – sie haben ja keine *neuen* Heiligen zu benennen, mein guter Junge, seitdem sie die alten sämmtlich abgedankt haben! In dem Namen einer *spanischen* Flotte liegt immer etwas Ehrwürdiges, und man fühlt jedesmal, während man mit ihnen zu thun hat, daß man wenigstens gegen rechte Leute losdonnert. Nein, Sir, Ça Ira bedeutet nicht mehr und nicht weniger als, ›'s wird schon gehen‹; ich glaube, Cuffe, sie werden mehr denn einmal an den Namen ihres Schiffes gedacht haben, als der alte Grieche sich an ihr Hintertheil anhängte und ihnen die Kajütenfenster einschoß! Es müßte sich in der That nicht übel ausgenommen haben, wenn wir ihn geentert und in unserer eigenen Marine untergebracht hätten – Seiner Majestät Schiff ›'s wird schon gehen‹, von vierundachtzig Kanonen, Kapitän Cuffe!"

„Ich wäre ganz gewiß bei den Lordkommissären darum eingekommen, den Namen ändern zu dürfen."

„Daran hättet Ihr ganz recht gethan. Da könnte Einer ebensogut auf einem Linienschiff segeln, das den Namen ›Genug‹ führte. Damals kam der Dreidecker, der jenem aus der Klemme half, der Sans-culottes, wie die Franzosen ihn nennen: ich denke, Ihr wißt, was *dieß* bedeutet?"

„Ich – nein, Mylord; die Wahrheit zu sagen, ich bin kein Gelehrter und fühle in dieser Beziehung auch gar keinen Ehrgeiz in mir. › Sans‹, glaub' ich, ist im Französischen so viel wie › saint‹; was aber der › Culottes‹ war, das kann ich mir wahrlich nicht denken."

Nelson lächelte, und die Wendung, welche das Gespräch genommen hatte, schien ihm insgeheim Freude zu machen. Die Wahrheit zu sagen, fühlte er Etwas schwer auf seinem Herzen lasten, und bei seiner großen Energie trieb ihn sein Gefühl von einem Extrem zum andern, wie dieß bei Männern von solcher Leidenschaftlichkeit häufig vorkommt, besonders wenn ihr Grundcharakter ein gesunder ist.

„Dießmal habt Ihr fehlgeschossen, mein theurer Cuffe," sprach er; „denn › sans‹ heißt auf französisch ›ohne‹ und › culottes‹ bedeutet ›Hosen‹. Jetzt denkt Euch einmal, einen Dreidecker den ›Ohnehosen‹ zu heißen! Ich kann nicht begreifen, wie nur ein ehrbarer Flaggenoffizier solche Namen in seinen Depeschen anführen kann, ohne ein höchst widriges Gefühl zu verspüren, das nahezu seine ganze Philosophie über den Haufen werfen muß. ›Die Schiffe der Republik bildeten eine Linie: vorn kam der ›'s wird schon gehen‹; ihm folgte der ›Ohnehosen‹ als zweites Schiff‹"! – Ha! – ha! Cuffe – Hol' mich der Henker, Sir, wenn ich in einer Marine dienen möchte, deren Schiffe solche Namen führen! Das ist ja noch tausendmal schlimmer, als alle die Heiligen, welche die Spanier auf ihre Schiffe kleben, und die nicht anders aussehen, als wie eine Linie von Booten, welche ein Schiff nach seinem Ankerplatze bugsiren!"

Hier wurde das Gespräch durch das Erscheinen eines Midshipmans unterbrochen, welcher die Meldung brachte, es sei ein Herr mit einer Dame vom Ufer herübergekommen, welche den Contreadmiral in dringenden Angelegenheiten zu sprechen wünschten.

„Laßt sie nur herabkommen, Sir," gab Nelson zur Antwort. „Ich führe doch ein hartes Leben, Cuffe; da ist in ganz Neapel kein Wäscherweib oder Winkelkrämer, die mich nicht geradezu wie ihren Podesta behandelten, als ob mein Amt es nicht anders mit sich brächte, als daß ich alle ihre Klagen und verlorene Kleider oder verwechselte Güter anhören müßte. Seine Majestät muß noch einen Lord-Oberrichter bei der Flotte anstellen, der zu Gunsten der jungen Herren die Justiz verwaltet, sonst wird er bald keinen Offizier mehr bekommen, der mit einer Flagge am Haupttopp dienen möchte."

„Gewiß, Mylord, die Kapitäne könnten diese Last von Euren Schultern nehmen!"

„Ja, es gibt Männer in der Flotte, welche das *können*, und darunter auch einige, welche es *thun*, manche aber auch, welche es *nicht* thun. Doch hier kommt, glaub' ich, der Kläger; Ihr sollt den Fall mit anhören und als Unterrichter in der Sache entscheiden."

Bei diesen Worten ging die Kajütenthüre auf, und die erwarteten Gäste – ein Herr in den Fünfzigen und ein Mädchen von neunzehn Jahren – traten in's Zimmer. Ersterer war ein Mann von einfachem Aeußeren, mit zerstreuter Miene und zu Boden geschlagenen Blicken; Letztere besaß den ganzen Ausdruck, die Schönheit, Natürlichkeit und Grazie in Miene und Haltung, wodurch sich Ghita Caraccioli so besonders auszeichnete. Mit einem Worte, die beiden Gäste waren Carlo Giuntotardi und seine zarte Nichte.

Die Bescheidenheit und Lieblichkeit des Mädchens mußten Nelson sehr auffallen, denn er bot ihr voll Artigkeit einen Sitz an, während er selbst und Cuffe, wie bisher, stehen blieben.

Nach einigen Versuchen, sich verständlich zu machen, mußte dieser gefürchtete Admiral bald erkennen, daß er eines Dolmetschers bedurfte, da seine Gäste nicht englisch sprachen, und seine eigene Kenntniß des Italienischen zu unvollständig war, als daß er darin nur einigermaßen ein zusammenhängendes Gespräch hätte führen können. Er zögerte einen Augenblick und ging dann an die Thüre der inneren Kajüte, eines Gemachs, wo sich die ganze Zeit über einzelne Stimmen – darunter auch eine weibliche – hatten vernehmen lassen. Hier lehnte er einen Augenblick, wie unentschlossen, an dem Bretterverschlag; dann begann er endlich seine Wünsche zu äußern.

„Ich muß Euch um einen Dienst ersuchen, den ich mir unter gewöhnlichen Umständen nicht zu erbitten einfallen ließe," sprach er mit einer Sanftheit in Stimme und Wesen, welche bewies, daß die Person, an die er sich wendete, einen langgewohnten Einfluß auf ihn ausübte. „Ich bedarf eines Dolmetschers zwischen mir und dem zweitschönsten weiblichen Wesen im Königreiche Neapel; ich kenne Niemand, der hiezu tauglicher wäre, als die Königin der Schönheit."

„Von ganzem Herzen, theurer Nelson," antwortete eine volle, klangreiche Frauenstimme von innen. „Sir William ist mit seinen Alterthümern beschäftigt, und ich fing eben an, aus Mangel an Unterhaltung mich zu ennuyiren. Vermuthlich habt Ihr als Lord-Großkanzler der Flotte ein Unrecht zu richten, durch das eine Dame beleidigt wurde."

„Der Grund der Klage ist mir noch unbekannt: es ist aber nicht unwahrscheinlich, daß das Ganze auf etwas der Art hinausläuft. Gerade in einem solchen Falle kann man sich keinen bessern Vermittler wünschen, als ein Wesen, das über die Gebrechlichkeiten und Schwächen seines eigenen Geschlechts so hoch erhaben ist."

Die Dame, welche nunmehr aus der inneren Kajüte trat, war zwar auffallend hübsch, zeigte aber dennoch nichts in ihrer Erscheinung, was die Lobsprüche in den letzten Worten des brittischen Admirals gerechtfertigt hätte. Es lag etwas Künstliches und Weltliches in dem Ausdrucke ihres Gesichtes, das nur um so mehr auffiel, wenn man es unmittelbar mit der edlen Natürlichkeit und stillen Reinheit verglich, welche sich auf Ghita's Antlitz in jedem Zuge aussprach. Die Eine hätte recht gut ein Bild der Göttin Circe vorstellen können, während die Andere kein übles Modell für eine Vestalin abgegeben hätte, wenn eine Solche in ihrem Aeußern den moralischen Eindruck der erhabenen, herzergreifenden Wahrheiten wiedergeben könnte, welche allein in den wahren Offenbarungen Gottes liegen. Dann war die Dame eine Frau auf der Mittagshöhe ihrer Reize, denen die ganze Kunst der Toilette und ein eigenthümlicher, piquanter, wenn auch nicht reiner Geschmack zu Hilfe kam; die Andere dagegen stand da in ihrem einfachen, schwarzen neapolitanischen Schnürleibchen, ohne einen anderen Kopfputz, als den ihr die eigenen seidenen Flechten verliehen, und doch trat ihre tadellose Figur und einnehmende Miene gerade in diesem Augenblicke weit deutlicher hervor, als es unter dem Einflusse auch der geschicktesten Kleidermacherin oder Putzkünstlerin hätte geschehen können.

Die Dame verrieth einige Ueberraschung, vielleicht gar einen Schatten von Unbehaglichkeit, als ihr erster Blick auf Ghita fiel; doch war sie eine viel zu gute Schauspielerin, um sich so leicht außer Fassung bringen zu lassen; sie lächelte und hatte alsbald ihre Selbstbeherrschung wieder gewonnen.

„Ist *dieß* das Wesen, das mit einer *solchen* Bitte zu Euch kommt?“ fragte sie mit einem Anflug natürlichen, weiblichen Gefühls in ihrer Stimme: „dieser arme, alte Mann ist wahrscheinlich der hart betroffene Vater?“

„Was die Bitte selbst betrifft, so ist sie mir, wie gesagt, bis jetzt noch unbekannt, und ich will also auch keine Vermuthungen anstellen.“

„Kapitän Cuffe, ich hoffe, ich habe das Vergnügen, Euch wohl zu sehen. – Sir William, so wie der Admiral, erwarten, daß Ihr uns heute Mittag an unserer kleinen Familientafel Gesellschaft leisten werdet und –“

„Und was sagt die Herrin – wenn auch nicht des *Hauses*, so doch des *Schiffes*?“ fiel Nelson ein, der die Sirene seit dem Augenblicke, da sie in die Vorderkajüte getreten war, kaum einen Moment aus den Augen gelassen hatte.

„Daß sie – wenn sie gleich diesen Titel, so ehrenvoll er auch ist, ablehnen muß – sich dennoch mit den Uebrigen in der Einladung vereinigt und Kapitän Cuffe ersucht, uns mit seiner Gesellschaft zu beehren. Nelson sagt mir, Ihr seid einer seiner Agamemnons, wie er euch Alle, jung und alt, Männer und Knaben, groß und klein zu nennen pflegt, und ich liebe sogar den Klang dieses Namens. Welch' herrliche Benennung für ein Schiff – ›Agamemnon!‹ – Ein Grieche, befehligt von einem ächt englischen Herzen!“

„Ja, ja, *er* klingt schon etwas besser als der ›'s wird schon gehen‹ oder gar der andere ›Bursche‹ – nicht wahr, Cuffe?“ versetzte der Admiral lächelnd und mit einem freundlichen Blick auf seinen Untergebenen. „Aber bis jetzt wissen wir immer noch nichts über das Anliegen dieses ehrlich dreinblickenden Italieners und seiner äußerst unschuldig aussehenden Gefährtin.“

„Nun denn, ihr Herren,“ fiel die Dame ein, „in dieser Sache bin ich als ein pures Mundstück – als ein Echo zu betrachten, das blos wiedergibt, was mein Ohr erreicht, und zwar ein irisches Echo, das die zuerst vernommenen Worte in verschiedener Sprache wiederholt. Stellt Euere Fragen, Mylord; sie sollen mit den Antworten, die ich erhalte, getreulich übersetzt werden. Ich will nur hoffen, daß Kapitän Cuffe eben so schuldlos aus der Sache hervorgeht, als es für jetzt den Anschein hat.“

Die beiden Herren lächelten; doch konnte der Scherz den Kapitän nicht beunruhigen, da er noch vor fünf Minuten von dem Dasein der beiden Fremden durchaus nichts gewußt hatte, und die Keckheit der Anspielungen zu der auf Schiffen herrschenden Freiheit, so wie zu den Sitten des Landes, wo sie sich eben jetzt befanden, nicht übel zu passen schien.

„Wir wollen uns zuerst nach dem Namen dieses würdigen Mannes erkundigen, wenn Ihr ihn gefälligst darum befragen wollt,“ bemerkte Nelson gegen seine schöne Freundin.

„Carlo Giuntotardi, edle Dame, ehemals ein armer Gelehrter hier in Neapel, jetzt Aufseher der fürstlichen Wartthürme auf den Höhen von Argentaro," lautete die ruhige, aber ehrerbietige Antwort des Mannes, der ebenso wie seine Nichte den angebotenen Stuhl abgelehnt hatte, so daß die ganze Gesellschaft stehen blieb – „Carlo Giuntotardi, erlauchte Dame."

„Ein recht guter Name, Signore, dessen Ihr Euch keineswegs zu schämen braucht. – Und der deinige?" fuhr sie fort, indem sie sich an das Mädchen wandte.

„Ghita Caraccioli, Eccellenza – Schwestertochter dieses ehrwürdigen Thurmwärters des Fürsten."

Hätte sich eine Bombe über dem Foudroyant entladen, Nelson hätte sicherlich nicht so heftig zusammenfahren können; auch über das schöne Gesicht der Dame ging ein Schatten finsteren Unmuths, der nicht ganz frei von Furcht zu sein schien. Selbst Cuffe hatte das Mädchen wenigstens in so weit verstanden, daß er ihren Namen auffing; er trat einen Schritt vorwärts, indem sich lebhafte Neugierde und ängstliche Verwirrung auf seinem röthlichen Gesichte abmalten.

Bald aber war diese Erschütterung vorüber: die Dame gewann zuerst ihre Fassung wieder, während Nelson fünf- bis sechsmal in der Kajüte auf- und abging und mit seinem verstümmelten Arme zuckte, ehe er nur wieder aufblicken konnte.

„Ich wollte eben fragen, ob denn diese ewigen Quälereien niemals ein Ende nehmen werden," bemerkte die Dame auf englisch, „hier aber muß wohl ein Mißverständniß obwalten. Das Haus Caraccioli ist eines der erlauchtesten in ganz Italien, und es ist kaum denkbar, daß Leute dieser Klasse für Den, welchen wir meinen, ein solches Interesse haben können. Ich will deßhalb der Sache weiter nachforschen. – Signorina," fuhr sie auf italienisch und zwar in strengem Tone fort, als ob ihr dieß von dem Verhörenden also geboten wäre – „der Name Caraccioli ist ein edler Name, und wird nicht leicht von der Tochter eines fürstlichen Thurmwärters geführt werden."

Ghita zitterte und blickte beschämt zu Boden; doch war der Beweggrund ihres jetzigen Schrittes zu edel und sie selbst zu unschuldig, um sich im Angesichte einer Schuldbewußten lange zurückschrecken zu lassen; als die Glut, welche der Abendröthe glich, die so oft an dem Himmel ihres Geburtslandes hinzieht, – von ihren Wangen gewichen war, schlug sie die Augen empor und schaute der finsterblickenden Dame in's Gesicht.

„Ich weiß, was Eure Eccellenza meint," lautete ihre Antwort, „und fühle wohl, daß Ihr recht habt; doch wäre es grausam gegen das Kind, wenn es nicht den Namen seines Vaters tragen dürfte. Der meinige hieß Caraccioli und hinterließ mir als einziges Erbe diesen seinen Namen. Ob *er* selbst hiezu berechtigt gewesen, das laßt Euch von meinem Oheim erzählen."

„So sprecht denn, Signor Giuntotardi: zuerst gebt uns die Geschichte dieses *Namens* – dann erzählt uns, was Euch hierher gebracht hat."

„Meine Schwester, edle Dame, ein frommes, unschuldiges Weib, wie nur je eines in Italien lebte, – der Himmel habe sie selig! – heirathete Don Francesco Caraccioli, den Sohn desselben Don Francesco, der, aus jenem erlauchten Hause stammend, nunmehr zum Tode verurtheilt ist, weil er die Flotte gegen den König führte. Meine Ghita hier ist die einzige Frucht dieser Verbindung. Zwar hatte die Kirche das Band nicht gesegnet, das den Vater meiner Nichte in's Leben rief; aber der edle Admiral zögerte niemals, seinen Sohn anzuerkennen, und verlieh ihm seinen Namen, bis Letzterer, von Liebe bewogen, die Schwester eines armen Gelehrten zur Gattin nahm. Dann allerdings begann sein Vater das Antlitz von ihm abzuwenden, und bald entzog der Tod beide Gatten dem Bereiche alles irdischen Haders. – Dieß ist unsere einfache Geschichte, edle und erlauchte Signora; dieß ist der Grund, warum meine arme Nichte hier den großen Namen der Caraccioli führt."

„Ihr wollt uns also zu verstehen geben, Signor Giuntotardi, daß Eure Nichte als Tochter eines natürlichen Sohnes von Don Francesco Caraccioli die Enkelin des unglücklichen Admirals ist?"

„So ist es, Signora. Da *meine* Schwester mit ihrem Gatten wirklich vermählt war, so konnte ich nicht weniger thun, als ihre Tochter, die ich erzog, einen Namen führen zu lassen, welchen ihr Vater schon vor ihr hatte tragen dürfen."

„Solche Dinge sind ganz natürlich, und es bedarf deßhalb keiner Entschuldigung. Jetzt nur noch *eine* Frage, ehe ich dem englischen Admiral den Inhalt Eurer Rede erkläre: – weiß Fürst Caraccioli von dem Dasein dieser seiner Enkelin?"

„Ich fürchte – nein, Eccellenza. Ihre Eltern starben so frühzeitig – ich selbst liebte das Kind so sehr – und es war so wenig Hoffnung vorhanden, daß ein erlauchter Herr, wie er, eine durch die heilige Kirche geweihte Verbindung mit niederen Personen, wie wir – anerkennen würde, daß ich zur Sicherung der Ansprüche meiner Nichte nie mehr gethan habe, als daß ich sie den Namen ihres Vaters führen ließ."

Die Dame schien durch diese Worte getröstet, und erklärte jetzt Nelson in aller Kürze das Wesentlichste von dem, was der Andere gesprochen hatte.

„Es kann sein," fügte sie bei, „daß diese Leute wegen desselben Anliegens hier sind, um dessenwillen wir schon so häufig und so erfolglos angegangen wurden: ich glaube aber eher, daß dieß nicht der Fall ist, und zwar deßhalb, weil sie für einen Mann, der ihnen vollkommen fremd ist, doch unmöglich eine solche Theilnahme fühlen *können*. Vielleicht ist's aber auch irgend ein müssiger Einfall, der mit dieser Geschichte in Verbindung steht. – Was wünschest du, Ghita? – Dieß hier ist Don Horatio Nelsoni, der berühmte englische Admiral, von dem du schon so viel gehört hast."

„Ich bin vollkommen davon überzeugt, Eccellenza," gab Ghita ernst zur Antwort; „mein guter Oheim hier hat Euch erzählt, was wir sind, und Ihr könnt nun unser Anliegen leicht errathen. Wir kamen erst heute Morgen von St. Agata, auf der andern Seite des Golfes, herüber, und hörten von einem Verwandten in der Stadt, daß Don Francesco vor einer Stunde gefangen genommen worden sei. Seitdem soll er durch Offiziere, die sich eben auf diesem Schiffe versammelten, wegen Verraths an seinem

König zum Tode verurtheilt worden sein. Einige sagen sogar, Signora, er soll noch vor Untergang der Sonne dem Tode entgegengehen."

„Wenn dieß so wäre, welchen Grund könntest du haben, dich selbst deßhalb so sehr zu beunruhigen?"

„Eccellenza, er war meines Vaters Vater; ich habe ihn zwar nie gesehen, weiß aber dennoch, daß dasselbe Blut in unsern Adern fließt. Wenn dieß Alles richtig ist, so sollten auch in unsern Herzen dieselben Gefühle leben."

„Das ist Alles recht gut, Ghita – wenigstens scheint es so; du kannst aber doch für einen Mann, den du niemals sahst, und der es sogar verschmähte, dich als ein rechtmäßiges Kind anzuerkennen – kaum so tief empfinden. Auch bist du noch jung und von einem Geschlecht, das immer besonders vorsichtig sein sollte: ist es ja doch sogar von Männern unweise, sich in diesen unruhigen Zeiten in die Politik einzumischen."

„Es ist ja nicht die Politik, Signora, die mich hierher führt, sondern einzig und allein Natur und Pflichtgefühl – fromme Liebe für meines Vaters Vater!"

„Was willst du also vorbringen, Kind?" fragte die Dame ungeduldig; „vergiß nicht, daß du vor einem Manne stehst, dessen Zeit kostbar ist und für ganze Nationen von hoher Wichtigkeit sein kann."

„Ich glaube das, Eccellenza, und will mich darum auch kurz zu fassen suchen. Ich wünsche, meines Großvaters Leben von diesem berühmten Fremden zu erflehen. Man sagt mir, der König werde ihm nichts abschlagen – er darf es also nur von Don Ferdinando verlangen, um es auch zu erhalten."

Manche würden vielleicht die gereiften Reize der Dame der Unschuld athmenden Schönheit des Mädchens vorgezogen haben; wer aber Beide in diesem Augenblicke gesehen hätte, müßte ganz gewiß anderer Meinung geworden sein. Auf Ghita's Antlitz strahlte die heilige Hoffnung und der fromme Ernst, der sie hierhergeführt hatte: dagegen lauerte ein finsterer Ausdruck hinter den Zügen der englischen Schönheit, der sie eines ihrer größten Reize – der Sanftmuth und Güte ihres Geschlechts – beraubte. Wären keine Zuschauer zugegen gewesen, so würde das Mädchen wahrscheinlich auf eine rauhe Art zurückgestoßen worden sein; so aber bildete Zurückhaltung keinen geringen Bestandtheil in dem Charakter dieser Frau, und sie überwachte ihre Gefühle nur, um desto besser zu ihrem Zwecke zu gelangen.

„Der Admiral hier ist kein Neapolitaner, sondern ein Engländer," gab sie zur Antwort; „und kann also mit der Gerechtigkeit eures Königs nichts zu schaffen haben. Er würde es kaum für passend halten, sich in die Vollstreckung der neapolitanischen Gesetze zu mengen."

„Es ist immer passend, Signora, sich dann darein zu mengen, wenn sich's um die Rettung eines Menschenlebens handelt – ja es ist noch mehr als passend – es ist sogar barmherzig – in Gottes Augen."

„Was kannst du davon wissen? Der Gedanke, daß du von dem Blute der Caraccioli in dir trägst, hat dich dein Geschlecht und deine Lage vergessen lassen, um dir dafür eine romantische Pflicht-Idee vor Augen zu halten."

„Nein, Signora, so ist es nicht. Schon vor achtzehn Jahren hat man mich belehrt, daß der unglückliche Admiral mein Großvater sei; da es aber sein Wille war und er mich nicht sehen wollte, fühlte ich nie das Verlangen, mich ihm aufzudrängen. Vor dem heutigen Morgen ist mir der Gedanke, daß ich das Blut der Caraccioli in mir trage, noch nie in den Sinn gekommen, wenn nicht etwa, um die Sünde meiner Großmutter zu betrauern, und selbst jetzt hat es mir schon bitteren Schmerz verursacht, daß ein so grausames Loos das Schicksal Desjenigen bedroht, der jene Schuld mit ihr theilte."

„Du bist kühn, Mädchen, daß du auf solche Art von deinen Verwandten zu sprechen wagst, zumal sie zu dem hohen Adel dieses Landes gehören!"

Bei diesen Worten flammte hohe Röthe auf dem Antlitz der Dame und ihr Blick war noch finsterer als zuvor, denn auch sie zählte einzelne Vorfälle in ihrem früheren Leben, welche die einfache Sprache einer strengen Moralität gleich beleidigend für ihr Ohr wie für ihre Erinnerung machten.

„Nicht ich bin es, Eccellenza, sondern Gott selber ist's, der also spricht. Gerade das Verbrechen ist ein weiterer Grund, warum sich dieser große Admiral seines Einflusses bedienen sollte, um das Leben eines Sünders vor einem so übereilten Ende zu retten. Der Tod ist Allen fürchterlich, nur nicht Denen, welche mit Herz und Seele auf die Vermittlung des Sohnes Gottes vertrauen: doppelt furchtbar aber ist er, wenn er uns plötzlich und unvorgesehen überfällt. Zwar ist Don Francesco bereits hoch betagt: aber habt Ihr nicht selbst bemerkt, Signora, daß gerade die betagtesten Personen in hoher Stellung verhärtet werden und darauf los leben, als ob sie niemals sterben würden? Ich meine besonders jene Menschen, welche ihre Jugend verstreichen lassen, als ob die Freuden der Welt nie ein Ende nehmen sollten."

„Du bist zu jung, Mädchen, um dich zu einer Weltverbessererin aufwerfen zu können, und vergißst, daß dieß das Schiff eines der größten Offiziere Europa's ist, dessen Zeit so vielfach in Anspruch genommen wird. Du kannst jetzt gehen: ich will ihm wiederholen, was du gesagt hast."

„Ich habe noch eine zweite Bitte, Eccellenza – daß mir erlaubt werden möge, Don Francesco zu besuchen, damit ich wenigstens seinen Segen empfange."

„Er ist nicht auf diesem Schiff. Du wirst ihn am Bord der Fregatte Minerva finden: ohne Zweifel wird dir der Zutritt nicht verweigert werden. Halt – diese wenigen Zeilen werden deine Bitte unterstützen. – Addio, Signorina."

„Und darf ich Hoffnung mit mir nehmen, Eccellenza? Denkt nur, wie süß das Leben Denjenigen sein muß, welche ihre Tage so lange in Ehre und Ueberfluß hingebracht haben! Seine Enkelin erschiene ihm ja wie ein Bote vom Himmel, wenn sie ihm einen Strahl von Hoffnung bringen dürfte."

„Ich darf dich nicht dazu berechtigen. Die Sache liegt in den Händen der neapolitanischen Behörden: wir Engländer können uns nicht darein mischen. – Geht jetzt, Beide zusammen: der große Admiral hat wichtige und dringende Geschäfte."

Ghita wandte sich um und verließ langsam und bekümmert die Kajüte. Noch unter der Thüre begegnete sie dem englischen Lieutenant, der die letzte, wie man weiß vergebliche Bitte des unglücklichen Gefangenen überbrachte, daß man ihn nicht gleich einem Dieb aufhängen, sondern wenigstens den Tod eines Kriegers sterben lassen möchte.

Vierzehntes Kapitel

Es liebt der Tod, recht nach Tyrannenweise,
Gerade das zu stürzen, was den Stolz
Der Macht und Willkür laut bei uns verkündet.

Young.

Nelson erfuhr wahrscheinlich nie ganz genau, was zwischen Ghita und der im letzten Kapitel erwähnten Dame vorging. Jedenfalls hatte Ghita's Verwendung dasselbe Schicksal wie alle andern Gesuche, welche in dieser traurigen Angelegenheit an den englischen Admiral gerichtet wurden, d. h. sie blieb erfolglos. Selbst die Art der Vollstreckung wurde nicht geändert; eine unziemliche Hast begleitete die ganze Verhandlung, gerade wie bei der gleich berüchtigten Untersuchung und Hinrichtung des unglücklichen Herzogs von Enghien.

Cuffe blieb zum Mittagsmahle bei dem Kommandirenden zurück, während Carlo Giuntotardi mit seiner Nichte in ein Boot stieg, und sich auf der überfüllten Rhede zu der neapolitanischen Fregatte hinrudern ließ, welche jetzt das Gefängniß des unglücklichen Caraccioli bildete.

Ein Gesuch an der Fallreepstreppe war Alles, was erfordert wurde, um zu dem Schiffe Zutritt zu erhalten. Sobald Signor Giuntotardi das Quarterdeck erreichte, brachte er sein Anliegen vor, und alsbald wurde ein Bote, blos mit dem Namen des Oheims, hinabgeschickt, um zu erfahren, ob der Gefangene zwei Besuchende empfangen wolle.

Francesco Caraccioli aus dem fürstlichen Hause Caraccioli, oder – wie er häufiger von den Engländern genannt wurde – Prinz Caraccioli, war jetzt ein Mann nahe an den Siebzigen, und hatte als Glied eines der vornehmsten Häuser Unteritaliens lange Zeit die höchsten Aemter und Kommandostellen bekleidet. Ueber sein Vergehen – seine Vertheidigung – über die ungebührliche Hast bei seiner Untersuchung und Hinrichtung, so wie über die Unregelmäßigkeit des ganzen

Verfahrens brauchen wir hier keine weiteren Worte zu verlieren: sein Schicksal bildete einen Theil der Weltgeschichte und ist allenthalben genügend bekannt.

Erst an diesem Morgen hatte man ihn festgenommen und auf den Foudroyant gesendet; dort in der Kajüte jenes Schiffes war von seinen eigenen Landsleuten ein Kriegsgericht gehalten und der Greis eiligst zum Tode verurtheilt worden. Die Stunde der Vollstreckung war nahe, und er befand sich bereits auf dem Schiff, wo die Execution stattfinden sollte.

Carlo Giuntotardi's Bote traf den unglücklichen Mann mit seinem Beichtvater allein, dem er so eben seine Beichte abgelegt hatte. Er hörte das Gesuch mit kalter Gleichgültigkeit; gewährte es aber im Augenblick, in der Meinung, es komme von einem Angehörigen seiner Familie oder seiner Besitzungen, der vielleicht um eine letzte Gnade zu bitten oder eine Handlung der Gerechtigkeit zu verlangen hätte.

„Bleibt hier, Vater, ich ersuche Euch darum," sagte der Gefangene, als er bemerkte, daß der Geistliche im Begriffe war, sich zurückzuziehen; „es ist vielleicht ein Landmann oder Krämer, dessen Ansprüche übersehen wurden. Ich bin froh, daß er gekommen ist: denn ehe man stirbt, möchte man sich gerne von jeder Ungerechtigkeit gereinigt wissen. Laßt sie nur eintreten, mein Freund."

Mit diesen Worten gab er ein Zeichen – die Kajütenthüre öffnete sich und Ghita und ihr Oheim traten ein.

Eine volle Minute lang sprach Niemand: beide Theile schauten einander stillschweigend an: der Gefangene suchte umsonst sich der Gesichter seiner Gäste zu entsinnen, und das Mädchen zitterte vor Kummer und Furcht. Dann trat sie auf den Verurtheilten zu und kniete mit gebeugtem Haupte zu dessen Füßen nieder.

„Großvater," sprach sie flehend, „Euren Segen dem Kinde Eures einzigen Sohnes!"

„Großvater! – Sohn! – und sein Kind!" wiederholte Don Francesco. „Ich *hatte* einen Sohn, zu meiner Schande und Zerknirschung muß ich's nun gestehen: aber er ist schon lange todt. Ich wußte nie, daß er ein Kind hinterlassen."

„Dieß ist seine Tochter, Signore," erwiederte Carlo Giuntotardi; „ihre Mutter war meine Schwester. Ihr hieltet uns damals für zu niedrig, um in eine so erlauchte Familie aufgenommen zu werden, und wir haben nie gewünscht, uns Euch vor Augen zu stellen, bis wir dachten, daß unsere Gegenwart Euch willkommen sein dürfte."

„Und jetzt kommst du, guter Mann, um auf Verwandtschaft mit einem verurtheilten Verbrecher Anspruch zu machen?"

„Nicht so, Großvater," bat eine milde Stimme zu seinen Füßen; „es ist Eures Sohnes Tochter, die ihren sterbenden Verwandten um seinen Segen anfleht. Das Geschenk soll durch fromme Seelengebete reichlich vergolten werden."

„Heiliger Vater! das verdiene ich nicht! Hier lebte diese zarte Pflanze, vergessen und im Schatten, bis sie plötzlich ihr schüchternes Haupt erhebt, um mir in der Stunde des Todes ihren Wohlgeruch zu bieten! Das habe ich nie verdient!"

„Mein Sohn, wenn der Himmel nicht eher seine Gnaden gewährte, als bis sie verdient sind, dann wäre das Schicksal des Menschen in der That ein hoffnungsloses. Doch dürfen wir in einem solchen Augenblicke keinen Täuschungen Zutritt gestatten. Du bist nicht vermählt, Don Francesco: hast du jemals einen Sohn gehabt?“

„Das habe ich unter anderen Sünden schon längst gebeichtet, und da ich es tief bereut habe, so hoffe ich auch, daß es Verzeihung gefunden. Ich hatte einen Sohn – der Junge trug sogar meinen Namen, obwohl er nie in meinem Palaste wohnte – bis ich ihn wegen einer plötzlichen, unklugen Heirath aus meinen Augen verbannte. Ich hatte immer im Sinn, ihm zu verzeihen und für seine Bedürfnisse zu sorgen; doch der Tod ereilte beide Gatten zu frühe, um mir Zeit dazu zu gestatten. Soviel wußte ich bis jetzt, und es that mir weh, daß es so war; von seinem Kinde habe ich bis auf diesen Augenblick niemals gehört! Das ist ein süßes Antlitz, Vater; es scheint der ächte Wohnsitz der Wahrheit zu sein!“

„Warum sollten wir Euch betrügen, Großvater?“ begann Ghita aufs Neue, und hielt ihre Arme empor, als ob sie sich nach einer Umarmung sehnte – „und besonders zu einer Zeit wie diese? Wir kommen ja nicht, um Ehre, Reichthum oder Euren großen Namen bei Euch zu suchen; wir kommen blos, Euch um Euren Segen zu bitten, und Euch zu sagen, daß ein Kind aus Eurem eigenen Blute auf Erden zurückbleiben wird, um *Ave's* für das Heil Eurer Seele zu beten!“

„Heiliger Priester, hier kann kein Betrug stattfinden! – Dieses theure Kind sieht sogar seiner tiefgekränkten Großmutter ähnlich, und mein Herz sagt mir, daß sie mir angehört. Ich weiß nicht, ob ich diese Entdeckung in so später Stunde für ein Glück oder Unglück ansehen soll, denn sie trifft ja nur noch einen Sterbenden!“

„Großvater, Euren Segen! Segnet Eure Ghita, damit ich den Wohllaut eines väterlichen Segensspruches vernehme.“

„Dich segnen! – Dich, meine Tochter, segnen!“ rief der Admiral und beugte sich über das weinende Mädchen, um ihren Wunsch zu erfüllen; dann nahm er sie in seine Arme und schloß sie voll Zärtlichkeit an seine Brust; „das *muß* mein Kind sein; ich fühle, daß es Niemand Anderes sein kann!“

„Eccellenza,“ sagte Carlo, „sie ist die Tochter Eures Sohnes Don Francesco und meiner Schwester, Ghita Giuntotardi, in rechtmäßiger Ehe geboren. Ich möchte Niemand – am allerwenigsten aber einen Sterbenden betrügen.“

„Ich habe keine Güter zu vererben – keine Ehren zu verleihen – keinen ruhmwürdigen Namen zu vermachen. Das Kind eines Lazzaroni ist im jetzigen Augenblick besser daran als die Tochter Francesco Caraccioli's.“

„Großvater, wir denken nicht daran – und kümmern uns nicht darum. Ich bin blos gekommen, um mir Euren Segen zu erbitten, den Ihr mir nun gewährt habt, und Euch das Gebet gläubiger Christen, so niedrig wir auch sein mögen – anzubieten. Mehr als das verlangen wir nicht – wünschen wir nicht – suchen wir nicht. An unsere Armuth sind wir gewöhnt und beachten sie niemals. Reichthümer würden uns nur in Verlegenheit bringen, und wir bedürfen ihrer nicht.“

„Ich erinnere mich, heiliger Vater, daß ein Hauptgrund meines Unwillens über meines Sohnes Heirath darin bestand, daß ich den Beweggründen der Familie, die ihn aufgenommen, mißtraute, und doch haben diese ehrlichen Leute mich unbelästigt in meinem Glücke fortleben lassen, und machen ihre Verwandtschaft erst jetzt geltend, da ich mit Schimpf und Schande bedeckt bin! Ich war nicht gewöhnt, Wünschen und Herzen, wie diesen, zu begegnen!"

„Ihr kanntet uns nicht, Großvater," sprach Ghita bescheiden, und begrub ihr Antlitz fast ganz an der Brust des alten Mannes. „Wir haben lange für Euch gebetet, Euch verehrt und an Euch gedacht als einen Verwandten, dessen Angesicht im Zorn von uns abgewendet war: Euer Gold und Eure Ehren haben wir niemals gesucht."

„Gold und Ehren?" wiederholte der Admiral, indem er seine Enkelin sanft auf einen Stuhl niederließ. „Das sind für mich Dinge der Vergangenheit. Meine Güter sind eingezogen – mein Name entehrt; in einer Stunde werde ich eines schimpflichen Todes sterben. Nein, nein, mein Vater, keine selbstsüchtigen Absichten können diese Leute bewogen haben, in einem Augenblicke wie dieser, Verwandtschaftsrechte bei mir geltend zu machen."

„Erkenne darin die Güte Gottes, mein Sohn. Er läßt dich die Tröstungen kindlicher Liebe empfinden, und erweckt in deiner Brust den Funken elterlicher Zuneigung, um dir dadurch die Früchte seiner Gnade und seines Erbarmens mit dem bußfertigen Sünder schon im Voraus anzudeuten. Erkenne diese Güte in deinem Herzen: es kann dir in deinem letzten Augenblicke Trost gewähren!"

„Heiliger Priester, ich hoffe so – doch was hat dieß zu bedeuten?"

Don Francesco empfing ein Papier aus der Hand eines Dieners und las hastig dessen Inhalt; die Welt und ihre Gefühle wurzelten noch zu fest in seinem Herzen, um in einem Augenblicke daraus vertilgt zu werden. In der That, seine Gefangennehmung, Untersuchung und Verurtheilung waren so plötzlich erfolgt, daß es kein Wunder war, wenn der Priester selbst in einem so ernsten Augenblicke seinen Geist zerrissen und getheilt fand. – Der Gefangene, ließ das Haupt auf die Brust sinken und fuhr mit der Hand über die Augen, als ob er eine ungeziemende Schwäche verbergen wollte.

„Sie haben mir mein Gesuch abgeschlagen, Vater," sprach er, „und ich muß gleich einem ehrlosen Verbrecher sterben."

„Der Sohn Gottes litt auch am Kreuze und hing zwischen zwei Verbrechern."

„Ich glaube, es liegt weit weniger Wahrheit in diesen Ansichten, als wir zu denken gewöhnt sind; dennoch ist es grausam für einen Mann, der die höchsten Aemter bekleidete – für einen Fürsten – einen Caraccioli, gleich einem Lazzarone zu sterben!"

„Großvater!"

„Hast du gesprochen, Kind? Es sollte mich nicht wundern, wenn diese Schmach dich mit Entsetzen erfüllte."

„Es ist nicht *dieß*, Großvater," fuhr Ghita fort, indem sie alle Zweifel von sich abschüttelte und mit hochgerötheten Wangen und einem im Abglanze des heiligsten Gefühls strahlenden Gesichte emporschaute – „o, es ist nicht *dieß*. Wenn ich mein Leben für das deinige zum Opfer bringen könnte – mit Freuden würde ich es zu diesem Zwecke hingeben: aber höre meine Bitte, Großvater – täusche dich in diesem furchtbaren Augenblicke nicht dadurch, daß du den Schatten für das Wesen selber hältst! Was für einen Unterschied kann es machen, auf welche Art wir den Tod erleiden, wenn er uns die Pforten des Himmels öffnet? Schmerz, das weiß ich gewiß, kannst *du* nicht fürchten, selbst *ich*, die ich nur ein schwaches Mädchen bin, würde ihn verachten; welche andere Ehre kann uns in der Stunde des Todes zu Theil werden, als die, der Gnade und Barmherzigkeit Gottes würdig erachtet zu werden! Caraccioli oder Lazzarone – Fürst oder Bettler – das wird nach Verfluß von zwei Stunden keinen Werth mehr für dich haben, und so laß mich dich demüthig bitten, deine Gedanken auf diejenige Stufe herabzustimmen, welche sich für alle Sünder ziemt."

„Du sagst, du seiest meine Enkelin, Ghita – die Tochter meines Sohnes Francesco?"

„Das bin ich auch, Signore, wie Alle mir sagen – wie mein Herz mich belehrt – und wie ich mit Zuversicht glaube."

„Und diese Ansichten erscheinen dir unwürdig – oder wenn dir dieß besser gefällt, *ungeziemend* – für einen so feierlichen Moment, und die *Art* des Todes willst du selbst bei einem Krieger für gleichgültig erklären?"

„Verglichen mit seinen Hoffnungen auf den Himmel – im Lichte seiner eigenen Gebrechen und der Verdienste seines Erlösers betrachtet – ja, Großvater."

„Und willst du – auf der Schwelle des Lebens stehend und die ganze Welt mit Allem, was die Zukunft bietet, vor deinen Blicken ausgebreitet – mich dennoch zum Schaffote begleiten und der spottenden Menge in's Gesicht bekennen, daß du dein Dasein von einem Verbrecher ableitest und dich nicht schämst, ihn als Verwandten anzuerkennen?"

„Ja, Großvater – deßhalb bin ich ja gekommen," gab Ghita standhaft zur Antwort. „Verlange aber nicht, daß ich dein Leiden mit ansehen solle! Alles, was ich thun kann, um deine Schmach – wenn es überhaupt eine solche ist – durch Theilnahme zu lindern, will ich herzlich gerne thun; doch deine ehrwürdige Gestalt leiden zu sehen – davor muß ich zurückbeben!"

„Und was willst du thun für einen Mann, den du bis zu dieser Stunde niemals gesehen? – einen Mann, den man dir wohl schwerlich als gerecht, wenigstens gegen dich, geschildert haben kann?"

„Wenn ich dich vor diesem Besuche auch nie sah, Großvater, so habe ich dich dennoch von Kindheit auf geliebt und für dich gebetet. Mein vortrefflicher Oheim lehrte mich frühzeitig diese Pflicht ausüben, niemals aber predigte er mir Haß gegen dich oder irgend einen Menschen. Mein eigener Vater ist längst heimgegangen; das was er dir heute gewesen wäre, das will ich nunmehr zu sein versuchen. Die Welt gilt mir nichts, und dich wird der Gedanke trösten, daß ein Wesen in deiner Nähe weilt, dessen Seele um dich weint, und die sich ganz in Gebet auflösen mochte, um jenseits für dich Verzeihung zu erflehen.“

„Und dieses Wesen darf ich erst eine Stunde vor meinem Tode kennen lernen, Vater! Gott züchtigt mich für das Unrecht, das ich an Ghita begangen, indem er mich ihren Werth erst jetzt erkennen läßt, da es zu spät ist, um mich desselben zu erfreuen. Nein, Ghita, mein theures Kind – ein solches Opfer soll nicht von dir gefordert werden. Nimm dieß Kreuz – es stammt von meiner Mutter; auf ihrem Herzen hat es geruht, und lange Zeit hab' ich's auf dem meinigen getragen: nimm es als ein Andenken an deinen unglücklichen Großvater, und bete für mich; aber verlasse dieses Schreckensschiff, und laß deine zarte Seele nicht durch einen Anblick erschüttern, der für dein Geschlecht wie für deine Jahre gleich unpassend ist. Mein Segen – ja mein bester Segen sei mit dir, mein Kind! Wollte Gott, ich hätte dich früher gekannt; doch selbst diese späte Erkenntniß deines Werthes hat mein Herz erleichtert. Du findest in mir einen armen verurtheilten Verbrecher, der nicht im Stande ist, für deine künftigen Bedürfnisse zu sorgen – doch halt, mein Kind; etwas Weniges *kann* ich dennoch für dich thun. Dieser Sack enthält Gold. In der Hoffnung, daß er mir behilflich sein könnte, die meiner harrende Strafe abzuwenden, wurde er mir von einem Verwandten zugesendet. Zu jenem ersten Zwecke ist er mir jetzt unnütz; bei deinen einfachen Sitten aber kann er dir eine behagliche, sorgenfreie Existenz sichern.“

Mit überströmenden Augen schob Ghita das Gold bei Seite, und drückte nur das Kreuz an die Brust, das sie wieder und immer wieder mit glühenden Küssen bedeckte.

„Nicht so – nicht so, Großvater,“ sprach sie, „ich bedarf dessen nicht und wünsche es nicht. Dieß hier ist genug; das will ich bis zu meinem letzten Athemzuge treu bewahren. Auch das Schiff will ich verlassen; aus deiner Nähe aber werde ich nicht weichen. Ich sehe viele Boote versammelt; auch das meinige wird dort seinen Platz finden. Meine Gebete sollen für dich zum Himmel emporsteigen, so lange du noch am Leben bist, und auch nachdem du geschieden, werde ich deiner jeden Tag in meiner Andacht gedenken. Es bedarf nicht des Goldes, Großvater! um dir einer Tochter Gebet dadurch zu erkaufen.“

Voll innigen Gefühls betrachtete Don Francesco das fromme, liebliche Mädchen: dann drückte er sie noch einmal an's Herz und gab ihr laut und zu wiederholten Malen seinen Segen.

Plötzlich hörte man von dem Foudroyant den Schlag einer Glocke herübertönen, der von allen benachbarten Schiffen, englischen wie neapolitanischen – wiederholt wurde. Als kundiger Seemann wußte Caraccioli, daß es jetzt halb fünf Uhr war; um fünf Uhr sollte seine Hinrichtung stattfinden. Er fand es daher nöthig, seine kaum gefundene Enkelin zu entlassen, um noch einige Minuten allein mit seinem Beichtvater zuzubringen.

Der Abschied war feierlich, aber zärtlich; als Ghita die Kajüte verließ, war ihrem verurtheilten Großvater nicht anders zu Muthe, als ob er für immer einem schon längst geliebten Wesen Lebewohl gesagt hätte, dessen Tugenden ihm seit der Stunde ihrer Geburt ein süßer Trost gewesen wären.

Das Verdeck der Minerva bot einen traurigen Anblick dar. Der Gefangene war zwar von einem aus neapolitanischen Offizieren bestehenden Kriegsgerichte verurtheilt worden; dennoch sollte die Execution unter dem Schutze der brittischen Flagge stattfinden, und die Theilnahme des Publikums war daher auf Seiten des Gefangenen. Die Eile, womit Alles betrieben worden war, erschien durch Nichts gerechtfertigt, denn nirgends drohte eine unmittelbare Gefahr, und das Beispiel, das man aufstellen wollte, wäre wohl weit abschreckender gewesen, wenn die ganze Sache, statt ruhiger Erwägung des Rechts, weniger den Schein persönlicher Rachsucht an sich getragen hätte.

Von Ghita's Verwandtschaft mit dem Gefangenen konnte Niemand eine Ahnung haben; da man aber wußte, daß sie in der Kajüte gewesen war, und also auch glauben mußte, sie fühle Interesse für den Verurtheilten, so zeigten die Offiziere große Theilnahme für ihre Wünsche, besonders da ihre innere Bewegung nur zu deutlich hervortrat.

Eine ungeheure Masse von Booten hatte sich um die Fregatte versammelt, denn so sehr auch die ganze Prozedur übereilt worden war, so hatte sich doch die Nachricht, daß Francesco Caraccioli wegen Verraths gehängt werden sollte, wie ein Lauffeuer verbreitet, und nicht ein einziges Boot von einiger Größe wurde an dem Molo zurückgelassen, so heftig war das Verlangen, das kommende Ereigniß mit anzusehen. War es nun in der Verwirrung oder in Folge von Bestechung geschehen – kurz der Mann, der Carlo Giuntotardi mit seiner Nichte herübergerudert hatte, war nirgends zu finden, und für den Augenblick schien kein Ausweg vorhanden, wie man das Schiff hätte verlassen können.

„Hier ist ein Boot mit einem einzigen Ruderer dicht an unserer Laufplanke," sprach der diensthabende Offizier, der für ein so interessantes Mädchen die freundlichste Theilnahme an den Tag gelegt hatte; „mit ihm könntet Ihr um wenige *Grani* an's Land gerudert werden."

Der Bursche in dem Boote gehörte zu der Klasse der Lazzaroni: er trug ein reinliches wollenes Hemd, eine phrygische Mütze und wollene Beinkleider, die blos bis auf die Kniee gingen, so daß seine kräftigen Arme und Beine – in ihren schönen Verhältnissen, ihrer Rundung und Muskulatur wahre Modelle zu einer Bildsäule – ganz nackt blieben. Nur die Füße machten eine Ausnahme von dem sonst üblichen Anzuge dieser Leute: der Bursche trug ein Paar zierlicher, leinener Schuhe, die fast wie die Mokasins der Indianer Amerika's verziert waren.

Carlo warf einen Blick auf diesen Mann, der die Laufplanke der Fregatte emsig zu bewachen und eine Fracht von da zu erwarten schien; kaum hatte ihm der Oheim eine kleine Silbermünze gewiesen, als das kleine Boot alsbald am Fuß der großen Fallreepstreppe anlegte. Ghita stieg hinab, und sobald sie mit ihrem Oheim Platz genommen hatte, schoß die Barke – denn größer war das Fahrzeug nicht – pfeilschnell an dem Schiffe vorüber, obgleich noch einige andere Passagiere, die gleichfalls von ihren treulosen Bootsleuten besseren Lohnes halber im Stiche gelassen worden waren, dem Fährmanne zuriefen, daß er sie ebenfalls mitnehmen möchte.

„Wir gehen am besten allein, selbst wenn's uns einen höheren Preis kostet," bemerkte Carlo ruhig gegen seine Nichte, als er diesen Umstand entdeckte. „Rudere uns eine kurze Strecke von dem Schiffe weg, Freund – dorthin, wo weniger Boote sind, und du sollst dir einen schönen Lohn verdienen. Wir haben ein Interesse für diese feierliche Scene, möchten aber gerne unbemerkt bleiben."

„Das weiß ich wohl, Signor Carlo," gab der Bootsmann zur Antwort, „ich will schon dafür sorgen, daß Ihr nicht belästigt werdet."

Ghita stieß einen leisen Schrei aus, als sie aufblickte, und in dem verkleideten Lazzarone keinen Anderen, als Raoul Yvard entdeckte. Da ihr Oheim in der Regel zu zerstreut war, um eine solche Verkleidung herauszufinden, so machte ihr Raoul ein Zeichen, daß sie sich selbst beherrschen möchte, und ruderte ruhig weiter, wie wenn Nichts vorgefallen wäre.

„Sei ruhig, Ghita," ermahnte Carlo: „die Zeit ist noch nicht da, und wir haben noch zwanzig volle Minuten zu unseren Ave's übrig."

Aber Ghita war weit entfernt, Ruhe zu fühlen. Sie erkannte die ganze Größe der Gefahr, in welche sich der junge Mann gestürzt hatte, und fühlte ebensogut, daß all' Dieses blos ihretwegen geschehen war. Selbst das feierliche Gefühl, das zu dieser Stunde und bei solcher Veranlassung ihre Seele erfüllte, war durch seine Gegenwart gestört, und sie hätte ihn aus mehr als einem Grunde fern von sich wünschen mögen. Doch war er nun einmal da, und zwar mitten unter seinen Feinden, und bei einem Mädchen von ihrem Alter und Geschlecht und von so tiefer Empfindung wie sie, wäre es ganz gegen die Natur gewesen, wenn sie sich nicht einem Gefühle zärtlicher Dankbarkeit gegen Den hingegeben hätte, der blos um *ihr* einen Dienst zu leisten, seinen Kopf gleichsam in des Löwen Rachen gesteckt hatte.

Zwischen Raoul und Ghita hatte über die mehrerwähnte Verwandtschaft nie eine Zurückhaltung stattgefunden, und so wußte Ersterer recht wohl, warum seine Geliebte hier war und was sie hergeführt hatte. Ghita selbst schaute sich ängstlich um, ob nicht gar vollends der Lugger unter der Masse von Schiffen, die auf der Rhede vor Anker lagen, zu sehen wäre. Dazu aber war Raoul viel zu vorsichtig, und Nichts, was seinem kleinen Fahrzeuge ähnlich gesehen hätte, war zu erblicken.

Die Entfernung zwischen der neapolitanischen Fregatte und dem englischen Contreadmiralsschiffe war nicht bedeutend, und so konnte Alles, was am Bord der ersteren vorging, wenn es anders nicht durch die Seitenwände und Schanzen des Schiffes verdeckt wurde – recht leicht auf dem Verdecke des letzteren wahrgenommen werden. Doch lag der Foudroyant immer noch etwas außerhalb des durch die Boote gebildeten Kreises, und Raoul hatte, in der Absicht, der Menge auszuweichen, diese Richtung eingeschlagen; er hielt jetzt mit Rudern inne, nachdem er dem Hintertheile des brittischen Admiralschiffes ungefähr bis auf den dritten Theil einer Kabellänge nahe gekommen war.

Hier beschloß man, das entscheidende Signal und seine traurigen Folgen abzuwarten. Ghita brachte die kurze Zwischenzeit damit zu, daß sie unablässig ihren Rosenkranz betete, worin ihr Carlo mit dem Eifer eines Zeloten Gesellschaft leistete.

Es ist kaum nöthig, zu bemerken, daß Raoul auch bei diesem Anblicke in seinem Unglauben verharrte; doch würden wir seiner Natur sowohl, als seiner Liebe zu Ghita unrecht thun, wenn wir behaupten wollten, er habe ihrem Thun ohne Theilnahme zugesehen.

Eine feierliche, erwartungsvolle Stille herrschte auf allen benachbarten Schiffen. Es war ein schwüler, ruhiger Nachmittag; sogar der Zephyr schien die Stille dieser wehmüthigen Scene nicht einmal durch ein Flüstern stören zu wollen. Am Bord der Minerva war kein Zeichen des Lebens – kaum eines des Todes – zu erblicken; nur an dem Vorderraa-Arm gewahrte man einen einzelnen Klappläufer Eine besondere Art von Taljen oder Takeln, worunter man die auf Schiffen üblichen Hebemaschinen versteht.
D. U., mit dem einen Ende nach Innen gekehrt, während das andere längs der Raa hinlief und durch den Einschieb-Block bis auf das Verdeck herabreichte. Unterhalb dieser einfachen, aber bezeichnenden Maschinerie war über zwei von den Kanonen eine Platform gedeckt; da sie aber am inneren Borde angebracht war, so mußte sie nothwendig, die Leute auf der Minerva selbst ausgenommen, allen übrigen Zuschauern verborgen bleiben.

Raoul war mit diesen Vorkehrungen wohl vertraut, und sein erfahrenes Auge entdeckte alsbald das besondere Tau, welches die arme Ghita in so kurzer Zeit ihres Großvaters berauben sollte, während es sich für diese selbst, so wie für ihren Oheim unter der Masse des Tauwerks verlor, von welchem es umgeben war.

Zehn Minuten mochten unter diesem feierlichen Schweigen verstrichen sein; die Zahl der Boote schien unterdessen immer noch zuzunehmen, und auf den verschiedenen Schiffen ertheilte man der Mannschaft die Erlaubniß, sich Punkte zu suchen, von denen sie ein Schauspiel mit ansehen konnten, das ihnen, wie man hoffte, als kräftige Warnung dienen sollte.

Auf einem Kriegsschiffe gehört es zu der Etikette: „die Mannschaft so dicht wie möglich beisammen zu behalten," denn man hält es für ein Zeichen eines wohlgeordneten Fahrzeugs, wenn recht wenige Leute sichtbar sind, die Fälle natürlich ausgenommen, wo der Dienst es mit sich bringt, daß sie sich blicken lassen. Diese strenge Regel hatte man übrigens für den jetzigen Moment außer Augen gelassen, und die gährenden Massen, welche die Minerva rings umwogten, hatten Tausende von Zuschauern dahin gesendet, welche, Bienen gleich, an den Masten herumschwärmten.

Mitten unter diesen Zeichen der Erwartung ließ sich auf dem Foudroyant die Bootmanns-Pfeife vernehmen; vier Ehrenposten zeigten sich auf der großen Fallreepstreppe – eine Achtungsbezeigung, welche keinem Offiziere unter dem Range eines Kapitäns erwiesen wurde. Raoul's Boot war blos fünfzig Schritte von jener Stelle entfernt; in müssiger Neugier drehte er den Kopf, um zu sehen, wer wohl in das Langboot steigen würde, das am Fuße der langen Treppenflucht angelegt hatte.

Ein Fremder mit zwei Epauletten kam zuerst; ihm folgten zwei Herren in Civil und ein Seelieutenant: sie stiegen einer nach dem andern herab und setzten sich im Boote nieder. Im nächsten Augenblicke senkten sich die Ruder: das Boot wirbelte rund herum, an dem Spiegel des Foudroyant vorüber, und kam schnurgerade gegen Raoul herangerudert. Vier bis fünf langgezogene Ruderschläge, wie die Mannschaft auf einem Kriegsschiffe sie zu führen geübt ist, – genügten, um das lange, schmale Boot dem gewünschten Punkte nahe zu bringen: dann hielten die Leute mit Rudern inne, und der kleine Nachen schaukelte sich zehn Schritte von des Kapers Boote ruhig auf der Stelle.

Jetzt erst entdeckte Raoul zu seiner Ueberraschung, daß die beiden Civilpersonen Niemand anders, als Andrea Barrofaldi und Vito Viti waren; sie hatten nämlich Cuffe und Griffin, ihre beiden Gefährten auf dem Langboot, auf einer Kreuzfahrt begleitet, welche ausdrücklich in der Absicht, ihn selbst nebst seinem Schiffe gefangen zu nehmen – unternommen worden war.

Ein Anderer würde sich in so unmittelbarer Nähe mit seinen Feinden ziemlich unbehaglich gefühlt haben: Raoul Yvard aber war durch diesen Umstand eher ergötzt als beunruhigt. Er verließ sich auf seine Verkleidung, und war mit solchen Abenteuern viel zu vertraut, um nicht seine ganze Ruhe und Selbstbeherrschung zu bewahren. Die beiden Engländer kannte er natürlich nicht; doch wußte er genau, daß sich die Proserpina auf der Rhede befand, und konnte also mit ziemlicher Bestimmtheit deren Identität, so wie die Umstände errathen, welche so ungleichartige Genossen zusammengeführt hatten.

Er hatte nicht die Vorsicht gebraucht, sein Gesicht zu verstellen, und die rothe phrygische Mütze, welche er gleich tausend anderen Lazzaroni's in der Bai trug, ließ jede Miene, jeden Zug deutlich erkennen. Bei Ghita dagegen war der Fall ganz anders. Sie sowohl als ihr Oheim waren den beiden Elbanesern weit besser bekannt, als der Kapersmann; aber Beide hatten das Antlitz in stummem Gebete verhüllt.

„Die ganze Geschichte will mir nur halb gefallen, Griffin," bemerkte der Kapitän, sobald sein Boot still gestanden war, „und von ganzem Herzen wünschte ich, daß wir nichts damit zu schaffen hätten. Ich kannte diesen alten Caraccioli: er war ein kreuzbraver Mann, und was seine Verrätherei betrifft, so ist's in Zeiten wie die jetzigen und bei einer Nation wie die seinige – gar nicht so leicht zu bestimmen, wer ein Verräther ist oder nicht. – Ha! bei meiner Seele! ich glaube, das ist derselbe alte Mann mit dem nämlichen hübschen Mädchen, der noch vor einer halben Stunde wegen eben dieser Execution bei Nelson Audienz hatte!"

„Was konnte *sie* wohl mit Prinz Caraccioli oder seiner Verrätherei zu schaffen haben, Sir? – Der alte Knabe steht aus wie ein Stubenhocker, scheint aber doch kein Priester zu sein; das Mädchen aber – das ist in der That hübsch aufgetakelt. Ich denke mir aber, ihr Gesicht muß nicht sonderlich schön sein, sonst würde sie sich nicht so viel Mühe geben, es zu verbergen."

Raoul murmelte ein ›Sacr-r-e‹ zwischen den Zähnen, vermochte aber dennoch, alle äußeren Zeichen seines Unmuths zu unterdrücken. Cuffe dagegen hatte keinen Grund, besondere Zurückhaltung zu beobachten, denn vor seiner eigenen Bootsmannschaft war er gewohnt, sich weit offener als vor den übrigen Leuten zu äußern.

„Wenn es dieselbe ist, die wir in der Kajüte sahen, dann hat sie nicht nöthig, sich zu verstellen," gab er zur Antwort; „ein hübscheres, züchtigeres Mädchen ist mir nicht leicht vor Augen gekommen. Was sie eigentlich wollte, das kann ich nicht sagen, denn sie sprachen Beide italienisch mit einander, und ›Miladi‹ hat das ganze Gespräch so ziemlich für sich behalten. Ihre freundlichen Blicke scheinen aber den alten Junggesellen, unsern Friedensrichter, bezaubert zu haben, denn er beäugelt sie auf eine Art, als ob er sein Herz für die Schönheit zu erschließen Lust hätte. Fragt ihn einmal auf italienisch, in welches Sirenennest er jetzt wohl gerathen sei?"

„Ihr scheint neben der Minerva noch sonst etwas Sehenswürdiges gefunden zu haben, Signor Podesta," bemerkte Griffin halblaut; „ich hoffe, es wird nicht die Venus sein."

„ Cospetto!" grinste Vito Viti, indem er seinen Nachbar, den Vicestatthalter, mit dem Ellbogen anstieß und nach dem Boot hinüberwinkte, "ob das wohl nicht die kleine Ghita ist, die wie ein Komet auf unserem Eilande erschien und wieder verschwand! – oder mit was soll ich sonst ihr plötzliches, außergewöhnliches Abhandenkommen vergleichen, Signor Andrea?"

„Mit dem des Irrwisches oder Ving-y-Vings," fiel Griffin ein, der die beiden Würdenträger jetzt, da er sie auf der See bei sich hatte, keineswegs mit jenen Witzen verschonte, die Einem auf Kriegsschiffen meistens so geläufig sind. „Auch *er* kam auf höchst außergewöhnliche Weise abhanden; vielleicht, daß die Dame und der Lugger mit einander davon flogen."

Vito Viti murmelte eine Antwort; denn er hatte mittlerweile einsehen gelernt, daß er, verglichen mit der Rolle, die man ihn auf seiner Heimathinsel hatte spielen lassen, am Bord der Proserpina in ganz verschiedenem Lichte betrachtet wurde. Er hätte sich übrigens wohl auch laut geäußert; doch in diesem Augenblicke stieg eine Rauchsäule aus dem unteren Bord der Minerva empor – eine gelbe Flagge wehte auf dem Verdeck – und dann hörte man den Knall der Signalkanone.

Es wurde schon gesagt, daß die Kriegsschiffe von vier verschiedenen Nationen in jenem Augenblicke auf der Rhede von Neapel vor Anker lagen. Nelson war kurze Zeit vorher mit siebzehn Linienschiffen eingelaufen, und hatte überdieß noch mehrere seiner Landsleute im Hafen angetroffen. Diese bedeutende Streitmacht war versammelt worden, um einen erwarteten Angriff auf die Insel Minorca zurückzuweisen, und wurde noch so lange beisammen gehalten, als man über die ferneren Bewegungen des Feindes in Ungewißheit war. Aus dem schwarzen Meere war eine russische Flotte herbeigekommen, um gegen die Franzosen zu operiren; mit ihr war ein Geschwader des Großherrn erschienen, um so der Welt das sonderbare Schauspiel darzubieten, wie sich die Anhänger Luthers, die Gläubigen der griechischen Kirche und die Kinder Muhameds zur Vertheidigung ›unserer

Heimath, unseres Rechtes und Altars‹ vereinigt hatten. Zu diesen Schiffen kam noch ein kleines neapolitanisches Geschwader, das die Zahl der vier verschiedenen Nationalflaggen voll machte, welche nun alle dem traurigen Schauspiel, das wir zu schildern im Begriffe stehen, als Zeugen anwohnen sollten.

Die gelbe Flagge, so wie die Signalkanone brachte auf sämmtlichen Flotten Alles, was mit dem Dienste zusammenhing – zum Stillstand. Die heiseren Kommandorufe verstummten – die Bootsmänner und ihre Mate's legten ihre Signalpfeifen beiseite, und die lärmenden Kadeten vernahmen keine Befehle mehr, die sie wiederholen konnten. Die Matrosen traten auf dem Seitenbord ihrer betreffenden Schiffe zusammen; in Aller Augen malte sich Neugierde und Erwartung. Die Spieren glichen den Aesten eines Waldes, wenn sie dicht mit Bienen bedeckt sind; Klüshölzer, Hackbords, Laufplanken und die Ausläufer des Takelwerks waren mit schimmernden Hüten, glänzenden Epauletten und Knöpfen und dunkelblauen Uniformen besetzt – zum Zeichen, daß sie von den bevorrechteten Klassen eingenommen worden.

Trotz dieser Neugierde war übrigens auf keinem Gesichte eine Spur jener Befriedigung sichtbar, welche sich bei dem Anblicke eines verdienten Strafgerichts zu äußern pflegt. Ein düsterer Ausdruck beschattete offenbar alle die grimmigen Physiognomien dieser Krieger der Tiefe, und Engländer, Russen, Neapolitaner und Türken schienen ihr ganzes Mitgefühl nicht der Majestät der Gerechtigkeit, sondern dem Verurtheilten zuzuwenden.

Doch wurde kein Murren gehört – kein Zeichen der Widersetzlichkeit ließ sich vernehmen – nirgends war ein Blick des Vorwurfs zu bemerken. Der unsichtbare Mantel der Amtsgewalt breitete sich über das Ganze, und alle die Massen von Unzufriedenen unterwarfen sich diesem Einflusse, wie wir uns vor dem vermeintlichen Willen des Schicksals beugen. Die tiefgewurzelte, unwiderstehliche Gewohnheit der Mannszucht unterdrückte jede Klage; aber die Ueberzeugung war allgemein vorherrschend, daß jetzt eine Handlung beginnen sollte, welche im Interesse der Menschlichkeit und Gerechtigkeit besser ungeschehen bliebe, oder, wenn sie dennoch vollzogen werden sollte, wenigstens einer passenderen Form, größerer Ueberlegung und genauerer Untersuchung bedurft hätte, um so vollzogen zu werden, daß sie zu der Besserung anderer Menschen beigetragen hätte.

Die Türken allein ließen auch in ihrer Unterwürfigkeit ihre gewöhnliche Apathie bemerken. Diese Diener des Fatums blieben kalt, obgleich selbst bis zu ihnen das leise Gerücht gedrungen war, daß eine böse Stimmung auf der Flotte vorherrsche, und daß ein großer, stolzer Geist von der Leidenschaft überwältigt worden sei, welche oft die größten Helden ihrer Unabhängigkeit und Selbstbeherrschung beraubt.

Ghita hörte auf zu beten, sobald ihr der rauhe Donner des Geschützes zu Ohren drang, und wagte sogar mit überströmenden Augen nach der Fregatte hinzublicken. Auch Raoul und alle Uebrigen starrten nach derselben Richtung.

Die Seeleute unter der Gruppe sahen das Tau am Vorderraa-Arme sich bewegen und dann langsam einige Köpfe über die Hängemattentücher hervorkommen; in diesem Augenblicke wurde der Gefangene mit dem begleitenden Priester der ganzen Länge nach sichtbar.

Der unglückliche Caraccioli hatte wie gesagt seine vollen siebzig Jahre nach dem gewöhnlichen Laufe der Natur verlebt, und sein kahles Haupt zeigte nunmehr die Spuren dieses Alters. Er war ohne Oberkleid; die Arme, an den Ellbogen auf dem Rücken zusammengebunden, ließen seinen Händen gerade noch so viel Spielraum, daß sie die kleineren Dienste an seiner Person verrichten konnten. Sein Nacken war bloß; der verhängnißvolle Strick, der fest genug darum geschlungen war, um alle Unfälle zu verhindern, schien das Opfer beständig an seine empörende Bestimmung erinnern zu wollen.

Unter dem auf den Booten versammelten Volke entstand ein leises Gemurmel, als ihnen dieser Anblick vor Augen trat, und manches Haupt war zum Gebete niedergebeugt.

Der Verurtheilte schöpfte aus dieser Aeußerung des Mitleides einen Strahl des Trostes, und schaute einen Augenblick lang mit einer Miene um sich, als ob jene weltlichen Gefühle wieder in ihm aufleben wollten, welche er seit der Stunde, da er von Ghita Abschied genommen und zugleich erfahren hatte, daß seine letzte Bitte – die festgesetzte Todesart zu ändern, abgeschlagen worden – mit aller Anstrengung in seinem Herzen zu vertilgen gestrebt hatte.

Es war ein furchtbarer Moment für einen Mann, der, wie Don Francesco Caraccioli, reich und von hoher Geburt, für seine Dienste geehrt und an Achtung und Unterwürfigkeit gewöhnt, mitten auf dem Schauplatze, der ihn jetzt umgab, so lange Jahre verlebt hatte. Nie war ihm das prachtvolle Panorama jenes Golfes so lieblich erschienen, als in dem Augenblicke, da es ihm – und zwar durch einen gewaltsamen, schmachvollen Tod – für immer entrissen werden sollte. Von den purpurnen Gebirgen und der tiefklaren Himmelsdecke über ihnen – von dem blauen Gewässer, über dem er bereits zu schweben schien – von dem sonnigen Gestade, reich an Städten, Dörfern und Weingärten, wandte sich sein Auge nach der Welt von Schiffen, deren jedes von Massen lebendiger Wesen wimmelte. Ein kummervoller Blick des Vorwurfs fiel auf die kleine Flagge, welche eben von dem Besantopp des Foudroyant herüberwehte; dann glitt er auf den Teppich von Gesichtern zu seinen Füßen, der die Oberfläche des Wasserspiegels in eine wogende Masse von Menschenköpfen zu verwandeln schien.

Plötzlich zeigte sein Blick Festigkeit, obwohl sich seine Seele noch in Aufruhr befand. Er hatte Ghita an ihrem Begleiter, so wie an der Kleidung erkannt. Bis an den Rand seines schmalen Schaffotes vorschreitend, suchte er seine Arme nach ihr auszustrecken und ihr nochmals laut seinen Segen hinüber zu rufen. – Das arme Mädchen sank mitten in dem Boote auf die Kniee, neigte das Haupt, und verharrte in dieser demüthigen Stellung, bis Alles vorüber war.

„Sohn," sprach der Priester, „dieß ist ein Augenblick, wo du die Erde und all' ihre Gefühle vergessen mußt."

„Ich weiß es, Vater," antwortete der alte Mann, und seine Stimme zitterte vor innerer Bewegung, denn seine Gefühle waren zu mächtig und erhaben, um der demüthigenden Empfindung der Furcht Raum zu gestatten; „aber noch nie ist dieses schöne Stück der Schöpfung meinen Augen so lieblich erschienen, als eben jetzt, da ich es für immer verlassen soll."

„Blicke über diesen Schauplatz hinüber in das weite Reich der Ewigkeit, Sohn; dort wirst du eine Herrlichkeit finden, mit welcher keines dieser irdischen Güter verglichen werden kann. – Doch ich fürchte, unsere Zeit wird nur kurz sein; hast du noch irgend ein fleischliches Anliegen?"

„Mache bekannt, heiliger Priester, daß ich noch in meinem letzten Stündlein für Nelson und alle Diejenigen gebetet habe, welche dazu beigetragen, mir dieses Ende zu bereiten. Für den Glücklichen, der nie eine Versuchung zu bestehen hatte, ist es leicht, Andere zu verdammen; der aber ist weiser und wandelt einen sichrem Pfad, der seine Zuversicht mehr auf Gottes Güte als in seine eigenen Verdienste setzt."

Ein Strahl der Freude flog über das bleiche Antlitz des Priesters – eines wahrhaft frommen Mannes, da ihn sonst die persönliche Furcht vor den Folgen ferne von einer solchen Scene gehalten haben würde. Er schloß die Augen und dankte Gott in den geheimsten Tiefen seiner Seele für Seine Gnade.

„Sohn," so begann er dann wieder in ermunterndem Tone zu dem Fürsten zu reden, „wenn du mit dem wahren Glauben an den Sohn Gottes und in solch' frommer Stimmung gegen deine Mitgeschöpfe aus der Welt scheidest, so bist du unter dieser ganzen Menschenmenge Derjenige, der am meisten beneidet werden dürfte. Richte deinen Geist im Gebete noch einmal auf Ihn, der dir allein in deinen Nöthen beistehen kann."

Caraccioli kniete mit Hilfe des Priesters auf dem Schaffote nieder, denn der Strick war locker genug, um ihm diese Handlung der Demuth zu gestatten; der Andere betete neben ihm auf den Knieen.

„Gäbe Gott, daß Nelson nichts mit der Sache zu schaffen hätte!" murmelte Cuffe, indem er sein Gesicht wegwendete und seine Augen unwillkürlich auf den Foudroyant richtete, unter dessen Spiegel das Langboot lag. Dort auf der Hintergalerie stand die schon erwähnte Dame und schien die Schreckensscene mit gespannter Aufmerksamkeit zu verfolgen. Niemand als ein Mädchen war in ihrer Nähe, da ihre männlichen Freunde nicht dazu gelaunt waren, ihr Gesellschaft zu leisten.

Cuffe wandte sich mit größerem Unmuth von diesem Anblicke ab – in demselben Moment erhob sich ein allgemeiner Schrei aus den Booten. Sich umschauend hatte er gerade noch Zeit, zu bemerken, wie der unglückliche Caraccioli mit einem stätigen Ruck aus seiner knieenden Stellung emporgezogen wurde, bis sein Nacken an der Fockraa anstieß, während sein Begleiter, im Gebet verloren, allein auf dem Schaffote zurückblieb.

Eine schauerliche Minute lang dauerte der Kampf zwischen Leben und Tod; dann hing der Körper – noch kaum zuvor der Wohnsitz eines unsterblichen Geistes –

gleich einem der Leesegelfallblöcke des Schiffes am Ende der Spiere und baumelte, gefühllos wie das Holz, das ihn trug, im Hauch der Lüfte.

Fünfzehntes Kapitel

O schlumm're, Kind, so traurig – fern vom Strand,
Des Wassers Murmeln mag in Schlaf dich wiegen:
Sein Arm wird dich nicht stützen, deine Hand
Wird nicht mehr kosend auf der Stirn ihm liegen.
Fern ist er, kann dir nicht mehr weh thun, dich nicht retten:
Die Erde ist sein Grab – du mußt im Meer dich betten.

Dana.

Einen ganzen langen Sommerabend blieb Francesco Caraccioli's Leichnam an der Fockraa der Minerva aufgehängt – ein empörender Anblick für seine Landsleute, so wie für die meisten Fremden, welche Zeugen seines Endes gewesen waren. Dann legte man ihn in ein Boot, beschwerte die Füße mit Doppelkugeln, worauf er ungefähr eine Meile weit in den Golf hinaus geführt und in die See geworfen wurde.

Die schauderhafte Art, wie er vierzehn Tage später über dem Wasserspiegel erschien und seine Henker zur Rechenschaft zu fordern schien, ist als historisches Factum bekannt, und wird noch heutiges Tags von dem unwissenden, wunderliebenden Publikum jenes Landes als Mirakel erzählt. Ghita verschwand, man wußte nicht wie, denn Vito Viti und seine Gesellschafter wurden durch die eben geschilderte Scene viel zu sehr in Anspruch genommen, um zu bemerken, wie Raoul seine Geliebte voll zarter Schonung einem Schauspiele entzog, das für ein Mädchen in ihrer Lage so schauderhaft sein mußte.

Cuffe selbst verweilte nur noch wenige Minuten, und befahl dann seiner Bootsmannschaft, ihn nach der Proserpina hinzurudern.

Eine halbe Stunde, nachdem die Execution vorüber war, stand diese Fregatte auf und nieder, und dann steuerte sie, von einem leichten Winde getrieben und vom Flaggenknopf bis zu den Hängemattentüchern in Leinwand gehüllt, zum Golfe hinaus.

Wir wollen sie übrigens für einen Augenblick verlassen, um zu der Gesellschaft auf der Barke zurückzukehren.

Carlo Giuntotardi und Ghita Caraccioli – denn so müssen wir fortfahren, das Mädchen zu heißen, trotzdem, daß der Name viel zu berühmt ist, um von einem Wesen in so untergeordneter Lebensstellung getragen zu werden – hatten beim Aufsuchen des unglücklichen Admirals keine andere Absicht gehabt, als das zu thun, was jedes von Beiden für seine Pflicht hielt. Sobald Caraccioli's Schicksal entschieden war, kehrten Beide wieder willig in ihr früheres Leben zurück: nicht daß sie sich geschämt hätten, ihre Verwandtschaft mit dem Todten einzugestehen – sondern weil jener weltliche Ehrgeiz ihnen gänzlich fremd war, welcher als nothwendige Erfordernisse des Glücks Rang und Vermögen anspricht.

Als Raoul das Gewimmel der Boote verließ, ruderte er gegen die Felsen in der Nähe der Gärten von Portici, welche dort das Gestade begränzen. Dieser Punkt war von dem gewöhnlichen Ankerplatze so weit entlegen, daß man vor Beobachtung sicher sein durfte und doch noch so nahe, daß man ihn in weniger als einer Stunde erreichen konnte.

Je weiter das leichte Boot gegen die Küste vordrang, desto mehr gewann Ghita ihre Fassung wieder. Sie trocknete ihre Thränen und schaute sich verwundert um, als ob sie fragen wollte, wohin ihr Freund sie zu führen gedenke.

„Ich will dich nicht fragen, Raoul, warum du in diesem Augenblicke hier bist, noch woher du gekommen," begann sie endlich; „aber darnach darf ich mich wohl erkundigen, wohin du uns jetzt eben führen willst? Unsere Heimath ist in St. Agata auf den Höhen oberhalb Sorrento an der andern Seite des Golfes. Jedes Jahr gehen wir dorthin, um einen Monat bei der Schwester meiner Mutter zuzubringen, welche dieß von unserer Liebe dringend verlangt."

„Wenn ich das Alles nicht schon wüßte, Ghita, so würde und könnte ich nicht hier sein. Ich habe das Landhäuschen deiner Tante noch heute heimgesucht, bin dir nach Neapel gefolgt, hörte von der Untersuchung und Verurtheilung des Admirals, und begriff recht wohl, wie diese Nachricht dein Herz ergreifen mußte; ich verfolgte deine Spur bis zu dem englischen Admiralschiffe, und erwartete dich vor der Minerva, wo du mich auch gefunden hast, nachdem ich den Mann, der dich herübergerudert, zuvor glücklich fortgebracht. Das Alles hat sich, so natürlich gefügt, wie das Gefühl, das mich veranlaßte, mich noch einmal in des Löwen Rachen zu wagen."

„Der Krug geht so lange zum Brunnen, Raoul, bis er endlich bricht," sprach Ghita einigermaßen im Tone des Vorwurfs, obgleich sie unmöglich verhindern konnte, daß ihre Zärtlichkeit dennoch aus ihren Worten herausklang.

„Du weißt Alles, Ghita. Nach mondenlanger Beharrlichkeit und einer Liebe, wie sie wohl selten ein Mann gefühlt, hast du dich kalt und bestimmt geweigert, mein Weib zu werden – hast den Monte Argentaro ausdrücklich deßhalb verlassen, um meiner Zudringlichkeit überhoben zu werden, denn dorthin konnte ich jeden Augenblick mit meinem Lugger gelangen – und hast dich hieher nach diesem Golfe gewendet, wo es von Engländern und anderen Feinden Frankreichs wimmelt, weil du dir einbildetest, ich würde mich nicht hinein wagen. – Gut; du siehst nun, mit welchem Erfolg: denn weder Nelson noch seine Zweidecker, so geschickt und siegreich sie auch sein mögen, können Raoul Yvard von dem Weibe, das er liebt, zurückhalten."

Der Fährmann hatte das Rudern eingestellt, um seinen Gefühlen auf diese Art Luft zu machen. Beide Theile beachteten Carlo Giuntotardi's Anwesenheit nicht mehr, als ob er ein Stück ihres eigenen Ich's gewesen wäre. Diese Gleichgültigkeit gegen die Thatsache, daß eine dritte Person den Zuhörer bildete, war bei ihnen zur Gewohnheit geworden, denn der würdige Gelehrte und Religionseiferer zeigte sich in der Regel viel zu zerstreut, als daß er so geringfügige Dinge, wie Liebe und jugendliche Neigung, beachtet hätte.

Ghita fühlte sich weder durch die Vorwürfe noch durch die Hartnäckigkeit ihres Geliebten überrascht; ihr Gewissen sagte ihr, daß er nur die Wahrheit sprach, wenn er ihrer neulichen Wohnungsveränderung, wozu sie ihren Oheim bewogen hatte, die angeführten Gründe unterstellte: sie hatte allerdings aus Pflichtgefühl die Thürme verlassen, doch hatte ihre List nicht so viel über sie vermocht, um einen anderen Aufenthaltsort, als den zu wählen, welchen sie von Zeit zu Zeit zu bewohnen gewöhnt war, und den Raoul aus ihren eigenen unschuldigen Erzählungen fast eben so gut, wie sie selbst kannte.

„Ich kann nicht mehr sagen, als ich bereits gesagt habe," gab das Mädchen nachdenklich zur Antwort, als Raoul wieder zu rudern angefangen hatte. „Es ist auf jeden Fall besser, wenn wir uns trennen. Ich kann mein Vaterland nicht ändern, und ebensowenig kannst du die glorreiche Republik verlassen, auf welche du so stolz bist. Ich bin eine Italienerin, du bist Franzose, und was noch weit mehr ist – ich verehre meinen Gott, während du den neuen Meinungen deiner eigenen Nation anhängst. Hier sind doch gewiß Gründe genug zur Trennung, so günstig und liebevoll wir auch sonst im Allgemeinen von einander denken mögen."

„Sprich mir nie mehr von dem Herzen eines italienischen Mädchens, und wie sie so bereitwillig sei, mit dem Manne ihrer Wahl bis an der Welt Ende zu fliehen!" rief Raoul in bitterem Tone. „Tausend Mädchen könnte ich in Languedoc auffinden, die lieber jedes Jahr die ganze Erde umsegeln, als sich nur einen Tag von den Seemännern trennen würden, welche sie sich zum Gatten erlesen."

„Dann darfst du dich ja nur unter den Mädchen von Languedoc nach einem Weibe umsehen," antwortete Ghita mit einem melancholischen Lächeln, das ihre Worte gänzlich Lügen strafte. „Es ist besser, Raoul, wenn du ein Mädchen deines Volkes und deines Glaubens wählst, als daß du dein Glück mit einer Fremden versuchst, welche deinen Erwartungen nicht einmal entsprechen könnte, wenn du sie erst näher kennen gelernt hättest."

„Wir wollen jetzt nicht weiter davon sprechen, theuerste Ghita: meine erste Sorge muß die sein, dich nach dem Hause deiner Tante zurückzuführen – wenn du anders nicht vorziehst, dich abermals auf dem Irrwische einzuschiffen und nach den Thürmen zurückzukehren."

„Dem Irrwisch! – er ist doch nicht hier, mitten unter einer feindlichen Flotte! – Bedenke, Raoul, daß deine Leute sich endlich beklagen werden, wenn du sie fortwährend deinen eigenen Wünschen zu Liebe solchen Gefahren aussetzest!"

„ Peste! – Ich weiß sie durch reiche Prisen in guter Laune zu erhalten. Sie sind glücklich gewesen, und das, was jenen Nelson dort populär macht und zum großen Manne erhebt, macht auch Raoul Yvard nach seinem eigenen kleineren Maaßstabe populär und zum großen Manne. Meine Mannschaft ist gerade wie ihr Kapitän – sie liebt die Abenteuer, und ebenso den Sieg."

„Ich kann den Lugger nicht sehen: unter diesen hundert Schiffen entdecke ich keine Spur von dem deinigen!"

„Der Golf von Neapel ist weit, Ghita," erwiederte Raoul lachend, „und der Irrwisch nimmt nur wenig Raum ein. Sieh – sogar jene Linienschiffe erscheinen klein, verglichen mit diesem weiten Golfe und jenen stolzen Gebirgen: du kannst also nicht erwarten, daß mein unscheinbarer Lugger sich großartig ausnehme. Wir sind klein, meine Ghita, wenn nicht gar unbedeutend!"

„Aber Raoul, wo so viele wachsame Augen sind, ist auch immer Gefahr vorhanden. Ueberdieß ist ein Lugger, wie du mir selbst gestanden, ein ungewöhnliches Fahrzeug."

„Hier nicht, unter all' diesen Fahrzeugen aus der Levante. So oft ich unbemerkt zu bleiben wünsche, habe ich noch immer gefunden, daß es am besten war, wenn ich mich unter die Menge mischte, denn nur wer auf dem Dorfe wohnt, hat stets Aller Augen auf sich gerichtet. Doch von diesen Dingen wollen wir sprechen, wenn wir allein sind, Ghita – jener Fischer macht sich schon bereit, uns einzunehmen."

Mittlerweile war die Barke dem Ufer nahe gekommen, wo eine kleine Jolle mit einem einzigen Fischersmanne vor Anker lag. Derselbe beobachtete sie genau, während sie näher kamen; als er Raoul erkannte, zog er seine Netze ein, und schickte sich an, seinen kleinen Anker aufzuwinden.

In wenigen Minuten lagen die beiden Fahrzeuge dicht neben einander, und jetzt erst konnte Ghita nicht ohne Schwierigkeit – Dank seiner sehr sorgfältigen Verkleidung, in dem andern Manne – Ithuel Bolt erkennen. Wenige Worte genügten, um den Amerikaner, soweit es nöthig war, mit den obwaltenden Umständen bekannt zu machen; dann trafen Alle die erforderlichen Vorkehrungen zur Abfahrt.

Die Barke, welche Raoul am Ufer getroffen und, ohne lange zu fragen, auch sogleich benützt hatte, wurde in der vollen Erwartung verankert, daß der wahre Eigenthümer sie eines Tags schon wieder auffinden würde; ihre Ladung aber wurde auf die Jolle versetzt, welche zu dem Lugger selbst gehörte. Letztere war ein kleines, leicht zu regierendes Boot von bewundernswürdiger Bauart, und ganz zum Seedienst geschaffen: überdieß erforderte sie nur zwei tüchtige Ruder, deren eines Raoul zu führen übernahm, während Ithuel das andere handhabte.

Fünf Minuten später stieß die Gesellschaft abermals vom Lande ab, und steuerte in der stätigen, raschen Bewegung von Schiffsleuten, welche an das Rudern gewöhnt sind, quer über den Golf und in gerader Linie auf das südliche Kap zu.

Es gibt wenige Gegenden der See, wo ein einzelnes Schiff oder Boot weniger Beachtung findet, als eben der Golf von Neapel. Dieß gilt für alle Jahres- und Tageszeiten, denn die großartige Pracht, womit die Natur dieses Panorama ausgestattet hat, läßt gewöhnliche Gegenstände vergleichungsweise unbedeutend erscheinen, und das ewig rührige Leben einer vollen Million von Einwohnern, welche an diesem fruchtbaren Gestade zusammengedrängt sind, bedeckt die Bai nach allen Richtungen hin mit Booten, gerade wie die Straßen einer Stadt mit Fußgängern angefüllt sind.

Die gegenwärtige Veranlassung besonders mußte vollends Alles in Bewegung bringen, und Raoul hatte ganz richtig geurtheilt, wenn er glaubte, daß er bei einer solchen Scene wahrscheinlich weit weniger als auf einem kleineren und unbesuchteren Schauplatze beobachtet werden würde. Natürlich mußten sie in der Nähe des Molo, als des gemeinschaftlichen Ankerplatzes, mitten durch die wogende Menge passiren; nachdem sie aber einmal das Getümmel hinter sich hatten, wurde es ihnen bei der Größe des Golfes ganz leicht, ohne auffallende Vorsicht jedes unangenehme Zusammentreffen zu vermeiden; denn in welcher Richtung ein Boot auch hinsteuern mochte, so war dieß etwas zu Gewöhnliches, als daß es Verdacht hätte erregen können. Man würde ebensowenig daran gedacht haben, selbst in der Mitte des geräumigen Golfes ein Fahrzeug anzuhalten und auszufragen, als man sich einfallen ließe, einen Fremden auf offenem Marktplatze zu Rede zu stellen.

Dieß Alles wußten Raoul und Ithuel recht gut; darum war es auch Beiden, nachdem die Jolle einmal in Bewegung war, so wohl und sicher zu Muth, wie's ihnen die vier bis fünf Stunden zuvor nicht immer gewesen war.

Die Sonne stand jetzt bereits ziemlich tief: doch konnte man noch immer, wie Raoul bemerkte, einen dunkeln Punkt am Vorderraa-Arm der Minerva hin- und herbaumeln sehen – ein Umstand, welchen der junge Mann aus zarter Schonung sich wohl zu äußern hütete. Die Proserpina war schon seit einiger Zeit in Bewegung und hatte die Flotte unter einer Wolke von Segeln verlassen; doch war der Wind so schwach, daß die Jolle, obwohl der Schnabel von beiden Fahrzeugen in ein und derselben Richtung lag, das größere füglich überholen konnte.

So zogen sie hin, Meile für Meile, bis die Dunkelheit über ihnen hereinbrach. Doch kam der Mond, und ließ die Bai zwar weniger deutlich, aber kaum geheimnißvoller oder lieblicher erscheinen, als sie sich bei dem kräftigeren Lichte des Tages zu zeigen pflegte.

In der That macht der Golf von Neapel gerade in diesem besonderen Punkte eine Ausnahme von der allgemeinen Regel, denn die Ausdehnung seiner Ufer, die Höhe der Gebirge, die schöne Klarheit des Wassers – das die tiefe Färbung des großen Meeres auch auf der Rhede beibehält – die Weichheit der Atmosphäre – dieß Alles verleiht ihm schon bei Tag jene sanften, träumerischen Reize, welche andere Landschaften von den Täuschungen der Nacht und von dem milderen Glanze eines secundären Gestirns zu borgen genöthigt sind.

Raoul hielt nicht für nöthig, sich bei seinem Rudern sonderlich anzustrengen, und da er hinten saß, so mußte sich sein Kamerad nach seiner eigenen Bewegung bequemen. Es war so köstlich, Ghita auf seinem Elemente bei sich zu haben, daß er sich niemals beeilte, so lange er nur ihre Gesellschaft genießen konnte. Das Gespräch war, wie man sich leicht denken kann, nicht sehr lebendig, und dennoch klang die tiefe Melancholie in Ghita's Stimme, wenn sie hin und wieder eine eigene Bemerkung machte oder eine seiner Fragen beantwortete, seinem Ohre weit süßer als die Klänge der Musikbanden auf den Schiffen, welche eben um diese Zeit zu ihnen über's Wasser herüberwehten.

Mit dem Vorrücken des Abends wurde die Landbrise stärker, und die Proserpina kam dem Boote allmählig wieder näher. Als letzteres ungefähr zwei Drittheile des Golfes zurückgelegt hatte, wurde die Fregatte von einem stärkeren Luftstrome erfaßt, der quer über die Campagne zwischen dem Vesuv und den Bergen hinter Castellamare hervorwehte, und pfeilschnell eilte sie jetzt dahin. Ihre Segel waren alle, wie die Seeleute zu sagen pflegen, eingeschlafen, d. h. sie waren auswärts geschwellt, ohne zusammenzuklappen, und das Schiff segelte mit einer Geschwindigkeit von fünf bis sechs Meilen auf die Stunde.

Dieß brachte sie Hand über Hand, wie man's nennt, in das Fahrwasser des Bootes, und Ghita stellte auf Raouls Bitte das Steuer seitwärts, um dem riesigen Rumpfe, der sich ihnen näherte, aus dem Wege zu gehen. Fast schien es, als ob das Schiff absichtlich so nahe herankäme, denn es gierte auf eine Art nach der Jolle hin, daß das furchtsame Mädchen am Steuer die Ruderpinne voll Schrecken fahren ließ.

„Fürchtet nichts," rief ihnen Griffin auf italienisch zu – „wir wollen euch ein Tau anbieten. Haltet still und faßt die Leine – jetzt nur hinaus damit."

Ein schmales Tau ward ausgeworfen, und da es gerade auf Ithuels Kopf herabfiel, so konnte dieser wohl nicht weniger thun, als es ergreifen. Bei all' seinem Abscheu gegen die Engländer überhaupt und gegen dieses Schiff insbesondere, besaß unser Allerweltspraktikus gleichwohl die ganze Vorliebe seiner Landsleute, sich eine Arbeit zu ersparen, und dachte, es müßte doch nicht so übel sein, wenn er das Anerbieten annähme und ein Königliches Schiff einem feindlichen Kapersmanne weiter helfen lasse. Mit der ihm eigenen Geschicklichkeit die Leine umschlingend, sah er die Jolle bald im Schlepptau der Fregatte; Raoul trat an das Steuerruder und gab dem Boote die nöthige Wendung, um es nicht dicht neben das Schiff gelangen zu lassen.

Die Veränderung war so plötzlich und so durchaus unerwartet, daß Ghita ihre Mißbilligung flüsternd zu erkennen gab, da sie befürchtete, dieser Wechsel könnte zu der Entdeckung des wahren Charakters ihrer Begleiter führen.

„Fürchte nichts, Theuerste," antwortete Raoul; „sie können unmöglich ahnen, wer wir sind, und wir erfahren vielleicht in unserer nunmehrigen Lage irgend Etwas, was uns von Nutzen sein dürfte. Auf alle Fälle ist der Irrwisch in dem jetzigen Augenblick vor ihren Planen sicher."

„Seid ihr Bootsleute aus Capri?" fragte Griffin, der mit Cuffe und den beiden Italienern auf dem Hackbord stand, indem der Kapitän die Fragen dictirte, die sein Lieutenant stellte.

„ S'nore, si," antwortete Raoul, indem er den Jargon jener Gegend, so gut er konnte, nachzuahmen und, seine tiefe, weichklingende Stimme verstellend, einen hohen, schrillenden Ton anzunehmen suchte; „Bootsleute aus Capri, die mit Wein nach Neapel kamen, und durch das Spektakel am Raa-Arm der Minerva länger als gewöhnlich aufgehalten wurden. Cospetto! die Signori dort drüben machen mit einem Prinzen nicht mehr Umstände, als wir auf unserem kleinen Eilande mit einer Wachtel, wenn ihre Zeit gekommen ist. – Verzeihe mir, theuerste Ghita; aber wir *müssen* ihnen Sand in die Augen streuen."

„Hat sich nicht in den letzten vierundzwanzig Stunden ein fremdes Segel in der Nähe eurer Insel blicken lassen?"

„Der Golf wimmelt von fremden Segeln, S'nore – selbst die Türken statten uns ihren Besuch ab seit dieser letzten Geschichte mit den Franzosen."

„Ja, aber die Türken sind nun eure Verbündete, wie wir Engländer auch. Habt ihr keine anderen Fremdlinge gesehen?"

„Man sagt, es sollen auch Schiffe aus dem hohen Norden vor der Stadt liegen, S'nore; Russen, glaub ich, heißt man sie."

„Auch sie sind Alliirte – ich meine aber Feinde! Hat sich nicht innerhalb der letzten paar Tage ein Lugger in der Nähe eurer Insel sehen lassen – ein französischer Lugger?"

„ Si, si – jetzt weiß ich, was Ihr meint, S'nore. Allerdings war ein Schiff, gerade so wie Ihr's erwähnt, vor unserer Insel; ich hab' es mit meinen eigenen Augen gesehen – si, si. Es war gestern Abend, so etwa um die dreiundzwanzigste Stunde – ein Lugger – wir Alle sagten, nach seinem gottlosen Aussehen müsse es ein Franzose sein."

„Raoul!" sprach Ghita, als ob sie ihn wegen einer Unvorsichtigkeit tadeln wollte.

„Das ist der wahre Weg, sie hinter's Licht zu führen," antwortete der junge Mann. „Sie haben ohne Zweifel von uns gehört, und wenn ich ihnen ein Stückchen Wahrheit offenherzig bekenne, so gibt mir dieß Gelegenheit, ihnen desto mehr Unwahrheit vorzuerzählen."

„Ach! Raoul! es ist doch ein trauriges Leben, das die Unwahrheit so zur Nothwendigkeit macht!"

„So will's nun einmal die Kriegslist, meine Theuerste: ohne sie würden wir bald von diesen schurkischen Engländern überlistet werden. – Si, si, S'nori – das sagten wir Alle in Betreff seines Takelwerks und sonstigen Aussehens."

„Wollt Ihr Euer Boot neben unser Schiff gieren, Freund, und zu uns an Bord kommen?" sagte Griffin. „Wir haben hier eine Dukate, die noch keinen Herrn hat; ich denke, sie wird Eurer Tasche so gut wie jeder andern anstehen. Wir wollen Euch vorn gegenüber der Fallreepstreppe einholen."

„Ach, Raoul, laß dir doch eine so übereilte Handlung nicht einfallen!" flüsterte Ghita; „der Vicestatthalter oder der Podesta wird sich deiner erinnern, und dann ist Alles verloren!"

„Fürchte nichts, Ghita, meine gute Sache und ein bischen Witz werden mir schon durchhelfen – wogegen die geringste Zögerung uns gerade am sichersten ruiniren würde. Diese Engländer fragen zuerst – sagst du aber nein, dann nehmen sie Alles ungefragt. Corpo di Bacco! wer hörte auch jemals, daß ein Lazzarone eine Dukate ausgeschlagen hätte?“

Raoul flüsterte sodann Ithuel einige Worte zu, worauf er das Boot, das mittlerweile weit genug vorwärts gekommen war, dicht neben den Rumpf der Fregatte stellte, ein Laufstag ergriff und mit der Behendigkeit einer Katze an den Klampen emporkletterte.

Keine Seele am Bord dieser schönen Fregatte hatte auch nur die geringste Ahnung von dem wahren Charakter des Mannes, der jetzt so vertrauensvoll auf das Quarterdeck zuschritt. Der jugendliche Waghals selbst liebte die Aufregung eines solchen Abenteuers, und hoffte mit um so größerer Zuversicht, auch dießmal ungestraft zu entkommen, weil blos das Mondlicht die Scene erhellte. Auch warfen die Segel ihren Schatten auf das Verdeck, und dann waren die beiden Italiener, wie er aus Erfahrung wußte, in der Entdeckung eines Betrugs eben keine Hexenmeister.

Die Nachtwache wurde so eben ausgestellt: Winchester, der seinen Dienst wieder angetreten hatte, hielt das Sprachrohr in der Hand, und Griffin bekleidete vorderhand kein wichtigeres Amt, als das des Dolmetschers. Zwei oder drei Kadeten schlenderten in der Nähe des Quarterdecks herum; hie und da stand ein Matrose als Ausgucker auf den Fallen oder bei den Krahnbalken; zwanzig bis dreißig alte Seehunde gingen mit den Waffen unter'm Arm oder die Hände in ihre Jacken gesteckt auf den Laufplanken oder der Vorderschanze auf und ab, und ein scharfaugiger, flinker Quartiermeister stand neben dem Manne am Rad, um das Schiff unter Obhut zu behalten. Der Rest der Wachmannschaft hatte sich halb und halb schlafend, aber dennoch jedes Rufes gewärtig, zwischen den Spieren oder Kanonen einquartiert.

Cuffe stieg mit Griffin und den beiden Italienern vom Hackbord herab und erwartete die Ankunft des vermeintlichen Lazzarone oder Bootsmanns von Capri, wofür er jetzt gehalten wurde, nahe am Spiegel des Schiffes. Sie hatten unter sich ausgemacht, daß Vito Viti den Sprecher machen, und Griffin dem Kapitän Alles, was verhandelt wurde, alsbald mit halblauter Stimme übersetzen sollte.

„Nur hieher, mein Freund,“ begann der Podesta in einem gütigen, nur etwas hochgehaltenen Protektorstone; „dieser edle und großmüthige englische Kapitän, Sir Kuhffe, ersuchte mich, dir hier eine Dukate zu schenken, zum Beweis, daß er nicht mehr von dir verlangt, als er auch zu bezahlen willig ist. Eine Dukate ist, wie du weißt, ein schönes Stück Geld, und gute Bezahlung verdient auch gute Dienste.“

„ S'nore, si. Eure Eccellenza spricht die Wahrheit; eine gute Dukate verdient ganz gewiß gute Dienste.“

„ Bene. So sage also diesen Signori's Alles, was dir von besagtem Lugger bekannt ist; wo du ihn gesehen, wann du ihn gesehen, und was er vorhatte. Drücke dich aber auch deutlich aus, und erzähle uns immer blos eine Geschichte auf einmal.“

„ S'nore, si. Ich will mich deutlich fassen und Euch nicht mehr als eine Geschichte auf einmal erzählen. Ich glaube, Eccellenza, ich muß wohl damit anfangen, wo ich ihn gesehen habe; dann will ich Euch erzählen, wann ich ihn sah, und hernach wünscht Ihr zu wissen, was er vorhatte. Ich glaube, so wollt Ihr's doch haben, S'nore?“

„Vortrefflich; antworte nur in dieser Reihenfolge, und du wirst uns ganz verständlich werden. Aber zuerst sage einmal – sprechen alle deine Landsleute zu Capri dasselbe Italienisch wie du, guter Freund?“

„ S'nore, si – meine Mutter war freilich eine Französin, und so sagen sie, ich habe etwas von ihrem Dialekte angenommen. Wir werden wohl Alle etwas von unsern Müttern annehmen, Eccellenza, und 's ist nur schade, daß wir nicht mehr davon beibehalten.“

„Richtig, Freund; doch jetzt zu unserem Lugger. Vergiß nicht, daß angesehene Signori deiner Rede zuhören, und darum sprich um deiner eigenen Ehre willen recht deutlich, und sage um's Himmels willen nichts als die Wahrheit.“

„Nun gut, S'nore; zuerst also – wo ich ihn gesehen – meinen Eure Eccellenza, wo *ich* zu jener Zeit war, oder wo der *Lugger* gewesen?“

„Der Lugger natürlich, Bursche; glaubst du; Sir Kuhffe werde sich viel drum kümmern, *wo* du deinen Tag zubringst!“

„Aha! Nun, Eccellenza, der Lugger war in der Nähe von Capri auf der Seite zunächst dem Mittelmeer, und dieß ist, wie Ihr wißt, S'nore, dem Golf gerade entgegengesetzt; er stand dem Hause von Giacomo Alberti beinahe gegenüber – wissen Eure Eccellenza vielleicht etwas von dem Hause, das ich meine?“

„O nein; aber fahre nur in deiner Geschichte gerade so fort, wie wenn mir alles Das bekannt wäre. Eben diese Einzelheiten sind es, die einer Erzählung Werth verleihen. – Wie weit von der nächsten Landspitze? Das mußt du auf alle Fälle erwähnen, wenn du's nämlich noch weißt?“

„Gut, Eccellenza; wenn man die Entfernung jetzt noch messen könnte, so glaub' ich, würde es ungefähr so weit sein – nicht ganz, S'nore, ich sage nur *ungefähr* – also ungefähr so weit, wie von des besagten Giacomo's größtem Feigenbaum bis zu Giovanni's Weingärten – Letzterer ist nämlich seines Weibes Vetter. Si – ich denke, ungefähr gerade diese Entfernung hat er gehabt!“

„Und wie weit mag das sein, Freund? Du mußt genau sein, da viel von deinen Antworten abhängen kann.“

„S'nore, das mag um ein Kleines weiter sein, als von der Kirche bis zu der oberen Treppe, die nach Ana Capri führt.“

„ Cospetto! – Auf die Art wirst du deine Dukate rasch gewinnen! Gibs' uns auf Einmal in Meilen an; war der Lugger zu der Zeit, von der du sprichst, eine, zwei, sechs oder zwanzig Meilen von eurem Eilande entfernt?“

„Eccellenza, Ihr befahlt mir, von der *Zeit* erst später zu sprechen, nachdem ich Euch zuerst von dem *Wo* erzählt hätte. Ich will ja Alles thun, was Euch Vergnügen macht, S'nore.

„Nachbar Vito Viti," fiel der Vicestatthalter ein, „es wird gut sein, wenn du dich erinnerst, daß diese Sache nicht auf dieselbe Art, wie etwa die Geständnisse eines Diebs, eingefädelt zu werden braucht! Du wirst wohl besser thun, den ehrlichen Bootsmann die Geschichte auf seine eigene Weise erzählen zu lassen."

„Aha, jetzt hat sich der Veechy in's Mittel gelegt, und da, hoff' ich, werden wir doch noch eines Dukaten werth zu hören bekommen," bemerkte Cuffe auf englisch.

„S'nori," versetzte Raoul, „es soll geschehen, wie eure Eccellenzen befehlen. Der Lugger, von dem ihr sprecht, steuerte gestern Abend seewärts von unserem Eilande in der Richtung gegen Ischia; er muß diesen Ort im Laufe der Nacht erreicht haben, da von der dreiundzwanzigsten bis zur fünften Stunde ein guter Landwind wehte."

„Das stimmt mit unserem Berichte in Zeit und Ort überein," sagte Griffin; „aber nicht in der Richtung, in welcher der Kaper steuerte. Wir hören, er sei eher um das südliche Kap gegen den Golf von Salerno hingesegelt."

Raoul erschrak und dankte innerlich seinem Schicksal, das ihn an Bord der Fregatte geführt hatte, da diese letzte Andeutung bewies, daß seine Feinde nur gar zu genaue Nachrichten über seine neulichen Bewegungen besaßen. Noch hoffte er aber, ihre Absicht ändern und sie auf eine falsche Fährte bringen zu können.

„S'nori," sprach er, „ich möchte nur wissen, wer wohl Südost für Nordwest halten kann. Von unseren Lootsen oder Bootsleuten wird doch, denk' ich mir, keiner einen solchen Bock schießen. S'nore, Ihr seid Offizier und versteht Euch auf solche Dinge; ich möchte Euch also nur fragen, ob Ischia nicht nordwestlich von Capri liegt?"

„Darüber kann wohl kein Zweifel sein," erwiederte Griffin; „es ist eben so wahr, als daß der Golf von Salerno südöstlich von beiden liegt."

„Da habt Ihr's!" fiel Raoul mit dem wohlverstellten Triumphe gemeiner Leute ein; „ich wußt' es ja, Eccellenza, daß, wenn Ihr erst hinter die Sache kämet, Ihr auch einsehen würdet, wie thöricht es ist, zu behaupten, ein Schiff, das von Capri gegen Ischia segelt, steure in einem anderen als in nordwestlichem Kurse!"

„Das ist aber nicht die Frage, Freund. Wir Alle kennen die Lage jener Inseln so wie der ganzen Küste hier herum; die Frage aber ist die – welchen Weg der Lugger genommen?"

„Ich glaube, ich habe schon gesagt, Eccellenza, daß er quer über gegen Ischia hinfuhr," antwortete Raoul mit stumpfer, einfältiger Miene.

„Wenn Dem so ist, so lautet dein Bericht durchaus verschieden von dem, welchen der Admiral von dem guten Bischof deines eigenen Eilandes zugesendet erhielt! Wahrhaftig, ich will nie mehr eine seiner Wachteln verspeisen, wenn ich glaube, daß *er* uns betrogen hat, und von einem Manne seines Gleichen läßt sich doch auch nicht leicht annehmen, daß er den Norden vom Süden nicht zu unterscheiden verstehe."

Raoul murmelte innerlich einen Fluch gegen die gesammte Priesterschaft – eine Klasse von Leuten, die er mit allem Recht sammt und sonders für Frankreichs geschworene Feinde ansah. In seiner jetzigen Rolle durfte er aber die Stimmung nicht laut werden lassen; er stellte sich also, als ob er mit der Andacht des gemeinen Mannes einer Thatsache zuhöre, die von seinem Beichtvater ausging.

„Norden von Süden, Eccellenza! Monsignore weiß noch weit mehr als das, wenn man die Wahrheit sagen wollte – obwohl diese edlen Herren vermuthlich mit der großen Schwäche des höchst ehrwürdigen Vaters bekannt sind?"

„O nein – ich glaube, Keiner von uns hatte jemals die Ehre, in seiner Gesellschaft zu sein. Euer Bischof ist doch sicherlich ein Mann der Wahrheit?"

„Wahrheit! Ja, Eccellenza, so wahr ist er, daß, wenn er mir sagte, ein Ding, das ich gesehen, habe nicht stattgefunden oder könne nicht stattgefunden haben – ich dem Monsignore weit eher als meinen eigenen Augen glauben würde. Aber, Signori, die Augen sind doch auch *etwas*; und da der hochverehrte Vater *keine*, oder was eben so schlimm ist als keine – hat, wenn's darauf ankommt, ein Schiff auf eine halbe Meile weit zu erkennen, so kann er nicht immer genau behaupten, was er gesehen zu haben glaubt. Wenn Monsignore uns sagt, das Evangelium sei so und so, so glauben wir's Alle, denn wir wissen, daß er seiner Zeit einmal lesen *konnte*; aber nie fällt es uns ein, bei ihm fragen zu wollen, welchen Kurs ein Schiff halte, so lange wir noch unsere eigenen gesunden Sinne haben."

„Wird dieser Bursche uns wohl die Wahrheit sagen, Griffin?" fragte Cuffe, der durch Raouls List und verstellte Einfalt ziemlich glücklich getäuscht war. „Wenn Dem so ist, so gingen wir ja gerade auf der falschen Fährte, wenn wir um Campanella herumsteuerten und in den Golf von Salerno einliefen. Die Franzosen halten gegenwärtig Gaeta besetzt, und es ist sehr wahrscheinlich, daß Meister Yvard einen befreundeten Hafen in seiner Nähe behalten will!"

„Ihr vergeßt, Kapitän Cuffe, daß Seine Lordschaft bereits einen leichten Kreuzer in jener Richtung ausgesendet haben, und der Irrwisch würde kaum wagen, sich einem unserer regulären Bursche gegenüber zu zeigen."

„Hum! das weiß ich denn doch nicht, Mr. Griffin; so steif und fest möcht' ich's gerade nicht behaupten. In gewisser Art wenigstens ist auch die Proserpina ein ›regulärer Bursche‹, und vor *ihr* hat sich der Irrwisch dennoch zu zeigen gewagt. – Irrwisch! Hol' mich der Henker, Griffin, ich glaube, wahrlich, er trägt seinen Namen mit Recht. Ich wollte in der That lieber einen Irrwisch auf der Insel Sicilien einfangen, als einem solchen Burschen nachjagen – Einmal hier, ein ander Mal dort, und jetzt eben ist er gar nirgends. Was die Schaluppe betrifft, die ist auf meinen Rath nach Süden gegangen, um sich in den Buchten der kalabrischen Küste nach ihm umzusehen. Ich sagte Nelson, ich brauchte ein anderes Schiff, denn eben so gewiß, als dieser Rule – Rawowle – wie Teufels nennt Ihr den Kaper, Griffin?"

„Raoul, Kapitän Cuffe, Raoul Yvard ist sein Name – 's ist durchaus französisch; Raoul heißt so viel als Rudolph."

„Nun also, ich sagte Nelson, wenn es diesem Burschen gelänge, um eines von jenen Eilanden herumzuschlüpfen, so könnten wir ebensogut eine Woche lang ›Katz und Maus‹ spielen, als wir uns versprechen dürften, ihn zu einer hübschen Jagd vom Lande aus in die hohe See zu treiben. Er handhabt sein Boot gerade wie ein geschickter Kutscher, der sogar in dem Hofe eines Gasthauses noch umzuwenden versteht."

„Ich wundere mich nur, daß der Lord nicht daran dachte, uns ein oder zwei Schaluppen zur Unterstützung mitzugeben."

„Ja, da ist mit Nel nichts anzufangen! Er wird vielleicht einen Engländer abschicken, um zwei Franzmänner aufzusuchen; nie aber wird er daran denken, zwei Engländer nach einem Franzmanne auszusenden."

„Hier handelt sich's aber gar nicht um einen Kampf, Sir – sondern blos um eine Jagd, und da wird ein Franzose in jedem Tage der Woche gewiß viel schneller laufen als zwei Engländer zusammengenommen."

„Sa-c-c-r-e!" murmelte Raoul in einem Tone, den er zwar zu unterdrücken versuchte, und der auch Allen, bis auf Andrea Barrofaldi, unhörbar blieb. – Der Vicestatthalter stand ihm nämlich in jenem Augenblicke näher, als jeder Andere von der Gesellschaft."

„Ganz richtig," antwortete Cuffe; „es ist aber nun einmal so. Wir sind allein ausgeschickt, und wenn dieser Irrwisch sich zwischen Ischia und Procida einnistet, so wird es leichter sein, einen Fuchs auszugraben, als ihn für uns allein zu vertreiben. Was übrigens einen abermaligen Bootsangriff anbelangt, so denke ich, könntet ihr Alle am *letzten* noch genug haben."

„Ja, Sir, ich glaube, unsere Leute würden noch ziemlich scheu sein," antwortete Griffin mit der Ehrlichkeit und Gradheit eines wahrhaft tapferen Mannes. „Wir müssen sie erst den letzten Nasenstüber vergessen lassen, ehe wir uns bei einer neuen Unternehmung der Art auf sie verlassen können."

„ Bon," murmelte Raoul, ohne zu bedenken, daß man ihn hören konnte.

„Nichtsdestoweniger müssen wir den Burschen fangen, und sollten wir auch bei der Jagd unsere Schuhe ablaufen."

Diese ganze Zeit über hatten Andrea Barrofaldi und Vito Viti keine Idee von Dem, was zwischen den beiden Offizieren vorging; Raoul aber hatte aufmerksam gelauscht, und jede Sylbe, die gesprochen wurde, deutlich verstanden. Der Vicestatthalter war bis auf diesen Augenblick ein ziemlich gleichgültiger Zuhörer der ganzen Verhandlung gewesen; aber die beiden Worte, die er von Raoul vernommen, erweckten in seiner Seele einen unbestimmten Verdacht, der zwar noch kein gewisses Ziel vor sich sah, aber jedenfalls für den Franzmann selbst sehr ernste Folgen haben konnte.

Tiefer Unwillen über die Art und Weise, wie sie von dem berüchtigten Kapersmanne an der Nase herumgeführt worden, neben dem Wunsche, sich auf so lange von Elba zu entfernen, bis der Spott, welchen sie Beide, wie er wohl fühlte, recht gut verdienten, seine erste Schärfe verloren hätte, so wie ein gewisses Verlangen, ihr verlorenes Ansehen dadurch wieder herzustellen, daß sie bei der Einfahung des Kapers behilflich wären – dieß waren die Gründe, weßhalb sich diese beiden Ehrenmänner, der bevollmächtigte Vicestatthalter und der Podesta, nunmehr an Bord der Proserpina befanden. Cuffe hatte ihnen in einem vertraulichen Augenblicke zwei Plätze in seiner Kajüte und an seiner Tafel angeboten, und sein Anerbieten war mit Freuden angenommen worden.

Andrea war übrigens noch keinen Tag am Bord der Fregatte gewesen, als er auch schon von seiner völligen Unbrauchbarkeit überzeugt wurde, und dieser Umstand mußte natürlich das Unangenehme seiner Lage noch wesentlich steigern. – Gleich allen wohlmeinenden, einfachgesinnten Männern hegte auch er ein dringendes Verlangen nach Thätigkeit, und Tag und Nacht sann er auf Mittel oder berieth sich in geheimen Gesprächen mit seinem Freunde, dem Podesta, darüber, wie er auch hier nützlich werden könnte. Vito Viti ermahnte ihn in seinem Freimuthe, sein Vertrauen auf den Himmel zu setzen, und versicherte ihm jedesmal, im Laufe ihrer Kreuzfahrt werde sich schon noch etwas Wichtiges ereignen, was die ganze Unternehmung nicht wenig denkwürdig machen würde, wie denn der Bürgermeister überhaupt die Gewohnheit hatte, bei allen ernsteren Veranlassungen ein oder zwei Ave's zu sprechen und dann seine Zuversicht auf Gott zu setzen.

„Ihr habt noch nie ein Wunder erlebt, Vicestatthalter," sagte Vito Viti eines Tags, als sie sich gegenseitig über die Sache besprachen – „Ihr habt noch nie ein Wunder erlebt, ohne daß unmittelbar ein zweites auf der Ferse gefolgt wäre: das erste gilt dann blos als Vorbereitung für das zweite, und dieses ist dann jedes Mal das merkwürdigere von beiden. Wißt Ihr noch, als Annina Gotti die Klippen hinabstürzte, da war's doch gewiß ein Wunder, daß sie nicht den Hals brach; als sie aber vollens in die See hinabrollte, da war's noch ein viel größeres Wunder, daß sie nicht ertrank."

„Es ist besser, Nachbar Vito, solche Dinge der Kirche anheim zu stellen," lautete des Vicestatthalters Antwort; „auch sehe ich in jener früheren Sache kein Wunder, was uns in Erstaunen setzten könnte."

„Wie! – Nennt Ihr's kein Wunder, Signor Andrea, wenn zwei Männer, wie Ihr und ich, von einem schuftigen französischen Kaper betrogen werden – denn letzteres war der Fall, daran ist kein Zweifel? Ich meines Theils betrachte es als ein so großes Wunder, daß es eigentlich dem zweiten eher folgen, als ihm vorangehen sollte."

Hierauf gab Andrea eine Antwort, wie sie seiner besseren Einsicht geziemte, und das Gespräch nahm die gewöhnliche Wendung: nämlich welche Mittel die beiden Beamten gebrauchen könnten, um den Makel, welcher, wie sie beiderseitig wohl fühlten, auf ihrem Scharfsinne haftete, von sich abzuwälzen, und zwar für die zwei möglichen Fälle, daß man Beider Scharfsinn vereint oder nur den des Einzelnen betroffen glaubte.

Diese fieberische Stimmung war unzweifelhaft daran Schuld, daß der Vicestatthalter, sonst ein so gerader, vertrauensvoller Mann, mit einem Male mißtrauisch und scharfblickend wurde. Carlo Giuntotardi's und Ghita's

Anwesenheit waren ihm gleich Anfangs als etwas Außergewöhnliches aufgefallen. Er konnte zwar ihre Gesichter in dem Mondlichte und in ihrer gegenwärtigen Entfernung in der Jolle nicht deutlich unterscheiden, dachte sich aber sogleich, die Leute auf dem Boot, das von dem Schiff in's Schlepptau genommen wurde, müßten seine alten Bekannten sein. Nun hatte zwar Andrea Barrofaldi bis auf diesen Tag Ghita oder ihren Oheim niemals auf irgend eine Art mit Raoul Yvard in Verbindung gebracht: gleichwohl waren durch die räthselhafte Art, wie Beide von der Insel verschwanden, ohne Widerrede allerhand Bemerkungen veranlaßt worden, und in seiner jetzigen Gemüthsstimmung war es gerade nichts Außerordentliches, wenn er einen fernen, undeutlichen Funken der Wahrheit erhaschte.

Ohne Raouls unvorsichtigen Ausruf würden übrigens diese unklaren Phantasien nichts zu bedeuten gehabt haben; so aber müssen wir Alles, was jetzt noch folgte, mehr den unbewachten Ausbrüchen der Laune des Franzmanns, als einer klaren, vernünftigen Schlußfolgerung von Seiten des Vicestatthalters zuschreiben.

In dem Augenblicke, da Cuffe seine letzte Erklärung abgab, verfügte sich Andrea dahin, wo Jener sein Seitengespräch mit Griffin führte, und flüsterte dem Letzteren einige Worte in's Ohr.

„Den Teufel auch!" rief der Lieutenant auf Englisch. „Wenn des Vicestatthalters Vermuthung richtig wäre, Kapitän Cuffe, so käme uns die Aufgabe schon halb gelöst entgegen!"

„Ja, ja, der Veechy ist im Grund ein guter Bursche, Griffin, wenn er auch den Golf von Neapel niemals in Brand stecken wird. Was hat er denn jetzt zu sagen?"

Griffin führte seinen Kapitän etwas bei Seite und verkehrte einen Augenblick mit ihm allein. Augenblicklich ergingen Befehle an den wachhabenden Offizier, und Cuffe verfügte sich mit seinem Begleiter, scheinbar in voller Hast, in seine Kajüte.

Sechzehntes Kapitel

Tranio: Woher des Landes, sprecht?
Fußgänger: Von Mantua.
Tranio: Von Mantua? – Mein Gott! Nach Padua
Kommt Ihr, so unbesorgt um Euer Leben?

Die bezähmte Widerspenstige.

Während der wichtigen fünf Minuten, die über diesen geheimen Bewegungen verstrichen, hatte Raoul mit dem angenommenen Erstaunen gemeiner Leute auf dem Schiffe herumgegafft, die Kanonen, das Takelwerk, die Verzierungen des Quarterdecks betrachtet u. s. w., ohne übrigens von Allem, was in seiner Nähe vorging, auch nur das Geringste seiner Wachsamkeit entschlüpfen zu lassen. Die neulichen Anzeichen machten ihn unruhig und er bereute jetzt seine eigene Verwegenheit; aber sein Incognito hielt er noch immer für undurchdringlich. Wie die meisten Personen, welche eine fremde Sprache gut zu sprechen meinen, wußte auch er nicht, in wie vielen Kleinigkeiten er sich selbst verrieth; der Engländer spricht nämlich, caeteris paribus, das Italienische in der Regel besser als der Franzose, wegen der größeren Verwandtschaft seiner eigenen mit der italienischen Sprache, wenigstens was Klang und Nachdruck betrifft.

So war denn die Stimmung unseres Helden, als man ihm andeutete, der Kapitän des Schiffs wünsche ihn in seiner Kajüte zu sprechen. Während er die Leiter hinabstieg, um einem Wunsche zu gehorchen, der so ziemlich wie ein Befehl gelautet hatte, bemerkte Raoul, daß ihm die beiden Beamten von Elba auf der Ferse folgten.

Die Kajütenlampe brannte hell, und der Kapersmann fand sich, sobald er die Schwelle des Gemachs überschritten hatte, einem starken Lichte ausgesetzt. Cuffe und Griffin standen in der Nähe des Tisches, wo auch der Vicestatthalter und der Podesta ihre Posten einnahmen, so daß das Ganze den höchst unbehaglichen Anstrich eines gerichtlichen Verhörs bekam.

Einen Augenblick lang hätte Raoul es vorgezogen, lieber vor einem Theile des heiligen Inquisitionsgerichtes selber, als vor diesem Tribunale zu stehen, dem er sich nun so unerwartet gegenübergestellt sah.

„Seid nur ganz ruhig," sprach Griffin, während sich der Andere, äußerlich standhaft, im Herzen aber die strenge Probe, der er sich nun unterziehen sollte, verfluchend – langsam dem Tische näherte; „thut mir den Gefallen, dieses seidene Halstuch einmal anzuprobiren."

„S'nore, Eure Eccellenza beblieben zu scherzen; wir Leute von Capri machen uns zu dieser Jahreszeit nicht viel aus der Nachtluft; da es übrigens Euer Wunsch zu sein scheint, so will ich mir so viel Ehre herausnehmen."

Zu jener Zeit galt ein schwarzseidenes Halstuch für das sichere Zeichen eines Militärs. Die altmodische Halsbinde wurde nur noch von wenigen altmodischen Personen getragen, und ihr neuerer Stellvertreter kam erst viele Jahre später in Aufnahme; denn die jetzige Art, sich zu tragen, ist nichts als eine Nachahmung jener militärischen Manie, welche am Schlusse des letzten großen Krieges die gesammte Christenheit ergriffen hatte. Eine schwarze Halsbekleidung, durch einen weißen Vorstoß gehörig hervorgehoben, wurde dazumal für besonders militärisch angesehen, und selbst im gewöhnlichen Kostüm erkannte man hieraus fast eben so sicher wie aus der Kokarde – daß der Träger derselben die Waffen führte.

Raoul wußte dieß und fühlte recht wohl, daß er durch Erfüllung dieses Wunsches zu seiner eigenen Demaskirung behilflich sein würde; aber er dachte, wenn er sich weigere, das Tuch umzulegen, so könnte ihm dieß noch größere Gefahr bringen.

„Eure Eccellenza macht aus einem armen Bootsmanne einen Prinzen," sprach er, als er das Tuch angezogen hatte; „und mein Weib wird glauben, ein großer General sei im Anmarsch, wenn ich zur Thüre hereintrete."

„Um die Täuschung vollständig zu machen, Freund, müßt Ihr auch noch dieses anziehen," fuhr Griffin fort, und warf Raoul, der so ziemlich ein und dieselbe Größe mit ihm hatte, einen seiner eigenen Alltagsröcke über.

Jetzt begann der wahre Thatbestand so ziemlich unzweifelhaft zu werden; nichtsdestoweniger that Raoul, wie man ihm geheißen, da nur Standhaftigkeit und Gehorsam ihm noch einige Hoffnung gewährten, und so stand er denn, von oberhalb in die Morgenuniform eines englischen Seeoffiziers, unterhalb aber à la lazzarone gekleidet – vor den staunenden Zuschauern.

„Was sagt Ihr nun, Vicestatthalter?" fragte Griffin aufs Neue. „Hier habt Ihr jetzt Helle und auch eine Uniform."

„Ich behaupte, dieser Herr hat mir und meinem armen Wohnsitze zu Porto Ferrajo zu öfteren Malen die Ehre seines Besuches erwiesen," erwiederte Andrea, „und in der That, nie ist er mir willkommener gewesen, als eben in diesem Augenblicke. Signor Smees, Ihr seid ein großer Freund von Maskeraden und scheint das ganze Jahr hindurch Karneval zu spielen. Ich hoffe, Sir Cicero, Euer ausgezeichneter Landsmann, wird wohl so viel Macht besitzen, diese tapferen Engländer zu überzeugen, daß Ihr alles Das aus purem Scherz und ohne verbrecherische Absicht versucht habt."

„ Messieurs," sprach Raoul, die erborgten Federn plötzlich abstreifend, „es ist zu spät, um mich noch länger zu verstellen. *Wenn* ich, wie Ihr sagt, Raoul Yvard bin, so bin ich doch wenigstens *nicht* der Feu-Follet."

„Ihr könnt Euch natürlich denken, Monsieur," bemerkte Griffin auf französisch, daß Ihr nunmehr ein Gefangener Seiner britischen Majestät seid?"

„ Sa Majesté Britannique hat zwar keine Eroberung wie bei Dero Siege auf dem Nile gemacht," erwiederte Raoul ironisch: „jedenfalls aber hat Sie mich in Händen. Es ist nicht das erste Mal, daß ich die Ehre habe, Seiner Majestät Kriegsgefangener zu sein, und zwar auf einem Ihrer eigenen Schiffe."

„Ihr dürft keineswegs annehmen, Monsieur Yvard, daß Eure Lage jetzt wieder dieselbe sei. Wir arretiren Euch nunmehr in ganz anderer Eigenschaft."

„Nicht als Freund – das glaub' ich, Monsieur; denn ich gestehe, daß ich nicht den geringsten Anspruch auf diesen Titel besitze, wie unser kurzes Zusammentreffen vor Porto Ferrajo und ein anderes interessantes Ereigniß an der Mündung des Golo beweisen können."

„Spart Euren Hohn, Sir; das Glück begünstigte Euch damals, das wollen wir gestehen; jetzt aber verhaften wir Euch als einen Spion."

„ Espion!" wiederholte Raoul auffahrend; „das ist ein Amt, Monsieur, das ich keineswegs zu bekleiden beabsichtigte, als ich an Bord Eures Schiffes kam. Ihr werdet mir die Gerechtigkeit widerfahren lassen und anerkennen, daß ich nur auf

Eure eigene Einladung auf's Verdeck gestiegen bin. Es wäre eine Infamie, wer die Sache anders behaupten wollte!"

„Wir werden die Infamie unserer Handlungen schon auf uns zu nehmen wissen, Monsieur Yvard. Es wird Euch keineswegs zur Last gelegt, als Spion an Bord der Proserpina gekommen zu sein; wer aber einen Feind unter unserer Flotte herumrudern sieht, welche in einer für Jenen feindlichen Bai vor Anker liegt – wenn dieß zumal in einer Verkleidung wie die Eurige geschieht – der müßte ein sehr zartes Gewissen haben, wenn er noch Anstand nehmen wollte, Euch für einen Spion zu erklären und auch zu der Strafe eines solchen zu verurtheilen."

Dieß war so richtig, daß der unglückliche junge Mann erst jetzt das ausnehmend Kitzliche seiner nunmehrigen Lage einsah. Er war allerdings in keiner andern Absicht, als um Ghita aufzusuchen, in die Bai hereingekommen, mußte sich aber dennoch selbst gestehen, daß er keinen Anstand genommen haben würde, jede zufällig erhaltene Nachricht auch für das Beste des Luggers zu benützen. Er hatte sich durch seine Leidenschaft für Ghita so weit hinreißen lassen, daß er jetzt der schwersten militärischen Strafe ausgesetzt war, und er konnte nicht eine einzige gültige Entschuldigung auffinden, welche die Gefahr seiner Lage gemildert hätte.

„Was sagt der arme Teufel, Griffin," fragte Cuffe, der trotz seiner entschiedenen Feindschaft gegen alle Franzosen dennoch bedauerte, daß ein so tapferer Feind in eine so verzweifelte Klemme gerathen mußte – „geht nicht so hart mit ihm um bei diesem ersten Zusammentreffen. Hat er irgend eine Entschuldigung für seine Verkleidung?"

„Ohne Zweifel den gewöhnlichen Grund, Sir – daß er seiner Einen und untheilbaren Republik zu dienen wünschte! Wenn wir Alles glauben wollten, Kapitän Cuffe, was solche Bursche uns vorschwatzen, da könnten wir ebensogut nach Hause zurückkehren und Deputirte an den Nationalconvent abschicken – wenn man uns anders die Gnade erwiese, denselben Sitze einzuräumen."

„Gentlemen," sprach Raoul auf englisch;"zwischen uns bedarf es nicht länger eines Dolmetschers; ich spreche eure Sprache wenigstens so geläufig, daß ich mich verständlich machen kann."

„Es thut mir leid, Euch in dieser Lage zu sehen, Mr. Yvard," gab Cuffe zur Antwort, „und ich wünsche von ganzem Herzen, Ihr wäret lieber in offener Schlacht, als auf diesem unregelmäßigen Wege in unsere Hände gefallen."

„In welchem Falle auch der Irrwisch in Eure Gewalt gefallen wäre, Monsieur le Capitaine!" versetzte Raoul mit ironischem Lächeln. „Doch diese Worte sind jetzt ziemlich unnütz, Messieurs; ich bin euer Gefangener und muß mein Schicksal aus euren Händen annehmen. Aber keine Nothwendigkeit gebietet euch, auch Andere unter meiner Unvorsichtigkeit leiden zu lassen. Ich werde es als eine besondere Gnade schätzen, Messieurs, wenn ihr die guten Leute in dem Boote unbelästigt wollt' an's Land rudern lassen. Es wird spät, und wir müssen jetzt dem Punkte, wo sie zu landen wünschen – es ist die Marina Grande von Sorrento – beinahe oder sogar gerade gegenüber stehen."

„Wollt Ihr uns etwa zu verstehen geben, Monsieur Yvard, daß Eure Begleiter keine Franzosen seien?“

„ Oui, Monsieur le Capitaine; es ist kein einziger Franzose darunter, auf parole d'honneur.“

„Es wird wohl gut sein, Kapitän Cuffe, wenn wir uns durch eine Untersuchung von dieser Thatsache überzeugen,“ fiel Griffin trocken ein.

„Ich habe Mr. Winchester bereits sagen lassen, daß er die Leute an Bord schaffen möge.“

„Es ist ein junges Mädchen in dem Boot, das nicht gewohnt ist, solche Schiffe zu betreten,“ fiel Raoul hastig ein; „um ihrethalben muß ich euer Zartgefühl beschwören. Laßt die Männer an Bord kommen, wenn ihr's für nöthig erachtet; aber die Signorina kann keinenfalls an der Fregatte heraufsteigen!“

„Wir wollen schon dafür sorgen, Monsieur Yvard; besonders da Ihr Euch so sehr für die Bequemlichkeit der Dame zu interessiren scheint. Für jetzt verlangt meine Pflicht, Euch unter den Gewahrsam einer Schildwache zu stellen, und damit Euch dieß so wenig als möglich verletzen möge, so will ich für heute Nacht wenigstens diese Kajüte zu Eurem Gefängnisse bestimmen. – Gebt demgemäß dem Marineoffizier Eure Befehle, Mr. Griffin.“

In wenigen Minuten wurde eine Schildwache in die Vorderkajüte postirt und Raoul unter deren Obhut gestellt. Erst dann kehrten die Offiziere auf das Quarterdeck zurück.

Diese ganze Zeit über blieben Ithuel und seine Begleiter in der Jolle ihren eigenen Gedanken überlassen, welche nichts weniger als erfreulicher Natur waren. Die ganze Verhandlung auf der Fregatte war so ruhig vor sich gegangen, daß sie unmöglich auf den eigentlichen Sachbestand verfallen konnten: nur Ghita war voller Ahnungen und Besorgnisse. Die Fregatte hatte ihr Boot, wie schon von Raoul bemerkt worden, so rasch am Schlepptau mit sich fortgezogen, daß sie sich jetzt auf eine Meile Entfernung ihrem Landungsplatze gerade gegenüber befanden, und dennoch war auf dem Schiff kein Zeichen zu bemerken, daß es in seiner Geschwindigkeit nachlassen wolle: auch erschien Niemand auf den Laufplanken, um mit ihnen zu sprechen.

Endlich hörte man einen heiseren Ruf von dem Verdecke herabtönen und das Schiff begann die Segel zu verkürzen. Das Vormarssegel wurde beigehalt, der Brodwinner aufgegeit; die Bramsegel wurden gerefft und beschlagen, die Oberbramsegel deßgleichen, und im nächsten Augenblick war die Proserpina auf ihre drei Marssegel und den Klüver reduzirt.

Dieß Alles geschah durch die Wachmannschaft, und war ungefähr nach fünf Minuten und eben in dem Augenblicke beendigt, als Cuffe wieder auf dem Verdeck erschien. Sobald das Segelwerk eingenommen war, wurde das Steuer backbord gestellt, das Schiff kam mit der Steuerbordseite in den Wind, und das große

Marssegel legte sich gegen den Mast, so daß die Jolle unter das Lee der Fregatte und parallel mit derselben zu stehen kam.

Kaum war dieses Manöver ausgeführt, als ein Matrose rasch an der Seite des Schiffes hinabkletterte und in die Jolle sprang. Nachdem er dieselbe vorn und hinten visitirt hatte, rief er „Alles richtig, Sir“, und trieb das Boot auf kurze Strecke von der Fregatte ab. Im nächsten Moment sah man die Raa- und Stagtakeln herabkommen: diese wurden überhalt und durch den Mann an das Boot angehakt. Der Hochbootsmannsmate pfiff auf der Laufplanke sein ›Eingehalt‹, und der schlaffe Theil des Takels wurde angezogen; dann folgte ein langgezogener Pfeifenruf, das Zeichen zum ›Ueberhissen‹. Das Boot, mit Allem, was darauf war, erhob sich über das Wasser und wurde bis zu den Hängmattentüchern der Kuhl emporgezogen; dort angekommen, hielten die Stagtakeln es fest, während die Raatakeln ›nachließen‹, worauf das Boot so sachte und stätig auf der Kuhl des Schiffes landete, wie wenn es von Glas wäre, oder nicht mehr Gewicht hätte als die Hängematte eines Matrosen.

Ghita konnte ein leises Kreischen nicht unterdrücken, als sie sich in die Luft emporgezogen fühlte: dann verhüllte sie ihr Gesicht und erwartete bebend den Ausgang. Carlo Giuntotardi dagegen wurde durch die Bewegung nur ein klein wenig aus seiner gewöhnlichen Apathie aufgerüttelt – das war Alles. Ithuel aber dachte alles Ernstes daran, ob er nicht in's Wasser springen und an's Land hinüberschwimmen sollte. Eine Meile weit, dachte er, könnte er schon schwimmen; aber dann war auch mit Gewißheit vorauszusehen, daß er in Booten verfolgt und eingeholt werden würde, und dieser Gedanke zähmte seine Ungeduld.

Es ist nicht leicht, die Stimmung zu schildern, in welcher sich dieser Mann zum zweiten Mal auf dem Verdeck seines früheren Kerkers wiederfand, und zwar dießmal mit der weiteren Gefahr vor Augen, daß er erkannt und als Deserteur behandelt werden könnte. Der Fall mag in unseren Tagen empörend klingen, daß ein Ausländer, mit Gewalt zum Kriegsdienst für eine fremde Nation gepreßt, sein Leben deßhalb in Gefahr sehen sollte, weil er von dem Vorrechte unserer Natur Gebrauch gemacht und diese Tyrannei geflohen hatte, sobald die Umstände ihm die Mittel dazu in die Hand gegeben. Aber das verflossene Jahrhundert hat nicht minder ungerechte Scenen mit angesehen, und trotz all' der abgeschmackten Philanthropie und der nichtssagenden Prophezeiungen eines ewigen Friedens, welche die heutige Mode gegen die Erfahrung des Menschengeschlechtes aufstellt – ist immer noch zu fürchten, daß selbst noch die kommenden Zeitalter Parallelen hiezu liefern werden, wenn nicht der gesunde Sinn der Amerikaner unter den gesetzgebenden Körpern der Vereinsstaaten richtigere politische Ansichten, einen besseren Ueberblick ihrer eigenen Pflichten und genauere Kenntnisse von der Lage der verschiedenen christlichen Gemeinwesen verbreitet, als ihre legislativen und politischen Debatten in den letzten paar Monaten an den Tag gelegt haben.

Mit einem Wort – der Gegenstand all' dieser Trübsal fühlte in sich die innige Ueberzeugung, daß ihm seine gesetzlichen wie moralischen Rechte bei gegenwärtiger Veranlassung nur wenig nützen würden. Dann wird auch ein Mann niemals ein Unrecht begehen – selbst wenn es zur Vertheidigung eines anererbten Rechtes geschah – oder insgeheim das Bewußtsein zu haben, daß ›niemals gute

Frucht aus schlimmer Aussaat keimen könne‹, und auch Ithuel fühlte einen gewissen inneren Mahner, der ihm vorhielt, daß er, so gerechte Ursache zur Klage er auch haben mochte – den Krieg doch jedenfalls in das Land des Feindes hinübergespielt hatte.

Das Boot war nicht sobald auf dem Verdecke angelangt, als seine Ladung augenblicklich durch den Hochbootsmann herausgehoben wurde; dieser hielt sich nämlich niemals an die festgesetzte Zeit der Wachen und hatte deßhalb seine Hängematte noch nicht aufgesucht: er war überhaupt auf der Proserpina als Beamter fast eben so wichtig wie Vito Viti in der guten Stadt Porto Ferrajo. Er musterte jede einzelne der drei Personen, sobald er sie (wie er's nannte) gelandet hatte, und hiebei nahm Ghita seine Aufmerksamkeit so ausschließlich in Anspruch, daß ihre Begleiter dadurch gänzlich in Schatten gestellt wurden. Die zarte Miene und Haltung des Mädchens erschien in der That in dem Strahle des Mondes, der eben in vollem Glanze auf das Verdeck fiel – so einnehmend, daß Alle in ihrer Nähe, die Offiziere mit eingeschlossen, so ziemlich demselben Einflusse nachzugeben gezwungen waren.

„So, so, Meister Yvard,“ bemerkte Cuffe auf englisch; „wenn Ihr incognito in das feindliche Lager einbrecht, „so geschieht es wenigstens in ziemlich guter Gesellschaft. Dieses Mädchen ist eine Italienerin, Winchester; und dazu erscheint sie noch sehr züchtig!“

„Die kleine Ghita!“ rief Vito Viti, „so wahr ich einst im Schooße unseres Vaters Abraham zu ruhen hoffe! – Schönste Ghita, was hat denn dich – und in so schlechter Gesellschaft – hierher gebracht?“

Ghita standen die Thränen in den Augen; in der Ungewißheit jedoch, wie weit Raoul compromitirt sein mochte, suchte sie sich Selbstbeherrschung zu erkämpfen, und es gelang ihr, eine Bewegung zu unterdrücken, welche die Lage ihres Geliebten nur noch gefährlicher hätte machen können. Sie trocknete ihre Thränen und machte gegen den Vicestatthalter und den Podesta eine artige Verbeugung.

„Signori,“ gab sie zur Antwort, „es ist ein Trost für mich, daß ich Landsleute und alte Bekannte am Bord dieses fremden Schiffes treffe, bei denen ich wohl auf Schutz hoffen darf. Für eine verwaiste Nichte kann ich es keine sonderbare oder schlimme Gesellschaft nennen, wenn sie sich mit ihrem Oheime, der von jeher Vaterstelle bei ihr vertreten, auf dem Wasser befindet.“

„Ei, richtig ja, das ist Carlo Giuntotardi, der Oheim, der schon jetzt auf Erden so viel mit Heiligen verkehrt, daß er nur selten mit einem Sünder spricht. Du weißt aber, kleine Ghita, daß einer deiner Fährleute Niemand Geringeres als Raoul Yvard ist – der gottloseste Kaper, der je aus einem französischen Hafen auslief – eine wahre Geißel und Landplage für die ganze italienische Küste. Wenn sich die Kirche so weit herabließe, von einem solchen ungläubigen Republikaner Notiz zu nehmen, so müßte sie alle ihre getreuen Anhänger im Gebete um seine Vernichtung um sich vereinigen.“

„Raoul Yvard!“ wiederholte Ghita, und zeigte dabei ein solches Erstaunen in ihrem ganzen Wesen, daß sie in den Augen des verwunderten Podesta hinlänglich gerechtfertigt schien. „Seid Ihr auch von der Wahrheit Eurer Behauptung überzeugt, Signor Podesta?“

„So fest, als das Geständniß des Betheiligten selbst uns nur immer überzeugen kann.“

„Geständniß, Signore!“

„ Si, schöne Ghita – Geständniß. Dein Bootsmann – dein Einwohner aus Capri – dein Lazzarone bekennt sich selbst für nicht mehr noch weniger als den Kommandanten des Irrwisches – jenes Werkzeuges so vieler Ungerechtigkeiten.“

„Thut der Irrwisch mehr als die anderen feindlichen Kreuzer?“ – doch Ghita fühlte, daß sie unbescheiden werden wollte, und schwieg.

„Ich glaube, Winchester,“ bemerkte Cuffe, „dieß ist dasselbe Mädchen und Jener dort der nämliche alte Mann, welche heute in Nelsons Kajüte erschienen, um ihm in Betreff des armen Prinzen, der diesen Nachmittag aufgeknüpft wurde, eine Mittheilung zu machen.“

„Was konnten aber solche Leute mit dem unglücklichen Caraccioli zu schaffen haben?“

„Ja freilich – und doch sind's dieselben Leute. Die Königin der Flotte – unsere Lady Amiralin sprach sie ganz allein, und von dem, was zwischen den Beiden auf italienisch verhandelt wurde, weiß ich nicht mehr, als wenn es griechisch gewesen wäre. *Mir* sagte sie's nicht, das dürft Ihr mir glauben, und nach dem Ausdruck ihrer Blicke möchte ich sehr bezweifeln, ob sie es Nelson jemals erzählte.“

„Ich wünschte zu Gott, Kapitän Cuffe, Seine Lordschaft möchte von Ihrer Bettung neben diesem Fahrzeuge die Anker lichten. Ich kann Euch versichern, Sir, die Flotte fängt an, laut von der Sache zu reden. Wäre es ein anderer Mann – der würde nicht übel in die Klemme gerathen; aber wir können Alle ein gut Stück von ›Nelson und Bronte‹ ertragen.

„Nun, nun, laßt nur Jeden seine eigenen Angelegenheiten verfechten. Ihr solltet vollends ganz ruhig sein, Winchester, denn er hat sich heute sehr freundlich nach Eurer Wunde erkundigt, und würde Euch irgend Etwas zum Aufknacken von seiner Tafel gesendet haben, wenn ich ihm nicht gesagt hätte, daß Ihr wieder ganz hergestellt seid und Euren Dienst angetreten habt. Er ist selbst an Kopf, Arm und Auge ein solcher Invalide geworden, daß er jeden Verwundeten als eine Art Verwandten betrachtet. Doch hätte ich meines Theils gar nichts dagegen, wenn jene Schönheit die Kinderblattern bekäme.“

„Es hat heute ohnedieß für England ein schlimm Stück Arbeit gegeben – verlaßt Euch d'rauf, Kapitän Cuffe!“

„Nun, wenn auch, so hat's dafür bei St. Vincent und am Nil auch ein *schön* Stück Arbeit gegeben, und so mag dann eines das andere aufwiegen. – Fragt einmal dieses junge Frauenzimmer, Mr. Griffin, ob ich nicht heute das Vergnügen hatte, sie am Bord des Foudroyant zu sehen?“

Die Frage wurde, wie befohlen, gestellt, und von Ghita ruhig und ohne Zögern bejaht.

„Dann laßt sie einmal erklären, wie sie in Raoul Yvards Gesellschaft gerathen?“

„Signori,“ sprach Ghita ungezwungen, denn sie hatte in diesem Punkte nichts zu verhehlen – „wir wohnen auf dem Monte Argentaro, wo mein Oheim das Amt eines fürstlichen Thurmwächters bekleidet. Ihr wißt, wir haben von den Barbaresken längs dieser ganzen Küste viel zu fürchten, und letzten Sommer, als der Friede mit Frankreich die Engländer ferne hielt – ich weiß nicht, wie es kommt, Signori, aber es heißt, die Barbaresken seien immer gegen Englands Feinde am kühnsten – also letzten Sommer hatte das Schiff eines solchen Seeräubers meinen Oheim und mich ergriffen und führte uns schon in die Gefangenschaft ab, als uns ein Franzmann mit seinem Lugger wieder befreite. Seit jener Zeit wurden wir Freunde, und der neue Freund hat oft in der Nähe unserer Thürme verweilt, um uns zu besuchen. Heute fanden wir ihn in einem Boote neben dem englischen Admiralschiff, und als alter Bekannter übernahm er es, uns nach der sorrentinischen Küste zu bringen, wo wir uns derzeit bei meiner Mutter Schwester aufhalten.“

Diese ganze Erzählung war so natürlich, daß sie den Zuhörern unwillkürlich auch die Ueberzeugung von ihrer Wahrheit einflößte, und als Griffin die Geschichte übersetzt hatte, unterließ er nicht, seinen Vorgesetzten zu versichern, daß er sich selbst für die Genauigkeit der Angabe verbürgen wolle.

„Ja, ja, Griffin, wenn sich's um hübsche Mädchen handelt, da seid ihr jungen Herren niemals säumig mit euren Gelübden,“ gab Cuffe zur Antwort. „Das Mädchen sieht übrigens ganz anständig aus und – was nach der Gesellschaft, in der sie sich befindet, noch weit außergewöhnlicher erscheint – sie kommt mir auch sehr züchtig vor. Sagt ihr nur, sie solle sich nicht grämen, wenn wir uns auch nicht sogleich des Vergnügens ihrer Gesellschaft berauben können. Sie soll bis morgen früh das Backbord-Staatszimmer meiner Kajüte eingeräumt erhalten, wo sie mit ihrem Oheim um ein Gutes behaglicher wohnen wird, als in einem ihrer neapolitanischen Krähennester ohne Thüren und Fenster. Monte Argentaro – aha! Das ist ein Hügel gerade oberhalb der römischen Küste, und tüchtig mit Thürmen ist er besetzt – wenigstens ein halbes Dutzend auf eben so viele Meilen; und wer weiß, der Irrwisch wird einmal an einem schönen Morgen doch erlöschen, wenn wir ihn jetzt auch nicht in unsern Besitz bekommen sollten.“

„Letzteres kann uns kaum fehlschlagen, Kapitän Cuffe, da wir seinen Kommandanten bereits in Händen haben.“

Sofort wurden wegen des Unterbringens der Gefangenen die nöthigen Befehle gegeben und das Boot einstweilen auf dem Verdeck gelassen. Raoul wurde in einem der kleineren Staatszimmer eingeschlossen: alle Waffen, sogar bis auf ein Rasirmesser, ihm abgenommen und eine Schildwache vor die Thüre gestellt.

Aus solchem Gewahrsam zu entwischen, war unmöglich, und als man von der Wahrscheinlichkeit einer Selbstentleibung sprach, hatte Cuffe ruhig bemerkt:

„Der arme Teufel – gehängt muß er einmal doch werden, und wenn er die Strafe an sich selbst vollzieht, so erspart er uns das Unangenehme, einen solchen Auftritt an unserem Bord zu haben. Ich fürchte, Nelson wird ihn doch an unserem Vorderraa-Arm als Leesegelfallblock aufknüpfen lassen! Ich sehe nicht ein, warum er nicht ebensogut eine neapolitanische Fregatte zu diesem Zwecke verwenden könnte – sonst sind sie ohnedieß zu nichts nütze."

„Ich glaube eher, Kapitän Cuffe, er wird am Bord seines eigenen Luggers baumeln, wenn wir so glücklich sein sollten, denselben einzufangen," gab der Lieutenant zur Antwort.

„Bei St. Georg, Ihr habt recht, Griffin, und das ist ein weiterer Grund, warum wir uns scharf nach dem Few-Folly umsehen müssen. Wie viel besser wäre es doch gewesen, wenn wir sie Alle mit einander drüben beim Golo verbrannt hätten!"

Sofort erfolgte die erwähnte Anordnung, wonach der Gefangene in der Konstabelkammer eingesperrt wurde. Ghita führte man mit ihrem Oheim in das leere Staatszimmer der Kajüte, wohin zum Nachtlager für Beide einige Matrazen geschafft wurden.

Jetzt zog sich der Kapitän mit seinen beiden Gästen in die Hinterkajüte zurück, wohin Griffin zu folgen eingeladen wurde. Erst dort erinnerte sich der Kapitän, daß noch ein viertes Individuum auf dem Boote gewesen war, und er schickte Befehl auf's Verdeck, den Fremden in's Verhör herab zu bringen.

Ithuel hatte sich, sobald er bemerkte, daß die Aufmerksamkeit der Offiziere auf Ghita und ihren Oheim gerichtet war, zu seiner eigenen Jolle zurückgeschlichen, und sich daselbst der Länge nach, scheinbar schlafend, eigentlich aber in der Absicht auf den Boden gelegt, um dem Feinde ›aus den Augen‹ und somit auch ›aus dem Gedächtnisse‹ zu bleiben; dabei behielt er sich immer noch vor, wenn das Schiff dem Lande nahe genug käme, um ein glückliches Entkommen hoffen zu dürfen – nachdem der Mond hinabgegangen wäre, über Bord zu springen. – In dieser Lage wurde er angetroffen, von seinem Lager aufgerissen und in die Kajüte geführt.

Wir haben schon oben erwähnt, daß Ithuel sich geweigert hatte, sich ohne Verkleidung in die Nähe der Proserpina zu wagen. Raoul aber war mit allen Erfordernissen einer Vermummung wohl versehen, und so hatte man ihm seine eigenen glatten, röthlichen Haare mit einer schwarzen Lockenperücke bedeckt, Bart und Augenbrauen gefärbt, und die Verkleidung dadurch vollendet, daß man ihn in die Kleidung oder vielmehr Nichtkleidung eines neapolitanischen Seemannes steckte.

Das größte Hinderniß bei dieser Anordnung war ein gewisser Haarzopf gewesen, welchen Ithuel gewöhnlich in einer zusammengenähten Aalhaut trug: beide, ›Haarzopf sowohl als Aalhaut‹, waren ihm als Reliquien einer besseren Zeit theuer. Einmal in der Woche wurde der Zopf aufgebunden und gekämmt; die ganze übrige Zeit hindurch bildete er eine solide, zwei Fuß lange Masse, die fast so dick, wie ein zollbreites Tau und beinahe eben so hart wie dieses war. Nun hatte der Zopf kaum eine Stunde zuvor, ehe Raoul seine Absicht, in der Jolle nach Neapel zu gehen, ankündigte – seine wöchentliche Kämmung überstanden, und es wäre eine Neuerung an dem einzigen Gegenstande, welchen Ithuel mit Ehrfurcht behandelte, gewesen, wenn er das angefangene Werk bis zum Schlusse der nächsten Woche verschoben hätte. Deßhalb wurde der Zopf unter der Perücke untergebracht, so gut deren Gestalt und Festigkeit dieß erlauben wollte.

Ithuel wurde in der Vorkajüte allein gelassen und seine Ankunft an Kapitän Cuffe gemeldet.

„Es ist ohne Zweifel irgend ein armer Teufel von der Bemannung des Few-Folly," bemerkte der englische Kapitän in mitleidigem Tone; „und wir können kaum daran denken, ihn aufzuknüpfen; da er höchst wahrscheinlich nur dem Befehle eines Andern gehorchte. Das dürfte nicht wohl geschehen, Griffin; so wollen wir also hinausgehen, sein Logbuch auf französisch überlesen und ihn mit der ersten Retourgelegenheit auf ein Gefangenenschiff nach England schicken."

Mit diesen Worten verließen die Vier die Hinterkajüte und standen alsbald vor ihrem neuen Gefangenen.

Natürlich verstand Ithuel Alles, was englisch gesprochen wurde, und darum fühlte er schon bei dem bloßen Gedanken, daß er auf französisch vernommen werden sollte, einen kalten Schweiß über sich ausbrechen. In dieser Noth fiel ihm plötzlich bei, daß er wohl am sichersten wäre, wenn er sich taub stellte.

„Écoutez, mon ami," begann Griffin in einem für einen Engländer sehr erträglichen Französisch; – „du darfst mir blos die Wahrheit sagen, dann wird die Sache desto besser für dich ausfallen. Du gehörst natürlich zu den Feu-Follet?"

Ithuel schüttelte verdrießlich mit dem Kopf und suchte einen Laut auszustoßen, der seine Taubheit andeuten sollte, indem er mit vieler Mühe das Wort ›Napoli‹ herauspreßte.

„Was ist's mit dem Burschen, Griffin?" fragte Cuffe. „Ist es möglich, daß er kein Französisch verstehen sollte! Versucht's einmal auf italienisch, und laßt uns hören, was er dazu sagt."

Griffin wiederholte so ziemlich das Nämliche, was er vorhin gesagt, auf italienisch, und erhielt dieselbe Antwort abermals vorgegackst.

Die Herren sahen einander verwundert an.

Zum Unglück für Ithuels Plan hatte dieser jedoch aus dem Granitstaate eine gewisse Geneigtheit, durch die Nase zu sprechen, mitgebracht; bei der Anstrengung nun, womit er seine Stimme unterdrückte, mußte er jenes Organ mehr als gewöhnlich in Anspruch nehmen, und brachte dadurch eine gewisse unangenehme Tonmischung hervor, die allen musikalischen Wohlklang, wie er in der Regel die italienischen Wörter charakterisirt, gänzlich zerstörte.

Nun war aber Andrea schon bei dem früheren Zusammentreffen in Benedetta's Weinhause diese Eigenthümlichkeit in der Stimme des Amerikaners aufgefallen, und da Raoul in seinen Gedanken stets eng mit dieser sonderbaren Person verknüpft war, so blitzte die eigentliche Wahrheit mit einem Male in ihm auf. Sein erster Erfolg an dem heutigen Abend hatte den Vicestatthalter kühner gemacht: ohne eine Sylbe zu äußern, ging er mit festen Schritten auf Ithuel zu, und schob die Perücke weg, so daß der in die Aalhaut eingepreßte Zopf, seine natürliche Lage annehmend, über den Rücken des Eigenthümers hinabwallte.

„Ha! – seht nur den Veechy!“ rief Cuffe lachend; „Ihr grabt sie ja heute Nacht wie die Füchse aus dem Boden. Nun schaut einmal, Griffin – ich will mich gleich hängen lassen, wenn ich diesen Burschen nicht schon gesehen zu haben glaube! Ist's nicht Derselbe, den wir am Rad der Voltigeuse fanden, als wir jene Fregatte enterten?“

„Gott behüte, Kapitän Cuffe – nein, nein, Sir. Dieser Bursche ist gerade zweimal so lang, als jener Schlingel – und doch kommt das Gesicht auch mir bekannt vor. Wollt Ihr mir nicht erlauben, Sir, einen von den jungen Herren holen zu lassen; sie erinnern sich früher gesehener Gesichter besser als alle Andern auf dem Schiffe.“

Die Erlaubniß wurde ertheilt; des Kapitäns Hofmeister stieg auf das Verdeck, um Mr. Roller, einen der ältesten Kadeten, der, wie man wußte, eben die Wache hatte, in die Kajüte zu rufen.

„Betrachtet Euch einmal diesen Burschen, Mr. Roller,“ begann Griffin, sobald sich der Junker eingefunden hatte – „und sagt uns, ob Ihr irgend Etwas aus ihm zu machen im Stande seid.“

„Das ist ja der Faullenzer, den wir kaum vorhin mit dem gelandeten Boote einhißten.“

„Allerdings – so ist's; wir meinen aber, sein Gesicht schon früher gesehen zu haben: könnt *Ihr* ihn vielleicht ausfindig machen?“

Roller bewegte sich nun im Kreise um den unbeweglichen Gegenstand all' dieser Bemerkungen, und auch ihn wollte es bedünken, als ob ihm der sonderbar aussehende Fremde nicht ganz unbekannt sei. Kaum hatte er aber den Zopf erblickt, als er mit einem kräftigen Schlag auf Ithuels Schulter in die Worte ausbrach:

„Du bist zum zweiten Mal willkommen, mein Junge; ich hoffe, du wirst deinen Posten droben eben so nach deinem Sinne finden, als er dir früher behagte. – Dieß ist Bolt, Kapitän Cuffe, einer unserer Vormarsgasten, der während unseres letzten Aufenthaltes in England davon lief, bald darauf aber eingefangen und auf ein Wachtschiff gesetzt wurde, von wo er, wie man uns berichtete, ein Boot entwendete, und mit zwei oder drei französischen Gefangenen, die eben damals einer Untersuchung wegen auf dem Schiffe waren, glücklich entkam. Erinnert Ihr Euch nicht mehr, Mr. Griffin? – Ihr wißt wohl noch, daß der Bursche behauptete, er sei ein Amerikaner?“

Ithuel sah nun ein, daß er vollständig erkannt war, und hielt es für's Beste, sich in die Umstände zu fügen.

Cuffe's Miene verfinsterte sich, denn er war gewohnt, einen Deserteur mit einer Art standesmäßigen Abscheu's zu betrachten, – ein Gefühl, das sich bei dem gepreßten Deserteure, auf dessen Dienste England kein anderes Recht, als das des Stärkern geltend zu machen hatte – gerade deßhalb noch um ein Bedeutendes vermehrte, weil er innerlich wohl fühlte, daß man dem Manne durch den auferlegten Kriegsdienst überhaupt ein großes Unrecht angethan hatte. In dieser Denkweise liegt eben nichts Außergewöhnliches, denn unter solchen Umständen gehört es zu den üblichen Kunstgriffen des Menschen, daß er Vergehen ersinnt, um sich vor sich selbst zu rechtfertigen, indem er sich vorzuspiegeln sucht, das Opfer einer willkürlichen Handlung habe wenigstens die verhängte Strafe wirklich verdient.

„Wagst du's zu läugnen, Bursche, was dieser junge Herr so eben behauptete?" fragte der Kapitän. „Ich erinnere mich deiner jetzt ganz genau; du bist Bolt, der Vormarsgaste, der uns in Plymouth davonlief."

„Ihr wäret ebenfalls davon gelaufen, Kapitän Cuffe, wenn Ihr Euch an meiner Stelle befunden hättet, und wäre das Schiff selbst in Jericho gewesen."

„Genug – keine Unverschämtheit, Sir. Laßt den Profoß herbeiholen, Mr. Griffin, und den Burschen in Ketten legen; morgen wollen wir die Sache näher untersuchen."

Diese Befehle wurden befolgt: man brachte Ithuel dahin, wo der Profoß des Schiffes zu residiren pflegte.

Cuffe entließ sofort den Lieutenant, und zog sich in die innere Kajüte zurück, um eine Depesche an den Contreadmiral vorzubereiten. Er brauchte beinahe eine Stunde, bis er den Bericht nach seinem Sinne abgefaßt hatte: endlich war er glücklich damit zu Stande gekommen. Der Inhalt seines Schreibens war kurz folgender:

Er berichtete Raouls Gefangennehmung, und erklärte die Art und Weise, wie dieser berühmte Kapersmann in ihre Hände gefallen war. Er bat sodann um Verhaltungsmaßregeln darüber, was er mit seinem Gefangenen anfangen solle. Nach Mittheilung dieser wichtigen Thatsache wagte er, einige Vermuthungen über die wahrscheinliche Nähe des Luggers, so wie seine Hoffnung auszudrücken, daß er mit Hilfe Bolts, dessen Lage er ebenfalls erklärte, im Stande sein würde, die wirkliche Stellung des feindlichen Schiffes ausfindig zu machen, wobei er zu gleicher Zeit auf die alsbaldige Vernehmung der beiden Gefangenen als auf das sicherste Mittel hindeutete, wie man sie zur Habhaftwerdung des Irrwisches am Nützlichsten verwenden könnte. Das Schreiben schloß mit dem dringenden Gesuche, daß eine weitere Fregatte (die er namentlich bezeichnete, und deren Kapitän jünger als er selbst war), nebst einer schnellsegelnden Schaluppe, welche vor Neapel vor Anker lag, zu seinem Beistande herbeigesendet werden möchte, um dem Irrwische ›den Rang abzulaufen‹, da er fürchtete, daß der Lugger, besonders bei dem vorherrschenden schwachen Winde, für die Proserpina allein zu schnell segeln dürfte.

Nachdem dieser Brief geschrieben, adressirt und gesiegelt war, begab sich Cuffe abermals auf das Verdeck.

Es war neun Uhr Abends und Winchester hatte das Quarterdeck fast ganz allein inne. Auf dem Verdecke der schönen Fregatte herrschte eine Ruhe, eine Stille, wie man sie sich in einer Mondscheinnacht, bei schläfrigem Wachen, leichtem Wind, glattem Wasserspiegel und in einem Golfe wie der von Neapel – nur immer denken kann. Ueber dem Vesuve sah man von Zeit zu Zeit Feuerfunken aufsprühen, doch war in jener Richtung Alles in einen geheimnißvollen Dunst gehüllt; nur Capri stieg, dunkel und groß, wenige Meilen leewärts aus der See empor, und Ischia war als eine ferne, wirre Masse am Leebug sichtbar. Ein Wort von Cuffe aber setzte plötzlich Alles in Bewegung. Raa- und Stagtakeln wurden überhalt und eingehakt, der Hochbootsmannsmate pfiff seine Signale und der ›erste Kutter‹ wurde über die Kuhl gehißt und in's Wasser hinabgelassen.

„Auf da, ihr Leute vom ersten Kutter“ – so hatte ein heiseres Kommando von dem Quarterdeck herübergerufen, und kaum war das Boot im Wasser, als die Mannschaft auch schon bereit war, in dasselbe zu steigen. Masten wurden auf dem Kutter eingesetzt; Roller erschien in einer wollenen Jacke, um sich gegen die Nachtluft zu wahren, und Cuffe ertheilte ihm seine Instruction.

„Setzt Eure Segel ein, Mr. Roller, und steuert unter dem nördlichen Ufer hin,“ sprach der Kapitän – er stand nämlich auf der Laufplanke am Leebord, um noch seine letzten Befehle zu ertheilen. „Ihr werdet ungefähr bei König Johanns Palaste einlaufen: dort würdet Ihr besser thun, Eure Ruder zu ergreifen und an dem Lande aufwärts zu fahren. Vergeßt nicht, Sir, mit dem ersten Schiffe, das ausläuft, zu uns zu stoßen: wird keines abgeschickt, so macht Ihr Euch wieder mit der Morgenbrise in Eurem Boote auf den Weg.“

Roller antwortete mit dem üblichen „Ja, ja, Sir“, und das Boot stieß ab. Sobald es die Leeseite der Fregatte hinter sich hatte, wurde das Eversegel eingesetzt, und eine halbe Stunde später war dasselbe von der nächtlichen Brise angeschwellt. Cuffe blieb noch eine Stunde länger, und ging mit seinem ersten Lieutenant auf dem Verdecke hin und her; nachdem er sich von dem günstigen Stande des Wetters überzeugt hatte, verfügte er sich in seine Kajüte mit dem Befehl, das Schiff bis zum Morgen ›beiliegen‹ zu lassen. Roller erreichte den Foudroyant eben in dem Augenblick, als die Glocken auf der Flotte acht Uhr schlugen, d. h. um Mitternacht. Nelson war noch auf und in seiner Kajüte mit Schreiben beschäftigt. Die Depesche wurde überliefert: der Admiral ließ augenblicklich seinen Sekretär und zwei Schreiber wecken, denn Alles, was dieser rührige, entschlossene Mann unternahm, ging rasch und munter von Statten. Befehle wurden geschrieben, kopirt, gesiegelt und um zwei Uhr Nachts auf verschiedene Schiffe gesendet, damit die Morgenbrise nicht verloren gehen möchte – und dann erst durfte das Kanzleipersonal wieder an Ruhe denken.

Um zwei Uhr Nachts verließ Roller das Flaggenschiff, nachdem er in Nelsons eigener Kajüte ein herzhaftes Mahl zu sich genommen, und begab sich an Bord der Terpsichore, einer niedlichen, kleinen Fregatte von zweiunddreißig Kanonen, Zwölfpfündern, wohin er den Befehl zu seiner eigenen Aufnahme zu bringen hatte. Zwei Stunden später brach dieses Schiff in Begleitung eines noch kleineren Fahrzeugs, der Ringeltaube, von achtzehn Kanonen von seinem Ankerplatze auf. Unter einer Wolke von Leinwand steuerten beide mit Leesegeln auf jeder Seite, bei leichtem Nordwestwinde, den Golf hinab in der Richtung gegen Capri.

Siebzehntes Kapitel

Sprecht wie sich's ziemt, Herr Secretarius:
Begegnet man uns so im Königsrathe!

König Heinrich VIII.

Als die Müssiggänger der Proserpina am nächsten Morgen auf dem Verdeck erschienen, stand das Schiff ungefähr eine Meile nordwärts von Capri: es war die Nacht über ziemlich scharf gegen die Nordseite des Golfes hingesteuert, und begann nun rund herum zu vieren, so daß es jetzt die entgegengesetzte Richtung verfolgte. Sobald das Morgenlicht zurückkehrte, hatte man Ausgucker auf die Masten gesendet, welche mit ihren Gläsern jeden Winkel und jede Schlucht des Golfes untersuchten, um sich zu überzeugen, ob an dieser malerischen, romantischen Küste keine Spur von dem Lugger zu entdecken wäre.

Die Ausdehnung dieses schönen Wasserbeckens ist so bedeutend, die einzelnen Gegenstände, die es umschließen, erscheinen so großartig und die Atmosphäre so rein, daß selbst die größten Schiffe in dieser Umgebung weniger als anderswo in's Auge fallen, und es wäre sehr leicht möglich gewesen, daß der Irrwisch in der Nähe eines dieser Landungsplätze vor Anker gelegen und Wochen lang daselbst verweilt hätte, ohne daß die Flotte es bemerkte, wenn ihr nicht von Beobachtern an der Küste Nachrichten hierüber zugekommen wären.

Cuffe war der Letzte auf dem Verdeck; Schlag sechs Uhr erschien er auf dem Quarterdeck, wo er von den Anwesenden mit entblößtem Haupte begrüßt wurde. Er schaute sich um und wandte sich dann an Griffin, welcher für heute der wachhabende Offizier war.

„Ich sehe zwei Schiffe den Golf herabkommen, Mr. Griffin," begann er; „vermuthlich noch keine Signale, Sir?"

„Gewiß nicht, Sir, sonst wären sie schon gemeldet worden. Die Fregatte muß die Terpsichore sein, und die Schaluppe erkenne ich an ihren neuen Bramsegeln – es ist die Ringeltaube. Die Fregatte rühmt sich, Kapitän Cuffe, der erste Schnellsegler innerhalb der Meerengen zu sein!"

„Ich will eine Monatsgage darauf wetten, der Few-Folly stellt sich mit ihr in eine Bolinie und macht seine zehn Knoten, bis sie ihrer neun zuwege bringt. Wenn ihm das mit der Proserpina gelingt, so wird's ihm mit Mistreß Terpsichore wenigstens auch nicht schwer werden. – Doch da kommt ein Signal von der Fregatte, Mr. Griffin; ein Hexenmeister zwar würde es kaum lesen können, so verkehrt haben sie ihren Gaul aufgezäumt. Nun, Quartiermeister – sagt einmal, was es ist."

„Die Nummer der Terpsichore, Sir; auch das andere Schiff hat so eben die der Ringeltaube aufgesteckt."

„So laßt auch unsere Ziffer sehen und stellt einen tüchtigen Ausgucker auf; unser Freund wird uns wohl sogleich noch etwas Anderes zu sagen haben.“

In wenigen Minuten gab die Terpsichore den Wunsch zu erkennen, mit der Proserpina eine Unterredung zu pflegen, worauf Cuffe sein großes Marssegel füllte und scharf in den Wind halte.

Eine Stunde später waren sich die drei Schiffe bis auf Anrufweite nahe gekommen, und jetzt setzten die beiden jüngeren Kommandanten ihre Langboote aus und kamen an Bord der Proserpina, um sich daselbst zu melden. Roller folgte in dem ersten Kutter, welchen die Fregatte eingenommen hatte.

Der Terpsichore hatte Sir Frederick Dashwood, einen jungen, munteren Baronet, zum Kommandanten; derselbe hatte das thätige Leben des Seemannes dem Müssiggange und sechstausend Pfund jährlicher Renten vorgezogen, und war dafür durch ein rasches Avancement belohnt worden, das ihm in dem jugendlichen Alter von zweiundzwanzig Jahren das Kommando einer schnellsegelnden Fregatte verliehen hatte.

Die Ringeltaube stand unter einem älteren Kommandanten, Namens Lyon. Dieser Mann zählte gerade sechzig Jahre; er hatte sich durch lange, eifrige Dienste bis zu seinem jetzigen Posten emporgearbeitet, und verdankte seine letzte Beförderung und das gegenwärtige Kommando dem zufälligen Umstande, daß er in der Schlacht am Kape St. Vincent erster Lieutenant gewesen war.

Beide Offiziere erschienen gleichzeitig auf dem Quarterdeck der Proserpina, wo sie von dem Kapitän und sämmtlichen versammelten Offizieren gebührendermaßen empfangen wurden.

„Guten Morgen, Cuffe,“ begann Dashwood, dem Andern die Fingerspitzen darreichend, sobald der ceremonielle Theil des Empfanges vorüber war, wobei er Alles, was er auf dem Verdeck bemerkte, mit halb bewunderndem und halb kritisirendem Blicke musterte. „Wozu hat uns nur Nelson an diesem schönen Morgen hierhergeschickt und – ei! – seit wann habt Ihr denn diese messingenen Verzierungen an Eurem Gangspill?“

„Erst seit gestern, Sir Frederick; ein bischen übriges Geld – das ist Alles.“

„Hat Nelson sie schon gesehen? Ich glaube kaum – man sagt, er sei seit neuerer Zeit im Punkte der Zierrathen so wild wie ein Araber. Nebenbei gesagt, Cuffe – was ist das nur gestern Nachmittag für ein ungeschickter Streich gewesen!“

„Es war eine schlimme Geschichte, und als einer von den alten Agamemnons wollte ich einen ganzen Jahresrang darum geben, wenn sie gar nicht stattgefunden hätte.“

„Einen Jahresrang! das ist viel auf einmal! Ein Jahr würde mich ja wieder zurück und hart neben unseren alten Lyon hier zu Boden setzen. Ich wurde ja vor nicht ganz drei Jahren erst Lieutenant und könnte nicht einmal sechs Monate abgeben. Aber ihr alten Agamemnons macht von eurem kleinen Nel ein Wesen, als ob er ein hübsches Mädchen wäre; ist's nicht so, Lyon?“

„Es mag wohl sein, Sir Frederick," erwiederte Lyon; „wenn Ihr aber am 14. Februar 1797 beim Kape St. Vincent als erster Lieutenant auf einem Zweidecker gedient hättet, würdet Ihr ebensoviel auf ihn gehalten haben. Damals waren wir im Ganzen blos fünfzehn Segel – d. h. Linienschiffe – der Wind wehte –"

„Ei, bleibt mir mit Eurer Schlacht vom Leibe, Lyon; ich habe das Alles wenigstens schon siebzehnmal gehört!"

„Nun, und wenn Ihr's auch so oft gehört habt, Sir Frederick," versetzte Lyon – ein Schotte von Geburt – „so kommt auf jedes Lebensjahr blos ein Mal, wenn Ihr nämlich Eure Ammenzeit abrechnet. Wir sind aber nicht hierhergekommen, um Kapitän Cuffe über diese Einzelnheiten aufzuklären, sondern vielmehr auf ausdrücklichen Befehl des Contreadmirals – des kleinen Nell, wie Ihr ihn vermutlich getauft habt, Sir Frederick Dashwood?"

„Nein, nein – ihr alten Knaben vom Agamemnon habt ihm diesen Namen gegeben."

„Ihr werdet mich gütigst entschuldigen, Sir," unterbrach ihn Lyon in etwas schulmeisterlichem Tone, „aber mich habt Ihr ihn nie anders als ›Mylord‹ nennen gehört, seit Seine Majestät – Gott mög' Sie segnen! – außergnädigst geruht haben, ihn zum Range eines Peers zu erheben – nichts als ›Mylord‹ und der ›Contreadmiral‹, denn der Schiffsrang behält selbst auf einem Throne noch seine besonderen Privilegien. Glaubt Ihr nicht auch, Kapitän Cuffe, daß unser Lord, seit er zum Herzog von Bronte ernannt wurde, auch zu dem Titel ›Euer Gnaden‹ berechtigt ist? – Alle schottischen Herzoge werden also genannt, und ich sehe keinen Grund, warum der Contreadmiral dieses Recht nicht ebensogut als der Beste von ihnen genießen sollte."

„Das dürft Ihr kecklich ihm allein überlassen," gab Cuffe lachend zur Antwort: „Nell wird sich schon für sich selber umsehen, wie er's auch für den König thut. Doch sind die Herren vermuthlich nicht blos einer Spazierfahrt halber hieher gekommen – habe ich irgend eine Meldung zu vernehmen?"

„Ich bitte um Verzeihung, Kapitän Cuffe; ich habe wahrhaftig meinen Auftrag vergessen," gab Dashwood zur Antwort. „Hier sind Ordres für Euch; wir Beide sind befehligt, Eure Weisungen zu erwarten. Der Lieutenant, der *mir* das Packet überbrachte, sagte, es würde einen Spion zu verhören und einen Lugger einzufangen geben. Hat man Euch nichts von der Sache gemeldet, Lyon?"

„Nein, Sir Frederick; ich selbst bin nicht neugierig, und so höre ich nur selten, was auf der Flotte vorgeht. Meine Ordre lautet, mich mit meinem Schiff bei Kapitän Cuffe zur Dienstleistung zu melden, was ich hiermit zu thun die Ehre habe."

„Nun, ihr Herren, hier sind weitere Instructionen für euch. Zuerst ein Befehl, über Raoul Yvard, französischen Bürger, der Spionerie beschuldigt, und Ithuel Bolt, Matrosen u. s. w., der Desertion angeklagt, ein Kriegsgericht niederzusetzen, bestehend aus Kapitän Richard Cuffe von der Proserpina, als Präsidenten, und aus Kapitän Sir Frederick Dashwood, Baronet, von der Terpsichore u. s. w., u. s. w.; ferner Lyon, Winchester und Spriggs, Eurem ersten Lieutenant, Sir Frederick, als

Mitgliedern. Hier ist Alles in Ordnung, ihr Herren, und da sind eure betreffenden Ordres."

„Mein Gott, an so Etwas hab' ich nicht gedacht!" rief Lyon, der gegen diesen Theil des Offiziersdienstes großen Widerwillen hegte. „Ich hätte eher geglaubt, es handle sich um eine Parforcejagd auf einen Franzmann, zu welchem Zwecke der Contreadmiral, oder Mylord, oder Seine Gnaden – welchen Titel man ihm nun beilegen möge – für passend erachtet hätte, die drei besten Schnellsegler der Flotte zusammenzubringen."

„Ich wollte, wir hätten blos letztern Auftrag, Kapitän Lyon; so aber liegt uns die unerfreuliche Pflicht ob, einen Spion und einen Deserteur zu verhören und zu richten. Ihr werdet wieder auf eure Schiffe zurückkehren, Gentlemen, und uns nach einem Ankerplatze folgen. – Ich habe im Sinn, an der Küste von Capri einen einzigen Anker auszuwerfen, wo wir während der Windstille liegen bleiben und unsere Kriegsgerichte abhalten können. Bei beiden Betheiligten ist der Fall ziemlich klar, und wird uns also nicht lange aufhalten; wir können während der Zeit Ausgucker auf die Höhen stellen und Meer und Küste beobachten lassen. Bis dahin müssen wir scharf d'rauf lossegeln, um die Brise nicht zu verlieren. Ihr werdet so lange das Signal zu dem Kriegsgericht abwarten."

Mit dieser Weisung verfügten sich die beiden Kommandanten auf ihre Boote, und die Proserpina füllte ihre Segel aufs Neue. Die drei Schiffe steuerten so rasch als möglich nach ihrem Bestimmungsorte: mit dem Schlage zwei Uhr gingen sie vor der Stadt oder dem Dorfe auf der Insel Capri vor Anker. Zehn Minuten später feuerte die Proserpina eine Kanone ab und zog die Flagge auf, welche die Niedersetzung eines Kriegsgerichts bedeutet.

Wir haben zwar nicht für nöthig gehalten, die näheren Details, wie sie das Gesetz für die bevorstehende Untersuchung verlangte, ausführlich aufzuzählen; gleichwohl wird sich der Leser denken, daß auch in dieser Beziehung nichts unterlassen wurde, indem die Raschheit des Verfahrens, theilweise zwar ein charakteristisches Merkmal von der Entschlossenheit des Admirals – ihren Grund hauptsächlich in dem Wunsche fand, die Anklagen gegen die Delinquenten als ein Mittel zu benützen, des eigentlichen Helden unserer Erzählung – des Irrwisches – habhaft zu werden.

Während eine mißverstandene, um nicht zu sagen abgeschmackte Philanthropie so manche alte Grundsätze umstößt, und unter anderen Ketzereien auch die Lehre predigt: „der Zweck der Strafe sei die Besserung des Verbrechers" – spricht sich eine durch die älteste Erfahrung bestätigte Wahrheit dahin aus, daß Nichts die Gerechtigkeit so furchtbar und darum auch so wirksam mache, als die Geschwindigkeit und Sicherheit ihrer Vollstreckung. Werden alle Erfordernisse beobachtet, so muß die rascheste Ausübung ihrer Functionen auch am wirksamsten zum Schutze der Gesellschaft beitragen, und diesem Endzwecke verdanken ja doch alle menschlichen Bestimmungen solcher Art ihre Entstehung.

So gehört es denn auch zu den großen Verdiensten der vielfach mißkannten englischen Gesetzgebung, daß sie nur selten dem Mörder oder Betrüger als Maske dienen wird, sondern, einmal in Gang gebracht, den Uebelthäter mit einer Sicherheit und Energie zur Sühne seiner Verbrechen zwingt, die bei der Gesammtheit auch gewiß den Eindruck zurücklassen, welchen Strafen überhaupt hervorzubringen bestimmt sind. Daß die Amerikaner wohl gethan haben, sich selbst von vielen ihrer anererbten Gesetze und Gebräuche loszumachen – ist ebenso gewiß, als daß jedes Zeitalter seine besonderen Interessen zu vertreten hat, da die Prinzipien heute vielleicht von Umständen beherrscht werden, welche mit denen einer früheren Zeit im Widerspruche stehen: gleichwohl wäre es gut, wenn man sich erinnerte, daß, wenn auch Veränderungen dem Geiste ebenso nöthig sind, als dem Körper die Uebung seiner Kraft – dennoch gewisse ewige Wahrheiten, gewisse Prinzipien des Rechts und der Klugheit vorhanden sind, denen man sich niemals ungestraft entschlagen darf.

Die Mitglieder des Kriegsgerichts versammelten sich in der Kajüte der Proserpina unter Beobachtung all' der Förmlichkeiten und äußeren Gebräuche, welche nothwendig sind, um einem Gerichte das nöthige Ansehen zu sichern. Die Offiziere erschienen in voller Uniform; der Eid wurde mit Feierlichkeit geleistet, die Tafel war mit Geschmack hergerichtet, und ein feierlicher, würdevoller Ernst war bei allen Vorkehrungen vorherrschend. Doch ließ man nur kurze Zeit ungenützt verstreichen, und der Offizier, welchem das Amt des Lord-Prevôt zugetheilt war, erhielt den Befehl, seine Gefangenen vorzuführen.

Im nämlichen Moment wurden Raoul Yvard und Ithuel Bolt in die Kajüte gebracht; Beide waren übrigens von verschiedenen Seiten des Schiffes gekommen und hatten keinen Augenblick mit einander verkehren dürfen.

Als die Gefangenen eingetreten waren, wurden sie dem Gerichtspersonale vorgeführt und ihnen die Anklagepunkte vorgelesen. Raoul hatte seine Bekanntschaft mit der englischen Sprache bereits zugegeben, und so bedurfte man also keines beeidigten Dolmetschers, so daß das Gerichtsverfahren seinen gewöhnlichen Gang nehmen konnte.

Da man den Franzmann zuerst vernehmen wollte, und Ithuel hierbei vielleicht als Zeuge erforderlich sein mochte, so wurde der Letztere wieder abgeführt, indem ein Kriegsgericht niemals gestattet, daß ein Zeuge die Angaben des andern vernehme. Hiefür hat man freilich in neuerer Zeit darin einen sinnreichen Ersatz gefunden, daß man bei Prozessen, deren Länge einen solchen Kunstgriff gestattet, Alles, was vorgeht, von Tag zu Tag in den Journalen bekannt macht.

„Wir wollen zuvörderst zu der Beeidigung des Signor Andrea Barrofaldi schreiten," begann der Untersuchungsrichter, sobald die Präliminarien vorüber waren. „Hier ist eine katholische Bibel, Sir, und ich will Euch den Eid italienisch vorsprechen, wenn Ihr zuvor die Güte haben wollt, mich als Dolmetscher in Pflicht zu nehmen."

Dieß geschah, und sofort wurde dem Vicestatthalter in aller Form der Eid abgenommen. Dann kamen einige Fragen an den Zeugen über Stand, Vaterland u. s. w., worauf man zu den wesentlicheren Punkten des Verhörs überging.

„Signor Vicestatthalter, ist Euch der Gefangene von Person bekannt?" fragte der Untersuchungsrichter.

„ Si; ich hatte die Ehre, ihn in meinem Wohnhause auf der Insel Elba zu empfangen."

„Unter welchem Namen und unter was für Umständen wurde er Euch bekannt, Signore?"

„Ei – er nannte sich Sir Smees, Capitano in Diensten des Königs von England."

„Was für ein Schiff behauptete er zu befehligen?"

„Den Ving-y-Ving – einen Lugger, hinter welchem ich seitdem mit gutem Grunde den Feu-Follet, einen Kaper unter französischer Flagge, vermuthe. Monsieur war so gütig, unserer Stadt Porto Ferrajo in der Eigenschaft des Sir Smees zwei Besuche abzustatten."

„Und Ihr wißt nunmehr, daß dieser hier Raoul Yvard, der erwähnte französische Kapersmann ist?"

„Wie? – *wissen*? – Ich weiß blos, daß man *sagt*, dieser sei der Signore Yvard, und der Ving-y-Ving sei der Feu-Follet."

„›Man *sagt*‹ – ist nicht genügend, Signor Barrofaldi. Könnt Ihr es nicht vermöge Eurer eigenen Bekanntschaft behaupten?"

„Nein, Signore."

Das Gerichtszimmer wurde sofort geräumt. Sobald es wieder eröffnet wurde, schickte man nach Vito Viti; derselbe wurde darauf beeidigt, wobei seine Aufmerksamkeit besonders auf das an dem Rücken des Buches angebrachte Kreuz gerichtet war.

„Habt Ihr den Gefangenen vor der heutigen Veranlassung jemals gesehen, Signor Vito Viti?" begann der Untersuchungsrichter, nachdem die einleitenden Fragen gestellt waren.

„Oefter, Signore, als ich mich gerne erinnern mag. Ich glaube kaum, daß zwei achtbare Magistratspersonen jemals ärger betrogen wurden, als der Vicestatthalter und meine Wenigkeit! Ja, Signori, selbst der Weise kann zuweilen einem neugeborenen Kinde ähnlich werden, wenn sich ein Nebel um seinen Verstand lagert."

„Erzählt dem Gerichte die näheren Umstände, unter denen dieß geschah, Signor Podesta."

„Nun, Signori, das Factum war etwa folgendes: Andrea Barrofaldi ist, wie ihr wißt, Vicestatthalter der Stadt Porto Ferrajo, und ich bin deren unwürdiger Podesta. Natürlich ist es unsere Pflicht, uns um Alles zu bekümmern, was das öffentliche Wohl betrifft, besonders aber um die Geschäfte und Absichten der Fremden, welche auf unserer Insel anlangen. So mag es denn drei Wochen oder etwas drüber sein, als ein Lugger oder eine Felucke gesehen wurde –"

„Welches von beiden war es – Lugger oder Felucke?" fragte der Richter, die Feder in der Hand, um die Antwort augenblicklich niederzuschreiben.

„Beides, Signore; eine Felucke und ein Lugger."

„Ah, es waren also zwei: eine Felucke und ein Lugger."

„Nein, Signore, sondern die Felucke war ein Lugger. Auch Tommaso Tonti wollte mich in diesem Punkte hinter's Licht führen, aber ich bin nicht umsonst so lange Jahre Podesta in einem Seehafen gewesen. Nein, Signori, es gibt alle möglichen Arten von Felucken – Schiff-Felucken, Brigg-Felucken und Lugger-Felucken."

Als diese Antwort den Mitgliedern des Gerichts übersetzt wurde, entstand ein Lächeln an der Tafel, und Raoul Yvard brach in förmliches Lachen aus.

„Nun, Signor Podesta," fuhr der Untersuchungsrichter fort, „der Gefangene kam also in einem Lugger nach Porto Ferrajo?"

„So sagt man, Signore. Ich sah ihn nicht wirklich am Bord des Schiffes: aber er behauptete, der Kommandant eines gewissen in Diensten des Königs von England stehenden Schiffes, mit Namen Ving-y-Ving, zu sein, und sagte, er selbst heiße Smees – si – il – Capitano oder Sir Smees."

„Behauptete? – Wißt Ihr nicht gewiß, daß jener Lugger der Feu-Follet, ein berüchtigter französischer Kaper – war?"

„Jetzt weiß ich wohl, daß man das sagt, Signori; aber der Vicestatthalter und ich hielten ihn für den Ving-y-Ving."

„Und wißt Ihr nicht – von Euch selbst nämlich, mein' ich – daß der Gefangene wirklich Raoul Yvard ist?"

„ Corpo di Bacco! Wie sollte ich denn so Etwas wissen, Signor Giudeca-avvocato! rief Vito Viti, der den Titel des Verhörenden (judge-advocate – Untersuchungsrichter) wörtlich übersetzte, so daß eine Art von Schiffs-Felucke daraus wurde – „woher sollte ich so etwas wissen! Ich pflege nie Gemeinschaft mit Kapern, wenn sie nicht anders nach unserer Insel kommen und sich den Titel ›Sir Smees‹ beilegen."

Der Untersuchungsrichter und die Mitglieder des Kriegsgerichts sahen sich ernsthaft an. Keiner zweifelte im Geringsten, daß der Gefangene wirklich Raoul Yvard war; aber man mußte dieß erst gesetzlich beweisen, ehe man ihn verurtheilen konnte.

Cuffe wurde nun befragt, ob der Gefangene seine Identität nicht zugestanden habe; aber Keiner konnte behaupten, daß er dieß ausdrücklich gethan hätte, wenn auch seine Worte es so ziemlich errathen ließen. – Mit einem Worte, die Justiz befand sich so ziemlich in dem, bei ehrlicher Amtsübung keineswegs ungewöhnlichen Dilemma: daß sie nämlich nicht im Stande war, ein Factum zu beweisen, dessen Richtigkeit Niemand bezweifelte.

Endlich erinnerte sich Cuffe Ghita's und Ithuels; er schrieb ihre Namen auf ein Stückchen Papier, das er dem Untersuchungsrichter zuschob. Letzterer nickte mit dem Kopfe, zum Zeichen, daß er die Meinung des Präsidenten verstehe: dann verkündete er dem Gefangenen, daß ihm erlaubt sei, Gegenfragen an den Zeugen zu richten, wenn er dieß für wünschenswerth halte.

Raoul erkannte seine Lage vollkommen. Er war zwar keineswegs in der gewöhnlichen Absicht eines Spions in den Golf von Neapel eingedrungen, sah aber dennoch wohl ein, wie sehr er sich selbst compromittirt hatte, und konnte sich leicht denken, wie bereitwillig seine Feinde ihn in's Verderben stürzen würden, sobald sie die gesetzlichen Mittel dazu finden könnten. Ebenso begriff er die Verlegenheit, worin sich seine Feinde aus Mangel an Beweisen versetzt sahen, und so beschloß er, diesen Umstand so gut als möglich zu seinem Vortheile zu nützen.

Bis auf diesen Augenblick war ihm der Gedanke, seine eigene Identität abzuleugnen, noch nicht in den Sinn gekommen; als er jetzt aber, wie er glaubte, eine Thür zur Flucht offen sah, war es nicht mehr als natürlich, daß er sich diesen Umstand zu Nutze zu machen suchte. So wandte er sich also an den Podesta, indem er seine Fragen gleichfalls englisch stellte, um sie, gleich der ganzen bisherigen Untersuchung, denselben Proceß der Verdolmetschung durchmachen zu lassen.

„Ihr sagt, Signor Podesta, Ihr habet mich in der Stadt Porto Ferrajo und auf der Insel Elba gesehen?“

„ Si – in welcher Stadt ich die Ehre habe, eine der höchsten Stellen zu bekleiden.“

„Ihr sagt, ich habe mich für den Kommandanten eines in Diensten des Königs von England stehenden Schiffes – einer Felucke mit Namen Ving and Ving – ausgegeben?“

„ Si – Ving-y-Ving – für den Kommandant jener Fellucke.“

„Ich meinte, Ihr hättet gesagt, Mr. Podesta,“ fiel Lyon ein, „das Fahrzeug, sei ein Lugger gewesen?“

„Ein Felucken-Lugger, Signor Capitano – nicht mehr, noch weniger als das, auf meine Ehre.“

„Und alle diese angesehenen Offiziere wissen doch wohl,“ bemerkte Raoul ironisch, „daß ein Felucken-Lugger und ein Lugger, wie der Feu-Follet einer sein soll – zwei sehr verschiedene Dinge sind. Zudem, Signore, habt Ihr mich wohl niemals sagen hören, daß ich ein Franzose sei!“

„ Non – so einfältig seid Ihr nicht gewesen, dieß einem Manne einzugestehen, dem schon der Name der Franzosen so verhaßt ist. Cospetto! Wenn alle Unterthanen meines Großherzogs seine Feinde ebensosehr verabscheuten wie ich – er wäre wahrlich der mächtigste Fürst in ganz Italien!“

„Ohne Zweifel, Signore; und jetzt erlaubt mir zu fragen, ob Ihr für jene Felucke einen andern Namen, als den des Ving and Ving von mir gehört habt? Hab' ich sie jemals Feu-Follet genannt?“

„ Non – immer nur Ving-y-Ving, niemals anders; aber –“

„Ich bitte um Verzeihung, Signore; habt aber nur die Güte, meine Fragen zu beantworten. Ich nannte die Felucke den Ving and Ving; mich selbst aber den Kapitän Smeet – ist dem nicht so?“

„ Si – Ving-y-Ving und Capitano Smees – Sir Smees, einen Signore aus einer berühmten Familie dieses Namens, wenn ich mich recht erinnere.“

Raoul lächelte, denn er wußte recht gut, daß diese Behauptung vornehmlich aus der Selbsttäuschung der beiden Italiener selbst hervorging, da das Wenige, was er über diesen Punkt gesprochen, mehr durch ihre Andeutungen, als durch seine eigene Absicht weiter ausgesponnen worden war. Doch hielt er nicht für klug, dem Podesta zu widersprechen, der bis jetzt nichts bezeugt hatte, was ihn selbst zum Verbrecher stempeln konnte.

„Wenn ein junger Mann die Eitelkeit besitzt, für adelig gelten zu wollen,“ gab Raoul ruhig zur Antwort, „so mag dieß allerdings beweisen, daß er ein Thor – nicht aber, daß er ein Spion ist. Ihr hörtet mich, wie Ihr sagt, mich selbst niemals für einen Franzosen ausgeben; im Gegentheil, habt Ihr nicht von mir vernommen, daß ich aus Guernsey gebürtig sei?“

„ Si – der Signore sagte, die Familie der Smees stamme von jener Insel – wie der Vicestatthalter sie nennt; ich für meinen Theil gestehe, daß ich noch nie von einer solchen Insel gehört habe. Da ist Sicilia, Sardegna, Elba, Caprea, Ischia, Irlanda, Inghilterra, Scozia, Malta, Capraya, Pianosa, Gorgona und Amerika, mit einigen weiteren im Osten; von einer Insel Guernsey habe ich aber noch niemals etwas vernommen! Si, Signore; wir auf unserer Insel Elba sind einfache – und ich hoffe, bescheidene Leute; aber nichtsdestoweniger wissen wir doch auch etwas von der übrigen Welt. Wenn Ihr aber solche Dinge scharfsinnig abgehandelt hören wollt, dann werdet Ihr wohl thun, den Vicestatthalter auf eine halbe Stunde hereinzurufen, und ihn zu bitten, daß er Euch die Schleußen seiner Gelehrsamkeit öffne. San Antonio! – ich glaube kaum, daß Italien seines Gleichen hat – besonders was die Inseln betrifft!“

„Gut,“ fuhr Raoul fort; „und jetzt sagt diesen Offizieren, Signor Podesta, ob Ihr bei Eurem Eide behaupten könnt, daß ich mit jener Felucke, Ving and Ving genannt, überhaupt nur etwas zu schaffen hatte.“

„Nein, Signore – höchstens nach Eurer eigenen Aussage. Ihr trugt dieselbe englische Uniform wie diese Offiziere hier, und sagtet, Ihr seiet der Kommandant des Ving-y-Ving. Da wir gerade von Inseln sprechen, Signori – ich habe vorhin Palmavola und Ponza vergessen; an beiden kamen wir während unserer Reise von Elba auf diesem Schiffe vorüber.“

„Gut – wenn sich's um einen Eid handelt, ist's immer gut, genau zu sein. Somit, Signor Podesta, stellt sich als Resultat Eurer Zeugenaussage heraus, daß Ihr nicht wißt, ob jene Felucke, deren Ihr erwähnt, der Feu-Follet gewesen, ebensowenig, ob ich überhaupt ein Franzose, und noch viel weniger, ob ich Raoul Yvard sei; ferner bezeugt Ihr, daß ich Euch gesagt habe, ich sei aus Guernsey gebürtig und heiße Jaques Smeet – ist's nicht so?“

„ Si – Ihr sagtet, Euer Name sei Giac Smees, sagtet aber nicht, Ihr seiet Raoul Yvard. Aber, Signore, ich sah Euch Eure Kanonen auf die Boote dieser Fregatte abfeuern, während die französische Flagge von Eurem Schifft wehte, und das ist doch, so viel wir zu Porto Ferrajo von diesen Dingen verstehen, das Zeichen eines Feindes?“

Raoul fühlte, daß dieß ein gefährlicher Schlag war; gleichwohl ermangelte derselbe noch der verknüpfenden Kettenglieder, um ein gültiges Zeugniß abzugeben.

„Aber Ihr sahet wenigstens nicht, daß *ich* es that? – Ihr wollt sagen, Ihr habet den Ving and Ving mit den Booten der Fregatte im Kampfe begriffen gesehen?“

„ Si – das war es – Ihr sagtet mir aber, Ihr seiet der Kommandant des Bing-y-Bing.“

„Laßt uns einander verstehen,“ fiel der Untersuchungsrichter ein; „ist es die Absicht des Gefangenen, in Abrede zu ziehen, daß er Franzose und ein Feind von uns ist?“

„Es ist meine Absicht, Sir, Alles, was nicht bewiesen wird, in Abrede zu ziehen.“

„Euer Accent aber – Euer Englisch – ja Euer ganzes Aeußere zeigt, daß Ihr ein Franzose seid.“

„Verzeiht mir, Sir. Es gibt heutiges Tags manche Nationen, welche französisch sprechen und doch keine Franzosen sind. Längs der ganzen nördlichen Gränze von Frankreich wird auch von Ausländern französisch gesprochen – Savoyen, Genf und Wallis, selbst die Engländer haben, außer zu Guernsey und Jersey, auch in den beiden Canada's französische Unterthanen. Ihr werdet einen Mann nicht deßhalb hängen wollen, weil sein Accent nicht der von London ist?“

„Wir möchten Euch Gerechtigkeit widerfahren lassen, Gefangener,“ bemerkte Cuffe, „und Ihr sollt jeden Zweifel, der zu Euren Gunsten spricht, als Entschuldigung für Euch benützen dürfen. Doch möchte es gut sein, Euch kund zu thun, wie unser Verdacht, daß Ihr ein Franzmann und Raoul Yvard seiet – sehr stark ist, und wenn Ihr uns von dem Gegentheil überzeugen könnt, so werdet Ihr wohl thun, wenn Ihr's durch ein direktes Zeugniß beweiset.“

„Wie kann das ehrenwerthe Kriegsgericht nur erwarten, daß so Etwas geschehen sollte? Ich wurde gestern Nacht in einem Boote aufgegriffen, und werde heute Morgen eben so summarisch wie der arme Caraccioli vernommen. Gebt mir Zeit, meine Zeugen herbeizuschaffen, und ich will beweisen, wer und was ich bin.“

Raoul sprach ruhig und mit der Miene eines Mannes, der von seiner Unschuld überzeugt ist, so daß seine Worte eines leichten Eindruckes auf die Richter nicht verfehlten, wie denn eine Appellation an die unerschütterlichen Grundsätze des Rechts selten ohne Wirkung bleiben wird.

Nichtsdestoweniger konnte, besonders bei den Offizieren der Proserpina, weder über den Charakter des Luggers, noch über den des Gefangenen irgend ein Zweifel mehr obwalten, und unter solchen Umständen das Gericht auch nicht wohl geneigt sein, einen Feind, der ihnen so Vieles zu Leid gethan hatte, entschlüpfen zu lassen.

Seine Appellation machte sie blos vorsichtiger und entschlossener, sich selbst vor jeder Klage über rechtswidriges Verfahren zu decken.

„Habt Ihr dem Zeugen noch weitere Fragen vorzulegen, Gefangener?“ fragte der Präsident des Gerichtes.

„Für jetzt keine, Sir. Wenn's den Herren gefällig ist, wollen wir weiter fortfahren.“

„Man rufe Ithuel Bolt,“ befahl der Untersuchungsrichter, indem er den Namen des neuen Zeugen aus einer vor ihm liegenden Liste ablas.

Raoul fuhr zusammen; denn der Gedanke, daß der Amerikaner in solcher Eigenschaft vorgeführt werden könnte, war ihm noch nicht in den Sinn gekommen.

Eine Minute nachher erschien Ithuel, wurde beeidigt, und nahm seinen Platz an dem unteren Ende der Tafel ein.

„Euer Name ist Ithuel Bolt?“ fragte der Untersuchungsrichter, seine Feder parat haltend, um die Antwort aufzuzeichnen.

„So sagen sie hier am Bord,“ gab der Zeuge ruhig zur Antwort, „obwohl ich meines Theils auf eine solche Frage keine Antwort zu ertheilen habe.“

„Läugnet Ihr etwa Euren Namen, Sir?“

„Ich läugne Nichts - brauche aber auch Nichts zu sagen, und habe mit diesem Verhör und dem ganzen Schiffe nicht das Geringste zu schaffen.“

Raoul athmete leichter, denn um die Wahrheit zu sagen, hatte er kein großes Vertrauen in Ithuels Standhaftigkeit oder Uneigennützigkeit, und fürchtete, er möchte durch das Versprechen eigenen Pardons gegen ihn erkauft sein.

„Ihr werdet Euch erinnern, daß Ihr einen Eid geleistet habt, und wegen Widerspenstigkeit oder Verschweigens einer Antwort bestraft werden könnt.“

„Ich habe einige allgemeine Begriffe vom Recht,“ gab Ithuel zur Antwort, und fuhr dabei mit der Hand über seinen Zopf, um sich zu überzeugen, daß er in Ordnung war, „denn in Ameriky legen wir uns Alle ein wenig auf dieses Studium. Ich selbst advocirte einige Mal als junger Mann, doch nur vor einem Friedensrichter. - *Wir* hielten gewöhnlich darauf, daß ein Zeuge nicht gegen sich selbst zu sprechen nöthig habe.“

„So geschieht es also blos, um Euch nicht selbst zu beschuldigen, daß Ihr so unbestimmte Antworten ertheilt?“

„Ich muß die Beantwortung dieser Frage ablehnen,“ antwortete Ithuel mit würdevoller Miene.

„Zeuge, ist Euch die Person dieses Gefangenen bekannt?“

„Auch hierauf muß ich die Antwort schuldig bleiben.“

„Wißt Ihr überhaupt Etwas von einem gewissen Raoul Yvard?“

„Und was ist's, wenn dieß etwa der Fall wäre? Ich bin ein geborener Amerikaner, und habe das Recht, in fremden Ländern Bekanntschaften anzuknüpfen, so oft ich dieß meinem Vortheil oder meinem Gefühl angemessen finde."

„Habt Ihr niemals an Bord von Seiner Majestät Schiffen gedient?"

„Welcher Majestät? – Es gibt, so viel ich weiß, in Ameriky keine andere Majestät, als die Majestät des Himmels."

„Vergeßt nicht, daß Eure Antworten alle aufgezeichnet werden, und bei irgend einer Gelegenheit gegen Euch sprechen könnten."

„Gesetzlich nicht: ein Zeuge darf nicht zu Antworten veranlaßt werden, die gegen ihn selber sprechen."

„Allerdings nicht dazu *veranlaßt* werden; doch kann er's auch aus freien Stücken *thun*."

„Dann ist es Pflicht des Gerichts, ihn zur Vorsicht zu ermahnen: ich habe das oft und zu wiederholten Malen in Ameriky gehört."

„Habt Ihr jemals ein Schiff mit Namen › Feu-Follet oder Irrwisch‹ gesehen?"

„Wie soll nur ein Seemann alle die Schiffe herzählen können, denen er auf dem weiten Oceane begegnet?"

„Habt Ihr jemals unter der französischen Flagge gedient?"

„Ich lehne es durchaus ab, in meine Privatangelegenheiten einzugehen. Ich bin frei, und also steht's mir auch frei, wem ich dienen will."

„Es ist zwecklos, diesem Zeugen noch fernere Fragen vorzulegen," bemerkte Cuffe ruhig. „Der Mann ist auf diesem Schiffe wohl bekannt, und sein eigenes Verhör wird höchst wahrscheinlich alsbald stattfinden, so wie das jetzige zu Ende ist."

Der Untersuchungsrichter gab seine Zustimmung, und Ithuel erhielt die Erlaubniß, sich zu entfernen, indem man seine Halsstarrigkeit mit jener Gleichgültigkeit behandelte, welche der Mächtige dem Schwachen gegenüber in der Regel an den Tag legt.

Gleichwohl war noch immer kein gesetzlicher Beweis zur Ueberführung des Gefangenen vorhanden. Niemand zweifelte an seiner Schuld, und es lagen die dringendsten Gründe – nur keine unumstößliche Gewißheit – zu dem Verdachte vor, daß er den Lugger kommandirte, der vor Kurzem gegen die Boote desselben Schiffes gefochten hatte, auf welchem jetzt das Kriegsgericht versammelt war. Aber Vermuthungen waren trotz dem Allen kein klarer Beweis, wie das Gesetz ihn forderte, und Caraccioli's neuliche Hinrichtung hatte so viel zu sprechen gegeben, daß Niemand so leicht ein Verdammungsmittel ausgesprochen hätte, ohne sich genügend darüber rechtfertigen zu können. Die Sachen standen in der That höchst bedenklich, und der Gerichtshof ließ das Zimmer abermals zum Zwecke einer Berathung räumen.

In der geheimen Verhandlung, welche jetzt folgte, faßte Cuffe alle einzelnen Umstände – die Art, wie Raoul erkannt worden, nebst der Wahrscheinlichkeit – ja sogar moralischen Gewißheit seiner Schuld auf's Neue zusammen. Zu gleicher Zeit mußte er aber auch gestehen, daß er keinen direkten Beweis dafür besitze, ob der Lugger, auf den er Jagd gemacht, überhaupt ein Franzose, und noch weniger, ob er der Feu-Follet gewesen. Er hatte zwar eine französische Flagge geführt; doch war auch vorher die englische Flagge bei ihm bemerkt worden, und die Proserpina hatte dasselbe gethan. Der Lugger hatte allerdings unter der *dreifarbigen Flagge gefochten*, was als ein starker Beweis gegen ihn gelten konnte: doch war die Sache auch hiedurch noch immer nicht erwiesen, denn die Umstände konnten eine Täuschung selbst bis auf den letzten Moment rechtfertigen, und er gab zu, daß die Fregatte gegen die Stadt-Batterien zum Schein unter derselben Flagge gefeuert hatte.

Man mußte sich gestehen, daß die Sache höchst verwickelt sei, und trotzdem, daß keiner der Richter an Raouls Identität zweifelte, fürchteten doch Alle, daß man zu einem Aufschube der Untersuchung genöthigt sein würde, da es an den gehörigen Beweisen fehlte, um in der Sache sogleich zu entscheiden, und dadurch zugleich, wie man hoffte, ein Mittel zu gewinnen, sich in Besitz des Luggers zu setzen.

Sobald Cuffe diese Punkte alle reiflich besprochen und die Mitglieder des Gerichts zu seiner eigenen Ansicht über den wahren Stand der Sache gebracht hatte, gab er eine weitere Andeutung, wie er noch immer den gewünschten Beweis herzustellen hoffe. Nachdem man einige Minuten über diesen Punkt Berathung gepflogen, wurden die Thüren abermals geöffnet, und das Gericht erklärte seine Sitzung wieder für öffentlich, wie zuvor.

„Ein junges Frauenzimmer, das unter dem Namen Ghita bekannt ist, soll zunächst herbeigebracht werden," begann der Untersuchungsrichter, seine Notizen zu Rathe ziehend.

Raoul erschrak, und ein Schatten tiefer Bestürzung zog über sein Gesicht; doch bald war er wieder gefaßt und scheinbar unerschüttert.

Ghita war mit ihrem Oheim aus dem Staatszimmer der Kajüte entfernt und in das untere Stockwerk geführt worden, um die jedesmaligen Gerichtsverhandlungen vollkommen geheim zu halten: so dauerte es also mehrere Minuten, bis sie aufgefordert werden konnte.

Als diese Zwischenzeit vorüber war, ging die Thüre auf, und das Mädchen trat in's Zimmer. Sie warf einen Blick zärtlicher Bekümmerniß auf Raoul: doch die Neuheit ihrer Lage und das Furchtbare eines Eidschwurs, der für ein Wesen von so zarter Gewissenhaftigkeit und von so gar keiner Erfahrung doppelt ergreifend sein mußte – lenkte ihre Aufmerksamkeit bald ausschließlich auf die Scene, welche sie unmittelbar vor Augen hatte.

Der Untersuchungsrichter erklärte ihr das Wesen des Eides, den man von ihr verlangte, und ließ ihn dann in seine Hände ablegen.

Wäre Ghita weniger überrascht gewesen, oder hätte sie auch nur im Geringsten die Folgen vorhersehen können, so würde keine menschliche Macht sie bewogen haben, sich zu dem Eidschwure herzugeben. Doch von all' der Gefahr wußte sie nichts, und so unterwarf sie sich geduldig dem gestellten Ansinnen, küßte voll Andacht das Kreuz, und wollte sogar niederknieen, während sie die feierliche Betheurung nachsprach.

Für den Gefangenen war dieß ein höchst peinlicher Anblick, da er die Folgen deutlich vor Augen hatte. Doch so tief war seine Ehrfurcht vor Ghita's Herzensreinheit und frommem Wesen, daß er weder durch einen Blick noch durch eine Geberde versuchen mochte, jene heilige Wahrheitsliebe, welche, wie er wohl wußte, die eigentliche Grundlage ihres Charakters bildete – zu erschüttern.

So legte sie also ihren Eid ab, ohne daß irgend Etwas vorgefallen wäre, das ihre Gefühle beunruhigt oder ihr einen Begriff davon gegeben hätte, was wohl das traurige Resultat dieser Handlung sein würde.

Achtzehntes Kapitel

Hic et ubiqe? – Aendern wir die Stelle –
Kommt hierher, Gentlemen:
Legt eure Hände auf mein Schwert
Und schwört bei meinem Schwert!

Hamlet.

„Euer Name ist Ghita?“ begann der Untersuchungsrichter, in seinen Notizen nachlesend – „Ghita – wie weiter?“

„Ghita Caraccioli, Signori,“ antwortete das Mädchen mit einer Weichheit und Anmuth der Stimme, welche ihr Jeden der Zuhörer zum Freunde gewinnen mußte.

Der Name verursachte übrigens allgemeines Erstaunen, und Blicke der Ueberraschung wurden zwischen allen Anwesenden gewechselt; die meisten Offiziere des Schiffes, wenn sie nicht gerade Dienst hatten, waren nämlich als Zuschauer gegenwärtig.

„Caraccioli!“ wiederholte der Untersuchungsrichter mit Nachdruck. „Das ist in Italien ein großer Name. Wollt Ihr damit behaupten, daß Ihr dem erlauchten Hause, das diesen Namen trägt, angehört?“

„Ich mache auf nichts Erlauchtes Anspruch, Signore – ich bin blos ein einfaches Mädchen und lebe mit meinem Oheim in den fürstlichen Thürmen des Monte Argentaro.“

„Wie kommt es dann, Signorina, daß Ihr den berühmten Namen Caraccioli führet?“

„Fast möcht' ich behaupten, Mr. Medford,“ bemerkte Cuffe, natürlich auf englisch, „das junge Mädchen werde wohl selbst nicht wissen, woher sie den Namen bekam. Derlei Dinge werden in Italien sehr leichtsinnig behandelt.“

„Signore,“ begann Ghita abermals ernsthaft, nachdem sie zuvor achtungsvoll den Schluß des Kapitäns abgewartet hatte, „ich führe den Namen meines Vaters, wie dieß bei Kindern gewöhnlich ist. Es ist freilich ein Name, der erst gestern von einer schweren Schmach befallen wurde, mußte ja doch *sein* Vater den Tausenden von Neapel zum Spektakel dienen, die seinen greisen Körper an der Raa eines eurer Schiffe baumeln sahen.“

„Und Ihr macht also darauf Anspruch, die Enkeltochter jenes unglücklichen Admirals zu sein?“

„So wurde ich gelehrt, mich selbst zu betrachten. Möge seine Seele jene Ruhe finden, welche seine Feinde dem Körper nicht vergönnen wollten! Jener Verbrecher – wofür Ihr ihn ohne Zweifel haltet – war meines Vaters Vater, obwohl dieß nur Wenige wußten, so lange er als Fürst und hoher Offizier des Königs geehrt wurde.“

Tiefe Stille folgte; der sonderbare Umstand selbst, so wie der Schein von Wahrheit, der aus dem ganzen Wesen des Mädchens hervorleuchtete, vereinigten sich, um die Zuhörer mächtig zu ergreifen.

„Der Admiral galt für kinderlos,“ bemerkte Cuffe halblaut. „Ohne Zweifel war dieses Mädchens Vater die Frucht irgend einer unregelmäßigen Verbindung.“

„Wenn irgend ein Versprechen gegeben oder nur wenige Worte der Anerkennung vor Zeugen gesprochen wurden,“ murmelte Lyon, „so würde dieß nach den Gesetzen Schottlands über Nachkommenschaft, und was dahin gehört, ein eben so festes Band zusammensplissen, als wenn ihr euch in England vor einem der Erzbischöfe verbändet.“

„Da wir aber jetzt in Italien sind, so ist es nicht wahrscheinlich, daß hier dieselben Gesetze herrschen. – Vergeßt nicht,“ fuhr der Richter zu Ghita fort, „daß Ihr geschworen habt, Wahrheit, *volle* Wahrheit und nichts als Wahrheit zu sprechen. – Kennt Ihr Raoul Yvard, einen Franzmann, Kommandanten des Feu-Follet?“

Ghita's Herz begann heftig zu pochen und das Blut schoß ihr mit dem Ungestüm tiefer Beängstigung in die Wangen. Sie verstand nichts von Gerichten und der Gegenstand der Untersuchung war ihr unbekannt. Bald aber folgte diesem Anfall der Triumph der Unschuld; die Reinheit ihrer Seele und die Ruhe ihres Gewissens führten sie allmählig zu der festen Ueberzeugung, daß sie keine Ursache habe, wegen irgend eines Gefühles, das ihr Herz bewegte, zu erröthen.

„Signore,“ sprach sie, die Augen zu Boden schlagend, denn die Blicke des gesammten Gerichts waren auf ihr Antlitz gerichtet, „ich *bin* mit Raoul Yvard, der Person, deren Ihr erwähnt habt, bekannt; es ist der, der dort zwischen den zwei Kanonen sitzt. Er *ist* ein Franzmann und *kommandirt* den Lugger, der den Namen Feu-Follet führt.“

„Ich wußte wohl, daß wir durch dieses Zeugniß Alles herausbringen würden," rief Cuffe, der die Erleichterung, die er darüber fühlte, daß sie nun endlich die gewünschte Bestätigung erhalten hatten – unmöglich bei sich unterdrücken konnte.

„Damit wollt Ihr sagen, Ihr wißt das Alles aus eigener Anschauung?" fragte der Untersuchungsrichter aufs Neue.

„Messieurs," sprach Raoul sich erhebend, „wollt ihr mir zu sprechen erlauben? Dieß hier ist ein grausamer Auftritt, und ehe ich ihn noch länger ertrage – ehe ich diesem theuren Mädchen Ursache zu künftigem Kummer gebe, den ihre Antworten, wie ich wohl weiß, ihr später sicher bringen werden – eher will ich euch bitten, ihr die Erlaubniß zum Abtreten zu gewähren, wogegen ich euch verspreche, Alles, was ihr durch sie möglicherweise beweisen könnt, bereitwillig selbst zuzugestehen."

Eine kurze Berathung folgte; dann erhielt Ghita die Erlaubniß, sich zurückzuziehen. Aber des Mädchens Unruhe war durch den Ausdruck auf Raouls Zügen aufs Neue erweckt worden, wenn sie auch nicht verstand, was er auf englisch gesprochen hatte, und so sträubte sie sich, den Ort in solcher Ungewißheit zu verlassen.

„Habe ich irgend Etwas gesagt, Raoul, was dir Schaden bringen könnte?" fragte sie ängstlich. „Ich wurde beim Worte Gottes und bei seinem geheiligten Kreuze beeidigt: hätte ich vorausgesehen, daß dir dadurch irgend ein Leid erwachsen könnte – die ganze Macht von England würde mich nicht bewogen haben, einen so feierlichen Eid auf mich zu nehmen, und dann hätte ich schweigen dürfen."

„Es hat nichts zu sagen, Theuerste; die Wahrheit mußte doch auf eine oder die andere Art an's Licht kommen, und zu seiner Zeit sollst du Alles erfahren. – Und nun, Messieurs (fuhr Raoul fort, nachdem sich die Thüre hinter Ghita geschlossen hatte), bedarf es zwischen uns keiner weiteren Verstellung; ich bin Raoul Yvard, für den ihr mich haltet, und welchen mehrere von euch bereits kennen gelernt haben. Ich focht gegen Eure *Boote*, Monsieur Cuffe, entging Eurem *Brander* und führte Euch in lustiger Jagd rings um Elba. Ich täuschte den Signor Barrofaldi und seinen Freund, den Podesta – Alles aus Liebe zu dem schönen, sittsamen Mädchen, welches so eben die Kajüte verlassen – kein anderer Grund führte mich nach Porto Ferrajo oder hieher in den Golf von Neapel – darauf habt Ihr das Ehrenwort eines Franzosen!"

„Hum!" brummte Lyon. „Es muß zugegeben werden, Sir Frederick, daß der Gefangene zu einer höchst preiswürdigen Fahne schwört."

Unter anderen Umständen würde dieser Einfall der Nationalantipathie und dem Nationalvorurtheil der übrigen Richter ein Lächeln abgenöthigt haben: so aber lag in Raouls Wesen und Miene ein Ernst und eine Aufrichtigkeit, welche, wenn auch nicht vollen Glauben – doch wenigstens Achtung geboten. Einen solchen Mann zu bespötteln, war unmöglich, und die langgehegte Feindseligkeit verstummte vor seiner feurigen, männlichen Erklärung.

„Wenn der Gefangene geneigt ist, die ganze Wahrheit anzuerkennen, werden wir keiner weiteren Zeugen bedürfen, Herr Untersuchungsrichter," bemerkte Cuffe.

„Uebrigens ist es unsere Pflicht, Monsieur Yvard, Euch auf die möglichen Folgen aufmerksam zu machen. Bei vorliegender Untersuchung handelt sich's um Euer Leben, denn Euch trifft die Schuld, als ausländischer Feind, der in offenem Kriege gegen Seine Majestät begriffen war, verkleidet an Bord eines englischen Schiffes gekommen oder vielmehr mitten unter die englische Flotte gedrungen zu sein."

„Ich bin Franzose, Monsieur, und diene meinem Vaterlande," gab Raoul mit Würde zur Antwort.

„Euer Recht, dem Vaterlande zu dienen, wird Niemand bestreiten; Ihr müßt aber wissen, daß man gegen die Gesetze einer geregelten Kriegsführung verstößt, wenn man die Rolle eines Spions spielt. Ihr seid jetzt gewarnt und werdet für Euch selbst entscheiden. Habt Ihr irgend Etwas zu sagen, so werden wir Euch hören."

„Messieurs, da ist wenig mehr zu sagen," erwiederte Raoul. „Daß ich *euer*, sowie aller Derjenigen Feind bin, welche nach Frankreichs Untergang streben – das läugne ich nicht. Ihr wißt, *wer* und *was* ich bin. – Für Beides habe ich keine Entschuldigung vorzubringen. Als tapfere Engländer werdet ihr die Liebe, die ein Franzose für sein Vaterland hegt – zu würdigen wissen. Was ein Auftreten auf eurem Schiffe betrifft, so könnt ihr dieß nicht als eine Anklage gegen mich kehren, da es ja auf eure eigene Einladung geschah. Die Rechte der Gastfreundschaft sind eben so heilig als weit verbreitet."

Die Mitglieder des Gerichtes wechselten bedeutungsvolle Blicke mit einander, und länger als eine Minute herrschte tiefe Stille. Dann nahm der Untersuchungsrichter abermals das Wort:

„Ich möchte Euch die genaue, gesetzliche Wirkung Eurer Zugeständnisse begreiflich machen, Gefangener; dann aber wünschte ich auch, daß diese Zugeständnisse förmlich und wohl überlegt abgegeben würden, sonst müßten wir zur Vernehmung weiterer Zeugen schreiten. Ihr seid als Raoul Yvard – als ausländischer Feind angeklagt, der in Waffen gegen den König betroffen wurde."

„Das habe ich schon zugestanden, Monsieur; es kann mit Ehren nicht wohl geläugnet werden."

„Ihr seid angeklagt, verkleidet und unter dem falschen Namen eines Schiffers von Capri auf Seiner Majestät Schiff Proserpina gekommen zu sein, während Ihr eigentlich Raoul Yvard, ein ausländischer Feind und in Waffen gegen den König waret."

„Das Alles ist wahr; ich wurde aber, wie schon gesagt, an Bord des Schiffes eingeladen."

„Ihr werdet noch weiter beschuldigt, unter Seiner Majestät Schiffen im Golfe von Neapel, welche besagten Schiffe unter den Befehlen des Contreadmirals Lord Nelson, Herzogs von Bronte in Sicilien, stehen – obgleich ein ausländischer Feind, in derselben Verkleidung und in der Absicht herumgerudert zu sein, Eure Beobachtungen als Spion zu machen, und zweifelsohne die also erhaltenen

Nachrichten zum Schaden von Seiner Majestät Unterthanen, und zu Eurem eigenen, so wie zu Eurer Nation Vortheil zu benützen."

„Monsieur, dem ist nicht so – parole d'honneur, ich kam in den Golf, um Ghita Caraccioli aufzusuchen; sie besitzt mein ganzes Herz, und sie wollte ich dazu bewegen, mein Weib zu werden. Nichts anderes hat mich in den Golf geführt: meine Verkleidung trug ich, weil ich sonst leicht erkannt und angehalten werden konnte."

„Das ist eine wichtige Thatsache, wenn Ihr sie beweisen könnt, denn wenn es Euch auch nicht im wörtlichen Sinne frei macht, so würde es doch bei dem kommandirenden Admirale von Einfluß sein, wenn ihm der Spruch dieses Kriegsgerichtes zur Bestätigung vorgelegt wird."

Raoul zauderte. Er zweifelte keinen Augenblick, daß Ghita, deren Aussage kaum vorher so verderblich für ihn geworden war – sogleich bezeugen würde, wie sie den angeführten Grund auch wirklich für den wahren *halte*, und zwar auf eine Art und unter so verstärkenden Umständen, daß es gewiß von Gewicht für ihn sein müßte, besonders da sie auch bekräftigen konnte, daß er desselben Zweckes halber zu Elba gewesen und ihr fortwährend auf dem Monte Argentaro flüchtige Besuche abzustatten gewohnt war. Nichtsdestoweniger fühlte er einen starken Widerwillen dagegen, Ghita nochmals vor das Kriegsgericht zu berufen. Mit der eifersüchtigen Empfindlichkeit wahrer Liebe konnte er sich nicht entschließen, den Gegenstand seiner Neigung den Blicken und Bemerkungen rauher Männer auszusetzen; dann kannte er auch seine eigene Gewalt über die Gefühle des Mädchens zu genau, und besaß zu viel Zartgefühl, um nicht alle die Bedenklichkeiten, welche dem Manne in so kitzlichen und zarten Angelegenheiten aufsteigen müssen, auf sich lasten zu fühlen, so daß er sich unmöglich mit dem Gedanken aussöhnen konnte, in diesem Augenblicke Gefühle bloß zu stellen, welche nach seinem Sinne Anderen eben so heilig wie ihm selber sein sollten.

„Könnt Ihr beweisen, was Ihr so eben angegeben habt, Raoul Yvard?" fragte der Untersuchungsrichter.

„Ich fürchte, dieß wird nicht in meiner Macht stehen, Monsieur! Es gibt Jemand – doch – ich fürchte sehr, es wird nicht in meiner Macht stehen, wenn ich nicht die Erlaubniß erhalte, meinen Schiffsgefährten zu befragen, der bereits vor Euch gestanden hat."

„Ihr meint vermuthlich Ithuel Bolt. Er stand zwar noch nicht eigentlich vor unserem Stuhle, doch könnt Ihr ihn so wie jeden andern Zeugen vor uns berufen, wobei sich das Gericht das Recht vorbehält, über die Gültigkeit des Zeugnisses nachher zu entscheiden."

„Dann wünschte ich, Monsieur, Etouell hier zu haben."

Die nöthigen Weisungen wurden ertheilt und Ithuel stand bald vor dem Angesichte seiner Richter. Der Eid wurde wiederholt, und Ithuel leistete ihn wie ein Mann, der etwas der Art schon öfter gethan hat.

„Euer Name ist Ithuel Bolt?" begann der Untersuchungsrichter.

„So nennt man mich am Bord dieses Schiffes; doch wenn ich als Zeuge dienen soll, so laßt mich frei schwören; ich mag mir die Worte nicht in den Mund legen oder die Gedanken mit Ketten fesseln lassen."

Mit diesen Worten erhob Ithuel seine Arme und zeigte seine Handschellen, die der Profos ihm abzunehmen verweigerte, und welche die Offiziere des Kriegsgerichts übersehen hatten.

Ein Blick des Vorwurfs von Seiten Cuffe's, und ein Flüstern Yelvertons lösten die Schwierigkeit – Ithuel wurde seiner Ketten entledigt.

„Jetzt kann ich gewissenhafter antworten," fuhr der Zeuge mit sardonischem Grinsen fort; „wenn Einem das Eisen in's Fleisch einschneidet, ist man immer geneigt, das zu beschwören, was, wie man glaubt, den Ohren seiner Herren am angenehmsten klingen muß. Fangt nur an, Squire, wenn Ihr irgend Etwas zu sagen habt."

„Ihr scheint ein Engländer zu sein?"

„Wirklich? dann scheine ich, was ich nicht bin. Ich bin im Granitstaate in Nordamerika geboren. Meine Väter zogen in längstvergangenen Zeiten in jenes Land, um ihre religiösen Ansichten aufrecht zu erhalten. Das ganze Land da herum hält mit unbegreiflicher Hartnäckigkeit auf seine Vorrechte."

„Ithuel Bolt, kennt Ihr den Gefangenen – die Person mit Namen Raoul Yvard?"

Ithuel war einigermaßen in Verlegenheit, wie er diese Frage beantworten sollte. Trotz des hochherzigen Beweggrundes, der seine Väter in die Wildniß geführt hatte, ja trotz der hohen persönlichen Meinung, die er von seinen eigenen religiösen Vorzügen hegte, war doch der Eid, seit dem Tage, da er zum ersten Male mit einem Zollhause Bekanntschaft gemacht hatte – in seinen Augen zu einer Art wandelbarer Verbindlichkeit geworden. Ein Mann, der schon so manche falsche Waarendeclaration beschworen hatte, durfte doch nicht leicht an einer Kleinigkeit straucheln, wenn er einem Freunde damit einen Dienst erwies; andrerseits aber konnte er auch durch Abläugnen der Bekanntschaft seine eigenen Aussagen in Mißkredit bringen und sich selbst außer Stand setzen, Raoul vielleicht in einem wichtigeren Punkte nützlich zu sein.

Bei ihm wie bei dem Franzmann war ein seltsamer innerer Widerstreit zu bemerken, denn während er selbst, der sich doch auf seine frommen Altvordern und seine eigene gottesfürchtige Erziehung so Vieles zu gut that, ein ausnehmend biegsames Gewissen hatte, würde Raoul – dem Glauben nach beinahe ein Atheist – selbst die geringste Lüge verschmäht haben, sobald er sich in einer Lage befand, die seine Ehre berührte. Im Punkte der Kriegslisten waren Wenige feiner oder mehr zu deren Benützung geneigt als Raoul Yvard; hatte er aber die Maske einmal bei Seite gelegt und sich selbst zu der angebornen Würde seines Charakters zurückgewendet, so würde ihm selbst der Tod keine Doppelsinnigkeit erpreßt haben. Ithuel dagegen hatte eine wahre Zuneigung für jede Art von Lügen, besonders wenn sie ihm selber Nutzen und seinem Feinde Schaden brachten, und besaß eine Methode, dieß Alles mit seinem Gewissen in Einklang zu setzen, welche mit der Schwärmerei insofern einige Aehnlichkeit hat, als auch sie abgenutzt zu werden anfängt.

Bei der gegenwärtigen Veranlassung nun war er geneigt, Alles zu sagen, was den Wünschen seines Schiffsgenossen nur immer gemäß sein mochte, und glücklicherweise war er so geschickt, sich den Ausdruck in den Zügen des Andern richtig zu deuten.

„Ich *kenne* den Gefangenen, wie Ihr ihn nennt, Squire,“ antwortete Ithuel, nachdem er sich die nöthige Pause gegönnt hatte, um zu den obenerwähnten Schlüssen zu gelangen – „ich *kenne* ihn *wohl*, und ein prächtiger Bursche ist er, wenn er einmal den rechten Weg zu euren englischen Handelsflotten gefunden hat. Hätte jeder der Franzmänner am Nil, dort drüben in Egypten, einen Rule Yvard am Bord gehabt, Nelson würde sicherlich bei seinem Berichte gar manches Postscript nöthig gefunden haben.“

„Der Zeuge hat seine Antworten auf den eigentlichen Gegenstand der Frage zu beschränken,“ fiel Cuffe mit Würde ein.

Ithuel war dem Kapitän seines früheren Schiffes gegenüber zu sehr an Respekt gewöhnt, um eine Antwort hierauf zu wagen; wenn aber Blicke hätten verwunden können, so würde dieser hochstehende Beamte nicht ganz unverletzt davon gekommen sein.

Da der Zeuge nichts erwiederte, so wurde das Verhör fortgesetzt.

„Ihr erkennt ihn demnach als Raoul Yvard, Kommandanten des Feu-Follet, eines französischen Kaperschiffes?“ fuhr der Untersuchungsrichter fort, der es für gerathen hielt, das Protokoll in Betreff des Geständnisses, das der Gefangene über seine Identität abgelegt, durch einen kleinen Nebenbeweis zu verstärken.

„Nun – so etwas glaub' ich,“ gab Ithuel mit einem eigenthümlichen Provinzialismus zur Antwort, der ziemlich viel Granit an sich hatte, „das heißt, ich meine oder schließe –“ (in diesem Augenblick erhaschte er von Raoul einen Blick der Zustimmung) „o ja! – *darüber* ist auch nicht die geringste Spur von einem Zweifel vorhanden. Er ist der Kapitän des Luggers, und ein recht guter, trefflicher Kapitän ist er!“

„Ihr waret mit ihm verkleidet, als er gestern in den Golf von Neapel hereinkam?“

„Ich verkleidet, Squire! – wozu sollte ich mich nur verkleiden? Ich bin ein Amerikaner von ganz anderem Beruf, und thue nur, was die Schicklichkeit verlangt. Als Neutraler habe ich gar nicht nöthig, mich zu verkleiden, wo ich auch hingehen mag. Ich bin nie verkleidet, als wenn mein Klüver etwas aufgeholt ist, und das ist ein Ueberkommniß, das, wie Ihr selbst wißt, den meisten Seefahrern zu Zeiten passirt.“

„Ihr braucht in Betreff Eurer selbst nichts zu antworten, was Euch beschuldigen könnte. Wißt Ihr, auf welche Veranlassung oder welchen Geschäftes halber Raoul Yvard gestern in den Golf von Neapel kam?“

„Um Euch die reine Wahrheit zu gestehen, Squire, das weiß ich nicht,“ gab Ithuel treuherzig zur Antwort, denn das eigentliche Wesen des Bandes, das den jungen

Franzmann so fest an Ghita fesselte, war einem Manne, der für jedes reine, heilige Gefühl gewöhnlich so stumpf und unempfänglich war – ein tiefes Geheimniß geblieben. „Kapitän Rule ist hier herum an der Küste häufig aufs Beutemachen aus, und welchen besonderen Zweck er bei dieser Expedition im Sinne hatte, das kann ich nicht sagen. Seine Geschäfte am Land sind mir allerdings zuweilen unerklärlich! – Zeugniß dafür gibt die Insel Elby, ihr Herren."

Bei dieser Anspielung verzog sich Ithuels Miene sogar zu einem leichten Lächeln, denn er besaß wirklich eine Laune, welcher er sich zuweilen ganz nach der Art der Menschenklasse hingab, welcher er als ein hervorragendes Mitglied angehörte.

„Kümmert Euch nicht um die Vorfälle zu Elba. – Gefangener, wünscht Ihr den Zeugen selbst zu befragen?"

„Etouell," begann Raoul, „weißt du nicht, daß ich Ghita Caraccioli liebe?"

„Nun, Kapitän Rule, ich weiß wohl, so denkt Ihr und so sagt Ihr auch, aber ich halte derlei Geschichten von jeher für ziemlich veränderlich und räthselhaft."

„Habe ich nicht oft an der feindlichen Küste gelandet, blos um sie zu sehen und ihr nahe zu sein?"

Ithuel hatte im Anfang nicht recht gewußt, was Raoul mit all' Dem beabsichtigte; jetzt erst hatte er den rechten Schlüssel gefunden, und von diesem Augenblicke an hätte kein Zeuge seine Sachen besser machen können als er.

„Ja," antwortete er, „das habt Ihr wenigstens hundertmal gethan, und jedesmal ganz gegen meinen Rath."

„War nicht gestern, als ich in die Bai herankam, mein einziger Zweck, Ghita und Ghita allein – zu finden?"

„Ganz so. Das Alles, ihr Herren, ist eben so gewiß, als daß der Vesuv, rauchend wie ein Ziegelofen, da vorn am Golfe steht. Das *war* Kapitän Rule's alleinige Absicht."

„Ich hörte Euch so eben noch, und zwar kaum vor einem Augenblicke sagen, Zeuge," warf Lyon ein – „Ihr wüßtet nicht, aus welchem Grunde der Gefangene nach dem Golfe von Neapel gekommen sei: – Ihr nanntet sein Benehmen sogar unerklärlich."

„Ganz richtig, Sir, und das ist es auch für *mich*. Ich wußte die ganze Zeit über, daß Liebe dabei im Spiele war; aber *ich* nenne Liebe keinen *Grund*, und deßhalb heiße ich die Sache *unerklärlich*. Das ist die Erklärung des Ganzen. – Ja, ich wußte, es war Liebe für Miß Gyty – das gilt aber vor dem Gesetz nicht als Beweggrund."

„Antwortet uns nur mit Thatsachen: das Gericht wird über die Beweggründe schon selbst entscheiden. – Woher wißt Ihr, daß Liebe zu dem erwähnten jungen Frauenzimmer der einzige Zweck war, weßhalb Raoul Yvard in den Golf hereingekommen?"

„Wenn man längere Zeit mit einem Menschen umgeht, lernt man solche Dinge ausfindig machen. Kapitän Rule ging zuerst nach jenem Berg da drüben, wo ihre Tante wohnt, um nach dem Mädchen zu sehen; ich ging mit, um, wenn es nöthig wäre, mit meinem Englisch auszuhelfen. Als wir Gyty nicht zu Haus fanden, nahmen wir ein Boot und folgten Ihr nach Neapel. So seht Ihr also selbst, Sir, daß ich mit Recht sagen kann: ich habe gewußt, auf welches Fahrzeug er die ganze Zeit über Jagd machte."

Dieß Alles war streng der Wahrheit gemäß, und Ithuel erzählte es so einfach und natürlich, daß es ziemlich glaubwürdig erscheinen konnte.

„Ihr behauptet, Zeuge, Ihr habet Raoul Yvard zu einem Besuche bei der Tante des jungen Mädchens, genannt Ghita Caraccioli, begleitet," bemerkte Cuffe in gleichgültigem Tone, um Ithuel dadurch zu einer unvorsichtigen Antwort zu verleiten – „von wo seid ihr denn ausgegangen, als ihr eure Reise antratet?"

„Das kommt auf die Zeit des Aufbruchs, so wie auf den Ort an, von welchem man die Richtung beginnt. *Ich* meines Theils könnte sagen, ich sei von Ameriky aufgebrochen, welchen Welttheil ich vor mehreren Jahren verließ, oder auch von Nantes, wo wir uns für die See ausrüsteten. Was Kapitän Rule betrifft, der würde wahrscheinlich Nantes angeben."

„Auf welche Art seid ihr von Nantes hergekommen?" fuhr Cuffe fort, ohne über eine Antwort, die man eigentlich wohl ungehörig nennen konnte, Unwillen oder Verwunderung zu verrathen, als ob er sie schwer zu begreifen fände. „Ihr machtet die Reise doch nicht zu Pferd, nicht wahr?"

„O, jetzt fange ich an, Euch zu verstehen, Kapitän Cuffe. Nun, wenn ich denn die Wahrheit sagen muß – wir kamen in unserem Lugger – dem Few-Folly."

„Das habe ich mir gedacht. Und als ihr zu der Tante auf Besuch ginget, wo habt ihr denn da den Lugger gelassen?"

„ *Wir* haben ihn gar nicht verlassen, Sir: er hatte alle Segel eingesetzt, und kaum waren wir in's Boot gestiegen, als *er* uns verließ, wie wenn wir gleich einem Baume in trockenen Grund eingepflanzt worden wären."

„Und wo geschah dieß?"

„Natürlich auf der See, Kapitän Cuffe; so Etwas könnte schwerlich am Lande passiren."

„Das Alles begreife ich wohl. Ihr sagt aber, der Gefangene habe sein Schiff verlassen, um eine Tante des jungen Frauenzimmers zu besuchen; von dort kam er in den Golf, in der einzigen Absicht, das Mädchen selbst aufzufinden. Nun ist dieß aber eine wichtige Thatsache, da sie die Beweggründe des Gefangenen betrifft und leicht über sein Leben entscheiden kann. Wenn das Kriegsgericht ein Urtheil fällen soll, muß es alle Thatsachen vor Augen haben: darum sagt uns als Einleitung hiezu, wo Raoul Yvard den Lugger ließ, als er sich nach jener Landspitze begab?"

„Ich glaube, Ihr habt die Geschichte nicht ganz richtig verstanden, Kapitän Cuffe. Kapitän Rule ging eigentlich nicht auf den Berg, um die Tante, sondern vielmehr um die Nichte auf ihrer Tante Schwelle zu sehen. Wenn man eine Geschichte richtig endigen will, muß man sie zuvor auch richtig anfangen."

„ Monsieur le Capitaine," bemerkte Raoul ruhig, „ich verließ den Irrwisch keine zwei Kabellängen von dem Punkte entfernt, wo Euer Schiff gegenwärtig liegt; es geschah aber zur Nachtzeit, wo die Leute von Capri in Schlaf begraben waren, so daß sie nichts von meinem Besuche erfuhren. Ihr seht, der Lugger ist nicht mehr hier."

„Und könnt Ihr diese Geschichte mit einem feierlichen Eide bekräftigen," fragte Cuffe, an Ithuel sich wendend, ohne zu bedenken, wie leicht es für den Zeugen war, Alles zu bekräftigen, was er in dem erwähnten Sinne für passend hielt.

„Ganz gewiß; jedes Wort ist wahr, Gentlemen," antwortete Ithuel. „Meinem Augenmaaße nach war es nicht über eine Kabellänge von dieser Stelle."

„Und wo ist der Lugger jetzt?" fragte Cuffe, indem er gerade durch die Hartnäckigkeit seiner Neugierde den eigentlichen Zweck aller seiner Fragen verrieth.

Aber Ithuel ließ sich nicht so schnell oder blindlings hinreißen.

„Ei, Kapitän Cuffe," erwiederte er in einer Art mädchenhafter Schüchternheit mit verlegenem Lächeln, „ich kann doch auf meinen feierlichen Eidschwur, wie Ihr's nennt, eine solche Frage nicht wohl beantworten. Niemand kann wissen, wo der kleine Folly jetzt ist, als wer sich gerade darauf befindet."

Cuffe wurde durch die Antwort etwas aus dem Concept gebracht, was Lyon mit spöttischem Lächeln bemerkte. Letzterer nahm es sofort über sich, die Kreuzfragen zu stellen, und wäre es dabei blos auf die eigene Meinung von seinem Scharfsinn und seiner Verschlagenheit angekommen, so hätte er allerdings ganz der Mann sein müssen, um es mit einem in Ausflüchten so geübten Burschen, wie Ithuel, aufzunehmen.

„Wir erwarten nicht, Zeuge," begann er, „daß Ihr uns aus eigener Erfahrung nach Länge und Breite oder gar nach den Punkten des Kompasses genau angebt, wo sich in diesem nämlichen Augenblick das Fahrzeug befindet, das von Einigen Few-Folly, von Andern Few-Follay und, wie es jetzt scheint, von Euch selbst der kleine Folly genannt wird, denn das kann, wie Ihr so eben bemerkt habt, nur Denen bekannt sein, die sich wirklich an dessen Borde aufhalten: vielleicht aber erinnert Ihr Euch der Stelle, wo ihr ausgemacht hattet, den Lugger bei eurer Rückkehr von der gefährlichen Expedition zu treffen, die ihr mit einander nach dem Golfe von Neapel unternommen?"

„Ich verwerfe diese Frage als gesetzwidrig," versetzte Ithuel mit einem Feuer und einer Lebendigkeit, welche selbst den Untersuchungsrichter betroffen machte, während die Mitglieder des Kriegsgerichts einander verwundert ansahen.

„Nun meinetwegen, wenn Ihr die Frage deßhalb verwerft, weil ihre getreue Beantwortung Euch selber benachtheiligen könnte, so finde ich das durchaus vernünftig und zweckmäßig: dann müßt Ihr aber auch die Folgen wohl in's Auge fassen, die es für Euch selbst haben kann, wenn einmal *Eure* Sache zur Berathung kommt."

„Ich verwerfe sie nach allgemeinen Prinzipien,“ erwiederte Ithuel. „Was auch Kapitän Rule über die Sache gesagt haben mag, falls er nämlich irgend Etwas zur Vertheidigung derselben gesagt hat – falls *er* also, sage *ich*, irgend Etwas über diese Sache gesagt hat, so kann es nicht als Zeugniß gelten, weil ein Beweis nach dem *Hörensagen* auf der ganzen Welt gegen das Gesetz ist.“

Die Mitglieder sahen den Untersuchungsrichter an, der den Blick mit geziemendem Ernste erwiederte. Endlich wurde auf den Antrag Sir Fredericks das Sitzungszimmer geleert, um die Sache im Geheimen zu besprechen.

„Wie ist das, Mr. Untersuchungsrichter?“ fragte Cuffe, sobald die Küste gesäubert war; „es ist für uns von der äußersten Wichtigkeit, den jetzigen Standpunkt jenes Luggers zu erfahren. Haltet Ihr auch dafür, daß die Frage gegen das Gesetz sei?“

„Ihre Wichtigkeit läßt sie als passend erscheinen, – so glaube ich, Sir; was ihre Gesetzmäßigkeit betrifft, so sehe ich nicht ein, wie der Umstand, daß sie im Laufe der Unterredung zur Sprache kam, Einfluß darauf haben sollte.“

„Meint Ihr wirklich?“ bemerkte Sir Frederick mit einem Ernst, den man sonst nicht an ihm gewöhnt war. „Gesetzmäßigkeit ist der Ruhm der englischen Justiz, und ich müßte es ausnehmend tadeln, wenn wir gegen diesen wesentlichen Punkt verstießen. Was man *gesagt* hat, muß man *gehört* haben, wenn man's *wiederholen* soll, und so sieht dieß nicht viel anders aus, denn wie ein Zeugniß vom *Hörensagen*. Es steht, glaube ich, so ziemlich fest, daß wir das verwerfen müssen.“

„Was ist Eure Meinung, Kapitän Lyon?“ fragte der Präsident.

„Die Sache hat ihren Knoten, doch wird man ihn wohl noch lösen können,“ erwiederte der Schotte mit einem spöttischen Lächeln in seinen harten Zügen. „Wir brauchen, denk' ich, keinen Alexander, der den Knoten mit dem Schwerte zerhaut, wenn wir nur unsern gesunden Verstand auf die Streitfrage anwenden wollen. – Um was handelt sich's eigentlich? – Um den Ort, der zwischen diesem Rawl Eevart und seinen Leuten zum Stelldichein ausgemacht wurde. Das muß nun entweder mündlich oder schriftlich ausgemacht worden sein, und wenn ein Beweis vom Hörensagen, also nach den dabei gesprochenen Worten, nicht als mündliches Zeugniß gilt, so könnte ebensowenig ein Zeugniß nach dem, was Einer gesehen hat, als ein Beweis durch Augenschein angesehen werden.“

„Ganz richtig, Mr. Präsident und meine Herren!“ rief der Untersuchungsrichter, der nicht wenig froh war, daß er einen Weg gefunden hatte, der ihn aus der Klemme zu führen versprach. „Wenn die Sache schriftlich ausgemacht wurde, dann müßte wo möglich dieses schriftliche Zeugniß aufgewiesen werden, als der beste Beweis, der sich in der Sache beibringen läßt; ist es aber in Worten geschehen, so können diese Worte beschworen werden.“

Cuffe stimmte dieser Ansicht herzlich gerne bei, und da Sir Frederick nicht geneigt schien, den Streit weiter fortzusetzen, so wäre die Sache wohl sogleich entschieden worden, wenn nicht Lyon mit der Disputirwuth über Rechtsgegenstände dazwischen getreten wäre, die einen wesentlichen Theil seines inneren Menschen ausmachte.

„Ich stimme dem Untersuchungsrichter bei," bemerkte er, „so weit es nämlich dessen Distinction über die Zulässigkeit des Zeugnisses betrifft, welches nicht im wörtlichen Sinne das ist, was man einen Beweis vom Hörensagen nennt: in Betreff des Passenden der Frage aber finde ich doch noch ein Bedenken in der Sache. Ein Zeuge wird darauf beeidigt, daß er vor dem Gerichte über den Gegenstand der Verhandlung Wahrheit spricht, nicht aber, um alle möglichen Dinge im Himmel und auf Erden abzuhandeln. Nun gehört es allerdings zur Entscheidung der Frage, ob Rawl Eevart ein Spion ist oder nicht – daß wir von gewissen Anordnungen überzeugt werden, die er veranstaltete, um dieses oder jenes Mitgeschöpf an diesem oder jenem Orte zu treffen. Das Gesetz aber – so viel ich davon verstehe – theilt alle Fragen in zwei große Klassen – nämlich in solche, welche wirklich, und in solche, welche nicht wirklich zur Sache gehören: erstere sind gesetzmäßig, letztere aber ungesetzmäßig."

„Ich glaube, für einen Burschen, wie dieser Bolt, wäre es doch ein höchst verwegenes Stückchen, wenn er behaupten wollte, eine Frage, welche *wir* ihm vorlegen, könne ungehörig sein!" sagte Sir Frederick in verächtlichem Tone.

„Darauf kommt's nicht gerade an, Sir Frederick, denn hier handelt sich's ausschließlich nur um das Gesetz, während Ihr an Stand und Etikette denket. – Auch die gehörigen so gut wie die ungehörigen Fragen scheiden sich jede wieder in zwei Klassen: die eine gesetzmäßig und logisch, wie man sie nennen könnte, die andere conventionell und so zu sagen bürgerlich. Zwischen beiden steckt eine feine Distinction verborgen."

„Ich glaube, das Gericht ist der Meinung, daß die Frage vorgelegt werden darf," bemerkte Cuffe, den der Schotte und seine Subtilitäten ungeduldig gemacht hatten, mit einer Verbeugung gegen Sir Frederick, um dessen Zustimmung zu erfahren, die er auch im Augenblicke erhielt. „Wir wollen die Thüren wieder öffnen und das Verhör fortsetzen."

„Das Gericht ist der Ansicht, Zeuge," resumirte der Untersuchungsrichter, nachdem Alles wieder seine Plätze eingenommen hatte, daß Ihr die Frage zu beantworten habt. Damit Ihr sie gehörig begreift, will ich sie Euch nochmals wiederholen. Welcher Ort wurde zwischen Raoul Yvard und seiner Mannschaft ausgemacht, um sich gegenseitig wieder zu treffen?"

„Ich glaube nicht, daß die Mannschaft des Luggers ein Wort in der Sache zu sagen hatte," antwortete Ithuel, unerschütterlich wie immer. „War dieß wirklich der Fall, so habe ich wenigstens nichts davon gewußt."

Das Gericht war in Verlegenheit; da man sich aber doch nicht auf diese Art verhöhnen lassen konnte, so wechselten die Mitglieder nur einige entschlossene Blicke, und das Verhör wurde fortgesetzt.

„Wenn nicht die Mannschaft, so doch die Offiziere. Wo war zwischen dem Gefangenen und seinen *Offizieren* bestimmt, daß Ersterer bei seiner Rückkehr von der Expedition nach dem Golfe, den Lugger treffen sollte?"

„Ei, ihr Herren," gab Ithuel zur Antwort, indem er seinen Tabackknollen von einem Mundeck zum andern schob, „ich glaube *fast*, daß ihr im Ganzen den Kapitän

Rule nur sehr wenig kennt. Er ist nicht der Mann, der sich überhaupt auf solche Ausmachereien einläßt. Was er haben will, das befiehlt er: und was er befiehlt, das muß geschehen."

„Was *befahl* er also in Betreff des Punktes, wo der Lugger ihn bis zu seiner Rückkehr erwarten sollte?"

„Es thut mir leid, wenn ich dem Gerichte beschwerlich fallen muß," erwiederte der Zeuge mit bewundernswürdiger Selbstbeherrschung; aber Gesetz ist Gesetz, in der ganzen Welt, und ich vermuthe, diese Frage ist gegen das Gesetz. Im Granitstaate wird immer darauf gehalten, daß, wenn etwas durch die Person selbst bewiesen werden kann, welche vielleicht diese oder jene Worte sprach, – die Frage dann eben der Person, und nicht Dem, der etwa dabei gestanden, vorgelegt werden muß."

„Nur nicht wenn diese Person ein Gefangener und selbst in Untersuchung ist," antwortete der Untersuchungsrichter, der nicht ohne Verwunderung eine solche Distinction aus solcher Quelle kommen hörte. „Wenn es die Zeugenschaft allein beträfe, so wäre die Einwendung ganz am Platze. – Ihr habt also zu antworten."

„Es ist unnöthig," fiel Raoul abermals ein. „Ich verließ mein Schiff hier, wie ich Euch schon gesagt habe, und hätte ich vergangene Nacht von den Höhen von St. Agata ein gewisses Zeichen gegeben, so würde der Irrwisch in der Nähe der Sirenenfelsen erschienen sein und mich eingenommen haben. Da die Stunde vorüber und das Signal wohl schwerlich gegeben worden ist, so hat mein Lieutenant wahrscheinlich einen andern Ort des Rendezvous aufgesucht, von dem der Zeuge nichts weiß, und den ich ganz gewiß nicht verrathen werde."

Es lag so viel Männlichkeit und ruhige Würde in Raouls ganzem Auftreten, daß jede seiner Reden Eindruck machen mußte.

Seine Antwort entschied die Sache wenigstens für den Augenblick. Der Untersuchungsrichter wandte sich demgemäß zu andern Fragen. Doch blieb jetzt nur noch wenig zu thun übrig. Die Identität hatte der Gefangene zugegeben; seine Gefangennehmung war mit allen begleitenden Umständen erwiesen: so konnte also nichts mehr folgen, als seine Verteidigung.

Als Raoul sich zum Sprechen erhob, fühlte er eine plötzliche Bewegung, die aber schnell wieder vorüberging, und er begann in festem, ruhigem Tone und mit einem Accent, der manchem seiner Ausdrücke noch ein besonderes Interesse und erhöhten Nachdruck verlieh.

„Messieurs," sprach er, „ich will weder meinen Namen, noch meinen Stand oder meine Lebensweise in Abrede ziehen. Ich bin Franzose und ein Feind eures Landes. Ich bin auch ein Feind des Königs von Neapel, auf dessen Gebiete ihr mich betroffen habt. Ich habe seine und eure Schiffe zerstört. Setzt mich auf meinen Lugger zurück, und ich werde Beides wieder thun. Wer immer ein Feind von Frankreich ist, ist auch der Feind von Raoul Yvard. Brave Seemänner, wie ihr, können das begreifen. – Ich bin jung. Mein Herz ist nicht von Stein, und, so schlimm es auch sein mag – es mußte Schönheit und Sittsamkeit und Tugend am anderen Geschlechte lieben. Dieß war mein Loos – ich liebe Ghita Caraccioli, und habe schon länger als ein Jahr darnach gestrebt, sie zu meinem Weibe zu machen. Sie hat mich nicht zu der Behauptung berechtigt, daß mein Streben begünstigt würde – das muß ich zugeben: aber sie ist deßhalb nicht weniger bewundernswürdig. Wir sind in unseren religiösen Ansichten sehr verschieden, und ich fürchte, sie hat den Monte Argentaro deßhalb verlassen, weil sie meine Hand ausschlug, und dann für besser hielt, wenn wir uns nie wieder begegneten. Bei Mädchen kommt das zuweilen vor, wie ihr selbst wissen müßt, Messieurs – aber bei uns, die wir weniger verfeinert sind, ist es nicht gewöhnlich, sich solcher Selbstentsagung zu unterwerfen. Ich erfuhr bald, wo Ghita hingekommen war, und folgte ihr: ihre Schönheit war ein Magnet, der mein Herz nach sich zog, gerade wie die Nadel immer gegen Norden gezogen wird. Ich mußte in den Golf von Neapel und unter die Schiffe meiner Feinde eindringen, um Die zu finden, die ich liebte; das ist doch wohl etwas ganz Anderes, als wenn ich mich zu dem beklagenswerthen Gewerbe eines Spions hergegeben hätte. Wer von euch würde nicht dasselbe gethan haben, Messieurs? Ihr seid braves Anglais, und ich weiß, ihr würdet ebensowenig gezaudert haben. Zwei unter euch sind noch jung, wie ich selbst, und müssen, wie ich, die Macht der Schönheit fühlen; selbst Der, der nicht mehr jung ist, hat seine Momente der Leidenschaft gehabt, wie Jeder, der vom Weibe geboren wurde. Messieurs, ich habe nichts weiter zu sagen: das Uebrige wißt ihr. Wenn ihr mich verurtheilt, so verurtheilt mich als unglücklichen Franzosen, dessen Herz seine Schwächen hatte – aber nicht als schimpflichen, verrätherischen Spion."

Der Ernst und die Natürlichkeit, womit Raoul gesprochen, blieben nicht ohne Wirkung. Wäre es nach Sir Fredericks Sinne gegangen, so würde der Gefangene auf der Stelle freigesprochen worden sein. Aber Lyon war ein Skeptiker im Punkt der Liebe, denn sie war ein Gefühl, das ihm nur sehr wenig verständlich war, und überdieß lebte in ihm ein Geist des Widerspruches, der ihn gewöhnlich verleitete, von jeder aufgestellten Behauptung das Gegentheil anzunehmen.

Der Gefangene wurde entlassen, und das Gericht ließ die Thüren schließen, um in der hergebrachten Form zur endlichen Entscheidung zu gelangen.

Wir würden Cuffe unrecht thun, wenn wir nicht geständen, daß auch er gegen den tapferen Feind, der seine Versuche so oft vereitelt hatte, einigermaßen günstig gestimmt war. Hätte er in jenem Augenblicke seinen freien Willen gehabt – er würde Raoul seinem Lugger wieder gegeben, ihm einen gehörigen Vorsprung eingeräumt, und ihn dann mit Freuden im ganzen Mittelmeere herumgejagt haben, um so alle Fragen zwischen ihnen Beiden zur Entscheidung zu bringen. So aber wäre es doch zu viel gewesen, den Lugger mitsammt dem Gefangenen aufzugeben. Dann band ihn auch sein richterlicher Eid, und er fühlte sich gezwungen, den Beweisgründen des Untersuchungsrichters nachzugeben, der, ein reiner Mann vom Fach, fast eben so wenig auf das Gefühl hielt, wie der greise Lyon selber.

Das Resultat der Berathung, die über eine Stunde dauerte, war ein Erkenntniß gegen den Gefangenen. Der Gerichtssaal wurde wieder geöffnet, das Protokoll aufgeschlagen und verlesen – der Gefangene ward vorgeführt und ihm das Urtheil bekannt gemacht.

Das Erkenntniß lautete: „Raoul Yvard, mitten unter den alliirten Flotten, und zwar verkleidet, gefangen genommen, sei deshalb als der Spionerie schuldig erfunden worden.“ Das Urtheil des Gerichts verlangte, daß er „am folgenden Tage den Tod erleiden und an dem Raa-Arm desjenigen Schiffes, welches der kommandirende Admiral, wenn er das Urtheil genehmige, bestimmen würde – aufgehängt werden sollte.“

Raoul hatte es nicht viel anders erwartet, und vernahm sein Urtheil mit Standhaftigkeit. Er machte dem Gericht eine würdevolle, artige Verbeugung, und wurde abgeführt, um, wie es einem Verurtheilten geziemte, in Ketten gelegt zu werden.

Neunzehntes Kapitel

Die Welt ist nur ein Titelblatt ohn' Inhalt;
Nur äuß're Larve; wer sein Herz je zeigt,
Wird seiner Blöße halb verspottet und verachtet.

Youngs Nachtgedanken.

Bolt war nicht vernommen worden. Sein Fall bot verschiedene bedenkliche Schwierigkeiten dar, und die Befehle schärften Behutsamkeit ein. Auch bei ihm konnte nicht wohl auf weniger, als auf Todesstrafe erkannt werden, und nebendem, daß man dadurch einen starken, kräftigen Mann verlor, kamen dabei noch allerlei Fragen aus dem natürlichen Rechte in Betrachtung, welche nichts weniger als angenehm zu erörtern waren.

Obgleich das Pressen amerikanischer Matrosen auf brittische Kriegsschiffe eine der größten moralischen sowohl als politischen Ungerechtigkeiten war, welche einer unabhängigen Nation von einer andern zugefügt werden konnten, so hatte besagtes Unrecht doch schon ein volles Menschenalter hindurch gedauert, und war nicht ganz ohne Entschuldigungsgründe. Ein Theil der britischen Seeleute verschmähte es übrigens durchaus, dieser Gewohnheit zu fröhnen, und überließ den unedleren Mitgliedern ihres Standes die Ausübung einer Pflicht, gegen welche sich ihr Gefühl sowohl als ihre Denkungsweise empörte. So erinnern wir uns, von einem amerikanischen Seemanne gehört zu haben (einem Manne, der häufig zugegen gewesen war, wenn die Presser seine Landsleute sogar unter ihrer Flagge weggerissen hatten) – daß von all' Denen, welche er jenes Unrecht ausüben sah, Keiner eine Manier und Mienen verrieth, welche ihn auf dem Lande unter die Klasse gebildeter Leute gestellt hätten. Sobald einer der Letzteren das Schiff anhielt, war die Mannschaft jedesmal unbefragt davongekommen.

Mag dem übrigens gewesen sein wie ihm wolle – darüber ist keine Frage, daß bei Hunderten unter den brittischen Seeoffizieren ein starker, großherziger Unwillen gegen die Ungerechtigkeit angetroffen wurde, deren man sich durch den eingeführten Gebrauch: fremde Matrosen unter ihrer eigenen Flagge zu pressen – gegen eine fremde Nation, schuldig machte.

Zwar hatte Cuffe zu viel von einem rauhen Krieger an sich, um in diesem Punkte gerade den zartesten Ansichten zu huldigen; gleichwohl war er zu sehr Mann, um sich nicht gegen den Gedanken zu sträuben, daß ein Anderer wegen einer Handlung bestraft werden sollte, die er, wie er wohl fühlte, unter ähnlichen Umständen gleichfalls begangen hätte, und zu welcher er auch, wie er sich nicht verhehlen konnte, das vollkommenste Recht gehabt haben würde. Einen Burschen, wie Ithuel, der so viel von den *Granit*eigenthümlichkeiten an sich hatte, für etwas Anderes, als er wirklich war, zu halten – war unmöglich, und sein Nationalcharakter galt auf dem ganzen Schiffe für so bekannt, daß seine Kameraden ihm gleich vom Anfang an den Spitznamen Yankee aufgebunden hatten.

Cuffe war also mit der ganzen Sache so weit im Reinen, daß er nach einer Berathung mit Winchester beschloß, den angeführten Deserteur nicht in's Verhör zu nehmen, sondern ihn nur kurze Zeit gefesselt zu lassen, und dann unter dem bei solchen Veranlassungen häufig gebrauchten Vorwande wieder in den Dienst einzureihen, daß man dem Manne Gelegenheit geben wolle, seine amerikanische Geburt zu beweisen: wenn er nämlich wirklich das war, was er so hartnäckig zu sein behauptete. Der arme Ithuel war nicht der Einzige, der zu diesem zweideutigen Dienste verdammt worden; hundert Andere verlebten harte Jahre der Prüfung, von demselben schwachen Hoffnungsstrahle getäuscht, der, ewig trügerisch, nur in der Entfernung schimmerte.

Es wurde übrigens beschlossen, mit Ithuel nicht eher eine Veränderung vorzunehmen, als bis der Kapitän wenigstens mit dem Admirale über die Sache gesprochen hätte, und Nelson war ein Mann, der sich, ohne den Einfluß jener Sirene, unter deren Joch er seufzte, in seinen richterlichen Urtheilen fast immer mild, ja oft sogar höchst ritterlich zeigte. Solchen Widersprüchen ist selbst ein großer Geist unterworfen, sobald er den Polarstern seiner Pflichten aus den Augen verliert!

Als daher das Urtheil über Raoul gesprochen und der Gefangene abgeführt war, vertagte sich das Kriegsgericht, und es wurde augenblicklich ein Boot mit einer Abschrift des Protokolls und Urtheils zur Genehmigung für den Contreadmiral nach dem Foudroyant gesendet.

Dann folgte eine Berathung über den Gegenstand, der für sie Alle bei weitem am meisten Interesse hatte – nämlich wo der Lugger sich befinden mochte, und welche Mittel zu seiner Ergreifung angewendet werden konnten.

Daß der Irrwisch in der Nähe war, davon waren Alle überzeugt; wo man ihn aber finden sollte, das war schwer zu sagen. Man hatte Offiziere auf die Höhen von Capri geschickt, deren eine mehr als tausend Fuß über die See emporragt; doch ohne Erfolg waren sie Alle wieder zurückgekehrt. In der offenen See, zwischen den Inseln und in den Buchten – nirgends war Etwas zu sehen, was dem Lugger ähnlich gewesen wäre. Man hatte einen Kutter rund um Campanella herumgeschickt, ein anderer kreuzte an der Mündung des Golfes, um nordwärts von Ischia einen Blick hinauszuwerfen und sich zu überzeugen, ob der verrätherische Doppelflügler nicht hinter den Bergen dieser Insel eine Zuflucht gesucht habe.

Kurz – kein Mittel war versäumt worden, wodurch man den Flüchtling hätte entdecken können. Aber alle schlugen fehl: ein Boot nach dem andern kam ohne Nachricht zurück, und alle ausgeschickten Offiziere hatten nichts als Ermüdung und getäuschte Hoffnungen mitgebracht.

Auf diese Art verstrich ein großer Theil des Tages, und bei der herrschenden Windstille wäre ohnedieß an keine Bewegung der Schiffe zu denken gewesen. In der vollen Erwartung, daß man den Lugger irgendwo in größerer Entfernung entdecken würde, war Cuffe sogar schon so weit gegangen, von jedem der drei Schiffe eine Abtheilung auszuwählen, welche den Feind von den Booten aus angreifen sollte, wobei er nicht im Mindesten an einem günstigen Erfolge zweifelte, da er jetzt die disponible Streitmacht dreier Schiffe gegen den Feind senden konnte. Winchester sollte das Kommando haben – ein Recht, das er mit seinem Blute erkauft hatte – und Alles gab die Hoffnung, auf diese Art zum Ziele zu gelangen, nicht eher auf, als bis das letzte Boot – eben dasjenige, welches rings um Ischia geschickt worden war – mit der Meldung zurückkehrte, daß seine Sendung gänzlich erfolglos geblieben sei.

„Ich habe sagen hören," bemerkte Cuffe, der mit den beiden andern Kapitänen auf dem Quarterdeck der Proserpina im Gespräche begriffen war, als eben diese letzte Meldung anlangte – „ich habe sagen hören, dieser Raoul Yvard sei mit keckem Muthe unter englischer oder neutraler Flagge sogar in einige unserer Häfen eingelaufen und daselbst einen oder zwei Tage unbeachtet geblieben, bis es ihm wieder beliebte, dieselben zu verlassen. Wäre es wohl möglich, daß er gar vor der Stadt oben liegen sollte? Es ist eine solche Masse von Schiffen auf der Rhede und am Molo, daß sein kleiner Lugger, wenn er Zeichen und Bemalung geändert hätte, sich wohl darunter befinden *könnte*. Was haltet Ihr von der Sache, Lyon?"

„Es ist sicherlich ein Gesetz der Natur, Kapitän Cuffe, daß kleinere Gegenstände in Gegenwart von größeren übersehen werden, und deßhalb könnte wohl so Etwas passiren, obgleich ich es unter die Unwahrscheinlichkeiten, wenn nicht gar zu den völligen Unmöglichkeiten rechnen möchte. Nichtsdestoweniger wäre es weit sicherer, so wie Ihr angedeutet, zwischen ein paar hundert Schiffen einzulaufen, als sich allein in einen Hafen oder eine Rhede zu wagen. Wenn Ihr Euch Zurückgezogenheit wünscht, so wird Euch Sir Frederick an den Strand oder nach Ludgate Hill schicken; wollt Ihr aber von den Leuten beobachtet und verfolgt werden, dann geht nur auf ein Dorf in den Hochlanden und verschweigt eine Weile Euren Namen. Wer beide Lebensweisen schon versucht hat, muß den Unterschied wohl kennen!"

„Das ist wahr, Cuffe," bemerkte der Baronet; „und doch kann ich mir kaum denken, daß ein Franzose, groß oder klein, sich herausnehmen könnte, Nelson gerade vor der Nase Anker zu werfen."

„Es wäre freilich ziemlich ebenso, wie wenn sich das Lamm neben dem Löwen niederlegte, und somit ebendarum nicht sonderlich wahrscheinlich. – Ei, Mr. Winchester, ist das nicht unser Boot, was da um den Spiegel der Schaluppe herumkommt?“

„Ja, Sir; es ist von Neapel zurück. Quartiermeister –“

„Ja, ja, Quartiermeister,“ fiel Cuffe mit strengem Tone ein; „ein hübscher Ausgucker ist das da oben! Kommt da unser eigenes Boot dicht auf uns zu, und nicht ein Wort dringt von Euren Lippen über den interessanten Gegenstand, Sir?“

Dieses Wort ›Sir‹ wird auf einem Kriegsschiffe sehr häufig und in all' seinen bedeutungsvollen Abstufungen gehört. Der Niedere gebraucht es gegen den Höheren, und dieß ist so natürlich, als ob es eine Gabe vom Himmel wäre; bei gleichem Range dient es als Formel des Ceremoniels, und heißt auch wohl öfter so viel als ›Nehmt Euch in Acht‹, so daß es bald Achtung und bald das Gegentheil anzeigt: wenn sich aber der Kapitän dieses Wörtchens gegen den Quartiermeister bedient, so hat es immer Vorwurf, wenn nicht gar Drohung zu bedeuten. Bei Erörterungen dieser Art ist es für den Schwächeren immer klüger, zu schweigen, und nirgends lernt man diese Wahrheit schneller, als auf einem Schiffe.

Der Quartiermeister gab zunächst auch keine Antwort; das Boot langte bei dem Schiffe an und brachte den Offizier zurück, der die Verhandlungen des Kriegsgerichts nach Neapel befördert hatte.

„Da haben wir's,“ sprach Cuffe, sobald er mit den beiden andern Kapitänen in der Kajüte war und das Dokument eröffnet hatte: „›Genehmigt mit dem Befehle, daß der Spruch am Bord von Seiner Majestät Schiffe Proserpina, Kapitän Cuffe, morgen zwischen Auf- und Niedergang der Sonne vollzogen werde.‹“

Dann folgte das Datum und die wohlbekannte Unterschrift – ›Nelson und Bronte‹.

Alles Das hatte Cuffe gewünscht und erwartet: nur hätte er gerne bei Ausführung des Befehls etwas mehr Milde getroffen. Der Leser wird hiernach nicht annehmen, daß unser Kapitän rachsüchtig oder blütdürstig gewesen sei, oder gar die Absicht gehabt habe, Raoul dafür büßen zu lassen, daß er seine Plane zu Schanden gemacht und seine Leute verwundet und getödtet hatte. Davon weit entfernt, ging sein Plan vielmehr dahin, den Spruch des Gerichts dazu zu benützen, daß er dem Gefangenen ein Geständniß über die Befehle, die er der Mannschaft auf dem Lugger hinterlassen, abgepreßt und dieses Geständniß als ein Mittel benützt hätte, denselben begnadigen und auf ein Gefangenenschiff transportiren zu lassen.

Cuffe hegte für Kapersleute keine große Verehrung, und sein Urtheil über ihre Moralität war nichts weniger als unvernünftig: denn wer den Gewinn zum Hauptzweck seines Dienstes macht, konnte (seiner Ansicht nach) auch nicht allzu lange zögern, sein Leben durch den Verrath eines Geheimnisses, wie er jetzt eines verlangte, zu erkaufen. Hätte Raoul nur wenigstens zur Kriegsmarine der Republikaner gehört, so würde der englische Kapitän sich wohl besonnen haben, ehe er einen solchen Plan ausgeführt hätte; bei dem Herrn eines Kaperschiffes aber erschien es als das natürlichste Ding von der Welt, dessen Ausführung zu versuchen.

Sir Frederick und Lyon betrachteten die Sache in demselben Lichte, und da nunmehr Alles geschehen war, was gesetzlich für den Plan erfordert wurde, so glaubte man die Gefangennehmung des Luggers für mehr als halb vollendet ansehen zu können.

„Es ist freilich eine schlimme Alternative, Cuffe,“ bemerkte Sir Frederick mit seinem gewöhnlichen, schleppenden und gleichgültigen Tone, „'s ist allerdings eine schlimme Alternative, Cuffe, sich entweder aufhängen zu lassen, oder seine Freunde zu verrathen. Im Parlament, da sagen wir, ich will mich hängen lassen, wenn ich das thue, und hier heißt es, du wirst gehängt, wenn du es nicht thust.“

„Pah, pah, Dashwood; es denkt ja Niemand daran, daß es mit Raoul Yvard so weit kommen könnte, denn es ist in der That nicht zu erwarten, daß er beharrlich läugnen wird. Wir werden den Lugger bekommen, und das ist dann das Ende von der Geschichte. Ich wollte wahrhaftig tausend Pfund darum geben, wenn ich den verd–ten Few-Folly in diesem gesegneten Augenblicke auf Pistolenschußweite hinter meinem Spiegel vor Anker sähe. Mein Herz hat sich nun einmal an den Burschen angeklammert.“

„Fünfhundert wären schon ein hoher Preis,“ bemerkte Lyon trocken. „Ich zweifle sehr, ob sich der Antheil für jeden von uns Dreien auch nur auf hundert belaufen wird, wenn das Fahrzeug uns wirklich in die Hände fallen sollte.“

„Apropos, Gentlemen,“ fiel Sir Frederick gähnend ein, „ich denke, wir rathen's oder würfeln's heraus, wer das Ganze haben soll, für den Fall, daß wir den Burschen in den nächsten vierundzwanzig Stunden – die Zeit nach dem Chronometer dieses Schiffes gerechnet – bekommen sollten. Es sind gewiß Würfel bei Euch aufzutreiben, Cuffe; wir könnten dann recht gut eine halbe Stunde damit zubringen, ohne daß gerade viel dabei zu verlieren wäre.“

„Verzeiht mir, Kapitän Dashwood: eine solche Belustigung kann ich nicht dulden. Sie ist unmilitärisch und gegen das Reglement, und außerdem sind die Hunderte bei mir und Lyon nicht so im Vollauf wie bei Euch zu treffen. Ich habe mein Prisengeld immer erst gern in der Tasche, ehe ich's hinterdrein wieder hinauswerfe.“

„Ihr habt ganz recht, Kapitän Cuffe,“ sprach Lyon, „obwohl es gerade keine große Neuerung wäre, wenn wir auf Sir Fredericks Antheil Jagd machten, da er es selbst so haben will. Geld ist immer ein angenehmer Erwerb, und das Leben ist dem Sünder ohne Zweifel eben so süß, wie dem Heiligen; nur ist noch sehr die Frage, ob Ihr diesen Monshure Rawl so leicht überreden werdet, Euch sein Geheimniß in Betreff des Luggers, so wie Ihr annehmt, zu verrathen.“

Diese Ansicht wurde nicht sonderlich günstig aufgenommen, und nachdem man sich noch etwas länger über den Gegenstand gestritten hatte, waren die drei Kapitäns eben auf dem Punkte, sich zu trennen, als Griffin, ohne nur einmal anzuklopfen oder die gewöhnlichen Regeln des Ceremoniels zu beobachten – in voller Hast in die Kajüte stürzte.

„Man sollte glauben, draußen wehe ein Orkan, Mr. Griffin,“ bemerkte Cuffe ruhig, „so stürmisch scheint Ihr vor ihm herzutreiben.“

„Das müßte ein schlimmer Wind sein, Sir, der nicht irgend ein Glück mit sich brächte," antwortete der Lieutenant, mühsam Athem holend, so sehr hatte er sich beeilt, seine Mittheilung dem Kapitän zu überbringen. „Unser Ausgucker auf den Höhen oberhalb Campanella hat uns soeben signalisirt, daß er den Lugger süd- und ostwärts in der Nähe der Landspitze von Piane gewahre. Und was noch das Beste ist, Sir, die Landbrise kommt heute Abend, wie ich glaube, viel früher, als es sonst wohl gewöhnlich ist."

„Das ist eine Neuigkeit!" rief Cuffe und rieb sich die Hände vor Entzücken. „Geht auf's Deck, Griffin, und sagt Winchester, er soll die Anker lichten; dann gebt den andern Schiffen das Signal, dasselbe zu thun. Jetzt, ihr Herren, haben wir das Spiel in unsern Händen: so laßt uns zusehen, daß wir es geschickt durchspielen. In wenigen Stunden ist es dunkel; dann können wir alle unsere Bewegungen ausführen, ohne gesehen zu werden. Da die Proserpina von den drei Schiffen vielleicht das schnellste ist" – bei dieser Bemerkung begann Sir Frederick spöttisch zu lächeln, während Lyon die Augenbrauen hinaufzog, als ob er ein Wunder erblickte – „da die Proserpina vielleicht das schnellste ist, so muß sie auch am weitesten leewärts gehen: ich will mich sogleich auf den Weg machen und nord- und ostwärts in die See hinaussteuern, wie wenn ich z. B. nach der Meerenge von Bonifacio segelte; sobald es dunkel wird, hale ich für eine oder zwei Stunden südlich und wende mich dann nach Südosten, bis wir südwärts von dem Golf von Salerno stehen. Wenn der Wind anhält, so kann dieß Alles füglich während der Nacht geschehen. Mit Tagesanbruch werdet ihr mich seewärts von Piane und, wie ich hoffe, ungefähr zwei Meilen vom Lugger entfernt gewahr werden. Ihr werdet mir mit Sonnenuntergang folgen, Sir Frederick, und Euch so nahe als möglich in meinem Fahrwasser halten: um Mitternacht aber müßt Ihr beiwenden – das wird Euch dem Golfe gerade gegenüber und ungefähr mitten zwischen beide Vorgebirge, etwas südwestlich von Campanella, bringen. Ihr, Lyon, könnt hier liegen bleiben, bis die Nacht völlig hereingebrochen ist: dann steuert Ihr zwischen Capri und dem Vorgebirge durch und lauft zwei Stunden gegen Süden; drauf laßt Ihr beiwenden. Dadurch gewinnt Ihr am nördlichen Ufer eine Stellung, bei der Ihr die Durchfahrt nach dem Golf und von da zurück fortwährend im Auge habt."

„Und wenn diese Anordnung zu Eurer Zufriedenheit getroffen ist, Kapitän Cuffe," fragte Lyon und nahm in aller Bedächtigkeit eine ungeheure Prise Schnupftaback, „wie befehlt Ihr dann die späteren Bewegungen einzurichten?"

„Jedes Schiff muß seine Stellung behaupten, bis der Tag völlig angebrochen ist. Sollte sich's so herausstellen, wie ich vermuthe: daß wir nämlich den Lugger zwischen uns und die Küste bekommen, so haben wir weiter nichts zu thun, als dicht auf ihn anzurücken und ihn immer tiefer in die Bai hineinzutreiben. Er wird natürlich in seichtes Wasser einlaufen, während wir außerhalb vor Anker gehen; dann bemannen wir aber unsere Boote, schicken sie ihm von Norden und Süden her auf den Hals, und lassen sie unter dem Schutze unseres Feuers entern. Haben wir den Lugger erst einmal in der Bai, dann kann er uns unmöglich mehr entgehen."

„Recht artig angelegt, Kapitän Cuffe, und wird sich auch ganz hübsch ausführen lassen. Wenn wir den Ketzer aber seewärts finden sollten?"

„Dann machen wir in derselben Richtung Jagd auf ihn, und jedes Schiff thut dann sein Bestes. – Kommt, kommt, ihr Herren; ich wünsche zwar keineswegs, ungastlich zu erscheinen, aber die Proserpina muß jetzt nothwendig aufbrechen. Sie hat einen weiten Weg vor sich, und auf die Winde kann man sich in dieser Jahreszeit kaum eine Stunde lang verlassen."

Da Cuffe so große Eile hatte, so schieden seine Gäste ohne weitere Ceremonien.

Das Erste, was Sir Frederick vornahm, war: sein Mittagessen eine Stunde früher als gewöhnlich zu bestellen, und den Schiffsarzt und den Marineoffizier, zwei Kapitaltischgenossen, dazu einzuladen; dann setzte er sich nieder und fing an, eine Zeitlang greulich auf seiner Flöte zu blasen. Zwei Stunden später ertheilte er seinem ersten Lieutenant die nöthigen Befehle, und kümmerte sich dann äußerst wenig mehr um die Fregatte, welche er kommandirte.

Lyon dagegen setzte sich, sobald er wieder auf seiner Schaluppe war, ganz allein zu einem höchst frugalen Mahle nieder, nachdem er zuvor Befehl gegeben hatte, einige alte Segel auf das Verdeck heraufzubringen, um sie zum achten oder neunten Male ausbessern zu lassen.

Auf der Proserpina dagegen war ein ganz anderes Treiben zu bemerken. Hier sah man die Gangspillkreuzbäume herumfliegen, und als der Kapitän auf dem Verdeck erschien, war bereits ein Anker gekattet. Der andere folgte bald, die drei Marssegel wurden niedergelassen, angeholt und aufgehißt, und dann wurde ein Segel nach dem andern eingesetzt, bis das Schiff, in eine Wolke von Leinwand gehüllt, in stetigem Laufe um das niedrige Vorgebirge von Ana Capri herumkam. Das Gallion stand westwärts, mit leichter Neigung gegen Norden, und wäre südwärts davon ein Beobachter den Bewegungen der Fregatte gefolgt – was jetzt aber, so weit das Auge reichte, nicht der Fall war – so würde er geglaubt haben, sie steure gegen die Küste von Sardinien, höchst wahrscheinlich in der Absicht, zwischen dieser Insel und der von Corsika die Meerenge von Bonifacio zu passiren. Der Wind kam beinahe aus Osten, und wehte dabei so lustig darauf los, daß das Schiff mit einer Geschwindigkeit hineilte, welche alle Erwartungen seines Kommandanten zu erfüllen versprach.

Sobald die Sonne untergegangen war und die Finsterniß sich über dem mittelländischen Meere lagerte, wurden die leichteren Segel eingenommen, und die Proserpina machte eine Wendung gegen Süden. Außer den Gebirgen der Inseln und des Hauptlandes, den Rauchwirbeln des Vesuvs, der blauen Himmelsdecke über und der noch blaueren See unter ihnen, war die Terpsichore noch am längsten als ein dunkler Flecken sichtbar, der dem Hauptschiffe so nahe als möglich in dessen Kielwasser folgte.

Sir Frederick saß mit seinen Freunden noch immer bei der Tafel, hatte aber einen wachsamen, emsigen Premierlieutenant auf dem Verdeck, der das Schiff in jedem Nothfalle vollkommen zu lenken verstand. Letzterer war bereits gehörig instruirt, und befolgte die erhaltenen Befehle mit einer Pünktlichkeit und Aufmerksamkeit, welche nichts zu wünschen übrig ließen.

Auf der Ringeltaube dagegen wurden die Leute zum Ausbessern des alten Segelwerks angehalten, bis die Stunde des Aufbruchs herbeikam: dann fing auch dieses Schiff an, die Anker zu lichten. Zu gehöriger Zeit wurde der letzte Anker gehoben, und die Schaluppe zog, wie befohlen, durch den Paß zwischen Capri und Campanella, worauf Lyon seinen ersten Lieutenant in die Kajüte hinabrufen ließ.

„Seht einmal daher, Mac Bean," begann Lyon, auf die über dem Tische ausgebreitete Karte deutend, „Kapitän Cuffe ist jetzt eben gegen Piane ausgelaufen, und will morgen früh, wenn der Westwind sich erhebt, leewärts davon stehen; Sir Frederick ist ihm in stattlichem Laufe gefolgt, und wird sich wohl keine bessere Nußschale als seine eigene wünschen wollen. Nun muß aber dieser Lugger, wenn Alles wahr ist, was man sagt, nicht übel gespickt sein. Zehn gegen Eins – er führt Gold bei sich. Diese Kapersleute sind verzweifelte Schurken und überall auf Geldeswerth aus; wenn ich daher Rumpf, Segel, Ausrüstung, Kopfgeld und was die Kisten enthalten – zusammennehme, so sollte es mich gar nicht wundern, wenn er sich auf acht- bis zehntausend Pfund beliefe. Das gäbe für eine Schaluppe eine recht hübsche Summe, würde aber zu einem Spottgelde zusammenschrumpfen, wenn das Ganze unter die Offiziere der drei Schiffe vertheilt und für den Admiral erst noch seine Portion abgezogen würde. Was denkt Ihr von der Sache, Airchy?"

„Dasselbe wie Ihr, Kapitän Lyon. Die Portion jedes Lieutenants, so wie die des Kapitäns, würde in drei Theile zerfallen."

„Das ist's ja gerade, Airchy; deßhalb müßt Ihr einen scharfen Ausgucker auf's Verdeck stellen. Wir brauchen gerade nicht so weit südlich zu steuern, wie Kapitän Cuffe mir angab – versteht Ihr mich? Denn ist der Lugger in der Bai, so wird er seinen Weg nach dieser Landspitze nehmen, und wenn wir uns also in deren Nähe aufhalten, so müssen wir um so gewisser mit ihm zusammentreffen. Habt Ihr mich verstanden?"

„O ganz genau, Kapitän Lyon; ich werde Eurer Weisung Folge leisten. Wie versteht man das Gesetz in Beziehung auf die Dunkelheit? – Meiner Ansicht nach soll Niemand Antheil an der Beute bekommen, wenn er dieselbe nicht vor Augen hatte; aber gilt die Dunkelheit für ein gesetzliches Hinderniß?"

„Ei ganz gewiß; man geht von dem Gedanken aus, daß Jeder, der sieht, auch handeln kann. Wenn wir nun den Lugger auffangen, noch ehe Kapitän Cuffe und Sir Frederick auch nur wissen, wo er ist, – nach welchem Grundsatze können sie uns bei der Gefangennahme Hilfe und Unterstützung leisten?"

„Und Ihr wünscht also, die Nacht über scharf ausgucken zu lassen, Kapitän Lyon?"

„Das ist meine Meinung, Airchy. Ihr müßt euch Alle so gut wie möglich umsehen, dann können wir den Lugger für uns allein bekommen. Es wäre ja doch jammerschade, Mr. Mac Bean, den Gewinn unter Drei zu vertheilen, während die Summe so gut beisammen gehalten werden könnte."

In dieser so sehr verschiedenen Stimmung fingen die drei kommandirenden Offiziere an, sich an die Lösung der ihnen vorliegenden Aufgabe zu machen. Cuffe war ernstlich auf die Gefangennahme seines Feindes bedacht; ihm war's dabei hauptsächlich um die Ehre des Sieges, ein klein wenig auch um Rache für seine eigenen Verluste zu thun. Sir Frederick Dashwood war, wie immer, gleichgültig für Alles, nur nicht für seine eigenen Vergnügungen, und Lyon sah mit gespannter Aufmerksamkeit der gewünschten Entscheidung entgegen.

Eine oder zwei Stunden später, als Cuffe sich eben schlafen legen wollte, ließ er den ersten Lieutenant, wenn Letzterer nämlich noch auf sei – zu sich herunterbitten. Winchester war eben mit Einschreiben seines eigenen Tagebuchs beschäftigt; er schloß das Buch alsbald und schickte sich an, den Befehl mit jenem ruhigen, pünktlichen Gehorsam zu befolgen, welchen ein Premierlieutenant seinem Kapitän gegenüber weit leichter, als gegen sonst Jemand, beobachten wird.

„Guten Abend, Winchester," rief ihm Cuffe in freundlichem, vertraulichem Tone entgegen, so daß der Lieutenant die beruhigende Gewißheit erlangte, daß er nicht gerufen worden war, um von seinem Vorgesetzten ›geriffelt‹ zu werden – „nehmt Euch einen Stuhl und versucht ein Glas von diesem Capriwein mit etwas Wasser. Es heißt die Segel nicht sehr steif führen, wenn Einer auch eine Gallone davon zu sich nimmt; doch füllt er, mein' ich, die Falten des Magens immer noch besser als Nichts."

„Dank' Euch, Kapitän Cuffe: der Wein ist in der Konstablerkammer sehr beliebt, und wir haben, so lange das Kriegsgericht Sitzung hielt, ein paar frische Fässer herbeigeschafft. – Man sagt mir, Sir, Seine Lordschaft habe Ihren Namen darunter gesetzt, und der Franzmann müsse morgen an unserem Vorderraa-Arme baumeln."

„So steht's auf dem Papier, Winchester; wenn er aber bekennt, wo sein Lugger liegt, so wird man noch ganz glimpflich mit ihm verfahren. Wie übrigens jetzt die Sachen stehen, werden wir das Schiff auch ganz allein und ohne seine Hilfe bekommen."

„Nun, Sir, das wäre jedenfalls das Beste. Ich kann's nicht leiden, wenn Einer seine eigenen Leute verhandelt."

„Da habt Ihr ganz recht, Winchester, und ich hoffe, wir werden auch ohne Dieses fertig werden: doch bekommen *müssen* wir den Lugger. – Ich habe Euch übrigens wegen dieses Bolt rufen lassen – mit dem Burschen muß irgend Etwas angefangen werden."

„Es ist ein reiner Desertionsfall, Kapitän Cuffe – und wie's jetzt scheint, kommt auch noch Verrätherei mit in's Spiel. Ich wollte wahrlich lieber zehn solcher Bursche hängen sehen, als einen einzigen Mann, wie dieser unser Franzose."

„Nun, so viel ist klar, Mr. Winchester, *Ihr* hegt keinen Groll gegen den armen Teufel! Habt Ihr Porto Ferrajo und die Boote schon vergessen? – oder pflegt Ihr die zu lieben, die Euch trotzig begegnen?"

„Das geschah Alles im Dienst, Sir, und ich denke später nie mehr daran. Ich fühle gegen Monsieur Yvard um deßwillen, was er gethan hat, durchaus keinen Unwillen in mir; und jetzt vollends, da Alles hübsch vorübergegangen, kann ich ihn nur um so besser leiden. Mit diesem Bolt aber ist's eine ganz andere Sache – er ist ein heimtückiger Schuft, der Andere gern die Schlachten seines Vaterlandes ausfechten lassen möchte, während er selbst gegen den brittischen Handel auf's Kapern auszieht.“

„Ja, da steckt eben der Knoten, Winchester! Sind es auch *wirklich seines* Vaterlandes Schlachten?“

„Nun, Sir, wir faßten ihn früher als Engländer, und wenn wir bestehen wollen, so müssen wir auch für unsern Stand sorgen.“

„Und also auch einen Unschuldigen wegen einer Verrätherei hängen, die er gar nicht begehen *konnte*!“

„Ei, Kapitän Cuffe, wollt Ihr denn gar der weinerlichen Geschichte des Burschen Glauben schenken, der ein Yankee zu sein behauptet? Wenn dieß wahr ist, so haben wir ihm schon so großes Unrecht gethan, daß sein Fall allerdings höchst schwierig wird. Ich meines Theils betrachte diese Bursche als lauter böswillige Engländer, und behandle sie auch demgemäß.“

„Das ist allerdings ein sicherer Weg, um sein Gewissen zu beruhigen, Winchester: wenn sich's aber einmal um's Hängen handelt, da wird die Sache doch zu ernst. Wenn Bolt irgend Strafe verdient, so ist's keine andere als Todesstrafe, und da, meine ich, sollte man seiner Sache doch so ziemlich gewiß sein, ehe man es irgend zu weit treibt. Ich habe bei dreien oder vieren unserer Leute schon manchmal meine eigenen Zweifel gehabt, ob sie überhaupt nur Engländer sein mögen.“

„In solchen Dingen kann man nie ganz in's Klare kommen, Kapitän Cuffe, so lange man nicht ein Kirchenregister des ganzen Königreichs auf dem Schiffe führt. Wenn sie keine Engländer sind, warum bringen sie keine genügenden Beweise bei, um die Sache aufzuklären? Das wäre dann vernünftig, wie Ihr selbst zugeben werdet, Sir.“

„Ich weiß nicht, Winchester; aber auch diese Frage hat ihre zwei Seiten. Denkt Euch einmal, der König von Neapel ließe Euch hier im Lande aufgreifen, und forderte Euch dann auf, zu beweisen, daß Ihr keiner seiner Unterthanen seiet – wie wollet Ihr dieß in's Werk setzen, da Ihr kein Kirchenregister zur Hand habt?“

„Nun denn, Kapitän Cuffe, wenn wir so schwer im Unrecht sind, so thäten wir wohl am besten, diese Leute alle zumal frei zu lassen, obwohl Einer davon der beste Matrose auf dem ganzen Schiffe ist – ich halte es für Pflicht, Euch das zu sagen, Sir.“

„Ob man einen Mann frei gibt oder ihn hängen läßt, das sind zwei Fälle, die einen weiten Spielraum zwischen sich haben. Wir sind gegenwärtig sehr knapp mit Matrosen versehen, und können nicht einen einzigen Mann entbehren. Ich habe Eure Rangirlisten durchgesehen, und sie sind noch nie so schwach besetzt gewesen. Wir bedürften noch achtzehn bis neunzehn tüchtige Matrosen, um sie wieder einigermaßen vollzählig zu machen; und obwohl dieser Bolt als Matrose nichts Besonderes ist, so zeigt er sich doch zu Allem so anstellig, daß er sich wohl fast eben so nützlich wie der Hochbootsmann machen könnte. Mit einem Wort – wir können seiner nicht entbehren, und darum darf er weder laufen noch hängen, selbst wenn das Letztere durchaus gerecht wäre.“

„Glaubt mir, Sir, ich wünsche durchaus nichts Unrechtes zu thun, und so mögt Ihr in der Sache ganz nach Belieben handeln.“

„Nun, Winchester, Letzteres läuft kurz darauf hinaus: wir müssen Bolt wieder in den Dienst einreihen. Ist der Bursche wirklich ein Amerikaner, so wäre es ein gottloses Stück Arbeit, wenn wir ihn wegen seiner Desertion auch nur einmal durchpeitschen ließen, und was den Verrath betrifft, so wißt Ihr ja selbst, daß ohne Unterthanenverbindlichkeit gar keiner möglich ist. Nelson gibt mir darin freie Hand, und so wollen wir lieber das Sichrere vorziehen und den Deserteur wieder zum Dienst verwenden. Sobald sich Gelegenheit dazu findet, will ich die Sache näher untersuchen, und wenn er dann beweisen kann, daß er kein Engländer ist – nun, so müssen wir ihn eben springen lassen. In einem oder zwei Jahren kehrt das Schiff nach Hause zurück, und dann kann Alles hübsch bedächtig abgemacht werden. Ich denke, Bolt wird Nichts dagegen einzuwenden haben.“

„Er vielleicht nicht, Sir – aber da ist dann die Schiffsmannschaft, Kapitän Cuffe: Denen muß es doch sonderbar vorkommen, daß Desertion und Verrätherei ungestraft ausgehen sollen! Die Schlingel schwatzen und raisonniren ohnehin mehr, als uns zu Zeiten bekannt ist.“

„Ich habe an all' Das gedacht, Winchester. Ihr habt ohne Zweifel schon von so einem Ding, was man einen Königszeugen nennt, gehört? Nun seht, Raoul Yvard wurde auf unserem Schiffe verhört und als Spion verurtheilt, und Bolt diente hiebei als Zeuge. Einige wenige Bemerkungen, geschickt angebracht, werden Aller Ansichten nach dieser Seite herüberhalen, und der Schein ist gerettet, so weit die Mannszucht dabei in's Spiel kommen kann.“

„Ja, Sir, das ist wahr, so kann's gehen: aber in eine schlimme Lage wird der Bursche gerathen, wenn ihn die Matrosen für einen Königszeugen halten! Leute dieser Klasse hassen einen Verräther mehr als die Sünde selber, und sie werden auf Bolt nicht anders herumreiten, als ob er das große Takel der Proserpina wäre.“

„Vielleicht doch nicht; und wenn auch, so ist es doch immer noch besser für ihn, als gehängt zu werden. Der Bursche darf nicht vergessen, daß er einer sehr schlimmen Klemme glücklich entronnen ist, und muß Gott noch für alle Seine Gnade danken! Ihr könnt ja darauf halten, daß er nicht unnöthig geplagt wird. So schickt also dem Profoß noch vor Schlafengehen den Befehl zu, Winchester, daß er dem Burschen die Ketten abnehme, und laßt ihn dann in einer Abtheilung einreihen.“

Dieß brachte Ithuels Angelegenheit wenigstens für den Augenblick in's Reine.

Cuffe gehörte zu den Männern, welche immer abgeneigt sind, eine Sache auf's Aeußerste zu treiben, und es doch auch wieder schwierig finden, ihre Pflicht im vollen Umfange zu erfüllen. Auf der Proserpina war nicht ein einziger Offizier, der irgend ernstliche Zweifel darüber gehabt hätte, welchem Lande Bolt angehöre, wenn gleich kein einziger es offen zu bekennen wagte. Ithuel hatte viel zu viel ›Granit‹ an sich, als daß wirkliche Engländer sich lange seinethalben hätten täuschen können, und selbst wenn gar kein anderer Beweis vorhanden gewesen wäre, so würde eben jene Sprache, auf die sich der Gepreßte so viel zu Gute that, seine Abstammung verrathen haben. Aber eben dazumal war auch jedes englische Kriegsschiff von einer Zähigkeit beseelt, welche eine athletische Hand nicht so leicht wieder entschlüpfen ließ, wenn sie dieselbe einmal erfaßt hatte. In einem großen und thatenreichen Dienste, wie der von Großbritannien, mußte nothwendig zwischen den einzelnen Schiffen ein gewisser esprit de corpsentstehen, der das eine zum Nebenbuhler des anderen machte; das wesentlichste Erforderniß der Thätigkeit waren aber – Matrosen, und so kam es denn, daß man jeden einzelnen Mann mit einem Widerstreben entließ, das man mit angesehen haben mußte, um es richtig würdigen zu können.

So konnte sich denn auch Cuffe nicht entschließen, Ithuel volle Gerechtigkeit angedeihen zu lassen, und doch wollte er das Unrecht auch nicht so weit treiben, um ihn zur Untersuchung und Strafe zu ziehen. Nelson hatte die Sache, wie gesagt, seiner Beurtheilung überlassen, und so beschloß er denn, die zugestandene Erlaubniß demgemäß zu benützen.

Wäre der Fall mit dem New-Hampshire Manne dem brittischen Admirale gehörig vorgetragen worden – er hätte ohne Weiteres seine Freilassung befohlen. Nelson stand dem Wettstreit der einzelnen Schiffe zu ferne, und wurde in der Regel von zu hohen Motiven geleitet, als daß er der Ungerechtigkeit zugänglich gewesen wäre, einen Ausländer gezwungen in seinem Dienste zurückzuhalten: denn nur so lange er unter dem schon oben erwähnten bösen Einflusse stand, hörte er auf, gerecht und hochherzig zu sein. Er hatte seine Vorurtheile, und in manchen Fällen sogar sehr starke Vorurtheile: so stand z. B. Amerika in seinen Augen nur um Weniges höher als Frankreich, der Hauptgegenstand seines Hasses. Die erste dieser Antipathien war bei ihm nicht ganz ohne Grund, denn neben der Abneigung, welche die Geschichte der cisatlantischen Republik nothwendig in ihm erzeugen mußte, hatte ihm der Zufall noch in Westindien Gelegenheit gegeben, die Betrügerei, Falschheit und Habgier einer gewissen Menschenklasse kennen zu lernen, welche unseren Nationalcharakter eben nicht in seinem glänzendsten und anziehendsten Kolorite darstellen. Dennoch war er zu geradsinnig, um wissentlich eine Ungerechtigkeit zu unterstützen, und zu ritterlich, um sogar einen Amerikaner zu unterdrücken.

Ithuel war indeß einem Manne in die Hände gefallen, der nur wenig von den hohen Eigenschaften des Admirals aufzuweisen hatte, sich dafür aber auch von dessen hervorragenderen Schwächen ferne hielt – einem Manne endlich, der von eben jenem Geiste des Wetteifers zwischen den einzelnen Schiffen auf's Innigste beseelt war.

Winchester befolgte natürlich die erhaltenen Befehle. Er ließ den Profoß in seiner Hängematte wecken, und befahl ihm, Ithuel Bolt auf das Quarterdeck zu bringen.

„In Folge der Ereignisse von heute Morgen hat Kapitän Cuffe den Befehl gegeben, dich, Ithuel Bolt, freizulassen und wieder in den Dienst einzureihen," begann der Premierlieutenant so laut, daß er von Allen in der Nähe vernommen werden konnte. „Du wirst ohne Zweifel eine solche Milde zu würdigen wissen und von nun an mit um so größerem Eifer deinem Dienste obliegen. Vergiß nie, daß du die Raaschlinge so zu sagen schon um den Hals gehabt hast. Morgen früh soll dir Posten und Lagerstätte angewiesen werden.“

Ithuel war zu verschlagen, um in diesem Augenblicke zu antworten. Er sah recht gut ein, warum er dießmal der Strafe entgangen war, und seine Hoffnung erneuerte sich, daß er einst noch ganz vom Dienste befreit werden würde. Doch wollte es ihm nicht recht hinunter, daß er für einen Angeber oder › *Staats*zeugen‹, wie Ithuel es nannte, gelten sollte, denn in den Augen des gemeinen Mannes macht sich ein Solcher einer weit größeren Sünde schuldig, als wenn er tausend gewöhnliche Verbrechen begehen würde.

Darum aber kümmerte sich Winchester sehr wenig. Er entließ den Neugeworbenen, verplauderte noch einige Minuten mit Yelverton, der die Wache hatte, und gähnte ein- oder zweimal ziemlich vernehmlich: dann ging er in seine Kajüte und war nach zehn Minuten in tiefen Schlaf versunken.

Zwanzigstes Kapitel

Weiß wie ein Segel aus der dunst'gen See,
Wenn halb der Horizont bewölkt ist und halb offen:
Hochflatternd zwischen Meer und Himmelshöh' –
So strahlt dem Mann sein Letztes noch – sein Hoffen.

Die Insel.

Die Morgendämmerung des folgenden Tages wurde auf den verschiedenen englischen Schiffen, die am Eingange des Golfes von Salerno lagen, mit großer Spannung erwartet. Cuffe und Lyon hatten schon am Abend zuvor speziellen Befehl gegeben, sie zeitig zu wecken, und selbst Sir Frederick Dashwood ließ sich schon am frühen Morgen von dem wachhabenden Offiziere Rapport erstatten.

Cuffe war schon eine volle halbe Stunde vor Tagesanbruch aufgestanden. Er stieg sogar selbst nach dem großen Mars hinauf, um sobald als möglich einen weiten Ueberblick über den Horizont zu gewinnen. Griffin hatte ihn dabei begleitet, und Beide beobachteten, an die große Wand des Hauptmastes gelehnt, die langsame Annäherung der Morgenstrahlen, welche sich allmählig über das ganze Panorama ergoßen, das an Schönheit und Lieblichkeit Alles überbot, was die italienischen Landschaften sonst schon so reizend macht.

„ *Gegen das Land* hin ist nichts zu bemerken,“ rief Cuffe, sobald das Tageslicht nur einigermaßen einen Blick nach der Küste erlaubte, im Tone der Enttäuschung. „Sollte er sich wirklich *außerhalb* befinden, so wäre unser Werk erst halb gethan!“

„Dort drüben, dicht am Lande, ist ein weißer Punkt zu bemerken, Sir," erwiederte Griffin, „hier, in der Richtung dieser Ruinen, von denen unsere jüngeren Herren, die neulich in den Booten einen Ausflug dahin machten, so viel Wunderbares erzählen. Ich halte es übrigens blos für eine Felucke oder eine Sparanara: da ist der Pieck eines Segels, das nicht luggerartig aussieht."

„Was ist das hier, Griffin? – seewärts gegen Nordwesten. Ist's nicht zu groß für den Few-Folly?"

„Das muß die Terpsichore sein, Sir. Es ist gerade der Punkt, wo sie sich befinden *sollte*, wenn ich die Befehle richtig verstand, und Sir Frederick wird sie, denke ich, wohl dahin geführt haben. Dort drüben aber, am nördlichen Bord, ist ein Segel, das wohl dem Lugger angehören könnte: es steht gerade gegenüber von Campanella, nicht weit von dem nördlichen Rande der Bai."

„Beim heiligen Georg! das *muß* der Lugger sein; Monsieur Yvard hat ihn die ganze Zeit über in der Umgegend von Amalfi versteckt gehalten! Laßt uns hinabsteigen, Sir, und Alles, was nur ziehen kann, mit einem Male einsetzen."

Zwei Minuten später stand Griffin auf dem Verdeck, ließ die Raaen anhalen und Alles zum Einsetzen der Segel bereit halten. Wie gewöhnlich wehte ein schwacher Wind aus Südwesten, der dießmal beinahe gerade die Richtung ihres Kurses bezeichnete. Die Leesegelspieren wurden ausgesteckt, die Segel eingesetzt, und das Gallion des Schiffes gegen Norden, etwas seewärts von dem Gegenstande, auf den man Jagd machte – gestellt.

Die Proserpina hatte in diesem Augenblicke die Landspitze von Piane und das Dörfchen Abate fast gerade hinter sich. Die Geschwindigkeit des Schiffes mochte ungefähr vier Knoten, und die Entfernung quer über die Mündung des Golfs nahezu dreißig Meilen betragen. Demnach hätte die Fregatte acht Stunden nöthig gehabt, um diesen Zwischenraum selbst bei anhaltendem Winde zurückzulegen – und letzterer Fall war zu dieser Jahreszeit ziemlich unwahrscheinlich. Eine Woche später waren heftige Südwinde zu erwarten: für den augenblicklichen Zweck aber schien diese Woche den Harrenden die ganze Dauer eines Jahrhunderts einzuschließen.

Nach einer halben Stunde hatte man sich auf dem Verdeck der Proserpina überzeugt, daß das feindliche Schiff, wie die Fregatte selber, seewärts abhielt und gegen die Berge von Amalfi steuerte. Seine Geschwindigkeit mochte jener der Fregatte so ziemlich gleich kommen, denn sobald diese todt vor dem Winde lag, zählte sie nur noch zu den gewöhnlichen Seglern, während ihre große Ueberlegenheit erst dann eintrat, wenn sie die Brise vorwärts zwischen die großen Segelbalken brachte.

Beim ersten Anblick hatte man die Entfernung bis zu dem fremden Schiffe auf ungefähr fünfzehn Meilen geschätzt, da seine Leinwand klein und unförmlich erschien; jetzt aber begannen über sein Takelwerk, seine Größe und Entfernung allerhand Zweifel aufzutauchen. War es ein großes, hohes Schiff, so mußte es natürlich um ein Bedeutendes weiter entfernt stehen, und – war es ein großes, hohes Schiff, so konnte es nicht der Irrwisch sein.

Die andere Fregatte richtete sich in ihrem Kurse nach der Proserpina und steuerte quer über den Golf nach dem nördlichen Rande desselben – ein sicheres Zeichen, daß auch von ihren Toppmarsen aus Nichts sichtbar war, was sie zu einer andern Richtung hätte bestimmen können.

Nach zwei Stunden war übrigens am Borde der Terpsichore kein Zweifel mehr darüber, daß man sich auf einer falschen Fährte befand, und daß das leewärts liegende Schiff ihr eigener Kamerad, die Schaluppe, war. Lyon hatte nämlich, von heftigem Verlangen getrieben, die Prise vorher zu bekommen, ehe sie von den beiden andern Schiffen gesehen würde – die Ringeltaube mitten in den Golf hineingeführt, und Cuffe und Sir Frederick auf diese Art irre geleitet.

„Es ist kein Zweifel mehr!" rief der Kapitän der Proserpina, und senkte das Glas mit einem Unwillen, der sich in seinem ganzen Wesen unverkennbar aussprach; „es ist ein größeres Schiff, Winchester, und muß, wie Ihr sagt, die Ringeltaube sein: was Teufels der alte Lyon da drinnen zu schaffen hat, wenn er nicht etwa dicht am Lande etwas Feindliches bemerkt – das kann ich nicht verstehen. Da übrigens in dieser Region offenbar Nichts zu entdecken ist, so wollen wir doch einmal halten und uns selber umschauen."

Damit war die Hoffnung auf einen Erfolg so ziemlich vernichtet. Die Offiziere fingen an zu vermuthen, daß ihr Ausgucker auf Campanella sich getäuscht, und eine Felucke oder vielleicht eine Schebecke für den Lugger angesehen habe, da man beiderlei Fahrzeuge auf einige Meilen Entfernung wohl mit einander verwechseln konnte.

An dem ganzen Irrthum waren übrigens Die auf dem Schiffe selber schuldig. Der Offizier, den man auf die Höhen geschickt hatte, war ein verschmitzter, erfahrener Untersteuermann, der Alles, was zu seinem besonderen Wirkungskreise gehörte, vortrefflich inne hatte, sonst aber beinahe gar nichts verstand. Wäre sein Hang zur Trunkenheit nicht gewesen, so wäre er schon längst zum Lieutenant vorgerückt, da er in der That länger als Winchester in der Marine diente; doch seiner eigenen Schwäche wohl bewußt, gehörte er zu einer Menschenklasse, welche das Avancement mehr wie eine Gottesgabe als wie ein Recht betrachtete, und hatte sich deßhalb längst in den Kopf gesetzt, daß er in seiner gegenwärtigen Stellung zu leben und zu sterben bestimmt sei, worüber denn jedes Verlangen nach etwas Höherem so ziemlich in ihm erloschen war. Der Name dieses Mannes war Clinch. In Folge seiner langen Erfahrung wurde die Meinung des Mates, wenn es den ihm eigenen Wirkungskreis betraf, – so lange er nämlich nüchtern war – von den Vorgesetzten sehr geachtet, und da er so vorsichtig war, im Dienste nie anders als nüchtern zu erscheinen, so hatte ihm seine Schwäche nur selten ernstliche Unannehmlichkeiten zugezogen. Cuffe hatte ihn in der schönsten Hoffnung und in der festen Ueberzeugung auf die Höhen von Campanella gestellt, daß, wenn irgend Etwas zu sehen wäre, es seinem Adlerblicke gewiß nicht entgehen würde.

Doch dieses Vertrauen war jetzt völlig getäuscht, und als dem Kapitän eine halbe Stunde später gemeldet wurde, ›der Kutter komme mit Mr. Clinch den Golf herunter auf sie zugesegelt‹, konnte Ersterer selbst den Namen seines betrunkenen Lieblings nicht ohne Verdruß anhören. Wie gewöhnlich, wenn er übler Laune war, ging er auch dießmal bei der Annäherung des Bootes in seine Kajüte, und hinterließ den Befehl, den Offizier, sobald er an Bord gekommen wäre, zu ihm hinabzuschicken.

Fünf Minuten später sah man Clinch sein finsteres, wetterzerschlagenes, aber dennoch hübsches, rothes Gesicht zur Kajütenthüre hereinstrecken.

„Nun, Sir," begann der Kapitän in ziemlich hochfahrendem Tone, „eine verd – t hübsche Wildgänsejagd das, auf die Ihr uns Alle in diesen Golf heruntergeschickt habt! Der Südwind ist schon jetzt im Ersterben, und in einer halben Stunde wird wohl das Pech auf den Schiffen schmelzen, so windstill werden wir daliegen: kommt der Wind, so bläst er aus Westen und bringt uns sammt und sonders vier bis fünf Meilen todt nach leewärts."

Clinch hatte sich durch seine lange Erfahrung im Seedienst die nützliche Lehre eingeprägt, daß man sich vor einem Sturme bücken müsse und ihm nicht Trotz zu bieten suchen dürfe. So oft er ›geriffelt‹ wurde, zeigte sich in seinem Gesicht ein Ausdruck der Ueberraschung, der höchst komisch mit dem der Zerknirschung wechselte, und jedesmal zu sagen schien – ›was hab' ich denn gethan?‹ oder ›wenn ich Etwas unrichtig angegriffen, da seht nur, wie mir's leid thut‹. – Auch bei der jetzigen Veranlassung trat er dem Kommandirenden mit der angedeuteten Miene entgegen, und es gelang ihm auch dießmal, wie immer, ihn dadurch einigermaßen zu besänftigen.

„Nun, Sir, erklärt einmal die Sache, wenn's Euch gefällig ist," begann Cuffe nach augenblicklicher Pause auf's Neue.

„Wollt Ihr mir gefälligst sagen, Sir, was Ihr erklärt zu haben wünscht?" fragte Clinch, und das Erstaunen in seinen Zügen schien sich eher noch zu steigern.

„Das ist eine sonderbare Frage, Mr. Clinch! Ich wünsche eine Erklärung über das Signal, das Ihr von jener Landspitze aus gezeigt habt, Sir. Habt Ihr nicht unserem Schiffe durch Signale zu verstehen gegeben, daß Ihr den Few-Folly hier herunter gegen Süden segeln sähet?"

„Ja, Sir, und ich bin froh, daß kein Mißverständniß in der Sache vorgefallen ist," antwortete Clinch mit dem zuversichtlichen Tone eines Mannes, der sich von einer Besorgniß erleichtert fühlt. „Ich *fürchtete* Anfangs, Kapitän Cuffe, mein Signal möchte nicht richtig verstanden worden sein."

„Verstanden! Wie hätte es denn mißverstanden werden können? Ihr zeigtet ja eine schwarze Balle, und das bedeutet: ›der Lugger läßt sich sehen‹. Ihr werdet das hoffentlich nicht läugnen wollen?"

„O nein, Sir; eine schwarze Balle bedeutet: ›der Lugger läßt sich sehen‹. Das ist's gerade, was ich zeigte, Kapitän Cuffe."

„Und *drei* schwarze Ballen zusammen, zum Zeichen, daß ›er gerade südlich von Capri steuert‹. – Was habt Ihr *darauf* zu sagen?"

„Alles richtig, Sir. Drei schwarze Ballen zusammen bedeutet: ›er steuert gerade südwärts von Capri‹. Die Entfernung habe ich deßhalb nicht angegeben, Kapitän Cuffe, weil mir Mr. Winchester kein Signal dafür mittheilte."

„Und diese Signale habt Ihr alle halbe Stunden, so lang es Tag war, ja sogar bis zum Aufbruch der Proserpina – erneuert?"

„Alles meiner Ordre zufolge, Kapitän Cuffe, wie Mr. Winchester Euch bezeugen wird. Ich sollte das Signal, so lange der Lugger zu sehen wäre und bis zum Einbruch der Nacht, alle halbe Stunden wiederholen."

„Ja, ja, Sir; aber Ihr hattet keine Ordre, uns nach einem Irrwische auszusenden, oder die nächste beste Schebecke von einer der griechischen Inseln für einen leichten, lenksamen, französischen Lugger anzusehen."

„Das that ich auch nicht, Kapitän Cuffe – ich bitte um Verzeihung, Sir. Ich signalisirte den Few-Folly und nichts anderes, darauf kann ich Euch mein Wort geben."

Cuffe fixirte den Untersteuermann eine halbe Minute lang mit strengem Blick, und unmerklich fühlte er seinen Zorn sich mindern.

„Ihr seid ein zu alter Seemann, Clinch, um nicht zu wissen, was Ihr vorhattet. Wenn Ihr den Kaper gesehen habt, so seid doch so gut und sagt uns wenigstens, was aus ihm geworden ist?"

„Das ist mehr, als ich sagen kann, Kapitän Cuffe – aber *gesehen* hab' ich ihn, und zwar so deutlich, daß ich sogar sein Bratspill unterscheiden konnte. Ihr wißt, Sir, wie wir ihm bei jener Jagd in der Gegend von Elba seine Bratspillraa abschossen; seit der Zeit hat er eine neue eingesetzt, welche ganz ungewöhnlich nach vorn überhängt. Ich merkte mir das, als wir im Kanal von Piombino abermals mit ihm zusammentrafen, und sobald ich ihn also gestern erblickte, mußte ich ihn doch wohl daran erkennen. Wer den trotzigen Folly einmal gesehen hat, kann ihn nicht leicht verkennen, und ich weiß gewiß, daß er es war, den wir damals, als ich das erste Mal signalisirte, ungefähr vier Meilen südlich vom Kap erblickten."

„Vier Meilen! – Ich hatte mir gedacht, er müsse wenigstens acht bis zehn entfernt sein, und hielt auch in diesem Abstande von ihm ab, um ihn in's Netz zu bekommen. Warum ließet Ihr uns seine Entfernung nicht wissen?"

„Hatte keine Signale dazu, Kapitän Cuffe!"

„Nun denn, warum habt Ihr aber kein Boot abgeschickt, um es uns melden zu lassen."

„Hatte keine Ordre, Sir. War von Mr. Winchester angewiesen, blos den Lugger und seinen Standpunkt zu signalisiren, und das thaten wir deutlich genug, wie Ihr selbst gestehen müßt, Kapitän Cuffe. Ueberdieß, Sir –"

„Nun – überdieß *was*?" fragte der Kapitän, als er den Untersteuermann stocken sah.

„Nun, Sir, wie konnte ich denn wissen, daß irgend Jemand auf der Fregatte glauben könne, ein Lugger sei acht bis zehn Meilen weit zu sehen. Das ist schon eine weite Wasserstrecke, Sir, und man müßte bei einem großen Schiffe schon auf die höchsten Spieren hinaufsteigen, um eine solche Aussicht vor sich zu haben."

„Die Landspitze, auf welcher Ihr standet, ist viel höher als jede Spiere unserer Schiffe."

„Ganz richtig, Sir; aber dazu immer nicht hoch genug, Kapitän Cuffe. Daß ich den Folly sah, das weiß ich so gewiß, als daß ich mich jetzt in Eurer Kajüte befinde."

„Was ist aber dann aus ihm geworden? Ihr seht doch, er ist jetzt nicht mehr im Golfe zu erblicken!"

„Ich vermuthe, Kapitän Cuffe, er wird wohl so lange, als ihm zweckmäßig schien, im gleichen Kurse geblieben sein und dann nach Einbruch der Nacht seewärts gehalt haben. Er hatte übrig genug Raum vor sich, um zwischen den beiden Fregatten in die See hinaus zu gelangen, ohne in der Dunkelheit gesehen zu werden."

Diese Vermuthung war so plausibel, daß sich Cuffe dadurch beschwichtigen ließ – und doch hatte Clinch die eigentliche Tatsache nicht getroffen.

Er hatte den Feu-Follet von seinem erhöhten Standpunkte aus allerdings im Süden gesehen, wie sein Signal gemeldet hatte, und seine Behauptungen über dessen Verfahren, bis die Dunkelheit jede Bewegung verhüllte, waren alle richtig. Statt aber, wie Clinch glaubte, den Golf zu verlassen, hatte der Lugger eine Viertelmeile von Campanella aufgehalt, war um jene Landspitze herumgesegelt, die Küste entlang nordwärts geradezu in den Golf von Neapel eingelaufen, und zwischen Ischia und Capri in die hohe See hinausgesteuert, wobei er eben an jenem Ankerplatze vorüberkam, welchen die drei englischen Schiffe kaum zuvor eingenommen hatten.

Als Raoul sein Schiff verlassen, hatte er befohlen, es wohl vom Lande ab und gerade so unter seinem Bratspillsegel zu halten, daß man Ischia und Capri fortwährend im Auge behielte. Da das Bratspill ein niedriges Segel ist, und ein Lugger überhaupt keine hohen Masten hat, so war dieß eines der gewöhnlichen Hilfsmittel von Kreuzern dieser Art, wenn sie lästiger Beobachtung entgehen wollen.

Monsieur Pintard, Raouls erster Lieutenant, hatte von demselben Punkte aus, wo Clinch postirt worden war, ein Signal von seinem Kommandanten erwartet; da er keines erhielt, war er nach Einbruch der Dunkelheit längs der Küste hingezogen, in der Hoffnung, den Standpunkt des Vermißten durch das Abbrennen eines blauen Lichtes zu entdecken. Als auch dieses fehlschlug, war er so zeitig vom Lande abgesteuert, daß er noch vor der Wiederkehr des Tageslichts die offene See erreichen und sodann die Morgenbrise zur Weiterfahrt benützen konnte.

Gerade die Kühnheit dieses Manövers war es, welche den Lugger rettete; denn Lyon kam kaum zwanzig Minuten früher durch den Paß zwischen Capri und Campanella, ehe Pintard blos mit eingesetztem Klüver- und Bratspillsegel dicht am Fuße des felsigen Kapes vorüberzog und sich ängstlich nach einem Signale seines Kapitäns umschaute. Die Franzosen konnten die Kriegsschaluppe ganz deutlich sehen, und mit Hilfe ihrer Nachtgläser sogar ihren Charakter entdecken, hielten sie jedoch irrigerweise für ein anderes Schiff, das nach Sicilien oder Malta bestimmt war: ihr eigenes Fahrzeug dagegen entging jeder Beobachtung des Feindes, Dank dem kleinen Segel, das sie führten, ihrer niedrigen Takelage und ihrer Lage in der Nähe des Landes, wodurch das Schiff eine dunkle Felsenreihe zum Hintergrund erhielt.

Clinch hatte nach Eintritt der Dunkelheit von den Bewegungen des Luggers nichts mehr gesehen, da er sich, sobald er bemerkte, daß sein eigenes Schiff in See gegangen und er mit seiner Bootsmannschaft zurückgelassen war, in das Dorf St. Agata zurückgezogen und nach einem Nachtlager umgesehen hatte. Am folgenden Morgen war er, so wie er die Fregatte südwärts entdeckte, alsbald vom Lande gestoßen und, wie schon erzählt, nach seinem eigenen Schiffe zurückgerudert.

„Wo habt Ihr die Nacht zugebracht, Clinch?“ fragte der Kapitän, nachdem sich Beide über das wahrscheinliche Entkommen des Luggers besprochen hatten – „doch nicht auf den Höhen und unter freiem Himmel?“

„Auf den Höhen und unter der großen Himmelsdecke, welche uns Beide schon oft einhüllte, Kapitän Cuffe – nur hatte ich ein gutes neapolitanisches Lehmdach zwischen ihr und meinem Haupte. Sobald es dunkel wurde und ich bemerkte, daß die Proserpina abgesegelt war, entdeckte ich ein Dorf, mit Namen St. Agata, das auf den Höhen und gerade hinter den sogenannten Sirenenfelsen liegt – dort fanden wir ein gutes Unterkommen bis zum Morgen.“

„Es ist ein Glück, daß Ihr die ganze Bootsmannschaft zurückbringt, Clinch. Ihr wißt, bei uns herrscht gerade jetzt im Punkte der Bemannung gewaltige Ebbe, und unseren Burschen darf man hier herum in einem Lande, das steinerne Mauern, guten Wein und hübsche Mädchen im Ueberflusse hat, – nicht allzu viel vertrauen.“

„Ich nehme jedesmal eine Rotte tüchtiger, zuverlässiger Bursche mit mir, Kapitän Cuffe. Mir ging in diesen letzten fünf Jahren noch nie ein Mann von einem Boote verloren.“

„Da müßt Ihr wohl ein Geheimniß besitzen, das ich gerne wissen möchte, denn sogar auf den Admiralschiffen kommt's zuweilen vor, daß einer von der Barkenmannschaft durchgeht. Ihr werdet vermuthlich lauter verheirathete Bursche mitnehmen, welche ihren Weibern mit der Festigkeit eines Pflichtankers anhängen – das soll oft ein recht gutes Mittel sein.“

„O keineswegs, Sir. Ich versuchte es Anfangs, bis ich fand, daß die Hälfte der Bursche gerne davon gelaufen wäre, nur um ihrer Weiber auf diese Art los zu werden. Die Portsmouther und Plymouther Heirathen bringen nicht immer so großes Glück, Sir, und von den Ehemännern würden viele nach Ablauf des Honigmonats die Sache gerne mit *einem* Risse abbrechen. Erinnert Ihr Euch nicht, Sir, als wir noch zusammen auf dem Blenheim waren, verloren wir von der Bemannung des Langboots eilf Mann auf einmal, und es stellte sich heraus, daß neun davon liederliche Vagabunden waren, Sir, welche weinende Weiber und arme Kinder zu Haus im Stiche ließen!“

„Jetzt, da Ihr mich d'ran erinnert, kann ich mich allerdings eines derartigen Vorfalls entsinnen. – Nehmt Euch einen Stuhl, Clinch, und trinkt ein Glas Grog mit mir. Toni, stelle eine Flasche Jamaika vor Mr. Clinch. Ich habe sagen hören, Ihr selbst seid verheirathet, mein galanter Herr Untersteuermann."

„Du lieber Gott! Kapitän Cuffe, das ist so eine Geschichte von unseren jungen Herren. Wenn Einer Alles glauben wollte, was sie sagen – die christliche Religion würde bald ihrer eigenen Klüse dwarsab gegenüber kommen, und was die Moral betrifft, da würde Jeder nur aufs Gerathewohl in den Tag hineinleben," antwortete Clinch, nach einem höchst dankbaren Zuge mit den Lippen schnalzend. „Wir haben in dieser gesegneten Minute eine gewaltige Rotte von Sausewinden am Bord unserer Fregatte, Kapitän Cuffe, Sir, und Mr. Winchester hat mit ihnen alle Hände voll zu thun! Ich muß mich oft nur über seine Geduld wundern, Sir!"

„Wir sind selbst einmal jung gewesen, Clinch, und sollten Nachsicht haben mit den Thorheiten der Jugend. Doch was für ein Nachtlager fandet Ihr heute Nacht auf jenen Felsen da drüben?"

„Nun, Sir, so gut als man's außerhalb Alt-England erwarten kann. Ich traf eine ältliche Frau, die sich Giuntotardi nannte – das ist doch gutes, geregeltes Italienisch, nicht wahr, Sir?"

„Allerdings – doch Ihr sprecht ja, glaub' ich, diese Sprache, Clinch?"

„Nun, Sir, ich habe mich so lange in der Welt herumgetrieben, daß ich jede Sprache so ein bischen verstehe, da ich's bequem finde, zumal wenn man sich nach Speise und Trank umzusehen hat. Wir Beide – die alte Dame und ich haben einen herrlichen Rocken mit einander abgesponnen, Sir. Es scheint, sie hat eine Nichte und einen Bruder in Neapel, welche schon gestern Nacht hätten zurück sein sollen, und so war sie denn ihrethalben in großen Aengsten, und verlangte immer zu wissen, ob unser Schiff nichts von den Vermißten entdeckt habe."

„Bei St. Georg! Clinch, da hättet Ihr herrlich sondiren können, wenn Ihr es nur gewußt hättet! Unser Gefangener ist auch in jener Gegend gewesen, und wenn wir die alte Frau gehörig ausfragen könnten, würden wir vielleicht einigen Aufschluß über seine Manöver erhalten. Ich hoffe, Ihr seid als gute Freunde geschieden?"

„Als die besten von der Welt, Kapitän Cuffe. Wer mich gut bewirthet und beherbergt, braucht mich nie als Feind zu fürchten."

„Dafür will ich garantiren! Das ist auch der Grund, warum Ihr so loyal seid, Clinch."

Das finstere, rothe Gesicht des Untersteuermanns zuckte ein klein wenig, und wenn auch sein Blick nicht alle Schattirungen seiner inneren Bewegung aussprach, so äußerte er letztere wenigstens dadurch, daß er überall hin, nur nicht dem Kapitän in's Auge schaute. Es war jetzt zehn Jahre, daß er hätte Lieutenant werden sollen, denn dem Dienstalter nach wäre er sogar vor Cuffe selbst gekommen, und sein Gewissen mahnte ihn sehr empfindlich an zweierlei Umstände, erstens – an seine lange und harte Probezeit, und zweitens daran, daß – er selbst in hohem Grade die Schuld derselben trug.

„Ich liebe Seine Majestät, Sir," bemerkte Clinch, nachdem er sich geräuspert, „und wenn's mir selber irgend hart geht, so lege ich es nie Ihm zur Last. Aber Gedächtniß wird eben immer Gedächtniß bleiben, und so muß ich mich trotz all' meines Widerstrebens zuweilen doch daran erinnern, was ich *hätte* werden *können* und was ich wirklich *geworden* bin. Seine Majestät ernährt mich allerdings – aber mit dem Löffel eines Untersteuermanns, und wenn ich in seinem Dienste eine *Herberge* finde, so ist es doch nur in der Ambülance."

„Ich bin schon oft und Jahre lang Euer Schiffskamerad gewesen," antwortete Cuffe gutmüthig, doch nicht ganz ohne die Miene des Vorgesetzten; „und Niemand kennt Eure Geschichte besser als ich. Es sind nicht sowohl Eure Freunde, welche Euch im Nothfalle im Stiche ließen, als vielmehr ein gewisser Feind, dessen Gesellschaft Ihr niemals aufgeben wollt, obgleich er gerade Denen, die ihn am liebsten haben, auch am meisten schadet."

„Ja, ja, Sir – das läßt sich freilich nicht läugnen, Kapitän Cuffe; und doch ist es ein hartes Ding, wenn man seine Tage so ohne alle Hoffnung verleben soll."

Diese Worte wurden in so traurigem Tone gesprochen, daß Cuffe dadurch einen tieferen Blick in Clinchs Charakter gewann, als er seit Jahren hatte thun können, und manche früheren günstigen Eindrücke wurden auf's Neue in ihm angeregt. Clinch war sogar einmal sein Tischgenosse gewesen, und wenn auch Jahre einer entschiedenen Ungleichheit des Rangs eine Schranke in Etikette und Gesinnung zwischen ihnen aufgerichtet hatten, so konnte Cuffe diesen Umstand doch niemals vergessen.

„Es ist allerdings hart, wie Ihr sagt, ohne Hoffnung zu leben," erwiederte der Kapitän; „aber Hoffnung *sollte* ja sogar noch vor dem Tode unser Letztes sein. Ihr dürftet Euch nur noch einmal zusammennehmen, Clinch, ehe Ihr Euch ganz der Verzweiflung hingebt."

„Ich erwähne der Sache nicht sowohl meinethalben, Kapitän Cuffe, als wegen einiger Angehörigen, die noch zu Haus am Leben sind. Mein Vater war einer der achtbarsten Handelsmänner in Plymouth, und als er mich aufs Quarterdeck brachte, glaubte er, was Rechtes aus mir zu machen, statt daß ich jetzt mein Leben in einer Stellung zubringe, die, wie man wohl sagen kann, sogar noch geringer als seine eigene ist."

„Da schätzt Ihr aber Euren eigenen Posten zu gering, Clinch. Die Stelle des Untersteuermanns auf einer von Seiner Majestät schönsten Fregatten ist etwas, worauf man stolz sein darf; ich war auch einmal Untersteuermann – ja sogar Nelson hat ohne Zweifel denselben Posten ausgefüllt. Was das betrifft, so kann ja selbst einer von Seiner Majestät eigenen Söhnen durch diese Rangstufe weiter gegangen sein."

„Ja, ja, Sir, *durch* sie weiter gegangen, wie Ihr sagt," erwiederte Clinch mit hohler Stimme. „Für die, welche *durch* dieselbe gehen, mag das ganz gut sein, aber für solche, die dabei *stehen bleiben* – ist's der Tod. Für einen Midshipman ist's wie eine

Feder, die er sich auf den Hut steckt, wenn er einmal Mate wird; in meinem Alter aber ist's keine Ehre mehr, Mate zu sein, Kapitän Cuffe."

„Wie alt seid Ihr, Clinch? – Nicht viel älter als ich."

„Aelter als Ihr, Sir! – Der Unterschied in den Jahren ist zwischen uns freilich nicht so groß, als der im Rang, obwohl ich die Zweiunddreißig nie mehr erleben werde. Bei all' Dem ist's aber nicht sowohl *das*, als der Gedanke an meine arme Mutter, die ihr Herz daran gehängt hat, mich mit Seiner Majestät Offizierspatent in der Tasche zu sehen, und noch an eine zweite Person, die einem Manne ihr Herz schenkte, der leider ihrer Neigung niemals würdig war."

„Das ist mir neu, Clinch," versetzte Cuffe mit Theilnahme. „Man denkt so selten an die Heirath eines Steuermannsmate's, daß der Gedanke, Ihr könntet so etwas im Sinne haben, mir höchstens im Scherze gekommen wäre."

„Steuermannsmate's *haben* schon geheirathet, Kapitän Cuffe, und jedesmal hat's ein erbärmliches Ende mit ihnen genommen. Doch Johanna und ich haben uns entschlossen, ledig zu bleiben, so lange wir nicht glänzendere Aussichten vor uns haben, als meine jetzigen Hoffnungen sie gewähren können."

„Ist es aber auch ganz recht, Jack, ein armes junges Mädchen in einem Alter, wo sie noch die besten Aussichten zu einer vortheilhaften Verbindung vor sich hat – so auf's Ungewisse hin im Schlepptau mit sich zu führen?"

Clinch starrte seinen Kommandanten an, bis sich seine Augen mit Thränen füllten. Das Glas hatte seine Lippen nicht mehr berührt, seit das Gespräch diese Wendung genommen hatte, und der gewöhnlich harte, resignirte Ausdruck seiner Züge zeigte noch einmal das Gepräge menschlicher Empfindung.

„Es ist nicht meine Schuld, Kapitän Cuffe," antwortete er leise; „es sind jetzt volle sechs Jahre, seit ich in sie drang, daß sie mich aufgeben sollte: aber sie wollte nichts davon hören. Ein sehr achtbarer Anwalt freite um sie, und ich bat sie sogar selbst, seine Hand anzunehmen. – Der einzige unfreundliche Blick, den ihr Auge je auf mich geworfen, traf mich damals, als sie jene Bitte von mir vernahm, die, wie sie sagte, in ihren Ohren beinahe wie gottlos klang. Sie wollte eines Seemanns Gattin sein oder als Mädchen sterben."

„Das Mädchen hat wohl unglücklicherweise einige romantische Ideen über unsern Stand im Kopfe, Clinch, und gerade solche Geschöpfe sind immer am schwersten davon zu überzeugen, was zu ihrem eigenen Besten gereicht."

„Johanna Weston! – Sie nicht, Sir; es ist nicht mehr Romantik in ihrem ganzen Wesen, als auf den Denkblättern eines Gebetbuchs. Sie ist nichts als *Herz*, die arme Johanna! und wie *ich* dazu kam, dieses Herz so fest an mich zu fesseln, das ist mir immer noch ein Räthsel, Kapitän Cuffe. Ich *verdiene* gewiß ihre Liebe nicht zur Hälfte, und fange nun sogar an, daran zu verzweifeln, ob ich je im Stande sein werde, ihr dafür zu lohnen."

Clinch war noch immer ein hübscher Mann, obgleich das Seemannsleben und der ihm eigene schlimme Hang in seinem von Natur freien, offenen und einnehmenden

Gesichte bereits einige Spuren hinterlassen hatte. Jetzt war nur tiefe Angst darauf zu lesen, wie sie zu Zeiten sein Herz überfiel, wenn sich die Hoffnungslosigkeit seiner Lage seiner Seele in ihrem vollen Umfange darstellte.

Cuffe fühlte sich tief gerührt, denn er erinnerte sich der Zeit, da sie Tischgenossen gewesen waren, und die Zukunft dem Einen ebensoviel wie dem Andern zu versprechen schien, obgleich der Kapitän schon damals den Vorzug der Geburt voraus hatte. Clinch war ein ausgezeichneter Seemann und tapfer wie ein Löwe: auch hatte er sich dadurch die Achtung seiner Kameraden in einem Grade erworben, daß sie sogar durch seine gelegentliche Selbstvergessenheit nie mehr ganz verwirkt werden konnte. Es gab sogar Einige, die ihn für den geschicktesten Seemann auf der Proserpina erklärten, und wenn diese Geschicklichkeit auf die treffliche Handhabung und Wartung des Schiffes selbst in den gefährlichsten Augenblicken beschränkt wurde, so mochte diese Behauptung auch wahr sein.

Alle diese Umstände veranlaßten Cuffe in den jetzigen Kummer des Steuermannsmate's weit tiefer einzugehen, als er wohl sonst gethan haben würde. Statt ihm aber die Flasche zu reichen, deren unmäßigem Genusse sich der Andere, wie Cuffe jetzt wohl fühlte, aus getäuschter Hoffnung hingegeben hatte – schob er sie sachte bei Seite und reichte seinem alten Tischgenossen die Hand, indem er für einen Augenblick jeden Unterschied des Ranges zu vergessen schien.

„Jack, mein ehrlicher Junge," begann er in freundlichem, vertraulichem Tone, der Clinchs Ohren schon lange fremd geworden war – „Ihr habt noch guten Stoff in Euch, wenn Ihr ihm nur Raum zur Entwicklung gewähren wolltet. Rafft Euch auf wie ein Mann, nehmt Euch nur wenige Monate zusammen, und es wird sich wohl etwas ereignen, das Euch noch Eure Johanna wiedergeben und Eurer alten Mutter Herz erfreuen kann."

Es gibt Perioden im Leben der Menschen, wo ein paar gütige Worte, eine freundliche Handlung Tausende menschlicher Wesen vom Untergang retten können. – Dieser Art war auch die Krisis in Clinchs Lebensschicksale. Er hatte die Hoffnung beinahe aufgegeben, und nur manchmal war sie auf's Neue in ihm erwacht, wenn er einen ermunternden Brief von seiner standhaften Johanna erhalten hatte, welche hartnäckig jede unvortheilhafte Meinung über ihn von sich wies und jeden Vorwurf wie eine schwere Sünde verschmähte. Um aber die Wirkung, welche des Kapitäns Worte und ganzes Wesen auf den Untersteuermann hatten, ganz zu begreifen, muß man nothwendigerweise den Einfluß kennen, welchen auf einem Kriegsschiffe der höhere Rang ausübt. Die hellen Thränen stürzten Clinch aus den Augen, und er drückte die Hand seines Kommandanten in krampfhafter Bewegung.

„Was kann ich thun, Sir? Kapitän Cuffe, was kann ich thun?" rief er. „Meinen Dienst hab' ich zwar noch *nie* vernachlässigt; doch gibt es Augenblicke der Verzweiflung, wo ich die Last zu hart zu tragen finde, ohne zur Flasche meine Zuflucht zu nehmen."

„So oft Einer aus einem solchen Grunde trinkt, Clinch, möchte ich ihm immer rathen, sich dessen lieber ganz und gar zu enthalten. Er darf sich selbst nicht mehr vertrauen, und was er seinen Freund nennt, ist in Wahrheit sein bitterster Feind.

Folgt mir, Clinch – schlagt sogar Eure Rationen aus – entschließt Euch, gänzlich frei zu sein. Eine Woche – ja sogar ein Tag kann Euch wieder eine Stärke geben, welche Euch in Stand setzt, ganz zu überwinden, indem Ihr Eure Vernunft wieder walten laßt. Abwesenheit vom Schiff hat Euch gelegentlich mit dem Laster befreundet, denn das Wenige, was Ihr hier zu Euch genommen, war nicht hinreichend, um Euch zu schaden. Wir haben jetzt eben eine höchst interessante Aufgabe vor uns, und ich will Euch auf eine Art zu thun geben, die von großer Wichtigkeit für Euch werden kann. Macht nur, daß Euer Name einen hübschen Platz in einer Depesche findet, und das Patent ist Euch gesichert. Nelson liebt es überhaupt alte Theerjacken vorzuziehen, und nichts würde ihn glücklicher machen, als wenn er Euch dienen könnte. Ihr dürft mir nur Veranlassung geben, es von ihm zu verlangen, und ich stehe Euch für den Erfolg. Gerade Euer Besuch in der Hütte dieser Frau könnte nicht ganz ohne Folgen sein – so sorgt also dafür, daß Ihr Eurem Glücke nicht selbst aus dem Wege geht."

„Gott segne Euch, Kapitän Cuffe; Gott segne Euch, Sir!" antwortete Clinch tief erschüttert – „ich will versuchen, so zu handeln, wie Ihr wünscht."

„Gedenkt Johanna's und Eurer Mutter. Wer ein Mädchen besitzt, das sein Glück ganz von des Mannes Existenz abhängig macht, der müßte wahrlich ein unvernünftiges Thier sein, wenn er den Kampf nicht mit allen Kräften aufnähme."

Clinch stöhnte, denn Cuffe griff tief in seine Wunde, wenn gleich in der edlen Absicht, sie zu heilen. In seinem Seelenschmerze auf dem Stuhle sich krümmend, wischte sich der Untersteuermann endlich den Schweiß vom Gesicht, und gewann allmählig seine Selbstbeherrschung so weit wieder, daß er vergleichungsweise ruhig wurde.

„Wenn mir nur ein Freund den Weg bezeichnen wollte, wie ich das verlorene Terrain wieder gewinnen könnte," sprach er, – „meine Dankbarkeit für ihn sollte erst mit meinem Leben enden, Kapitän Cuffe."

„Nun so hört mich, Clinch – ich will Euch eine Aussicht eröffnen. Nelson liegt an der Beifahung dieses Luggers fast ebensoviel, als ihm nur jemals an dem Zusammentreffen mit einer feindlichen Flotte gelegen. Der Offizier, der ihm bei dieser Veranlassung gute Dienste leistet, darf gewiß sein, daß der Admiral seiner gedenken wird, und ich will Euch jede Gelegenheit hiezu bieten, die nur immer in meiner Macht steht. Geht und kleidet Euch aufs Beste; macht, daß Ihr so stattlich ausseht, als Ihr es wohl im Stande seid, und dann haltet Euch zu einem Bootsdienste bereit. Ich habe vorderhand schon einen Dienst für Euch, welcher der Anfang Eures Glückes sein kann, wenn Ihr anders Eurer Mutter, Johanna und Euch selbst getreu bleibt."

Clinch fühlte sich von neuem Leben durchströmt. Jahre lang schon war er übergangen, war scheinbar vergessen worden, wenn man nicht gerade eines vollendeten Seemannes bedurfte, und selbst der Versuch, sich auf die Proserpina versetzen zu lassen, deren Kommandant ein alter Tischgenosse von ihm war, hatte dem Anscheine nach fehlgeschlagen. Jetzt aber war ihm eine Möglichkeit eröffnet, und ein Strahl der Hoffnung brach, strahlender als je, in die Dunkelheit seiner Zukunft.

Sogar Cuffe war über den frohen Ausdruck in des Steuermanns Zügen und über die Lebendigkeit seiner Bewegungen betroffen, und machte sich insgeheim Vorwürfe darüber, daß er so lange für das wahre Wohl eines Mannes, der doch gewiß Ansprüche an seine Freundschaft besaß, gleichgültig gewesen war.

Und doch war in dem gegenwärtigen Verhältnisse zwischen diesen alten Tischkameraden durchaus nichts Ungewöhnliches. Durch Familie und Freunde begünstigt, hatte Cuffe niemals Ursache gehabt, in Kleinmuth zu verfallen, sondern war mit Glück und Unternehmungsgeist auf seiner Laufbahn weiter geschritten, während der Andere, ohne äußere Stütze und jeder unmittelbaren Gelegenheit, vorwärts zu kommen, beraubt, auf schlimme Abwege gerathen, und nach und nach der Mann geworden war, den wir in ihm kennen gelernt haben.

Beispiele, wie dieses letztere, sind selbst in einer Marine, wo die Beförderung so regelmäßig, wie in dem amerikanischen Dienste stattfindet – keineswegs selten; nur der Fall wird nicht zu oft getroffen werden, daß es Einem unter so traurigen Umständen gelingt, das Versäumte wieder nachzuholen.

Nach einer halben Stunde stand Clinch in seinem besten Anzuge zum Dienst bereit. Die Offiziere des Quarterdecks betrachteten mit Erstaunen alle diese Vorkehrungen, denn in neuerer Zeit war der Untersteuermann in diesem Theile des Schiffes überhaupt nur sehr selten gesehen worden. Doch auf einem Kriegsschiffe macht die Disciplin einen Theil des Glaubens aus, und Niemand wagte Fragen zu stellen.

Der Kapitän schloß sich mit Clinch abermals einige Minuten lang ein und ertheilte ihm seine Befehle; dann sah man den Mann mit froher Miene das Schiff verlassen, und des Kapitäns eigenes Boot – den schnellsten Ruderer der Fregatte – besteigen.

Sobald er darin Platz genommen, stieß das Boot ab, und steuerte gegen die Landspitze von Campanella, die jetzt ungefähr drei Meilen entfernt sein mochte. Niemand wußte, wohin er bestimmt war: Alle aber glaubten, es gelte einen Dienst, der sich auf den Lugger bezöge und einen umsichtigen Seemann zu seiner Ausführung erforderte.

Cuffe selbst war in der jüngsten Zeit unstät und ruhelos gewesen, wurde aber jetzt gefaßter, als er seinen alten Tischgenossen rüstig und mit einer Geschwindigkeit dahin rudern sah, welche ihn im Laufe weniger Stunden sogar bis Neapel bringen mußte, falls seine Reise wirklich so weit gehen sollte.

Einundzwanzigstes Kapitel

Die Ehre ist an's Leben ihm gekettet:
Wer Eines sucht, muß für das And're auch
Frisch wagen oder Beides gar verlieren.

Tatham

So viel wußte man jetzt gewiß, daß der Irrwisch nicht in dem Golfe von Salerno war. Von den hohen Masten der Fregatte aus konnte man mit Hilfe der Gläser die ganze Küste übersehen, und nirgends war ein Zeichen von einem ähnlichen Fahrzeuge zu erblicken. Sogar Lyon hatte die Hoffnung aufgegeben, und rund herum geviert, so daß er abermals – ein getäuschter Mann – das Ufer entlang gegen Campanella hinsteuerte.

Da Cuffe den nächsten Wind aus Westen erwartete, so hielt er sich fortwährend nordwärts, in der Absicht, bis Amalfi hinauf zu segeln, und jeden Fischer, dem er begegnete, nach dem Lugger zu befragen.

Indem wir das Schiff seinen Kurs langsam in dieser Richtung verfolgen lassen, wollen wir unsere Aufmerksamkeit nunmehr auf den Zustand der Gefangenen richten.

Ghita und ihr Oheim waren diese ganze Zeit über mit aller Sorgfalt behandelt worden. Des Constable's Frau, eine höchst achtbare Matrone – wohnte am Bord der Proserpina, und Cuffe übergab ihr aus zarter Rücksicht das arme Mädchen zur Beherbergung und Verpflegung. Für ihren Oheim wurde ein näheres Unterkommen ausgemacht, und da Beide als gänzlich unschuldig betrachtet wurden, so war die Absicht, sie alsbald an's Land zu setzen, so wie man die Gewißheit erlangt haben würde, daß keine Nachricht über den Lugger aus ihnen herauszubringen sei.

Ithuel hatte seinen Dienst wieder angetreten und war den halben Morgen über auf dem Vormars gewesen. Die Barke, welche unterdessen auf dem Deck gestanden hatte, wurde jetzt in's Wasser gelassen und im Schlepptau behalten, bis der Augenblick gekommen wäre, wo Carlo Giuntotardi und seine Nichte dieselbe, nebst der Erlaubniß zur Abfahrt, zurück erhalten sollten. Dieser Augenblick wurde übrigens noch so lange hinausgeschoben, bis das Schiff um das Kap Campanella herum in den Golf von Neapel eingelaufen sein würde, da es offenbar grausam gewesen wäre, zwei Personen, wie den Oheim und seine Nichte, in bedeutender Entfernung von ihrem eigentlichen Ankerplatze von dem Schiffe fort zu schicken.

Raoul Yvard dagegen befand sich in ganz anderen Umständen. Er saß auf der Back unter der Obhut einer Schildwache in Erwartung des furchtbaren Augenblicks, wo er zur Execution abgerufen werden sollte. Seine Verurtheilung war allgemein auf dem Schiffe bekannt, doch nur Wenige nahmen Theil an seinem Schicksale, denn die Meisten waren in Folge des Kriegs mit derlei Strafen, mit dem Tod in Schlachten und den übrigen Zwischenfällen des Seelebens viel zu vertraut, als daß ein solcher Fall zumal auf einer im aktiven Dienste kreuzenden Fregatte irgend Aufsehen erregt hätte.

Nur einige Wenige dachten daran, dem Gefangenen seine Lage zu erleichtern. Winchester war ein menschenfreundlicher Mann, und hegte – zu seiner Ehre sei es gesagt – durchaus keinen Groll wegen seiner eigenen Niederlage und Verwundung, während er in seiner Eigenschaft als erster Lieutenant viel dazu beitragen konnte, dem Verurtheilten eine behagliche Lage zu bereiten. Er hatte den Gefangenen zwischen zwei offenen Stückpforten untergebracht, wo die Luft freien Durchzug fand – in einem so warmen Klima keine unbedeutende Rücksicht; überdieß hatte er eine Schotenwand aus Segeltuch rings um Raoul aufrichten lassen, so daß dieser die Wohlthat eines eigenen Zimmers genoß, und in einem so fürchterlichen Augenblicke wenigstens mit seinen Gedanken allein blieb.

Ob es wahrscheinlich sein möchte, daß der Gefangene einen Sprung durch eine Stückpforte versuchte – darüber hatten der erste und zweite Lieutenant bereits Berathung mit einander gepflogen; doch dic Schildwache wurde ermahnt, gegen einen solchen Versuch auf ihrer Hut zu sein, und überdieß betrug sich Raoul so ruhig, daß man von seiner Seite nicht wohl einen übereilten Schritt befürchten durfte. Dann wäre es auch leicht gewesen, ihn wieder aufzufangen, da das Schiff nur langsam weiter zog und – die Wahrheit zu gestehen – Manche würden es lieber gesehen haben, wenn er ertrunken, als wenn er an dem Arme der Vorraa aufgehängt worden wäre.

In diesem engen Kerker brachte denn Raoul die Nacht und den folgenden Morgen zu. Wenn wir behaupten wollten, er sei unerschüttert gewesen, so würden wir ihm größeren Stoicismus andichten, als er in Wirklichkeit besaß. Im Gegentheil hatte er bittere Momente zu überwinden, und seine Angst würde ihn vielleicht übermannt haben, wenn ihn nicht der hohe Entschluß, eines *Franzosen* würdig zu sterben – aufrecht erhalten hätte.

Die zahlreichen Hinrichtungen durch die Guillotine hatten Charakterstärke unter solchen Umständen so zu sagen zur Mode erhoben, und es gab nur Wenige, die dem Tode nicht mit geziemender Fassung entgegentraten. Unserem Gefangenen vollends kam ein starker, furchtloser Geist zu Hilfe, und er würde dem großen Tyrannen des Menschengeschlechts, selbst in seiner grausigsten Gestalt, mit Festigkeit, wenn nicht gar mit Verachtung in's Auge gesehen haben. Aber ein liebender Jüngling, wie er, konnte dem letzten großen Wechsel nicht wohl ohne ein tiefes Gefühl der Hoffnungslosigkeit entgegengehen, das in Raouls Falle durch keine erheiternde Aussicht auf die Zukunft gemildert wurde. Er glaubte sein Schicksal für immer besiegelt, und zwar weniger wegen seines eingebildeten Verbrechens der Spionerie, als wegen der wohlbekannten zahlreichen Unbilden, welche er dem englischen Handel zugefügt hatte.

Raoul konnte aus voller Seele hassen, und der Tagesmeinung jener vergangenen Periode zufolge – einer Meinung, welche, wie wir fürchten, trotz des ungeheuren Aufwands nichtssagender Philanthropie, wie sie jetzt von Mund zu Mund, von Feder zu Feder frei cirkulirt, auch für künftige Zeiten wieder maßgebend werden dürfte – war ihm das Volk, mit welchem er Krieg führte, von Herzen verhaßt, so daß er Alles bereitwillig glaubte, was politische Eifersucht zu dessen Nachtheile erfinden mochte. In dieser Gemüthsstimmung mußte er sich freilich denken, sein eigenes Leben könne nur als nichtsbedeutend betrachtet werden, wenn es gegen englische Herrschgier oder englische Gewinnsucht in die Wagschale gelegt würde. Er war gewohnt, sich das Volk der Britten nur als eine ›Nation von Krämern‹ zu denken, und trotzdem, daß er selbst einem Berufe folgte, der das Brandmal der Raubgier an der Stirne trägt, pflegte er dennoch sein eigenes Gewerbe als vergleichungsweise kriegerisch und ehrbar zu betrachten – Beides Eigenschaften, deren es unter seiner Leitung allerdings nicht ganz entbehrte.

Mit einem Worte – Raoul verstand Cuffe so wenig, als dieser Jenen verstand, was aus der Unterredung, welche wir nunmehr zu berichten haben, deutlich genug hervorgehen wird.

Der Gefangene empfing im Verlaufe des Morgens einen oder zwei freundliche Besuche: Griffin besonders hielt es für Pflicht, seine Bekanntschaft mit fremden Sprachen dazu zu benützen, daß er den Verurtheilten etwas aufzuheitern suchte. Die Festigkeit in dem ganzen Wesen des Gefangenen trug vollends dazu bei, daß das Gespräch bei diesen Veranlassungen niemals eine düstere Wendung nehmen konnte.

Um seine Sachen recht gut zu machen, hatte Winchester bei Errichtung der Leinwandschoten die beiden nebenstehenden Geschütze mit einschließen lassen, was dem engen Gemache natürlich mehr Licht und Raum verlieh, da die beiden Stückpforten auf diese Art zugleich mit in den Bereich gezogen wurden. Raoul spielte auf diesen Umstand an, als er, auf einem Stuhle sitzend, Griffin bei seinem letzten Besuche einlud, bei ihm Platz zu nehmen.

„Ihr findet mich hier auf jeder Seite von einem Achtzehnpfünder geschützt, wie es einem Seemanne, der zu sterben im Begriffe ist, geziemt,“ bemerkte der Gefangene lächelnd. „Träfe mich der Tod aus der Mündung Eurer Kanonen, Monsieur le Lieutenant, so wäre dieß blos um wenige Monden oder Tage früher, als es im gewöhnlichen Laufe der Ereignisse vielleicht geschehen würde.“

„Wir wissen, was wir für einen tapfern Mann in Eurer Lage zu empfinden haben,“ gab Griffin mit Rührung zur Antwort, „und Nichts würde uns Alle glücklicher machen, als hierin Euren Wunsch erfüllen zu können. – Ihr selbst in einer tüchtigen, warmen Fregatte an unserer Breitseite und wir auf diesem unserem Schiffe, alle zwei in offenem Kampfe für die Ehre ihrer beiderseitigen Länder begriffen.“

„Monsieur, das Kriegsglück hat anders entschieden; Ihr habt aber nicht Platz genommen, Monsieur le Lieutenant.“

„ Mon pardon: Kapitän Cuffe hat mich mit der Bitte hergesendet, Monsieur Yvard, daß Ihr ihn, sobald es Euch angenehm wäre, in seiner Kajüte mit Eurer Gesellschaft beehren möchtet.“

Es liegt Etwas in der höflichen Redeweise der französischen Sprache, was Griffin in seinen Mittheilungen gegen den Gefangenen nicht wohl anders als artig zu sein gestattete, selbst wenn er zum Gegentheile Lust gehabt hätte. Das Letztere lag übrigens keineswegs in seiner Absicht, denn seit sich der tapfere Gegner in ihren Händen befand, waren alle edeldenkenden Männer auf der Proserpina geneigt, ihn mit der größten Zartheit zu behandeln.

Raoul fühlte sich durch diese Zeichen des Edelmuthes gerührt, und da er Griffins Unternehmungsgeist in den verschiedenen Versuchen gegen seinen Lugger erprobt hatte, so begann er allmählig besser von seinen Feinden zu denken. Von seinem Stuhle sich erhebend, erklärte er sich bereit, dem Kapitän noch in demselben Augenblicke aufzuwarten.

Cuffe harrte seiner in der Hinterkajüte. Sobald Griffin mit dem Gefangenen eintrat, bot er Beiden mit Artigkeit Sitze an; Ersterer wurde zum Bleiben eingeladen, nicht sowohl um bei der Verhandlung als Zeuge zu dienen, als vielmehr um im Nothfalle die Rolle des Dolmetschers zu übernehmen.

Eine kurze Pause folgte; dann eröffnete der Kapitän das Gespräch, das auf englisch geführt wurde, wobei Griffin, so oft es nöthig wurde, gelegentlich Beistand leistete.

„Ich bedaure sehr, Monsieur Yvard, einen tapferen Mann in Eurer Lage zu sehen," begann Cuffe, der, abgesehen von dem besonderen Gegenstande, den er im Auge hatte, hierin nicht mehr als die Wahrheit sprach. „Wir haben Eurem Muth und Scharfsinn alle Gerechtigkeit widerfahren lassen, selbst während wir uns nach Kräften bemühten, Euch in unsere Gewalt zu bekommen. Aber die Kriegsgesetze sind nothgedrungen streng, und wir Engländer haben einen obersten Kommandanten, der in Dienstangelegenheiten nicht zum Scherzen geneigt ist."

Dieß sagte Cuffe theils aus Politik, theils auch aus gewohnter Ehrfurcht vor Nelsons Charakter.

Raoul nahm es übrigens im günstigsten Lichte auf, obwohl der politische Theil von des Kapitäns Motive bei ihm rein verloren war, wie die Folge sogleich lehren wird.

„Monsieur, ein Franzose weiß für Freiheit und Vaterland zu sterben," gab Raoul mit Höflichkeit, aber auch mit Nachdruck zur Antwort.

„Daran zweifle ich nicht; Monsieur; gleichwohl sehe ich nicht ein, warum die Sachen aufs Aeußerste getrieben werden sollten. England ist eben so freigebig mit Belohnungen, als es die Macht besitzt, Beleidigungen zu rächen. Vielleicht ließe sich ein Plan einleiten, der die Nothwendigkeit abwendete, das Leben eines braven Mannes auf so grausame Weise zu opfern."

„Ich bin keineswegs gestimmt, den Helden zu spielen, Monsieur le Capitaine. Wenn sich irgend eine passende Art auffinden ließe, wie ich aus meiner gegenwärtigen Lage erlöst werden könnte, so würde meine Dankbarkeit der Größe des mir geleisteten Dienstes gewiß nicht nachstehen."

„Das heiße ich vernünftig und ganz dem Zwecke gemäß gesprochen. Ich zweifle durchaus nicht: wenn wir uns erst recht verstehen, wird sich die Sache in aller

Freundschaft beilegen lassen. Griffin, seid so gut und bedient Euch mit einem Glase Wein und Wasser; Ihr werdet es an einem so warmen Tage gewiß erfrischend finden. Monsieur Yvard wird uns Gesellschaft leisten, denn der Wein kommt von Capri und ist nichts weniger als schlecht, wenn auch Einige den Lacrymä Christi vorziehen, der, wie ich glaube, am Fuße des Vesuvs wächst.“

Griffin that, wie der Kapitän gewünscht, doch drückte sein Gesicht noch keineswegs jene Zufriedenheit aus, die in Cuffe's Miene zu lesen war. Raoul lehnte das Anerbieten ab und erwartete die versprochene Erklärung mit einer Spannung, welche er sich nicht zu verbergen bemühte.

Cuffe schien, in seiner Erwartung getäuscht, nur mit Widerstreben fortfahren zu wollen; da er jedoch seine beiden Gesellschafter verstummt fand, so war er genöthigt, mit seinem Vorschlag herauszurücken.

„ Oui, Monsieur,“ fuhr er fort, „England ist mächtig genug, um zu strafen, aber auch bereit, zu vergeben. Es ist ein wahres Glück für Euch, daß Ihr es in einem so ernsten Momente in Eurer Gewalt habt, Euch für ein Vergehen Pardon zu sichern, welches im Kriege von jeher mit der härtesten Strafe belegt wurde.“

„Auf welche Art kann dieß geschehen, Monsieur le Capitaine? Ich bin nicht der Mann, der das Leben verachtet, besonders wenn ich in Gefahr stehe, dasselbe durch einen schmachvollen Tod zu verlieren.“

„Ich bin erfreut, Monsieur Yvard, Euch in dieser Stimmung zu finden; sie wird mich der Erfüllung einer höchst peinlichen Pflicht überheben und manche Schwierigkeiten aus dem Wege räumen helfen. Ohne Zweifel habt Ihr schon von dem Charakter unseres gepriesenen Admirals Nelson gehört?“

„Sein Name ist jedem Seemanne bekannt, Monsieur,“ gab Raoul steif zur Antwort, denn seine natürlichen Antipathien waren selbst durch die Gefahr seiner Lage keineswegs geheilt. „Er hat ihn mit blutigen Schriftzügen auf den Wassern des Nils niedergeschrieben!“

„Ja, ja, seine *dortigen* Thaten werden, gleich allen übrigen, nicht leicht vergessen werden. Er ist ein Mann von eisernem Willen; wenn er sein Herz an irgend Etwas gehängt hat, wird er vor keiner Gefahr zurückschrecken, um sein Ziel zu erreichen, besonders wenn das Mittel gesetzlich und der Ausgang ruhmwürdig ist. Um offen mit Euch zu sprechen, Monsieur – er wünscht sehr, Euren Lugger, den Few-Folly – in seine Gewalt zu bekommen.“

„Aha!“ rief Raoul mit ironischem Lächeln; „Nelson ist nicht der erste englische Admiral, der diesen Wunsch gehegt hat. Der Feu-Follet, Monsieur le Capitaine, ist so reizend, daß er viele Bewunderer besitzt!“

„Unter denen Nelson einer der wärmsten ist. Nun seht, gerade dieß macht die Erledigung Eures Falles um so leichter. Ihr habt Nichts zu thun, als den Lugger in unsere Hände zu übergeben, und Ihr sollt pardonirt und als wirklicher Kriegsgefangener behandelt werden.“

„Seid Ihr von Monsieur Nelson bevollmächtigt, mir diesen Vorschlag zu machen?“ fragte Raoul ernst.

„Ja. Mit der Sorge für seines Vaterlandes Interessen betraut, ist er geneigt, das Vergehen, das unter dem Schutze des Nationenrechtes gegen uns verübt wurde, zu übersehen, um dafür den Feind der Mittel zu berauben, unserem Handel ferner so bedeutenden Schaden zuzufügen. Stellt den Lugger in unsere Hände, und Ihr sollt auf ein gewöhnliches Gefangenenschiff geschickt werden. Ja noch mehr – vertraut uns blos das Geheimniß seiner jetzigen Stellung, dann wollen *wir* dessen Beifahung schon selbst auf uns nehmen.“

„Monsieur Nelson thut ohne Zweifel nicht mehr als seine Pflicht,“ versetzte Raoul ruhig, aber mit einer Miene strenger Selbstachtung. „Sein Amt verlangt, für den englischen Handel Sorge zu tragen, und er hat alles Recht, einen solchen Vergleich abzuschließen. Aber der Vertrag könnte nicht auf gleiche Bedingungen hin in's Werk gesetzt werden: denn Nelson folgt nur der Eingebung seines Pflichtgefühls, während ich keine Vollmacht besitze.“

„Wie? – Ihr habt doch die Vollmacht, zu sprechen, und das wird genügen, um uns mitzutheilen, welche geheimen Befehle Ihr dem Lugger gegeben habt, und wo er in diesem Augenblicke zu treffen sein mag!“

„ Non, Monsieur, nicht einmal *diese* Vollmacht besitze ich. Ich kann Nichts thun, was mich mit solcher Schmach bedecken müßte. Meine Zunge steht unter einem Gesetze, das ich wahrlich nicht verfaßte, als von Verrätherei die Rede war.“

Hätte Raoul einen theatralischen Ton und Anstrich angenommen, wie man vielleicht erwarten konnte, so würde dieß auf Cuffe wahrscheinlich sehr wenig Eindruck gemacht haben; aber seine ungekünstelte Ruhe und Standhaftigkeit erzwang sich den Glauben seines Gegners.

Die Wahrheit zu sagen – der Kapitän fühlte sich enttäuscht. Er würde Anstand genommen haben, einem Offiziere der regulären französischen Marine einen solchen Vorschlag zu machen, so wenig auch diese zu jener Zeit, besonders bei Nelsons Flotte, in Achtung standen; von einem Kapersmanne aber hatte er bei einem Plane, der zur Belohnung für den verlangten Verrath dem Gefangenen das Leben anbot, – nichts als bereitwillige Zustimmung erwartet. Anfänglich fühlte er sich geneigt, Raoul den Widerspruch zwischen der Art seines Berufes überhaupt – wie nämlich Cuffe ihn ansah – und den soeben preisgegebenen Grundsätzen vorzuhalten: doch die anspruchslose Ruhe und Wahrheit, die sich in den Gefühlen des Anderen aussprach, ließen ihn nicht dazu gelangen. Dann war auch Cuffe – um ihm Gerechtigkeit widerfahren zu lassen – zu großmüthig, als daß er die Gewalt über seinen Gefangenen mißbraucht hätte.

„Ihr werdet wohl thun, Monsieur Yvard, darüber nachzudenken,“ bemerkte der Kapitän nach einer minutenlangen Pause. „Das Interesse, das auf dem Spiele steht, ist so groß, daß Ihr Euch bei einigem Nachdenken doch noch zu einer Sinnesänderung veranlaßt fühlen könntet.“

„Monsieur Cuffe, ich vergebe Euch, wenn Ihr Euch selbst vergeben könnt," antwortete Raoul mit strenger Würde in seinem Wesen, und stand dabei auf, wie wenn er von seinem Versucher alle ferneren Höflichkeiten verschmähte. „Ich weiß, was Ihr von uns Kapern haltet; aber ein Offizier in einem ehrenvollen Dienst sollte sich dennoch wohl besinnen, ehe er einen Mann in die Versuchung führt, eine Handlung wie diese zu vollbringen. Die Thatsache, daß das Leben Eures Gefangenen auf dem Spiele steht, sollte einen braven Seemann bei jeder Einwirkung auf dessen Furchtsamkeit oder Charakterstärke nur um so zartfühlender machen. Aber, wie gesagt, ich vergebe Euch, Monsieur, wenn Ihr Euch selbst vergeben könnt."

Cuffe stand verlegen da. Das Blut drang ihm zum Herzen und schien dann durch die Poren seines Gesichts hervordringen zu wollen. Der heftigste Unwille drohte ihn beinahe zu verzehren: bald aber wurde er wieder *er* selbst und begann die Dinge in dem Lichte zu betrachten, wie er's in kühleren Augenblicken zu thun gewohnt war. Doch konnte er immer noch nicht sprechen, sondern ging in der Kajüte auf und ab, um seine Selbstbeherrschung wieder zu gewinnen.

„Monsieur Yvard," begann er endlich, „ich bitte Euch aufrichtig und von Grund meines Herzens um Verzeihung. Ich kannte Euch nicht, sonst würde ein solcher Vorschlag Euch niemals verletzt oder einen brittischen Offizier in meiner Person beschimpft haben. Auch Nelson ist gewiß unter allen Lebenden der Letzte, der das Gefühl eines Feindes, wenn er ein Ehrenmann ist, verwunden möchte – aber wir haben Euch nicht gekannt. Die Kapersleute zeigen nicht alle Eure Denkungsweise, und *das* war es, was uns zu einem Irrthum verleitete."

„ Touchez-là" sprach Raoul, seine Hand ihm freimüthig entgegenstreckend. „ Monsieur le Capitaine, Ihr und ich, wir sollten uns einmal auf zwei hübschen Fregatten – jeder für die Ehre seines Vaterlandes – gegenüber stehen: möchte auch der Ausgang sein, welcher er wollte – er würde jedenfalls den Grund zu einer ewigen Freundschaft legen. Ich habe lange genug in vôtre Angleterre gelebt, um zu wissen, wie wenig nôtre France Euch bekannt ist; mais n'importe – tapfere Männer verstehen einander auf der ganzen Welt: für die kurze Zeit, die mir noch übrig ist, wollen wir Freunde sein."

Cuffe nahm Raouls Hand, und sogar eine Thräne trat ihm in die Augen, als er sie mit warmer Herzlichkeit schüttelte.

„Das war ein verd–t niederträchtiges Geschäft, Griffin," sagte der Kapitän, sobald er wieder, ohne Schwäche zu verrathen, sprechen konnte; „mein Lebenlang soll man mich nicht mehr darüber betreffen, und wenn auch eine Flotte, so groß wie die in dem Golfe drüben, der Preis davon wäre."

„Ich glaubte nie, daß es gelingen würde, Sir, und – die Wahrheit zu sagen – ich hoffte es auch niemals. Ihr werdet mich entschuldigen, Kapitän Cuffe – aber wir Engländer halten die Kontinentalen, und besonders die Franzosen, nicht ganz so hoch, als sie es verdienen. Ich fürchtete gleich von Anfang an, daß es nicht gehen würde."

Cuffe wiederholte nun seine Entschuldigungen, und nach einigen Worten freundlicher Achtung von beiden Seiten kehrte Raoul in sein kleines Gemach zurück, indem er des Kapitäns Anerbieten, eines der Kajütenkabinete einzunehmen, ablehnte.

Griffin war bald wieder zurück, und dann wurde das Gespräch von beiden Offizieren wieder aufgenommen.

„Das ist doch eine recht peinliche Geschichte, Griffin," bemerkte Cuffe. „Es ist vollkommen richtig: im technischen Sinne ist Monsieur Yvard ein Spion und schuldig nach den Formen des Gesetzes; dennoch hege ich nicht den geringsten Zweifel an der Wahrheit seiner ganzen Erzählung. Diese Ghita Caraccioli, wie das Mädchen sich nennt, ist das leibhafte Sinnbild der Wahrhaftigkeit: sie war vorgestern in der That in Nelsons Kajüte, und zwar unter Umständen, welche keinerlei Verdacht gegen die Ehrlichkeit und Aufrichtigkeit ihres Charakters zulassen, während die Erzählungen Beider vollkommen mit einander übereinstimmen. Selbst der Veechy und dieser engbrüstige alte Podesta bestätigen ihren Bericht, denn sie haben Ghita zu Porto Ferrajo gesehen, und fangen auch ihrerseits an zu glauben, daß der Franzmann blos um ihretwillen in den Hafen herkam."

„Ich zweifle keineswegs, Kapitän Cuffe, daß Lord Nelson Aufschub oder selbst Pardon bewilligen wird, wenn ihm die Tatsachen gehörig vorgestellt werden," bemerkte Griffin, der sich mit edelmüthiger Theilnahme dafür interessirte, demselben Manne das Leben zu erhalten, den er noch wenige Wochen zuvor durch Feuer zu vernichten versucht hatte – so groß ist die Verkehrtheit des Menschen, und so verschiedenartig die Gefühle, welche durch den Krieg hervorgerufen werden.

„Das ist die bedenkliche Partie in der ganzen Geschichte, Griffin. Das Urtheil ist bestätigt; ich habe den Befehl, es noch am heutigen Tage zwischen Auf- und Niedergang der Sonne in Vollziehung zu setzen, und jetzt ist's bereits Mittag: wir selbst stehen südwärts von Campanella, und zu weit von dem Flaggenschiffe entfernt, als daß man an ein Signalisiren denken könnte."

Griffin schrak zusammen: all' die großen Schwierigkeiten des Falles stellten sich seinem Geiste mit einem Male vor Augen. Nach den bestehenden Dienstgebräuchen durfte an einem Befehle, und besonders an einem von so großer Wichtigkeit – nichts gemäkelt werden, und doch befand man sich hier in einem Dilemma, wo kein Ausweg vorhanden zu sein schien.

„Guter Gott! Welches Unglück, Kapitän Cuffe! Kann nicht zu Land ein Eilbote abgeschickt werden, der das Flaggenschiff noch zeitig erreichte?"

„Ich habe schon daran gedacht, Griffin, und Clinch ist mit diesem speciellen Auftrage abgegangen."

„Clinch! – Verzeiht mir, Sir; aber ein derartiger Auftrag erforderte einen sehr raschen und *nüchternen* Offizier!"

„Clinch ist rasch genug, und ich *weiß*, seine sonstige Schwäche wird heute keine Macht über ihn üben. Ich habe ihm den Weg zu einem Lieutenantspatente eröffnet, und Niemand kann schneller in einem Boote nach Neapel gelangen, als Clinch, wenn es ihm wahrhafter Ernst ist. Er wird die Nachmittagsbrise, falls eine solche eintreten sollte, so gut als möglich benützen, und ich habe ein Signal mit ihm ausgemacht, mittelst dessen er mir das Resultat sogar bis auf acht bis zehn Meilen Entfernung mittheilen kann."

„Hat Euch Lord Nelson in dem Befehle keinerlei Vollmacht überlassen, Sir?"

„Nein – wofern sich nicht Raoul Yvard mit deutlichen Worten bereit erklärt, den Lugger aufzugeben. Für diesen Fall habe ich einen Brief, der mich bevollmächtigt, die Execution so lange zu verschieben, bis ich mit dem kommandirenden Admirale direkt verkehren kann."

„Wie unglückselig sich doch Alles fügen mußte! Ist denn keine Möglichkeit vorhanden, Sir, irgend einen Fall aufzustellen, der jene Vollmacht vorderhand anwendbar machte?"

„Das ginge vielleicht für Einen von Euch, Mr. Griffin, die ihr keine Verantwortlichkeit habt," versetzte Cuffe etwas scharf; „ich meines Theiles möchte aber lieber vierzig Franzosen aufknüpfen, als mich von Nelson wegen Dienstnachlässigkeit aus *bronten* lassen."

Cuffe drückte sich hier etwas stärker aus, als er vielleicht beabsichtigte: doch der Kommandant eines Kriegsschiffes pflegt seine Worte nicht immer so genau abzuwägen, wenn er sich zu der Besprechung eines Gegenstandes mit einem Untergebenen herabläßt. Seine Erwiederung mußte Griffins Eifer einigermaßen dämpfen, obgleich das Gespräch nichtsdestoweniger fortgesetzt wurde.

„Nun, Sir," antwortete der Lieutenant, „so viel weiß ich gewiß, daß wir Alle so dringend wie Ihr selbst wünschen, unser Schiff mit dieser Execution verschont zu sehen. Erst gestern war es, wo wir uns in der Konstabelkammer gegen einige Offiziere vom Lapwing, die zum Besuch da waren, rühmten, die Proserpina habe noch nie eine Execution oder kriegsrechtliche Peitschenstrafe an ihrem Borde gehabt, trotzdem, daß sie jetzt nahezu vier Jahre unter brittischer Flagge stehe und siebenmal im Feuer gewesen sei!"

„Gebe Gott, Griffin, daß Clinch den Admiral finde und zeitig genug zurückkehre."

„Wie wäre es, Sir, wenn wir den Vicestatthalter einen Versuch bei dem Gefangenen anstellen ließen; vielleicht überredet er ihn, daß er wenigstens *scheinbar* einwilligt, oder etwas dergleichen, nur um wenigstens einen Aufschub zu rechtfertigen, Sir. Man sagt, die Corsikaner seien die scharfsinnigsten Bursche in diesem ganzen Theile der See, und Elba liegt so nahe bei Corsika, daß zwischen der beiderseitigen Bevölkerung kein allzu großer Unterschied denkbar ist."

„Ja, Euer Veechy ist ein leibhaftiger Hexenmeister. – Er brachte bei seiner ersten Unterredung mit Yvard das Geheimniß so genau an den Tag, daß er ohne Zweifel auch bei einer zweiten seine Ueberlegenheit geltend machen wird!"

„Man kann nicht wissen, Kapitän Cuffe. Der Italiener hat mehr Hilfsmittel, als die meisten andern Erdenkinder, und Signor Barrofaldi ist ein kluger, verständiger Mann, wenn er mit offenen Augen handelt. Der Feu-Follet hat noch andere Leute, als den Vicestatthalter und den Podesta, zum Besten gehabt!"

„Ja, diesen verd–ten Irrwischen ist niemals zu trauen. Es sollte mich gar nicht Wunder nehmen, wenn wir den Folly plötzlich doppelt geflügelt mit einer Sechsknotenbrise vom Lande her in die See hinaussteuern sähen, während wir selbst wie eine Kathedrale still lägen, und kaum Wind genug hätten, um den Rauch unseres Küchenfeuers aus seiner senkrechten Richtung zu bringen."

„Auf unserer inneren Seite ist er nicht, Kapitän Cuffe; darauf dürfen wir uns verlassen. Ich bin mit dem besten Glase des ganzen Schiffes auf der großen Bramraa gewesen und habe den ganzen Horizont von den dort oben gelegenen Ruinen ostwärts bis zu der Stadt Salerno gemustert – nirgends ist Etwas zu sehen, das auch nur die Größe einer Sparanara hätte."

„Bei all' Dem sollte man aber doch glauben, dieser Monsieur Yvard müsse am Ende doch nachgeben, um sein eigenes Leben zu retten."

„ *Wir* sollten doch *hoffentlich* kaum so Etwas vermuthen, Kapitän Cuffe?"

„Ich glaube, Ihr habt recht, Griffin, man fühlt sich gedrungen, den Kapersmann seinem Gewerbe zum Trotz hochzuschätzen. Wer weiß, ob sich nicht aus diesem Bolt etwas herausbringen ließe; *er* muß über den Lugger ebensoviel wie Yvard selber wissen."

„Ganz richtig, Sir; noch vor einer Minute dachte ich daran, Euch etwas der Art vorzuschlagen. Er ist ein Bursche, auf dem man mit Freuden herumreiten möchte, wie man etwa auf dem Haupttakel herumreitet. Soll ich ihn rufen lassen, Kapitän Cuffe?"

Der Kapitän zögerte, da die früheren Versuche auf Ithuels Eigennutz fehlgeschlagen hatten. Doch war die Erhaltung von Raouls Leben und die Gefangennahme des Luggers in Cuffe's Augen zu Gegenständen von beinahe gleichem Interesse geworden, und er wollte deßhalb kein irgend ausführbares Mittel zu Erreichung seines Zieles vernachlässigen.

Ein Zeichen der Zustimmung war Alles, was der Lieutenant bedurfte, und in wenigen Minuten stand Ithuel abermals vor seinem Kapitän.

„Es bietet sich dir jetzt die beste Gelegenheit, Master Bolt, ein hübsches Stück Abtrift zu gewinnen," begann der Kapitän, „und ich will dir eine Möglichkeit gewähren, dir selber zu helfen. Du weißt doch vermuthlich, wo du den Few-Folly zuletzt verlassen hast?"

„Ich weiß nicht, aber ich könnte wohl, Sir, –" antwortete Ithuel, die Augen umherrollend, um sich zu überzeugen, wo der Andere eigentlich hinauswolle, „ich weiß nicht, aber zur Noth könnte ich mich schon entsinnen, Sir; obwohl mein Gedächtniß, wenn ich die Wahrheit gestehen soll, keines von den verzweifelt besten ist."

„Nun also; wo war's gleich? Bedenke, daß das Leben deines ehemaligen Freundes Raoul Yvard von deiner Antwort abhängen kann!“

„Das möcht' ich doch wissen! – wahrhaftig, dieses Europa ist ein kurioser Theil der Welt, wie Alle zugeben müssen, die von Ameriky kommen. Was hat denn Kapitän Rule gethan, Sir, daß er jetzt in solcher Gefahr stünde?“

„Ihr wißt, daß er der Spionerie überwiesen wurde, und meine Befehle lauten dahin, ihn aufknüpfen zu lassen, wofern wir nicht seinen Lugger bekommen. *Dann* allerdings könnten wir ihm möglicherweise einige Gnade gewähren, da wir nicht sowohl gegen Individuen, als gegen Nationen Krieg führen.“

Cuffe wäre wahrscheinlich selbst in Verlegenheit gerathen, wenn er die Anwendung dieses seines Satzes auf den gegenwärtigen Fall hätte erklären müssen; in der Voraussetzung jedoch, daß er es mit einem Manne zu thun habe, der selbst weder sehr logisch, noch überhaupt philosophisch gebildet sei, war er über seine Art und Weise, die Sache einzuleiten, ziemlich gleichgültig, wofern er nur sein Ziel erreichte.

Aber er kannte Ithuel noch nicht. Liebe für Raoul oder den Lugger, oder überhaupt für irgend etwas Anderes, als ihn selbst, bildete keinen Theil seines Charakters; dagegen hatte sich der Haß gegen England mit seinem ganzen moralischen Systeme verkörpert, wenn man von einem solchen Manne überhaupt sagen konnte, daß er ein moralisches System besitze. Er sah keinen Gewinn davon voraus, wenn er Raoul einen besonderen Dienst leistete, obwohl er dieß gethan haben würde, sobald nichts dazwischen kam, was ihn daran hinderte: den Irrwisch aber in englische Hände gelangen zu lassen – dagegen empfand er so starken Widerwillen, daß er selbst sein Leben zu wagen entschlossen war, um diesen Fall zu verhindern. So ging also seine Sorge nunmehr darauf hin, seinen Zweck mit der geringsten Gefahr für sich selbst zu erreichen.

„Und wenn man des Luggers habhaft werden kann, Sir – wollt Ihr dann Kapitän Rule gehen lassen?“ fragte er mit teilnehmender Miene.

„Ja, wir *können* das wohl thun, doch hängt es immer noch von dem Admirale ab. Kannst du uns sagen, wo du den Lugger verließest und wo er jetzt wahrscheinlich ist?“

„Kapitän Rule hat Ersteres bereits gesagt, Sir. Er bekannte hierüber die Wahrheit vor Gericht. Um aber zu sagen, wo der Lugger jetzt ist, da möchte ich Den wohl sehen, der das zu thun im Stande wäre. Seht, Sir, ich habe mich schon um acht Uhr niedergelegt, während er zehn bis fünfzehn Meilen todt leewärts von einer Insel oder vielleicht von einem Leuchtthurm stand, und als ich um acht Uhr Morgens wieder aufstand, fand ich ihn ebensoweit windwärts von demselben Gegenstande. Er ist ein so durchaus nichtberechnendes Fahrzeug, als ich nur je eines mit meinem Fuße betreten.“

„In der That!“ fragte Cuffe spöttisch; „da nimmt's mich nicht Wunder, daß sein Kapitän jetzt in der Klemme sitzt.“

„Klemme, Sir! – Der Folly ist selbst nichts als Korb und Klemme. Ich hab's mit meiner eigenen Hand riskirt, seine Gissing zu stellen.“

„Du!“

„Ja, Sir – ich, Ithuel Bolt, so ist mein Name; ich hab' es versucht, mit Hilfe des Thermometers, der Lothleinen, der Logarithmen und solcher Erfordernisse, die Euch wohl bekannt sind, Kapitän Cuffe, des Folly's Gissing zu stellen, und ich war nie im Stande, bis auf hundert Meilen genau den Punkt zu bestimmen, wo er in Wirklichkeit gesehen wurde.“

„Es überrascht mich durchaus nicht, das zu vernehmen, Bolt; für jetzt aber brauche ich blos zu wissen, wie deiner Ansicht nach die genaue Stellung des Luggers beschaffen sein mag, und zwar ohne Hilfe von Thermometer und Logarithmen; ich meine, du würdest besser zurecht kommen, wenn du solche Dinge bei Seite ließest.“

„Nun, wer weiß, ob ich es kann, Sir! Ich bin der Meinung, Sir, daß der Folly unter kurzen Segeln irgendwo seewärts von Capri steht, wo er Kapitän Rule und mich erwarten und sich mit scharfen Augen nach den feindlichen Kreuzern umschauen wird.“

Hiermit hatte Ithuel nicht nur die Lage des Luggers in jenem Augenblicke genau angegeben, sondern auch Alles gesagt, was er in Betreff seiner Stellung für wahrscheinlich hielt. Dennoch war der eigentlichen Absicht dieses Mannes nichts fremder, als seine früheren Tischkameraden an den Feind zu verrathen. Er war listig genug, um zu entdecken, wie wenig Cuffe ihm zu glauben geneigt schien, und er bekannte deßhalb die Wahrheit, als das sicherste Mittel, um jedes Unheil von dem Lugger abzuwenden.

Seine List gelang ihm auch vollkommen. Sein ganzes Wesen hatte so viel Trug und niedrige Verschlagenheit an sich, daß weder Cuffe noch Griffin ein Wort von Dem glaubten, was er sagte, und nachdem man ihn noch eine Zeitlang auszupumpen versucht, wurde der Bursche höchst ungnädig und mit der scharfen Weisung entlassen, es werde ausnehmend vortheilhaft für ihn sein, wenn er seinem Dienste auf dem Schiff pünktlich nachzukommen trachtete.

„Auf diese Art kommen wir nie zum Ziel,“ rief der Kapitän im Aerger über die neue Täuschung. „Sollte Clinch irgend Etwas zustoßen oder der Admiral gar mit dem König auf eine seiner Jagdpartien ausgezogen sein, so würden wir uns in einer verdrießlichen Klemme befinden. Wollte Gott, wir hätten unsern Ankerplatz vor Capri gar nicht verlassen! *Dann* könnte man doch mit einiger Sicherheit mit dem Flaggenschiffe verkehren. Ich würde es mir niemals verzeihen, wenn sich wirklich irgend ein Unglück ereignen sollte!“

„Wenn man Alles aufs Beste besorgt, Kapitän Cuffe, so darf man mit leichtem Herzen der Zukunft entgegensehen; Ihr konntet ja unmöglich vorher wissen, was später kommen würde. Möchte vielleicht nicht – man würde freilich ungerne daran gehen – aber die Noth ist ein harter Lehrmeister –“

„Heraus damit, Griffin; mir ist Alles lieber, als Ungewißheit.“

„Nun, Sir, ich dachte eben daran, ob diese junge Italienerin nicht vielleicht irgend Etwas von dem Lugger wissen könnte; da sie offenbar den Franzmann liebt, so könnten wir mittelst ihres Herzens ein freies Bekenntniß ihrer Zunge erkaufen."

Cuffe schaute seinem Lieutenant eine halbe Minute lang aufmerksam in's Gesicht: dann schüttelte er mißbilligend mit dem Kopfe.

„Nein, Griffin, nein," sprach er, „dazu kann ich nimmermehr meine Zustimmung geben. Bei diesem witzelnden, zweideutigen Yankee – wenn er überhaupt ein Yankee ist – fühlt man allerdings wenige Skrupel, was Zartsinn betrifft: aber die Gefühle eines armen, unschuldigen Mädchens auf diese Art auf die Probe zu stellen – das hieße doch wahrlich zu weit gehen. Das Herz eines jungen Mädchens sollte uns unter allen Umständen heilig sein."

Griffin erröthete und biß sich in die Lippen. Niemand liebt es, sich im Punkte der Großmuth – und wäre es auch nur dem Scheine nach – übertroffen zu sehen, und er ärgerte sich, daß er einen Vorschlag gemacht hatte, welchen sein Vorgesetzter als ungeziemend behandelte.

„Nichtsdestoweniger würde sie den Lugger als einen wohlfeilen Preis betrachten, Sir," erwiederte er mit Pathos, „wenn sie das Leben ihres Geliebten dadurch erkaufen könnte. Es wäre freilich etwas ganz Anderes, wenn wir von ihr verlangten, daß sie statt eines bloßen Kapers – ihren Anbeter selbst verkaufen sollte."

„Thut nichts, Griffin; wir wollen uns nicht in die Herzensangelegenheiten eines jungen, Wesens mischen, welches uns der Zufall in die Hände geführt hat. Sobald wir dem Lande nahe genug gekommen sind, will ich dem alten Mann sein Boot zurückstellen und ihn seine Nichte an's Land führen lassen. Dadurch werden wir *ihrer* auf ehrliche, offene Weise los werden. Gott weiß aber, was aus dem Franzmann werden soll!"

Damit hatte das Gespräch ein Ende. Griffin ging auf das Verdeck, wohin ihn der Dienst rief, und Cuffe setzte sich nieder, um die Instructionen des Admirals zum neunten oder zehnten Mal zu überlesen.

Zweiundzwanzigstes Kapitel

Ich bebe nicht
Und fühl' den ganzen Fluch, nicht Furcht zu kennen,
Kein Herz zu haben, das voll Hoffnung schlägt
Und liebend sich an etwas Ird'sches kettet.

Manfred.

Mittlerweile war der Tag bedeutend vorgerückt, und Cuffe hatte sehr triftige Gründe zu der Unruhe, welche in neuerer Zeit an ihm zu bemerken war. Die drei englischen Schiffe waren noch immer in dem Golfe von Salerno, doch mehr in der Nähe des nördlichen Ufers – die Proserpina am tiefsten in der Mitte, die Terpsichore und die Ringeltaube näher gegen das Kap Campanella, wohin sie alsbald gesteuert waren, so wie sie sich überzeugt hatten, daß nach dem Lande hin nichts vom Feinde zu bemerken sei. Die Höhen, welche von der unmittelbaren Nachbarschaft der Stadt Salerno an bis zu der Landspitze gegenüber von Capri das Gestade begränzen, sind längst nicht nur wegen ihrer Schönheit und Großartigkeit, sondern auch um ihrer mittelalterlichen Erinnerungen willen berühmt. Da die Proserpina nie zuvor in diesem Golfe oder wenigstens nie so tief in dessen Mündung gewesen war, so fanden die Offiziere bei der allgemeinen Unbehaglichkeit, die man in Betreff des Gefangenen fühlte, wenigstens einige Zerstreuung in dem Anblick einer Landschaft, die selbst in diesem merkwürdigen Theile der Erde noch besonders hervorstach.

Das Schiff stand Amalfi gerade gegenüber und war kaum eine Meile vom Ufer entfernt. Man hegte die Absicht, mit einigen Fischerleuten zu verkehren, die man unterwegs getroffen hatte; alle Nachrichten, die man von ihnen einzog, bestätigten die Thatsache, das kein dem Lugger ähnliches Fahrzeug in der Bai gewesen war. Das Gallion des Schiffes wurde nun süd- und westwärts gestellt, um den Zephyr abzuwarten, der in Kurzem eintreten mußte.

Von den überhängenden Felsen aus gesehen, erschien die stattliche Fregatte in Allem, nur nicht in Symmetrie und kriegerischem Aufputze – wie ein kleines Kauffahrteischiff, denn die ganze Umgebung dieser Küste war in so großem Maaßstabe geformt, daß sich jedes Gebilde von Menschenhänden dem Auge ungewöhnlich klein darstellen mußte. Auf der andern Seite sah man Landhäuser, Kirchen, Einsiedeleien, Klöster und Dörfer in gleich trügerischen Formen an den Abhängen des Gebirges kleben, wodurch aber die ganze Scenerie einen Charakter der Ueppigkeit erhielt, der den Zuschauer lange im Zweifel ließ, ob er die Wildheit oder die pittoreske Schönheit des Ganzen mehr bewundern sollte. Das schwache Lüftchen, das noch wehte, kam aus Süden, und als das Schiff langsam an dieser so ausnehmend anziehenden Landschaft vorüberglitt, schien jeden Abhang eine Stadt, jeden Felsvorsprung eine menschliche Wohnung und jede natürliche Terrasse eine Villa nebst Garten zu krönen.

Unter allen Sterblichen werden Seeleute am frühesten gleichgültig gegen die Eindrücke, welche der Anblick neuer, schöner Gegenden in uns hervorruft. Es scheint theilweise zu ihrem Berufe zu gehören, alle die Empfindungen eines unerfahrenen Jünglings zu unterdrücken, und so kommt es, daß sie im Allgemeinen alles Außergewöhnliche mit dem Gleichmuthe von Leuten betrachten, welche es als ein Zugeständniß der Schwäche ansehen, wenn man überhaupt Ueberraschung laut werden läßt. Selten begegnet es ihnen, daß sich irgend Etwas ereignet oder ihrem Blicke darbietet, ohne daß die letzte Kreuzfahrt – oder wenn es ein Handelsschiff ist – die letzte Reise – ein Gegenstück dazu lieferte, wobei denn gewöhnlich dem früheren Ereignisse oder dem entfernteren Gegenstande der Vorzug eingeräumt wird. Wer einen gehörigen Vorrath dieser aufgespeicherten Kenntnisse und

Erfahrungen besitzt, wird, wie leicht einzusehen, einer großen Ueberlegenheit über Den genießen, welcher nichts der Art aufzuweisen hat: jedenfalls ist er der Nothwendigkeit enthoben, ein so demüthigendes Gefühl, wie das der Verwunderung – einzugestehen.

Bei gegenwärtiger Veranlassung konnten übrigens nur Wenige der Neuheit der jetzigen Lage des Schiffes widerstehen; die Meisten gaben bereitwillig zu, daß sie noch niemals unter Klippen hingefahren seien, welche den Reiz der Großartigkeit, der Schönheit und Lieblichkeit in diesem Grade mit einander verbunden hätten. Nur Wenige blieben, wie gesagt, standhaft und behaupteten nach der Art alter Starrköpfe ihre hartnäckig verfochtene Gleichgültigkeit.

Strand, der Hochbootsmann, war einer von Denen, welche bei solchen Gelegenheiten ›hart starben‹. Er war auf dem ganzen Schiffe gewiß der Letzte, der jemals ein Vorurtheil aufgegeben hätte, und zwar aus dreierlei bezeichnenden Gründen: erstens, weil er ein Londoner Stadtkind und als solches im Mittelpunkte menschlichen Wissens geboren war – zweitens, weil er als Seemann die ganze Welt bereits kannte, und drittens, weil er Hochbootsmann war und in letzterer Eigenschaft seine Würde wahren mußte.

Während die Proserpina gemächlich längs dem Lande hinzog, nahm dieser Ehrenmann eine Stellung zwischen den Klüshölzern am Bugspriet, wo er die ganze Scene überschauen und zu gleicher Zeit dem Gespräche auf dem Vorkastell zuhören konnte – Beides natürlich mit geziemendem Anstande. Strand spielte auf dem Vorkastell fast ebensosehr den Herrscher, wie es Cuffe auf dem Hinterdecke zu thun berechtigt war, nur daß die Erscheinung eines Lieutenants oder des Quartiermeisters dann und wann den Glanz seiner Regierung etwas verdunkelte. Gleichwohl fühlte sich Strand nur zweien von den Offizieren vollständig untergeordnet – nämlich dem Kapitän und dem ersten Lieutenant, und selbst diesen nicht immer in solchen Dingen, welche seiner Meinung nach rein Sachen der Ansicht waren. Im Dienste selbst verstand er sich zu gut auf seine Pflicht, als daß er jemals gezögert hätte, einem Befehle Folge zu leisten: wenn sich's aber blos um Meinungen handelte – da war er der Mann dazu, um die seinige selbst in Nelsons Gegenwart zu behaupten.

Der erste Mate auf dem Vorkastell war ein alter Seemann, Namens Catfall. In demselben Augenblicke, da Strand die oben bezeichnete Stellung zwischen den Klüshölzern einnahm, hielt jener zweite Seemann eine Unterredung mit drei oder vier Vorkastellmatrosen, die innen auf der Hieling des Bugspriets standen, da die Schiffsetikette diesen Ehrenmännern nicht erlaubte, ihre Köpfe über die Finkenetten hervorzustrecken. Jeder der Sprechenden hatte die Arme über einander geschlagen; jeder kaute Tabak; jeder hatte das Haar in einen Zopf gebunden, und jeder zupfte von Zeit zu Zeit seine Pumphosen in die Höhe, zum Beweise, daß er keiner Hosenträger bedurfte, um seinen unteren Anzug an der geeigneten Stelle zu erhalten. Noch könnten wir anführen, daß bei jedem dieser Seemänner da, wo Jacke und Pumphosen sich trennten, ein Streifen von einem reinlichen, weißen Hemde zu sehen war, welches gegen das Blau der Uniform sehr vortheilhaft abstach und gleichsam als eine Art Marineaufschlag diente.

Catfall bildete – wie dieß seiner größeren Erfahrung und seinem Range gebührte – den Hauptsprecher unter der Gruppe, welche die Hieling des Bugspriets besetzt hatte.

„Diese Küste hier ist allerdings gebirgig, das muß man zugeben," bemerkte der Mate des Vorkastells; „aber ich wollte nur so viel sagen: daß sie nicht so gebirgig ist wie manche andere, die ich schon gesehen habe. Als ich mit Kapitän Cook die Reise um die Welt machte, trafen wir auf Inseln, welche dermaßen mit Felsen und dergleichen bedeckt waren, daß diese Dinger da am Ufer kaum für etwas Anderes, als für 'ne Art von *Noth*gebirgen gelten könnten."

„Da habt Ihr ganz recht, Catfall," fiel Strand mit einer Protektorsmiene ein; „wie Jedermann weiß, der um das Cap Horn gekommen ist. Ich segelte nicht mit dem Kapitän Cook, sintemalen ich damals als Hochbootsmann auf dem ›Hussar‹ diente, und dieser hätte nicht zu Cooks Geschwader gepaßt, weil er ein Postschiff und sein Kommandant ein wirklicher Kapitän war; aber als Junker sah ich jenen Theil der See, und kann Catfalls Bericht über die Geschichte, als historische Thatsache, mit meinem schwersten Anker unterstützen. Ich will verd – t sein, wenn ich glaube, daß diese Hügel in jenem Theile der Welt nur noch *Noth*gebirge genannt würden. Man sagt mir, in der Nähe von Lunnun gebe es einige adelige Parks, wo man Gebirge aufrichtet, blos um sie anzustaunen: die müssen mit jenen Dingern gar viele Ähnlichkeit haben. Wenn ich einmal zu Haus bin, so komm' ich nicht weit über Wappin' hinaus, und so kann ich nicht sagen, daß ich diese künstlichen Hügel, wie sie's nennen, mit eigenen Augen gesehen hätte: aber da ist ein gewisser Joseph Shirk, der in der Nähe des St. Katharinengäßchens wohnt und regelmäßig seine Ausflüge in die Nachbarschaft macht – der gibt einen ganz genauen Bericht über die Sache."

„Ich kann wohl sagen, 's ist Alles wahr, Mr. Strand," antwortete der Vorkastellsmate, „denn ich habe einige gereiste Bursche gekannt, die noch weit sonderbarere Dinge als diese hier gesehen haben. Nein, Sir, die Gebirge da wollen eben nicht viel bedeuten, und was die Häuser und Dörfer darauf betrifft, so dürft Ihr mir glauben, daß Ihr auf eines von diesen immer deren zwei auf den wüsten Inseln rechnen konntet."

Ein höchst wunderbarer Bericht über Cooks Entdeckungen wurde durch Cuffe's plötzliches Erscheinen auf dem Vorkastell unterbrochen. Es geschah nur selten, daß der Kapitän diesen Theil des Schiffes besuchte; aber wo er auch hingehen mochte – er wurde überall als eine bevorrechtete Person betrachtet.

Bei seiner Ankunft verließen alle die ›alten Seekrebse‹ die Hieling des Bugspriets; die Persennings kamen hübsch herunter, in gleiche Linie mit den Bagreffs der Segel, und selbst Strand verließ seinen Platz zwischen den Klüshölzern und verfügte sich in die Finkenetten.

Cuffe, ein Mann von sechsundzwanzig Jahren – kam leichten, festen Tritts einhergegangen, und erwiederte die Verbeugung des Hochbootsmanns kaum durch eine leichte Berührung des Hutes.

Auf einem englischen Kriegsschiffe ist ein Hochbootsmann eine wichtigere Person, als er vielleicht an Bord eines amerikanischen Fahrzeuges sein mag. Weder der Kapitän noch der erste Lieutenant verschmähen es, sich zu Zeiten in eine Unterredung mit ihm einzulassen, und man sieht ihn zuweilen auf der Steuerbordseite des Quarterdecks in tiefes Gespräch mit einem oder dem andern dieser hohen Würdenträger verwickelt auf und ab spazieren.

Es wurde bereits oben gesagt, daß Cuffe und Strand schon früher einmal Schiffsgenossen waren; Letzterer hatte nämlich auf demselben Schiffe als Hochbootsmann gedient, auf welchem Ersterer in seine Laufbahn eingetreten war. Dieser Umstand wurde von beiden Theilen niemals vergessen, und der Kapitän kam in freien Augenblicken selten in die Nähe seines Untergebenen, ohne daß er ihm Etwas zu sagen hatte.

„Eine ziemlich merkwürdige Küste das, Strand," begann er auch jetzt, sobald er den rechten Platz zwischen den Klüshölzern gefunden hatte; „man könnte sich vielleicht eine Woche lang in England umsehen, ohne so etwas anzutreffen."

„Bitt' um Verzeihung, Sir, ich bin nicht derselben Meinung. Ich sagte so eben den Vorkastelljungen da unten, daß es zu Haus bei uns manchen vornehmen Edelmann gibt, der in seinen Parks und Gärten schönere Hügel hat, welche der puren Verwunderung halber von Menschenhänden gefertigt wurden."

„Den Teufel habt Ihr! Und was haben die Vorkastelljungen da unten dazu gesagt?"

„Was konnten sie sagen, Sir? Es bewies ja gerade die Ueberlegenheit des Engländers über den Italiener, und damit hatte die Sache ein Ende. Erinnert es Euch nicht an Indien, Sir?"

„An Indien! Nun – die Küste zwischen Calcutta und Bombay ist ja größtentheils so flach wie ein Pfannkuchen."

„Nicht jenes Indien, Sir – sondern das andere – Westindien mein' ich. Die Inseln und Gebirge, die wir während unserer Kreuzfahrt auf dem ›Rattler‹ gesehen haben; Euer Gnaden waren damals erst ein junger Herr, aber viel zu gern oben, um irgend Etwas Euerem Blicke entgehen zu lassen – und so ging's längs der ganzen amerikanischen Küste."

Bei diesen Worten schaute sich Strand wohlgefällig um, als ob er seinen Zuhörern begreiflich machen wollte, welch' alten Freund des Kapitäns sie in der Person des Hochbootsmanns vor sich zu sehen die Ehre hätten.

„Ja, ja, mit Westindien – da mögt Ihr eher recht haben, Strand, und doch haben sie dort Nichts, was sich mit dieser Gegend vergleichen ließe. Seht nur, wie die Gebirge, mit Wohnungen besäet, so schön aus der See emporsteigen!"

„Nun, Sir, was die Wohnungen betrifft – was will das heißen, mit einer Lunnuner Straße verglichen. Da fangt nur einmal mit der Steuerbordhand an, wenn Ihr z. B. Cheapside hinabgeht, und vergeßt nicht zu zählen; ich will mein Leben darauf wetten, Ihr werdet nach einem halbstündigen Spaziergange mehr Häuser herausbringen, als in all' den Dörfern da drüben zu finden sind. Dann dürft Ihr auch nicht vergessen, Sir, daß die Steuerbordhand blos die eine Hälfte ist, gerade wie jeder Hans sein Gretchen hat. Nach Allem, was ich auf meinen Kreuzfahrten gesehen, Kapitän Cuffe, betrachte ich Lunnun als die größte Naturschönheit der Welt."

„Weiß nicht, Mr. Strand. Was Naturschönheiten betrifft, so könnte man mit dieser hier recht wohl zufrieden sein. Jene Stadt dort heißt Amalfi, und soll früher ein bedeutender Handelsplatz gewesen sein."

„Handelsplatz, Sir! – 's ist ja nur so etwas wie ein Dorf oder höchstens ein Flecken, in eine Erdspalte hineingebaut. Kein Hafen, keine Docks, nicht einmal ein passender Platz am Strande, wo man das Gerippe eines Schiffes aufrichten könnte. Der Handel einer solchen Stadt muß hauptsächlich mittelst Maulthieren und Lasteseln geführt worden sein, wie man von dem Handel in der Bibel liest."

„Mag er geführt worden sein, wie er will – Handel war einmal vorhanden. Uebrigens scheint an der ganzen Küste nirgends ein Versteck zu sein, Strand, das für einen Lugger wie der Folly passen würde."

Der Hochbootsmann lächelte mit pfiffigem Blick, und seine Miene zeigte zu gleicher Zeit den Ausdruck eines Mannes, welcher nicht für klug hält, andere Leute in alle seine Geheimnisse eindringen zu lassen.

„Der Folly ist ein Fahrzeug, das wir wahrscheinlich nie wieder sehen werden, Kapitän Cuffe," gab er endlich, gleichsam nur aus Respekt vor seinem Vorgesetzten zur Antwort.

„Wie so? – die Proserpina pflegt doch auf Alles, wornach sie Jagd macht, ein Augenmerk zu richten."

„Ja, ja, Sir, das mag als Regel wohl wahr sein: aber ich hab' es noch nie erlebt, daß man ein Fahrzeug, nachdem man sich dreimal darnach umgesehen, endlich noch gefunden hätte. In dieser Welt scheint Alles nach der Zahl *Drei* zu gehen, Sir, und ich betrachte die dritte Jagd auf ein Schiff immer auch als die letzte. So z. B., Sir, haben wir drei Klassen von Admiralen – drei Abstufungen in den Flaggen – ein Schiff hat drei Masten – die größten Schiffe sind Dreidecker – dann gibt es auch drei Planeten."

„Den Teufel gibt es – ja! Wie wollt Ihr nur das herausbringen, Strand?"

„Nun, Sir, da haben wir die Sonne, den Mond und die Sterne – macht nach meiner Rechnung gerade drei!"

„Ja, aber was sagt Ihr zu Jupiter, Saturn und Venus, und all' den übrigen, mit Einschluß unserer Erde?"

„Nun, Sir, das sind eben alle die übrigen Sterne – aber keine Planeten. Dann, Sir, schaut nur um Euch, und Ihr werdet finden, daß Alles nach der Zahl *Drei* geht. Wir haben drei Mars-, drei Klüver- und drei Bramsegel –"

„Und zwei große Segel," warf der Kapitän ernsthaft ein, dem diese Dreieinigkeitstheorie völlig neu war.

„Ganz richtig, Sir – dem Namen nach; aber Euer Gnaden werden sich erinnern, daß der Brodwinner nichts anderes als ein weiteres großes Segel ist, das statt, wie gewöhnlich an einer Beiraa – an einem Maste aufgetakelt wird."

„Dann gibt es auch weder drei Kapitäne noch drei Hochbootsmänner auf einem Schiff, Master Strand."

„Allerdings nicht, Sir – das wäre himmelschreiend – sie würden einander ja nur im Wege stehen, und doch läßt sich die Zahl Drei selbst in diesen kleinlichen Dingen auf eine wunderbare Art durchführen. Da sind z. B. die drei Lieutenants; dann der Hochbootsmann, der Konstabler und Zimmermann – und –"

„Segelmacher, Rüstmeister und Mastenkapitän," fiel Cuffe lachend ein.

„Nun, Sir, so könnt Ihr Alles zweifelhaft machen, wenn Ihr eine Masse von Einwürfen dagegen erhebt: aber meine lange Erfahrung belehrt mich, daß eine dritte Jagd niemals zu Etwas führt, wenn sie nicht erfolgreich war; daß man aber *nach* einer dritten Jagd jedenfalls alle Hoffnung aufgeben darf."

„Ich denke, Lord Nelson folgt einem andern Grundsatze, Strand. Er lehrt uns, einen Franzmann lieber um die ganze Erde zu verfolgen, als ihn entschlüpfen zu lassen."

„Ohne Zweifel, Sir. Folgt ihm um drei Erden, wenn Ihr ihn im Auge behalten könnt – aber nur nicht um *vier*. Das ist Alles, was ich zu verfechten Willens bin, Kapitän Cuffe. Selbst Weiber sollen von dem Vermögen eines Mannes so etwas – man nennt's glaub' ich ihr Drittel – ziehen."

„Nun, nun, Strand, ich denke, Eure Lehre muß wohl etwas Wahres an sich haben, sonst würdet Ihr sie nicht so hartnäckig vertheidigen, und was diese Küste betrifft, so muß ich sie jetzt auch aufgeben, denn ich darf nie erwarten, eine zweite, viel weniger eine dritte ihr ähnliche zu sehen."

„Es ist meine Schuldigkeit, Euer Gnaden nachzugeben; erlaubt mir aber gleichwohl, dabei zu bleiben, daß die dritte Jagd immer auch die letzte sein sollte. – Das ist doch ein trauriger Anblick für einen Mann von Gefühl, Kapitän Cuffe – ich meine den Gegenstand zwischen den beiden Mittelkanonen auf der Steuerbordseite des Hauptdecks, Sir."

„Ihr meint den Gefangenen? Ich wünsche von ganzem Herzen, Strand, daß er nicht dort wäre. Ich glaube fast, ich möchte lieber, er wäre wieder auf seinem Lugger, um jene vierte Jagd mit ihm zu versuchen, von der Ihr so wenig zu halten scheint."

„O, die hängenden Schiffe sind selten glückliche Schiffe, Kapitän Cuffe. Meiner Ansicht nach – ich bitte um Verzeihung, Sir – sollte auf jeder Flotte ein schwimmender Kerker sein, wo alle Kriegsgerichte und Executionen abgehalten würden."

„Das hieße, den Hochbootsmännern keinen kleinen Theil ihres Amtes entziehen, wenn man alle Strafen von den verschiedenen Schiffen verbannen wollte," antwortete Cuffe lächelnd.

„Ja, ja, Sir – die Strafen, da muß ich Euer Gnaden recht geben: aber das Hängen ist eine *Execution* und keine Strafe. Gott verhüte, daß ich mein Lebenlang jemals auf ein Schiff komme, wo keine Strafe stattfinden dürfte – aber ich werde nachgerade zu alt, um Executionen noch mit einigem Vergnügen ansehen zu können. Ein Dienst, der nicht mit Freuden gethan wird, ist jedenfalls nur ein armseliger Dienst, Sir."

„Es gibt manche unangenehme, ja sogar peinliche Dienstgeschäfte, Strand. Die Execution eines Menschen aber – welches auch immer sein Vergehen sein möge – gehört unter die allerpeinlichsten."

„Ich meines Theils, Kapitän Cuffe, mache mir aus dem Aufknüpfen eines Meuterers nicht sonderlich viel, denn er ist ein Geschöpf, welches die Welt eigentlich nicht beherbergen sollte – bei einem Feinde und Spion ist's aber wieder etwas Anderes. Unsere Pflicht verlangt von uns, für König und Vaterland, so gut wir können, zu spioniren, und mit Leuten, die ihre Pflicht erfüllen, sollte man nicht allzuhart verfahren. Mit einem Burschen, der nicht Ordre zu pariren versteht und seinen Willen über den seiner Vorgesetzten stellt, habe ich keine Nachsicht: aber ich kann nicht einsehen, warum die Herren bei Kriegsgerichten so hart mit Leuten umgehen, welche das Recognosciren etwas weiter treiben, als gewöhnlich."

„Das kommt daher, Strand, weil Flotten weniger als Armeen dem Versuche des Spionirens ausgesetzt sind. Ein Soldat haßt einen Spion ebensosehr wie Ihr einen Meuterer, und zwar, weil er mittelst eines solchen vom Feinde überfallen und im Schlafe hingewürgt werden kann. Nichts ist für den Soldaten unerfreulicher, als überfallen zu werden, und das Gesetz gegen Spione – wenn gleich ein allgemeines Kriegsgesetz – stammt wohl ursprünglich eher von den Soldaten, als von den Seeleuten her."

„Ja, Sir – ich darf wohl sagen, Euer Gnaden haben recht. Der Schuldige ist dann ein Herumstreicher, im besten Falle ein Soldat, und diese Meinung beweist es. Nun denkt Euch einmal, Sir, Kapitän Cuffe, ein Franzmann, ungefähr von *unserem* Kaliber, setzte sich in den Kopf, die Proserpina in einer finstern Nacht zu überfallen; was würde im Ganzen dabei herauskommen? Wir haben unsere Kanonen und brauchen die Leute blos zu wecken, um sie zum Feuern zu bringen, fast gerade so, wie wenn gar kein Spion auf der Welt wäre. Und sollten sie etwa vorziehen, zu uns an Bord zu kommen und ihr Glück im Handgefechte zu versuchen, da, glaub' ich fast, Sir, würde die Ueberraschung auf sie selber zurückfallen. Nein, nein, Sir, Spione sind nichts für uns, obwohl man sie schon auch Mores lehren könnte, wenn man Einen je zuweilen tüchtig kielholte."

Cuffe verstummte jetzt allmählig in Nachdenken vertieft, und sobald der Kapitän in dieser Laune war, wagte selbst Strand nicht, weiter zu sprechen.

Ersterer stieg auf das Vorkastell hinab, und ging, die Hände auf den Rücken gekreuzt und das Haupt vorwärts gebeugt, nach dem Quarterdeck. Jeder, dem er begegnete, machte ihm natürlich Platz, und so schritt er, gleich einem Geächteten, durch die versammelte Menge. Selbst Winchester respektirte die Zerstreutheit seines Vorgesetzten, obgleich er eine dringende Anfrage zu machen hatte, die wir dem Leser sogleich erklären wollen.

Andrea Barrofaldi und Vito Viti verweilten noch immer als Gäste auf der Fregatte, und gewöhnten sich allmählig immer besser an ihre neue Lage. Sie konnten zwar dem Scherz und Gespötte eines Kriegsschiffs nicht entgehen, wurden aber im Ganzen dennoch gut behandelt und waren auch ziemlich zufrieden, besonders da die Hoffnung, den Feu-Follet einzufangen, von Neuem rege wurde. Natürlich hatte man sie von Raouls Lage benachrichtigt, und da Beide im Ganzen gutmüthige und wohlwollende Männer waren, so wünschten sie den Gefangenen sprechen zu dürfen, um ihm zu beweisen, daß sie keinen Groll gegen ihn hegten. Sie hatten die Sache mit Winchester verhandelt; dieser hielt es aber für das Sicherste, ehe er ihnen die Erlaubniß ertheilte, zuvor mit dem Kapitän Berathung zu pflegen.

Endlich bot sich eine Gelegenheit dazu dar, denn Cuffe raffte sich plötzlich auf, um in Betreff der Segel, unter denen das Schiff stand, einen Befehl zu ertheilen.

„Da sind die beiden italienischen Herren, Kapitän Cuffe,“ bemerkte Winchester, „und wünschen den Gefangenen zu sprechen. Ich hielt es nicht für recht, Sir, ihn mit irgend Jemand verkehren zu lassen, ohne zuvor Euren Willen zu erfahren.“

„Der arme Junge! Seine Zeit wird allgemach sehr kurz, wenn Clinch nicht bald von sich hören läßt; es kann kein Unrecht sein, wenn wir ihm jetzt noch jede Nachsicht gewähren. Ich habe eben über die Sache nachgedacht und sehe kein Mittel vor mir, wie ich den Befehl zur Execution umgehen kann, wenn ich nicht von Nelson selber Contreordre erhalte.

„Gewiß nicht, Sir. Doch Mr. Clinch ist ein thätiger, erfahrener Seemann, wenn's ihm einmal ernst ist, und so können wir immer noch Etwas von ihm hoffen. – Was soll mit den Italienern geschehen, Sir?“

„Laßt sie hinabgehen – sie und Jedermann, den der arme Yvard vielleicht noch sehen will.“

„Zählt Ihr auch den alten Giuntotardi und seine Nichte darunter, Kapitän Cuffe, und diesen unsern eigenen Deserteur – Bolt mein' ich – auch er hat so Etwas wie einen Wunsch vorgebracht, von seinem ehemaligen Schiffsgenossen Abschied nehmen zu dürfen.“

„Letzterem könnten wir zwar mit Fug und Recht seine Bitte abschlagen, Mr. Winchester – den Andern aber schwerlich. Doch wenn Raoul Yvard den Yankee sehen will, so mag auch sein Wunsch gewährt werden.“

Mit dieser Vollmacht zögerte Winchester nicht länger, die verschiedenen Gesuche zu genehmigen. Da ein Schiff, besonders zur See, weit sicherer als ein Landgefängniß ist und ein Entkommen nahezu unmöglich war, so wurde der Schildwache durch den Korporal der Befehl zugeschickt, daß Jeder, den der Gefangene zu empfangen wünsche, in seinem Zimmer zugelassen werden sollte. Auch die verschiedenen Partien erhielten die Weisung, daß sie den Verurtheilten besuchen dürften, wofern Letzterer sie zu empfangen aufgelegt wäre.

Mittlerweile hatte bei der gesammten Schiffsmannschaft eine höchst düstere Stimmung Platz gegriffen. Der wirkliche Stand der Dinge war Allen am Bord bekannt, und nur Wenige hielten es für möglich, daß Clinch den Foudroyant erreichen, seine Befehle empfangen und noch zeitig genug zurück sein könne, um die Execution zu verhindern. Es war nur noch drei Stunden bis zu Sonnenuntergang, und statt zu schleichen, schienen die Minuten eher zu fliegen.

Der menschliche Geist ist einmal so beschaffen, daß Ungewißheit seine meisten Regungen steigert – selbst die Furcht vor dem Tode erzeugt oft eine heftigere Erschütterung, als die wirkliche Annäherung desselben. – So erging es den Offizieren und der Mannschaft der Proserpina. Wäre keine Möglichkeit, die Execution zu vermeiden, vorhanden gewesen, so würden sie sich gefaßt und einem unausweichlichen Uebel ruhig unterworfen haben; aber die schwache Hoffnung, die sich noch zeigte, erzeugte eine fieberische Aufregung, die sich bald und in einem Maaße über Alle verbreitete, wie wenn ein feindliches Schiff vor ihren Augen stünde, das Jeder zuerst hätte kapern sollen.

Minute auf Minute flog vorüber, und dieses Gefühl wurde allmählig so heftig, daß wir die Gränzen der Wahrheit wohl kaum überschreiten werden, wenn wir behaupten, Seiner brittischen Majcstät Schiff Proserpina habe unter allen Wechselfällen des Kriegs nie eine so fieberische Stunde verlebt, als eben in jener Periode unserer Erzählung. Hundert Augen waren fortwährend auf die Sonne gerichtet, und mehrere der jungen Herren versammelten sich auf dem Vorkastell in der einzigen Absicht, der Landspitze so nahe als möglich zu sein, um welche Clinchs Boot herumkommen mußte, wie es auch zuvor hinter derselben verschwunden war.

Der Zephyr hatte sich zur gewöhnlichen Stunde eingestellt, war aber nur schwach, und die Fregatte stand den Gebirgen so nahe, daß sie wenig von seiner Einwirkung verspürte.

Anders dagegen war es mit den beiden andern Schiffen. Lyon hatte bei Zeiten den höchsten Theil des Gebirges hinter sich bekommen, und seine oberen Segel faßten so viel von der Brise, daß sie ihn schon vor drei bis vier Stunden in die See hinaus geführt hatte. Die Terpsichore unter Sir Frederick Dashwood war dem Lande gar nie so nahe gekommen, daß sie eine Windstille verspürt hätte. Ihr Gallion war mit dem ersten Hauche des Nachmittagswindes gegen Südwest gestellt worden, und die Fregatte stand jetzt mit vollem Rumpfe seewärts, indem sie immer besser in den Wind gelangte, je mehr sie ihren Kurs nach der Meerenge zwischen Ischia und Capri lenkte.

Die Proserpina aber lag in dem Augenblick, da die Glocke der Nachmittagswache ein Uhr schlug, den berühmten Sireneninselchen gerade gegenüber; die westliche Brise begann allbereits zu ersterben, obwohl das Schiff, von ihr getrieben, für den Augenblick schneller dahinzog, als es seit heute Morgen der Fall gewesen war.

Die erste Stunde der Nachmittagswache bedeutet nach gewöhnlicher Zeitrechnung ungefähr halb sechs Uhr: zu jener Jahreszeit geht die Sonne wenige Minuten nach sechs Uhr unter. Somit blieb wenig über eine halbe Stunde bis zur Vollziehung des Urtheilsspruches übrig.

Cuffe hatte das Verdeck nicht mehr verlassen und fuhr erschrocken zusammen, als er den Schlag der Glocke vernahm. Winchester wandte sich gegen ihn mit fragendem Blicke, denn zwischen Beiden war das Nöthige schon zum Voraus abgemacht worden. Eine bezeichnende Geberde war Alles, was er zur Antwort erhielt.

Dieß genügte aber auch vollkommen. Alsbald wurden gewisse geheime Befehle erlassen. Jetzt war unter den Vormarsmatrosen und auf dem Vorkastell eine gewisse Geschäftigkeit zu bemerken: an dem Vorraa-Arm wurde ein Tau aufgezogen und ein Gatter als Auftritt hergerichtet – lauter untrügliche Zeichen einer bevorstehenden Execution.

So sehr auch diese rauhen Seeleute Gefahren jeder Art zu bestehen und menschliches Leiden fast unter jeder Gestalt mit anzusehen gewöhnt waren, so war dießmal gleichwohl über Alle ein eigenthümliches Gefühl der Menschlichkeit gekommen. Raoul war freilich ihr Feind, und als solcher noch vor achtundvierzig Stunden ein Gegenstand ihres vollen, aufrichtigen Hasses: aber die Umstände hatten den früheren Groll in ein edleres, männlicheres Gefühl umgewandelt. Erstens war ein siegreicher, triumphirender Feind etwas ganz Anderes als ein Gegner, den sie in ihrer Gewalt hatten, und der gänzlich von ihrer Gnade abhing. Dann war auch die persönliche Erscheinung des jungen Kapersmannes ungewöhnlich einnehmend und durchaus verschieden von der Schilderung, welche lebhafte Eifersucht, vielleicht nicht ohne Beimischung von Bitterkeit, früher von ihm entworfen hatte. Vor Allem aber wurde ihr Edelmuth durch die Ueberzeugung geweckt, daß die eine große Leidenschaft des Menschen – und nicht der gewöhnliche Beweggrund eines Spions ihren Feind in diese Gefahr gestürzt, und er, wenn auch vom technischen Gesichtspunkte aus schuldig – selbst zugegeben, daß er bei Verfolgung seiner Liebesabsichten vielleicht nebenbei kriegerische Plane nährte – gleichwohl nicht um elenden Lohn also gehandelt habe.

Alle diese Betrachtungen, zusammengenommen mit dem Widerwillen, welchen Seeleute immer gegen die Vornahme einer Execution auf ihrem Schiffe hegen – hatten der Sache eine durchaus veränderte Wendung gegeben, und da, wo Raoul noch vor Kurzem zwei- bis dreihundert kräftige, furchtbare Feinde angetroffen hätte, würde er jetzt wohl ebensoviele teilnehmende Freunde gefunden haben.

Kein Wunder also, wenn die Vorkehrungen der Vormarsgasten mit unfreundlichen Blicken angesehen wurden. Nichtsdestoweniger hielt die unsichtbare Hand der Amtsgewalt Alle im Zaume. Cuffe selbst wagte nicht, länger zu zögern. Die nöthigen Befehle wurden, wenn gleich mit tiefem Widerstreben, ertheilt; dann ging der Kapitän in seine Kajüte, wie wenn er sich vor menschlichen Augen verbergen wollte.

Die zehn Minuten, welche jetzt folgten, waren Minuten tiefer Bestürzung. Alle Matrosen wurden aufgerufen, die Vorbereitungen vervollständigt, und Winchester wartete nur auf das Wiedererscheinen Cuffe's, um den Gefangenen auf den Auftritt treten zu lassen.

Ein Midshipman wurde in die Kajüte gesendet, worauf der kommandirende Offizier langsam und mit zögerndem Schritte auf das Quarterdeck zurückkam.

Die Mannschaft war auf dem Vorkastell und in der Kuhl versammelt, die Marinetruppen standen unter'm Gewehr – die Offiziere hatten sich um das Gangspill zusammengestellt, und feierliche, unruhige Erwartung herrschte auf dem ganzen Schiffe. Der leiseste Fußtritt wurde gehört. Andrea und sein Freund standen abseits in der Nähe des Hackbords: von Carlo Giuntotardi oder seiner Nichte war aber nirgends etwas zu sehen.

„Wir haben noch ungefähr fünfundzwanzig Minuten Sonnenschein, nicht wahr, Mr. Winchester?“ bemerkte Cuffe, in fieberischer Aufregung den westlichen Rand der See betrachtend, gegen welchen das Tagesgestirn sich langsam hinabsenkte, indem es diesen ganzen Theil des Himmelsgewölbes mit jenem weichen Glanze vergoldete, wie er dieser Stunde und dem besonderen Breitegrade eigenthümlich ist.

„Nicht mehr als zwanzig,“ fürcht' ich, Sir,“ lautete die widerstrebende Antwort.

„Ich sollte meinen, fünfe müßten im schlimmsten Falle genügen, besonders wenn die Leute rasch anziehen.“

Dieß sprach der Kapitän halb flüsternd, mit hohler, unsicherer Stimme, indem er den Lieutenant die ganze Zeit über ängstlich ansah.

Winchester zuckte mit den Schultern und wandte sich ab, da er nicht sprechen mochte.

Cuffe hielt jetzt eine kurze Berathung mit dem Schiffsarzt, um das Minimum von Zeit zu erfahren, welche ein Mensch, am Raa-Arm einer Fregatte aufgehängt, zu leben vermöchte. – Das Resultat war nicht günstig, denn gleich darauf wurde das Zeichen gegeben, den Gefangenen heraufzubringen.

Raoul erschien alsbald auf dem Verdeck, begleitet von dem Waffenmeister und dem Offizier, der das Amt des Lord-Prevôt übernommen hatte. Er war in seine reinliche, weiße Lazzaronitracht gekleidet und trug die rothe phrygische Mütze, deren wir bereits gedacht haben.

Sein Gesicht war blaß, aber Niemand konnte an den Muskeln, welche sein loser Anzug dem Auge enthüllte, das leiseste Zittern bemerken. Vor der Offiziersgruppe nahm er höflich die Mütze ab und warf einen Blick des Verständnisses gegen die furchtbare Maschinerie an der Vorraa. Daß er erschüttert war, als der Auftritt und die Schlinge seinem Auge begegneten – steht außer Frage: aber augenblicklich sich wieder zusammenraffend, verbeugte er sich lächelnd gegen Cuffe und ging festen Schrittes, doch ohne das mindeste Zeichen von Prahlerei in seinem Wesen – dem Schauplatze seiner beabsichtigten Hinrichtung entgegen.

Todtenstille herrschte, während der Profoß mit seinen Leuten die Schlinge zurecht rückte und den Verurtheilten auf den Auftritt stellte. Dann wurde das schlaffe Ende des Tau's mit der Hand einwärts gezogen, und die Leute erhielten die Weisung, das Werkzeug des Todes anzufassen und es seiner Länge nach über das Deck laufen zu lassen.

„Nehmt euch zusammen, meine Jungen; zieht rasch und kräftig gleich bei dem ersten Ruck,“ gebot Winchester leise, während er an der Linie herabging. „Geschwindigkeit ist Gnade in einem solchen Augenblick.“

„Großer Gott!“ murmelte Cuffe, „kann der Mann auf diese Art sterben, ohne Gebet, ja ohne nur einen Blick gen Himmel zu werfen, als ob er um Gnade flehen wollte?“

„Er ist ein Atheist, wie ich höre, Sir,“ erwiederte Griffin. „Wir haben ihm all' den religiösen Trost angeboten, den wir überhaupt zu bieten hatten; er scheint aber nichts der Art zu wünschen.“

„Ruft die Bramraaen da droben noch einmal an, Mr. Winchester,“ befahl Cuffe zögernd.

„Vorbramraa da oben!“

„Sir?“

„Kein Zeichen von dem Boot? – blickt scharf nach dem Golf von Neapel; wir haben Campanella weit genug zur Seite, so daß Ihr recht gut vorwärts sehen könnt.“

Eine Minute lang herrschte Stille. Dann schüttelte der Ausgucker oben mit dem Kopf, zum Zeichen der Verneinung, als ob er nicht zum Sprechen geneigt wäre. Winchester warf einen Blick nach Cuffe: dieser wandte sich ängstlich ab, stieg auf eine Kanone und schaute mit angestrengtem Blicke gegen Norden.

„Alles fertig, Sir,“ meldete der erste Lieutenant, nachdem eine weitere Minute verstrichen war. Cuffe war eben im Begriff, zum Zeichen des Todesbefehls die Hand zu erheben – da hörte man den dumpfen, schweren Donner einer fernen Kanone in der Richtung der Stadt Neapel über's Wasser herüberschallen.

„Halt, halt!“ schrie Cuffe, aus Furcht, die Leute möchten sein Zeichen mißverstehen. „Laßt Eure Mate's die Pfeifen vom Munde nehmen, Sir. Noch zwei Kanonenschüsse, Winchester, und ich bin der glücklichste Mann in Nelsons Flotte!“

Kaum waren diese Worte gesprochen, als ein *zweiter* Schuß gehört wurde. Dann folgte eine athemlose Pause von einer halben Minute, und ein *dritter* Knall ließ sich vernehmen, gedämpft, aber dennoch unverkennbar.

„Das muß wohl zur Begrüßung sein, Sir?“ äußerte Griffin in fragendem Tone.

„Der Zwischenraum ist zu lang. – Horch! ich hoffe zu Gott, wir hatten den letzten!“

Jedes Ohr auf dem Schiff horchte angestrengt: Cuffe hielt die Uhr in der Hand.

Zwei volle Minuten verstrichen, und kein vierter Kanonenschuß ward vernommen. Mit jeder folgenden Sekunde wechselte der Ausdruck auf des Kapitäns Gesichtszügen – endlich winkte er triumphirend mit der Hand.

„Es ist, wie es sein soll, ihr Herren,“ sprach er. „Nehmt den Gefangenen herunter, Mr. Winchester. Knüpft das Tau los, und schafft den verd – ten Auftritt von der Kanone weg. – Mr. Strand, pfeift der Mannschaft zum Einrücken.“

Raoul wurde augenblicklich abgeführt. Während er durch die Hinterluke passirte, nickten ihm die Offiziere des Quarterdecks ihren Glückwunsch zu, und auf dem ganzen Schiffe war nicht ein Einziger, der sich wegen dieses Aufschubs nicht glücklicher gefühlt hätte.

Dreiundzwanzigstes Kapitel

Rund spiegelt sich der Mond in seinem Auge ab,
Auch glaubt er fest, daß eckig sei die Erde:
Denn reist' er fünfzig Meilen auch – es gab
Ein Zeichen nirgends, daß sie Kugel werde.

Don Juan.

Raoul Yvard verdankte sein Leben einem Akte der Vorsicht von Seiten Clinchs. Wären die drei Kanonen nicht noch so ganz zu rechter Zeit auf dem Foudroyant abgefeuert worden, so hätte die Execution ihren Fortgang genommen, und hätte nicht der Steuermannsmate so kluge Vorsorge getroffen, so wären jene Kanonen niemals abgefeuert worden.

Dieß erklärt sich folgendermaßen.

Als Cuffe seinem Untergebenen Instructionen über sein Verhalten ertheilte, fiel diesem Letzteren ein, wie ein Aufenthalt irgend einer Art so gar leicht möglich wäre, und er dachte auf ein Mittel, wodurch diesem Uebel abgeholfen werden konnte. Auf seinen Rath erwähnte der Kapitän in seinem Schreiben an den Admiral jenes Signals mit den Kanonen, indem er auf dessen Wichtigkeit aufmerksam machte.

Nelson war eben zu Castellamare, als Clinch die Flotte erreichte, und es wurde somit nöthig, ihm zu Lande nach jenem Orte zu folgen. Hier traf Clinch den Admiral in dem Palaste Qui-Si-Sane, den Hof erwartend, und übergab ihm unverzüglich seine Depeschen.

Nichts machte dem brittischen Admirale größere Freude, als wenn er im Stande war, Gnade zu gewähren, denn das oben angeführte Beispiel des Gegentheils bildete sowohl in seinem Privatcharakter als in seiner öffentlichen Laufbahn eine Ausnahme, und es ist leicht möglich, daß eben dieser neuliche Vorfall, der seinen sonstigen Gewohnheiten so ganz fremd war, ihn um so mehr geneigt machte, jener gewohnten Neigung zu gehorchen und den erbetenen Aufschub desto bereitwilliger zu gewähren.

„Euer Kapitän sagt mir hier, Sir,“ bemerkte Nelson, nachdem er Cuffe's Brief zum zweiten Mal gelesen hatte, „es sei kaum zu zweifeln, daß Yvard wegen einer

Liebesangelegenheit nach dem Golfe kam, und daß seine Absicht überhaupt nicht die eines Spiones war?“

„Dieß ist die allgemeine Meinung auf unserer Fregatte, Mylord,“ gab der Steuermannsmate zur Antwort. „Es ist da ein alter Mann und ein reizendes junges Mädchen in seiner Gesellschaft, welche Eurer Lordschaft, wie Kapitän Cuffe sagt, erst vor wenigen Tagen in der Kajüte des Admiralschiffes einen Besuch machten.“

Nelson fuhr zusammen und Flammenröthe zeigte sich in seinen Mienen. Er ergriff die Feder und kritzelte mit der einzigen Hand, welche ihm geblieben, den Befehl, die Execution bis auf weiteren Befehl aufzuschieben. Nachdem er das Schreiben gesiegelt, händigte er es Clinch mit den Worten ein:

„Geht in Euer Boot und rudert so schnell als möglich nach der Fregatte zurück. Verhüte Gott, daß je ein Mensch durch mich Unrecht leiden sollte!“

„Ich bitte um Verzeihung, Mylord – aber ich habe jetzt nicht mehr so viel Zeit, um mein Schiff vor Sonnenuntergang zu erreichen. Ich habe zwar auf meinem Boote ein Signal in Bereitschaft; aber die Fregatte wird vielleicht bis zum letzten Augenblicke nicht um Campanella herumkommen, und dann ist alle unsere Mühe verloren. Spricht Kapitän Cuffe nicht von einigen Kanonenschüssen, die von dem Flaggenschiffe abgefeuert werden sollten, Mylord?“

„Ja wohl, Sir, und dieß wird auch wirklich das sicherste Mittel der Mittheilung sein. Bei diesem leichten Westwind kann ein Kanonenschuß zur See auf weite Entfernung gehört werden. Nehmt die Feder, Sir, und schreibt, wie ich Euch diktire.“

Clinch ergriff die Feder, welche der Admiral, der erst vor einigen Jahren den rechten Arm verloren hatte, außer Stand war zu führen, und schrieb wie folgt:

„Sir – Sogleich nach Empfang dieses werdet Ihr drei schwere Kanonen in Zwischenräumen von je einer halben Minute abfeuern, als Zeichen für die Proserpina, daß sie die Execution einzustellen hat.

„Dem kommandirenden Offizier von Seiner Majestät Schiffe Foudroyant.“

Sobald die magischen Worte ›Nelson und Bronte‹ nebst Datum dem Befehle beigefügt waren, erhob sich Clinch, um sich zu verabschieden. Nachdem er seine Verbeugung gemacht, stand er mit der Hand an der Thürklinke, ungewiß, ob er seine Bitte vorbringen sollte oder nicht.

„Das Geschäft ist sehr dringend, Sir, und keine Zeit ist dabei zu verlieren,“ fügte Nelson bei. „Ich fühle große Aengstlichkeit in mir und wünsche, daß Ihr Kapitän Cuffe meldet, er möge Euch, sobald es angeht, an mich zurückschicken und Alles, was unterdessen vorgegangen, berichten lassen.“

„Ich werde Eure Wünsche vermelden, Mylord,“ antwortete Clinch in freudigem Tone, denn er bedurfte ja nur einer Gelegenheit, um über seine eigene Beförderung zu sprechen und diese war ihm nun in Aussicht gestellt. „Darf ich dem Kommandanten des Flaggenschiffs sagen, daß er die Unterdeckskanonen abfeuere, Mylord?“

„Wenn er diesen Befehl gelesen hat, wird er es wohl von selber thun – schwere Kanonen bedeuten immer die schwersten. Guten Abend, Sir; um's Himmels willen verliert keine Zeit!“

Clinch gehorchte dieser Weisung buchstäblich. Er erreichte den Foudroyant noch einige Zeit vor Sonnenuntergang und übergab seinen Befehl augenblicklich in die Hände des Kapitäns. Wenige erläuternde Worte setzten Alles in Bewegung, und die drei Kanonen wurden auf der Seite gegen Capri – zum großen Glück für unsern Helden – pünktlich abgefeuert.

Die nächste halbe Stunde, welche dem Schluß unserer vorigen Scene folgte, war eine Zeit der Lust und Fröhlichkeit am Borde der Proserpina. Jedermann freute sich, daß das Schiff mit der Execution verschont geblieben war, und dann kam jetzt auch die Stunde, wo ›die Hängematten herabgepfiffen‹ und die Wachen abgelöst wurden.

Cuffe hatte seine ganze Lebendigkeit wieder gefunden, und erging sich in munterem Gespräche mit seinen beiden italienischen Gästen, wobei Griffin wieder den Dolmetscher machte. Die Letzteren waren verhindert worden, dem Gefangenen ihren Besuch abzustatten, da er allein zu bleiben gewünscht hatte; jetzt aber erneuerten sie ihr Gesuch, und schickten zu ihm hinab, um zu erfahren, ob sie willkommen sein würden. Die beiden Würdenträger, die sich die eigentlichen ›Seebeine‹ noch nicht angewöhnt hatten, gingen zusammen an die Ausführung ihres freundlichen Planes, und während sie die Leiter hinabstiegen und sich durch die Masse des Schiffsvolkes drängten, blieb das Gespräch zwischen ihnen in stätem, munterem Gange.

„ Cospetto!“ rief der Podesta; „Signor Andrea, wir leben in einer Welt der Wunder! Man kann ja kaum sagen, ob man noch wirklich am Leben ist oder nicht. Wenn ich mir denke, wie dieser falsche Sir Smees noch vor einer halben Stunde dem Tode so nahe war – und jetzt ist er ohne Zweifel eben so munter und lebendig, wie einer von uns Beiden!“

„Es wäre wohl nützlicher, Freund Vito Viti,“ antwortete der philosophische Vicestatthalter, „wenn man bedächte, wie die Lebenden dem Tode immer nahe stehen, der ja nur seine Pforten öffnen darf, um die Schönsten und Kräftigsten in's Grab hinabzuziehen.“

„Bei San Stefano! Ihr habt eine Art an Euch, Vicestatthalter, die einem Kardinal wohl anstehen würde! Es ist tausendmal schade, daß die Kirche einer solchen Stütze beraubt wurde, Signor Andrea; dafür glaube ich aber auch, wenn Euer Geist sich weniger mit unserem künftigen Zustande beschäftigte, würde er weit fröhlicher gestimmt sein, und gewiß ungleich ermunternder für die, welche mit Euch sprechen. Es gibt in diesem Leben des Uebels genug, auch ohne daß man so viel an den Tod denkt!“

„Es gibt Philosophen, guter Vito, welche behaupten, daß von all' Dem, was wir vor uns sehen, eigentlich gar Nichts existire! Das wir uns Alles nur so *denken*: denken, daß dieses ein See, mit Namen Mittelmeer – dieß hier ein Schiff – und dort das Land sei; denken, daß wir jetzt leben und daß auch der Tod nur in unseren Gedanken bestehe!“

„ Corpo di Bacco! Signor Andrea,“ rief der Andere, blieb am Fuße der Leiter stehen, und ergriff seinen Gefährten am Rockknopfe, als fürchtete er, derselbe möchte ihm mitten in seiner sonderbaren Enttäuschung abhanden kommen. „Ihr werdet doch nicht auf solche Art mit einem alten Freunde scherzen – der Euch von Kindheit an gekannt hat? *Denken*, daß ich am Leben sei!“

„ Si – ich habe Euch blos Wahrheit berichtet. Die Einbildungskraft vermag gar viel, und kann leicht unwesenhaften Dingen den Schein der Wirklichkeit verleihen.“

„Und daß ich nicht ein Podesta in der That, sondern nur einer in Gedanken sei!“

„Ganz so, Freund Vito, so daß auch ich blos in der Einbildung Vicestatthalter wäre.“

„Und Elba soll keine wirkliche Insel, Porto Ferrajo keine wirkliche Stadt sein, und sogar all' unser Eisen, das wir in großen Massen in guten, gesunden Schiffen in die Welt zu schicken schienen, wäre nur eine Art Gespenst von solidem, wahrhaftem Metall!“

„ Si – si – Alles, was Materie zu sein scheint, sei in der That blos eingebildet – Gold, Eisen oder Fleisch!“

„Und dann bin ich also nicht Vito Viti, sondern nur ein Betrüger? Was das für eine schurkische Philosophie ist! Wie – denkt Euch nur, Vicestatthalter – oder scheinbarer Vicestatthalter – wir Beide wären ja eben so schlecht, wie dieser Sir Smees, wenn das, was Ihr sagt, wahr wäre!“

„Kein Betrüger, Freund Vito; denn es gibt gar kein wirkliches Wesen deines Namens, wenn du es nicht bist.“

„ Diavolo! Eine hübsche Theorie in der That – sie könnte das junge Volk auf Elba glauben machen, es gebe gar keinen wirklichen Podesta auf der Insel, sondern höchstens ein armes, erbärmliches Trugbild eines solchen, und Vito Viti existire gar nicht auf Erden. Wenn sie einmal auf diesen Glauben verfallen, dann möge Gott den Ort beschützen, was Ordnung und Nüchternheit betrifft.“

„Ich glaube, Nachbar, du verstehst die Sache noch nicht recht, und daran bin ich vielleicht selbst schuld, weil ich nicht gehörig klar war: da wir jetzt übrigens auf dem Wege sind, einen unglücklichen Gefangenen zu besuchen, so könnten wir die Discussion auch auf eine andere Zeit verschieben. Auf einem Schiffe, dessen Sprache Einem fremd ist, hat man hie und da einen müssigen Augenblick, welchen wir durch ein näheres Eingehen in diesen Gegenstand höchst nützlich und angenehm ausfüllen können.“

„Verzeiht mir, Signor Andrea – aber es gibt keine passendere Zeit als eben jetzt. Ueberdieß existirt ja, wenn die Theorie wahr ist, überhaupt gar kein Gefangener – oder höchstens nur ein eingebildeter – und dann kann es Sir Smees doch nichts schaden, wenn er auch ein bischen warten muß; wogegen ich nicht eher einen ruhigen Augenblick haben werde, als bis ich erfahre, ob wirklich ein solcher Mann, wie Vito Viti existirt oder nicht, und ob ich dieser Mann bin."

„Bruder Vito, du bist ungeduldig; überdieß lassen sich diese Dinge nicht nur so in einem Augenblicke erlernen, denn jedes System hat, gerade wie ein Buch, seinen Anfang und sein Ende, und wer könnte jemals gelehrt werden, wenn er eine Abhandlung von hinten herein zu lesen versuchte?"

„Ich weiß, Signor Andrea, was ich Eurem höheren Range sowohl als Eurer größeren Weisheit schuldig bin, und will für jetzt nichts weiter sagen; aber daß ich wenigstens nicht an eine Philosophie *denken* sollte, welche mich lehrt, daß ich nicht der Podesta bin oder daß Ihr nicht der Vicestatthalter seid – das wäre mehr, als Fleisch und Blut vermögen."

Andrea Barrofaldi war froh, daß sein Gesellschafter wenigstens für den Augenblick beruhigt war, und verfügte sich nun weiter nach Raouls kleinem Gefängnisse. Er wurde von der Schildwache, die bereits hierauf instruirt war, augenblicklich eingelassen.

Der Gefangene empfing seine Gäste höflich und in fröhlicher Laune, denn wir sind weit entfernt, ihn als so heroisch darstellen zu wollen, daß er sich nicht ausnehmend gefreut hätte, dem Tode durch Henkershand entgangen zu sein, selbst wenn es vorderhand nur ein Aufschub und nicht ein wirklicher Pardon war. In einem solchen Augenblicke hätte der junge Mann auch noch weit lästigere Besuche entschuldigt; der plötzliche Wechsel in seinen Aussichten machte ihn sogar ein wenig zum Scherzen aufgelegt, denn, die Wahrheit zu sagen, hatte Dankbarkeit gegen Gott nur wenig Antheil an seiner Gemüthsbewegung. Er betrachtete seine Befreiung vom Galgen, so wie seine Gefangennahme und alle übrigen Zwischenfälle seiner Kreuzfahrt rein als die Resultate des Kriegsglücks.

Winchester hatte Raouls Gemach mit all' den kleinen Erfordernissen, welche seine Lage wünschenswerth machte, versehen lassen, und so enthielt es denn auch unter anderen Gegenständen zwei gewöhnliche Schiffsstühle. Jeder der beiden Italiener erhielt einen derselben, während sich der Gefangene auf dem Schlepptakel einer der beiden Kanonen niederließ, welche die Seitenwände seines Stübchens bildeten.

Es war jetzt Nacht; ein Nebeldunst hatte den Himmel bedeckt und die Sterne verfinstert, so daß völlige Dunkelheit herrschte. Trotzdem hatte Raoul weder Kerzen- oder Lampenlicht in seinem Zimmer: man hatte ihm zwar dergleichen angeboten, er hatte es aber abgelehnt, weil er bemerkte, daß fremde Augen zuweilen mit der müssigen Neugierde des gemeinen Mannes durch die Oeffnungen in der Leinwand hereinguckten, um die Miene und das Treiben eines zum Tode Verurtheilten zu beobachten. Diese Neugierde hatte ihn schon in der verflossenen Nacht sehr belästigt, und da die Leute jetzt eben so begierig sein mochten, einen Verbrecher den gewährten Aufschub tragen zu sehen, so hatte er beschlossen, die Nacht lieber im Finstern zuzubringen.

Auf dem Kanonendeck brannten übrigens ein paar Laternen, welche sogar durch die Leinwandschoten eine matte Helle in das Stübchen warfen. Diese Schoten erstreckten sich, wie gesagt, von einer Kanone zur andern, so daß Licht und Luft durch die Stückpforten freien Zugang hatten. Dadurch reichten auch die Kanonentakeln auf der einen Seite bis in's Zimmer und auf einem derselben nahm Raoul nunmehr seinen Sitz ein.

Vermöge seiner höheren Lebensstellung, seiner besseren Erziehung und eines feineren natürlichen Taktes übertraf Andrea Barrofaldi seinen Gefährten weithin in der Artigkeit des Benehmens. Letzterer wäre wohl sogleich in medias res hineingeplumpt, hätte nicht der Vicestatthalter ein Gespräch über allgemeine Gegenstände begonnen in der Absicht, Raoul seinen Glückwunsch zu dem neulichen Aufschube abzustatten, so wie sich nur eine passende Gelegenheit dazu darbieten würde.

In einer Beziehung war dieß eine unglückliche Verzögerung, denn Vito Viti fand nicht sobald, daß der Hauptzweck ihres Besuches hintangestellt werden sollte, als er wieder voll Eifer zu dem früheren Gegenstande ihres Streites zurückkehrte, der durch den Eintritt in das Gefangenenzimmer unterbrochen worden war.

„Hier der Vicestatthalter hat eine Theorie aufgestellt, Sir Smees," begann er, sobald eine Pause im Gespräche ihm dieß gestattete – „der Vicestatthalter hier hat eine Theorie aufgestellt, welche die Kirche ganz gewiß verdammenswürdig nennen würde, und gegen welche die menschliche Natur sich empören muß."

„Ei nein, guter Vito, du betrachtest die Sache nicht im rechten Lichte," unterbrach ihn Andrea, der sich durch einen so unvermutheten Angriff etwas gereizt fühlte. „Die Theorie stammt nicht von mir, sondern hauptsächlich von einem gewissen englischen Philosophen, der, nebenbei gesagt, sogar Bischof war."

„Ein Lutheraner! – war's nicht so, verehrter Signor Andrea? – ein sogenannter Bischof?"

„Nun – die Wahrheit zu gestehen, er *war* ein Ketzer und nicht als ein Apostel der wahren Kirche zu betrachten."

„O, darauf hätt' ich geschworen. Kein ächter Sohn der Kirche würde jemals eine solche Lehre predigen. Denkt euch nur einmal, Signori, die Unzahl eingebildeter Feuer, Zangen und anderer Torturinstrumente, welche nöthig wären, um unter einem solchen System eine Strafe zu vollziehen! Um da noch beim Verstand zu bleiben, müßten selbst die Teufel nur eingebildet sein."

„ Comment, Signori!" rief Raoul lächelnd und mit plötzlicher Theilnahme an dem Gespräche; „hat je ein englischer Bischof eine solche Lehre aufgestellt? Eingebildete Teufel und eingebildete Straforte – das kommt ja unserem revolutionären Frankreich ziemlich nahe! Jetzt darf ich erst hoffen, unsere so arg mißhandelte Philosophie besser respektirt zu sehen."

„Mein Nachbar hat die Theorie, von welcher er spricht, noch nicht gehörig begriffen," antwortete Andrea, der ein zu guter Anhänger der *Kirche* war, als daß diese neue Wendung der Dinge ihn nicht unruhig gemacht hätte; „und so, würdiger Vito Viti, fühle ich die Nothwendigkeit, die ganze Sache etwas genauer zu erläutern.

Sir Smees" – so nannten die Italiener unsern Raoul noch immer aus lauterer Höflichkeit, da es ihnen nach Allem, was vorgefallen, zu ungeschickt vorkam, ihn mit seinem wahren Namen anzureden – „Sir Smees wird uns für wenige Minuten entschuldigen; vielleicht gewährt es ihm sogar Vergnügen, wenn er vernimmt, zu welch' hohem Fluge die Einbildungskraft eines genialen Mannes sich erheben kann."

Raoul erwiederte höflich, es werde ihm Freude machen, dem Vicestatthalter zuzuhören, und suchte, sich ausstreckend, eine bequemere Lage auf dem Kanonentakel anzunehmen, so daß er mit dem Kopfe gerade zwischen die Oeffnung der Stückpforte zu liegen kam, während sich seine Füße gegen das innere Rad der Lafette stemmten. Dieß brachte ihn so ziemlich in eine liegende Stellung: da man aber sah, daß sie blos deßhalb angenommen wurde, um einen unbequemen Sitz zum wenigsten erträglich zu machen, so konnte sie Niemand für unpassend halten.

Wir brauchen hier nicht Alles zu wiederholen, was Andrea Barrofaldi zu seiner eigenen Rechtfertigung und zur Erläuterung der gepriesenen Theorie des Bischofs Berkeley zu sagen für gut fand. Eine solche Aufgabe war nicht in einer Minute zu lösen, und in der That wurde Weitschweifigkeit nur gar zu gern eine von des Vicestatthalters Schwächen, sobald er auf eines seiner Lieblingsthema zu sprechen kam.

Er war übrigens weit entfernt, die Lehre zu billigen, obwohl es seinen alten Nachbar ausnehmend verdroß, daß er die Sache auf eine Art darstellte, die sie ihm doch dem äußeren Scheine nach beachtenswerth, wenn nicht gar unzweifelhaft erscheinen ließ. Letzterem war es besonders unangenehm, zu denken – und wenn auch nur des Beweises halber – daß keine Insel wie sein Elba existiren und daß er nicht deren Podesta sein sollte; alle seine persönlichen und egoistischen Vorurtheile kamen hier einem natürlichen Widerstreben zu Hilfe, um ihm eine Theorie vollständig zu entleiden, welche, wie er keinen Anstand nahm zu behaupten – eine grobe Beschimpfung gegen jedes ehrlichen Mannes Natur enthalte.

„Es gibt Leute in der Welt, Signor Andrea," so perorirte der halsstarrige Podesta im Verlauf seiner Einwürfe, „welche allerdings heilig froh wären, wenn sich Alles, wie Ihr sagt, nur als Einbildung erwiese – Bursche, welche Nachts vor lauter bösem Gewissen nicht schlafen können, und für die es ein wahrer Segen wäre, wenn die Erde sie (wie man's auf diesem Schiffe nennt) über Bord werfen und in den großen Ocean der Vergessenheit versenken wollte. Doch sie sind abgefeimte *Baroni*, und sollten eigentlich unter ehrlichen Leuten für gar nichts Ordentliches gelten. Ich habe zu Livorno einige dieser Spitzbuben gekannt, und darf wohl sagen, daß auch Neapel nicht ganz frei davon ist; ganz etwas Anderes aber ist es, wenn man einem hübschen und sittsamen Mädchen sagen wollte, ihre Schönheit und Tugend sei nur Schein, oder achtbaren Magistratspersonen: sie seien eben so große Betrüger, wie die Spitzbuben selbst, welche von ihnen in's Gefängniß oder an den Galgen gebracht werden."

Diesen und ähnlichen Reden stellte Andrea seine Erläuterungen und seine Philosophie entgegen, bis der Streit nach und nach hitzig und das Gespräch immer lauter wurde.

Es gehört zu den Eigenthümlichkeiten Italiens, daß seine Landessprache – eine der weichsten der ganzen Christenheit – durch die *Art* ihres Gebrauches häufig rauh und unangenehm klingt. Bei dieser Gelegenheit war die Heftigkeit der Streitenden eben nicht geeignet, dieses Uebel sonderlich zu mildern.

Griffin führte der Zufall eben in diesem Augenblicke an dem Gefangenenzimmer vorüber, und da er einige Worte von dem Verhandelten auffing, so blieb er stehen, um zu lauschen. Sein Lächeln und die preisgegebenen Uebersetzungen sammelten bald eine Gruppe von Offizieren um ihn; die Schildwache zog sich ehrerbietig etwas bei Seite, und so wurde der Raum vor dem Gemache des Gefangenen zu einer Art von Parquet bei einer höchst belustigenden Vorstellung. Mehrere von den jungen Herren verstanden etwas Italienisch, und da Griffin sehr rasch, wiewohl in leisem Tone, übersetzte, so kam den Zuhörern die ganze Sache äußerst unterhaltend vor.

„Das ist eine kuriose Art, einem zum Tod Verurtheilten Trost einzusprechen," murmelte der Quartiermeister: „ich wundere mich nur, wie's der Franzmann bei all' dem Unsinn aushalten kann."

„O," meinte der Marineoffizier, „die Dressur thut schon das Ihrige. Die Revolutionäre sind dermaßen auf die Heuchelei eindressirt, daß ich darauf wette, der Bursche grinst die ganze Zeit über in lauter verstelltem Entzücken."

Und in der That – Raoul horchte mit nicht geringem Ergötzen. Anfänglich ließ sich auch seine Stimme im Verlaufe der Discussion zuweilen vernehmen, offenbar nur in der Absicht, die Streitenden noch mehr zu erhitzen: doch die Heftigkeit der Letzteren brachte ihn bald zum Schweigen, und wohl oder übel mußte er sich mit Zuhören begnügen.

Eben als der Streit warm zu werden begann und während Griffin eine Gruppe von Zuhörern um sich versammelte, steckte der Gefangene den Kopf noch weiter zu der Schießschartenöffnung hinaus, um die Kühle der Abendluft zu genießen – da mit einem Male fühlte er zu seiner Ueberraschung eine Hand sich sachte auf seine Stirne legen.

„St," flüsterte eine Stimme dicht neben seinem Ohr, „es ist der Amerikaner – Ithuel – seid ruhig – jetzt ist der Augenblick, auf Tod und Leben zu rudern."

Raoul besaß zu viel Selbstbeherrschung, um sein Erstaunen zu verrathen; im nächsten Augenblicke aber waren alle Fähigkeiten in ihm rege und lebendig. Ithuel, das wußte er, war ganz der Mann für solche Fälle. Die Erfahrung hatte ihm tiefe Achtung vor dessen kühnem Unternehmungsgeiste eingepflanzt, sobald es galt, rasch und entschlossen zu handeln. Ohne Zweifel mußte etwas Wichtiges vor sich gehen, sonst würde sich dieser vorsichtige Praktikus nicht einer Lage ausgesetzt haben, die ihm im Falle der Entdeckung jedenfalls Strafe zugezogen haben würde. Ithuel saß nämlich rittlings auf einer der Puttingen unterhalb des Hauptkanals – eine Stellung, welche möglicherweise, so lange es dunkel blieb, ohne eine Entdeckung herbeizuführen, beibehalten werden konnte, die aber, sobald sie gesehen wurde, schon an sich selbst als ein Zeichen schlimmer Absicht betrachtet worden wäre.

„Was hast du vor, Etouell?“ flüsterte Raoul, sobald er bemerkte, daß seine Gesellschafter viel zu eifrig mit sich selbst beschäftigt waren, um seine Bewegungen sehen oder seine Worte hören zu können.

„Der Italiener will mit seiner Nichte an's Land gehen. Alles ist bereit und vorgesorgt. Ich habe mir gedacht, Ihr könntet in der Dunkelheit durch die Stückpforte schlüpfen und in das Boot gelangen. Haltet Euch ruhig – wir wollen sehen.“

Raoul wußte wohl, daß der bewilligte Aufschub nur von zweifelhafter Dauer war. Im günstigsten Falle stand ihm ein englischer Kerker in Aussicht, während ihm die andere Seite des Gemäldes Ghita's Bild vor Augen stellte. Alle seine Gefühle waren in wildem Tumult, doch kein Laut entschlüpfte seinen Lippen, so sehr war er an Selbstbeherrschung gewöhnt.

„Wann, cher Etouelle; *wann*?“ fragte er flüsternd, und seine Stimme zitterte trotz der Mühe, die er sich gab, sich selbst zu bezwingen.

„Jetzt – too-der-swiet – (tout-de-suite) – das Boot liegt an der Fallreepstreppe, und der alte Giuntotardi ist schon d'rin; eben richten sie einen Sitz für das Mägdlein her. – Aha – da schwingt es schon hinaus! – hört Ihr den Pfeifenruf?“ -

Raoul vernahm das Signal des Hochbootsmanns, der in diesem Augenblicke zum ›Wegstreichen‹ pfiff. Er lauschte angestrengt, indem er sich auf seinem Kanonentakel streckte; bald hörte er das Plätschern im Wasser, als das Boot den Meeresspiegel erreicht hatte. Auch das Rasseln der Ruder war zu vernehmen, als Ghita ihren Sitz verließ und sich nach dem Hintertheile begab.

„Rund geholt,“ rief der Offizier auf dem Deck, worauf Carlo Giuntotardi im unbestrittenen Besitze seines eigenen Bootes gelassen wurde.

Der Augenblick war ausnehmend kritisch. Irgend Jemand bewachte aller Wahrscheinlichkeit nach das Boot vom Verdeck aus, und obwohl die Nacht finster war, so mußte man doch mit der höchsten Vorsicht zu Werke gehen, wenn man mit einiger Gewißheit auf Erfolg zählen wollte. In diesem Moment hörte man Ithuel wieder flüstern.

„Die Zeit ist nahe. Der alte Carlo hat seine Befehle, und die kleine Ghita wird schon darauf sehen, daß er sie befolgt. Stille und Thätigkeit entscheiden jetzt Alles. In weniger als fünf Minuten wird das Boot unter der Stückpforte stehen.“

Raoul begriff jetzt den Plan, aber er kam ihm hoffnungslos vor. Es schien ihm unmöglich, daß man Ghita von dem Schiffe abziehen ließe, ohne daß hundert Augen ihre Bewegungen beobachteten; zwar war es finster, aber immer noch nicht so sehr, daß man voraussichtlich ungesehen zu ihr stoßen konnte. Doch mußte man es auf diese Gefahr wagen, oder ein Entkommen war für immer unmöglich.

Eben wurde mit dem Sprachrohr ein Befehl gegeben, und dieß ermuthigte den Gefangenen, denn es bewies, daß der Offizier von der Wache mit irgend einem Dienste beschäftigt war, der seine Aufmerksamkeit anders wohin lenkte. Dieß war von Wichtigkeit, da nur Wenige bei Seite zu blicken wagen konnten, so lange dieser Befehlshaber ihre Aufmerksamkeit in anderer Richtung in Anspruch nahm.

Raouls Gedanken drehten sich im Wirbel. Der Streit der beiden Italiener hatte seinen Höhepunkt erreicht, und ihr Geschrei war so laut, als man es nur immer wünschen konnte. Sogar das unterdrückte Gelächter der außenstehenden Offiziere war für *ihn* hörbar, wogegen die Disputirenden nichts als ihre eigenen Stimmen vernehmen konnten. Jedes Anstoßen des Boots gegen die Seite des Schiffes, jedes Geräusch der Ruder, wenn Carlo unter ihnen herumrasselte, sogar das Klatschen des Wassers war deutlich wahrzunehmen. Es schien, als ob alle Interessen des Lebens – der Zukunft, der Vergangenheit und der Gegenwart – mit den gesammten Regungen seines Herzens in diesen einzigen Moment zusammengedrängt wären.

Da er nicht wußte, was Ithuel von ihm erwartete, so fragte er diesen auf französisch, was er zunächst vornehmen sollte.

„Soll ich Hals über Kopf in's Wasser fallen? Was willst du, daß ich thun soll?“ flüsterte er.

„Bleibt ruhig liegen, bis ich's Euch anders heiße. Ich will das Signal geben, Kapitän Rule; laßt die Italiener nur näher kommen.“

Raoul konnte das Wasser nicht sehen, da er mit dem Kopf gerade in der Stückpforte lag; so mußte er sich also ganz allein auf sein Gehör verlassen. Schlag auf Schlag und Stoß auf Stoß zog das Boot langsam längs der Fregatte hin, als ob es sich fortwährend zum Abfahren anschickte.

Dieß Alles machte Carlo Giuntotardi zum Erstaunen gut. Als er unmittelbar unter dem Hauptkanale lag, wäre es selbst für einen der Ausgucker oben nichts Leichtes gewesen, das Boot zu bemerken. Hier hielt er an, denn er war für die Außendinge doch noch nicht so ganz verloren, daß er nicht vollkommen begriffen hätte, was man Alles von ihm erwartete. Vielleicht wurde er von Denen auf dem Verdeck gerade deßhalb weniger beobachtet, weil man ihn solcher weltlichen Sorge gar nicht für fähig hielt.

„Ist Alles sicher für einen Augenblick da drinnen?“ flüsterte Ithuel.

Raoul hob den Kopf und schaute sich um. Daß sich eine Gruppe um das Zimmer versammelt hatte, konnte er aus ihren Bewegungen, aus dem leisen Gespräche und unterdrückten Gelächter abnehmen; doch schien Keiner ihm selbst besondere Aufmerksamkeit zu schenken. Da er aber schon einige Zeit lang nicht mehr gesprochen hatte, so hielt er für gut, sich wieder einmal vernehmen zu lassen, wobei er wohl zu beachten hatte, daß seine Stimme aus der Stückpforte heraus unverdächtig klang. So machte er denn einen jener leichten Einwürfe gegen die Theorie des Vicestatthalters, wie er sie schon im Anfange des Disputs gelegentlich vorgebracht hatte.

Seine Worte wurden nur wenig beachtet, wie er erwartet hatte; aber sie dienten doch dazu, die Außenstehenden von seiner Anwesenheit zu überzeugen und einer unzeitigen Entdeckung vorzubeugen. – Sonst schien Alles günstig, und er legte sich abermals seiner ganzen Länge nach nieder, so daß sein Gesicht nur wenige Zolle von Ithuels Kopfe entfernt war.

„Alles sicher," wisperte er; „was habe ich jetzt zu thun?"

„Nichts; aber schiebt Euch mittelst Eurer Füße sorgsam vorwärts."

Dieß that Raoul; Anfangs Zoll für Zoll, bis ihm Ithuel das Ende eines Taues mit dem Bemerken in die Hand schob, dasselbe sei an den Kanal oben wohl befestigt.

Jetzt war die Aufgabe leicht; die einzige Gefahr war nur noch von allzu großer Eile zu besorgen. Nichts wäre Raoul leichter gewesen, als seinen Körper durch die Stückpforte zu ziehen und sich in das Boot hinabzulassen: um aber glücklich zu entkommen, war es immer noch nöthig, jede Beobachtung zu vermeiden.

Das Schiff stand eine halbe Meile von der Landspitze von Campanella entfernt, und derselben gerade gegenüber; für die Flüchtlinge war aber an keine Sicherheit zu denken, wenn sie sich nicht unbeachtet eine ziemliche Strecke weit entfernen konnten. Diese Betrachtung veranlaßte Ithuel zu der äußersten Vorsicht, und auch sein Freund ließ diesen Wink nicht verloren gehen.

Mittlerweile war aber Raoul so vollkommen Herr seiner Bewegungen geworden, daß er seine Beine ohne bedeutende Anstrengung aus der Schießscharte zu ziehen vermochte: von da in's Boot hinabzusteigen, war das leichteste Ding von der Welt. Aber ein Druck von Ithuels Hand hemmte ihn noch in seinen Bewegungen.

„Wartet ein bischen," flüsterte der Letztere, „bis die Italiener dicht unterhalb stehen."

Das Gezänk war jetzt so laut und hitzig, daß man nicht mehr viel Zeit verlieren durfte. Ithuel gab das Signal, und Raoul zog Kopf und Schultern mit den Armen empor, während er die Füße gegen die Kanone stemmte: im nächsten Augenblicke hing er senkrecht zwischen den großen Puttingen. Es bedurfte blos einer Sekunde, um leicht und geräuschlos in das Boot hinabzugleiten.

Als seine Füße den Querbalken berührten, fand er, daß der Amerikaner schon vor ihm da war. Letzterer zog ihn neben sich nieder, und Beide legten sich der Länge nach auf den Boden der Jolle, indem Ghita's Mantel über sie hingeworfen wurde.

Carlo Giuntotardi war an die Führung eines Fahrzeugs, wie die Jolle, gewöhnt; er zog also nur seinen Bootshaken aus einer der Puttingen zurück und die Fregatte steuerte langsam vorwärts, und ließ ihn in der nächsten Minute fast hundert Fuße hinter sich in ihrem Kielwasser.

So weit war Alles zum Erstaunen gelungen. Die Nacht war so dunkel, daß die beiden Flüchtlinge schon jetzt sich zu erheben und ihre Sitze auf den Querbalken einzunehmen wagten; doch geschah dieß Alles mit der äußersten Vorsicht und ohne das mindeste Geräusch. Bald wurden die Ruder eingesetzt, Carlo ergriff das Steuer, und ein triumphirendes Gefühl wogte in Raouls Herzen, als er das eschene Werkzeug erfaßte und das Boot unter seinem Drucke erzittern fühlte.

„Ruhig, ruhig, Kapitän Rule," sprach Ithuel leise; „wir haben noch lange zu rudern und sind noch immer in der Gehörweite der Fregatte. In fünf Minuten haben wir uns so weit entfernt, daß sie uns nicht mehr zu sehen vermag, dann können wir geraden Wegs in die See hinausrudern, wenn Ihr's wünscht."

Eben jetzt hörte man die Glocke auf der Proserpina vier Uhr schlagen – das Zeichen, welches die achte Stunde des Abends verkündete. Unmittelbar darauf wurde die Wache abgelöst und eine allgemeine Bewegung war auf dem Schiffe zu gewahren.

„Sie lösen blos die Wachen ab," sprach Raoul, als er bemerkte, daß sein Gefährte beunruhigt stille hielt.

„Das ist eine ungewöhnliche Bewegung für ein Ablösen der Wache! – Was ist *das*?"

Das Ueberhalen von Takeln war unverkennbar: ihm folgte das Plätschern eines Bootes, das in's Wasser gelassen wurde.

Vierundzwanzigstes Kapitel

Gefahr und Freude sind sich eng verschwistert:
Und Dorn und Rose kommt vom gleichen Stamme.

Alleyn.

Wie wir gesehen haben, war am Bord der Proserpina in den Herzen der Meisten an die Stelle des feindlichen Grolles eine edelmüthige Theilnahme für Raoul getreten. In Folge dieses Gefühls hatten die Schildwachen Befehl erhalten, den Gefangenen nicht durch zu häufiges oder unnöthiges Visitiren seines Zimmers zu belästigen. Um aber Zartsinn und Wachsamkeit gleichermaßen zu berücksichtigen, hatte Winchester die Ecke in der Leinwandverkleidung, welche der Laterne an der Kajütenthüre zunächst war, auf wenige Zolle öffnen lassen, und der Schildwache den Befehl gegeben, jede halbe Stunde, oder so oft die Schiffsglocke das Vorrücken der Zeit verkündete, durch diese Spalte zu schauen. Der Zweck dabei war einfach der, sich zu überzeugen, ob sich der Gefangene in seinem Zimmer befand und ob er nicht einen Versuch zum Selbstmorde machte – ein Schritt, den man unmittelbar vor dem Aufschube sehr bei ihm befürchtet hatte.

Der ganze Streit zwischen den beiden Italienern und was inzwischen unterhalb des Schiffkanales vorgegangen war, hatte aber nicht mehr als sechs bis sieben Minuten Zeit weggenommen und der kleine Haufen von Offizieren bekam immer neuen Zuwachs, während sich Raoul bereits auf der Jolle seines eigenen Luggers befand. In diesem Augenblicke schlug die Schiffsglocke acht Uhr: der Marinesoldat näherte sich mit dem Respekte eines Untergebenen, aber mit der festen Haltung eines Mannes auf dem Posten, seinem Guckloche, um das Gemach des Gefangenen zu untersuchen.

Die Offiziere hielten zwar diese Vorsicht für unnöthig, da Andrea's und Vito Viti's lautes Gespräch schon an sich eine Art Garantie dafür boten, daß der Gefangene in seinem Käfig war: gleichwohl machten sie dem Manne Platz, da sie recht wohl wußten, daß eine Schildwache niemals in ihrer Pflicht gehindert werden dürfe. Die Leinwand wurde auf wenige Zolle aus einander geschoben, so daß das Licht der Laterne vor der Kajütenthüre hineinfiel: da saß der Vicestatthalter und der Podesta, beide noch in heißem Streite gesticulirend und einander in's Gesicht starrend – Raoul Yvards Stelle aber war leer.

Yelverton hatte zufällig neben der Schildwache in das Zimmer geschaut. Er war ein junger Mann von raschem Fassungsvermögen, mit allen phrenologischen Beulen versehen, die zu einem solchen Charakter gehören, und erkannte also auf den ersten Blick, daß der Vogel ausgeflogen war. Sein erster Gedanke war der, der Gefangene möchte sich in die See gestürzt haben; ohne mit seiner Umgebung ein Wort zu sprechen, eilte er auf das Verdeck, gab dem wachhabenden Offizier eine hastige Erklärung und hatte in erstaunlich kurzer Zeit bereits das Gig im Wasser.

Seine überraschten Gefährten unten waren weniger eilfertig; doch war die Thatsache auch ihnen in Kurzem bekannt. Griffin gab einen hastigen Befehl: mit einem Rucke fiel die Leinwandverkleidung zusammen, und man sah die beiden Disputirenden, welche von dem Entweichen ihres Gesellschafters auch nicht die leiseste Ahnung hatten, mit wüthenden Geberden ihren Grimm gegen einander aussprudeln.

„Hollah! Vicestatthalter," rief Griffin plötzlich, denn in dem jetzigen Augenblicke hielt er alle Ceremonien für überflüssig; „was habt Ihr mit dem Franzmann angefangen? – wo ist Raoul Yvard?"

„ Il Signor, Sir Smees? Monsieur Yvard, wenn Ihr wollt? Nachbar Vito, was ist denn aus dem Manne geworden, der kaum vorhin noch *dort* saß?"

„ Cospetto! – Eurer Lehre zufolge, Signor Andrea, war ja überhaupt gar nie ein Mann, sondern nur der Gedanke eines Mannes vorhanden, da ist's also kein Wunder, wenn ein solches Wesen vermißt wird. Ich protestire übrigens gegen alle Folgerungen, die aus diesem Vorfalle gezogen werden können. Alle Franzosen sind flüchtig und leicht zu entführen; besonders jetzt, da sie nicht mehr den Ballast der Religion besitzen, sind sie wie lauter moralische Federn. Nein, nein, Vicestatthalter, Ihr müßt erst einmal einen Mann von respektabler Erziehung und gesunden Grundsätzen, wie mich – einen Mann, der Liebe zu seinen Heiligen und einen tüchtigen, vollwichtigen Körper besitzt – so plötzlich verschwinden lassen, dann will ich zugeben, daß der Fall zu Gunsten Eurer Logik spricht, Signor Andrea."

„Ein eigensinniger Mann, Nachbar Vito, ist das Vorbild der Unvollkommenheiten, die ein –"

„Verzeiht mir, Signor Barrofaldi," fiel Griffin ein; „jetzt ist's nicht Zeit zu philosophischen Theorien, wenigstens nicht für uns Seemänner, die wir dringendere Pflichten zu erfüllen haben. Was ist aus Raoul Yvard – oder Eurem Sir Smees geworden?"

„Signor Tenente, so wahr ich einst erlöst zu werden hoffe – ich habe nicht den mindesten Begriff von der Sache. Erst vor einer oder zwei Minuten saß er noch neben jener Kanone, scheinbar ein aufmerksamer und sehr erbauter Zuhörer einer Discussion, die wir über die berühmte Theorie eines gewissen Bischofs aus Eurem eigenen Vaterlande hielten, – eine Theorie, welche, im rechten Lichte betrachtet – merkt wohl, Nachbar Vito, ich sage *im rechten Lichte betrachtet*, denn der Gesichtspunkt, aus welchem Ihr die Sache anseht, ist –"

„Genug davon für jetzt, Signori," fuhr Griffin fort. „Der Franzose war doch hier, als ihr hereinkamet?"

„Freilich, Signor Tenente; er schien hoch erfreut über die Discussion, in welcher"

„Und ihr sahet nicht, ob er euch durch die Leinwand hier oder die Stückpforte dort verlassen hat?"

„Ich nicht, auf meine Ehre; ich glaubte, er unterhalte sich viel zu gut, als daß er uns verlassen könnte."

„Ach! Sir Smees ist eben in das Reich der Phantasie entflohen," brummte der Podesta, „und zu der großen logischen Familie heimgegangen, von welcher er ein ideales Mitglied ausmacht. Es gibt ja weder Lugger noch Kaper, weder See noch Fregatte, und so kommt mir's vor, als ob wir Alle viel Lärmen um Nichts machten."

Griffin hielt sich nicht länger mit Fragen auf. Kurze Zeit nachher stand er auf dem Verdeck, wo er Cuffe antraf, der eben durch eine eilige Meldung aus seiner Kajüte gerufen worden war.

„Was Teufels hat denn das Alles zu bedeuten, ihr Herren," fragte Letzterer in jenem Tone, welchen ein Kommandant so gerne annimmt, wenn Etwas schief gegangen ist. „Wer es auch sei, der den Gefangenen entwischen ließ – er kann darauf zählen, persönlich mit dem Admiral in Berührung zu kommen."

„Er ist nicht in seinem Zimmer, Sir," antwortete Griffin; „ich befahl dem Hochbootsmann so eben, als ich die Leiter heraufstieg, sämmtlicher Mannschaft zum Aufbruch zu pfeifen."

Kaum hatte er dieß gesagt, als Boot um Boot sich in's Wasser senkte, so daß in zwei bis drei Minuten nicht weniger als fünf in See waren, worunter das von Yelverton bereits rund um das Schiff herumruderte, um den vermeintlichen Schwimmer oder Ertrinkenden aufzufangen.

„Der Franzmann ist fort, Sir," sprach Winchester, „und muß durch die Stückpforte entschlüpft sein. Ich habe einen der jungen Herren nach den Puttingen geschickt, um zu untersuchen, ob er sich dort nicht versteckt hat."

„Wo ist das Boot des alten Italieners und seiner Nichte?"

Eine Pause folgte auf die Frage, und ein plötzlicher Lichtstrahl durchzuckte Alle in demselben Augenblicke.

„Die Jolle *war* dort in der Nähe,“ schrie Griffin; „doch saß Niemand darin als Giuntotardi und das Mädchen.“

„Bitt' um Verzeihung, Sir,“ sprach ein junger Vormarsgaste, der eben aus der Takelage herunterkam, „ich sah das Boot von oben, Sir, und es verweilte längere Zeit unter den großen Puttingen der Steuerbordseite, Sir. Es ist so finster, daß ich nichts deutlich bemerken konnte; aber mir kam's vor, als ob von der Stückpforte Etwas in dasselbe hinabgleite. Das Ding wollte mir nicht recht gefallen, und darum schickte mich unser Mate eben aufs Verdeck, um es Euch zu melden, Sir.“

„Sendet nach Ithuel Bolt, Mr. Winchester; ruft ihm durch's Sprachrohr, Sir, damit wir bald etwas von dem feinen Herrn zu sehen bekommen.“

Wir brauchen nicht zu sagen, daß die Aufforderung unbeantwortet blieb, und jetzt fingen Alle an zu begreifen, auf welche Art die Flucht bewerkstelligt worden war. Offiziere eilten auf die verschiedenen Boote, und nicht weniger als fünf verschiedene Partien begannen jetzt die Verfolgung. Zu gleicher Zeit hißte die Fregatte eine Laterne auf, um ihren Booten den späteren Sammelplatz zu bezeichnen.

Wir haben schon oben gesagt, daß die Proserpina in jenem Augenblicke ungefähr eine halbe Meile seewärts von der Landspitze von Campanella stand. Ein leichter Ostwind – die sogenannte Landbrise – wehte, und das Schiff mochte etwa drei Knoten in der Stunde zurücklegen. Es hatte die Landspitze so ziemlich zur Seite und steuerte um das Vorgebirge herum gegen den zwischen Capri und dem Hauptlande gelegenen Paß und den Golf von Neapel; wobei es auf derselben Stelle, welche es den Tag zuvor verlassen hatte, vor Anker zu gehen beabsichtigte.

Die Nacht war zu finster, als daß man einen so kleinen Gegenstand, wie ein Boot, auf einige Entfernung hätte sehen können; dagegen war die schwarze Felsenmasse von Capri, welche thurmähnlich fast zweitausend Fuß in die Luft emporragte, in ihren Umrissen ganz deutlich zu erkennen, und auch die Gestaltung der gegenüberliegenden Küste ließ sich mit ziemlicher Sicherheit unterscheiden.

Yelverton hatte gehandelt, wie wenn Einer über Bord gesprungen wäre, d. h. er hatte keine Befehle abgewartet. Während er um das Schiff herumruderte, sah er, wiewohl ziemlich undeutlich, die Jolle, wie sie eben gegen das Land hinruderte: ohne mit Jemand an Bord zu verkehren, stieg auch in ihm eine Ahnung der Wahrheit auf, und alsbald begann er die Jagd nach den Flüchtlingen.

Von den andern Booten ruderten die zwei auf der Backbordseite eine kurze Strecke seewärts, um sich in dieser Richtung umzusehen, die beiden andern, sobald sie den Ruderschlag Derer auf dem Gig vernahmen, auf welchem Yelverton vorwärts eilte, folgten diesem Klange, indem sie der Jolle auf der Spur zu sein glaubten.

So standen die Sachen im Beginne der Jagd, welche ausnehmend heiß und lebhaft werden sollte.

Raoul und Ithuel hatten tüchtig darauf losgerudert, während auf dem Schiffe in der anfänglichen Ungewißheit doch einige Zeit verloren ging, so daß sie sogar vor Yelverton ungefähr dreihundert Schritte Vorsprung gewannen. Die Jolle gehörte ohnedieß zu den flinkesten Booten, und da sie blos für zwei Ruder gebaut war, so mochte sie mit vier so kräftigen Armen, wie sie sie nunmehr besaß, für voll bemannt gelten.

Gleichwohl konnte sie sich mit dem von Yelverton in der Hast des Augenblicks ergriffenen Gig und mit den vier auserlesenen Matrosen, welche dessen Bemannung bildeten, nicht messen. Nach etwa anderthalb Meilen mußte die Jolle eingeholt werden – davon konnte sich Raoul in Kurzem durch sein feines Gehör überzeugen. Seine eigenen Ruder waren umwickelt – ein Umstand, welchen er zu benützen und sich seitwärts zu wenden beschloß, in der Hoffnung, daß seine hastigen Verfolger, ohne ihn zu sehen, an ihm vorüberfahren würden.

Das Boot wurde demnach etwas abgegiert, so daß die Flüchtlinge, statt gerade auf das Land zuzurudern, sich nun gegen Westen wendeten, wo die See, der Nähe von Capri wegen, am dunkelsten erschien.

Dieser Kunstgriff gelang vollkommen. Yelverton war so eifrig auf seine Jagd erpicht, daß er immer gerade vor sich hinstarrte, da er das Boot von Zeit zu Zeit vor sich zu bemerken glaubte: so kam er auf hundert und fünfzig Schritte an der Jolle vorüber, ohne nur im Mindesten etwas von ihrer Nähe zu ahnen.

Raoul und Ithuel hörten auf zu rudern, um die Verfolger an sich vorüberkommen zu lassen; Ersterer machte ein paar sarkastische Bemerkungen über die Dummheit seiner Feinde, und suchte sich auf diese Art in seiner augenblicklichen Beklemmung Luft zu schaffen. Keines der englischen Boote hatte seine Ruder umwickelt: im Gegentheil war das Plätschern der regelmäßigen Ruderschläge nach jeder Richtung hin deutlich zu vernehmen; doch waren die von der Proserpina so sehr an diesen Schlag gewöhnt, daß die Bemannung der zwei hinter Yelverton kommenden Boote – in der Meinung, den Flüchtlingen auf der Spur zu sein, dem Klange seiner Ruder fortwährend folgte.

Auf diese Art ließ Raoul drei Boote von den fünfen an sich vorüberkommen: die beiden andern waren so weit ab, daß man noch nichts von ihnen vernehmen konnte. Als die vorderen sich weit genug entfernt hatten, folgte er ihnen mit Ithuel – aber wohlweislich in aller Gemächlichkeit, um ihre Kräfte für einen kommenden Nothfall aufzusparen.

Das Gig und die beiden Kutter, welche es verfolgten, hielten ein lustiges Wettrennen mit einander. Die letzteren wurden durch den Ruderschlag des Gig zu immer größeren Anstrengungen angefeuert, da sie den Feind vor sich zu hören glaubten; Yelverton dagegen brannte vor Begierde, die Nachfolgenden auszustechen und den Sieg allein davon zu tragen. Dadurch bekamen die in der Jolle sehr leichte Arbeit und blieben auch wirklich in Kurzem um mehr als eine Kabellänge zurück.

„Man sollte glauben, Ghita," bemerkte Raoul lachend, wiewohl er wenigstens die Vorsicht gebrauchte, leise zu reden – „man sollte glauben, deine alten Freunde, der

Vicestatthalter und der Podesta kommandirten die Boote da vorn, wenn man nicht wüßte, daß sie sich in diesem Augenblicke darüber streiten, ob auf diesem unserem großen Planeten überhaupt nur ein Ort wie Elba existire oder nicht."

„Ach, Raoul, gedenke doch der letzten furchtbaren achtundvierzig Stunden; nur so lange höre auf zu scherzen, bis wir nochmals der Macht deiner Feinde glücklich entronnen sind."

„ Peste! – ich werde in Zukunft wohl zugestehen müssen, daß auch ein Engländer einige Großmuth besitzt. Ich kann mich über ihre Behandlung in der That nicht beklagen, und doch wollte ich fast lieber, sie wäre rauher gewesen."

„Das ist eine unfreundliche Gesinnung, Raoul; du solltest dich bemühen, sie aus deinem Herzen auszureißen."

„Ei, es will schon viel heißen, Kapitän Rule, wenn man einem Engländer Großmuth zugesteht," fiel Ithuel ein. „Sie sind ein wildes Geschlecht, das sich von menschlichem Elende mästet."

Mais, bon Etouelle, dießmal ist ja dein Rücken mit heiler Haut davon gekommen; du wenigstens solltest dankbar sein."

„Es fehlt ihnen an Mannschaft, und so mochten sie einen Marsgasten nicht zum Krüppel schlagen," gab der aus dem Granitstaate zur Antwort, da er seinem Feinde keinerlei milde oder gerechte Gesinnungen zugestehen wollte. „Wäre die Schiffsbemannung vollzählig gewesen, so würden sie auf meinem Rücken kaum so viel Haut übrig gelassen haben, daß man auch nur das kleinste Nadelkissen damit bedecken könnte. Somit bin ich ihnen gar keinen Dank schuldig."

„ Bien; quand à moi, so werde ich von der Brücke, welche mich hieher leitete, nie anders als auf's Beste reden," sprach Raoul. „Monsieur Cuffe hat mir gute Kost, guten Wein, gute Worte, ein gutes Zimmer, ein gutes Bett und einen höchst zeitgemäßen Aufschub gewährt."

„Glaubt dein Herz für das Letztere deinem Gotte keinen Dank zu schulden, theurer Raoul?" fragte Ghita so sanft und zärtlich, daß der junge Mann hätte niederknieen und sie anbeten mögen.

Eine kurze Pause folgte: worauf er, die Frage gleichsam absichtlich durch eine leichtfertige Erwiederung umgehend, zur Antwort gab:

„Die Philosophie hab' ich vergessen, – ja. *Das* war allerdings kein kleiner Theil ihrer guten Bewirthung. Ciel! es lohnte sich schon einige Gefahr, um den Vortheil einer solchen Schule zu genießen. Hast du den Gegenstand des Streites zwischen den beiden Italienern verstanden, mon brave Etouelle?"

„Ich hörte ihr italienisches Geplapper," erwiederte der Angeredete, „dachte mir aber, es werde sich doch nur um ihre Festtage und Fastenspeisen drehen. Kein verständiger Mensch wird einen solchen Höllenlärm verführen, wenn er Vernunft spricht."

„ Pardie – es war *Philosophie*! Uns Franzosen lachen sie aus, weil wir lieber nach den Regeln der Vernunft, als nach denen des Vorurtheils leben; aber da höre Einer erst, was *sie* Philosophie nennen! Du würdest es kaum glauben, Ghita," fuhr Raoul leichten Herzens fort, während die kaum erlebte Scene ihm wieder vor Augen schwebte, „du würdest es kaum für möglich halten, Ghita, daß Signor Andrea bei all' seinem Verstand und seiner Gelehrsamkeit dennoch behauptete, es sei keine Thorheit, an eine Philosophie zu glauben, welche lehrt, von all' Dem, was wir sehen oder thun, existire Nichts in Wirklichkeit, sondern nur dem Scheine nach – kurz, wir lebten in einer eingebildeten Welt, mit eingebildeten Bewohnern bevölkert, schwämmen auf einer eingebildeten See und kreuzten auf eingebildeten Schiffen"

„Und all' der Lärm war um einer Idee willen, Kapitän Rule?"

„ Si – doch die Menschen streiten sich um eine Idee, um ein eingebildetes Ding eben so hitzig, Etouelle, als um wirkliche Gegenstände. – St –! sie werden auch nach eingebildeten Dingen Jagd machen, gerade wie die Boote da vorne in diesem Augenblicke thun."

„Da sind noch andere in unserem Rücken, bemerkte Carlo Giuntotardi, welcher mit größerer Aufmerksamkeit als gewöhnlich auf die ihn umgebenden Gegenstände Acht hatte, und bei seiner gewöhnlichen Schweigsamkeit oft Etwas hörte, was den Sinnen der Anderen entging. „Ich habe schon seit einiger Zeit den Schlag ihrer Ruder vernommen."

Alsbald stellten die beiden Seemänner das Gespräch, ja selbst das Rudern ein, um desto ungestörter horchen zu können. In der That ließ sich sowohl seewärts als gegen das Land hin der Klang von Rudern vernehmen, und es blieb kein Zweifel, daß noch einige Verfolger hinter ihnen waren.

Dieß brachte die Flüchtlinge gleichsam zwischen zwei Feuer, und Ithuel schlug vor, nochmals in einem rechten Winkel zu gieren, um dem gesammten Haufen in den Rücken zu kommen. Aber Raoul widersetzte sich diesem Vorhaben, und meinte, die hinteren Boote seien noch so fern, daß sie recht wohl das Ufer erreichen und glücklich entfliehen könnten. Hatte man einmal die Felsen erreicht, so war nur noch wenig Gefahr vorhanden, in der Dunkelheit überfallen zu werden.

Da übrigens Raoul vor Allem daran lag, den Lugger nach Ghita's Landung so bald wie möglich zu erreichen, so wollte er auch sein Boot keiner allzu großen Gefahr aussetzen. – Dieß veranlaßte denn eine ernstliche Berathung: endlich wurde beschlossen, einen Mittelweg einzuschlagen und in den Kanal zwischen Capri und Campanella zu steuern, in der Erwartung, die englischen Boote würden, wenn sie letztgenanntes Vorgebirge erreicht hätten, die Verfolgung als hoffnungslos aufgeben und nach ihrem Schiffe zurückkehren.

„Wir können dich bei der Marina Grande von Sorrento an's Land setzen, theuerste Ghita; von da aus hast du nur einen kurzen, leichten Spaziergang nach St. Agata."

„Sorge nicht für mich, Raoul; setze mich am nächsten besten Punkte an's Land und suche dann nur dein Schiff zu erreichen. Gott hat dich aus dieser großen Gefahr befreit, und deine Pflicht ist es jetzt, so zu handeln, wie er es offenbar von dir erwartet. Was mich betrifft – ich will gerne meilenweit gehen, wenn ich nur überzeugt sein darf, daß du in Sicherheit bist.“

„Engel! – Du denkst nie an dich selbst! Aber nur zu Sorrento und nicht eine Minute früher werde ich dich verlassen. In einer oder zwei Stunden sind wir dort; dann erst habe ich mich der wichtigsten Pflicht entledigt. Sind wir einmal am Land, Etouelle, so kann ich auch unser kleines Segel einsetzen und zwischen den beiden Inseln die hohe See erreichen. Bei dieser Landbrise muß dieß jedenfalls gelingen, und dann werden uns einige abgebrannte Raketen kund geben, wo wir den Feu-Follet finden können.“

Ghita wiederholte ihre Einwürfe – aber umsonst: Raoul bestand auf seinem Vorhaben, und so war sie zum Nachgeben genöthigt.

Das Gespräch hatte nun ein Ende; die beiden Seemänner gebrauchten ihre Ruder emsig und mit gutem Erfolg. Von Zeit zu Zeit hielten sie inne und lauschten auf den Ruderschlag der feindlichen Boote, welche sich offenbar sämmtlich in der Nachbarschaft des Vorgebirges versammelten.

Die Jolle hatte mittlerweile die Landspitze gerade zur Seite und drang bald so weit in den Golf ein, daß sie, wenn nicht gar alle, so doch die meisten ihrer Verfolger hinter sich brachte. Bei der herrschenden Dunkelheit, der Ueberzahl der Feinde und in Ermangelung jedes anderen Führers als des Gehörs war man natürlich über die Stellung der verschiedenen Boote in einiger Ungewißheit: doch war wenigstens kein Zweifel darüber, daß sie sich größtentheils in der unmittelbaren Nähe von Campanella befanden. Mit einem weiten Umweg um dieses Vorgebirge herumsteuernd, drang Raoul geräuschlos immer weiter in dem Golfe vor, so daß er sich mit seinen Gefährten nach den neulich bestandenen Gefahren in vergleichungsweiser Sicherheit befand.

Auf diese Art wurde über eine Stunde emsig fortgerudert, und die Jolle näherte sich rasch der Marina Grande von Sorrento. Als sie an Massa vorüber waren, hielt sich Raoul für völlig geborgen, und hieß Carlo Giuntotardi gegen das Land hingieren, wo man von der Brise weniger Widerstand zu erwarten hatte, und den rechten Landungsplatz besser herausfinden konnte. Vor den Booten hegte man keine weiteren Besorgnisse, obgleich Ithuel von Zeit zu Zeit ein gedämpftes Geräusch, wie von schlecht umhüllten Rudern zu vernehmen glaubte. Raoul lachte über seine ängstlichen Muthmaßungen; ehrlich gestanden, begann er aufs Neue seine Pflicht zu vernachlässigen, denn er vergaß Alles über dem Entzücken, sich nochmals so recht von Herzen in Ghita's Gesellschaft freuen zu dürfen.

So rückte die Jolle, wenn gleich mit wesentlich verminderter Geschwindigkeit, immer weiter, bis Ghita an der Gestaltung der Höhen und an den Lichtern auf der Hochebene erkannte, daß sie dem Küsteneinschnitt nahe gekommen waren, an welchem die Stadt Sorrento liegt.

„Sobald mein Oheim und ich an der Marina Grande gelandet haben, Raoul, wirst du und der Amerikaner ohne Zweifel deinen Lugger aufsuchen,“ sprach Ghita – „dann versprichst du mir, die Küste zu verlassen?“

„Warum Versprechungen von einem Manne verlangen, den du nicht einmal so hoch achtest, daß du ihm pünktliche Befolgung derselben zutraust?“

„Das verdiene ich nicht, Raoul; zwischen dir und mir wurde nie ein Versprechen gebrochen.“

„Es ist nicht leicht, Gelübde zu brechen, da du solche weder geben noch empfangen willst. Ich kann mich nicht rühmen, auch nur das kleinste Gelöbniß der Treue von dir gehört zu haben! Trete mit mir vor einen Priester, Ghita, fordere Alles, was Einer nur je geschworen hat oder schwören kann, dann sollst du sehen, wie ein Seemann seinem Gelübde treu zu sein vermag.“

„Und warum vor einem Priester? Du weißt ja, Raoul, daß aller Gottesdienst in deinen Augen nur Mummerei ist, und daß Nichts dir dadurch heiliger wird, wenn es vor dem Altare Gottes und in Gegenwart eines seiner geweihten Diener beschworen wurde!“

„Jeder Eid, jedes Versprechen, *dir* geleistet, Ghita, ist heilig in meinen Augen. Es bedarf keiner Zeugen, keines geweihten Ortes, um es noch bindender zu machen, als es vor deiner Reinheit und Zärtlichkeit werden muß. Du bist mein *Priester* – mein *Altar* – mein –“

„Halt ein!“ rief Ghita, aus Furcht, er möchte am Ende gar den Namen jenes heiligen Wesens nennen, welchem ihr Herz gerade in diesem Augenblicke voll Dankbarkeit für das glückliche Entkommen ihres Geliebten entgegen schlug. „Du kennst die Bedeutung deiner eigenen Worte nicht, und könntest noch Etwas beifügen, was mich unbeschreiblich schmerzen würde.“

„Boot ahoi!“ rief eine tiefe Seemannsstimme auf zwanzig Schritte vor ihnen in jenem kurzen befehlshaberischen Tone, der diesen Ruf auf Kriegsschiffen bezeichnet.

Die in der Jolle waren auf's Höchste überrascht, und eine halbe Minute lang herrschte tiefe Stille. Endlich antwortete Ithuel in der gewöhnlichen Weise der Italiener, denn er erkannte die Nothwendigkeit, Etwas zu sagen, wenn man den Fremden nicht gerade auf den Hals bekommen wollte.

Clinch – denn er war es, der auf seinem Rückwege nach der Proserpina die Küste nach dem Lugger durchsuchte – brummte einen Fluch, als er fand, daß er in einer fremden Sprache reden mußte, wenn er das Gespräch fortsetzen wollte; dann fing er an, in seinem Kopfe all' das Italienisch zu mustern, das ihm für die jetzige Veranlassung zu Gebot stand, und welches, da er schon längere Zeit in dem Mittelmeer auf Station gewesen war, für seinen Zweck auch vollkommen ausreichte.

„Ist das ein Boot von Massa oder Capri?“ fragte er.

„Keines von beiden, S'nore,“ antwortete Raoul, welcher die Führung eines solchen Gesprächs Carlo's Gewissenhaftigkeit nicht anvertrauen mochte. „Wir kommen um das Kap von St. Agata, und führen Feigen nach Neapel.“

„St. Agata, aha, das ist das Dorf auf den Höhen; ich habe dort selbst eine Nacht zugebracht in dem Hause einer gewissen Maria Giuntotardi –“

„Wer kann das sein?“ flüsterte Ghita; „meine Tante ist doch sonst nicht mit Ausländern bekannt!“

„Seiner undeutlichen Sprache und dem Accente nach ein Engländer. Ich hoffe, er wird doch keine Feigen zum Abendessen verlangen!“

Clinch dachte jedoch in diesem Augenblicke an ganz andere Dinge, und seinem Ideengange folgend, fragte er weiter:

„Habt Ihr nichts von einem spitzbübisch aussehenden Lugger mit französischer Takelage und ditto Bemannung gesehen, der irgendwo an dieser Küste herumlungert?“

„ Si; gerade bei Sonnenuntergang zog er nordwärts nach dem Golfe von Gaeta, ohne Zweifel um dort unter dem Schutze seiner Landsleute vor Anker zu gehen.“

„Wenn das wahr ist, so wird er sich jedenfalls in heißem Wasser befinden,“ erwiederte Clinch auf englisch. „Wir haben hier Schiffe genug beisammen, um ihn während einer einzigen Wache einzuhissen und zu der Größe eines Bootes zusammenzuschießen. Habt Ihr heute Abend vielleicht in der Nähe der Landspitze von Campanella eine Fregatte gesehen? – eine englische, mein' ich; einen netten Sechsunddreißiger mit drei neuen Marssegeln?“

„ Si; das Licht, das Ihr dort in gleicher Linie mit Capri bemerket, hängt an ihrer Gaffel; wir haben sie den ganzen Nachmittag und Abend über gesehen. Sie war in der That so gütig, uns um das Kap herum in's Schlepptau zu nehmen, bis wir ganz in den Golf hereingekommen waren.“

„Dann paßt Ihr gerade für mich! – Sagt mir, ob Einer gegen Sonnenuntergang am Bord derselben gehängt wurde oder nicht?“

Die Frage wurde mit so viel Interesse gestellt, daß Raoul den Fragenden in seinem Herzen verfluchte, da er glaubte, derselbe brenne vor Begierde, seine eigene Hinrichtung zu vernehmen. Jetzt merkte er auch, daß dieß das Boot war, welches die Proserpina gegen Mittag verlassen hatte.

„Wenn es Euer Herz erheitern kann, S'nore, so kann ich Euch sagen, daß dieß nicht der Fall gewesen ist. Es war allerdings Einer im Begriff, gehängt zu werden, als es Kapitän Cuffe beliebte, ihn wieder herabnehmen zu lassen.“

„Gerade als drei schwere Kanonen von der Stadt aus abgefeuert wurden? – war's nicht so?“ fragte Clinch eifrig.

„ Diable! Der Mann ist am Ende gar mein Retter gewesen! – Ihr sagt die Wahrheit, S'nore; es geschah gerade, als zu Neapel drei Kanonen abgefeuert wurden, obwohl ich nicht wußte, daß diese Kanonen mit der beabsichtigten Execution etwas zu schaffen hatten. Könnt Ihr mir sagen, ob dieß der Fall war?“

„Ob es der Fall war! – Ich habe sie ja mit eigener Hand losgebrannt: sie waren das Signal, welches der Admiral geben ließ, um den armen Raoul Yvard wenigstens noch für einige Tage zu verschonen. Ich höre mit Freuden, daß all' meine großen

Anstrengungen, die Flotte zu erreichen, nicht umsonst gewesen sind. Ich kann dieses Aufknüpfen nicht leiden, Herr Italiener."

„S'nore, Ihr zeigt ein edles Herz, und werdet eines Tages noch die Früchte so großmüthiger Gesinnungen einernten. Ich wollte, ich wüßte den Namen eines so menschlich gesinnten Gentleman, um seiner in meinen Gebeten gedenken zu können."

„Sie werden sich nie einfallen lassen, daß Kapitän Rule *so Etwas* sagte," murmelte Ithuel grinsend.

„Was meinen Namen betrifft, Freund – der ist von geringer Wichtigkeit. Ich heiße Clinch – ein recht gutes, kurzes Wort, um drunter zu segeln; es hat aber keine andere Handhabe als den Titel eines armen Teufels von einem Untersteuermann, und zwar in einem Alter, wo Andere schon eine breite Wimpel führen."

Der Schluß dieser Rede wurde in bitterem Tone und auf englisch gesprochen; dann wünschte er dem vermeinten Italiener ein › buona sera‹ Guten Abend. D. U.und das Gig fuhr weiter.

„Das ist un brave," sprach Raoul mit Nachdruck, als sie sich trennten. „Sollte ich je wieder mit Monsieur Clinch zusammentreffen, so soll er erfahren, daß ich seine guten Wünsche nicht vergessen habe. Peste! wenn ein Hundert solcher Männer in der brittischen Marine dienten, Etouelle, – wir könnten sie wahrlich lieben."

„Es sind lauter feurige Drachen, Kapitän Rule, und keinem von Allen ist zu trauen. Was schöne Worte betrifft – da hätt' ich mich wohl selbst für des Königs Vetter halten dürfen, wenn ich nur meinen Namen unter ihre Kriegsartikel geschrieben hätte. Dieser Mr. Clinch ist übrigens im Ganzen noch gut genug, nur ist er selbst sein schlimmster Feind von wegen der Grogflasche."

„Boot, ahoi!" schrie Clinch abermals, der mittlerweile fast hundert Schritte näher gegen das Kap gerudert war.

Raoul und Ithuel hielten gleichsam mechanisch mit Rudern inne, in der Meinung, der Untersteuermann habe ihnen noch irgend Etwas mitzutheilen.

„Boot ahoi! Gebt einmal Antwort, oder Ihr sollt bald mehr von mir hören," wiederholte Clinch.

„Ja, ja," antwortete eine andere und zwar Yelvertons Stimme. „Seid Ihr es, Clinch?"

„Ja, ja, Sir – Mr. Yelverton, nicht wahr? Ich denke, ich kenne die Stimme, Sir."

„Ganz richtig – macht aber keinen solchen Lärm – wer war es, den Ihr vor ein paar Minuten anriefet?"

Clinch begann zu antworten; doch da sich die beiden Gigs während der Zeit immer näher kamen, so standen sie bald so dicht neben einander, daß man nicht mehr nöthig hatte, so laut mit einander zu sprechen, weßhalb man auch in der Entfernung nichts mehr vernehmen konnte.

Diese ganze Zeit über lagen Raoul und Ithuel, jedes Geräusch im Wasser vermeidend, ruhig auf ihren Rudern und horchten mit athemloser Aufmerksamkeit. Sie wußten nun gewiß, daß die Engländer ihre Ruder gleichfalls umwickelt hatten – zum Zeichen, daß sie ernstlich auf Verfolgung bedacht und die ganze Küste zu durchforschen entschlossen waren. Die beiden Gigs konnten nicht über hundert Schritte von der Jolle entfernt sein; Ithuel kannte sie als die zwei besten Ruderboote der ganzen Flotte, denn Cuffe und seine Lieutenants hatten mit ihnen mehrere Wetten gegen die Offiziere anderer Schiffe gewonnen.

„St!“ wisperte Ghita in neuer Seelenangst. – „Ach, Raoul, sie kommen!“

Und sie kamen in der That mit der Schnelligkeit des Windes. So behutsam wurden übrigens die Ruder gehandhabt, daß sie der Jolle schon auf zweihundert Fuß nahe waren, ehe Raoul und Ithuel es gewahr wurden und ihre eigenen Ruder wieder in's Wasser senkten. Die Gigs waren jetzt auch, wiewohl nur undeutlich, zu sehen, denn die Schatten des Landes vermehrten die Dunkelheit der Nacht dermaßen, daß die Gegenstände selbst auf geringe Entfernung vollkommen unkenntlich blieben.

Die plötzliche, unmittelbare Annäherung der Gefahr schien in Carlo Giuntotardi alles noch vorhandene Leben aufzuregen. Er steuerte und steuerte gut, denn durch seinen langen Aufenthalt an der Küste war er an diese Arbeit gewohnt; rasch gierte er noch näher gegen die Felsen, theils um noch tiefer in deren Schatten einzudringen, theils aber auch, um im Nothfalle eine Landung zu bewerkstelligen.

Es war bald vorauszusehen, daß die Engländer sie einholen mußten. Vier Ruder gegen zwei machten die Ungleichheit zu groß, und es war offenbar, daß die Jolle zurückblieb.

„Oheim, steuert doch gegen den Bogen und die Wasserhöhle an der Landspitze!“ flüsterte Ghita, die Hände über der Brust gefaltet, als ob sie ihre Bewegung niederpressen wollte. „ *Das* kann ihn vielleicht noch retten!“

Die Jolle war eben im Begriff, um die Felsen herumzuschwenken, welche die tiefe Aushöhlung bilden, an welcher die Marina Grande von Sorrento liegt. Die Idee seiner Nichte auffassend, hielt Carlo die Ruderpinne hart steuerbord, indem er die beiden Andern zu gleicher Zeit anwies, ihre Ruder so rasch als möglich einzunehmen.

Diese gehorchten in der Meinung, er beabsichtige zu landen, um auf den Höhen Schutz zu suchen. Doch eben als sie erwarteten, daß das Boot gegen einen senkrechten Felsen anrennen würde, und während Raoul seine Verwunderung zu erkennen gab, wie man einen solchen Landungspunkt habe wählen können – glitt dasselbe durch einen niederen Bogen, und lief mit der Geräuschlosigkeit einer Wasserblase, wenn sie der Strömung eines Flusses folgt, in ein kleines Wasserbecken ein.

In der nächsten Minute kamen die beiden Gigs um die Felsen herumgewirbelt; das eine eilte dicht am Ufer hin, um die Flüchtlinge am Landen zu hindern; das andere steuerte in schiefer Richtung quer über den Golf. Eine Minute später waren sie schon hundert Schritte weiter und das Geräusch ihrer Bewegungen wurde allmählig unhörbar.

Fünfundzwanzigstes Kapitel

Und du besonders, Geist, der du den Tempeln
Ein Herz vorziehst, aufrichtig, fromm und rein –
Erleuchte mich mit deinem Licht.

Milton.

Der Ort, wohin sich Carlo Giuntotardi geflüchtet hatte, ist an der sorrentinischen Küste in der Nähe der Trümmer von Königin Johannas Sommerresidenz unter dem Namen der ›Wasserhöhle‹ wohl bekannt. Höhle ist es eigentlich keine, obgleich der Eingang unter einem niederen, natürlichen Bogen hinläuft, denn das Wasserbecken innerhalb hat den freien Himmel über sich, und gleicht einer künstlichen Aushöhlung, welche man absichtlich zum Schutze für Boote errichtete, und wobei die natürliche Durchfahrt als Eingang benützt wurde.

Mochte übrigens der Ursprung dieses kleinen Hafens sein, welcher er wollte – die Kunst hätte jedenfalls keinen passenderen oder versteckteren Zufluchtsort ersinnen können, als unsere Flüchtlinge ihn hier in dem entscheidendsten Augenblicke fanden. Hatte man erst den Bogen hinter sich, so war das Boot selbst am hellen Mittag vor seinen Verfolgern wirksam geborgen, und Niemand, der nicht ganz genau mit den Eigentümlichkeiten des Einganges bekannt war, hätte sich träumen lassen, daß ein Boot hinter den Felsen des kleinen Vorgebirgs gleichsam begraben liegen könnte. Ghita sowohl als ihr Oheim fühlten jetzt keine weiteren Besorgnisse; Erstere aber kündigte Raoul an, daß sie zu landen beabsichtige, indem sie ihm versicherte, daß sie ihren Weg bis zu dem Fußpfade, der nach St. Agata führte, recht gut zu finden wisse.

Der verzweifelte Charakter der neulichen Jagd, die fast wunderbare Art, wie er dem Tode entronnen war, so wie die Notwendigkeit, sich von seiner Geliebten zu trennen, stimmten unseren Helden traurig, wenn nicht gar verdrießlich. Er konnte Ghita nicht auffordern, seine Gefahren noch länger mit ihm zu teilen; und doch fühlte er, daß wenn er sie jetzt ziehen ließe, die Trennung vielleicht eine ewige werden könnte.

Gleichwohl machte er keine Einwendung, sondern ließ das Boot unter Ithuels Aufsicht zurück, und half Ghita die trichterförmigen Abhänge des Wasserbeckens hinauf, indem er sich anschickte, sie auf ihrem Wege bis zur Straße zu begleiten. Carlo ging dem Paare voran, nachdem er seine Nichte benachrichtigt hatte, daß sie ihn in einer Beiden wohlbekannten Hütte am Weg finden würde.

Die Dunkelheit war nicht so groß, daß das Gehen sonderlich dadurch erschwert worden wäre; Raoul und Ghita verfolgten daher langsam ihren Weg den Felsen entlang. In Beiden tobte der gleiche Schmerz der Trennung, nur waren die

Aussichten in die Zukunft bei Beiden fast gerade die entgegengesetzten. Das Mädchen nahm ohne Zögern den Arm des jungen Mannes; in ihrer Stimme wie in ihrem ganzen Wesen lag eine Zärtlichkeit, welche verrieth, welch' innigen Antheil ihr Herz an Dem, was vorging, nahm. Gleichwohl hatten ihre Grundsätze von jeher den Sieg bei ihr davongetragen, und so beschloß sie auch jetzt, offen und wie ihr Zweck es erforderte, zu reden.

„Raoul," sprach sie nach einer jener glühenden Liebeserklärungen, welche einem Wesen von ihrer innigen, wahren Natur immer und selbst dann noch höchst angenehm sein mußten, wenn sie sogar die Nothwendigkeit einsah, eine so einschmeichelnde Bewerbung zurückzuweisen – „die Sache muß jetzt ein Ende nehmen. Ich kann unmöglich die Scenen noch einmal erleben, welche ich erst neulich mitangesehen habe; auch darf ich dir nicht gestatten, dich ferner solchen furchtbaren Gefahren auszusetzen. Je eher wir uns verständigen und – ich muß beifügen – von einander scheiden, desto weiser und für Beider Interesse förderlicher wird es sein. Ich tadle mich selbst, daß ich das vertraute Verhältniß so lange fortbestehen ließ, und daß ich überhaupt so weit gegangen bin."

„Und so spricht die Feuerseele eines achtzehnjährigen, italienischen Mädchens! Du solltest aus einem Lande abstammen, wo sie sich rühmen, daß ihre Herzen noch wärmer als die Sonne glühten? – Du willst einem Geschlechte angehören, das selten auch nur *Eine* – ja, ja, auch nur eine *Einzige* in sich begreift, die nicht bereit wäre, Heimath, Vaterland, Hoffnungen, Vermögen, ja selbst das Leben aufzuopfern, um den Mann, der sie aus Allen ihres Geschlechtes auserkoren, glücklich zu machen!"

„ *Mir schiene* das Alles leicht zu vollbringen, Raoul. Si – ich glaube, ich könnte all' Das opfern, was du genannt hast, um *dich* glücklich zu machen! Heimath besitze ich keine, wenn nicht etwa die fürstlichen Thürme dafür gelten können; Vaterland – seit dem traurigen Ereignisse dieser Woche ist mir, als ob ich auch dieses verloren hätte; Hoffnungen blühen mir nur wenige auf dieser Welt, an welche nicht dein Bild sich knüpfte – und die, welche mir einst so theuer waren, sind, fürcht' ich, nunmehr erloschen; du weißt, ich besitze kein Vermögen, das mich zu bleiben oder dich mir zu folgen veranlassen könnte, und mein Leben – ach, ich besorge, es wird nur gar zu bald ganz werthlos – ja, ich bin gewiß, es wird höchst elend sein."

„Warum willst du dich also nicht endlich entschließen, theuerste Ghita, die Last deiner Sorgen auf die Schultern eines Mannes zu legen, der stark genug ist, dieselbe zu tragen? Du kümmerst dich ja nicht um Putz oder äußeren Schimmer, und kannst einen Bräutigam auch in der ärmlichen Tracht eines Lazzarone annehmen, wenn du nur weißt, daß sein Herz redlich ist. Du wirst mich nicht deßhalb verschmähen, weil ich nicht angethan bin, wie sich's für eine Hochzeitfeier geziemt. Nichts ist leichter, als unter diesen Klöstern einen Altar und einen Priester aufzufinden; die Stunde der Messe ist nicht mehr fern. Gib mir ein Recht, Anspruch auf dich zu machen, und ich bezeichne dir einen Ort zum Rendezvous, bringe morgen Nacht den Lugger herbei, und führe dich im Triumphe nach unserer heiteren Provence: dort wirst du eben so sanfte Herzen wie das deinige finden, die dich mit Freuden willkommen heißen und dich als Schwester begrüßen werden."

Raoul sprach in tiefem Ernst, und man konnte die Aufrichtigkeit seiner Gesinnung unmöglich bezweifeln; nur bei der Anspielung auf seinen gegenwärtigen Anzug glühte ein Strahl von Selbstgefälligkeit in seinen Zügen, denn er wußte recht gut, wie vortheilhaft er sich trotz dieser Lazzaronekleidung ausnahm.

„Dränge mich nicht, theurer Raoul,“ antwortete Ghita, indem sie, sich selber unbewußt, seinen Arm fester an sich preßte, während Traurigkeit und Liebe zugleich aus ihrer Stimme hervorklang – “Dränge mich nicht, theurer Raoul – es kann ja doch nimmermehr sein. Ich habe dir bereits gesagt, welche Kluft zwischen uns liegt: du *willst* sie nicht überspringen, um zu *mir* zu gelangen; ich *kann* es nicht thun, um *dich* zu gewinnen. Nichts Anderes als *sie* konnte uns trennen: aber sie wird auch in meinen Augen mit jeder Stunde breiter und tiefer.“

„Ach, Ghita, du täuschest mich und dich. Wäre deine Liebe so stark, wie du glaubst – kein irdischer Grund könnte dich verleiten, mich von dir zu weisen.“

„Es ist ja kein irdischer Grund, Raoul; er steht höher als die Erde und Alles, was sie enthält.“

„ Peste! Diese Priester sind die Geißeln, die den Menschen in jeder Gestalt quälen. Unsere Kindheit trüben sie mit harten Geboten, gewöhnen die Jugend an Bitterkeit und Härte, und machen uns abergläubisch und kindisch im Alter. Ich wundere mich nicht, daß meine braven Landsleute sie aus Frankreich vertrieben haben: sie thaten ja doch nichts, als schlingen wie die Heuschrecken und die Herrlichkeiten der Vorsehung durch ihren Anblick entstellen.“

„Raoul, du sprichst von den Dienern Gottes!“ bemerkte Ghita sanft, aber traurig.

„Verzeihe mir, theuerste Ghita: die Geduld verläßt mich, wenn ich bedenke, welche Kleinigkeit uns auseinanderzureißen droht. – Du gibst vor, mich zu lieben?“

„Es ist nicht ein Vorgeben, Raoul, sondern reine und, wie ich fürchte, peinliche Wirklichkeit.“

„Wer sollte glauben, daß ein so freimüthiges Mädchen, deren Herz so zart, deren Seele so wahrhaftig ist, sich durch untergeordnete Rücksichten von dem Manne ihrer Wahl trennen ließe!“

„Es sind nicht untergeordnete Rücksichten, sondern Dinge von der höchsten Bedeutung, Raoul. O, daß ich dich davon überzeugen könnte! Die Frage ist die, zwischen dir und meinem Gotte zu wählen! Wäre es etwas Anderes, du würdest gewiß den Sieg davontragen.“

„Warum willst du dich überhaupt nur wegen meiner Religion beunruhigen? Gibt es nicht tausend Frauen, welche ihren Rosenkranz beten und ihre Ave's hersagen, während ihre Männer an alles Andere, nur nicht an den Himmel, denken? Du und ich können recht gut über diesen Unterschied wegsehen: Andere übersehen ihn auch und sind gleichwohl ein Herz und eine Seele. Ich wollte dich ja gewiß nie in deiner frommen Andacht stören, Ghita.“

„Nicht du bist's, den ich fürchte, Raoul – ich selbst bin es,“ antwortete das Mädchen mit überströmenden Augen, obwohl es ihr noch gelang, die Seufzer zu unterdrücken, die sich Luft zu machen drohten. „›Ein Haus, das in sich selbst getheilt ist, kann nicht bestehen‹, sagt man; wie könnte ein Herz, das von dir erfüllt ist, Raum finden für die Liebe, welche ich dem Schöpfer seines Daseins schulde. Wenn der Gemahl nur für die Welt lebt, dann ist es schwer für die Gattin, so, wie sie sollte, an den Himmel zu denken."

Raoul fühlte sich durch das warme Gefühl, welches Ghita verrieth, tief ergriffen; der junge Mann hätte sie anbeten mögen für die vertrauensvolle Offenheit, mit der sie ihm die Gewalt, welche er über ihr Herz besaß, eingestand. Seine Antwort athmete dafür auch eine verführerische Zärtlichkeit und Hingebung, welche bewies, daß er des schweren Kampfes, den er in so reiner Brust angefacht hatte, nicht ganz unwerth war.

„Dein Gott wird dich niemals verlassen, Ghita; du hast als mein Weib, so wie als das jedes andern Mannes, nie Etwas zu fürchten. Nur ein unvernünftiges Thier könnte daran denken, dich in deiner Andacht oder was sonst nach deiner Ansicht nothwendig oder passend sein mag – hindern zu wollen. Lieber wollt' ich mir die Zunge aus dem Munde reißen, ehe Vorwurf, Spott oder Ueberredung von meiner Seite dich betrüben sollte, sobald ich einmal wüßte, daß du dich vertrauensvoll auf mich stütztest. Alles, was ich bis jetzt gesagt *habe*, geschah nur deßhalb, damit du mich in einer Sache, die du, wie ich weiß, für wichtig hältst, nicht falsch beurtheilen mögest."

„Ach, Raoul, du verstehst dich nur wenig auf das Herz eines Weibes. Wenn deine Gewalt über mich schon heute so groß ist, daß sie mich der heiligsten meiner Pflichten beinahe untreu macht, was würde dann erst aus ihr werden, wenn sich die Liebe des Mädchens in die Alles verzehrende Hingebung der Gattin verwandelt hätte! Ich finde es jetzt schon schwer, die Liebe zu Gott mit dem mächtigen Gefühl, das du in meinem Herzen entzündet hast, zu vereinen – ein Jahr der Ehe würde mich in größere Gefahr bringen, als ich dir in Worten auszudrücken vermag."

„So ist also die Furcht für dein Seelenheil stärker als deine irdischen Neigungen?"

„Nein, Raoul, *das* ist es nicht. Ich bin, hoffe ich, nicht feig noch selbstsüchtig, was meine eigene Person betrifft, auch denke ich keineswegs an die *Strafe*, die mich wegen einer Heirath mit einem Ungläubigen treffen könnte: was ich am meisten fürchte, ist – daß ich mit der Zeit Gott weniger lieben könnte, als ich ihn jetzt liebe oder als ich, ein Geschöpf Seiner Gnade, ihn lieben sollte."

„Du sprichst, als ob der Mensch mit dem Wesen, welches du verehrst, rivalisiren könnte. Ich habe immer geglaubt, die Liebe, die wir für die Gottheit – und jene, welche wir zu einander hegen, seien ganz verschiedener Natur; ich sehe also keine Nothwendigkeit, warum sie einander widerstreiten sollten."

„Nichts kann ungleicher sein, als jene beiden Gefühle, Raoul, und dennoch kann eines das andere schwächen, wenn nicht gar zerstören. O, wenn du nur daran glauben könntest, daß dein Erlöser dein Gott ist; wenn du nur für seine Liebe kalt sein und nicht so thätig gegen ihn auftreten wolltest, so könnte ich immer noch auf

Besserung hoffen; aber ich darf nicht alle meine irdischen Pflichten einem Manne weihen, der ein offener Feind meines Herrn und Erlösers ist.“

„Ich will und kann dich nicht täuschen, Ghita – *das* überlasse ich den Priestern. Du kennst meine Ansichten, und mußt mich nehmen, wie ich bin oder mich ganz und gar verwerfen. Ich sage dir das, obgleich ich fühle, daß, wenn du auf deiner Grausamkeit beharrst, die Enttäuschung mich zu irgend einer verzweifelten Handlung treiben wird, die mich wohl noch die Gnade dieser Engländer empfinden lassen könnte.“

„Sprich nicht so, Raoul, sei klug, um deines Vaterlandes willen –“

„Nicht auch um deinethalben, Ghita?“

„Ja, Raoul, auch um meinetwillen. Ich will dir nicht verhehlen, wie ich viel glücklicher sein werde, wenn ich von deinem Wohlergehen und deinem Seelenfrieden hören darf. Obwohl du ein Feind bist, so wird es mir doch, fürcht' ich, immer Freude machen, wenn ich vernehme, daß du siegreich bist. Doch hier ist die Straße und dort die Hütte, wo mein Oheim auf mich wartet – wir müssen scheiden. Der Himmel segne dich, Raoul! meine Gebete werden tausendmal deinen Namen nennen. Bitte – setz' dich keiner Gefahr mehr aus, um mich zu sehen; wenn aber –“

Das Herz des Mädchens war so voll, daß die Bewegung sie überwältigte. Raoul horchte in höchster Spannung, was noch nachfolgen sollte – doch er horchte vergebens.

„Wenn was, theure Ghita? Du wolltest Etwas sagen, das, wie ich fühle, ermuthigend sein muß.“

„O, wie sehr hoffe ich, daß es so sein möchte, mein armer Raoul! Wenn Gott jemals dein Herz ergreift und du als gläubiger Christ mit einem Wesen vor dem Altar stehen möchtest, das mit der größten Sehnsucht bereit ist, dir Alles zu weihen, nur nicht ihre Liebe zu ihrem Schöpfer und den Schatz ihres zukünftigen Heils – dann suche Ghita: du wirst *sie* so finden, wie du sie dir wünschest.“

Raoul streckte seine Arme aus, um das liebende Mädchen an seine Brust zu schließen: doch, als ob sie sich vor sich selbst scheute, wich sie ihm aus, und floh eilig den Pfad entlang, wie wenn sie verfolgt zu werden fürchtete.

Der junge Mann blieb einen Augenblick stehen, und war halb und halb zu folgen geneigt; dann aber gewann wieder die Vernunft die Oberherrschaft, und er dachte an die Nothwendigkeit, noch während der Nacht einen sicheren Zufluchtsort zu erreichen. Noch zeigte die Zukunft eine Hoffnung, und diese Hoffnung gebot ihm, andere Gelegenheiten aufzusuchen, um seinen Plan doch noch durchzusetzen.

Aber Raoul Yvard, so hoch er auch seine Geliebte verehrte, kannte Ghita Caraccioli doch nur sehr wenig. Sie war allerdings voll weiblichen Gefühls, und ihr Herz für ihn insbesondere mit der innigsten Zärtlichkeit erfüllt: aber die Verehrung, welche sie Gott weihte, trug jenen unerschütterlichen Charakter an sich, der bis an's Ende ausdauert. In Allem, was sie sprach und fühlte, war sie die Wahrheit selber: keine falsche Scham hieß sie ihre Neigung verläugnen, aber dabei hatte sie alle ihre

Vorsätze gleichsam in einen geistlichen Panzer eingehüllt, der sie für alle Anfechtungen der Welt unbezwinglich machte.

Unser Held fand Ithuel mit völliger Sorglosigkeit im Boote schlafend. Der Granitmann kannte seine Lage vollkommen, und da er eine lange Ruderpartie voraussah, so hatte er sich gemächlich auf der hintern Spitzbank der Jolle niedergelegt, und schlummerte so ruhig, als er nur je in seiner Hängematte auf dem Irrwisch gethan hatte. Es kostete sogar ziemliche Mühe, ihn aufzuwecken, und nur widerstrebend ergriff er das Ruder.

Ehe Raoul die Felsrinne hinabstieg, hatte er von der Klippe oben einen Blick auf das Wasser geworfen. Er lauschte aufmerksam, ob er nicht von den englischen Booten einen Laut heraufschallen hörte – doch in der Dunkelheit war Nichts zu sehen, und Entfernung oder Vorsicht mochten Ursache sein, daß man auch Nichts vernehmen konnte.

Da er sich überzeugt glaubte, daß außen Alles sicher war, so beschloß er, in die Bai hinauszurudern, in einem Umweg seinen Feinden auszuweichen, und sich in der Erwartung westwärts zu wenden, daß er den Lugger auf offener See finden würde. Da die Landbrise ziemlich stark und die Jolle um ein Beträchtliches leichter geworden war, so durfte er mit ziemlicher Sicherheit darauf zählen, seinen Zweck wenigstens in so weit zu erreichen, daß er noch vor der Wiederkehr des Tageslichtes dem Feinde aus den Augen wäre.

„ Pardie, Etouelle!“ rief Raoul, nachdem er den Amerikaner zum dritten Male aufgerüttelt hatte, „du schläfst ja trotz einem Mönch, der sich für das Ablesen mitternächtlicher Messen bezahlen läßt. Komm, Freund; jetzt ist's Zeit, daß wir uns rühren, denn außen ist Alles sauber.“

„Nun, Kapitän Rule, die Natur ist, wie man sagt, ein guter Werkmeister,“ antwortete Ithuel gähnend und sich die Augen reibend, „und nie hat sie einen hübscheren Versteck als diesen zu Stande gebracht. Man schläft so ruhig darin! Hurrah! ich denke, die Asche muß lebendig erhalten werden, sonst verlieren wir am Ende unsern Rückweg nach Frankreich. Schiebt das Boot herum, Kapitän Rule; hier ist das Loch, das ebenso schwer zu finden ist, als man ein Tau in ein Nadelöhr einfädeln wird. Ein tüchtiger Stoß, und die Jolle schießt in die offene Bai hinaus!“

Raoul that, wie verlangt. Ithuel faßte die Ruderpinne, die Jolle glitt durch die Oeffnung und fühlte sogleich die langen Grundwellen des prachtvollen Golfes.

Die beiden Abenteurer schauten sich etwas verlegen um, sobald sie ihren Versteck hinter sich hatten; doch die Finsterniß war zu dicht, um auf der Oberfläche des Wassers irgend Etwas erkennen zu lassen. Das Leuchten, das zuweilen den Gipfel des Vesuvs erhellte, glich dem Flammen des Blitzes, und würde die Lage dieses berühmten Berges deutlich genug angezeigt haben, wenn auch seine dunkeln Umrisse nicht ohnedieß schon als eine finstere Masse am Eingänge des Golfes sichtbar gewesen wären. Die gezackten Bergspitzen hinter und oberhalb Castelamare, so wie der ganze Küstenstreif in der Nähe, waren gleichfalls zu unterscheiden – das gegenüberliegende Ufer aber nur an dem schwachen Flimmern von tausend Lichtern zu erkennen, welche gleich verdunkelten Sternen auf der andern Seite der breiten ruhigen Wasserfläche erschienen und verschwanden. In dem Golfe selbst ließ sich nur wenig und in der unmittelbaren Nähe der Küste gar nichts unterscheiden, denn die Felsen umschloßen das Ganze mit einem breiten Gürtel tiefer Finsterniß.

Nachdem sich die beiden Männer eine volle Minute schweigend umgeschaut hatten, senkten sie die Ruder und begannen in den Golf hinaus zu rudern; sie waren übereingekommen, zuvor die offene See zu gewinnen, ehe sie ihre kleinen Sturmsegel einsetzten. Kaum hatten sie eine kurze Strecke zurückgelegt, als ihnen das schwere Flaggen eines Segels ganz in ihrer Nähe zu Ohren drang, worauf Beide mit instinktartiger Bewegung vorwärts schauten.

Da stand in der That ein Schiff gerade vor ihnen, und drohte sogar, ihren eigenen Kurs zu durchkreuzen. Es war dicht beim Winde, und hatte die Backbordhalsen angezogen, auch offenbar erst vor Kurzem seine Segel entfaltet, um, ohne zu vieren, an dem Vorgebirge vorüberzuluven. Gelang ihm dieß, so war es im Stande, hier liegen zu bleiben, bis es vielleicht unter die Klippen der Stadt Sorrento getrieben wurde. Dieß war auch in der That sein Ziel, denn zum zweiten Male hörte man es jetzt seine Segel schütteln.

„ Peste!“ murmelte Raoul, „das ist ein kecker Lootse: er sucht die Felsen, wie wenn sie seine Geliebte wären. Wir müssen ruhig liegen bleiben, Etouelle, und ihn vorüber lassen, sonst könnte er uns noch beunruhigen.“

„Das wird allerdings das Weiseste sein, Kapitän Rule; übrigens halte ich den Burschen für keinen Engländer. Horch! das Wasser kräuselt sich an seinem Bug mit dem Geräusche eines Messers, das eine reife Wassermelone zerschneidet.“

„ Mon Feu-Follet!“ rief Raoul aufstehend und seine Arme ausstreckend, als ob er das geliebte Fahrzeug umarmen wollte. „Etouelle, sie suchen uns, denn wir sind sehr hinter unserer Zeit zurückgeblieben.“

Der Fremde kam eilends näher: sobald seine Umrisse sichtbar wurden, war kein Verkennen mehr möglich. Die beiden ungeheuren Sturmsegel, das kleine Bratspill, der Rumpf und die ganze schöne Form trat ihnen undeutlich vor Augen, gerade wie der flinke Vogel erst dann Farbe und Gestaltung annimmt, wenn er aus der Tiefe des Luftraumes hervortaucht. Das Schiff war nur hundert Schritte entfernt; in der nächsten Minute wäre es an ihnen vorübergeflogen.

„ Vive la République!“ sprach Raoul deutlich, obwohl er sich scheute, seine Stimme zu einem lauten Rufe zu erheben. Abermals flaggte die Leinwand und das Getrappel von Fußtritten ließ sich auf dem Deck des Luggers vernehmen; dann kam er auf fünfzig Schritte von der Jolle in den Wind geschossen. Raoul bewachte seine Bewegung, und als er beinahe still lag, war er schon dicht an der Seite des Fahrzeugs und hatte ein Tau gefaßt. – Im nächsten Augenblicke stand er an dessen Bord. Raoul betrat das Verdeck seines Luggers mit dem Stolze eines Monarchen, der seinen Thron besteigt. Der Vorzüge seines Schiffes sich bewußt, und voll Vertrauen auf seine eigene Geschicklichkeit, bekümmerte sich dieser tapfere Seemann nicht im

Mindesten um die Thatsache, daß er von mächtigen Feinden umringt war. Wind und Stunde waren günstig, und kein Gefühl der Unruhe störte den Triumph dieses glücklichen Augenblicks.

Die Erläuterungen zwischen dem Kapitän und seinem ersten Lieutenant Pintard waren kurz, aber deutlich. Der Feu-Follet hatte sich mit tiefgestellten Segeln vom Lande entfernt gehalten, so daß er bei seiner eigenthümlichen Takelage und der Kürze seiner Masten nicht über fünf bis sechs Meilen weit gesehen werden konnte; als die bestimmte Zeit abgelaufen war, hatte er sich nach dem Golfe von Salerno gewendet, um die Signale von den Höhen von St. Agata abzuwarten. Da aber nirgends welche zu sehen waren, so ging er abermals in See und streifte, wie schon erzählt worden, die Küste entlang, in der Hoffnung, auf irgend einen Boten zu stoßen.

Obgleich er von seinen Feinden nicht gesehen werden konnte, so hatte er die Kreuzer, welche auf ihn Jagd machten, doch fortwährend im Auge gehabt, und es herrschte auf dem Lugger große Unruhe über das Schicksal der Abwesenden. Am heutigen Nachmittag befand sich der Lugger dicht an der Nordwestseite von Ischia, und umsegelte diese Insel in der Abenddämmerung, scheinbar in der Absicht, in dem Hafen von Bajä vor Anker zu gehen, wo es nur selten an Kreuzern der Verbündeten fehlte. Da aber der Wind vom Lande her wehte, so steuerte er wieder weiter, fuhr durch den Kanal zwischen Procida und Misenum, und kam ungefähr drei Stunden vor dem Zusammentreffen mit Raoul in den Golf von Neapel, um die ganze gegenüberliegende Küste nach der Jolle zu durchstöbern. Das Licht an der Gaffel der Proserpina war ihm nicht entgangen; er hatte es im Anfang für ein Signal des vermißten Bootes gehalten. Um sich davon zu überzeugen, hatte der Lugger so lange abgehalten, bis seine Nachtgläser ein Schiff erkennen ließen; dann aber hatte er in den Wind gehalt, und war mit zwei bis drei Halbbordwendungen um die Landspitze herumgesegelt, wo sein Kapitän im Verstecke lag, denn die Marina Grande von Sorrents war einer der Punkte, deren der Kapitän in seinen letzten Instructionen als der Orte für ein Rendezvous erwähnt hatte.

Warme Glückwünsche und freudige Bewegung empfingen Raoul, als er so unerwartet am Bord seines Luggers erschien. Er besaß jede Eigenschaft, um sich bei seinen Leuten beliebt zu machen. Tapfer, abenteuerlich, entschlossen, großmüthig und gutherzig, wie er war, machten ihn seine Vorzüge zum Liebling seiner Mannschaft, und zwar in so hohem Grade, wie dieß selbst unter dieser ritterlichen Nation nur selten der Fall ist. Der französische Matrose kann Vertraulichkeit weit besser als sein großer Rivale und Nachbar, der Engländer, ertragen, und unser Held war von Natur offen und freimüthig gegen Alle, ob sie nun über oder unter ihm stehen mochten. Die Gemüther, welche er für sich zu gewinnen hatte, waren nicht so rauh und unlenksam, wie die der angelsächsischen Rasse, und Raouls kecker, ungestümer Charakter war ganz vortrefflich dazu gemacht, sich die Bewunderung und Zuneigung seiner Leute zu erwerben. Ohne Scheu und Zurückhaltung drängten sich nun Alle um ihn; jeder wollte seine guten Wünsche an den Tag legen und ihn seine Bewillkommnung hören lassen.

„Ich habe euch dicht um das Feuer spielen lassen, camarades," sprach Raoul, von den Beweisen der Anhänglichkeit seiner Leute gerührt; „jetzt wollen wir aber auch Rache dafür nehmen. In diesem Augenblick machen englische Boote, dort drüben gegen's Land hin, Jagd auf mich; wir wollen versuchen, eines oder das andere derselben abzufangen, um ihnen zu zeigen, daß der Feu-Follet noch am Leben ist."

Ein Freudenruf folgte als Antwort; dann sah man einen alten Quartiermeister, der seinem Kommandanten den ersten Unterricht im Seewesen ertheilt hatte, sich durch die Menge drängen, um ihm mit einer Art von Autoritätsrecht seine Fragen vorzulegen.

„ Mon capitaine," sprach er, „seid Ihr diesen Engländern nahe gestanden?"

„Ja, Benoit; etwas näher, als ich eigentlich wünschen konnte. Um Euch die Wahrheit zu gestehen – der Grund, warum Ihr mich nicht früher gesehen, war der, daß ich meine Zeit am Bord unserer alten Freundin, der Proserpina, zubrachte. Offiziere und Mannschaft wollten meine Gesellschaft nicht mehr entbehren, nachdem sie meine Bekanntschaft einmal gemacht hatten."

„ Peste! mon cher capitaine – so seid Ihr also gefangen gewesen?"

„So etwas dergleichen, Benoît. Zuletzt stellten sie mich gar auf ein Gitter, legten ein Tau um meinen Nacken, und wollten mich eben als Spion aufknüpfen, als ihnen zu allem Glück ein paar Kanonen von Nelson – da droben von der Stadt her – befahlen, mich wieder gehen zu lassen. Da ich an solchen Belustigungen keinen Geschmack fand, und meinen theuren Irrwisch wieder sehen wollte, so nahmen Etouelle und ich die Jolle und verließen die Fregatte, um erst dann wieder zurückzukehren und uns hängen zu lassen, wenn wir einmal nichts Besseres mehr zu thun wissen."

Dieser Bericht erforderte eine nähere Erklärung, welche Raoul mit wenig Worten gab. In der nächsten Minute füllten sich die Segel auf der Backbordseite wieder, und der Irrwisch steuerte abermals vorwärts und gerade gegen die Klippen.

„Da drüben, nahe bei Capri ist ein Licht in Bewegung, mon capitaine," bemerkte der erste Lieutenant; „ich vermuthe, daß es von einem unserer Feinde herrührt. Sie schwärmen in diesem Golfe so zahlreich wie die Seemöven."

„Ihr habt ganz recht, Monsieur. Es ist die Proserpina; das Licht ist ein Signal für ihre Boote. Sie ist übrigens zu weit leewärts, um mit uns in Berührung zu kommen, und ich weiß so ziemlich gewiß, daß sich zwischen ihr und den Schiffen vor der Stadt nichts mehr befindet, was uns ein Leid zufügen könnte. Sind unsere Lichter alle wohl geborgen? Laßt mir scharf darauf Acht geben, Monsieur."

„Alles in Ordnung, mon capitaine. Der Irrwisch zeigt seine Laternen nie, als wenn er einen Feind in's Moor verlocken will!"

„ Bon" gab Raoul lachend zur Antwort, und sprach dieß Wort in jener nachdrücklichen Weise, wie sie dem Franzosen eigen ist. Während der Lugger rasch gegen die Felsen vordrang, verfügte er sich selbst auf das Vorkastell, um ungehindert ausschauen zu können; Ithuel stand wie gewöhnlich neben ihm.

Die Hochebene von Sorrento endet nach der Seite des Golfes hin in senkrechten Tufffelsen, deren Höhe zwischen ein- bis zweihundert Fußen abwechselt. Die zunächst der Stadt gehören unter die höchsten, und sind mit Landhäusern, Klöstern und andern Wohnungen besetzt, deren Grundmauern häufig fünfzig Fuß tiefer als die Straße des Platzes auf Felsvorsprüngen ruhen.

Raoul war während der kurzen Herrschaft der Rufo-Partei öfter hier gewesen und kannte den größern Theil der Küste ziemlich genau. Er wußte, daß sein kleiner Lugger an den meisten Stellen bis dicht an die Felsen vorrücken konnte, und war überzeugt, daß, wenn er überhaupt auf eines von den Booten der Proserpina träfe, dieß ganz nahe am Lande geschehen müßte. Da aber der Nachtwind von der Campagna zwischen dem Vesuv und Castelamare herüber geraden Wegs in den Golf hereinwehte, so wurde es nöthig, den Feu-Follet, sobald er dicht an den Klippen war, vom Ufer abzuhalten. Dort war die Dunkelheit am größten, und weder Takelage noch Umrisse konnten auf eine weitere Strecke erkannt werden.

Eben während er herumwendete, und ehe noch die Vorsegel aufgezogen waren, hörte Raoul plötzlich einen lauten Ruf am Vordertheil.

„Felucke, ahoi!“ schrie Einer auf englisch, und ein Boot stand dicht an dem Buge des Luggers.

„Halloh!“ antwortete Ithuel und erhob den Arm, um Denen in seiner Nähe Schweigen zu gebieten.

„Was ist das für ein Fahrzeug?“ fragte der in dem Boot.

„Eine Felucke, welche der Admiral herabgeschickt hat, um nach der Proserpina zu sehen: da wir sie zu Capri nicht fanden, so sind wir jetzt wieder auf dem Rückwege nach dem Ankerplatz der Flotte.“

„Haltet gefälligst einen Augenblick, Sir; ich will zu Euch an Bord kommen. Vielleicht kann ich Euch aus der Noth helfen, denn ich weiß zufällig etwas von jener Fregatte.“

„Ja, ja, Sir; aber sputet Euch ein wenig, wenn's gefällig ist, denn wir müssen diesen Wind, so lange er anhält, so gut als möglich benützen.“

Es ist merkwürdig, wie leicht wir uns täuschen lassen, sobald einmal unsere Ideen eine falsche Richtung genommen haben. Dieß war denn auch mit dem Mann auf dem Boote der Fall, denn er hatte sich in den Kopf gesetzt, er sehe die Umrisse einer Felucke, die so häufig in jenen Gewässern getroffen werden, und der Gedanke, daß er den ersehnten Lugger vor sich habe, war ihm nie in den Sinn gekommen. Von diesem Irrthum verleitet, befand er sich bald an der Seite des Luggers und auf dem Verdecke seines Feindes.

„Kennst du diesen Herrn, Etouelle?“ fragte Raoul, der seinem Besuche bis an die Fallreepstreppe entgegen gegangen war.

„Es ist Mr. Clinch, der Untersteuermann auf der verfluchten Proserpina – der Nämliche, der uns dort drüben bei der Landspitze auf unserer Jolle ansprach.“

„Wie!“ rief Clinch und seine Unruhe war in seiner Stimme deutlich zu erkennen – „bin ich etwa in die Hände von Franzosen gefallen?“

„Ja, Monsieur,“ gab Raoul höflich zur Antwort, „aber nicht in die Hände von Feinden. Dieß ist der Feu-Follet und ich bin Raoul Yvard.“

„So ist alle Hoffnung auf Johanna für immer dahin! Ich habe einen glücklichen Tag verlebt, wenn er auch mit Geschäften überhäuft war, denn ich fing an zu glauben, daß mir auf Erden noch eine Aussicht blühe. Man kann Nelson nicht leicht vor sich sehen, ohne frischen Muth zu fassen und den Wunsch zu nähren, ihm einigermaßen ähnlich zu werden – aber ein Gefängniß ist nicht der Ort für Beförderung!

„Laßt uns in meine Kajüte treten, Monsieur; dort können wir uns behaglicher und bei Licht besprechen.“

Clinch war in Verzweiflung, und es galt ihm jetzt vollkommen gleich, wohin man ihn führen mochte. Bald saß er in der Kajüte – ein Bild der Hoffnungslosigkeit – und betrachtete die Branntweinflasche, die vor ihm auf dem Tische stand, fast mit derselben Wildheit, wie man sich den hungrigen Wolf vor einem Lamme denkt, eben ehe er in den Schafpferch eindringt.

„Ist dieß der Herr, den du meinst, Etouelle?“ fragte Raoul, als die Kajütenlampe dem Gefangenen in's Gesicht schien – „derselbe, der so sehr erfreut war, als er hörte, daß sein Feind *nicht* aufgehängt wurde?“

„Der nämliche, Kapitän Rule: im Ganzen ist er ein gutmüthiger Offizier – der sich selbst mehr als jedem Andern schadet. Man sagte auf der Fregatte, er sei nach Neapel gegangen, um Euch irgend einen guten Dienst zu leisten.“

„ Bon! Ihr seid lange auf Eurem Boote gewesen, Mr. Clinch: wir wollen Euch ein gutes Mahl nebst einem Glase Wein vorsetzen, und dann soll es Euch frei stehen, Eure Fregatte aufzusuchen und wieder unter Eure eigene Flagge zurückzukehren.“

Clinch starrte den Sprechenden an, als ob er das, was er hörte, nicht glauben könnte oder wollte: dann aber trat ihm die Wahrheit mit einem Male vor Augen und er brach in Thränen aus. Den ganzen Tag über waren seine Gefühle in Extremen umhergeschweift: das erneuerte Vertrauen und der Rath seines Kapitäns hatten ihm frische Hoffnung und damit eine ferne Aussicht auf künftiges Glück eröffnet. Bis jetzt hatte er sein Bestes gethan, und gerade weil er noch mehr leisten wollte, war er seinem Feinde in die Hände gefallen. Für einen einzigen Augenblick war das schöne Luftschloß, welches seine wiederbelebten Hoffnungen den Tag über so emsig zusammengefügt hatten – in Trümmer gegangen; aber Raouls freundliches Wesen, seine Worte und Ithuels Erläuterungen wälzten die Bergeslast von seiner Brust – und er wurde von seinem Gefühle überwältigt.

Keiner wird je so tief herabsinken, daß nicht Funken jenes stolzen Geistes in ihm zurückblieben, die mit den gröberen Theilen unserer sinnlichen Natur verbunden ist. Clinch trug das lebendige Bewußtsein in sich, daß er eines Bessern fähig sei, und so oft das Bild der geduldigen, aufopfernden und standhaften Johanna vor seine Seele trat, um ihm seine Schwächen vorzuwerfen, hatte es ihm Augenblicke der tiefsten Seelenangst verursacht. Zwar hatte sie diesen Vorwürfen niemals Worte gegeben – sich vielmehr immer geweigert, den Verleumdungen seiner Feinde – wofür wenigstens sie dieselben ansah – Glauben zu schenken: aber Clinch vermochte nicht immer jenen Geist in sich zu beruhigen, und er schämte sich oft vor sich selbst, wenn er daran gedachte, wie Johanna die Last hinausgeschobener Hoffnung mit so viel größerer Standhaftigkeit als er selbst ertrug. Die neuliche Unterredung mit Cuffe hatte Alles, was noch von Ehrgeiz und Selbstachtung in ihm war, auf's Neue erweckt, und er hatte die Fregatte heute Morgen mit dem festen, männlichen Entschlusse verlassen, sich zu bessern und mit unablässiger, ausdauernder Anstrengung danach zu streben, daß er ein Lieutenantspatent und mit diesem – seine Johanna erhielte. Dann kam die Gefangennehmung und ein Augenblick tiefer Verzweiflung, bis Raouls Großmuth die Last von ihm wälzte und die Aussicht auf's Neue heiter wurde.

Sechsundzwanzigstes Kapitel

Ach, mancher Traum war auf dem Schiff
Noch kurz vor seinem Ende;
Der Heimath Bild den bangen Traum
Des Schläfers noch verschönte.

Wilson

Raoul war über seinen ferneren Kurs bald entschlossen. Während er Clinch tröstete, hatte er Pintard den Befehl zugeschickt, sich nach dem andern Gig umzusehen, doch wenige Minuten der Nachforschung unter den Klippen überzeugten die Leute auf dem Verdeck, daß es nirgends zu finden war. Diese Meldung wurde alsbald in der Kajüte hinterbracht.

Ebensowenig vermochte Ithuel mit all' seinem Scharfsinn aus der gefangenen Bootsmannschaft irgend eine zweckdienliche Nachricht über den Gegenstand herauszubringen. Es herrschte unter den Leuten der Proserpina in Allem, was ihr Verhältniß zu dem Feu-Follet betraf, ein gewisser esprit de corps, der bei einer Gelegenheit, wie diese, sowohl Drohungen als Bestechungen zurückwies, und der Granitmann sah sich genöthigt, die Sache als hoffnungslos aufzugeben, wobei er übrigens nicht verfehlte, die Weigerung der Engländer, ihre Kameraden zu verrathen, weit eher ihrem Nationaleigensinne als einem andern achtbaren Gefühle zuzuschreiben.

Diese Vorliebe Ithuels, Denen, die er haßte, das Schlimmste zuzutrauen, war übrigens ihm und seinem Lande nicht allein eigen, und man darf mit ziemlicher Sicherheit annehmen, daß es ihm unter ähnlichen Umständen auf einer englischen Fregatte kaum besser ergangen wäre.

Da sich Raoul endlich überzeugt sah, daß das andere Boot entwischt war, und er ebenso die Nothwendigkeit erkannte, noch während der Dunkelheit aus dem Golfe zu kommen, so gab er widerstrebend den Befehl zum Aufbruch und ließ den Lugger doppeltgeflügelt todt vor den Wind stellen. Bis man diesen Befehl vollzogen hatte, war der Lugger mittlerweile so weit windwärts gesteuert, daß er gerade unter jenen stolzen Felsen stand, welche die Ebene von Sorrents von den Küsten von Vico trennen.

Kaum hatte er dieses kühne Vorgebirge erreicht, das, einem riesigen Strebepfeiler ähnlich, bis zu tausend Fuß senkrechter Höhe aus dem Meere emporsteigt, als der Feu-Follet von der vollen Gewalt des Landwindes erfaßt wurde: das Steuer aufwärts gestellt, die Segel etwas nachgelassen, hätte selbst ein Vogel sich kaum mit größerer Grazie oder Geschwindigkeit auf seinen Schwingen herumwenden können, als er nunmehr rings um das Vorgebirge steuerte.

Sein Kurs ging jetzt von einer Landspitze zur andern, denn so allein konnte man verhindern, daß er nicht zwischen den Einzackungen der Küste in eine Windstille gerieth. Dadurch kam der Lugger eher quer durch die Bucht von Sorrento, als in dieselbe hinein, so daß Yelverton, der an dem unteren Strande gelandet hatte, natürlich außer aller Berührung mit ihm blieb.

So rasch eilte das kleine Fahrzeug dahin, daß Raoul und Ithuel, welche ihren Posten auf dem Vorkastell wieder eingenommen hatten, schon eine Viertelstunde nach ihrem Aufbruch die Landspitze vor sich sahen, wo sie kaum zuvor im Versteck gelegen hatten; alsbald wurde das Steuer backbord gestellt, um auswärts zu gieren und Raum für den Irrwisch zu gewinnen. So schwebte Fels auf Fels, Dorf an Dorf, Bucht um Bucht an ihren Blicken vorüber, bis man den Kanal zwischen Capri und Campanella abermals erreicht hatte.

Indem sie auf diese Art an der Küste vorübergezogen, hatten sie die Absicht, jedes Boot, das dem Lugger etwa in den Weg käme, wegzunehmen, denn obgleich Raoul entschlossen war, seinen jetzigen Gefangenen freizugeben, so wünschte er doch sehr, eines der anderen Offiziere der Fregatte statt seiner habhaft zu werden. Sein Suchen blieb aber erfolglos, und als der Lugger in die offene See hinaustrat, mußte man jede Hoffnung auf einen Erfolg dieser Art – wenn auch mit Widerstreben – fahren lassen.

Der Irrwisch befand sich jetzt in der gefährlichen Nachbarschaft der drei feindlichen Kreuzer, und der Augenblick forderte raschen Entschluß. Zum Glück kannte Raoul die Stellung der englischen Schiffe, was die Gefahr für ihn allerdings verminderte; aber gleichwohl war es nicht rathsam, blos eine Meile von ihrem Ankerplatze entfernt sich längere Zeit herumzutreiben, und dabei noch Gefahr zu laufen, von der Landbrise gänzlich im Stich gelassen zu werden. Für jetzt verbarg die Dunkelheit und der Schatten des Landes den Kaper vor den feindlichen Blicken, und so beschloß sein Kommandant, wenn auch nicht im buchstäblichen Sinne zu ›heuen so lange die Sonne schien‹, so doch deren Abwesenheit nach Kräften zu nützen.

In dieser Absicht befahl er, den Lugger beizudrehen, Clinchs Boot nach der Fallreepstreppe der Leeseite zu schaffen, die Gefangenen aber alle auf das Verdeck, und zwar die Gemeinen auf die Kuhl, den Untersteuermann dagegen nach dem Quarterdeck heraufzubringen.

„Ich muß jetzt dem Vergnügen Eurer ferneren Gesellschaft entsagen, Monsieur Clinch," sprach Raoul mit jener Höflichkeit, welche seinem Volke so zu sagen angeboren ist. „Wir sind vôtre belle Proserpine gerade so nahe, als sich's mit unserer Sicherheit verträgt, und ich sehne mich nach nôtre belle France. Es weht ein hübscher Wind, der uns von der Küste ab und in zwei Stunden aus Eurem Gesichtskreise führen wird. Ihr werdet die Güte haben und mich Monsieur Cuffe – oui pardi! und auch jenen braves Italiens empfehlen, die sich als Sir Smees' geschworene Freunde bewährt haben! Touchez-là!"

Raoul lachte, denn er fühlte sich jetzt fröhlichen Herzens, und allerhand drollige Einfälle drängten sich in seinem Gehirn. Unserem Clinch dagegen kam Alles, was er hörte, fast wie griechisch vor, und er verstand nur soviel davon, daß der Franzose sein Schiff von der Küste entfernen wolle – ein Umstand, welchen er gar nicht ungerne vernahm. Ein paar Stunden früher würde er viel darum gegeben haben, wenn er ihn aufzufinden gewußt hätte; jetzt aber hatte Raouls Edelmuth eine Revolution in seiner Denkungsweise hervorgebracht, und kein Wunsch stand seinem Herzen ferner, als der, sich gegen den berühmten Kapersmann verwenden zu lassen. Gleichwohl hatte er aber im Dienste des Königs eine Verpflichtung, eine zweite für Johanna, und eine dritte für sich selbst zu erfüllen.

„Kapitän Yvard," sprach der Untersteuermann, die dargebotene Hand des Andern ergreifend, „ich werde diese Eure Güte niemals vergessen; sie fällt in einen für mich höchst günstigen Augenblick. Mein ganzes Glück in dieser und vielleicht auch in der künftigen Welt" – ein unwillkürliches ›Pah‹ entfuhr hier dem Zuhörer – „hängt von meiner jetzigen Freiheit ab. Ich muß aber – um Euch die ganze Wahrheit zu sagen, denn dazu fühle ich mich Euch gegenüber verpflichtet – ich muß Alles aufbieten, um, sobald ich wieder Herr meiner selbst bin, diesen Euren Lugger hier so wie jeden andern Feind meines Königs gefangen zu nehmen oder zu vernichten."

„Bon! – Ich liebe Eure Freimüthigkeit ebensosehr wie Eure Menschlichkeit, Monsieur Clinch. Ich erwarte immer, einem braven Feinde zu begegnen, sobald un Anglais gegen mich herankömmt: solltet Ihr jemals darunter sein, so werde ich darum nichts Schlimmerem entgegensehen."

„Meine Pflicht wird von mir verlangen, Kapitän Yvard, meinem Kommandanten zu berichten, wo ich den Folly fand und verließ, und wo ich ihn etwa befindlich glaube! Selbst über Eure Ausrüstung, die Zahl Eurer Mannschaft und derlei nähere Umstände werde ich befragt werden und als Ehrenmann darauf antworten."

„Mon cher, Ihr seid ein ›anständiger Bursche‹, wie ihr Engländer zu sagen pflegt. Ich wollte, es wäre heller Mittag, damit Ihr mein Deck besser betrachten könntet; der Feu-Follet ist nicht so häßlich, daß er einen Schleier zu tragen wünschen müßte. Sagt ihm Alles, mon brave Clinch; wenn Monsieur Cuffe einen zweiten Angriff gegen den Lugger unternehmen sollte, so kommt en personne in dem ersten Boote – wir werden uns immer glücklich schätzen, Monsieur Clinch vor uns zu sehen. Was unsern jetzigen Kurs betrifft, so seht Ihr, unser Gallion ist nach la belle

France gerichtet, so daß Ihr also Raum genug zu einer langen Jagd vor Euch habt. Adieu, mon ami – au revoir!"

Clinch schüttelte jetzt sämmtlichen Offizieren herzlich die Hand, erklärte nochmals in tiefer Rührung seinen Dank für die großmüthige Behandlung, welche er erfahren hatte, und folgte dann seiner Mannschaft in das Boot: dort angekommen, stieß er alsbald vom Lugger ab, und nahm seinen Kurs nach dem Lichte, das noch immer am Bord der Proserpina brannte.

Zu gleicher Zeit füllte der Lugger und war in der Dunkelheit Clinchs Augen in Kurzem entschwunden, nachdem er ihn eine Zeitlang doppelt geflügelt gegen Westen hatte steuern sehen, als ob er in der That der Straße von Bonifacio und seinem Vaterlande Frankreich so eilig als möglich entgegensegle.

In Wirklichkeit aber lag dieß keineswegs in Raouls Absicht. Seine Kreuzfahrt war noch nicht beendigt, denn für einen Mann von seinem Temperament hatte gerade die gegenwärtige Lage, mitten unter seinen mächtigen Feinden, unendlichen Reiz. Erst den Tag vor seiner letzten Gefangennehmung hatte er ein werthvolles Transportschiff erobert, bemannt und nach Marseille gesendet: er wußte, daß ein zweites stündlich in dem Golfe erwartet wurde. Dieß gab ihm seinen Leuten gegenüber genügenden Vorwand, um da zu bleiben, wo sie waren.

Doch die Aufregung dieses fortwährenden Spießruthenlaufens, die Freude, die überlegene Segelkraft seines Luggers an den Tag zu legen, die Gelegenheit, sich auszuzeichnen, und alle anderen Motive eines Seemanns waren nichtsbedeutend, verglichen mit der Stärke des Bandes, durch das sich sein Herz unaufhörlich zu Ghita hingezogen fühlte.

In neuerer Zeit hatte sich seiner Liebe ein Gefühl beigesellt, das der Verzweiflung nahe kam. So sanft und zärtlich er auch Ghita ihm gegenüber gefunden hatte, so war sie in ihren Grundsätzen doch immer ausnehmend fest und standhaft gewesen. In ihren neulichen Gesprächen – von denen wir einige ihrer besonderen Färbung wegen übergingen – hatte Ghita ihr Widerstreben, das Glück ihres Lebens auf einen Mann zu gründen, dessen Gott nicht der ihrige war – so fest und entschieden ausgesprochen, daß er an dem Ernste ihrer Gesinnung, so wie an ihrer Fähigkeit, dieselbe durch die That zu bewähren, nicht länger zweifeln durfte. Was den Eindruck dieses Entschlusses noch mehr verstärken mußte, war gerade die Freimüthigkeit, mit welcher das Mädchen niemals gezögert hatte, die Macht, welche Raoul über ihr Herz besaß, zuzugestehen, denn dadurch war jeder Vorwand zu der Vermuthung abgeschnitten, als ob sie bei ihrer jetzigen Weigerung Verstellung übe. Die Unterredung von heute Nacht lastete schwer auf Raouls Herzen, und er konnte sich unmöglich entschließen, nach einem solchen Schiffbruche seiner Hoffnungen vielleicht auf Monate von der Geliebten zu scheiden.

Sobald man also den Lugger so weit in der See wußte, daß er von Clinchs Boote aus nicht mehr gesehen werden konnte, stellte man ihn abermals mit der Backbordseite in den Wind, und er steuerte gegen die gepriesenen Ruinen von Pästum, welche an der Ostküste des Golfes von Salerno liegen. Der Wind war so schwach, daß er selbst einem mit der See Vertrauten nicht hinreichend scheinen mochte, um sogar dieses leichte Fahrzeug mit solcher Geschwindigkeit durch das Wasser zu führen: aber die Landbrise war mit Nachtdünsten erfüllt – diese hatten die Segel straffer gespannt, und so war die Triebkraft des Nachthauches gerade doppelt so stark, als sie zu sein schien. Eine Stunde, nachdem man aufgeholt hatte, stand der Irrwisch bereits acht Meilen von dem Punkte entfernt, wo er seine Richtung geändert hatte, und gerade so weit windwärts, daß er vieren und seinen Kurs geraden Wegs nach den unterhalb des Dorfes St. Agata – Ghita's jetzigem Wohnorte – gelegenen Felsen nehmen konnte.

Bei diesem neuen Plane hatte Raoul eine doppelte Absicht vor Augen. Zwischen Sicilien, Malta und Neapel waren beständig englische Schiffe unterwegs, und da die nach Norden bestimmten gerade bei diesem Vorgebirge dem Lande nahe kommen mußten, so mochte ihm seine Stellung erlauben, falls sich am nächsten Morgen ein passendes Schiff in der See draußen zeigte, mit dem wiederkehrenden Tage einen plötzlichen Schlag auszuführen. Dann hoffte er von Ghita wenigstens ein Zeichen zu erhalten, das seinem Herzen immer so theuer war, oder vielleicht, daß gar Liebe und Besorgniß sie an den Strand herabführen und ihm eine abermalige Zusammenkunft verschaffen würde.

So groß war die Gewalt einer Leidenschaft, welcher sich Raoul mit derselben Rückhaltlosigkeit hingab, die man vielleicht von schwachmüthigeren und weniger entschlossenen Männern erwartet hätte – denn unter ihrem Einflusse wird sich selbst der Held nur wenig von dem gewöhnlichen Haufen unterscheiden.

Die paar letzten Tage und Nächte hatten Offiziere und Mannschaft des Luggers, so wie dessen Kommandant, in einer Aufregung und Besorgniß verlebt, welche Alle die Nothwendigkeit des Schlummers um so dringender empfinden ließ. Ithuel hatte schon eine Stunde in seiner Hängematte geschlafen, und Raoul dachte nun ernstlich daran, seinem Beispiele zu folgen. Er gab daher dem jungen Lieutenant, der den Dienst auf dem Verdeck hatte, die nöthigen Instructionen, und verfügte sich dann in seine Kajüte, wo er in wenig Minuten allen Hoffnungen und Besorgnissen der Gegenwart entrückt war.

Alles schien sich zu vereinigen, um den Lugger und die Absichten seines Kommandanten zu begünstigen. Der Wind ließ allmählig nach, bis nur noch ein schwaches Lüftchen herrschte, das gerade hinreichte, um das Schiff in seinem Kurse zu erhalten: das Kräuseln des Wassers verschwand, und nur das lange, schwere Anschwellen der Wogen schien, dem tiefen Athmen eines Seeungeheuers ähnlich, den Busen des Oceans zu heben. Die Dunkelheit nahm zu mit dem Herannahen des Morgens; doch die Oberfläche des Golfes war spiegelglatt und ruhig, und schien keine unmittelbare Veranlassung zur Wachsamkeit oder Besorgniß darzubieten.

Dieß sind die Augenblicke der Abspannung in dem Leben eines Seemanns. Arbeitsvolle Tage bringen schlaftrunkene Nächte, und die Ruhe der Natur ladet fortwährend zu der Versuchung ein, ihr Beispiel nachzuahmen. Die Reaction, welche der Aufregung folgt, vertreibt die Lust zum Gesang, zu Scherzen und munteren Erzählungen; Geist und Körper sehnen sich, von ihrer Arbeit auszuruhen. Selbst das murmelnde Klatschen des Wassers, das sich an den Seiten des Schiffes hebt und senkt, klingt wie ein Wiegenlied, und der Schlummer erscheint in solchen Momenten als das einzige Glück unseres Daseins.

Unter solchen Umständen war es also kein Wunder, wenn sich die Wache auf dem Deck des Luggers diesem dringenden Bedürfnisse unserer Natur hingab. Man erlaubt gewöhnlich der Mehrzahl, in solchen Augenblicken eines kurzen Schlafs zu genießen, während einige Wenige munter bleiben müssen; aber in solchen Zeiten der Abspannung findet selbst der Diensteifer seine Aufgabe mühsam und schwer zu vollziehen. Ein Ausgucker nach dem andern ließ das Haupt sinken; der junge Mann auf dem Quarterdeck begann in seinem Armstuhle das Bewußtsein der Gegenwart zu verlieren, während träumerische Erinnerungen an seine Heimath – die Provence und an den Gegenstand seiner jugendlichen Bewunderung vor seiner Seele schwebten.

Nur der Matrose am Steuerruder wußte sich munter und seine Augen offen zu erhalten. Es ist dieß ein Posten, der stete Wachsamkeit erfordert, und auf Schiffen, wo die Disciplin eines geregelten Dienstes nicht in ihrer ganzen Strenge gehandhabt wird, geschieht es nicht selten, daß die Andern auf diesen Umstand bauen, und in dem Gedanken, daß der Mann am Rade sein Amt pünktlich versehe, ihre eigene Pflicht vergessen.

Dieß war jetzt in gewissem Grade auch am Bord des Irrwisches der Fall. Einer der besten Matrosen des Luggers stand am Steuerruder, und Jeder war überzeugt, daß keine Aenderung des Windes eintreten, kein Wechsel der Segel nöthig werden konnte, ohne daß Antoine sie darauf aufmerksam machen müsse. In jenem üppigen Theile der See, in welchem sie sich nunmehr befanden, war zu dieser ruhigen Jahreszeit ein Tag dem andern so ähnlich, daß Alle am Bord mit dem regelmäßigen Umspringen des Windes vollkommen vertraut waren: Morgens Süd-, Abends West- und Nachts Landwind – das folgte Alles so natürlich, wie das Auf- und Niedergehen der Sonne. Keiner fühlte eine Besorgniß, während er sich der Mahnung des Schlummers und dem träumerischen Einflusse des Klima's überließ.

Nicht so Antoine: seine Haare waren bereits ergraut und der Schlaf zählte bei ihm nicht mehr zu den dringendsten Bedürfnissen. Auch besaß er vielen Amtsstolz, eine lange Erfahrung und sehr scharfe Sinne, welche durch Uebung und mannigfache Gefahren beinahe prophetisch geworden waren. Er wendete die Blicke immer wieder gegen Campanella zurück, um sich zu überzeugen, ob nicht ein Zeichen vom Feinde zu bemerken wäre: doch die Dunkelheit ließ nichts als die schwarzen Umrisse der hohen Felsenküste gewahren. Dann streiften seine Augen über das Verdeck, und er sah, wie jetzt Alles von seiner eigenen Wachsamkeit und Pflichttreue abhing. Der Stand der Segel und des Wetters gab übrigens keinen Grund zur Besorgniß, und so begann er in seiner Einsamkeit mit leiser Stimme einen jener Troubadoursgesänge anzustimmen, den er während seiner Kindheit in der angeborenen langue du midi erlernt hatte.

So verstrichen die Minuten, bis Antoine die ersten Strahlen des Morgens über die Bergspitzen in der Nähe von Eboli aus der Dunkelheit hervorbrechen sah. Er hatte sich bis jetzt sehr allein gefühlt, und begrüßte nunmehr mit Freuden diese Zeichen der Wiederkehr des Lebens und eines neuen Tages.

„Hsch! mon lieutenant!“ flüsterte der alte Matrose, der die Schläfrigkeit seines Vorgesetzten vor den Blicken der übrigen Gemeinen nicht verrathen mochte; „ mon lieutenant - ich bin's, Antoine!“

„Ah - bah! Oh, Antoine, est-ce toi? Bon! - was willst du denn, mon ami?“

„Ich glaube die Brandung zu hören, mon lieutenant. Horch! - ist das nicht das Wasser, das sich gegen die Felsen am Ufer bricht?“

„ Jamais! Du siehst ja, das Land ist noch eine ganze Meile entfernt: an dieser Küste gibt's keine Untiefen. Der Kapitän befahl uns, scharf an's Land zu halten, ehe wir beidrehten oder ihn herbeiriefen. Pardie, Antoine! - wie die kleine Hexe während meiner Wache wieder gearbeitet hat! Da sind wir nun, kaum Schußweite von den Höhen entfernt, und doch ist kein Wind gegangen.“

„ Pardon, mon lieutenant! - Das Rauschen der Brandung will mir nicht gefallen: es klingt zu nahe, als daß es vom Lande kommen könnte. Wollt Ihr die Güte haben, Euch einmal auf der Vorderschanze umzusehen, Monsieur? Das Tageslicht läßt schon einigermaßen Etwas unterscheiden.“

Der junge Mann gähnte, reckte die Arme und ging dann nach vorn, denn so sehr er auch geneigt gewesen war, sich dem Schlummer hinzugeben, so war er doch ebenso bereit, einen alten Schiffsgenossen, dessen Erfahrung er hochschätzte, von seiner Unruhe zu befreien. Doch war sein Schritt noch immer nicht so rasch wie gewöhnlich, und es dauerte fast eine Minute, bis er die Klüshölzer erreichte. Kaum war er aber daselbst angekommen, als er erstaunt stehen blieb und in wahnsinniger Hast mit dem Arme zurückwinkte.

„Hart auf - hart auf mit dem Steuer, Antoine! Die Segel losgelassen, mes enfants!“ donnerte er mit einer Stimme, welche in den innersten Tiefen des Schiffes wiederhallte.

Der Irrwisch hob sich in diesem Augenblick auf einer schweren Grundwoge; im nächsten saß er fest, und den ganzen Bau durchdrang ein Zittern, wie wir es verspüren, wenn wir bei einem Sprunge den Boden früher, als wir erwarteten, erreichen. Da lag er zwischen Klippen gebettet, eben so unbeweglich, wie einer jener Felsen, welche, so weit unsere Geschichtsbücher reichen - schon länger als Jahrtausende den Wogen des Mittelmeeres getrotzt haben. - Mit einem Worte: der Lugger war unterhalb der Höhen von St. Agata auf einem jener berühmten Inselchen aufgerannt, welche unter dem Namen der Sireneninseln bekannt sind, und schon von dem ältesten aller Profanschriftsteller - dem guten Vater Homer, erwähnt werden.

Kaum war der Schlag geschehen, als Raoul auch bereits auf dem Verdecke erschien. Alles, was Leben hatte, rührte sich auf dem Schiffe, das mit einem Male ein Schauplatz des Lärms, der Thätigkeit und der höchsten Kraftanstrengung geworden war.

In einem Augenblicke wie dieser hat ein Schiffskapitän Gelegenheit, die höchsten und nützlichsten seiner Eigenschaften zu entwickeln. Von Allen ringsumher war Raoul der ruhigste; mit seiner unerschütterten Fassung war er am besten geeignet, die nothwendig gewordenen Befehle zu ertheilen. Kein Ausruf der Ueberraschung – kein Wort des Vorwurfs – ja nicht einmal ein tadelnder Blick traf irgend Einen seiner Umgebung. Das Unglück war einmal geschehen: das Einzige, was man thun konnte, war, es wieder so gut als möglich auszugleichen, und alle Sorge für Mannszucht oder Vertheilung von Belohnungen und Strafen der Zukunft zu überlassen.

„Der Lugger ist so fest wie eine Kathedrale geankert, mon lieutenant," bemerkte er ruhig gegen den Offizier, durch dessen Nachlässigkeit das Unglück herbeigeführt worden war. „Ich sehe nicht ein, wozu diese Segel nützen sollen; laßt sie alle einnehmen; sie führen das Schiff höchstens tiefer in die Klippen, falls es noch einmal loskommen sollte."

Der junge Mann gehorchte, und jede Nerve seines Körpers zitterte in dem Bewußtsein seiner Schuld: dann eilte er nach dem Hintertheil, warf einen einzigen Blick auf die verzweifelte Lage des Luggers und stürzte sich mit dem seinem Volke eigenen Ungestüm in die See, um nie wieder an's Tageslicht zu kommen. Der traurige Selbstmord wurde Raoul augenblicklich gemeldet.

„ Bon!" lautete seine Antwort. „Hätte er es eine Stunde früher gethan, so würde der Irrwisch jetzt nicht auf diesen Klippen wie auf einer Schiffswerfte aufsitzen. Mais, mes enfants, courage! Wir wollen doch sehen, ob unser schöner Lugger nicht mehr zu retten ist."

Die stoische Kälte und Bitterkeit in dieser Antwort war gleichwohl frei von jeder überlegten Grausamkeit. Raoul liebte – zunächst nach Ghita – unter allen Dingen dieser Welt seinen Lugger am meisten, und in seinen Augen galt es für eine unverzeihliche Sünde, ihn während einer Windstille, wie hier geschehen, Schiffbruch leiden zu lassen.

Gleichwohl war der gegenwärtige Fall keiner von den seltensten. Schiffen ergeht es häufig wie Menschen, die in einem Uebermaaß von Zuversicht ihren Untergang finden, und die amerikanische Küste – wegen der Regelmäßigkeit ihres Ankergrundes für den vorsichtigen Seemann in der ganzen bekannten Welt eine der sichersten – hat manches ähnliche Unglück aufzuzählen, das blos deßhalb möglich war, weil gar kein Vorzeichen von Gefahr zu ersehen gewesen. Unser Held würde sich selbst eine solche Nachlässigkeit niemals vergeben haben, und das, was die Eigenliebe uns selbst zu übersehen verbietet, wird nicht leicht aus Menschenliebe Verzeihung finden.

Die Pumpen fingen an zu sondiren, und man überzeugte sich bald, daß der Lugger so sachte und ohne alle Verletzung seiner Fugen in sein jetziges Bett eingelaufen war, daß er noch fest wie eine Flasche zusammenhielt. Dieß gewährte noch so viel Hoffnung auf eine Rettung des Schiffes, als die Umstände nur immer gestatten mochten.

Raoul versäumte keinerlei Vorsichtsmaßregeln. Es war mittlerweile so hell geworden, daß er recht wohl bemerken konnte, wie von Salerno her eine Felucke unterwegs war, welche die Landbrise oder was noch davon übrig geblieben – zum Auslaufen benützt hatte. Er schickte Ithuel mit einem bewaffneten Boote ab, um sie zu nehmen und bis zu den Klippen heranzubringen: dieß geschah in der doppelten Absicht, um die Prise entweder, wenn es möglich wäre, zum Flottmachen seines eigenen Schiffes zu benützen oder im äußersten Falle mit ihrer Hilfe nach Frankreich zu entrinnen.

Er ließ sich übrigens nicht herab, seinen Leuten diese Beweggründe zu erklären, und ebensowenig wagten sie, ihn darum zu befragen. Er handelte jetzt ganz, wie es einem Kommandanten in einem verzweifelten Nothfalle ziemte. Selbst die angeborene Schwatzhaftigkeit seiner Landsleute vermochte er wirksam zu unterdrücken: statt ihrer herrschte das tiefe, aufmerksame Schweigen einer vollkommenen Disciplin, welches ihm bei seinen Seeunternehmungen schon so oft einen ungewöhnlichen Erfolg gesichert hatte. Eben jener Mangel an Stille und Aufmerksamkeit ist es, dem das vielfache Unglück zur See zugeschrieben werden darf, welches unläugbar ein Volk befallen hat, das sich sonst durch Muth und Unternehmungsgeist auszeichnet. Wer es gut mit ihm meint, wird übrigens mit Freuden erfahren, daß dieses Uebel sich in neuerer Zeit in bedeutendem Maaße vermindert hat.

Sobald das Boot zur Eroberung der Felucke abgeschickt war, wurde auch die Jolle in's Wasser gebracht, und Raoul fing jetzt an, in eigener Person die Lage des Luggers zu untersuchen.

Die Sirenenfelsen, wie die Inselchen bis auf den heutigen Tag genannt werden, erheben sich weit genug über die Oberfläche der See, um auf ziemliche Entfernung sichtbar zu sein; da sie jedoch mit der Küste in einer Linie liegen, so hätte es den Ausguckern auf dem Irrwische, selbst wenn sie munter gewesen wären, sehr schwer fallen müssen, sie damals, als das Schiff aufrannte, zu unterscheiden. Das zunehmende Tageslicht setzte aber jetzt die Franzosen in den Stand, ihre Lage genau zu untersuchen und den Umfang des Unheils kennen zu lernen.

Der Lugger war durch eine ungewöhnlich hohe Grundwoge in eine Spalte zwischen zweien von den Felsen eingeklemmt worden; ringsumher war wohl tiefes Wasser, aber dennoch schien es unmöglich, ihn ohne eine Erleichterung des Ballastes wieder flott zu machen. So lange der Wind nicht wehte und die See nicht höher ging, war er allerdings sicher genug; sobald aber eine höhere Woge den Kiel emporhob und wieder sinken ließ, mußte er ohne Gnade leck werden.

Von diesen Thatsachen hatte sich Raoul kaum fünf Minuten, nachdem die Jolle im Wasser war, genugsam überzeugt, und freute sich jetzt nicht wenig, daß er Ithuel so unverweilt gegen die Felucke abgeschickt hatte. Zunächst wurden nun die Klippen untersucht, um zu sehen, in wie fern sie das Ausladen der Schiffsvorräthe begünstigten. Einige derselben waren hoch genug, um das Wegschwemmen der gelandeten Gegenstände zu verhindern; doch kann man sich bei Felsen, die dem Andrange der See frei stehen, nicht unter allen Umständen hierauf verlassen – denn selbst bei Windstillen herrscht keine Regelmäßigkeit in dem Fallen und Steigen dieses Elementes. Für jetzt ging die See allerdings weniger hoch als gewöhnlich, und so konnten die Franzosen eher hoffen, ihre Vorräthe an zwei oder drei verschiedenen Punkten sicher landen zu können.

Raoul befahl alsbald, das Werk mit Ernst zu beginnen. Der Lugger führte im Ganzen vier Boote, nämlich ein Langboot, einen Kutter, die Jolle und das kleine Boot. Das zweite dieser Fahrzeuge war mit starker Bemannung gegen die Felucke abgeschickt worden: die drei anderen beschäftigten sich jetzt damit, die Vorräthe auszuladen.

Raoul erkannte sogleich, daß der Augenblick keine halben Maßregeln gestattete, und daß das Schiff schwere Opfer bringen mußte, um seinen Kiel zu retten. Dieß und die Sicherheit der Mannschaft war der Hauptzweck, den er für jetzt im Auge hatte, und welchem gemäß er alle seine Vorkehrungen treffen mußte.

An den Wasserfässern im Kielraum wurde alsbald der Boden eingeschlagen und die Pumpen kamen so schnell wie möglich in Bewegung. Vorräthe aller Art wurden in die See geworfen, denn der Irrwisch hatte sich erst kürzlich aus dem Inhalte einer Prise frisch versehen, und ging etwas tiefer im Wasser, als für seine eigentliche Geschwindigkeit gut war. Kurz – alles Entbehrliche wurde über Bord geschleudert, und nur so viel Wasser und Lebensmittel zurückbehalten, als die Mannschaft bis zu dem Augenblicke bedurfte, wo man Corsika erreicht hätte – denn dorthin wollte der Kapitän unter Segel gehen, so wie sein Schiff wieder flott wäre.

Das Mittelmeer hat keine regelmäßige Ebbe und Flut, obwohl das Wasser entweder in Folge von Stürmen oder wegen der Einwirkung der anstoßenden Meere in unregelmäßigen Zwischenräumen zu fallen und zu steigen pflegt. Dieser Umstand entzog die Matrosen zwar der Gefahr, bei hohem Wasser an's Land gehen zu müssen, verhinderte sie aber auch, eine spätere Ebbe zu benützen, und ließ sie ganz in derselben Stellung, in die sie durch den Zufall gerathen waren, – eine Stellung, in welcher ihr Loos ganz von den eigenen Anstrengungen abhing.

Unter solchen Umständen bot unser Held Alles auf, um die Pflichten seines verantwortlichen Postens zu erfüllen. Eine Stunde angestrengter Arbeit brachte bei guter Leitung und beharrlichem Willen eine wesentliche Aenderung in ihrer Lage hervor: war ja das Schiff klein und die Zahl der Arbeiter verhältnißmäßig bedeutend. Nach Ablauf der erwähnten Zeit brachte der diensthabende Offizier die Meldung, der Rumpf hebe sich unter der Gewalt der ansteigenden Wogen, und es lasse sich in Kurzem erwarten, daß er mit einer Kraft gegen dieselbe kämpfen werde, welche Rippen und Planken in Gefahr bringen könnte.

Dieß war das Zeichen, um das Ausladen einzustellen und die Vorkehrungen zum Herausheben des Luggers zu vervollständigen: denn nachdem die Last einmal so weit vermindert war, daß diese Arbeit begonnen werden konnte, durfte man sie der Sicherheit halber nicht länger verschieben. Das Langboot hatte einen Anker hinausgeführt und war bereits wieder auf dem Rückwege gegen die Klippen, wobei es während des Ruderns immer mehr Tau ausstach – bei der Tiefe des Wassers eine höchst gefährliche Aufgabe, da man befürchten mußte, in dem scharfen Winkel, welchen das Kabel bildete, die Grundtakelage, wie man's nennt, heim zu reißen.

Sonst schien sich in diesem Augenblicke Alles günstig zu gestalten. Der Wind hatte sich vollkommen gelegt: die südliche Brise hatte nicht lange gedauert und von einer neuen war nichts zu verspüren. Die See erschien nicht unruhiger, als sie sich den ganzen Morgen über gezeigt hatte, d. h. sie war fast ganz ohne Bewegung: der Tag versprach ruhig und klar zu werden. Mit Ausnahme der Felucke ließ sich nirgends Etwas gewahren, und diese befand sich nicht nur in Ithuels Besitz, sondern war auch bereits bis auf eine halbe Meile gegen die Felsen gesteuert und kam mit jedem Augenblicke näher; in zehn Minuten mußte sie neben dem Irrwische liegen.

Raoul hatte sich überzeugt, daß das Wasser rings um den Lugger so tief war, daß die Prise diesen ganz gut berühren konnte, und eine Menge Gegenstände lagen auf dem Verdecke des Ersteren bereit, um, ehe man mit dem Ausheben begänne, auf dieses Begleitschiff hinübergeschafft zu werden. Auch die Klippen waren mit Fässern, Tauwerk, Kugeln, Ballast und ähnlichen Artikeln – Waffen und Munition allein ausgenommen – reich garnirt. Die beiden letzteren Gegenstände pflegte unser Held mit der ängstlichsten Sorgfalt zu behandeln, denn bei Allem, was er that, war immer der geheime Vorsatz zur entschlossensten Vertheidigung überwiegend.

Übrigens war nirgends ein Zeichen zu bemerken, welches auf eine solche Nothwendigkeit hingedeutet hätte, und die Offiziere schmeichelten sich schon mit der Hoffnung, daß es ihnen gelingen würde, ihren Lugger noch vor dem Eintritte der gewöhnlichen Nachmittagsbrise flott zu machen und in segelfertigen Zustand zu setzen. So wurde also den Leuten Befehl gegeben, bis die Felucke herangekommen wäre, das Frühstück einzunehmen, damit das einmal begonnene Werk keine Unterbrechung mehr zu leiden hätte.

Diese Pause gab Raoul Gelegenheit, sich umzusehen und reiflich nachzudenken. Zwanzigmal kehrte er die ängstlichen Blicke nach den Höhen von St. Agata, an welche Sehnsucht und Besorgniß ihn fortwährend fesselten: erstere galt Ghita, wie wir wohl kaum zu sagen nöthig haben; letztere dagegen entsprang aus dem Gedanken, es möchte ein neugieriger Zuschauer den Lugger erkennen und seinen Zustand an die Feinde verrathen, welche man vor Capri, kaum ein paar Meilen auf der anderen Seite der Höhen – vor Anker wußte.

Doch Alles schien um diese frühe Stunde noch in Ruhe versunken, und da der Lugger, wenn er die Segel nicht entfaltet hatte, ziemlich unbedeutend aussah, so war aller Grund zu der Hoffnung vorhanden, daß der Unfall bis jetzt noch unbemerkt geblieben sei. Die Annäherung der Felucke mußte sie freilich so ziemlich verrathen: doch hatte Raoul wenigstens die Vorsicht gebraucht und Ithuel den Befehl gegeben, daß keine Zeichen ihres Nationalcharakters verrathen werden dürften.

Jetzt, in der Stunde der Muße und Unthätigkeit, war Raoul Yvard ein ganz anderer Mann, als er noch wenige Stunden früher gewesen war. Damals betrat er das Verdeck seines kleinen Kreuzers so ziemlich mit dem Gefühle eines Mannes, der sich voll Triumphs seiner Jugend und Stärke bewußt ist; jetzt aber war ihm ungefähr zu Muthe, wie Einem, der sich durch Unglück und Krankheit herabgestimmt fühlt.

Dessenungeachtet hatte sein Charakter nichts von seinem hohen, ritterlichen Sinne verloren, und selbst jetzt, da er auf dem Hackbord seines gestrandeten Irrwisches saß, entwarf er Pläne, wie er, falls es ihm nicht gelänge, seinen Lugger wieder flott zu machen, irgend einen stattlichen Engländer überfallen und entern könnte.

Ein solches Auskunftsmittel war es gerade, worüber er nachdachte, als Ithuel, einem durch's Sprachrohr ertheilten Befehle gemäß, seine Prise dicht neben den Lugger brachte und an denselben befestigte. Die Leute, welche den Amerikaner begleitet hatten, wurden jetzt zum Frühstück entlassen, während Raoul ihren Führer einlud, sein frugales Mahl auf dem Hackbord mit ihm zu theilen.

Während des Essens erkundigte sich Raoul über Alles, was während der paar Stunden seit ihrer letzten Trennung vorgefallen war. Ithuel hatte seine Erzählung bald beendigt, aber sein Zuhörer vernahm mit nicht geringer Bestürzung, daß die Mannschaft der Felucke, sobald sie die Eroberung ihres Schiffes als unvermeidlich betrachtete, ihr Boot bestiegen und sich nach dem Landungsplatze von Scaricatojo geflüchtet hatte. Daraus ging hervor, daß der Charakter des gestrandeten Schiffes bekannt sein mußte, und jetzt war kaum mehr zu hoffen, daß die Engländer ihre Lage nicht noch im Laufe des Morgens erfuhren.

Siebenundzwanzigstes Kapitel

Jetzt geh' voran;
Es drängt mich fort: mit dir zu gehen,
Heißt bleiben: mit dir hier zu bleiben,
Heißt gegen meinen Willen geh'n, denn du
Bist mir die ganze Welt, mein Himmel und mein Leben.

Milton

Ithuels Nachricht mußte Raouls Ansicht über ihre gegenwärtige Lage wesentlich anders gestalten. Ein rüstiger Fußgänger konnte von dem Strande am Fuß von Scaricatojo, wo die Mannschaft der Felucke gelandet hatte, in einer Stunde nach der Marina Grande von Salerno gelangen. Dort waren zu jeder Zeit Nachen zu finden, und in zwei weiteren Stunden konnte ein Bote zu Wasser selbst während der Windstille die Schiffe vor Capri erreichen. Die erste dieser wichtigen Stunden war nun schon seit geraumer Zeit verstrichen, und er durfte nicht daran zweifeln, daß kräftige Arme bereits damit beschäftigt waren, die wenigen Meilen, welche die Insel Capri von den Küsten von Salerno trennen, in einem Boote zurücklegen. Es herrschte zwar Windstille und die Schiffe selbst konnten unmöglich gegen ihn ausziehen; aber zwei Fregatten und eine schwere Kriegsschaluppe vermochten in ihren Booten eine solche Streitmacht gegen ihn zu senden, daß in seiner jetzigen Lage jeder Widerstand nahezu hoffnungslos wurde.

Raoul hielt in seinem Frühstück inne und warf vom Hackbord ängstliche Blicke rings um sich her. Seine herzhaften Genossen, unbekannt mit all' den Gefahren, von denen sie umringt waren, verzehrten ihr Morgenmahl mit der charakteristischen Gleichgültigkeit von Seemännern, welche diese Eigenschaft auch in den dringendsten Nothfällen zu bewähren gewohnt sind. Sogar Ithuel, der doch sonst gegen die englische Macht so sehr auf seiner Hut war, und für den Fall, daß er der Proserpina abermals in die Hände gerathen sollte, so viel zu fürchten hatte, kaute seine Nahrung mit dem ganzen Wohlbehagen eines Mannes, der den Morgen über tüchtig an der Arbeit gewesen ist. Keiner von Allen schien eine Ahnung von ihrer kritischen Lage zu haben, und Raoul kam es vor, als ob die ganze Verantwortlichkeit nun auf seinen eigenen Schultern laste. Zum Glück war er nicht der Mann, der vor seinen jetzigen Pflichten zurückbebte, und er benützte den einzigen freien Augenblick, den dieser Tag voraussichtlich darbot, um über seine Hilfsmittel nachzudenken und seine Plane zur Reife zu bringen.

Der Lugger führte noch immer seine Bewaffnung, aber es war zweifelhaft, ob er flott werden könnte, ohne sie zu entfernen, und war dieß nöthig, so entstand die Frage, was man damit anfangen sollte, um sie im Falle eines Angriffs benützen zu können. Zwei, sogar auch vier von den leichten Kanonen konnten wohl auf das Verdeck der Felucke geschafft werden, und dieß sollte auch unverzüglich geschehen, wobei der gehörige Vorrath von Kugeln und Patronen nicht vergessen werden durfte. Zwanzig Mann, auf dieses leichte Fahrzeug geworfen, welches Ithuel als einen sehr lenksamen Segler schilderte, konnten sich als äußerst nützlich bewähren. Dann war auch auf einem von den Inselchen eine Ruine zu gewahren, welche wahrscheinlich von einem alten Tempel herrührte: sie war zwar unbedeutend und kaum auf kurze Strecke sichtbar, nach näherer Untersuchung fand sich aber, daß sie mit Hilfe einiger der zertrümmerten Steine, welche sich geschickt benützen ließen, recht gut zur Deckung einer Abtheilung verwendet werden konnte, welche, geschützt gegen leichte Geschoße, wie die Boote sie wahrscheinlich mit sich führten – einen kräftigen Widerstand zu leisten vermochte. Raoul stieg in die Jolle und ruderte selbst nach diesem Punkte, um alle Möglichkeiten mit Verstand und Sorgfalt zu untersuchen. Erst dann fand er seinen Plan zu seiner eigenen Zufriedenheit genugsam gereift.

Die gewöhnliche Zeit des Frühstücks war vorüber und die Matrosen wurden wieder ›aufgeboten‹; jeder Offizier empfing die nöthigen Befehle für die besondere Dienstverrichtung, welche seiner speziellen Beaufsichtigung anvertraut wurde. Da Ithuel die Felucke erobert hatte, so fand Raoul für billig, ihm das Kommando seiner Prise zu übergeben. Er wurde angewiesen, die zu seiner Vertheidigung nöthige Ausrüstung nebst Munition an Bord zu nehmen, die Kanonen so gut er konnte, zu placiren, und alle Vorkehrungen zum Kampfe zu treffen, während ein weiterer Haufe von den verschiedenen Artikeln des Luggers diejenigen in dem Kielraume der Felucke aufhäufte, deren Rettung wünschenswerth erschien.

Eine andere Abtheilung, unter dem Kommando des ersten Lieutenants, schaffte die übrigen leichten Karronaden, blos aus Zwölfpfündern bestehend, mit dem nöthigen Pulvervorrathe bei den Ruinen an's Land, und begann, sie daselbst in Batterie aufzustellen. Auch ein kleiner Vorrath von Lebensmitteln und Wasser wurde nach dem Inselchen übergeführt.

Während diese Vorkehrungen getroffen wurden, schickte sich Raoul an, mit Hilfe seines Segelmeisters den Lugger aus den Klippen herauszuheben. Dieses Geschäft – für jetzt das wichtigste von allen – stellte unser Held unter seine persönliche Aufsicht, denn es erforderte Geschicklichkeit, Beurtheilungskraft und Vorsicht. Die physischen Kräfte der Mannschaft wurden noch aufgespart, um erst bei dem eigentlichen Versuche verwendet zu werden.

Endlich war Alles bereit und der Augenblick nahe, wo diese schwere und wichtige Aufgabe gelöst werden sollte. Der Lugger saß jetzt schon volle vier Stunden zwischen den Klippen und die Sonne stand bereits hoch am Himmel. Raoul rechnete, daß die Engländer zu Capri sein Unglück unterdessen erfahren haben mußten: so blieb also für die viele Arbeit nur noch wenige Zeit übrig. Alle Matrosen wurden an die Hebebäume beordert und das Geschäft des Auswuchtens nahm seinen Anfang.

Gleich beim ersten Anspannen des Kabeltau's konnte sich Raoul überzeugen, daß der Anker halten würde. Zum Glück hatte eine der Ankerschaufeln einen Felsen gepackt, was man natürlich blos aus dem Resultate abnehmen konnte; so lange also das Eisen zusammenhielt, war auch keine Gefahr zu befürchten, daß ihr Anker – dieses wesentliche Hilfsmittel – weichen würde. Der letzte Theil des Ausladens wurde nun so rasch als möglich beendigt; dann ging's an das große Geschäft mit den Hebebäumen.

Aber jeder Versuch blieb fruchtlos: Zoll für Zoll wurde an dem Kabeltau herangezogen, bis der Hanf der Stränge sogar seine feinsten Fasern anzuspannen schien, und der Rumpf blieb so bewegungslos wie die Felsen, auf welchen er ruhte. Sogar die Schiffs-Jungen wurden an die Hebebäume gestellt: doch die vereinten Anstrengungen aller Matrosen, mit Einschluß der Offiziere, vermochten keine Aenderung hervorzubringen.

Einen Augenblick lang hielt Raoul sogar für's Beste, das Wrack anzuzünden, die Felucke zu besteigen und noch zeitig genug gegen Süden zu steuern, um dem erwarteten Besuche der Engländer auszuweichen. Er berief endlich seine Offiziere zusammen und legte ihnen diesen seinen Plan vor: doch wurde der Vorschlag von ihm selbst zu schwach unterstützt und fand zu wenig Anklang in der Brust seiner Zuhörer, um von diesen gebilligt zu werden. Der Gedanke, ihr schönes, tadelloses Schiffchen zu verlassen, war zu peinlich, während dagegen immer noch ein schwacher Hoffnungsschimmer auf dessen Erhaltung übrig blieb.

Raoul hatte seine Stunden mit der Genauigkeit eines klugen Generals abgemessen. Es war jetzt beinahe um die Zeit, da die englischen Boote erscheinen mußten, und er fing bereits an zu hoffen, daß die Neapolitaner den starken Mißgriff begangen und ihre Botschaft an die Flotte zu Neapel, statt an die zu Capri stationirten Schiffe geschickt hätten. Sollte dieß wirklich der Fall sein, so hatte er noch den ganzen Tag vor sich, und konnte sich unter dem Schutze der Nacht auf- und davon machen. Auf jeden Fall durfte der Lugger nicht verlassen werden, ohne daß man einen Feind vor Augen hatte, und die Leute wurden abermals zu einem neuen Versuche an die Hebebäume gerufen. Da man an hundert verschiedenen Punkten Wasser einnehmen konnte und die Entfernung bis Corsika so gering war, so hatte man während der vorangegangenen Pause auch das letzte Wasserfaß geöffnet und vollends ausgepumpt.

Unser Held sah wohl, daß dieß ihre letzte Anstrengung sein würde. Der Kielraum des Irrwisches war im buchstäblichen Sinne leer, und alle Reservespieren und dergleichen schwammen zwischen den Felsen umher. Konnte man das Schiff jetzt nicht herauswuchten, so besaß er keine Mittel mehr, um es von der Klippe loszumachen. Der Anker ruhte sicher; das Kabeltau, aufs Aeußerste angespannt, hielt fest, und ihn selber ausgenommen, stand die gesammte Mannschaft an den Hebebäumen. Das Anschwellen der See hatte den ganzen Morgen über mehr und mehr nachgelassen, und von dieser Seite war also nur wenig Hilfe zu erwarten. Doch auch dieses Wenige wollte man nicht verabsäumen, denn ohne solche Unterstützung schien das Werk unausführbar.

„Haltet euch bereit, ihr Leute," rief Raoul, auf dem Hackbord auf- und abschreitend, „und zieht auf's Kommando. Wir wollen eine hohe Woge abwarten, dann spannt mir aber jede Nerve, bis es endlich geht. Pas encore, mes enfants – *pas* encore! Paßt auf! – da drüben kommt ein Bursche, der uns heben wird – jetzt angezogen – stärker angezogen – zieht mit Leib und Seele! – zieht Alle zusammen!"

Die Leute gehorchten. Zuerst kam ein schwächerer Ruck, dann wurde die Anstrengung vermehrt, und eben als die Woge unter dem Kiele des Luggers hinrollte, boten sie, dem Befehle gehorchend, die äußerste Kraft auf – und der Kiel rührte sich zum ersten Mal.

Dieß gab neuen Muth, obgleich der Ruck nicht über sechs Zoll betragen mochte; es war jedenfalls eine entschiedene Bewegung und ganz in der wahren Richtung. Der endliche Erfolg spornte die Leute zu einer verstärkten Anstrengung. Es war vorauszusehen, daß ihre Muskeln beim nächsten Zuge eine zehnfache Stärke entwickeln würden.

Dieß Alles wurde von Raoul nicht übersehen, und er beschloß, die Begeisterung nicht ungenützt schwinden zu lassen.

„Encore mes enfants!" sprach er. „Stellt euch bereit! Habt Acht – jetzt ist's Zeit! Zieht, und reißt die Planken von dem Kiele des Luggers los – zieht, ihr Leute, zieht!"

Dießmal war die Anstrengung ganz so, wie man sie brauchte. Kaum war die Woge hereingerollt, als die Leute mit aller Macht zu ziehen anfingen: bald fühlte man ein leichtes Steigen – eine abermalige Anstrengung folgte – der Irrwisch verließ sein Bett, rollte in das tiefe Wasser, indem er aus Mangel an Ballast beinahe bis zu den Hängmattentüchern eintauchte – und lag bald gerade über seinem Anker.

Jetzt endlich war es gelungen! glänzend gelungen – und zwar in einem Augenblicke, wo die Muthigsten zu verzweifeln begonnen hatten. Die Leute umarmten einander und äußerten ihr Entzücken durch hundert Beweise ausschweifender Freudenbezeigung. Raoul traten die Thränen in die Augen, ohne daß er sie vor den Andern verbergen konnte, da Offiziere und Mannschaft sich zu ihm hindrängten, um ihm ihre Glückwünsche auszudrücken.

Der Freudenrausch hatte zwei bis drei Minuten gedauert – da kam Ithuel, kalt und berechnend wie immer, durch die Menge daher geschritten, stellte sich neben seinen Kommandanten und deutete mit bezeichnender Geberde gegen das Vorgebirge Campanella. – Dort sah man die erwarteten Boote herankommen. Sie waren so eben um das Kap herumgerudert und hielten die Richtung gerade gegen die Klippen!

Ithuels Geberde war zu bezeichnend, als daß sie Jemand hätte entgehen können, und jedes Auge folgte ihrer Richtung. Der Anblick war der Art, daß er nicht leicht mißverstanden werden konnte, wohl aber bei sämmtlichen Zuschauern dem Strome der Empfindung eine durchaus veränderte Richtung geben mußte. Jetzt war kein Zweifel mehr darüber, wie die Nachricht ihres Unglücks zu den Engländern nach Capri gelangt war, und welche Wirkung sie hervorgebracht hatte.

In der That war der Herr der eroberten Felucke, sobald er am Fuße des Scaricatojo gelandet hatte, in der einzigen Absicht, sein verlornes Schiff wieder zu gewinnen, die Höhen dieses Felsens, so schnell seine Beine ihn zu tragen vermochten – hinangestiegen, und die schmalen Pfade längs dem Rande der Hügel bis nach der Bucht von Sorrento hingerannt; dort hatte er sich in ein Boot geworfen, dasselbe mit vier kräftigen sorrentinischen Matrosen bemannt – in Europa kennt man keine rüstigeren und keckeren Seeleute – hatte sich an Bord der Terpsichore begeben und Sir Frederick Dashwood seinen Fall vorgetragen, da er nicht wußte, wer eigentlich der Befehlshaber der drei vereinigten Schiffe war.

Der junge Baronet zeichnete sich zwar weder durch große Klugheit noch durch besondere Erfahrung in seinem Stande aus, besaß aber eine ausnehmende Vorliebe, sich Ruhm zu erwerben. Es leuchtete ihm augenblicklich ein, daß die gegenwärtige Veranlassung ganz dazu gemacht war, um sich Lorbeeren zu erkämpfen. Er war dem Range nach der Zweite, und dachte sich in Folge dieses Anspruches, der Oberbefehlshaber könne offenbar nichts Anderes thun, als ihn mit dem Kommando der Expedition beauftragen, welche Cuffe, wie er richtig voraussah, gegen die Franzosen abschicken würde.

Aber gerade hier ergab sich eine Schwierigkeit. Sobald Sir Frederick dem älteren Kapitäne den Inhalt der empfangenen Botschaft hinterbrachte und ihm den Wunsch ausdrückte, bei dieser Gelegenheit verwendet zu werden, trat Winchester mit seinen Ansprüchen dazwischen und erhob die Sache zur Streitfrage. Cuffe hatte augenblicklich jedem der drei Schiffe den Befehl ertheilt, zwei Boote – im Ganzen also sechs – zu bemannen und zu bewaffnen, und auch die nöthigen Details waren nicht vergessen worden: aber bis er entschieden hatte, wer das Kommando erhalten sollte, ging ziemlich viel kostbare Zeit verloren.

Dieß war die Ursache der Verzögerung, und sie hatte in Raoul bereits gewisse Hoffnungen erweckt, welche die Thatsachen hinterdrein wieder zerstörten. Endlich hatte Sir Frederick den Sieg davon getragen, da sein Rang ihm einen entschiedenen

Vortheil verlieh, und die Bootsdivision kam nunmehr unter seinen Befehlen herangezogen.

Raoul sah, daß er noch mehr als eine Stunde übrig hatte. Mit der Felucke allein und noch dazu in einer Windstille gegen so viele Feinde in Kampf zu treten, war vorweg unausführbar. Das kleine, niedere Ding mochte vielleicht einige der Angreifer hinstrecken, mußte aber ohne Gnade gleich beim ersten Zusammenstoße verloren gehen. Den Lugger wieder mit Ballast und der übrigen Ausrüstung zu versehen, so daß er zu gehörigem Widerstande tauglich gewesen wäre – dazu hatte man keine Zeit; auch bot er, ausgenommen bei rascher Bewegung, nicht die Vortheile zur Vertheidigung wie die Ruinen auf dem Felseninselchen. So wurde also beschlossen, die beiden Schiffe, so gut als die Umstände erlaubten, zu verwenden, die Hauptvertheidigung aber hinter dem soliden Schutze der steinernen Mauern zu suchen.

Zu diesem Ende erhielt Ithuel den Auftrag, die Felucke an einem geeigneten Orte zu verankern; der erste Lieutenant wurde befehligt, möglichst viele Artikel an Bord des Irrwisches zu schaffen, so daß man jeden zufälligen Vortheil benützen konnte, während Raoul selbst mit dreißig seiner besten Leute die Kanonen auf den Felsen zum Kampfe aufzustellen begann.

Eine einzige halbe Stunde bewirkte eine wesentliche Veränderung im Stande der Dinge. Ithuel hatte die Felucke glücklich zwischen den Inselchen vor Anker gebracht, wo ihr die Boote nicht leicht nahe kommen, ihre eigenen Karronaden dagegen vom höchsten Nutzen werden konnten. Auf den Lugger war wieder ein großer Theil des Ballasts und auch Einiges von seinen Vorräthen geschafft worden, so daß er für den Fall, daß plötzlich eine Brise umspringen sollte, gehörig steif beim Wind erhalten werden konnte. Raoul hatte auch die beiden inneren Kanonen der Felucke an seinen Bord bringen lassen, um die Vertheidigungsanstalten durch ein Flankenfeuer zu verstärken.

Die große Schwierigkeit, die sich bei der Leitung einer vor Anker liegenden Streitmacht ergibt, besteht darin, daß sich der Feind seinen Angriffspunkt wählen, die verschiedenen Schiffe in eine Linie bringen und so ihr Feuer gegenseitig unwirksam machen kann. Um diesen Nachtheil so viel wie möglich zu vermeiden, stellte Raoul seine beiden schwimmenden Batterien nicht in eine Linie: doch war es nicht möglich, sie so zu placiren, daß sie nicht auf einem Punkte mehr als auf einem andern dem Angriffe des Feindes ausgesetzt gewesen wäre. Nichtsdestoweniger wurde die Aufstellung so genommen, daß Schiffe und Ruinen sich gegenseitig auf ihren schwächsten Punkten gegen den Anfall der Engländer unterstützten.

Sobald seine eigenen Kanonen verwendet und die beiden Schiffe verankert waren, besuchte Raoul den Lugger und die Felucke, um die daselbst getroffenen Vorkehrungen zu prüfen und ein ermunterndes Wort an die Mannschaft zu richten.

Er fand das Meiste nach seinem Sinn: wo dieß nicht der Fall war, befahl er entsprechende Veränderungen. Seine Unterredung mit dem Lieutenant dauerte nur kurz, denn dieser Offizier besaß gerade in jener besonderen Art der Kriegsführung viele Erfahrung, so daß er sich vollkommen auf ihn verlassen konnte. Bei Ithuel dagegen war er schon gesprächiger, nicht weil er dem Bürger aus dem Granitstaate mißtraute, sondern weil er ihn als einen Mann von ungewöhnlichem Erfindungsgeiste kannte und seine eigenen Plane durch dessen Vorschläge vervollständigen konnte.

„ Bien, Etouelle," sprach er, nachdem er die Besichtigung beendigt hatte, „Vieles wird, von dem Gebrauche abhängen, den du von diesen beiden Kanonen machst."

„Das weiß ich so gut, wie Ihr selbst, Kapitän Rule," antwortete der Andere, während er eben von seiner Tabackrolle wenigstens zwei Zoll abbiß; „und was noch mehr ist – ich weiß auch, daß ich mit dem Strick um den Hals fechte. Die trotzigen Teufel werden all' Das, was unterdessen passirt ist, nicht leicht vergessen, und obgleich es ganz gegen das Gesetz ist, so werden sie doch ihre Plane gegen uns Beide ausführen, wenn wir nicht die unsrigen gegen sie durchsetzen. Meiner Meinung nach wird das Letztere nicht nur die angenehmere, sondern auch die gerechtere Partie sein."

„ Bon! – sieh darauf, Etouelle, daß du deine Schüsse nicht vergeudest."

„Ich! – ei, Kapitän Rule, ich bin schon von Natur sparsam. Das wäre ja verschwenderisch, und Verschwendung gilt bei mir als Sünde. Die einzige Stelle, wo ich meinen Schuß anzubringen entschlossen bin, ist gegen das Gesicht und die Augen der Engländer. Ich meinestheils möchte beinahe, daß Nelson selber auf einem von den Booten wäre – ich wünsche dem Manne gewiß nichts Böses, aber dennoch *wünsche* ich, daß er gerade jetzt auf einem dieser Boote wäre."

„Und ich, Etouelle, ich wünsche es *nicht*. Entre nous – es steht schon ohnedem schlimm genug, und es soll mir sehr lieb sein, wenn Nelson am Bord des Foudroyant und ferne von uns bleibt. Voilà – der Feind hält einen Kriegsrath: bald werden wir ihn zu hören bekommen. Adieu, mon ami! – Vergiß nicht unsere beiden *Republiken*!"

Raoul schüttelte Ithuel die Hand und stieg wieder in sein Boot. Die Strecke bis zu der Ruine war nur unbedeutend, doch mußte man, um bis zu ihr zu gelangen, einen kleinen Umweg machen. Während er dahin ruderte, sah der junge Seemann in der Richtung von Scaricatojo ein Boot herankommen, das sich unbemerkt bereits so weit genähert hatte, daß er anfänglich ganz betroffen wurde. Ein zweiter Blick überzeugte ihn aber, daß von dieser Seite kein Grund zur Besorgniß vorhanden war. Sein Auge ließ sich nicht so leicht täuschen: in dem Boote befand sich Ghita mit ihrem Oheim – Letzterer ruderte, während das Mädchen im Hintertheile saß und, das Haupt bis auf die Kniee herabbeugend, in Thränen zu zerfließen schien.

Raoul war allein in seiner leichten Jolle, welche er mit einer Hand regierte; er war sogleich bemüht, diesen unerwarteten und unter solchen Umständen unwillkommenen Gästen in möglichst großer Entfernung vor den Klippen zu begegnen. Im nächsten Augenblicke lagen die beiden Boote neben einander.

„Was hat dieß zu bedeuten, Ghita?" rief der junge Mann; „siehst du denn nicht die Engländer dort drüben, die sich in diesem Augenblicke zum Angriffe gegen uns rüsten? In wenigen Minuten beginnt ein heißer Kampf – und du, was thust du hier?"

„Ich sehe jetzt Alles, Raoul," lautete die Antwort; „beim Abstoßen vom Lande aber bemerkten wir nichts und wollten nicht wieder umkehren, nachdem wir einmal in die Bai hereingekommen waren. Ich war in St. Agata die Erste, welche das Unglück, das dich befallen hatte, entdeckte; seit jenem Augenblicke hörte ich nicht auf, meinen Oheim so lange zu bitten, bis er nachgab und mit mir hierher kam."

„Aus welchem Grunde, Ghita?" fragte Raoul mit strahlenden Blicken: „willst du endlich nachgeben – und meine Gattin werden? In meinem Unglücke wenigstens erinnerst du dich, daß du ein Weib bist!"

„Das nicht gerade, theurer Raoul; aber ich kann dich in dieser Noth nicht so ganz verlassen. Gegen unsere Verbindung erhebt sich, fürcht' ich, noch immer dasselbe Hinderniß, das von jeher bestand, doch ist dieß kein Grund, um dir für jetzt nicht beizustehen. Wir haben hier auf den Höhen viele Freunde, die sich wohl dazu verstehen werden, dich vor deinen Feinden zu verbergen, und ich bin gekommen, um dich und den Amerikaner an's Land zu führen, bis wir eine Gelegenheit finden, dich nach deinem Frankreich zurückzubringen."

„Wie, Ghita! in einem Augenblicke, wie dieser, sollte ich diese Tapfern verlassen! – Nein – nicht einmal um den Besitz deiner Hand, theuerstes Mädchen, könnte ich mich einer so niedrigen Handlung schuldig machen."

„Ihre Lage ist nicht die deinige. Ein Todesurtheil schwebt über dir, Raoul; solltest du abermals den Engländern in die Hände fallen, so wirst du gewiß keine Gnade bei ihnen finden."

„ Assez; jetzt ist nicht der Augenblick zum Disputiren. Die Engländer fangen schon an, sich zu rühren, und du hast kaum noch Zeit, um vor dem Beginne des Feuers in sichere Entfernung zu gelangen. Der Himmel segne dich, Ghita! Dieser neue Beweis deiner liebenden Sorge knüpft mein Herz nur noch fester an das deine: jetzt aber müssen wir scheiden. Signor Giuntotardi, rudert mehr gegen Amalfi. Ich sehe, die Engländer wollen uns von der Landseite angreifen – rudert also mehr gegen Amalfi."

„Du bemühest dich umsonst, Raoul," gab Ghita ruhig, aber fest zur Antwort. „Wir sind keines unbedeutenden Zweckes halber hierhergekommen; weigerst du dich, mit uns zu gehen, so wollen wir wenigstens bei dir bleiben. Unser Gebet, das du so sehr verachtest, wird sich vielleicht doch nicht ganz nutzlos erweisen."

„Ghita, das kann nimmermehr geschehen. Wir sind ohne Deckung – beinahe ohne Vertheidigungsanstalten – unser Schiff ist nicht im Stande, dich aufzunehmen, und das heutige Gefecht ist etwas ganz Anderes, als jenes bei Elba. Du wirst gewiß in einem solchen Augenblicke meine Seele nicht mit der Sorge um dich belasten wollen."

„Wir wollen bleiben, Raoul. Vielleicht kommt ein Augenblick, wo du froh bist, das Gebet gläubiger Christen in deiner Nähe zu haben. Gott führt uns hierher, um dich entweder fortzunehmen oder bei dir zu bleiben, und mitten im Kriegslärm für dein ewiges Seelenheil Sorge zu tragen."

Raoul betrachtete die schöne Schwärmerin mit so inniger Liebe und Bewunderung, wie selbst ihre gläubige Einfalt sie nie zuvor in ihm erregt hatte. Ihre sanften Augen strahlten von heiligem Feuer, ihre Wangen glühten, und des Himmels Glanz schien auf ihrem Antlitz zu leuchten.

Der junge Mann fühlte, wie die Zeit drängte; er sah keine Hoffnung vor sich, seine Geliebte in ihrem Entschluß zu erschüttern und sie noch zeitig aus dem Bereich der herannahenden Boote zu bringen; unter diesen Umständen mochten die Beiden allerdings in einer Ecke der Ruinen besser geborgen sein, als wenn sie an's Land zu entkommen versucht hätten. Dann kam auch noch der nie erlöschende, geheime Wunsch, Ghita in seiner Nähe zu behalten, seiner hastigen Ueberlegung zu Hilfe, und er beschloß, das Mädchen mit ihrem Oheim auf dasselbe Inselchen zu führen, welches er in eigener Person vertheidigen wollte.

Unter seinen Leuten begannen schon einige Zeichen der Ungeduld laut zu werden, bis Raoul sich endlich zu dem Kurse entschloß, den er nunmehr zu befolgen hatte. Als er aber Ghita an's Land führte, da erwachte jener ritterliche Charakter der Huldigung gegen die Frauen, welcher die Südfranzosen vor Allen auszeichnet, und ihre beiden früheren Bekannten wurden mit lautem Freudenrufe empfangen. Handlungen der Selbstaufopferung gewinnen bei solcher Veranlassung den Schein des Heroismus, und er wird jederzeit den Beifall eines Volkes erregen, das für den Ruhm so tief empfänglich ist.

Immerhin war für die nöthigen Vorbereitungen nur noch wenige Zeit übrig. Zum Glück hatte der Schiffs-Arzt auf dieser Insel, als dem wahrscheinlichen Schauplatze des hitzigsten Kampfes, seinen Posten eingenommen, und sich bereits eine Aushöhlung des Felsens hinter einem Theile der Ruine zur Aufnahme der Verwundeten auserlesen, wo man einer ziemlichen Sicherheit zu genießen erwarten durfte.

Raoul erkannte sogleich die Vortheile dieses Plätzchens; ohne sich einen Augenblick zu bedenken, führte er Ghita und ihren Oheim nach diesem Orte. Er umarmte das Mädchen voll Zärtlichkeit – eine Freiheit, welche Ghita in einem solchen Augenblicke nicht zurückweisen konnte, und riß sich dann los, um den Pflichten seiner Stellung nachzukommen, welche nunmehr im höchsten Grade dringend geworden waren.

Sir Frederick Dashwood hatte in der That alle seine Vorbereitungen vollendet und rückte bereits bis auf Kartätschenschußweite zum Sturme heran. In der offenbaren Absicht, die Franzosen an einem Versuche zur Flucht nach dem Lande hin zu verhindern, hatte er sich eben diese Seite zum Angriffe erwählt – eine Anordnung, welche Raoul höchst erwünscht kam, da er, die Wahrscheinlichkeit dieses Falles voraussehend, seine eigenen Vertheidigungsanstalten in gleichem Sinne entworfen hatte.

Von Booten konnte man acht bemerken; doch waren nur sieben in Linie aufgezogen und im Anrücken gegen die Insel. Sechs davon waren stark bemannt und bewaffnet, und offenbar zum Kampf ausgerüstet. Unter ihnen führten drei leichte Bootskanonen am Schnabel, während auf den drei andern die Mannschaft nur mit gewöhnlichen Schießwaffen versehen waren. Das siebente Boot war das Gig der Terpsichore mit seiner gewöhnlichen Bemannung, das von dem kommandirenden Offiziere selbst als eine Art von cheval de bataille im engeren Sinne des Worts gebraucht wurde, d. h. mit anderen Worten: Sir Frederick Dashwood ruderte darin in der Schlachtlinie auf und nieder, um seine Befehle zu ertheilen und den Leuten Muth einzusprechen. Das achte Boot, das sich luvwärts und außer dem Bereiche der Kugeln hielt, war ein nach Capri gehörendes Küstenfahrzeug, auf welchem Andrea Barrofaldi und Vito Viti ausdrücklich zu dem Zwecke herbeigekommen waren, um die Gefangennehmung oder Vernichtung ihres alten Feindes mit anzusehen.

Sobald Raoul in dem Golfe vor Neapel gefangen war, hielten diese beiden Reisegefährten ihre Mission für beendigt, und glaubten jetzt mit Ehren nach Porto Ferrajo zurückkehren – mit Würde und Selbstgefälligkeit unter den Beamten dieser Insel umherwandeln zu können. Die neuliche Flucht aber und die Art, wie sie selbst dabei betheiligt waren, hatte den Stand der Dinge vollkommen umgestaltet. Eine neue Bürde der Verantwortlichkeit lastete auf ihren Schultern; neuer Schimpf war ihnen widerfahren und forderte Rache, denn dieser abermalige Schein von Lächerlichkeit drohte sogar die ersten Beweise ihrer Einfalt und Verstandesschwäche noch in Schatten zu stellen. Wäre Griffin mit seinen Kameraden nicht gleichfalls in die Sache verwickelt gewesen, so hätte den Vicestatthalter und den Podesta wahrscheinlich noch schärferer Tadel getroffen; so aber begegneten sie auf dem Schiffe allenthalben nur spöttischen Blicken und offenen wie versteckten Anspielungen, was die beiden ehrbaren Beamten bestimmte, sich bei der ersten Gelegenheit zur Verfolgung ihrer eigenen Zwecke nach der terra firma zurückzuziehen. Um indessen der Schmähsucht zu entgehen und von dem Ruhme, der jetzt zu gewinnen war, auch noch ihren Antheil einzuernten, hatten sie ein Boot gemiethet, und begleiteten nunmehr die Expedition als neugierige Zuschauer. Es lag übrigens keineswegs in ihrer Absicht, sich bei dem Kampfe selbst zu betheiligen, denn wenn sie nur den Verlauf der Ereignisse mit ansahen – so behauptete wenigstens Vito Viti mit großem Eifer, als sein Freund auf das Gegentheil anspielte – so war dieß gerade so viel, als sie nöthig hatten, um den Glauben an ihren Muth in den Augen jedes Elbanesers aufrecht zu erhalten.

„Cospetto!“ rief er in der Hitze des Streites, „Eure Behauptungen, Signor Andrea, würden sich eher für einen gedankenlosen Knaben, als für einen verständigen Vicestatthalter geziemen. Wenn wir, wie Ihr zu wünschen scheint, Gewehre und Säbel in unser Boot einnehmen, so könnte uns der Teufel ja gar noch versuchen, dieselben zu gebrauchen, und was verstehen wir Beide von solchen Dingen? Für eine Magistratsperson ist eine Feder eine weit passendere Waffe, als ein scharfschneidiger Degen oder ein garstig riechendes Stück von einem Schießgewehre. Ich muß mich nur wundern, daß Euer natürlicher Verstand Euch nicht hierüber belehrt. Es ist im höchsten Grade unpassend, wenn ein Mann seine Pflichten nicht erkennt, und um Alles in der Welt möge mich der Himmel vor einem solchen Irrthume bewahren! Eine falsche Stellung ist ja förmlich verächtlich.“

„Du bist schon wieder hitzig, Freund Vito, und zwar ohne alle Veranlassung: ich meines Theils bin der Ansicht, daß man für jeden Nothfall, der Einen treffen kann, gerüstet sein sollte. Die Geschichte bietet Beispiele in Fülle, wo sich Männer vom Civilstande, Gelehrte, ja selbst Geistliche bei passenden Gelegenheiten durch Waffenthaten ausgezeichnet haben, und ich muß gestehen, ich fühle eine philosophische Neugierde, die Empfindung zu erproben, mit welcher der Mensch nach dem Leben Anderer trachtet und sein eigenes aussetzt."

„Das ist gerade Eure verhexte Schwäche, Signor Andrea, – die Noth bringt mich schon so weit, daß ich den Respekt, welchen der Podest" dem Vicestatthalter schuldet, aus den Augen verliere, indem ich mich gedrungen fühle, Euch dieses zu sagen. Die Philosophie macht Euren Verstand noch ganz und gar zu Schanden; schon die Hälfte dessen, was Ihr davon besitzet, würde Euch zu dem gescheidtesten Unterthanen stempeln, dessen sich unser Großherzog zu rühmen vermag. Was die Geschichte betrifft, so glaube ich kein Wort von all' Dem, was sie lehrt – besonders seit die nördlichen Nationen sie zu verfassen angefangen haben. Italien *besaß* einst Geschichtbücher: wo sind sie aber jetzt hingekommen? Ich meines Theils habe noch niemals gehört, daß sich Einer mit dem Fechten abgegeben hätte, ohne daß er förmlich zum Waffenhandwerk erzogen, oder vielleicht ein armer Teufel gewesen wäre, der allen Grund hatte, sein Dasein überhaupt zu verwünschen."

„Ich kann dir verschiedene Gelehrte namentlich aufzählen, ehrlicher Vito, deren kriegerische Ehre einzig und allein von dem Ruhme verdunkelt wurde, den sie durch ihre friedlicheren Arbeiten einernteten. – Zu geschweigen der Waffenthaten verschiedener kriegerischer Päpste, Cardinäle und Bischöfe, so haben wir da z. B. unseren Michael Angelo Buonarotti. Aber dieser Gegenstand läßt sich auch noch besprechen, nachdem die Schlacht vorüber ist. Du flehst, die Engländer verlassen bereits ihre Schiffe, und wir werden am Ende gar in den Nachtrab der Kämpfenden zurückversetzt."

„Um so besser, Corpo di Bacco! wer hat wohl jemals von einer Armee gehört, die ihr Gehirn gleich anderen menschlichen Wesen vorn im Kopfe geführt hätte? Nein, nein, Signor Andrea, ich habe mich mit einem Rosenkranz versehen, den ich, so lange das Feuern dauert, als guter Katholik mit meinen Ave's und Paternosters zu beten gedenke; seid Ihr selbst so gar heftig darauf erpicht, an dieser Schlacht Antheil zu nehmen – nun so recitirt einmal mit lauter Stimme eine von den Reden Eurer alten Consuln und Generale, wie Ihr sie in den alten Büchern verzeichnet findet."

Vito Viti trug dießmal auch wirklich den Sieg davon. Der Vicestatthalter sah sich genöthigt, die Waffen zurückzulassen, ohne daß er den Ausschlag des Gefechtes wesentlich dadurch geändert hätte, da die gemietheten Bootsleute, zudem, daß sie sich ihren Aufwand an Zeit und Mühe dreifach theurer als gewöhnlich bezahlen ließen – um keinen Preis der Welt näher als auf eine halbe Meile gegen die Franzosen hinrudern wollten.

Trotz dieser Entfernung erkannte Raoul gleichwohl die beiden Elbaneser, als er den Feind mit seinem Glase recognoscirte. Er lachte laut bei dieser Entdeckung, trotz der Fülle von ernsthaften Betrachtungen, welche sich in diesem Augenblicke seinem Geiste aufdrängten.

Doch war jetzt keine Zeit, um sich der Fröhlichkeit hinzugeben, und die Miene unseres Helden gewann fast augenblicklich wieder ihren sorgenvollen Ausdruck. Jetzt, da er über die Art des Angriffes der Engländer im Reinen war, hatte er allen seinen Untergebenen neue Befehle zu ertheilen. Die Hauptsache bestand, wie gesagt, darin, die verschiedenen Geschütze so in den Kampf zu bringen, daß sie sich gegenseitig unterstützten; um dieß zu bewirken, war es nothwendig, die Breitseite des Luggers etwas schiefer gegen die Felucke zu stellen, und als dieß geschehen war, erklärte Raoul seine Anordnungen für beendigt.

Dann folgte jene Pause, welche nach getroffener Vorbereitung dem Kampfe gewöhnlich vorhergeht. Auf einem Schiffe herrscht während dieser Zeit fast immer das tiefste, feierlichste Schweigen. Bei dem engen Raume und den geräuschvollen Manövern eines Seegefechtes ist diese Stille in solchen Augenblicken zur Erhaltung der Ordnung, des Zusammenhanges und eines verständigen Gehorsams so durchaus nothwendig, daß die Disciplin als eine ihrer ersten Pflichten die aufstellt, den Leuten das dringende Bedürfniß des Schweigens einzuprägen. So kommt es, daß man Tausende von Streitern kampfbereit an ihren Batterien stehen sieht, ohne daß ein Laut von ihnen vernommen würde, der stark genug wäre, das leiseste Plätschern der Wogen zu übertönen. Die Franzosen waren zwar jetzt nicht zu einem Seekampfe im engern Sinne aufgestellt, behielten aber gleichwohl auch bei dieser Veranlassung eben jene gewohnte Mannszucht bei, welche sie sich in dem besonderen Dienstzweige, dem sie angehörten, zu eigen gemacht hatten.

Achtundzwanzigstes Kapitel

Den Rücken an das Felsenthor
Gestützt, setzt er den Fuß davor:
„Kommt Alle an, denn eh'r soll weichen
Der Fels, als ich, vor euren Streichen!“

Die Dame vom See

Um unsere Schlacht mit um so größerer Deutlichkeit schildern zu können, wollen wir dem Leser einen Umriß aller getroffenen Anstalten geben.

Sir Frederick Dashwood hatte, wie wir schon mehr als einmal angedeutet haben, alle seine Vorkehrungen so getroffen, daß der Sturm von der Landseite aus beginnen sollte, um seinem Feinde den Rückzug nach der Küste abzuschneiden. Raoul hatte dieß vorausgesehen, und seine beiden Schiffe waren in der Absicht, ein Entern derselben zu erschweren, hinter eine Reihe niederer Klippen placirt worden, welche sie von jenem Theile des Golfes trennten. Diese Klippen waren so ziemlich in gleicher Höhe mit der Oberfläche des Wassers und deßhalb in der Entfernung nicht leicht zu bemerken, so daß sie gegen einen Bootsangriff denselben Schutz gewährten, welchen Gräben und dergleichen bei Landgefechten darbieten. Dieser Umstand war ganz besonders vortheilhaft für die Vertheidigung, und durch die Benützung desselben hatte unser Held auf's Neue seinen Scharfblick bewiesen.

Am Bord der Felucke, welche den Namen des heiligen Michael führte, befand sich Ithuel mit fünfzehn Mann und zwei Zwölfpfünder-Karronaden nebst dem gehörigen Vorrath an Feuergewehren und Munition. Der Granitmann war der einzige Offizier auf dem Schiff, hatte aber drei bis vier der besten Leute des Luggers zu seiner Unterstützung bei sich.

Der Irrwisch stand unter dem Kommando Jules Pintards, des ersten Lieutenants, der etliche fünfundzwanzig Matrosen nebst vier Karronaden unter seinen Befehlen zählte. Der Lugger hatte mittlerweile nur einen Theil seines Ballastes und etwa ein Drittel seiner Vorräthe eingenommen: der Rest von beiden blieb noch immer bis zur Entscheidung des Kampfes auf den umliegenden Klippen gelagert. Gleichwohl hielt man das Schiff für vollkommen fähig, jeden Dienst, den man während seiner Verankerung von ihm erwarten konnte, zu verrichten, ja sogar bei leichtem Winde mit völliger Sicherheit seine vollen Segel zu führen. Die vier Kanonen waren sämmtlich nach einer Seite geschafft worden, so daß sie in der Richtung gegen die Küste als Batterie dienten. Auf diese Art gelang es den Franzosen, ihre Vertheidigungsanstalten wesentlich zu verstärken, da sie ihre sämmtliche Artillerie zu gleicher Zeit spielen lassen konnten, was nicht möglich gewesen wäre, wenn sie die bei Seegefechten gewöhnliche Aufstellung befolgt hätten.

Raoul hatte die vier übrigen Geschütze zwischen den Ruinen aufgepflanzt. Dieß hatte sich mit Hilfe einiger Planken, Takel, Anhalttaue und sonstiger Schiffsgeräthschaften ziemlich leicht ausführen lassen, und als er sein Werk von Neuem besichtigte, glaubte er sich mit Zuversicht auf die Festigkeit seiner Stücke verlassen zu können. Die Ruinen selbst waren nicht von Bedeutung, ja sogar auf einige Entfernung nicht einmal sichtbar: dennoch entsprachen sie dem Zwecke der Seeleute vollkommen, sobald man nur mit Benützung der natürlichen Felsformation einige von den Trümmern in eine vortheilhaftere Lage brachte. Die Karronaden waren en barbette – d. h. auf der Brustwehr selbst aufgepflanzt; der Felsen vor ihnen war jedoch gerade hier sehr abschüssig, so daß die Bedienungsmannschaft, wenn sie nur wenige Schritte zurücktrat, vollkommen vor dem feindlichen Schusse gedeckt wurde; nur Diejenigen, welche die Geschütze wieder zu laden hatten, waren bedeutender Gefahr ausgesetzt.

Der Schiffs-Arzt hatte mit Carlo Giuntotardi und Ghita in einer Felsaushöhlung Unterkunft gefunden, wo sie, wenn gleich nur fünfzig Schritte von der Batterie entfernt – so lange der Feind seinen Angriff in der jetzigen Richtung unternahm, gegen alle Wurfgeschoße vollkommen geschützt blieben. Ersterer traf alsbald seine furchtbar anzusehenden, wenn auch nicht blutgierigen Vorkehrungen zum Amputiren der Verwundeten, ohne daß jedoch diese Anstalten von seinen beiden Gefährten beachtet worden wären, welche Beide, in tiefe Andacht versunken, das Bewußtsein der Außenwelt gänzlich verloren hatten.

Eben als diese Vorkehrungen vollendet waren, hörte man Ithuel, der eines seiner beiden Augen fortwährend windwärts gerichtet hatte, bei Raoul anfragen, ob es nicht gut sein möchte, die Raaen an die Mastentopps hinaufzuziehen, da sie oberhalb weniger genirten, als wenn sie auf den Verdecken umherlägen. Bei der jetzigen Windstille ließ sich Nichts gegen diesen Vorschlag einwenden; der Lugger und die Felucke hißten beide ihre Raaen auf, indem die Segel umbunden und in die Geitaue gehängt wurden.

Bei Felucken wird die Takelage in der Regel so geordnet; bei Luggern aber ist dieß seltener der Fall, und der Granitmann, der sein eigenes Takelwerk von den früheren Schiffseigenthümern schon vor der Eroberung der Felucke herabgelassen fand, war nur in der Absicht, alles Nöthige für einen augenblicklichen Aufbruch bereit zu halten, auf diesen Einfall gerathen. Er wünschte den Lugger in demselben Bereitschaftszustande zu sehen, da die Engländer, sobald sie zwei Fahrzeuge zu verfolgen hätten, offenbar doppelt so viele Schwierigkeiten, als bei einem einzigen vorfinden mußten. Aus diesem Grunde machte er seinen Vorschlag, und fühlte sich sehr beruhigt, da er ihn alsbald ausgeführt sah.

Aber auch auf der andern Seite waren alle vorläufigen Hindernisse beseitigt worden. Kapitän Sir Frederick Dashwood hatte das Kommando, und die Lieutenants Winchester und Griffin mußten sich wohl oder übel darein fügen, jedoch nicht ohne zuvor einige offene Protestationen, verschiedene Grimassen und allerhand geheime Intriguen versucht zu haben. Der Streit hatte wenigstens für die auf der Proserpina *ein* günstiges Resultat herbeigeführt: Cuffe schickte von den Booten der Fregatte viere gegen den Feind, während er die Terpsichore und die Ringeltaube, erstere sogar mit Einschluß ihres Gigs – auf je zwei beschränkte.

Jedes Schiff beorderte natürlich sein Langboot mit einem Zwölfpfünder-Kanonenboot auf seinem Rüsterwerk. Griffin befehligte das der Proserpina, Mr. Stothard, zweiter Lieutenant der andern Fregatte, das der Terpsichore, und M'Bean, wie sich von selbst verstand, die beiden Boote der Ringeltaube. Griffin hatte den ersten Kutter seines eigenen Schiffes, Clinch das zweite und Strand das dritte Boot der Fregatte, mit welchem er die Vorhut des Ganzen bildete. Die übrigen Boote wurden durch Subalternoffiziere der betreffenden Schiffe kommandirt. Alle waren gutes Muths, denn wenn sie auch bei dem verzweifelten Charakter ihres Feindes einem hitzigen Kampfe entgegensahen, so hatten sie gleichwohl die feste Ueberzeugung, daß der Lugger endlich doch in brittische Hände fallen müsse; nur bei dem bedachtsameren Theile unter den Angreifenden mischte sich in den Triumph des erwarteten Sieges eine ernste Betrachtung der Folgen, welche er für die Mitspielenden herbeiführen konnte.

Sir Frederick Dashwood, der die Verantwortlichkeit seiner Stellung eigentlich am meisten hätte fühlen sollen, schien sich von allen anwesenden höheren Offizieren gerade am wenigsten um die Folgen zu kümmern. Von Natur beherzt, hatten persönliche Rücksichten bei ihm nur wenig Einfluß, und Sieg und Ruhm war dasjenige, was er bei seiner gewohnten Zuversicht auf die englische Tapferkeit als etwas ganz Natürliches erwartete, so daß er, von Geburt, Vermögen und parlamentarischem Einflüsse begünstigt, und in der vollen Gewißheit (wiewohl er sich diese nicht einmal selbst zugestand), daß eben derselbe Zufall, der ihn so frühzeitig zu seinem jetzigen Range erhoben hatte, auch jedes kleine Mißgeschick mit seinem breiten Mantel bedecken würde – ein Mißlingen seiner Unternehmung überhaupt gar nicht für möglich hielt.

Uebrigens war Sir Frederick nicht so unklug, bei dem Entwerfen der Angriffsdispositionen den Rath älterer und erfahrenerer Seemänner zu verschmähen. Cuffe hatte ihm vor seinem Abgange noch manche gute Weisung gegeben, und ihm besonders Winchester und Strand als zwei Seemänner anempfohlen, deren Rathschläge ihm im ferneren Verlaufe sehr nützlich werden könnten.

„Ich sende auch einen Untersteuermann, Namens Clinch, einen der erfahrensten Seemänner auf der Proserpina, in einem von meinen Booten mit, Dashwood," fuhr der ältere Kapitän am Schluß seiner Bemerkungen fort. „Er hat schon manchen Bootsangriff mitgemacht und sich jederzeit äußerst brav benommen. Die üble Gewohnheit des Trunkes hat den armen Teufel bis jetzt nicht aufkommen lassen; er ist aber jetzt entschlossen, sich noch einmal aufzuraffen, und ich ersuche Euch, ihn gehörig voranzustellen, um ihm eine Möglichkeit dazu zu gewähren. Jack Clinch hat ganz die rechte Art von Stoff in sich, sobald sich eine Gelegenheit bietet, ihn an's Licht zu bringen."

„Ich schmeichle mir, Cuffe, daß Alle zusammen Gelegenheit in Fülle finden werden," gab Sir Frederick in seinem gewöhnlichen schleppenden Tone zur Antwort; „denn ich will sie sammt und sonders zusammenwerfen wie eine Koppel Jagdhunde, die auf Tod und Leben dahinjagen. Ich habe einst Lord Echo's Windhunde nach einer langen Jagd noch so dicht neben einander gesehen, daß Ihr den ganzen Raum mit Eurem großen Segel hättet bedecken können, und ich denke, es auch heute mit unsern Booten so zu halten. Apropos, Cuffe, das gäbe eine hübsche Redefigur für eine Depesche – he? Bronte würde gewiß darüber lachen – meint Ihr nicht?"

„Den Teufel mit Eurer Figur und den Windhunden mit sammt der Depesche, Dashwood; erst müßt Ihr den Sieg gewinnen, ehe Ihr mit einer poetischen Beschreibung desselben anfangen könnt. Unser Bronte (wie Ihr Nelson nennt) fuhrt ebensowohl Blitze als Donner mit sich, und in der ganzen Marine ist kein einziger Admiral, der sich weniger um adeliges Geblüt und sonstigen Rang kümmerte. Die beste Art, ihm ein Lächeln abzugewinnen, ist die, seine Sachen hübsch ordentlich durchzuführen. Um's Himmels willen, schont Eure Leute, Sir; wir sind damit so knapp daran, daß wir keine zweite Schlappe wie die bei Porto Ferrajo vertragen können."

„Fürchtet nichts für uns, Cuffe; die Leute, die ich daran wende, sollt Ihr nie vermissen."

Jeder Kapitän hatte seinen Offizieren noch ein Wörtchen zu sagen; besonders bemerkenswerth war, was Lyon bei dieser Gelegenheit mit seinem ersten Lieutenant verhandelte.

„Vergeßt mir nicht, Airchy, daß ein Schiff sich ebensogut wie ein Mensch durch Sparsamkeit auszeichnen kann. Wir haben gerade jetzt einige unserer eigenen Landsleute im Admiralitätsamte, welche neben Muth und Kühnheit besonders auch den Kraftaufwand mit scharfen Augen bemessen. Ich habe einen Admiral gekannt, der sich gerade durch seine Sparsamkeit bis zu der rothen Flagge emporschwang, da seine Berichte wohlfeilere Schiffe und Geschwader als alle anderen Befehlshaber aufzuweisen hatten. Ihr werdet natürlich Eure Schuldigkeit thun, schon unserem lieben Schottland zu Ehren; aber Ihr habt da auf Euren Booten sechs bis sieben Leither und Glasgower Bursche, die Ihr ohne dringende Noth dem Tod nicht geradezu in den Rachen schicken dürft. Ich habe Euch die ganze letzte Aushebung unseres Wachtschiffes auf's Boot mitgegeben – mit denen braucht Ihr gerade nicht so zärtlich umzugehen; es ist doch nur der Auswurf von Wapping und der Themse; die volle Hälfte davon wäre ganz gewiß nach Botany Bai transportirt worden, wenn man sie nicht noch zu uns geschickt hätte."

„Bezieht sich das Gesetz, daß man den Feind im Auge haben muß, für heute nur auf die Boote oder auch auf die Schiffe, Kapitän Lyon?"

„Auf die Boote, Mann! wer Teufels glaubt Ihr denn, würde sonst darauf dienen wollen? 's ist freilich eine traurige Geschichte, so wie es jetzt geworden ist, da die Ehre, meiner Meinung nach, doch nicht viel höher als der Gewinn steht; trotzdem würde es nimmermehr angehen, wenn unsere alte Scotia beim Handgemenge im Hintergrund bliebe. Vergeßt nicht, daß wir wegen unserer Claymore's berühmt sind, und so thut euer Bestes, Alle mit einander, das will ich euch gesagt haben."

M'Bean brummte ein „Ja, ja, Sir," und ging gerade so methodisch an's Werk, als ob er eine algebraische Rechnung hätte summiren müssen. Der zweite Lieutenant der Terpsichore war ein junger Irländer mit einer süßen, wohlklingenden Stimme; als die Boote von den Schiffen abstießen, war er nur mit Mühe in gleicher Linie mit den andern zu erhalten, da er mit freudigem Grinsen immer weiter vorwärts drang, und die Leute durch seine Cheers zu übermäßigen und unvernünftigen Anstrengungen anfeuerte.

So war in jenem Augenblicke der Zustand der englischen Streitmacht beschaffen: beide Partien waren völlig zum Kampfe gerüstet. Fügen wir noch bei, daß es bereits zwei Uhr vorüber war, und daß alle Betheiligten wegen des Windes, der bald erwartet werden durfte, einige Besorgniß fühlten, so möchte die einleitende Skizze unseres Schlachtgemäldes vollendet sein.

Sir Frederick Dashwood hatte seine Linie in der Entfernung einer Meile von den Klippen formirt, so daß eines der drei Langboote im Centrum, die zwei übrigen auf jedem der beiden Flügel aufgestellt waren. Das in der Mitte war von seinem eigenen zweiten Lieutenant O'Leary, das auf dem linken Flügel von M'Bean, das auf dem rechten dagegen von Winchester befehligt. O'Leary wurde von Griffin und Clinch in den beiden Kuttern der Proserpina flankirt: den Zwischenraum füllten die übrigen Boote der Division. Der Kapitän ruderte fortwährend in seinem eigenen Gig auf und ab, und ertheilte seine Befehle, allerdings etwas konfus, doch auch mit einer Munterkeit und einem Gleichmuth, welche nicht wenig dazu beitrugen, die allgemein herrschende frohe Stimmung aufrecht zu erhalten. Sobald Alles fertig war, gab er den Befehl zum Vorrücken, indem er während der ersten halben Meile der Bootslinie voll ritterlichen Muths in seinem eigenen Gig vorausruderte.

Raoul hatte in ernster Aufmerksamkeit die kleinste Bewegung des Feindes mit seinem Glase beobachtet. Nichts war seiner eifersüchtigen Wachsamkeit entgangen, und er bemerkte augenblicklich, daß Sir Frederick gleich beim Aufbruch einen Hauptfehler begangen hatte. Hätte er alle seine Karronaden zu einer einzigen Batterie im Centrum vereinigt, so würde er die Möglichkeit eines Erfolgs zum wenigsten verdoppelt haben; statt dessen hatte er deren Wirkung durch die angeordnete Zersplitterung dermaßen geschwächt, daß voraussichtlich keine der drei französischen Batterien durch deren Feuer demontirt werden konnte. Dadurch blieb den Engländern natürlich die schwierige Aufgabe, unter den fortwährenden Kartätschensalven ihrer Feinde zum Kampfe Mann gegen Mann vordringen zu müssen.

Die wenigen Minuten, welche seit dem Befehle zum Vorrücken bis zu dem Augenblicke verstrichen, da die Boote den Klippen bis auf eine Viertelmeile nahe kamen, herrschte auf beiden Seiten das tiefste Schweigen, obwohl es Raoul schwer genug wurde, die angeborene Ungeduld seiner Leute, mit der sie zur Eröffnung drängten, zurückzuhalten. Für so ungeübte Artilleristen, wie die Seeleute im Durchschnitte sind, sofern sie sich mehr auf eine allgemeine Schätzung als auf scharfes, kunstgerechtes Zielen verlassen, was durch die Bewegung der Schiffe ohnedieß vereitelt würde – war ein Boot ein so kleiner Gegenstand, daß Raoul seine Munition nicht auf diese Art vergeuden mochte. Doch, selbst ein Franzose, konnte er jetzt nicht länger an sich halten – zu einer von den Karronaden tretend, feuerte er sie mit eigener Hand ab.

Damit nahm der Kampf seinen Anfang. Alle anderen Geschütze in der Ruine folgten: der Lugger antwortete seinen Kameraden fast Note für Note. Die Engländer erhoben sich mit drei lauten Cheers und jedes Langboot löste seine Kanonen.

In demselben Augenblick fuhren auch die beiden Artilleristen auf der Felucke mit ihren Lunten rasch an das Zündloch ihrer Geschütze – doch zu ihrer Verwunderung ging keines von beiden los, und bei genauer Untersuchung fand sich's, daß die Zündung verschwunden war. Der aus dem Granitstaate war nämlich mit der Hand sachte über die Kanonen gefahren, und hatte das Zündkraut – dieses wesentliche Erforderniß ihrer Wirkung – abgenommen. Er hielt die Pulverhörner in beiden Händen, und weigerte sich standhaft, sie einem Andern unter der Bedienungsmannschaft zu übergeben.

Es war ein Glück, daß Ithuel als der entschlossenste Feind der Engländer bekannt war, sonst würde er diesen anscheinenden Akt der Verrätherei vielleicht mit seinem Leben bezahlt haben. Aber er hatte auch keineswegs eine solche Pflichtverletzung beabsichtigt. Der bedächtige, scharfberechnende Amerikaner wußte recht gut, daß er seine Leute unmöglich am Feuern hindern konnte, so lange sie die Mittel dazu besaßen, und war auf dieses Auskunftsmittel nur verfallen, um die Wirkung seiner

Geschütze für den Augenblick aufzusparen, wo sie seiner Ansicht nach am größten sein mußte.

Seine Leute murrten, waren aber viel zu aufgeregt, um lange zu überlegen, und machten ihrem Unmuthe in einer donnernden Musketensalve Luft, da Ithuel ihnen nur dieses einzige Mittel, ihrem Feinde zu schaden, übrig gelassen hatte. Sogar Raoul blickte, als er nichts von den Kanonaden der Felucke vernahm, etwas verwundert seitwärts, glaubte aber, Alles sei in Ordnung, da er die Leute so emsig mit ihrem Kleingewehrfeuer beschäftigt sah.

Bei solchen Gelegenheiten ist gewöhnlich die erste Salve die zerstörendste von allen, und auch dießmal war das Feuer nicht ohne ernstliche Wirkung. Die Engländer, die am meisten ausgesetzt waren, litten natürlich in demselben Verhältniß. Auf Winchesters Boote waren vier, auf Griffins zwei und auf den übrigen Langbooten und Kuttern sechs bis acht Mann verwundet, und auf Sir Fredericks Gig hatte eine Kugel einen der Ruderer mitten in's Herz getroffen, was diesen Offizier veranlaßte, sich neben einen Kutter zu legen und den Todten gegen einen Lebenden auszutauschen.

Auf den Klippen zählte man nur einen einzigen Getroffenen. Eine Vollkugel hatte einen Stein in Trümmer zersplittert, und einen braven Matrosen eben in dem Augenblicke niedergeschmettert, da er mit heiterer Miene vorgetreten war, um eine von den Kanonen auszuwischen.

„Armer Joseph!“ rief Raoul, der den Sturz des Mannes mit ansah, „tragt ihn zu dem Chirurgen, mes braves.“

„ Mon Capitaine – Joseph ist todt.“

Damit war die Sache entschieden, und der Leichnam wurde bei Seite gelegt, während ein Anderer vortrat und die Kanone auswischte. Jetzt fand auch Raoul einen Augenblick Zeit, sich einige Schritte rückwärts zu wenden, um sich zu überzeugen, ob Ghita unter ihrem Schirmdache gehörig sicher sei

Das Mädchen lag auf den Knieen und schien der Außenwelt entrückt zu sein. Hätte er übrigens in ihrem Herzen lesen können, so würde er gefunden haben, daß dieses zwischen den Gebeten zu ihrem Schöpfer und der Liebe für ihn selbst getheilt war.

Der Lugger hatte keinen Schaden genommen: O'Leary hatte vor lauter Begierde, seine Geschoße wirksam anzubringen, über das niedere Fahrzeug weggeschossen. Nicht ein einziges Kartätschenkorn hatte seine Spieren getroffen oder seine Segel zerrissen. Sein gewöhnliches Glück schien ihm auch dießmal treu zu bleiben, und die Mannschaft focht mit frischem Eifer und erneutem Vertrauen.

Anders dagegen war's mit der Felucke: hier hatte das Feuer der Engländer am zerstörendsten gewirkt. Der vorsichtige, berechnende M'Bean hatte seine Aufmerksamkeit auf diesen Theil der französischen Vertheidigungslinie gerichtet und die Folgen waren seines Verstandes und Scharfsinnes würdig. Ein Kartätschenhagel war über die Verdecke der Felucke hingesaust, und hatte mehr als den zehnten Theil von Ithuels kleiner Streitmacht mitgenommen, denn man zählte einen Todten und drei Verwundete auf dieser Seite.

Doch der Schlachtlärm hatte nun einmal seinen Anfang genommen, und es war jetzt nicht die Zeit, ihm Einhalt zu thun. Das Feuer wurde auf beiden Seiten lebhaft unterhalten und hier und dort sah man Leute stürzen. Mit lauten Hurrahs drangen die Boote vorwärts, während sich das Wasser ringsum mit weißen Rauchschichten bedeckte.

In solchen Augenblicken geht der Angreifer immer am sichersten, wenn er unaufhaltsam weiter dringt. Dieß thaten denn auch die Engländer, feuerten und jauchzten bei jedem Faden, den sie zurücklegten, unbekümmert um den Verlust, welchen sie erlitten. Bei dem fortwährenden Entladen der Karronaden und der gänzlichen Windstille mußte sich vor den Klippen bald eine dichte Rauchwolke ansammeln: mit den Engländern kam, in Folge ihres Feuers, eine zweite längs des Wassers dahergezogen. Beide Dunstmassen floßen in einander, und die Boote waren jetzt eine Minute lang nur ganz undeutlich sichtbar.

Dieß war der Augenblick für Ithuel. Da er die zehn bis zwölf Matrosen, welche ihm noch übrig blieben, mit ihren Musketen beschäftigt fand, so richtete er die beiden Karronaden selbst, und versah sie aus den Pulverhörnern, die er keinen Augenblick losgelassen hatte, mit dem nöthigen Zündkraut. Für die Felucke empfand er im Augenblicke keine Besorgniß: Winchester war mit allen Booten im Centrum der brittischen Linie am meisten voraus, da das Feuer von den Ruinen sie zu eiligem Vordringen antrieb; M'Bean war noch weiter zurück und konnte nicht ohne einen Umweg durch die vor der Felucke ausgebreitete Klippenreihe kommen; überdieß mußte ihm eben dieses Hinderniß bis jetzt noch völlig unbekannt sein. Ithuel war von Natur wie durch Gewohnheit kalt und berechnend; die jetzige Gefahrlosigkeit seiner Lage mochte jene kostbaren kriegerischen Eigenschaften bei ihm noch bedeutend verstärken. Seine Karronaden waren bis zur Mündung mit Kartätschenpatronen vollgepfropft; dem besten Seemanne seiner Abtheilung herbeiwinkend, griffen Beide nach den Lunten, und Jeder hielt ein Richttau in der Hand, um die leichten Kanonen, je nachdem die Umstände es erforderten, zu wenden. Beide Stücke hatte Ithuel mitten auf das Kampfgewühl gerichtet, und nichts blieb übrig, als den Moment zum Losfeuern abzuwarten.

Dieser Augenblick war jetzt nahe. Die Engländer hatten die Absicht, auf der Hauptinsel zu landen und die Ruinen mit Sturm zu nehmen. Aus diesem Grunde ruderten ihre Boote alle in convergirender Richtung nach einem und demselben Punkte, und da die Rauchschichte mit jeder neuen Geschützsalve aus einander gerissen wurde, so war jetzt kaum fünfzig Schritte von dem beabsichtigten Landungsplatze ein dichter Haufen der Feinde durch die Lücken in dem Pulverdampfe sichtbar.

Ithuel stand mit seinem Gefährten bereit: Beide zielten und feuerten zumal.

Diese unerwartete Explosion aus einer Region, welche bis jetzt vergleichungsweise stumm gewesen war, überraschte gleichermaßen Freunde wie Feinde, und jagte eine neue Dunstwolke zwischen die Klippen und den offenen Raum vor denselben.

Ein Schrei erhob sich aus dem dichten Kampfgewühle, himmelweit verschieden von dem gewohnten Siegesrufe der Engländer – ein Schrei, welchen der Todeskampf selbst den muthigsten Herzen erpreßte, so daß sogar die Franzosen in den Ruinen inne hielten, um den nächsten Akt dieses verzweifelten Drama's abzuwarten.

Raoul benützte diese Gelegenheit, um sich für das erwartete Handgemenge in Verfassung zu setzen – doch dieß war unnöthig. Auf beiden Seiten wurde das Feuer eingestellt; nach einer Minute lichtete sich der Pulverdampf und hob den Vorhang von der Scene der Verwirrung.

Als das letzte Hinderniß verschwunden und die Aussicht wieder frei war, – da konnte man erst das Resultat übersehen. Die englischen Boote waren alle bis auf eines zerstreut, und suchten eiligst nach verschiedenen Richtungen diesem Schauplatze des Blutbades zu entkommen. Dadurch wurde das Feuer ihrer Feinde zertheilt und geschwächt – ein Kunstgriff, den sie schon weit früher hätten anwenden sollen.

Das zurückgebliebene Boot war ein Kutter der Terpsichore. Es war von der vollen Wucht des Kartätschenhagels aus Ithuels eigener Kanone getroffen worden, und von den sechzehn Matrosen, welche es bei der Abfahrt von der Fregatte eingenommen hatte, waren blos zwei mit dem Leben entronnen. Diese hatten sich in die See gestürzt und wurden von den vorübereilenden Booten aufgefangen. Der Kutter selbst kam gegen den Felsen herangetrieben, und aus dem Aechzen und Stöhnen, das aus seinem Innern hervordrang, war die Art seiner furchtbaren Ladung deutlich zu erkennen.

Raoul ließ nach wenigen Salven auf die zurückziehenden Boote aus Klugheit sowohl als aus Menschlichkeit das Feuer einstellen. – Der erste Akt der Schlacht war zu Ende.

Die Ruhezeit gab beiden Partien erwünschte Gelegenheit, ihre gegenseitige Lage zu untersuchen. Die Franzosen zählten im Ganzen eilf Dienstuntüchtige, alle, mit Ausnahme der vier Mann von der Felucke – zu der Ruine gehörend. Der Verlust der Engländer belief sich auf dreiunddreißig, mit Einschluß mehrerer Offiziere. Der Steuermannsmate, der den zusammengeschossenen Kutter kommandirt hatte, lag im Spiegel des Boots flach auf dem Rücken; nicht weniger als fünf Kugeln hatten ihm die Brust durchbohrt, und er war mit der Blitzesschnelligkeit eines elektrischen Funkens in die andere Welt hinübergegangen. Von seinen ehemaligen Gefährten theilten mehrere das gleiche Schicksal mit ihm: die meisten aber waren noch am Leben und litten die Schmerzen zerschmetterter Beine und Gliedmaßen. Das Boot selbst berührte sachte die Felsen, und ein neuer Schmerzensschrei der Verwundeten ließ sich vernehmen, da die Erschütterung in Folge des Steigens und Fallens der Brandung ihnen neue Pein verursachte.

Raoul war zu umsichtig und gefaßt, um nicht den errungenen Vortheil einzusehen. Um seine ferneren Vertheidigungsmittel im besten Zustande zu erhalten, ließ er die Kanonen ihr Feuer einstellen und alle Schäden augenblicklich ausbessern. Dann verfügte er sich mit einer Abtheilung nach dem Boote, welches in seine Hände gefallen war.

Sich in seiner gegenwärtigen Lage überhaupt mit Gefangenen irgend einer Art zu belasten, wäre ein großer Mißgriff gewesen; bei Verwundeten aber, wie die vor ihm Befindlichen, hätte man es wahre Tollheit nennen müssen. Das Boot führte den nöthigen Verbandzeug bei sich, und er befahl deßhalb einigen seiner Franzosen, Diejenigen, welche am meisten der Hilfe bedurften, damit zu bedienen. Auch netzte er die ausgetrockneten Lippen der Blessirten mit Wasser, und gab sodann, nachdem er seine Pflicht in vollem Maaße erfüllt zu haben glaubte, den Befehl, das Boot auf die Seite zu holen, und es mit Gewalt in einer solchen Richtung vom Lande zu stoßen, daß es nicht mehr in den neuen Kampf verwickelt werden konnte.

„Halloh, Kapitän Rule!" rief Ithuel laut, „da thut Ihr ganz unrecht. Laßt das Boot liegen, wo es ist, und es wird Euch die beste Brustwehr von der Welt abgeben. Die Engländer werden schwerlich mitten durch ihre eigene Verwundeten auf Euch feuern wollen."

Der Blick, welchen Raoul seinem Hilfsgenossen zuwarf, war stolz und sogar unwillig; ohne auf diesen Rath zu hören, winkte er seinen Leuten, den bereits gegebenen Befehl zu vollziehen. Dann aber, als ob er sich plötzlich erinnerte, wie wichtig Ithuel für ihn war, wie erfolgreich dessen zeitgemäße Hilfe gewesen, und wie er ihn um keinen Preis beleidigen dürfe, wandte er sich nach der Seite des Inselchens, welche der Felucke zunächst lag, und sprach höflich und freundlich mit dem Manne, dessen Rath er so eben noch mit Gleichgültigkeit, wenn nicht gar mit Verachtung behandelt hatte. Es war dieß keine Heuchelei, sondern nur ein kluges Anpassen seiner Mittel an die gegebenen Umstände.

„ Bon – brave Etouelle!" sprach er; „deine Kugelsäcke waren mir höchst willkommene Freunde und erschienen gerade im rechten Moment."

„Nun, Kapitän Rule, wir in dem Granitlande sind nie verschwenderisch mit unsern Mitteln. Bei solchen Affairen muß man immer erst abwarten, bis man an einem Engländer das Weiße im Aug' erblickt. Es sind im Ganzen lauter boshafte Teufel und sie rennen Alle wie blind in das Feuer. Zu Bunkers-Hill kamen sie in so dichten Haufen, daß unsere Leute –"

„ Bon!" wiederholte Raoul, da er keine Lust hatte, eine schon dreimal erzählte Geschichte zum vierten Mal anzuhören; so oft nämlich Ithuel auf Bunkers-Hill zu sprechen kam, durfte man auch darauf zählen, daß er im Prahlen das große Roß bestiegen hatte, denn er hielt diesen großen Sieg nicht nur – was er auch wirklich war – für einen Triumph Neu-Englands, sondern war sogar sehr zur Unterstützung der Meinung geneigt, daß er in hohem Grade dem ›Granitstaate‹ angehöre. „ Bon!" fiel Raoul ein – „Bunkair gut, mais les Roches aux Sirènes sind besser. Hast du noch mehr de ces balles, so lade encore."

„Was haltet Ihr *davon,* Kapitän Rule?" fragte der Andere und deutete auf eine kleine Wimpel, die am Topp eines seiner Masten zu flattern begann. „Der Westwind hat sich eingestellt und wir dürfen jetzt nur aufbrechen. Nehmt Vernunft an, Kapitän, und laßt uns auslaufen!"

Raoul war betroffen; er schaute nach dem Himmel, nach der Wimpel und auf die Oberfläche des Wassers: letztere fing schon an, sich leicht zu kräuseln. Dann wanderte sein Auge gegen Ghita.

Das Mädchen hatte sich von den Knieen erhoben und ihre Blicke folgten jeder seiner Bewegungen. Als sie seinem Auge begegneten, deutete sie mit süß flehendem Lächeln aufwärts, als ob sie ihn bitten wollte, jenem erhabenen Wesen, das ihn bis jetzt unverletzt durch den Kampf geführt hatte, die Schuld der Dankbarkeit zu entrichten.

Er verstand ihre Meinung, warf ihr mit zärtlicher Galanterie eine Kußhand hinüber, und wandte sich dann gegen Ithuel, um das Gespräch fortzusetzen.

„Es ist zu bald," bemerkte er. „Wir sind hier unbezwingbar, und der Wind ist noch zu leicht. Eine Stunde später gehen wir Alle zusammen."

Ithuel murrte verdrießlich, doch sein Kommandant beachtete ihn nicht; denn er hatte ganz richtig geurtheilt, indem die Boote, der Gefahr trotzend, sich bereits wieder auf Gewehrschußweite versammelten und den Angriff offenbar erneuern zu wollen schienen. In einem solchen Augenblicke die Flucht zu versuchen, hätte offenbar nichts anderes geheißen, als den großen Vortheil der Ruinen aufzugeben und Alle ohne irgend einen Nutzen in Gefahr zu stürzen.

In der That begann jetzt Sir Frederick Dashwood aufs Lebhafteste zu fühlen, welche Schmach ihn treffen mußte, wenn der Lugger entkäme und ihn der Ehre beraubte, denselben gefangen genommen zu haben. Der junge Mann hatte jetzt mit einem Male die gewöhnliche Apathie seines Wesens abgeworfen, und gleich allen Naturen, welche schwer zu erregen sind, war er nun, da seine Energie einmal erwacht schien, keineswegs gering anzuschlagen.

Die Boote hatten sich bereits wieder gesammelt; alle Kampfunfähigen wurden auf einen der Kutter versetzt und nach den Schiffen zurückgeschickt, auf den zurückbleibenden aber alle Anstalten zu Erneuerung des Angriffs getroffen. Es war ein Glück, daß Cuffe eine so starke Expedition abgeschickt hatte, denn trotz des erlittenen Verlustes zählten die drei Langboote nebst den Luggern noch immer das Doppelte der Mannschaft, welche Raoul zur Verfügung hatte.

Dießmal zeigte sich Sir Frederick willig, auf fremden Rath zu hören. Winchester, M'Bean, Griffin und Strand waren sämmtlich der Meinung, die Boote müßten sich trennen und den Sturm auf verschiedenen Punkten versuchen: dadurch allein konnte man die Erneuerung eines so vielumfassenden Unglücks verhüten, wie es sie heute schon einmal betroffen hatte. Dem Schotten wurde die Felucke angewiesen; das Langboot der Terpsichore sollte den Lugger angreifen, während die zwei Kutter und das große Boot der Proserpina die Ruinen auf sich zu nehmen hatten. Sir Frederick blieb für seine Person auf dem Gig, um sich sogleich nach dem Punkte wenden zu können, der seine Anwesenheit am dringendsten erfordern mochte.

M'Bean war dießmal der Erste, der zu feuern begann. Er ließ seine Karronade gegen die Felucke losdonnern, nachdem er sie selbst zuvor mit aller Sorgfalt gerichtet hatte. Die Kugel traf eine von Ithuels eigenen Karronaden, zertrümmerte sie in ein Dutzend Stücke, schlug nicht weniger als drei Mann zu Boden, mehrere Andere nicht gerechnet, welche weniger schwer verletzt wurden, und bohrte die Kanone, welche sie von der Lafette herabstürzte, bis in den Kielraum der Felucke.

Das war ein schlimmer Anfang, der die Angreifenden sehr ermuthigte, da Alle das Resultat mit angesehen hatten. Drei herzhafte englische Cheers folgten dem Schusse, und Ithuel war dadurch so sehr außer Fassung gebracht, daß er die übriggebliebene Kanone, welche wie früher mit Kartätschen geladen war, wenigstens um zwei Minuten zu früh abfeuerte. Die See wurde in Schaum verwandelt, ohne daß ein einziger Mann verletzt worden wäre. Erst jetzt wurde das Feuer allgemein: eine Kanone nach der andern ließ sich vernehmen, während das Knattern der Handwaffen die Pausen ausfüllte. Die Boote wurden mit festem, stetigem Ruderschlage herangetrieben, ohne irgend einen Schaden zu nehmen – ein Fall, der öfter vorkommt, wenn er auch schwer zu erklären ist. Einige Kugeln fielen zwischen die Ruinen, und schleuderten Trümmer rings um sich her, so daß ein paar Minuten lang aller Schaden nur auf einer Seite war.

Doch Pintard wie Ithuel fühlten sich durch die vor ihrer Front hinlaufenden Klippen vollkommen gesichert, und Jeder suchte sein Feuer so wirksam wie möglich anzubringen. Ithuel gelang dieß auch vortrefflich; er bezahlte M'Bean mit seiner eigenen Münze, und überschüttete die Büge seines Langboots mit einem Hagel von Kugeln, der diesen klugen Offizier an die Nothwendigkeit erinnerte, lieber nach dem Inselchen mit den Ruinen zu gieren. Pintards Gegner wurde gleichermaßen durch die Felsenreihe vor der Front zurückgehalten, und mußte sich ebenfalls seitwärts wenden. Endlich, mitten unter einer Wolke von Rauch, unter wildem Toben und Fluchen, unter Befehlen, Jammergeschrei und dem Brüllen der Kanonen, stürzten sich die Engländer alle in einem Haufen auf den Hauptposten des Feindes, und hatten sich in einem Augenblicke seiner Batterie bemeistert.

Neunundzwanzigstes Kapitel

So geht der stetig wechselnde Verlauf der Dinge,
Dem Kreise folgend muß er ewig wenden:
Und ob der Morgen hohen Ruhm dir bringe,
Der Abend kann mit deinem Sturze enden,

Daniel.

Bei Scenen, wie die eben erzählte, ist es nicht leicht, die Details der Handlung aufzuzählen. Außer dem ungestümen Angriff, mit dem die Ruinen erobert wurden, war in dem dichten Handgemenge nichts weiter zu unterscheiden – das traurige

Resultat sagte alles Uebrige. Die Hälfte der französischen Besatzung wälzte sich in ihrem Blute, und der Fels war ringsum mit Feinden besä't, welche nicht glücklicher als Jene davongekommen waren. Der Sturm war ein verzweifelter gewesen; der Grimm über die erhaltene Schlappe hatte die natürliche Unerschrockenheit der Angreifenden gesteigert, und die Vertheidiger mußten trotz des tapfersten Widerstandes bei der Ueberzahl ihrer Feinde nothwendig unterliegen.

Englischerseits befand sich unter den Erschlagenen der Kommandant Sir Frederick Dashwood in eigener Person: er lag einen Schritt von seinem Gig entfernt – eine Kugel hatte ihn gerade in den Kopf getroffen. Griffin war schwer verwundet, Clinch dagegen unverletzt: er stand auf dem niedrigen Walle, und schwenkte die englische Flagge, nachdem er zuvor das entsprechende Nationalzeichen den Franzosen abgenommen hatte. Sein Boot hatte zuerst den Felsen berührt, seine Leute waren die Ersten auf der Insel, und er selbst der Vorderste unter Allen gewesen. Mit verzweifeltem Muthe hatte er für Johanna und sein Lieutenantspatent gestritten, und dießmal schien die Vorsehung seinen Anstrengungen zu lächeln.

Raoul lag vor seiner eigenen Brustwehr ausgestreckt; er war Clinchs Abtheilung entgegengeeilt, und hatte mit seinem früheren Gefangenen in der That so eben den Kampf, Mann gegen Mann, begonnen, als er plötzlich, von einer Flintenkugel aus M'Beans Händen durchbohrt zu Boden stürzte.

„Courage, mes braves! en avant!“ hatte man ihn rufen hören, während er über den niederen Aufwurf setzte, um seine Feinde wieder zurückzuwerfen; auch als er schon auf dem harten Felsen lag, war seine Stimme immer noch stark genug, um seinen letzten Ruf: „Lieutenant, nom de Dieu – sauve mon Feu-Follet!“ vernehmen zu lassen. Pintard wäre wahrscheinlich sogar auf diesen Befehl hin noch nicht aufgebrochen, hätte er nicht in demselben Augenblicke die englischen Schiffe, vom Westwinde begünstigt, um das Kap Campanella herumkommen sehen. Zu gleicher Zeit hörte er neben sich Segel flattern; er wandte sich um und sah den Michael unter seinem Vormarssegel stehen, und bereits von den Klippen abfallen. Keine Seele war auf seinem Verdecke sichtbar; Ithuel, welcher das Steuer führte, hatte sich niedergebückt, so daß er durch die Hängmatten der Kuhl verdeckt war.

Augenblicklich kappte der Lugger seine Halsen, und einem aufgeschreckten Renner ähnlich schwang sich der Feu-Follet rückwärts: man durfte nur die Beschlagleinen loslassen, und alsbald sah man das Vormarssegel herabkommen. Leicht, wie er war, fühlte er sogleich die Brise, welche jetzt in starken Windstößen herankam, vierte rund auf dem Kiele, und hatte pfeilgeschwind die kleine Bai verlassen.

Zwei bis drei von den englischen Booten suchten ihn zu verfolgen – doch umsonst. Winchester, welcher jetzt das Kommando führte, rief sie mit der Bemerkung zurück, daß die Schiffe selbst nunmehr jene Aufgabe zu lösen hätten. Der Tag war in der That zu blutig gewesen, um noch an etwas Anderes denken zu können, als wie man den errungenen Sieg behaupten und für die Verwundeten Sorge tragen wollte.

Wir müssen übrigens für einen Augenblick die Gruppe auf dem Felseninselchen verlassen, um die beiden Schiffe auf ihrem Versuche zur Flucht zu begleiten.

Mit schwerem Herzen schieden Pintard und seine Gefährten von ihrem bisherigen Anführer; doch sahen sie Raoul deutlich auf den Felsen hingestreckt und mit der Hand auf der Brust daliegen, so daß an der tödtlichen Gefährlichkeit seiner Wunde nicht zu zweifeln war. Sie Alle fühlten, wie er selbst, für den Lugger fast dieselbe Theilnahme, wie sie ein Liebender für seine Herrin hegt, und Raouls letzter Ruf „Sauve mon Feu-Follet" – klang noch immer in ihren Ohren.

Sobald der Lugger geviert hatte, wurde das Hintersegel aufgezogen, und er begann alsbald mit seiner gewohnten Schnelligkeit über die Oberfläche hinzugleiten, indem er das Element unter seinen Bügen beinahe mit der Schärfe des Messers zu durchschneiden schien. Fast hätte man glauben können, sein Kurs führe ihn dicht am Vordertheil der englischen Schiffe vorüber, während er in Wirklichkeit aus dem Golfe hinaussteuerte.

Ithuel wagte nicht, dieses Manöver nachzuahmen. Er glaubte mit Recht, bei der großen Begierde seiner Feinde, den Lugger einzuholen, würden seine eigenen Bewegungen unbeachtet bleiben, und er hielt sich deßhalb mehr in der Richtung gegen Pästum. Der Eigenthümer der Felucke war noch immer am Bord der Terpsichore; doch alle seine Vorstellungen und Bitten, sein eigenes Fahrzeug zu verfolgen und abzufangen, fanden bei dem Lieutenant, der jetzt die Fregatte kommandirte, nicht die mindeste Beachtung. Er, so wie alle andern Befehlshaber, hatten blos *ein* Ziel vor Augen, nämlich das – sich des Luggers zu versichern.

Der traurige Ausgang des Kampfes auf dem Felsen, so wie der Tod des englischen Anführers war natürlich noch Niemand bekannt: das eigentliche Resultat aber war deutlich genug an der englischen Flagge, welche auf den Ruinen flatterte, so wie an der Flucht der beiden feindlichen Schiffe zu erkennen.

Die Jahreszeit war jetzt so weit vorgerückt, daß die seitherige Stabilität der Nachmittagsbrisen ziemlich unsicher wurde. Der Zephyr hatte sich zwar schon frühe und in bedeutender Stärke eingestellt; aber in dem Stande des Barometers wie in der ganzen Atmosphäre zeigten sich deutliche Zeichen eines Sirocco. Dieß feuerte die auf den Schiffen um so mehr an, sich der Prise noch vor einem Umspringen des Windes zu versichern.

Da nunmehr drei Schnellsegler auf den Lugger Jagd machten, so zweifelte Keiner an einem endlichen Erfolge, und Cuffe rieb sich auf seinem Quarterdeck vor lauter Freude die Hände, als er so günstige Zeichen vor sich sah.

Die Ringeltaube wurde durch Signale befehligt, süd-südwestlich gerade in den Wind zu halen, um so weit in die See hinauszusteuern, daß dem Lugger der Wind abgeschnitten und ihm jede Möglichkeit benommen würde, in dieser Richtung zu entrinnen, was ihm, wie Cuffe glaubte, recht leicht möglich war, sobald er einmal unter Umständen in den Wind gelangen konnte, welche seine Schiffe verhinderten, den Kaper unter ihre Kanonen zu bringen. Die Terpsichore sollte rasch in den Golf einlaufen, damit nicht ein ähnliches Manöver auf dieser Seite versucht würde, während die Proserpina ihren Kurs unter einem Winkel änderte, der für den Fall, daß der Feind den seinigen beibehielte, der Jagd bald ein Ende machen mußte.

Bei dem einfachen Takelwerke des Luggers war es den Franzosen ein Leichtes, alle ihre Segel einzusetzen, was auch bald geschehen war. Pintard beobachtete das Resultat mit angestrengter Aufmerksamkeit, da er noch nicht wußte, welche Wirkung dieser Segelstand bei der gegenwärtigen Tracht auf sein schönes Schiff äußern mochte, und er sich zu gleicher Zeit nicht verhehlen konnte, daß jetzt Alles auf seine Fersengeschwindigkeit ankam. Zum Glück hatte man schon beim Wiedereinnehmen des Ballastes hierauf einige Rücksicht genommen, und man fand also bald, daß das Schiff sich aller Wahrscheinlichkeit nach ganz gut halten würde.

Pintard hielt den Lugger für so leicht, daß er darüber nicht ohne Besorgnisse war; da er aber nicht wagte, ihn so hoch aufzuhalen, daß er sich in dieser Beziehung erproben konnte, so blieb es bei ihm vorderhand bei der bloßen Meinung. Ihm war es genug, wenn er so weit südwestlich gelangte, daß er voraussichtlich um das Vorgebirge von Piane herumkommen konnte, besonders da er mit einer Geschwindigkeit über das Wasser hinschoß, welche seine drei Verfolger sammt und sonders weit hinter sich ließ. Um aber so viel Raum in offener See zu gewinnen, daß er bei Nacht seinen Kurs in mehr als in einer Richtung ändern konnte, ließ der Lieutenant seinen Lugger fortwährend, so oft der Wind dieß gestattete, dergestalt luven, daß er immer weiter vom Lande abkam.

Die beiden französischen Schiffe standen im Anfange der Flucht eine volle Meile südwärts von den Engländern – diesen Vorsprung hatte ihnen nämlich die Lage der Felseninseln gelassen – so daß sie im Beginne der Jagd so ziemlich außer Schußgefahr waren. Ithueln brachte sein Kurs bald ganz aus dem Bereiche des feindlichen Geschützes, und Cuffe wußte wohl, daß mit einem derartigen Versuche gegen den Lugger nur wenig zu gewinnen, dagegen aber sehr viel zu verlieren war. Demzufolge wurde keine einzige Kanone abgefeuert: der Ausgang des Ganzen sollte einzig und allein von der Segel- und Steuerfertigkeit der betreffenden Schiffe abhängen.

Dieß war der Stand der Dinge im Beginne der Jagd. Der Wind wurde immer stärker, und war bald zu einer heftigen Brise angewachsen, welche die Schiffe unter einer Wolke von Lee- und Stagsegeln – letztere waren zu jener Zeit besonders häufig im Gebrauch – mit der Geschwindigkeit von vollen zehn Knoten auf die Stunde dahintrieb. Doch Keines vermochte den Feu-Follet einzuholen. Sein jetziger Kurs war für ihn keineswegs günstig, da der Wind ihn zu sehr vom Hintertheile faßte; dennoch gewann er eher an Vorsprung, als daß ihm solcher abgewonnen wurde.

Alle vier Schiffe steuerten natürlich so rasch als möglich gegen Süden, und kamen dadurch bald leewärts von der Felucke, welche ihre Segel gerefft hatte und ostwärts gehalt war, sobald sie überzeugt sein durfte, daß sie nicht verfolgt wurde. Kaum war die gehörige Zeit verstrichen, als der heilige Michael sofort zu vieren und aus dem Golfe hinauszusteuern begann, indem er das Kielwasser der Terpsichore gerade außer Kanonenschußweite durchkreuzte.

Natürlich wurde dieß von der Fregatte aus gesehen, und der Patron der Felucke raufte sich auf dem Quarterdeck die Haare, warf sich auf den Boden, und schnitt noch allerhand verzweifelte Grimassen, um seine Trostlosigkeit zu äußern und das

Mitleid der Engländer zu erregen – doch Alles war vergeblich: der Lieutenant weigerte sich hartnäckig, einer elenden Felucke halber eine Aenderung seines Kurses vorzunehmen, während er ein so ruhmwürdiges Ziel, wie Raoul Yvard's gepriesenen Lugger, ganz deutlich vor Augen hatte. So gewann also Ithuel unbelästigt die hohe See, und wir dürfen schon jetzt nebenher bemerken, daß er nach kurzer Frist in völliger Sicherheit Marseille erreichte, wo der Granitmann die Felucke verkaufte, und dann eine Zeit lang völlig verschwand. Wir werden nur noch einmal Gelegenheit finden, in unserer Erzählung auf ihn zurückzukommen.

Die bisher angestellte Schnelligkeitsprobe mußte Pintard bald überzeugen, daß er sogar bei der jetzigen Brise nur wenig von seinen Verfolgern zu fürchten hatte. Bald aber sollten die Umstände den Lugger noch mehr begünstigen. Der Wind sprang bedeutend gegen Norden um, so daß der Lugger noch vor Sonnenuntergang doppeltgeflügelt vor seinen Feinden hinzog und das Land immer mehr in den Rücken bekam.

In Kurzem begann die Brise so stark zu wehen, daß die Schiffe ihre leichteren Segel einziehen mußten. Nicht lange vor Einbruch der Nacht hatten beide Fregatten, mit Einschluß der Schaluppe, blos noch das große Bramsegel mit den Mars- und untern Leesegeln auf jeder Seite entfaltet. Der Irrwisch dagegen traf keine Aenderung in seiner Takelage. Das Bratspillsegel war, sobald es todt in den Wind kam, eingenommen worden, und das Schiff zog ruhig unter seinen beiden ungeheuern Doppelflügeln dahin, da es sich auf ihre Festigkeit vollkommen verlassen konnte. Die Nacht war nicht finster; gleichwohl durfte man hoffen, falls der bisherige Unterschied im Segeln fortdauerte, dem Feinde noch vor acht Uhr aus dem Gesicht zu gelangen.

Eine Sternjagd ist, wie das schon bekannte Sprüchwort sagt, eine lange Jagd. Es beweist schon große Ueberlegenheit, wenn ein guter Segler über eine Meile mehr als ein anderer in der Stunde zurückgelegt: aber selbst unter solchen Umständen müssen viele Stunden verstreichen, bis einer den andern bei Tag aus den Augen verliert. Die drei englischen Schiffe hielten erstaunlich gut Richtung, indem die Proserpina nur ein klein wenig voran war; der Irrwisch dagegen hatte nach Verlauf von sechs Stunden seit dem Beginne der Jagd einen Vorsprung von vollen vier Meilen gewonnen – die letzten drei von dem Augenblicke an gerechnet, da er seine Doppelflügel wieder entfaltet hatte.

Seine Leichtigkeit kam dem kleinen Fahrzeug herrlich zu Statten: die Segel hatten eine geringere Last nachzuziehen, und Pintard bemerkte, wie der Rumpf, nachdem der scharfe Kiel das Wasser getheilt und an den Bügen emporgeworfen hatte, – nur ganz leicht über die Wellen hinzustreifen schien. Stunde um Stunde saß er auf dem Bugspriet und beobachtete den Lauf seines Schiffchens: kaum sah man vorne eine Schaumreihe aufspritzen, als sie auch schon am Hintertheile des Luggers glitzerte. Von Zeit zu Zeit lüpfte eine nachstürzende Woge den Spiegel des Schiffes aufwärts, wie wenn sie ihn über die Büge hinauswerfen wollte: der Feu-Follet aber war zu sehr an solche Bewegungen gewöhnt, um sich dadurch außer Fassung bringen zu lassen – wie eine Schaumblase hob er sich auf den Wellen empor, und ein Pfeil konnte kaum mit größerer Schnelligkeit vorüberfliegen, als er jedes Mal wieder vorwärts eilte, wie wenn er die verlorene Zeit einholen wollte.

Cuffe verließ das Deck nicht eher, als bis die Glocke ein Uhr schlug. Yelverton und der Steuermann, theilten sich mit einander in die Wache, doch war der Kapitän mit seinem Rathe und Befehle stets bei der Hand.

„Der Bursche scheint schneller zu gehen, wenn er mit Doppelflügeln einhersegelt, als wenn er sogar enggehalt ist – so kommt's wenigstens mir vor, Yelverton," bemerkte Cuffe, nachdem er die beabsichtigte Beute mit dem Nachtglas lange beobachtet hatte. „Ich fange an zu fürchten, daß wir ihn am Ende noch verlieren werden. Von den andern Schiffen thut auch keines einen Schritt, um uns zu helfen. Da ziehen wir alle Drei todt in seinem Kielwasser; einer hinter dem andern, fast gerade so, wie die alten Jungfern am Sonntag Morgen in die Kirche gehen."

„Es *wäre* besser gewesen, Kapitän Cuffe, wenn die Ringeltaube mehr gegen Westen und die Fregatte etwas östlicher abgehalten hätte. So schnell der Lugger schon für gewöhnlich mit ausgebreiteten Flügeln ist, so ist er doch am schnellsten, wenn diese auf solche Art in den Wind gestaut sind. Ich bin jeden Augenblick darauf gefaßt, ihn westwärts abgieren und uns nach und nach *ganz* in sein Kielwasser bringen zu sehen. *Das*, fürcht' ich, werden wir sogar noch schlimmer finden, Sir, als es schon jetzt ist."

„Ich möchte ihn gerade jetzt nicht um tausend Pfund verlieren! Ich kann nicht begreifen, was der verd–te Dashwood getrieben hat, daß er sich seiner nicht versicherte, als er die Felsen in Besitz nahm. Ich werde wohl, sobald wir wieder zusammentreffen, ein wenig über ihn herfahren müssen."

Cuffe würde wohl anders gesprochen haben, wenn er gewußt hätte, daß Sir Frederick Dashwoods Leiche eben in diesem Augenblick mit Trauergepränge nach einem zu Neapel vor Anker liegenden Zweidecker geführt wurde, dessen Kapitän ein Vetter des Verstorbenen war. Von dem Allen aber war ihm nichts bekannt, und er erfuhr auch seinen Tod erst eine volle Woche später, nachdem der Leichnam längst beerdigt war.

„Nehmt einmal das Glas, Yelverton, und seht nach dem Burschen. Mir wird er immer undeutlicher – er muß uns rasch aus den Augen kommen. Merkt mir besonders darauf, ob Ihr irgend ein Zeichen bemerkt, daß er westwärts zu gieren beabsichtigt."

„Dieß könnte wohl kaum geschehen, ohne seinen vorderen Flügel auf die andere Seite zu stellen. – Ich will mich hängen lassen, Kapitän Cuffe, wenn ich ihn überhaupt noch sehe. Ah! hier ist er, todt gerade vor uns, aber so düster wie ein Gespenst. Ich kann kaum seine Segel unterscheiden: noch hat er seine Doppelflügel: hol' ihn der Teufel, er gleicht weit eher einem Gespensterschiffe, als einem wirklichen Wesen. Jetzt, bei dieser Gierung hab' ich ihn wieder verloren, Sir – ich wollte, Ihr suchtet ihn selbst, Kapitän Cuffe; ich thue, was ich kann, aber ich finde ihn nicht mehr."

Cuffe fing nun selbst an, ihn aufzusuchen – doch vergeblich. Einmal glaubte er ihn freilich zu sehen; aber bei genauerer Untersuchung fand er, daß es nur eine Täuschung war. So lange hatte er aus diesen einen Gegenstand hingeschaut, daß die Illusion seinem geistigen Auge recht leicht das Bild des kleinen Luggers in schwachen, Umrissen vormalen konnte, wie er, einem Wölkchen am Himmel ähnlich, doppeltgeflügelt dahinzufliegen und seiner Beobachtung fortwährend zu spotten schien. Die ganze Nacht träumte er von ihm, und es vergingen kaum fünf Minuten, wo seine umherschweifenden Gedanken ihm nicht verführerische Gemälde vor Augen hielten, wie er den Lugger eben in Besitz nahm und die ersehnte Prise endlich bemannte.

Schon vorher hatte er den beiden andern Schiffen durch Signale den Befehl zugeschickt, daß sie ihren Kurs ändern sollten, um dem Feu-Follet, für den Fall, daß er selbst eine andere Richtung annehmen sollte, vielleicht doch noch zu begegnen. Lyon wurde westwärts, die Terpsichore aber etwas weiter gegen Osten beordert, während die Proserpina für ihre eigene Person beschloß, nach zwei Uhr eine südwestliche Richtung anzunehmen.

Eine Stunde vor Tag aber kam ein plötzliches, heftiges Umspringen des Windes: der erwartete und schon längst angekündigte Sirocco trat ein und mußte den Lugger ohne allen Zweifel windwärts bringen. Die Brise aus Süden war vom ersten Windstoße an sehr stark, und wenn sie sich auch erst am Nachmittag des folgenden Tages zum wirklichen Sturme steigerte, so wehte sie doch schon von der ersten Stunde an scharf genug und in heftigen Stößen.

Bei Tagesanbruch hatten die drei Schiffe einander gänzlich aus dem Gesicht verloren. Die Proserpina, die wir als alten Bekannten, der zugleich in dem Reste unserer Erzählung seine Rolle spielt, auch fernerhin begleiten wollen, stand unter doppeltgerefften Marssegeln mit dem Gallion gegen Westsüdwest gewendet, und arbeitete sich durch die Wellenschluchten, welche der neuliche Tramontana zurückgelassen hatte. Das Wetter war trüb und düster; ein feiner Nebelregen kam im Gefolge der Windstöße, und es gab Augenblicke, wo man das Wasser kaum auf Kabellänge vor dem Schiffe erkennen konnte – der gewöhnliche Horizont blieb vollends gänzlich unsichtbar.

Auf diese Art trieb die Fregatte weiter: Cuffe mochte nicht gern jede Hoffnung auf Erfolg aufgeben und sah doch wenig Aussicht auf ein endliches Gelingen vor sich. Die Ausgucker waren wie gewöhnlich ausgestellt, doch mehr der Form wegen, als weil man sich viel Nutzen von ihnen versprechen durfte, da es für einen Mann von den Kreuzbäumen nur selten möglich war, weiter zu sehen, als vom Deck aus geschehen konnte.

Offiziere wie Mannschaft hatten mittlerweile gefrühstückt. Eine Art finsteren Unmuths herrschte auf dem Schiffe, und die neuliche, für Raoul Yvard so freundliche Stimmung war über der nunmehrigen Täuschung beinahe wieder verschwunden. Einige fingen an, in ihrem Grimme auf die Möglichkeit hinzudeuten, daß die beiden andern Schiffe auf den Lugger stoßen könnten; andere dagegen fluchten und meinten: „es sei ganz einerlei, wer ihn auch *sehe, fangen* könne ihn doch Keiner, wenn er nicht etwa mit dem Vater der Lüge in schlimmem Einverständnisse stehe. Der Bursche führe mit allem Recht den Namen Irrwisch; denn ein Irrwisch sei er auch wirklich, und werde es auch immer bleiben. Ebensogut könnte man ein Irrlicht auf einer Wiese, als dieses Fahrzeug auf der See verfolgen. Man dürfe sich noch Glück wünschen, wenn die auf den Booten gegen den Feu-Follet abgeschickten Offiziere und Matrosen jemals wieder auf ihr eigenes ehrliches Schiff zurückkämen."

Mitten unter diesen düsteren Prophezeihungen und Klagen hörte man von dem Vormanne auf dem Fockmars den Ruf herabtönen:

„Segel ho!"

Dann folgte die gewöhnliche Frage und Erwiederung, und die Offiziere bekamen allmählig einen schwachen Schimmer von dem Gegenstande. Der Fremde war ungefähr eine halbe Meile entfernt – aber wegen des dichten Nebels nur sehr undeutlich gesehen worden, doch gesehen *hatte* man ihn.

„Es ist eine Schebecke," brummte der Quartiermeister, der heute am lautesten auf den Irrwisch geschimpft hatte; „ein Bursche, dessen Kielraum mit einem Weine vollgepfropft ist, der das schönste Frauengesicht in ganz Lunnun mit Runzeln bedecken würde."

„Beim Jupiter, Ammon!" rief Cuffe; „es ist der Irrwisch, oder ich müßte nur einen alten Bekannten nicht wieder erkennen. Quartiermeister – reicht mir das Glas – nicht dieses: das kürzere Glas ist das beste."

„Lang oder kurz, *den* werdet Ihr doch nie mehr ausfindig machen," murmelte der Quartiermeister. „Der Folly müßte wahrlich mehr Narrheit an sich haben, als ich ihm bis jetzt zutraute, wenn wir in diesem Sommer noch einmal etwas von ihm zu sehen bekämen."

„Was könnt Ihr von ihm bemerken, Kapitän Cuffe?" fragte Yelverton in seinem Eifer.

„Ganz wie ich Euch sagte, Sir; 's ist der Lugger – und – ich kann mich unmöglich täuschen! Ha! beim Jupiter! er kommt, wie früher, doppeltgeflügelt vor dem Winde daher! Das scheint jetzt sein Lieblingsspiel zu sein, und man könnte glauben, er habe noch nicht genug daran bekommen."

Ein aufmerksamer Blick überzeugte Yelverton, daß sein Kommandant recht hatte. Selbst der Quartiermeister mußte seinen Irrthum eingestehen, wenn er es auch noch so ungerne und nur mit Widerstreben that. Man durfte nicht länger zweifeln – es war der Lugger; doch konnte man ihn noch so wenig deutlich erblicken, daß man oft nur mit Mühe seine allgemeinen Umrisse zu unterscheiden vermochte. Seiner Richtung nach mußte er ungefähr eine Meile hinter dem Spiegel der Fregatte an dieser vorüberkommen: für jetzt stand er noch etwa auf dreifachen Abstand windwärts von derselben.

„Er kann uns nicht sehen," bemerkte Cuffe nachdenklich. „Ohne Zweifel glaubt er uns windwärts, und sucht jetzt aus unserer Nachbarschaft zu entkommen. Wir müssen wenden, ihr Herren – jetzt eben ist der günstige Moment dazu. Laßt die Fregatte vieren, Mr. Yelverton: ich denke, es wird schon gehen."

Der Versuch wurde gemacht und gelang. Die Proserpina arbeitete kräftig, und Yelverton verstand sie ganz nach ihrer Laune zu lenken. In fünf Minuten hatte das Schiff gewendet und auf der Steuerbordseite bereits wieder Alles angehalt – enggereffte Kreuz-, doppeltgereffte Vor- und Hauptmarssegel, ein gerefftes großes Segel mit Allem, was sonst noch zu diesem gehörte. Um den Lugger nicht vorüberschlüpfen zu lassen, hatte man ein wenig abgehalten, so daß das Fahrzeug mit fünf bis sechs Knoten Geschwindigkeit vorwärts eilte.

Die nächsten fünf Minuten nahmen auf der Proserpina das ungetheilte Interesse aller Anwesenden in Anspruch. Der Nebel wurde immer dichter und jede Spur des Feu-Follet ging verloren. Als man ihn das letzte Mal gesehen hatte, war er gerade in der jetzigen Richtung der Fregatte mit seinen Doppelflügeln mehr geflogen als gesegelt. Nach Cuffe's Berechnung mußten die beiden Schiffe in weniger als einer Viertelstunde auf einander stoßen, wenn nicht eines von beiden seinen Kurs änderte. In der Aussicht auf dieses Zusammentreffen wurden schon die verschiedenen Kanonen bereit gehalten.

„Laßt den Nebel nur noch einige Minuten so andauern und er ist unser!" schrie Cuffe. „Mr. Yelverton, Ihr müßt hinabgehen und selbst nach den Kanonen sehen. Schickt's ihm nur tüchtig hinüber, wenn Ihr Befehl zum Abfeuern erhaltet. Der Bursche hat wenig Takelwerk, und es müßte der größte Zufall sein, wenn Ihr ihn geradezu abtakeln solltet. Heizt ihm nur tüchtig ein auf dem Verdeck, und er wird sich ergeben müssen, mag nun Raoul Yvard oder der Teufel selber ihn kommandiren."

„Dort ist er, Sir!" rief ein Midshipmann vom Krahnbalken herunter; denn Jeder, der es nur immer wagen konnte, hatte sich nach vorne gemacht, um den Feind so früh wie möglich zu entdecken.

Da stand er in der That, doppeltgeflügelt wie zuvor.

Die Achtlosigkeit der Ausgucker auf dem Lugger ist natürlich niemals erklärt worden; nach den Nebenumständen, welche später bekannt wurden, läßt sich übrigens vermuthen, daß der größere Theil der Mannschaft eingeschlafen war, um sich von den außergewöhnlichen Anstrengungen des vorangegangenen Tages und einer Nacht, welche die ganze Bemannung – aus etlichen dreißig Köpfen bestehend – an den Segeln munter erhalten hatte – wieder in etwas zu erholen. Endlich, da sich das Wetter eben etwas aufhellte, wurde die Fregatte von dem Lugger aus gesehen – es war auch in der That keinen Augenblick zu früh.

Die beiden Schiffe standen in diesem kritischen Moment ungefähr eine halbe Meile von einander; der Feu-Follet lief gerade gegen den Luvbug der Proserpina. Im nächsten Augenblicke aber hatte er seine Flügel verstellt, man sah ihn alsbald in den Wind kommen, und dabei so weit von seiner bisherigen Richtung abfallen, daß er mit den beiden Jagdkanonen auf der Luvseite in gleiche Linie kam.

Cuffe gab augenblicklich Befehl, das Feuer zu eröffnen.

„Welcher Teufel ist denn in den Burschen gefahren?“ rief der Kapitän. „Er bückt sich ja, wie wenn er einen Mandarin nachäffen wollte – und war doch sonst so straff wie eine Kirche! Was kann das bedeuten, Sir?“

Der Quartiermeister wußte Nichts zu antworten; wir aber können dem Leser schon sagen, daß der Lugger in solchem Sturme für so viele Leinwand zu leicht war, und daß es zum Segelverkürzen an Zeit fehlte. Er tauchte tief in die immer höher anschwellende See; ein Windstoß kam dazu, und seine Leekanonen wurden vollkommen im Wasser begraben.

Gerade in diesem Augenblicke donnerte die Proserpina ihre Rauch- und Flammenschichten gegen ihn; man konnte aber die Kugel nicht verfolgen, und so wußte Niemand, wo sie eingeschlagen hatte. Schon waren deren vier abgefeuert worden, als eine frische Bö losbrach und den Lugger neuerdings in Nebel hüllte, worauf natürlich das Feuern eingestellt wurde.

Heiß, einschläfernd und erlahmend, wie der afrikanische Sturmwind gewöhnlich ist, war seine jetzige Kraftanstrengung so gewaltig, daß die Proserpina das Kreuzbram- wie das große Segel einnehmen mußte, um die betreffenden Spieren zu retten. Doch kam sie augenblicklich wieder in die frühere Richtung, und das Marssegel wurde sogleich wieder eingesetzt. Ein Sonnenstrahl folgte dem Windstoß – der Lugger aber war verschwunden!

Die Sonne blieb kaum eine Minute lang in schwachem Schimmer sichtbar; dennoch konnte das Auge eine Zeitlang mehrere Meilen weit in die Ferne dringen. Dann wurde der Horizont wieder eng begränzt, von Windstößen war aber eine Viertelstunde lang nichts mehr zu verspüren.

In dem Augenblicke, da der Lugger vermißt wurde, stand die Proserpina etwa um einen halben Punkt östlich von dem Orte, wo man ihn vermuthet hatte. Kurze Zeit darauf segelte sie, vielleicht kaum hundert Fäden leewärts, daran vorüber; dann vierte sie, steuerte eine gehörige Strecke süd- und westwärts gerade aus, wendete sodann abermals, und zog in ost-südöstlicher Richtung von Neuem über dieselbe leere Stelle. Keine Spur von dem vermißten Schiffe war zu entdecken – die See hatte Alles, Lugger, Mannschaft und Takelage mit einem Male verschlungen.

Da so viele leichte Artikel auf den Klippen zurückgelassen worden waren, so ließ sich vermuthen, daß gar Nichts übrig geblieben, was noch auf den Wogen hätte schwimmen können – Alles war dem Feu-Follet in die Tiefe gefolgt. Boote hatte er keine mit sich geführt, da alle an dem Felseninselchen zurückgelassen worden waren; wenn von den Matrosen wirklich noch Einer den verzweifelten Versuch machte, sein Leben mitten in diesem Wassersturze zu retten, so war es ihm entweder nicht gelungen oder er wurde von den Engländern bei ihrer Nachsuchung übersehen. Auch konnten Letztere sich in der Entfernung getäuscht haben, und vielleicht nur auf Kabellänge an der Stelle vorüber gesteuert sein, wo die Opfer des Schiffbruchs, wenn wirklich solche vorhanden waren, noch immer um ihr Leben kämpften.

Cuffe und Alle mit ihm waren von diesem unvorhergesehenen schweren Unglücksfalle tief erschüttert. Unter solchen Umständen äußert der Verlust eines Schiffes fast dieselbe Wirkung, wie der plötzliche Tod eines Gefährten – es ist ein Loos, das uns Alle betreffen kann, und muß wohl Trauer und Nachdenken Hervorrufen. Doch gaben die Engländer die Hoffnung immer noch nicht auf, vielleicht doch Einige der Schiffbrüchigen zu retten, wenn sie sich etwa an herumschwimmende Spieren geklammert oder mit übernatürlicher Anstrengung Stunden lang über dem Wasser erhalten hätten. Gegen Mittag jedoch brach die Fregatte auf, und segelte bei anhaltendem Südwinde nach Neapel. Unterwegs wurde sie durch eine feindliche Kriegsschaluppe von ihrem Kurse abgeleitet; doch war sie mit dieser glücklicher als mit dem Irrwische, denn sie nahm dieselbe wirklich gefangen, so daß die Prise wenige Tage später dem Admirale vorgeführt werden konnte. Das Erste, was Cuffe nach seinem Einlaufen bei der Flotte vornahm, war ein Besuch auf dem Foudroyant, um Nelson über seine Thaten Bericht zu erstatten. Der Contreadmiral hatte bis jetzt außer dem Kampfe auf den Inseln und der späteren Trennung der Schiffe nichts Weiteres von dem Endresultate vernommen.

„Nun, Cuffe," rief er seinem alten Agamemnons-Kameraden entgegen, als dieser in die Kajüte trat, indem er ihm freundlich seine eine Hand darreichte, „der Bursche ist eben auf und davon gegangen? Es war freilich eine recht schlimme Geschichte; wir müssen sie aber, so gut es geht, zu tragen versuchen. Wo glaubt Ihr denn, daß der Lugger sich jetzt befindet?"

Cuffe erklärte Alles, wie sich's zugetragen hatte, und übergab dem Admiral einen dienstlichen Bericht über seinen spätern Erfolg mit der Schaluppe. Ersteres schien Nelson zu überraschen, Letzteres dagegen nicht wenig zu freuen. Nach einer langen, nachdenklichen Pause ging er in die Hinterkajüte, und kehrte mit einer kleinen wimpelähnlichen Flagge zurück.

„Während Lyon außen herumkreuzte," sprach er, „und seine Schaluppe bis zu den Krahnbalken in's Wasser tauchte, wurde dieses Ding da auf einen Hilfsanker geschwemmt, und blieb daselbst hängen. Es ist eine wunderliche Flagge – sollte sie etwa mit dem Lugger in irgend einer Verbindung stehen?"

Cuffe betrachtete die Wimpel, und erkannte in ihr sogleich die kleine ala-e-ala-Flagge, wie sie ihm die Italiener in ihren häufigen Gesprächen beschrieben hatten. – Sie war das einzige Ueberbleibsel, das jemals von dem Wing and Wing aufgefunden wurde.

Dreißigstes Kapitel

Wie reizend ist der Kummer im Gefolge
Der jungfräulichen Unschuld! Selbst das Glück
Muß uns an Andern häßlich dann erscheinen.

Davenant.

Wir müssen zu dem Felseninselchen und zu der traurigen Scene, die wir noch zu schildern haben, zurückkehren. Diesen Zweck werden wir jedoch ebenso gut erreichen, wenn wir mit der Zeit gleich bis zum Abende vorrücken, und Manches, was sich der Leser leicht selbst denken kann, außer Berührung lassen.

Daß Andrea Barrofaldi und Vito Viti an den blutigen Waffenthaten, die wir erzählt haben, keinen Antheil nahmen, brauchen wir wohl kaum zu sagen. Nachdem jedoch Alles vorüber war, ruderten sie näher zu dem Felsen, und betrachteten sich das traurige Schauspiel, das sich auf dem engen Raume des kleinen Eilandes ihren Blicken darbot. Während sie so in ihrem Boote saßen, entspann sich folgendes kurze Zwiegespräch zwischen den Beiden.

„Vicestatthalter," fragte der Podesta, und deutete nach der Stelle, wo Sir Frederick als eine regungslose Leiche und Raoul in seinem Blute dalag, während Andere sich in ihren Schmerzen auf dem Boden krümmten – „nennt Ihr das Wirklichkeit oder ist es auch nur ein Theil jener verdammungswürdigen Lehre, welche allein vollkommen genügte, um auf dieser Erde Alles auf den Kopf zu stellen und die Menschen in Geier und Tiger zu verwandeln?"

„Ich fürchte, Nachbar Vito, es wird sich nur als allzu wahr erweisen. Ich sehe da Sir Dashwoods und Sir Smees' Leichen, und Gott weiß, wie viele Andere heute in das Reich der Geister hinübergegangen sind."

„Und hier eine Welt der Schatten zurückgelassen haben," murmelte Vito Viti, den selbst dieser trauererregende Anblick nicht ganz von einem Ideengange abbringen konnte, welchen der nun bald vierundzwanzigstündige Streit bei ihm förmlich stationär gemacht hatte.

Doch war der jetzige Augenblick nicht wohl zu einer Fortsetzung der Discussion geeignet, und die beiden Italiener zogen deßhalb vor, an's Land zu steigen. Dieß geschah eine halbe Stunde, nachdem der Kampf zu Ende war; unsere Absicht aber geht dahin, mit der Erzählung bis zu dem im Eingange dieses Kapitels erwähnten Augenblicke vorauszueilen. Zuvor jedoch müssen wir dem Leser die Ereignisse, welche der nun folgenden Scene vorangingen, in leichter Skizze vor Augen führen.

Sobald Winchester Zeit dazu fand, suchte er einen Ueberblick über das Schlachtfeld zu gewinnen. Er fand von seinen eigenen Leuten viele getödtet, noch mehrere verwundet. Von den auf der Insel postirten Franzosen war gerade die Hälfte blessirt; doch der Schlag, den Alle am meisten beklagten, war die tödtliche Wunde, welche ihr Führer erhalten hatte. Der Arzt erklärte Raouls Zustand nach kurzer Zeit für hoffnungslos – eine Erklärung, welche selbst die Edleren unter seinen Feinden mit Bedauern vernahmen. Die Vertheidigung war verzweifelt gewesen, und hätte wohl gelingen mögen, wenn es überhaupt im Reiche der Möglichkeit gelegen wäre, daß wenige beherzte Männer die doppelte Anzahl ebenso muthiger Feinde zurückschlagen konnten. Beide Theile hatten für ihre Ehre gefochten, und wo dieß einmal der Fall ist, da wird der Sieg gewöhnlich dem Stärksten zu Theil.

Sobald man bemerkte, daß alle drei Schiffe in der Verfolgung des Feindes wahrscheinlich weit leewärts geführt werden würden, fühlten die englischen Offiziere die Nothwendigkeit, in ihrer Lage für sich allein zu handeln. Das ärztliche Personal war von Anfang an thätig gewesen, und nach Verlauf weniger Stunden war für die Verwundeten Alles geschehen, was die jetzigen Umstände nur immer gestatten wollten. Amputationen waren nur wenige nöthig, und da jedes Schiff einen Arzt mitgeschickt hatte, so konnten sie auch alle vorgenommen werden, während in andern Fällen der Verband großenteils mit Erfolg angelegt worden war. Der Tag ging seinem Ende entgegen, und die Entfernung von der Flotte war so bedeutend, daß man keine Zeit mehr zu verlieren hatte.

Kaum hatten also die Nichtverwundeten einige Erfrischungen genossen und für ihre weniger glücklichen Kameraden Sorge getragen, als Letztere, so gut es gehen wollte, auf den größeren Booten untergebracht und diese von den Kuttern in's Schlepptau genommen wurden. Jedes der drei Langboote brach augenblicklich, so wie es seine traurige Ladung eingenommen hatte, nach dem Hospitalschiffe der Flotte auf, wobei die Gesunden unter den Franzosen sich mit Freuden erboten, in Erfüllung dieser frommen Pflicht ihren Beistand zu leisten.

Endlich blieben nur noch drei Boote übrig: das eine war Sir Fredericks Gig, welches Winchester zu seinem eigenen Gebrauche zurückbehalten hatte, das zweite Andrea Barrofaldi's Barke, und das dritte der kleine Nachen, in welchem Carlo Giuntotardi vom Lande herübergekommen war. Von den Franzosen blieb außer Raoul, seinem Proviantmeister und Diener und dem Arzte des Luggers sonst Niemand zurück. Zu Diesen kamen die beiden Italiener mit ihren Ruderern, Carlo und seine Nichte nebst Winchester und dessen Bootsmannschaft, womit wir denn alle Anwesenden aufgezählt hätten.

Die Sonne war eben hinter die naheliegenden Hügel hinabgesunken, und man mußte sich jetzt nothwendig zu irgend einem Plane entschließen. Winchester befragte den Arzt, ob es wohl rathsam sei; den Patienten weiter zu schaffen: konnte dieß geschehen, so war es jedenfalls besser, wenn es bald geschah.

„Monsieur le lieutenant," gab diese Person etwas trocken zur Antwort, „mon brave capitaine hat nur noch kurze Zeit vor sich. Er hat darum gebeten, hier auf dem Schauplatze seines Ruhms und in Gesellschaft jenes Mädchens, das er so von Herzen liebt, gelassen zu werden: mais, Ihr seid die Sieger" – dabei zuckte er die Achseln – „und könnt nach Eurem Belieben verfügen."

Winchester erröthete und biß sich in die Lippen. Ein Mann von seiner menschenfreundlichen Gesinnung war doch gewiß weit entfernt von dem Gedanken, Raoul jetzt noch körperlich oder geistig quälen zu wollen, und er fühlte sich deßhalb über den geäußerten Verdacht höchlich empört. Gleichwohl bezwang er sich, und gab mit höflicher Verbeugung zu verstehen, daß er so lange bei dem Gefangenen bleiben wolle, bis Alles vorüber sein würde.

Der Franzose war überrascht, und als er in der Miene des Andern so viel Mitleid und Theilnahme gewahrte, fühlte er wirklich Reue über sein Mißtrauen, und noch mehr darüber, daß er es geäußert hatte.

„ Mais, Monsieur,“ antwortete er, „die Nacht wird bald hereinbrechen; es könnte sich leicht fügen, daß Ihr sie hier auf dem Felsen zubringen müßtet.“

„Und wenn auch, Doktor, so ist dieß jedenfalls nicht mehr, als wir Seeleute schon gewöhnt sind. Ein solcher Bootsdienst kommt bei uns gar häufig vor. Ich darf mich nur in meinen Mantel hüllen, um alle Behaglichkeit, die ein Seemann braucht, zu genießen.“

Damit war die Sache abgemacht, und es wurde nichts weiter darüber gesprochen. Der Arzt, der an solche Auftritte gewöhnt war, hatte bald alle für Raouls Ende nöthigen Anstalten getroffen. Als man den Lugger von seinem Ballaste erleichtert hatte, waren hunderterlei kleine Artikel, unter anderen auch einige rohe Seemannsmatratzen – auf die Insel ausgeladen worden. Zwei oder drei derselben wurden gesammelt, auf dem weichsten Theile der Felsoberfläche ausgebreitet und zum Bett für Raoul hergerichtet. Der Doktor wollte mit Hilfe der Seeleute ein Segel als Zelt darüber aufstellen, doch der Verwundete hatte sich dieß verbeten.

„Laßt mich die freie Luft einathmen,“ sagte er; „ich werde nur noch wenig bedürfen; dieses Wenige mindestens laßt mich frei genießen.“

Es wäre umsonst gewesen, sich einem solchen Wunsche zu widersetzen, da überdieß gar kein Grund dazu vorhanden war. Die Luft war rein, und auch für Ghita war in einer solchen Umgebung von der Nacht Nichts zu befürchten. Die Kälte, die bei dem Eintritte des Tramontana fühlbar wurde, war nicht unangenehm, da die Inselchen durch die benachbarten Hügel vor dessen allzu rauhem Andrange geschützt waren.

Die englischen Matrosen sammelten die herumschwimmenden Spieren des Luggers zum Brennmaterial, und zündeten ein Feuer auf dem Felsen an. Lebensmittel aller Art waren im Ueberflusse vorhanden; auch einige volle Wasserfässer waren für den Fall einer längeren Belagerung an's Land geschafft worden. So wurde also Kaffee gekocht, und für alle Anwesenden hinreichend Speise bereitet.

Bei der Entfernung der Schmausenden war für die um Raoul Beschäftigten keine Störung zu besorgen; der Glanz des Feuers, das immer lustig brennend erhalten wurde, warf, sobald die Nacht vollends eingebrochen war, einen malerischen Schimmer auf die um das Sterbebette versammelte Gruppe, so daß selbst Lampen oder Fackeln dadurch unnöthig wurden.

Wir wollen die ersten stürmischen Ausbrüche der Herzensangst, welche Ghita bei der Nachricht von Raouls tödtlicher Verwundung empfand, übergehen; ebenso wollen wir die Glut, mit der sie unaufhörlich ihr Gebet gen Himmel schickte, so wie die Scenen, welche zu der Zeit, da die Insel noch von Kämpfern wimmelte, Statt hatten – zu schildern unterlassen. Als diese Letzteren abgezogen waren, hatte das Mädchen ruhigere Stunden, und je weiter die Nacht vorrückte, desto mehr begann bei ihr an die Stelle der anfänglichen Erschütterung die starre Ruhe hoffnungsloser Verzweiflung zu treten. Erst mit der zehnten Abendstunde war der Augenblick gekommen, wo wir den Vorhang noch einmal zu lüften wünschen, um unseren Lesern die Hauptpersonen der Erzählung zum Schlusse vor Augen zu führen.

Raoul lag auf dem Gipfel der Insel, wo sein Auge über die sanften Wogen, welche den Felsen bespülten, hinstreifen und sein Ohr dem Murmeln seines Lieblingselementes zuhören konnte. Der Tramontana hatte wie gewöhnlich die Atmosphäre von jeder Spur von Dünsten gereinigt; über ihm dehnte sich das Himmelsgewölbe in seinem tiefen Blau, mit Tausenden von Sternen besä't – für Einen, der mit Hoffnung im Herzen stirbt, ein glorreicher Vorbote der Zukunft. Ghita's, so wie der anderen Wärter Sorgfalt hatte um diesen Raum eine solche Masse kleiner Bequemlichkeiten zusammengehäuft, daß man beinahe in einem Zimmer zu sein glaubte, in welchem Seitenwände und Täfelwerk entfernt worden waren – so wohnlich und behaglich nahm sich das Ganze aus.

Von der Anstrengung des Tages ermüdet, hatte sich Winchester mit dem Befehle, ihn sobald es nöthig wäre zu rufen, etwas abseits von Raoul auf einer Matratze niedergelegt, da er sich recht wohl denken konnte, daß Letzterer mit Ghita allein zu bleiben wünschen würde; der Arzt war in dem Bewußtsein, daß er keine Hilfe mehr zu leisten vermöge, mit einer ähnlichen Bitte dem Beispiele des Lieutenants gefolgt. Carlo Giuntotardi schlief nur selten: er war in den Ruinen mit seiner Andacht beschäftigt. Andrea ging mit dem Podesta auf dem Felsen auf und ab, um sich warm zu erhalten; Beide konnten manchmal einen leichten Anflug von Reue nicht unterdrücken, daß sie sich durch einen plötzlichen Anfall von Menschlichkeit zum Bleiben hatten verleiten lassen.

Raoul und Ghita waren allein. Ersterer lag auf dem Rücken, der Kopf war mit Polstern unterstützt, das Gesicht der Himmelsdecke über ihm zugewendet. Aller Schmerz war vorüber, und das Leben ging rasch seinem Ende entgegen; der Geist aber schien noch unerschüttert und geschäftig wie früher. Sein Herz war noch immer voll von Ghita; doch hatte seine außergewöhnliche Lage, und besonders der prachtvolle Anblick vor seinen Augen, in seine Gefühle allerhand Bilder der Zukunft gemengt, welche ihm ebenso neu waren, als sie ihn mächtig ergreifen mußten.

Ghita aber befand sich in ganz anderer Lage. Als Weib hatte sie das Gewicht dieses plötzlichen Schlages in einer Stärke gefühlt, welche sie ihr Unglück nur mit Mühe ertragen ließ. Doch dankte sie Gott auch jetzt noch dafür, daß das, was vorgefallen war, sich wenigstens vor ihren Augen ereignet hatte, so daß sie ihren Geliebten wenigstens in seinen letzten Stunden pflegen und ihn durch ihr Gebet aufrichten konnte. Wir würden eine Unwahrheit sagen, wenn wir behaupteten, sie habe jetzt nicht die vollste Liebe, ja alle die Zärtlichkeit für Raoul gefühlt, welche den Hauptbestandtheil in dem Wesen eines Weibes bildet; aber ihr Geist war jetzt auf das Schlimmste gefaßt, und ihre Gedanken nur noch auf das Leben Jenseits gerichtet.

Eine lange Pause war vorhergegangen: Raoul hatte fortwährend mit starrem Blick die Sternendecke über ihm betrachtet.

„Es ist doch eigen, Ghita," begann er endlich, „daß ich, Raoul Yvard – der Kaper – der Mann der Kriege und Stürme – heftiger Kämpfe und haarscharfer Todesgefahren

– hier auf diesem Felsen sterben soll, während alle diese Sterne gleichsam auf mich herabschauen und aus deinem Himmel auf mich herniederzulächeln scheinen."

„Warum sollte er nicht *dein* Himmel so gut wie der meinige sein, Raoul?" erwiederte Ghita zitternd. „Er ist eben so groß wie Der, der darin wohnt – dessen Thron er ist – und vermag Alle in sich zu fassen, die Ihn lieben und Seine Gnade suchen."

„Glaubst du, ein Mann meines Gleichen werde vor Seinem Angesichte Zutritt finden, Ghita?"

„O zweifle nicht daran: Er selbst ist ja frei von Irrthum und Schwäche, und Sein heiliger Geist erbarmt sich der Reuigen und Bekümmerten. O theuerster, theuerster Raoul, wenn du nur beten *wolltest*!"

Ein Strahl, fast wie Triumph, zuckte über das Antlitz des Verwundeten; Ghita erhob sich in dem Drange ihrer Erwartung und stand über ihn hingebeugt, während sich in ihren Zügen eine augenblickliche Hoffnung aussprach.

„Mon Feu-Follet!" rief Raoul, indem seine Zunge den vorüber blitzenden Gedanken aussprach, der jenes Lächeln des Triumphs auf seinem Antlitz hervorgerufen hatte – „du wenigstens bist entronnen. Diese Engländer werden dich nicht unter ihren Schlachtopfern aufzählen und ihre Augen an deinen reizenden Verhältnissen weiden!"

Ghita fuhr es eiskalt durch's Herz. Sie sank auf ihren Sitz zurück und bewachte die Züge ihres Geliebten fortwährend mit einem Gefühle der Verzweiflung, obwohl unauslöschliche Zärtlichkeit noch immer ihre Seele erfüllte.

Raoul hörte diese Bewegung; das Haupt nach dem Mädchen hinwendend, schaute er ihr eine volle Minute mit einem Theile jener innigen Bewunderung in's Antlitz, welche in glücklicheren Augenblicken so oft aus seinen Augen geleuchtet hatte.

„Es ist besser so, wie es ist, Ghita," sprach er, „besser, als wenn ich ohne dich leben sollte. Das Schicksal hat sich gütig gezeigt, indem es mein Elend auf diese Art endete."

„O Raoul! nicht das Schicksal, sondern nur Gottes heiliger Wille ist's, der über uns waltet. Täusche dich nicht selbst in diesem furchtbaren Augenblick, sondern beuge deinen stolzen Geist in Demuth, und wende dich zu Ihm um Seine Hilfe!"

„Arme Ghita! – Nun, du bist nicht die einzige unschuldvolle Seele unter all' den Millionen, welche von den Priestern in's Garn gelockt wurde, und ich denke, was mit dem Anfange begonnen hat, wird auch bis zum Ende ausdauern."

„Anfang und Ende – beides ist Gott, Raoul. Seit dem Beginne der Welt hat Er Gesetze verordnet, welche die Prüfungen deines Lebens – ja sogar alle Trauer dieser Stunde herbeigeführt haben."

„Und glaubst du, Er werde dir alle die Mühe verzeihen, die du dir um einen Unwürdigen, wie mich, gegeben hast?"

Ghita beugte ihr Haupt auf die Matratze, über welcher sie lehnte, und begrub das Antlitz in ihre Hände. Eine Minute lang lag sie so in Gebet versunken, dann erhob sie wieder ihr Haupt, und die Röthe der Unschuld, wie des Gefühls, leuchtete in ihren Zügen.

Raoul lag wieder auf dem Rücken und hatte die Augen auf das Himmelsgewölbe geheftet. Die seemännischen Studien hatten ihn tiefer in die Astronomie eingeführt, als seine sonstige Erziehung hätte vermuthen lassen, und bei seinem lebhaften Drange zur Speculation hatten die Resultate dieser Wissenschaft die Phantasie des jungen Mannes gar oft ergriffen, wenn sie auch sein Herz niemals zu rühren vermochten. Bis daher war auch er in den allgemeinen Irrthum jeder beschränkten Forschung verfallen – er hätte nämlich in dem willkürlich gesteckten Bereiche seiner Vernunft eine Bestätigung seiner sonstigen Vermuthungen gefunden. Der furchtbare Augenblick aber, der ihm jetzt so nahe stand, konnte auch bei ihm seinen Einfluß nicht verfehlen, und jener unbekannte Abgrund der Zukunft, über welchem er gleichsam nur noch am Haare schwebte, führte seinen Geist unfehlbar zu einem Sehnen nach dem unbekannten Gotte.

„Weißt du wohl, Ghita," fragte er, „daß in Frankreich die Gelehrten behaupten, jene glänzenden Sterne seien lauter Welten, welche höchst wahrscheinlich, wie unsere Erde hier, bevölkert sind und denen gegenüber letztere selbst nur wie ein Stern, und zwar nicht einmal als einer von den größten, erscheint?"

„Und was ist das Alles, Raoul, verglichen mit der Macht und Majestät Dessen, der das Weltall erschuf? Ach! denke nicht an die Geschöpfe Seiner Hand, denke lieber an Ihn, der sie geschaffen hat!"

„Hast du jemals davon gehört, meine arme Ghita, daß des Menschen Geist im Stande war, Instrumente zu erfinden, um die Bewegungen aller dieser Welten zu erforschen, und daß er selbst die Macht besitzt, ihre Wanderungen mit Genauigkeit selbst auf Jahrhunderte voraus zu berechnen?"

„Und weißt du vielleicht, mein armer Raoul, was dieser Menschen Geist eigentlich ist?"

„Ein Theil seiner Natur – sein höchster Vorzug, – der ihn zum Herrn der Erde erhebt."

„Sein höchster Vorzug, der ihn zum Herrn der Erde erhebt – in einer Beziehung allerdings – ja; im Ganzen genommen aber doch nur ein Punkt in dem Umfange des Weltraums – ein Bruchstück von dem Geiste Gottes. In diesem Sinne wurde er nach dem Ebenbilde seines Schöpfers gebildet."

„So glaubst du also eigentlich, Ghita, der Mensch selbst sei Gott?"

„Raoul, Raoul! wenn du mich nicht neben dir sterben sehen willst, so lege meine Worte nicht auf diese Art aus."

„Wäre es denn so hart, Ghita, das Leben in meiner Gesellschaft zu verlassen? Mir erschiene es als das höchste Glück, wenn ich meinen Platz mit dem deinigen vertauschen könnte!"

„Um zu gehen – wohin? Hast du dich auch schon darüber befragt, mein Geliebter?“

Raoul schwieg eine Zeitlang; seine Augen waren auf einen glänzenden Stern geheftet, und ein wahrer Gedankensturm schien über ihn hereinzubrechen. In dem Leben jedes Menschen gibt es Augenblicke, wo die geistige Sehkraft eine deutlichere Ansicht ferner Bilder aus Vergangenheit und Zukunft gestattet, gerade wie es Tage gibt, wo die Atmosphäre, reiner als gewöhnlich, den physischen Organen alle ihre Gegenstände williger überläßt, und den Geist fast ohne alle Schranken für den Augenblick allein schalten läßt. Einer dieser lichten Momente war jetzt auch für den Sterbenden angebrochen, und er konnte nicht ganz ohne Früchte für ihn bleiben. Raouls Seele fühlte sich von neuen Eindrücken bewegt.

„Glauben deine Priester nicht auch,“ fragte er, „daß, wer sich in diesem Leben gekannt und geliebet hat, auch in jenem, welches sie als das künftige anpreisen, sich wieder kennen und lieben werde?“

„Das Leben, das uns dort erwartet, Raoul, ist nur Liebe oder nur Haß. Daß wir uns wieder kennen werden, das möchte ich so gerne hoffen; auch sehe ich keinen Grund, warum ich es nicht glauben sollte. Mein Oheim ist der Meinung, es müsse so sein.“

„Dein Oheim, Ghita? – wie – Carlo Giuntotardi – der an die Dinge in seiner nächsten Nähe niemals zu denken scheint? – Kann ein Geist, wie der seinige, bei so fernen und erhabenen Gedanken verweilen?“

„Du kennst und verstehst ihn nur schlecht, Raoul. Sein Geist hört sogar nur selten auf, über solche Gedanken nachzusinnen – das ist ja gerade der Grund, warum ihm die Erde mit Allem, was sie enthält, so gleichgültig erscheint.“

Raoul gab keine Antwort; seine Wunde schien ihm wieder Schmerzen zu bereiten, und das weibliche Gefühl gewann in Ghita's zarter Natur die Oberhand, so daß sie nicht den Muth hatte, ihn, wenn es auch sein Seelenheil galt, in einem solchen Augenblicke zu bedrängen. Sie bot ihm niederschlagende Tropfen und pflegte ihn mit nie ermüdender Sorgfalt: als die Schmerzen wieder gestillt schienen, lag sie wieder Minuten lang auf den Knieen, und ihre ganze Seele schien von dem Gedanken an sein künftiges Wohlergehen erfüllt.

Eine volle Stunde verstrich auf diese Weise. Alles, was Leben hatte, schlief, von Ermattung überwältigt – nur Ghita und der Sterbende waren noch wach.

„Dieser Stern läßt mir keine Ruhe, Ghita!“ murmelte Raoul endlich. „Wenn er wirklich eine Welt ist, so muß eine allmächtige Hand ihn geschaffen haben; der Zufall schuf noch nie eine Welt, so wenig er ein Schiff zu schaffen vermag. Nachdenken, Verstand, Kenntnisse müssen bei der Bildung von beiden vorgewaltet haben.“

Seit Monaten hatte Ghita keinen so glücklichen Augenblick erlebt. Es schien, als ob Raouls Geist sich selbst aus jener seichten Modephilosophie herauswinden wolle, welche bisher sein freundliches Gemüth und seinen sonst so klaren Verstand umnebelt hatte. Wenn seine Gedanken nur einmal die wahre Richtung gewinnen konnten, so hegte sie das festeste Vertrauen zu der Klarheit ihrer Ansichten, ein noch größeres aber zu der Güte ihres Schöpfers.

„Raoul," flüsterte sie, „Gott ist dort, wie er auch hier auf diesem Felsen bei uns ist: Sein Geist waltet überall. Preise Ihn – preise Ihn in deinem Geiste, mein Geliebter, und sei glücklich für immer!"

Raoul antwortete nicht. Sein Antlitz war aufwärts gewendet, sein Auge haftete immer noch an jenem einzelnen Sterne. Ghita wollte ihn nicht stören, sondern schloß seine Hand in die ihrigen, und kniete wieder, in Andacht versunken, an seiner Seite nieder. So verstrich eine Minute nach der andern: Keines von Beiden schien zum Sprechen geneigt. Endlich ward Ghita wieder das sorgsame Weib, das sich an die leiblichen Bedürfnisse ihres Patienten erinnerte. Es war Zeit, ihm den Trank des Arztes zu reichen, und sie näherte sich, um ihm das Glas an die Lippen zu halten.

Sein Auge war noch immer auf den Stern geheftet, die Lippen aber begegneten ihr nicht mit dem gewöhnlichen, liebevollen Lächeln. Sie waren zusammengepreßt, wie wenn der Körper sich eben in das Gewühl der Schlacht stürzen wollte: eine Art finsterer Entschlossenheit hatte auf ihnen Platz genommen. – Raoul Yvard war nicht mehr. Die Entdeckung der Wahrheit war für Ghita ein furchtbarer Augenblick: nirgends ein lebendes Wesen in der Runde, das mit ihr das Bewußtsein ihrer Lage theilte – Alle schliefen den Schlummer der Ermattung. Ihr erstes Gefühl war das ihres Geschlechtes: sie warf sich auf den Leichnam, umarmte ihn in wildem Schmerz, und gab allen den geheimen Regungen Raum, welche ihr Geliebter in Augenblicken der Unzufriedenheit ihr gänzlich abgesprochen hatte. Sie küßte Stirne, Wangen und die bleichen, ernsten Lippen des Todten, und eine Zeitlang schien sogar ihr eigener Geist in Gefahr – es war, als ob er in der Fieberglut des Schmerzes dem Vorangegangenen folgen wollte. Doch war es Ghita moralisch unmöglich, lange unter dem Einflusse dieser Verzweiflung zu verharren. Ihre weiche Seele hatte zu oft und zu innig mit ihrem himmlischen Vater verkehrt, um nicht in allen entscheidenden Augenblicken ihres Lebens zu Ihm ihre Zuflucht zu nehmen. Sie betete – heute Nacht wohl schon zum zehnten Male – und erhob sich ruhig, wenn nicht völlig gefaßt, von ihren Knieen.

Ghita's äußere Lage war nun eben so wild und düster, als ihr Geist innerlich tief bewegt war. Alles rings um sie her schlief, und, für's Auge wenigstens, eben so fest wie er, der erst dann wieder auferstehen sollte, wenn Land und Meer die Todten wieder von sich gäben. Die Aufregung und Anstrengung des vorangegangenen Tages brachte ihre naturgemäße Rückwirkung mit sich, und selten hatte sie so dringend das Bedürfniß des Schlummers empfunden. Das Feuer brannte noch hell in der Nähe der englischen Bootsleute, und warf seine Strahlen quer über die Ruinen, über die verschiedenen Schläfer und den regungslosen Körper des Verstorbenen. Von Zeit zu Zeit ließen sich auch einige Stöße des heftig wehenden Tramontana in der Niederung verspüren und fächelten die Flammen, so daß der Glanz, der diesen Augenblicken folgte, der ganzen Umgebung des Ortes eine auffallende Wirklichkeit verlieh. Ghita war übrigens noch immer zu tief bewegt, um etwas Anderes als ihren Verlust und die ruhelose Besorgniß um den Geist des Abgeschiedenen zu empfinden. Sie sah, wie selbst ihr Oheim schlief und sie mit Raoul gänzlich allein ließ. Einmal überkam sie das Gefühl ihrer Verlassenheit, und sie war im Begriff, einige der Schläfer zu erwecken. Sie näherte sich dem Orte, wo der Arzt ruhte, und schon war ihre Hand ausgestreckt, um diesen aufzurütteln – da schoß ein Lichtstrahl über Raouls bleiche Züge, und sie bemerkte, daß seine Augen noch immer geöffnet waren. Dem Todten näher tretend, beugte sie sich über seinen Körper hin und blickte lange und traurig in jene Fenster der Seele, welche so oft von männlicher Zärtlichkeit für sie geleuchtet hatten: ihr war dabei zu Muthe, wie einem Geizhalse, der sein zusammengescharrtes Gold mit keinem Andern theilen will. Die ganze ewig lange Nacht hindurch wachte Ghita bei der Leiche ihres Geliebten: bald beugte sie sich über sie hin mit einer Zärtlichkeit, welche kein irdischer Wechsel zu vertilgen vermochte, bald bestürmte sie den Himmel mit ihrem Flehen um die Rettung seiner Seele. Nicht Einer erwachte, um sie in dem stillen Glücke zu stören, das die Erfüllung dieser frommen Pflicht ihr bereitete, oder ihr Gefühl durch die Verwunderung und den Spott gemeiner Menschen zu verletzen.

Ehe der Tag anbrach, schloß sie Raouls Augen mit ihren eigenen Händen, bedeckte seinen Körper mit der französischen Flagge, welche sie auf dem Felsen liegen sah, und erwartete geduldig und voll Resignation den Augenblick, wo ihr die Andern helfen würden, die letzte fromme Pflicht an dem Todten zu vollziehen. Als Katholikin fand sie einen heiligen Trost in jenem schönen Glauben ihrer Kirche, der uns selbst bis zu dem letzten Augenblicke unseres Daseins das unaufhörliche Gebet für die Seelen der Dahingeschiedenen gestattet. Winchester war der Erste, welcher erwachte. Als er sich erhob, schien er erstaunt, sich in dieser Lage zu finden: doch schon der nächste Blick verkündete ihm den vollen Umfang der Wahrheit. Er näherte sich Ghita, und wollte sich eben nach Raouls Befinden erkundigen, als er, von dem Ausdrucke ihrer engelgleichen Züge betroffen, seinen Blick auf den Nebenliegenden warf und den Tod auf seinem bleichen Antlitze erkannte.

Es war jetzt nicht die Zeit, sich selbst oder Andere mit Vorwürfen zu quälen; er weckte seine Genossen nur leise und beinahe mit andächtiger Miene, so daß an dem Orte die ruhige heilige Stille einer Kapelle herrschte. Carlo Giuntotardi erbat sich bald darauf den Leichnam von den Händen der Sieger. Es war kein Grund vorhanden, ihm diese Bitte abzuschlagen: er wurde auf ein Boot gebracht und nach der Küste gerudert, begleitet von Allen, die bei ihm zurückgeblieben waren. Der heftige Sirocco, der sich bald nachher erhob, schleuderte die Wogen über Insel und Ruinen, und die See verwischte die Blutflecken, so wie jede Spur des Irrwisches und der neulichen Ereignisse. Am Fuße des Scaricatojo errichteten die Matrosen eine rohe Bahre, und trugen den Körper jenen wilden und doch lieblichen Abhang hinan; nicht eher hörten sie in ihrem frommen Werke auf, als bis sie die Wohnung von Carlo Giuntotardi's Schwester erreicht hatten. Von Anfang an hatte ihn eine kleine Procession begleitet, und da Ghita unter den einfachen Bewohnern dieser Höhen allgemein gekannt und geachtet wurde, so war dieselbe bereits zu einer Reihe von hundert Gläubigen angewachsen, als man endlich die Straße von St. Agata betrat. Das Kloster, dessen verlassene Mauern noch jetzt den Gipfel eines der benachbarten Hügel krönen, existirte damals noch als eine fromme Stiftung, und Carlo Giuntotardi's Einfluß genügte, um dem Todten die Dienste dieser Frommen zuzuwenden. Drei Tage und Nächte lag Raoul Yvards, des Ungläubigen, Leiche in der Kapelle dieser heiligen Brüderschaft, und für seine Seele wurden eifrig Messen gelesen: dann ward er auf heiligem Grunde beerdigt, um den Ruf der letzten Posaune abzuwarten. Es herrscht eine eigenthümliche Neigung in der Menschenbrust, dem Manne bei Lebzeiten all' das Lob vorzuenthalten, das man ihm nach seinem Tode in vollem Maaße spendet. Obgleich man den Neid und seinen schlimmen Begleiter – die Verkleinerungssucht ausschließlich für demokratische Laster hält, indem man die Demokratie als das fruchtbarste Feld ansieht, auf welchem alle diese menschlichen Schwächen wuchern, so ist doch viel Grund zu dem Glauben vorhanden, daß unser eigentliches Stammvolk in Darlegung der oben erwähnten Eigenheit vor allen Andern excellire. Was Napoleon später, nach dessen Gefangenschaft und Tode begegnete, traf nun auch bei Raoul Yvard, natürlich in einem Maße ein, wie es für seine Lage und seinen Ruf passen mochte. War er zuvor auf der englischen Flotte verabscheut worden, so wurde er jetzt allenthalben geehrt und gepriesen. Jetzt, da er todt und unschädlich war, durfte man wohl seine Seemannsgeschicklichkeit anerkennen, seinen Muth erheben und mit seiner Ritterlichkeit wetteifern.

Winchester, O'Leary, M'Bean und Clinch geleiteten ihn zu Grab – ein Liebesdienst, der sich nach ihren jetzigen Empfindungen ganz von selbst verstand. Sie hatten sich der Ehre würdig bewiesen, ihm das Geleite zu geben, aber auch noch viele Andere bestanden darauf, an dem Gefolge Theil zu nehmen. Manche kamen, um noch sogar an seinem Sarge einen letzten Blick auf einen so gepriesenen Abenteurer zu werfen; Andere, um wenigstens sagen zu können, sie seien dabei gewesen; nicht Wenige auch, um das Mädchen zu sehen, dessen romantische, unschuldige Liebe in der neueren Zeit so häufig der Gegenstand des Gesprächs auf den Schiffen gewesen war.

So kam eine so große, prachtvolle Procession zu Stande, die den sonst so ruhigen Weiler von St. Agata in große Bewegung brachte. Alle merkten sich die Einzelheiten des Leichenzuges – Alle schienen darüber erfreut – nur Ghita nicht. Bei ihr hatten diese späten Ehrenbezeigungen ihre Wirkung verloren; in ihrer Seele lebte nur die eine große Sorge – den Himmel um Gnade für den Verewigten anzuflehen. Auch Andrea Barrofaldi und Vito Viti figurirten bei dieser Gelegenheit; Letzterer war nach Kräften bemüht, Jeden, der es hören wollte, wissen zu lassen, auf welch' intimem Fuße er mit ›Sir Smees‹ gestanden – denn nun wurde dieser ja nicht mehr für einen Betrüger angesehen, sondern laut als Held gepriesen. Er erhob sogar einige Schwierigkeiten in Betreff des Vortritts, der seiner Ansicht nach bei dieser Gelegenheit der *Toga* vor den *Waffen* gebührte, da er wohl wußte, daß wenn der Vicestatthalter eine hervorragende Stelle bei der Ceremonie einnahm, der Podesta auch nicht weit zurückbleiben durfte. Die Sache wurde ganz zu Andrea's Beruhigung beigelegt, wenn gleich sein Freund dabei etwas weniger befriedigt schien. Die Wahrheit zu sagen, so hatte Nelson angefangen, die neulichen Vorfälle nicht so ganz mißfällig zu betrachten. Als er Raouls verzweifelte Vertheidigung und so manche Züge des Edelmuths, den er bei verschiedenen Gelegenheiten bewiesen, vernahm, fühlte er zwar über seinen Tod ein großherziges Bedauern, mußte diesen aber doch noch lieber sehen, als wenn sein Feind vollends glücklich entronnen wäre.

Als daher Cuffe mit der Meldung von dem Schicksale des Luggers eintrat, sprachen Beide, wenn sie auch dessen Gefangennehmung vorgezogen hätten, ihre Meinung dahin aus, der Lugger wie sein Kommandant hätten beide das Loos gefunden, das ein Kaperschiff und Kapersleute in der Regel verdienten. Wer bei der Gefangennehmung betheiligt gewesen war, und die Affaire überhaupt überlebt hatte, erntete natürlich manche Vortheile von dem gewonnenen Siege. England vergißt besonders bei seiner Marine selten die Pflicht, nach Verdienst Belohnungen auszutheilen. Als Cook von seiner berühmten Entdeckungsreise zurückkehrte, ward ihm nicht Verfolgung und Vernachlässigung, sondern Ehre und Gerechtigkeit als Lohn zu Theil. Nelson wußte jenen Muth und Unternehmungsgeist, den er selbst so oft an den Tag legte, auch an Andern gebührend zu schätzen. Für Sir Frederick Dashwood ließ sich nicht wohl etwas Anderes thun, als daß man seinem Namen auf der Liste der in der Schlacht Gefallenen eine ehrenvolle Stelle anwies. Sein Erbe trauerte um ihn mit allen äußeren Zeichen des Kummers, war aber innerlich voll Freude über die Baronetswürde, welche ihm zugleich ein jährliches Einkommen von mehreren tausend Pfunden sicherte. Lyon erhielt Dashwoods Fregatte, und von diesem Augenblicke an hörte er auf, die Jagd auf den Irrwisch und Alles, was damit in Verbindung stand, als eine gewinnlose Geschichte zu betrachten. Airchy folgte ihm auf die Terpsichore voll süßer Träume über die zu erwartenden Prisengelder – Träume, welche im Laufe der nächsten fünf Jahre auch ziemlich zu seiner Zufriedenheit in Erfüllung gingen. Winchester wurde zum Kommandanten der Ringeltaube befördert; Griffin rückte zum Premier- und Yelverton natürlich zum Secondelieutenant vor, wodurch also die Stelle des dritten Lieutenants erledigt wurde. So weit waren die betreffenden Befehle bereits ausgefertigt, als Cuffe auf des Admirals Einladung mit diesem tête-à-tête zu Mittag speiste. „Einer der Zwecke, warum ich Euch heute bei mir habe, Cuffe," bemerkte Nelson, als der Tisch abgeräumt war und Beide bei ihrem Weine saßen – „ist der, daß ich wegen der vakanten Stelle in Eurer Konstablerkammer ein Wörtchen mit Euch sprechen möchte; ein zweiter aber wäre, Euch für Berry um einen Untersteuermann zu bitten. Ihr erinnert Euch doch, daß vor Eurer dießmaligen Ankunft einige Eurer Leute an Bord des Admiralschiffes aufgenommen wurden?"

„Ja wohl, Mylord; ich wollte Euch eben meinen verbindlichen Dank für diese Gnade bezeigen. Die armen Bursche haben auf jenen Klippen ziemlich warm bekommen, und verdienen nach einer solchen Action wohl eine behagliche Unterkunft."

„Ich glaube, die haben wir ihnen auch bereitet, wenigstens wüßte ich Wenige, denen es auf diesem Schiffe schlimm ginge. Nun – unter Diesen war auch ein Mate, in Jahren ziemlich vorgerückt, der nach dem, was ich höre, in seiner jetzigen Stelle abzusterben bestimmt scheint. Wir brauchen eben einen solchen Mann in unserem Kielraum, und ich habe meinem Kapitän versprochen, seinetwegen mit Euch zu sprechen. Ihr braucht ihn nicht fortzulassen, wenn Ihr irgend Grund habt, ihn behalten zu wollen; wir haben aber drei Matrosen, die wir gegen ihn auszutauschen bereit wären – lauter gute Bursche, wie man mir sagte." Cuffe pickte einige Nüsse auf, und schien einigermaßen um eine Antwort verlegen. Nelson bemerkte dieß, und dachte sich, Cuffe wolle den Mate nicht gerne weggeben.

„Nun, ich sehe schon, wie's steht," fuhr er lächelnd fort. „Wir müssen uns eben ohne ihn behelfen, und Ihr werdet Euren Mr. Clinch bei Euch behalten. Ein tüchtiger Offizier im Schiffsraum ist ein Vortheil, den man nicht wegwerfen darf, und ich glaube, wenn Hotham vom alten Agamemnon eine solche Gefälligkeit verlangt hätte – der würde ihm Etwas dafür gepfiffen haben. Da soll's aber doch der Teufel holen, wenn wir nicht sonst woher einen eben so guten Mate bekommen könnten."

„Das ist es nicht, Mylord; der Mann steht Euch zu Diensten, obwohl für diese Stelle nirgends ein besserer zu finden ist. Ich hatte mich aber der Hoffnung überlassen, sein neuliches braves Benehmen und seine lange Dienstzeit möchten ihm einen Anspruch auf die erledigte Lieutenantsstelle gewähren."

Der Admiral schien überrascht und nicht sonderlich erfreut über diese Andeutung.

„Es ist allerdings ein hartes Loos, Cuffe – das will ich zugeben – wenn ein armer Teufel zehn bis fünfzehn Jahre in derselben Stellung stecken bleibt, nachdem er noch dazu lange genug gedient hat, um auf ein Lieutenantspatent Anspruch zu haben. Ich war zehn Jahre jünger, als dieser Mr. Clinch jetzt sein muß, da ich Kapitän wurde, und es *scheint* allerdings hart – dennoch kann ich es nicht anders als für gerecht ansehen. Ich habe es noch nie erlebt, daß ein Midshipman oder Mate auf diese Art übergangen wurde, ohne daß seinerseits irgend ein großer Fehler die Ursache gewesen wäre. Wir müssen ebensowohl auf den Dienst wie auf Aeußerungen der Großmuth bedacht sein."

„Ich gebe das Alles zu, Mylord, und dennoch hoffte ich, des armen Clinchs Vergehen würden endlich noch vergessen werden."

„Wenn besondere Gründe hiezu vorhanden sind, will ich sie recht gerne anhören."

Cuffe erzählte nun Alles, was zwischen ihm und dem Steuermannsmate vorgegangen war, wobei er Sorge trug, Johannen in seiner Erzählung die gebührende Stelle anzuweisen. Nelson begann, mit seinem Armstumpfe zu zucken, und kaum hatte Cuffe die Geschichte zu Ende erzählt, als Clinchs Beförderung auch bereits entschieden war. Der Sekretär erhielt Befehl, die Ordre auszufertigen, und Cuffe brachte sie noch in derselben Nacht, sobald er nach seinem Schiffe zurückkehrte, mit sich auf die Proserpina. Nelsons Beförderungen wurden – was sich so ziemlich von selbst verstand – von dem Admiralitätsamte sammt und sonders bestätigt. Dabei war auch Clinch mit inbegriffen, der auf diese Art zum dritten Lieutenant auf der Proserpina vorrückte.

Diese Beförderung rief plötzlich ganz neue Gefühle in ihm hervor. Er kleidete sich besser, hütete sich sorgfältig vor der Flasche, hatte mehr auf sich selber Acht, bekam durch besseren Umgang auch feinere Sitten, und hatte im Lauf der nächsten zwölf Monate rasche Fortschritte in seiner Umwandlung gemacht. Nach Ablauf dieser Zeit wurde sein Schiff nach Haus geschickt; Johanna wurde sein Weib, und empfing dadurch – in ihrer Meinung wenigstens – den Lohn für all' ihre tugendhafte

Standhaftigkeit. Cuffe ließ hiemit seine freundlichen Bemühungen für Clinch nicht enden. Er brachte es dahin, daß Letzterer das Kommando eines Kutters bekam, mit welchem er innerhalb Monatsfrist einen Kaper eroberte. Dieser Erfolg verschaffte ihm eine Kanonierbrigg, und mit dieser war er noch glücklicher, denn in einem Bootsgefechte nahm er eine französische Kriegsschaluppe gefangen, welche zwar nur halb bemannt war, aber immerhin als eine hübsche Prise betrachtet wurde. Für diese Eroberung erhielt er die Schaluppe – als neuen Beweis für die Launenhaftigkeit des Glücks, das ihn drei Jahre, nachdem er Mate gewesen war, bereits zum Kommandanten erhoben hatte. Hiebei blieb er jedoch lange Zeit stehen, bis er eine zweite Schaluppe in tapferem Kampfe eroberte, worauf er eine Fregatte zur Belohnung erhielt. Von diesem Augenblicke an haben wir ihn für immer aus dem Gesichte verloren.

Cuffe wurde bald darauf in den Golf von Genua geschickt, und benützte diese Gelegenheit, um den Vicestatthalter und dessen Freund nach ihrer Heimathinsel zu führen. Der Ruf war ihren Thaten vorangeeilt, durch das Gerücht natürlich noch bedeutend übertrieben. Es hieß, die beiden Elbaneser hätten an der Schlacht, in welcher Raoul Yvard fiel, thätigen Antheil genommen, und da Niemand widersprach, so glaubten sogar Manche, Vito Viti insbesondere habe den Kapersmann mit eigener Hand getödtet. Die kluge Zurückhaltung des Podesta ließ die Sache so vollständig in Dunkel gehüllt, daß wir mit Recht zweifeln, ob ein Reisender auf der Insel selbst heutiges Tages mehr davon erfahren würde, als wir dem Leser eben jetzt mittheilen. Kurz – der Podesta galt von da an sein Leben lang für einen Helden – ein Ruhm, welchen er, wie so manche Andere, auf höchst räthselhafte Weise, und vielleicht ebensosehr zu seinem eigenen Erstaunen als zur Verwunderung aller Uebrigen – erlangt hatte. Ithuel erschien erst viele Jahre später wieder in Amerika. Bei seiner Rückkehr brachte er mehrere tausend Dollars mit sich: wie er diese erlangt hatte, wußte Niemand, und er selbst ließ sich darüber in keine Einzelheiten ein. Er heirathete bald darauf eine Wittfrau und ließ sich häuslich nieder. Sobald er es für zeitgemäß hielt, „experimentirte er Religion“, und ist in diesem Augenblick, unter dem Namen – ›Diakonus Bolt‹ – ein thätiger Abolitionist, Beschützer der Mäßigkeitssache, des Theetotalismus und ein gefürchteter Popanz aller Uebelthäter.

Ganz anders erging es der sanften, frommen und nicht so weltlich gesinnten Ghita; obwohl sie zu der römischkatholischen Kirche gehörte, während Jener ein Protestant und zwar aus der puritanischen Schule war. Unsere Heldin besaß nur noch wenig auf der Welt, um dessenwillen sie zu leben wünschen konnte: gleichwohl blieb sie bei ihrem Oheim, bis auch dessen Tage gezählt wurden, und zog sich dann in ein Kloster zurück, nicht sowohl um dort irgend einem religiösen Aberglauben zu fröhnen, als vielmehr um ihre Zeit ungestört im Gebet für Raouls Seele hinbringen zu können. Bis zu ihrer letzten Stunde – und sie lebte fast bis in die neueste Zeit – widmete sich dieses reine, fleckenlose Wesen dem gehofften ewigen Seelenheile des Mannes, der sich mit ihren jungfräulichen Neigungen so innig verwoben hatte, daß er seiner Zeit sogar die gerechte Oberherrschaft, welche ihrem erhabenen Schöpfer gebührte, zu stören drohte.